suhrkamp taschenbuch 5415

Worms, Anfang der zwanziger Jahre des letzten Jahrhunderts. Peter Bender, ehemals Fliegerleutnant des Deutschen Heeres, macht sich als Gründer einer neuen Religionsgemeinschaft und mit der Proklamation der sogenannten Hohlwelt-Theorie einen Namen: Die Menschheit lebe nicht auf, sondern in einer Kugel, außerhalb derselben existiere nichts. Benders Gemeinde bleibt überschaubar, dennoch wird er wegen der Verbreitung aufwieglerischer und gotteslästerlicher Flugschriften zu einer mehrmonatigen Kerkerhaft verurteilt. Als sich nach der Machtergreifung der Nationalsozialisten herumspricht, dass seine Frau Jüdin ist, wenden sich selbst seine engsten Gefolgsleute von ihm ab. Die Benders verarmen, die Repressionen besonders gegen seine Frau werden bald unerträglich.

Bestürzend aktuell, von unüberbietbarer sprachlicher und gedanklicher Originalität: Dieser Roman erzählt von Querdenkertum und alternativen Wahrheiten und rekonstruiert eine so bewegende wie verstörende Lebensgeschichte.

»Seine Ästhetik ist einzigartig in der Literatur deutscher Sprache.« *Süddeutsche Zeitung*

Clemens J. Setz wurde 1982 in Graz geboren. Er veröffentlicht Gedichte, Theaterstücke und Essays, vor allem aber Erzählungen und Romane, für die er mit zahlreichen Preisen ausgezeichnet wurde, zuletzt mit dem Georg-Büchner-Preis 2021 und dem Österreichischen Buchpreis 2023.

Zuletzt erschienen: *Die Bienen und das Unsichtbare* (st 5256), *Der Trost runder Dinge.* Erzählungen (st 5096), *Bot. Gespräch ohne Autor* (2018).

Clemens J. Setz

MONDE VOR DER LANDUNG

Roman

Suhrkamp

Erste Auflage 2024
suhrkamp taschenbuch 5415
© Suhrkamp Verlag AG, Berlin, 2023
Alle Rechte vorbehalten.
Wir behalten uns auch eine Nutzung des Werks
für Text und Data Mining im Sinne von § 44b UrhG vor.
Umschlagabbildung: FGCU Library's University Archives,
Koreshan State Historic Site
Umschlaggestaltung: Rothfos & Gabler, Hamburg
Druck und Bindung: CPI books GmbH, Leck
Printed in Germany
ISBN 978-3-518-47415-0

www.suhrkamp.de

MONDE
VOR DER
LANDUNG

Für C. und für S.

Von seinem erhöhten Standpunkt aus sah er
die Menschen aus der Fläche innerhalb des
kreisrunden Horizonts nach oben streben,
zum Licht. In der irdischen Ebene waren sie
miteinander und mit dem Dunkel darunter
verbunden.

Peter Bender, *Karl Tormann – Ein rheinischer*
Mensch unserer Zeit (1927)

Das ungleiche Paar.

Mein Blut ist dicker als das Deine,
So leichtbeschwingt ist nicht mein Schritt,
Und dennoch gehen wir den Weg zusammen,
Ich will doch mit.

Mein Herz schlägt nicht so rasch wie Deines,
Ich treib es an
Und keuche nebenher und halte aus,
solang ich kann.

Ein jeder Schritt erfordert meine ganze Kraft,
Und Herzblut rollt.
Wenn einst am Weg ich kraftlos niedersink,
Ich hab es nicht gewollt.

Charlotte Bender, aus: *Mein Kampf um PETER*
(1940), Manuskript im Archiv der ehemaligen
Koresh-Gemeinde in Estero, Florida

ERSTER TEIL

DER HIMMEL

Denn wir wohnten in irgendeiner Höhlung der
Erde und glaubten, oben darauf zu wohnen,
und nennten die Luft Himmel, als ob diese
der Himmel wäre, durch welchen die Sterne
wandeln.

Platon, *Phaidon*

What is the sky? The sky is the minds of the weak
people, those who don't want to go anywhere.

Laura Riding Jackson, *A Last Lesson in
Geography*

Es war vermuthlich der Trieb zur Sicherheit,
der diese Vorstellung bey ihm begünstigte, er
dachte man wäre besser innerhalb einer Kugel
aufgehoben als ausserhalb.

Georg Christoph Lichtenberg

Er ist klug wie ein *Rad*.

Elias Canetti

DER BLICK DURCH LINSEN

Wer in Worms lebt, lebt auf dem Planeten Erde. Dieser befindet sich mitten im All und kreist dort, wie jedes Kind lernt, als riesige Kugel um eine noch größere Kugel aus Feuer. Im Jahr 1920 allerdings lebte unter den rund fünfzigtausend Wormser Bürgersleuten ein Mann, auf den nicht einmal das zutraf. Er wohnte zwar ebenfalls, wie sie alle, in Worms, aber darüber hinaus nicht *auf*, sondern *in* einer riesigen Erdkugel, und das bei vollem Bewusstsein und ohne Protest.

Dabei bewegte er sich nicht etwa spiegelbildlich unterirdisch zu seinen Mitgeschöpfen dahin, nein, er existierte in direkter Nachbarschaft zu ihnen, verdingte und ernährte sich neben ihnen, kam ihnen sogar täglich in Kleidung und Hut auf der Straße entgegen. Ihn umgab dabei ein riesenhaftes und geschlossenes Erdenrund: der Hohlglobus. Wo andere Himmel und Sterne sahen, da sah er nur bläuliches Füllgas und bestenfalls apfelgroße Leuchtkörperchen; wo viele die nächste Galaxie vermuteten, da wusste er Australien. Mit Geschichten über Nord- oder Südpolexpeditionen konnte man ihn zur Raserei bringen. Dieser Mann war der ehemalige königlich preußische Fliegerleutnant Peter Bender, Weltkriegsverwundeter und Träger des Eisernen Kreuzes, von Beruf Schriftsteller.

Schon während seiner ersten Aufklärungsflüge über den fleckigen Sumpfgebieten an der Weichsel war ihm die optische Täuschung aufgefallen: die K r ü m m u n g   d e r   E r d e. So nannten sie das. Und sie sah, das musste man zugeben, vollkommen überzeugend aus. Wie aus dem Lehrbuch. Eine schöne, weite Wölbung, die da unter ihm schwebte. Dass Stahl unter den richtigen Bedingungen so leicht werden konnte, dass er zu fliegen begann, war an sich schon recht bedenklich. In solchen Momenten war es ihm auch möglich, zu begreifen, warum die Menschen ängstlich oder wehmütig wurden, wenn sie im Traum von ihrer Heimat weggepflückt oder fortgeweht wurden.

Ihm selbst war das als Kind einige Male passiert. Die Träume, wenn es denn welche waren, ähnelten einander immer ein wenig, die Stimmung war die gleiche und auch die Farben – alles sah bemüht und künstlich aus, wie auf handkolorierten Fotografien. Farbe, wo gar keine sein sollte. Seltsam runde und unscharfe Ecken und Kanten. An manchen Stellen flimmerte die Farbe auch, wie die Ränder einer Öllache. Alle Menschen waren spärlich bekleidet und ihre Konturen unklar. Manche trugen ein grauweißes Funkgerätrauschen anstelle ihres Gesichts. Und er selbst bewegte sich wie in Siebenmeilensprüngen durch diese erstarrte Welt. Dann kam jedes Mal der Augenblick im Traum, wo er aus irgendeinem Grund in den Himmel blickte. Doch sogleich bereute er diese Entscheidung, denn sein Blick wurde vom strahlenden Blau magnetisiert und er daran in die Höhe gezogen. Er hatte das Gefühl, zu erblinden, und ein tunnelförmiger Wind erfasste ihn, ein rauer, gefräßiger Verbindungskorridor zwischen ihm und dem Äther. Er glitt davon, die Gebäude unter ihm wurden kleiner, der Marktplatz mit dem Obelisken war nur noch ein ernstes, undeutliches Bildchen wie auf einer Zigarrenkiste. In späteren Träumen verstand er, dass der unheimliche Windkorridor ein Fingerzeig gewesen war. Es war seine beginnende Erkenntnis, wie das Weltall in Wahrheit beschaffen war.

Vor dem Ludwigsdenkmal war alles schwarz von Menschen. Es gab Musik, Stände mit warmen Kartoffeln, und ein winziger Zeppelin, wie seine großen Brüder mit leichtem Schwebegas gefüllt, wurde von einem Mann mit Zylinderhut vorgezeigt. Das zierliche Luftschiff hing an einem kurzen Seil, und der Mann führte es sozusagen spazieren, so wie man es mit einem Hund tat, und erntete dafür Beifall. Das Wormser Volk erfreute sich des warmen Herbsttages. Das Laub auf der Straße war von der Sonne knusprig gebraten; wenn man darüberschritt, hatte man das Gefühl, es zu kauen. Vor dem Springbrunnen quälte sich eine Blaskapelle. Bender hatte Mühe, seine Nerven ruhig zu halten, während er sich durch den Tumult bewegte. Bei jedem Schritt war ihm, als käme der Erdboden immer um eine halbe Sekunde zu früh an seine Sohlen. Wenn diese Menschen nur wüssten! Wenn es nur in ihre Köpfe hineinginge, egal wie. Was würden sie dann tun? Würden sie immer noch frei umhergehen, sorglos und zugleich verplant wie Bienen? Das Rauschen der Wasserfontänen brachte ihm etwas Linderung. Außerdem der Wind, der über den Platz blies. Er beliefert die Menschheit mit Luft und sorgt dafür, dass wir nicht ersticken.

Im Lichtspielhaus in der Kämmererstraße gab es neue Filme, und aus diesem Anlass bewegte sich ein von einem lebendigen Straußenvogel gezogener Leiterwagen die Straße entlang. Auf dem Wagen befand sich ein weißes Transparent, auf dem »Lichtsspielhaus« stand, man hatte sich verschrieben. Bender starrte dem überzähligen s nach, der Buchstabe erschien ihm wie ein kleiner verirrter Rauchkringel. Neben dem Werbevehikel lief ein Mann, der fast nur aus Stirn zu bestehen schien, und pfiff eine volksliedhaft eingängige Melodie, hier und da rief er auch etwas über die Filme, die bald gezeigt würden. Ja, das schöne Lichtspielhaus. Nach der Rückkehr aus dem Osten waren Charlotte und er oft dort gewesen. In den Sommermonaten war der von dem kauzigen Drogisten Busch betriebene Kinematograph wenig besucht, die Wochenschauen flimmerten, von den nebeneinandersitzenden Pärchen mehr oder weniger unbeachtet, über die Leinwand, und der mitleidige Vorführer ließ gelegentlich sogar die Bühne verschieben, sodass man in der Dunkelheit zu zweit etwas geheimnisvollere, engere Raumverhältnisse genießen konnte.

Bender betrachtete den großen stelzenden Vogel, der, angeschirrt an sein bizarres Gefährt, langsam im sonnigen Staub des Neumarkts dahinschritt. So lachhaft und unernst seine Rolle hier auch schien, er war doch vollkommen eins mit der Welt, selbst wenn sie für ihn nichts als solchen Blödsinn vorgesehen hatte. Denn er war ein Geschöpf, das aus einem *Ei* geschlüpft war, und als solches Teil der ursprünglichen und edelsten Besiedelungsrassen der Erde: der geschuppten, der gefiederten und zuletzt der geflügelten Wesen. Sie alle waren einst aus einem kleineren Mond hervorgekommen, der irgendwo in der Nähe jenes – verrückterweise immer noch als »Äquatorial-Zone« bezeichneten – Gebiets der Erdschale niedergegangen und aufgebrochen sein musste, vor etwa dreitausend Jahren. Die farbenprächtigen, eigensinnigen Exemplare, man nannte sie Paradiesvögel, waren seither dort geblieben und kümmerten sich um die Dschungelbäume, während sich die anderen aufgemacht hatten, den Rest der Welt zu erobern. Sie waren von allen Wesen am längsten hier auf der Erde, und das konnte man an einem simplen Umstand ablesen: Sie hatten fliegen gelernt. So etwas dauert sehr lange. Der Mensch hatte es gerade erst vor einer Handvoll Jahren zum ersten Mal zustande gebracht, und auch da nur im Tausch gegen seinen inneren Frieden. Beinahe hätte Bender den Hut vor dem Strauß gezogen.

An der Kreuzung blieb der Vogel stehen. Der Besitzer schimpfte und zerrte an ihm. Als Antwort darauf begann der Strauß eigenartig hin und her zu wabern, er rollte den Kopf, als sei ihm schwindlig. Bender erinnerte das an einen Trick, den sie damals in der Staffel den jungen Fliegern beigebracht hatten: das heftige Hin- und Herwerfen des Kopfes, wenn man bestimmte Beschleunigungen nicht aushielt. So stellte man das Gleichgewicht wieder her. Manche steckten sich auch wachsgetränkte Watte in die Ohren, wie Odysseus. Die nordamerikanischen Indianer, so hieß es, drückten sich kleine Kieselsteine in die Gehörgänge und kletterten dann, unbeirrt von der Saugmacht der ringsum lauernden Tiefe, bis zu hundert Stockwerke in die Höhe, auf den Stahlgerüsten der aufblühenden Städte Chicago, New York oder San Francisco. Der Strauß eierte nun wild hin und her. Sein Besitzer zog ungeduldig am Wägelchen.

Was musste dieses Amerika für ein Land sein! Von dort war die Wahrheit in die Welt gekommen. Bender schaute in den blauen Himmel und peilte die ungefähre Richtung der Ostküste Amerikas an. Anfangs hatte er sich mit dieser Übung noch schwergetan, aber inzwischen wusste er recht genau, wie man schauen musste. Es empfahl sich, bei Tag zu üben, denn nachts war da als Ablenkung der Sternenhimmel. Seltsam, wie tröstlich es für einen Menschen sein kann, zumindest zu wissen, dass man in die richtige Richtung blickt, auch wenn das, was man anvisiert, selbst unsichtbar und unerreichbar bleibt. Sehstrahlen aussenden, darin allein lag eine gewisse Befriedigung, eine Art von Gebet. Wer weiß, vielleicht trafen seine Sehstrahlen direkt auf den kuriosen *Coney Island Luna Park*, diese offenbar das ganze Jahr über in Betrieb gehaltene Vergnügungsinsel auf der anderen Seite der Erdschale, das heißt da oben, etwas links, am westlichen Himmel, bei ungefähr vierunddreißig Winkelgraden. Wenn sich dieser Luna Park nun löste und zu ihm geschwebt käme, es wäre nur ein kurzer Flug. Ein Vergnügungspark, der über eine Stadt hereinbricht! Das kleine Worms, überschattet von einer schwebenden Insel voller windmühlenhaft winkender Riesenräder!

Bender war im Besitz einer amerikanischen Zeitschrift, in der fand sich ein Bericht über ein Museum in Coney Island, in dem man zu früh auf die Welt geworfene Kinder in Glaskästen, sogenannten »Infant Incubators«, betrachten konnte.

Dies war eine erstaunliche technische Einrichtung, denn die eigentlich lebensunfähigen Kinder, die zum Teil aussahen, als wären sie aus Fischmaterial zu einer winzigen menschlichen Figur geknetet worden, gediehen in diesen Kästen ganz prächtig und holten in ihm die Wochen und Monate, um die sie durch die voreilige Geburt betrogen worden waren, in warm bestrahltem Vitrinenschlaf nach. Ihm waren die Tränen gekommen, als er in der Fantasie, denn anders konnte man unter der französischen Besatzung nicht reisen, vor einem dieser mumienähnlichen Geschöpfe stehen geblieben war und seine Hand an die Scheibe des leise brummenden Neugeborenen-Inkubators gelegt hatte. Dass den kleinen Wesen die Luft zum Atmen nicht ständig abhandenkam, wunderte und rührte ihn. Vielleicht brauchten sie ja nicht so viel. Wie Tiere im Winterschlaf. Oder junge Monde. Aus einem ähnlichen Atemluft-Sorgegefühl hatte er im Krieg immer offene Flugzeuge bevorzugt. Solche, in denen man unter einer neuartigen Glasverkleidung sitzen und steuern musste, waren ihm zuwider. Ach, gäbe es mehr solcher Artikel, mehr solcher Zeitschriften! Erst nach einer Weile bemerkte er, dass er von der Route, die am besten zum heutigen Tageshoroskop passte, abgekommen war. Schnell drehte er um, korrigierte die Abweichung und schlug den richtigen Weg ein.

Der Innenraum des Gasthofs *Zur Trompete* machte den Eindruck, als täte es dem Raum gut, sich einmal kräftig zu räuspern. Heiseres Licht. An der holzgetäfelten Wand hingen Postkarten, die alles Mögliche zeigten: Tänzerinnen, Karnevalsfiguren, Schauspieler, Wagners Siegfried, den Komiker Kabausche. Auf einer war der Mond abgebildet. Er war eine Sichel, gestochen scharf erleuchtet, aber im dunklen Bereich war der Rest des Mondes schwach erkennbar. Darunter die Erklärung *Clair de Terre – Erdschein*. Bender lachte nervös, dann schüttelte er den Kopf über diesen Unfug und hielt Ausschau nach dem Wirt. Je mehr er sich von dem vorbereiteten Text aufsagte, desto dunkler und plastischer wurden neben ihm die »Mondkrater«.

Im Gastraum roch es köstlich nach Braten und Schwenkkartoffeln. Ein Mann saß finster über eine Zeitung gebeugt, er trug einen leicht fleckigen Verband um Nase und Mund. Auf Kniehöhe summten Fliegen. Eine Kleinfamilie aß mit kräftiger Mimik gemeinsam an einem Stück Wild. Und in der Ecke saßen ein Kind und ein sehr alter Mann, vermutlich Enkel und Großvater, an einem winzigen Tisch. Das Kind zeigte vor, wie weit es seinen Daumen gegen das Handgelenk zurückbiegen konnte. Und dann versuchte es der alte Mann ebenfalls – und er konnte es! Bender stieß anerkennend die Luft aus.

Da der Wirt immer noch nicht erschien, setzte sich Bender an den Tisch neben dem Zeitungsleser. Er breitete vor sich das Flugblatt für seinen Vortrag aus und legte, einfach um das Schicksal ein wenig zu reizen, den Schlüssel zur Wohnung von Else, seiner Geliebten, daneben. Sie hatte wieder einmal geheult, als er heute Morgen von ihr gegangen war. Der Schlüssel hatte eine interessante Gussform, wie ein winziger Ritter sah er aus, oder vielleicht auch wie eine Mumie, im Profil betrachtet. Bender geriet ins Träumen. Ägypten, Geometrie, Gewerkschaften. Nach einer Weile kehrte er aus seinen Gedanken zurück in die von immer neuen Gerüchen hoimgesuchte Gaststube. Er sagte »Jawohl«, allerdings im Anschluss an etwas Inneres, dessen genauer Inhalt im nächsten Augenblick schon wieder verraucht war. Endlich erschien der Wirt und fragte, was er haben wolle.

»Es ist mir gelegen«, begann Bender, »das heißt, ich bin Stegreif, also ich bin –«

Der Wirt bückte sich, eine Hand hinter dem Ohr. Der alkoholische Geruch des Mannes weckte eine plötzliche Erinnerung an die Weinpresse im Keller der Kindheit.

»Ich bin Vortragender«, sprach Bender etwas lauter. »Und es wäre mir sehr gelegen, wenn ich einen Saal mieten ... Ja, wegen der Saalmiete wollte ich gefragt haben.«

Was war mit seinem Deutsch passiert? Es hatte sich in älteren Sprachschichten verheddert. Kein Wunder, dass der Mann nichts verstand.

»Ah, einen Vortrag wollen Sie halten? Welcher Art, wenn man fragen darf?«

Bender sah alles vor sich. Weltall, Erdenrund, die Wahrheit über Leben und Tod. Die erotische Revolution in Worms. Die Menschheitsgemeinde, das heilige Priesterpaar Peter und Charlotte. Er schüttelte den Kopf, machte eine Geste.

Der Wirt schien darüber nicht irritiert.

»Ich muss eigentlich nur wissen«, sagte er zu Bender, »ob Sie vor einer geschlossenen Gesellschaft sprechen werden.«

»Nein, öffentlich«, sagte Bender.

»Also öffentlich.«

»Und die Saalmiete. Wie viel ...«

Der Gastwirt musste sich besinnen. Sein Blick wanderte nach oben. Sein linker Daumen, den er sich zur Untermalung intensiven Nachgrübelns an die Unterlippe legte, schien sich dabei aufzublasen. Er nannte einen Betrag. Bender stand auf, ergriff die Hand des Wirts und schüttelte sie. Einklang, dachte es in ihm. *Einklang, bimbam.*

»Politisch?«, fragte der Wirt.

»Was?«

»Wird Ihr Vortrag politisch ausfallen?«

»Nur im allerweitesten Sinn.«

Wieder kehrte der Daumen an die Unterlippe zurück. Nun ja, da müsste man möglicherweise doch zuerst eine Erlaubnis einholen, meinte der Wirt. Bei der Rheinlandkommission. Die sei nämlich für politische –

»Aber doch nur im allerweitesten Sinn«, wiederholte Bender. »So wie unser Gespräch hier in etwa.«

»Aha, aha«, nickte der Wirt, lehnte sich etwas zurück, obwohl da nichts war, was seiner Rückseite Widerstand hätte leisten können, und legte eine schwere Hand auf seinen Bart. Er schien Schwierigkeiten damit zu haben, den von Bender dargebotenen Vergleich zu deuten. *So wie unser Gespräch hier.* Ja, war dieses Gespräch hier nun politisch oder nicht? Gewiss, man hatte darin gerade die alliierte Besatzungsbehörde erwähnt. Aber genügte das bereits, um das Gespräch politisch zu machen? War ein Gespräch über die Frage, ob das Gespräch politisch sei, selbst bereits politisch? War darin automatisch der Krieg mitgemeint, die drohende Inflation, der Sozialismus? Vorträge über den Krieg waren natürlich eindeutig politisch und als solche untersagt. Aber konnte man der Katastrophe nicht auch ganz unschuldig gedenken, einfach ihrer Bedeutung nach? Aber was war die Bedeutung eines Begriffs? Bender fühlte die im Raum entstandene Deutungsmühle nun auch selbst.

»Ich verstehe«, sagte der Wirt schließlich.

»Unter anderem wird es um den Erdballglobus gehen«, sagte Bender leise.

»Um den ...?«

»Wie das Erdenweltall beschaffen ist. Allerdings auch über die Revolution im Privaten.«

»Revolution?«

Ach, warum hatte er dieses Wort verwenden müssen!

Vom Nachbartisch kam ein leises Sprechgeräusch.

Bender blickte sich um. Erkannte man ihn bereits?

»Bitte?«

»Umkippen werden sie«, sagte der über die Zeitung gekrümmte Mann.

»Sprechen Sie mit mir?«

»Sie wollen den hier für Vorträge einladen?«, sagte der Mann durch sein Verbandszeug hindurch. »Da stellen Sie mal lieber kalte Tücher bereit, für die Damen.«

Der Wirt erwiderte nichts.

»Ich glaube nicht, dass wir uns kennen«, sagte Bender zu dem Fremden.

Der hob abwinkend die Hände und blätterte weiter in seiner Zeitung, kopfschüttelnd.

Also Revolution, soso, da bitte er allerdings doch um genauere Angaben, beharrte der Wirt. Bender fügte sich, drehte das vor ihm liegende Flugblatt um und zeichnete schnell eine kleine *Orientierung* auf das Blatt:

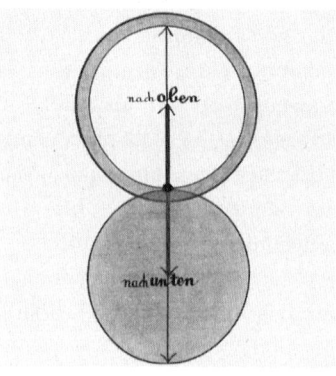

Der Wirt blickte, grübelte, ließ Zeit verstreichen. Dann stellte sich heraus, dass er mit dieser Art der Verdeutlichung überhaupt nichts anfangen konnte. Der Herr sei ihm auf jeden Fall herzlich willkommen, versicherte er (hier lachte der verarztete Zeitungsleser kurz auf), aber für die vorschriftsgemäße Meldung an die Rheinlandkommission sei doch ein bisschen mehr an Information nötig. Nicht über den wörtlichen Inhalt natürlich, nein, nein, der müsse nicht im Vorhinein festgelegt werden, nur eben der Grad an Politisiertheit.

Dieser Begriff gefiel Bender. Er lobte den Wirt und deutete noch mal auf die Orientierungszeichnung. Da. Am Tisch mit der Familie fiel jemandem das Besteck hinunter. Es wurde mehrköpfig geduckt und gekrabbelt, um es zu finden.

»Links«, sagte der Wirt.

Bender blickte fragend hoch.

»Nein, nein, nicht Sie – da unten.« Er deutete unter den Tisch nebenan. Die Gabel war inzwischen entdeckt worden. Aus ihr waren allerdings zwei Gabeln geworden. Man verglich und untersuchte sie, um zu erkennen, welche die ursprüngliche gewesen war.

»Die linke«, sagte der Wirt.

Er möge bitte an einen Fotoapparat denken, schlug Bender vor.

»Ein Fotoapparat«, wiederholte der Wirt. »Was?«

»Der hat vorne eine Linse, ja?«, sagte Bender und tippte auf seine Orientierungszeichnung. Dass die Leute immer solche Mühe hatten, die allgemeinen abstrakten Gesetze hinter den physischen Phänomenen des Alltags wahrzunehmen! Immer musste man alles haarklein ausbuchstabieren. »Und dann dahinter noch eine Linse. Und vielleicht noch eine.«

War er sich sicher, dass er nicht allmählich ein Fernrohr und keinen Fotoapparat beschrieb? Sei's drum. Es ging ja bloß um das Bild.

»Also und dann oben – was ist oben?«

Der Wirt blickte fragend.

Unterdessen war am Nebentisch eine dritte Gabel auf dem Boden entdeckt worden. Man reichte sie staunend herum.

»Oben ist natürlich der Auslöser.«

»Richtig«, sagte der Wirt. »Da löst man aus.«

»Da entsteht das Bild.« Bender machte die charakteristische Geste. Der Wirt deutete mit dem Zeigefinger auf die unsichtbare Kamera.

»Der Apparat enthält also Linsen. Gut. Aber was enthält nun die Linse?«

Die Hand des Wirts ließ die Bartspitze los.

»Linse.«

»Die Linse«, wiederholte Bender. »Was enthält sie?«

»Na, die ist aus Glas.«

»Nicht nur«, sagte Bender. »Sie ist auch aus Arbeit. Jemand hat sie geschliffen. Linsenschleifer haben viel Arbeit in sie gesteckt.«

Die Vorstellung gefiel dem Wirt sichtlich, denn er deutete, diesmal allerdings zufrieden und mit einer bestätigenden Handflächengeste, auf die still vor ihnen im Raum schwebende Gespensterkamera.

»Wer schleift die Linsen? Was steckt in der Arbeit der Linsenschleifer?«

»Ah ja, ja«, entkam es dem Wirt.

Er ahnte nun allmählich, wie es weitergehen würde.

»Sie holen sich bloß die Polizei ins Haus«, sagte der verbundene Schädel mit der Zeitung.

»Und was steckt nun in der Arbeit der Schleifer?«, sprach Bender unbeirrt weiter. »Da finden wir den ganzen militärisch-industriellen Komplex, die Rüstungsindustrie, den Krieg, den Wunsch der Menschheit, zu überleben. Oder auch fremde Welten zu sehen.«

»Donnerwetter«, sagte der Wirt.

Aber man rief bereits nach ihm. Das heißt, Augenpaare suchten ihn, die Kellnerin stand neben ihm und wollte etwas. Leute mussten bezahlen, oder bestellen, oder etwas fragen, aber noch hing ja hier alles in der Luft, mitten in der Erklärung.

Bender fühlte, dass er zum Endpunkt seiner Erklärung springen musste. Es stecke, sagte er, am Ende *immer der Krieg in allem.* Und er legte, q. e. d., den Stift auf den Tisch: Jawohl, in allem der Krieg, der Staat, und vielleicht auch, allgemeiner, der Mensch mit seinem albernen Wunsch, weit weg zu gelangen, über sich hinaus, bis zum Mond, was weiß ich. Am Ende stecke in gewisser Weise einfach in allem der Mond. Selbst im Krieg. Selbst in der Arbeit der Linsenschleifer. Und im Fotoapparat. Und also ebenso in jeder Art von menschlichem Vortrag.

Die Zusage des Wirts tat Bender wohl. Nun durfte er, seinen gerechten Triumph genießend, ein wenig trödeln, bevor er nach Hause ging. Außerdem war es bestimmt gut, Elses Geruch (eine anregend nach Ziege duftende Schminke aus einer goldenen Dose), der gewiss noch an ihm haftete, etwas abstrahlen zu lassen. Wie rasch er diesen träumend durchs Leben schlurfenden Trompetenwirt aufgeweckt hatte! Eine Zeichnung hatte genügt, und die Essenz war in sein Bewusstsein übergegangen! Aber trotz solcher Kleinerfolge fühlte sich Bender im Allgemeinen ziemlich allein mit seinem Wissen. Christlichen Missionaren in zivilisationsfernen Winkeln der Erde musste es ganz ähnlich gehen. Verbündete und Aufgeklärte gab es natürlich, aber diese wohnten alle weit weg. Der große Karl Neupert in Augsburg und Johannes Lang in Frankfurt. Die beiden deutschen Entdecker des Weltbildes. Mehr als einen wachen Geist pro Stadt konnte Deutschland offenbar nicht aufbringen. Aber immerhin: ein Fortschritt. In diesem Augenblick stolperte ein Junge auf der Straße, wie zur Untermalung des Fortschritts, über seinen eigenen Schirm.

Der allererste Entdecker der Wahrheit war allerdings kein Deutscher, sondern der Amerikaner John Cleves Symmes jr. gewesen, ein Kaufmann aus New Jersey, der in der kurzen Zeit, die ihm auf der Erde vergönnt war (er starb mit achtundvierzig), überraschend tiefe Einsichten in ihre Natur gewonnen hatte. Während das von ihm betriebene Handelsgeschäft vor seinen Augen bankrottging, versenkte er sich, da ihm sonst nicht viel blieb, mehr und mehr in das Rätsel der Saturnringe. Ihr Studium bot ihm Trost und Zerstreuung. Darüber gelangte er allmählich zu der Einsicht, dass eine ganz ähnliche Struktur doch auch für die Erde existieren müsste. Wie war es möglich, dass dem fernen Saturn so eine stabilisierende Mitgift zugedacht worden war, aber der Erde, die aufgrund des ununterbrochen auf ihr geschehenden Unglücks doch umso mehr Halt und Aufheiterung benötigte, gar nichts Vergleichbares? Bestimmt gab es da etwas. Ja, es musste da sein, in den Nächten fühlte man es doch. Warum aber war es nicht sichtbar? Symmes' Lösung: Die Saturnringe der Erde befanden sich *in ihrem Inneren*. Über Löcher in den Polen konnte man dorthin gelangen und sie betrachten. Das war auch die erste Lösung für das alte Problem, dass die geographischen Pole nicht an der Stelle der magnetischen zu liegen, ja sich sogar unabhängig von diesen zu verschieben schienen. Das, so Symmes, sei das Wirken der Ringe im Inneren, der konzentrischen Innenkugeln. Symmes plante eine Untersuchung des Inneren der Erde, aber kurz vor Beginn der Expedition verstarb er plötzlich unter mysteriösen Umständen – auch das natürlich ein Beweis.

Freilich war diese erste Theorie noch unvollständig. Sie stand auf dem Kopf. Ihr Vollender war schließlich Dr. Cyrus Teed, der sich ab einem gewissen Zeitpunkt, um es seinen späteren Jüngern leichter zu machen, in *Koresh* umbenannte, die hebräische Form von Cyrus. Dr. Teed war ein außerordentlich begabter Mann. Schon im Alter von dreißig, im Jahr 1869, war ihm vollkommen bewusst, dass er zu Höherem berufen war. In seinem Labor in Utica, New York, gelang ihm eines Abends die Transmutation der Elemente. Wie er später in *The Illumination of Koresh* festhielt, habe er Materie in Energie umgewandelt, und zwar durch »polaren Einfluss«. Da es aber noch nicht allzu spät war, machte er sich noch am selben Abend dieses außerordentlichen Tages daran, seine Experimente auch auf das Gebiet der Unsterblichkeit auszuweiten. Dabei geriet sein Körper aus Versehen in einen Stromkreis, der zwar nicht stark genug war, um ihn umzubringen, aber ihn für einen Augenblick ohnmächtig werden ließ.

Als Dr. Teed erwachte, war das Universum verwandelt. »Plötzlich fühlte ich«, schreibt er, »eine Entspannung am Hinterkopf, genauer: an der Rückseite des Gehirns, und eine eigentümliche Summ-Empfindung an der Stirn machte sich bemerkbar; dem folgte ein Gefühl wie von einer äußerst spannungsarmen Faraday-Batterie rund um jene Kopforgane, die man die *Lyra*, die *Crura pinealis* und das *Conarium* nennt. Aus dem Zentrum meines Gehirns strahlte auf meine Körperglieder und auf die auratische Sphäre meines Daseins [*into the auric sphere of my being*] und sogar mehrere Kilometer außerhalb meines Körpers eine Vibration aus, so sanft und zart und süß, dass ich nicht anders konnte, als mich diesem gütig oszillierenden Ozean aus magnetischer und spiritueller Ekstase zu fügen. Ich verfügte mit einem Mal über vorbewusste, vage Erinnerungen an natürliches Bewusstsein und Begierde.« Außerdem schwebte, wie er nun bemerkte, eine Kugel aus Leuchtgas im Zimmer. Sie verwandelte sich nach und nach in eine Frauengestalt, in der Teed Gott vermutete. Seine Schlussfolgerung: »I had formulated the axiom that matter and energy are two qualities or states of the same substance and that they are each transposable to the other. In this I knew was held the key that would unlock all mysteries, even the mystery of Life itself.« Seine letzte Einsicht an diesem Tag war, dass das Universum eine Zelle sei, ein Hohlglobus. Alles Leben existiert an seiner inneren konkaven Oberfläche.

In Naples, Florida, wurde schließlich diese visionär vermutete Gestalt des Universums wissenschaftlich belegt. Dr. Morrow hatte mithilfe des von ihm entwickelten R e k t i - l i n e a t o r s nachgewiesen, dass sich die Erde konkav nach oben krümmt. Und warum verschwinden Schiffe am Meereshorizont? Ja, dieser Effekt lässt sich mit freiem Auge beobachten. In seiner *Cellular Cosmogony* nennt Dr. Teed dazu eine einfache Analogie: die scheinbare Konvergenz von Eisenbahnschienen in der Ferne. Alle Dinge, die in der Ferne liegen, verschmelzen optisch miteinander. Selbst zwei nebeneinanderher fliegende Ballone, schreibt er im Kapitel über Sehstrahlen, die nur hinreichend weit ins Firmament davonschweben, werden dort scheinbar zu *einem* Ballon. Das bedeute aber nicht, dass die Ballonfahrer miteinander körperlich verschmelzen, also sozusagen – um beim Bild des Schiffes am Horizont zu bleiben – »ineinander versinken«, nein, es sei natürlich eine durch die inneren Gegebenheiten unserer Sehorgane erzeugte Illusion. Man könne sich sogar die Mühe antun und die Gewänder und sogar die Körper der Ballonfahrer hinterher genau untersuchen. Nirgends werde man Spuren gegenseitiger Durchdringung feststellen! (Ging da jemand hinter ihm? Bender blickte sich um, stolperte beinahe …) Und bestreue man gar eine der beiden Ballonfahrergruppen mit einer »nachweisbaren Pulversubstanz, wie etwa Mehl«, so finde sich nach Rückkehr der Flugvehikel kein Stäubchen derselben auf der jeweils anderen Gruppe. Dasselbe Experiment lasse sich dann mit beliebig vielen Ballonen, Korb-Passagieren und verschiedenfarbigen Mess-Substanzen wiederholen und – ja, Bender musste feststellen, dass ihm tatsächlich jemand folgte. Es war der Mann mit dem verbundenen Gesicht. Er schwang beim Gehen einen Spazierstock.

Bender schritt eine Weile dahin, die inneren Stimmen nun ganz erloschen, nur noch auf den Verfolger hinter sich lauschend. Kam der Kerl näher? Oder lief er nur durch Zufall denselben Weg? Bender bog in die Andreasstraße ein, dann ging er langsam in Richtung des jüdischen Friedhofs, vorbei am Kreisamt, diesem erzdüsteren Gebäude voller Dämonen. Weit entfernt war ein aufheulender Motor zu hören, und für einen Moment erschrak er, weil er dachte, das Geräusch käme aus ihm, beim Ausatmen. Er tat so, als steuere er den Haupteingang des Friedhofs an, aber schwenkte dann, wie aus einem plötzlichen inneren Entschluss, nach rechts und überquerte eine Wiese. Wenn einer dir quer über eine Wiese folgt, dann will er was von dir, dachte Bender. Und tatsächlich schien die Gestalt mit dem Verbandskopf zu überlegen, ob sie ihm nachgehen wollte. Sie tat es. Bender wandte sich ab und eilte weiter. Bei jedem Schritt spürte er, durch den Grasteppich hindurch, die verlässliche Härte des Planeten.

Nun erinnerte er sich, dass er keine Ausweispapiere bei sich trug. Wohin schlug man am besten mit der Faust, um sich zu verteidigen? Manche sagten, der Adamsapfel sei die sensibelste Stelle. Aber der Verfolger hatte einen offensichtlich verletzten Kopf, also bot sich dieser als ideale Angriffsfläche an. Warum suchte der Kerl überhaupt eine Auseinandersetzung, während sein Kopf noch von Verletzungen heilen musste? Fühlte er sich – *wusste* er sich derart unzerstörbar? Das war nicht gut. Jenseits der Wiese lag der Kiosk von Herrn Lind. Perfekt, dort würde er sich aufstellen, da konnte ihm nicht viel geschehen. Herr Lind wäre Zeuge der Entführung. Entführung? Warum denke ich sowas? Wie soll einer mit verletztem Schädel mich entführen, dachte Bender und tat so, als müsste er lachen. Aus dem Kioskfenster leuchtote das gerötete, glänzende Gesicht von Herrn Lind, der seit dem nun bald ein Jahr zurückliegenden Grippetod seiner Frau zunehmend verwilderte. Manchmal sah man ihn am Ende des Tages neben seinem Kiosk stehen, wie von einem roten Rand umzeichnet, und nach Tauben treten.

Bender grüßte Herrn Lind und kaufte eine Abendzeitung. An einer Stelle des Asphalts wölbten sich die Wurzeln eines mächtigen Baumes, der, obwohl direkt neben der Wiese, seit

Jahren von einem Betonkranz und einem Metallgitter umgrenzt lebte. Bender stellte sich direkt auf einen der rissigen Betonhöcker und ließ sich sozusagen vom Baum tragen, während er, seitwärts schielend und in seiner Zeitung blätternd, den auf ihn zuschreitenden Angreifer erwartete. Am besten erst mal ganz nah herankommen lassen. Dann einfach mit den Knöcheln der rechten Hand direkt auf die dunkelste Stelle des Verbands, seitlich am Kiefer. Außerdem bekam ja Herr Lind alles mit. »Herr Leutnant«, hörte er, »Sie hetzen einen aber herum. Und das mit meinem Bein.«

Als die sich so ankündigende Gestalt direkt neben ihm Aufstellung genommen hatte, zog Herr Lind mit einem Mal die Läden seines Kiosks nach unten. Verblüfft wandte sich Bender nach dem Geräusch um.

»Herr Leutnant?«, wiederholte der Fremde.

Bender tat so, als fiele er ihm erst jetzt auf.

»Bitte?«

»Nett von Ihnen, dass Sie auf mich warten. Ich bin nicht ganz so gut zu Fuß, wie Sie sehen.«

»Ich denke nicht, dass wir uns kennen«, sagte Bender und dachte dabei: *Schau an, wie ruhig ich bleiben kann.* Er konnte auf dem Hals des Gegners keinen Adamsapfel erkennen.

»Nein, nein«, sagte der Mann und zündete sich, die Flamme gefährlich nah an seinem Verbandszeug vorbeiziehend, eine spindelige Zigarette an, »und ich hoffe, Sie nehmen mir meine kleine Intervention vorhin nicht übel. Ich wollte mich dafür entschuldigen.«

Der Spazierstock des Fremden besaß am einen Ende einen frechen schwarzen Gummistoppel, der direkt auf Bender zeigte.

Der Mann überreichte ihm seine Karte. *Florian Abt, Händler in Waren.* Bender steckte sie kopfschüttelnd ein.

»Sie sind ein sehr begabter Redner«, sagte der Mann.

»Danke.«

»Nur«, eine kurze Rauch-Huste-Pause, »nur das mit dem Quadrat der Geschlechter, Herr Leutnant, also ...«

»Ich bin schon lange nicht mehr Leutnant.«

»Weiß ich, weiß ich. Sie waren alles Mögliche seither. Ist auch Ihr gutes Recht. Also, die Quadratur der ... na ja, jedenfalls das mit der Vielehe, oder der Liebe zwischen Vater und Tochter. Geht alles über meinen Horizont. Aber Ihr Talent als Redner! Außerordentlich. Wenn Sie irgendwann mit Ihrem Wort für eine gute Sache einstehen wollen –«

Ein Flugblatt wurde vorgezeigt. *Das Rheinland den Rheinländern!* Doppelt unterstrichen.

»Na, na«, sagte Bender. »Tun Sie das weg.«

Er bemerkte, dass er seine Zeitung vor lauter Anspannung zu einem kleinen, verkrümmten Schalltrichter zusammengerollt hatte.

»Es geht in unserer Gemeinde in erster Linie um spirituelle ...«, begann er.

Herr Abt hob eine Hand, drei Finger abgespreizt.

»Drei«, sagte er. »Allein beim letzten Vortrag. Drei Damen, in den hinteren Reihen. Alle umgekippt. Fällt Ihnen vielleicht gar nicht mehr auf?«

Bender spürte: Ich werde rot. Und ein Juckreiz durchwanderte seinen Körper, wie eine langsame Scheinwerferfahrt. Er richtete seinen Blick zu Boden und sagte: »Damit habe ich nichts zu tun.«

Herr Abt schien amüsiert.

»Na gut«, sagte er. »Jedenfalls sind Sie ein Talent. Die Leute kippen um, wenn Sie reden. Sie gehören in große Braukeller. Ich war ja auch dabei, damals, achtzehn. Im Arbeiter- und Soldatenrat. Also, Herr Leutnant, sollten Sie je das Bedürfnis haben, für die richtige Seite einzustehen, auf der Rückseite der Karte finden Sie unseren Versammlungs-«

»Jaja, ich sehe schon, danke«, sagte Bender.

Herr Abt lachte und klopfte Bender auf die Schulter.

»Viel Glück für Ihre Gemeinde«, sagte er und verabschiedete sich.

»Gute Besserung«, murmelte Bender.

Seine inzwischen beinahe zu Brei zerknetete Zeitung immer noch mit beiden Händen festhaltend, wartete Bender noch einen Moment, ob der Laden des Kiosks nun wieder hochgezogen werden würde. Nein, er blieb unten. Bender verfluchte den feigen Herrn Lind. Schafe, alles Schafe! Und am Himmel, ja, natürlich, was sonst – da schwebte jetzt der Mond. Fantastisch. Alles perfekt organisiert. Bender versah den Mond mit Schimpfnamen. Das Ding besaß heute die Form eines menschlichen Ohrs. »Abnehmend« also, dieses lächerliche optische Verwirrspiel. Auf dem Weg zurück zum Gasthof *Zur Trompete* begegnete Bender der schwarzen Gummispitze von Abts Spazierstocks wieder, diesmal war sie ein briefmarkengroßes Bärtchen im Gesicht eines Obsthändlers, und später, beim Betreten des Lokals, fühlte er sie deutlich in seinem Inneren, direkt unter seinem Brustbein, als eine Art Maikäfer, der dort summbereit auf den entsprechenden Zauberspruch wartete: der Teufel.

Nach genauer Prüfung der hiesigen Klientel, erklärte Bender, sehe er sich leider gezwungen, diesem Lokal seine eben zugesagte Vortragstätigkeit wieder zu entziehen. Der Wirt nahm dies mit Verblüffung zur Kenntnis. Das ringsum tafelnde Schafsvolk hob kaum die trägen Blicke von den Tellern. Sehr bedauerlich, sagte der Wirt und wollte wissen, ob er sonst irgendetwas für den Herrn tun könne. Bender blickte in das Gesicht dieses verlorenen Menschen, mit einer Mischung aus Abscheu und Mitleid, dann sagte er, vor lauter widersprüchlichen Empfindungen in eine neutrale Sprache abrutschend: *»Do your research.«*

KINDHEIT

Geboren 1893 in Bechtheim, Kreis Alzey-Worms. Laut Dorf-
unterlagen am 29. Mai, allerdings später von ihm selbst
auf den 30. geändert. Hier wächst das Kind auf, unter der
Schirmherrschaft der Weinhänge, mit Sonne zwischen den
wellig gekämmten Hügeln, mit Trauben im Schuh, im Bett,
überall, und dem rötlichen Geruch der alten Ziegelei. Ein
Kirchturm saugt einen Vogelschwarm aus dem Himmel. Ein
Riese geht mit Sense und Eimer durch die Straße. Bei der
Einschulung dann der in der Mittagssonne immer stärker
werdende Geruch nach Schweinespeck, mit dem die Schuhe
der ärmeren Dorfkinder zum Glänzen gebracht werden. Der
Lehrer ist einer, der schwermütige Kinder so drollig findet,
dass er sie immer zu zwicken beginnt, wenn sie weinen.

Der Junge lernt blitzschnell schreiben und lesen, er lernt,
sich zu waschen und, auf Zuruf, sich zu beherrschen, er
spielt mit Zinnsoldaten, nascht vom Kerzenwachs. Die
Weinpresse im Keller macht ein Geräusch, das beim Einschlafen oft aus ihm selbst zu kommen scheint, vor allem,
wenn sein Magen knurrt. Dann das muntere Geratsche der
Elstern im Hof und das heidnische Gefühl beim Urinie-
ren im Wald, zwischen Dornen. Und manchmal bei Hoch-
druckwetter: ein plötzlicher, stechender Schmerz in der
Schädelnaht, dann spürt der Junge deutlich, wie sich in
den Nachbarhöfen die Brunnen vertiefen. Ein Eiszapfen am
Tor, wunderschön und helldurchsichtig im Tageslicht, dazu
Hammerschläge aus einem nahen Haus. Oder der Sommer
beginnt, und es liegen wieder vermehrt Kleidungsstücke
in den Wiesen, und die Gebüsche prasseln vor Sperlingen.
Und immerzu ernste Gespräche über die spätere Laufbahn
des Jungen, mit der ewig gleichen Erzählung von den zwei

tüchtigen Onkeln des Vaters, die beide zum Wohle der Menschheit Kaufmann geworden und seither irgendwo auf dem Globus verschollen sind. Es heißt, dass alle Kinder später einmal etwas werden. Was wirst du werden? Nach seinem ersten Becher Federweißer träumt der Junge die ganze Nacht von Nibelungenfahrrädern. Er weiß noch auf nichts eine Antwort. Unterdessen faltet sich das alte Jahrhundert, und ein frisches beginnt.

Am würzigen Kiesbettgeruch der alten Bahnstrecke erkennt er den Herbstbeginn. Er hat nun erste deutliche Muskeln vom Klettern und Laufen. Die Blätter fallen aus vollem Herzen und locken die riesige Spinne an, die tagelang im Fensterwinkel als Stadtwappen hockt. Der November bringt dann erste Fröste, und eine letzte Birne hängt mulmig draußen im Baum. Sie wird dem Jungen, je weiter sich die Kälte im Dorf ausbreitet, zu einer kecken und Mut spendenden Gefährtin. Mehrmals am Tag, auch auf dem Heimweg von der Schule, geht er zu ihr, um ihr sonderbares Schicksal zu bedenken. Am liebsten würde er sie läuten, wie eine kleine Hausglocke. Die Birne heißt vielleicht Gudrun, vielleicht Gesine. Sie ist bereits ganz erdfarben, verhutzelt, ihr Gewebe »weiß also schon alles«, aber noch reicht ihr Gewicht nicht zum Fallen.

Dann, bei einem Schulfreund, ein Nachmittag lang vor dem ersten Modellschiff. Wie fachmännisch da die Blicke werden, wie mutwillig die Gesten und Stimmen. Fast küsst Peter seinen Freund auf den haarflaumigen Nacken, als dieser sich über das prachtvolle Bastelwerk beugt. Als er dann gegen Abend aus dem Haus tritt, sieht er die Bäume in ihrem lichten schönen Leben wie riesige Menschen in der Straße stehen. Über all das hinwegbrettern, denkt er, rasend, brennend, in einem winzigen, die eigenen Körperkonturen genau einrahmenden Flugschiff! Er nimmt es sich vor, für später, als heilige Pflicht.

Dann 1904, die Wende im Leben, der grässliche Unfall des Großvaters Erich. Wenige Wochen nach der Einweihung der elektrischen Trambahn in Worms fährt dieser in die Stadt, gerät dort allerdings gar nicht unter die Räder des neuartigen Gefährts, sondern wird von einem der längst ausrangierten und nur noch eine Weile zur Zierde laufenden Pferde-Omnibusse überrollt. Das Bein entzündet sich, und Wundbrand beginnt drum rum zu wachsen, wie Efeu um eine Statue. Eines Morgens, nach einer Nacht voller Schmerzensschreie, holt man ihn mit dem Leiterwagen ab. Er kommt auf die Ladefläche und blickt, während zwei kräftige Männer ihn ziehen, staunend zu seinem Gehöft zurück.

Drei ganze Tage bleibt er fort, dann bringen sie ihn zurück. Er ist wieder da! Aber er lässt sich weder von seiner Tochter noch von seinen Enkelkindern anschauen. Er schämt sich sehr und versteckt seine untere Hälfte unter einer Decke. Als seine Angst etwas gewichen ist, darf seine Schwiegertochter ihm, der noch immer im Hof im geborgten Leiterwagen in der Sonne sitzt, genauen Bericht über die versäumten Tage geben. Dabei nickt er viel. Und nach einer Weile geht sein Blick in die Höhe, in die flämmchenhaft dünnen Spitzen der Pappeln auf der Straße, und sein Gesicht verzerrt sich.

Nun pocht auf einmal ein Holzbein durchs Haus.

An den immer früher mulmig werdenden Abenden singt die Mutter für den Jungen Lieder. *Es war ein König in Thule* ist darunter, und Peter merkt sich den Text, so wie das meiste, schon nach dem ersten Hören. Und dann eine ewig lange, stellenweise etwas derbe und alberne Ballade, in der allerdings ein anmutiger Vers über Bäume auftaucht: *Sie stehen auf der Erden / Mit segnenden Gebärden.* – Das gefällt ihm! Ja, den Satz kann man singen und in seinen Endsilben so unerhört auskosten und ausdehnen, regelrecht innerlich einstampfen kann man ihn. Er hebt sich den eingängigen Takt der Zeilen bis zur Schlafenszeit auf, indem er ihn beständig mit den Kiefern mahlt.

Nachts gibt es oft Schatten und Formen an der Wand. Aber nur selten ist etwas Deutbares dabei. Einmal eine Art Hase, der ihn lange ernst anblickt, ein andermal ein Schneckenhaus, das sich sehr langsam dreht. Die Mutter erzählt ihm eines Mittags, vermutlich weil ihr allmählich die Geschichten und Märchen ausgehen, vom heiligen Hieronymus im Gehäuse. Was ein Gehäuse ist, weiß der Junge. Es umgibt Nusskerne. Wie aber ist der heilige Hieronymus so klein geworden, dass er in eine Nussschale passt? Peter läuft hinaus vors Haus, randvoll mit Fragen, aber die Weinhänge und die Krähen wissen natürlich nichts, ebenso wenig die Wegränder, und der Weiher liegt ohnehin tagein, tagaus wie gepanzert da, spiegelklar und hellweiß unter dem Himmel, eine geschmolzene Ritterrüstung. Und alles so stumm, so auskunftsfeig, so abgekehrt und verschlossen. Wie kann das sein?

Und jeden Abend die Pflege des Beinstumpfs. Der Junge kann schon bald länger hinsehen, ohne innerlich zu verstummen. Schwarzbrot. So sieht es aus. Die Farbe bleibt ihm unbegreiflich, denn der Rest des Großvaters ist immer noch so hell, so gewöhnlich hautfarben wie früher. Wo also hört das eine auf, und wo beginnt das Neue?

Von der *Elektrisch'* in Worms wird im Haushalt viel gesprochen, viel geschimpft, aber der Warn-Gehalt der Meinungen bleibt unklar. Denn es war ja gar nicht die neue Trambahn, die dem Großvater das Bein gestohlen hat. Soll man nun trotzdem vor der neuen Elektro-Erfindung Angst haben, die in der Riesenstadt Worms durch die Straßen rollt? Oder ist die alte, überholte Verkehrsform das eigentlich Böse? Oder ist diese erst durch die Ankunft der Elektrifizierten böse *geworden*? Wird vielleicht alles, was von

elektrischen Strömen verschont bleibt, automatisch *teuf-
lisch*, wenn Elektrisches in der Nähe ist? – Außerdem will
ihm niemand verraten, wo das herrenlose Originalbein hingekommen ist. Stattdessen haben alle auf einmal *Termine*,
selbst der Großvater, der doch eigentlich nirgends mehr hin-
müssen sollte. Sie haben Ärger mit Ämtern, wo ihnen statt
der vier dringendsten Fragen immer bloß eine fünfte, völlig
neue und von gar niemandem gestellte Frage beantwortet
wird, aber dies immerhin in einem so prachtvollen Deutsch,
dass alle sich über den Amtsbrief beugen und ihn sogar bei
Tisch laut vorlesen.

Mit zwölf liest er die Bücher von James Fenimore Cooper
und später auch den *Robinson Crusoe*. Tagelang geht er
beeindruckt umher und stellt sich vor, sein einziger Ge-
fährte auf Erden sei dieser einzelne mysteriöse Fußabdruck
am Meeresufer, den Robinson eines Tages entdeckt. In der
Scheune im Hof sitzt der Junge und nutzt die Dunkelheit
und Kühle, um sich die eben gelesenen Szenen in der Erinnerung noch einmal deutlich vor Augen zu führen. Später baut er sich sogar seinen eigenen Crusoe-Fußabdruck im
Schlamm neben dem Teich. Im Roman wird erzählt, dass
der Abdruck direkt am Meeresufer liegt. Also ist dort ein
Fremder herumgelaufen. Aber wie – der Fremde hat nur einen einzigen Schritt gemacht und ist dann – ja, was? Weg-
geflogen? Mit Siebenmeilensprung auf einen ganz anderen
Teil der Insel? Warum ist da nur ein Abdruck? Es ist einfach
großartig, es macht ihn beim Lesen und Wiederlesen ganz
wahnsinnig! Und da, vor der Haustür, der immer noch einsam dastehende Stiefel, in dem früher das Bein des Großvaters steckte. In dem Stiefel sind jetzt manchmal Frösche.
Wenn er einen findet, bringt er das verirrte Tier hinaus zum
Teich. Erst Stunden später fällt dem Jungen eine mögliche
Deutung der Tiererscheinung ein. Aber da ist es bereits zu

spät und die wiedergekehrte Seele des Beins unrettbar im Teich versunken. Man muss in Zukunft besser aufpassen.

Er liest die Nibelungensage, die größte Geschichte aller Zeiten. Kaum zu glauben, dass das alles hier spielt, praktisch direkt vorm Haus, in der täglich betrachteten Landschaft. Hagen, Siegfried. Brunhild, die mit Gewalt genommen wird. Wie das wohl aussieht? Jemanden mit Gewalt nehmen. Um die Hüfte? Und das Lindenblatt zwischen den Schulterblättern, fast spürt man es dahinten knistern, wenn man sich abends auszieht. Der Junge versucht, allen von dieser einen faszinierenden Figur zu erzählen, Hagen, denn er will nicht einsehen, dass ein Mensch so sein kann, so sein darf, das hätte doch früher bemerkt werden müssen – aber dann, als in der Schule die Nibelungen gespielt werden in einer kleinen Theaterrevue, da meldet er sich freiwillig für die Rolle des Hagen, allerdings nicht mehr mit Eifer, nicht mehr auf seine johlende, lernfrohe Art, sondern mit düsterem Nachdruck: »Frau Lehrerin, ich spiel den. Ich spiel den Hagen.« Da fällt ihm bereits – im Frühling wird er vierzehn – das Stirnhaar ins Gesicht, und auch die Stimme beginnt sich zu senken.

Eines Sommers beginnt er damit, seine Träume zu notieren. Aber nach und nach bekommen die Träume – oder der Teil seines Verstands, der sie nachts ersinnt – mit, dass sie immer gleich am nächsten Tag notiert werden, und ab da geraten sie ihm allzu ausdeutbar und merkspruchhaft. Bald träumt er fast nur noch Niederschreibbares. Beim Erwachen fühlt er sich dann unerholt, blutleer, betrogen. Schließlich verwirft er die gefährliche Übung, nachdem er eines Nachts allen Ernstes von einem nussgroßen Schreiber geträumt hat, der sich Träume notiert. – Zur gleichen Zeit werden ihm die meisten Mitschüler widerlich, ja fast verdächtig. Wie lammfromm und lernbegierig sie sich allem fügen! Und zu Mittag liegt ein Fisch mit fiebrig gequollenem Totengesicht vor ihm. Alles Zeichen, alles sehr deutlich.

Und in seiner Nuss hockt währenddessen immer noch der heilige Hieronymus, stecknadelgroß sein Glatzkopf, kleinwinzig und doch so riesengroß, ja gottgroß, denn er ist heilig. Wie man das wohl wird? Der Junge hebt einen Stein auf, zufällig ausgewählt, und Ameisen strömen darunter hervor, wie unter Magnetwirkung. Dann liest er weiter in den Nibelungen und erledigt die Hausaufgaben in Geometrie, während er an Mädchen in Röcken denkt. Die freiliegenden Zahnhälse frisch gespitzter Bleistifte! Als ein Hufeisenmagnet ins Haus kommt, läuft er damit herum und findet überall magischen Kontakt. Aber dann der Fehler: Er läuft damit hinaus in die Natur und hält das Gespensterbesteck an alle Dinge, an Blumen, Erde, Baumstämme, aber sie sind immun, alle! Sie neigen sich nicht, spüren keinerlei Anziehung, alles reglos und unverständig und dumm – so ein Betrug! Es funktioniert nur drinnen im Haus, mit dem Universum hat es gar nichts zu tun!

Der Großvater ist beim Rotwein eingeschlafen, beide Hände in Geborgenheit eingerollt, wie eine Katze. Bei seinem Anblick drängt es den Jungen, in die Nacht hinauszurennen. Stell dir vor, da jetzt hinaus – und der schwarze Himmel hängt voller Luftschiffe. In königlicher Gemütsruhe schweben sie da, pflastern den dunklen Himmel mit ihren Formen, und du stehst vor ihnen, und sie wissen nichts von dir. Dann, sonntags, mit der Angel hinunter zum Teich mit seinen hohen, immernassen Birken und den Ufern, die aus vollen Schilfkanonen feuern. Die Fische besitzen riesige Mäuler, aus denen gelegentlich Luftblasen an die Oberfläche blubbern. Die Fische wissen alles. Alle so hellweiß und durchschimmernd, wie aus Samenflüssigkeit geformt, nach dem Bleigießprinzip. Dann gibt es hier noch Libellen: winzig kleine, ferngelenkte Kettensägen, allesamt vom Teufel besessen. Peter versucht, sie in seiner Mütze zu fangen. Ein einziges Mal gelingt es, und er spürt die Elektrizität des für Sekunden im Stoff gefangenen Wesens, und er lässt es schnell wieder frei, schnappatmend lachend über das kleine Kunststück. Hieronymus, du in deinem Gehäuse. Warte du nur, denkt der Junge. Und er reckt die Faust in die Höhe. Jede Nacht spritzt er drei-, viermal in ein Stofftaschentuch.

Mit fünfzehn dann die erste Liebe, einen Nachmittag lang. Das Mädchen heißt Magda, und er bekommt ihre Schenkel ums Gesicht gewickelt, im Ringkampf. Er sagt ihr, er habe in der Schule gelernt (er ist ein Jahr über ihr), dass der Mond hohl sei, und sie glaubt es für eine Minute, worüber er sich köstlich amüsiert, »Haha du glaubst auch alles!«, bis er endlich wieder von ihr in die Mangel genommen wird. Sie drückt diesmal fester zu, und er kann nur noch grunzend atmen, hält aber dennoch triumphal still im Zangengriff ihrer kräftigen Beine. – Dann auf dem Fahrrad mit ihr durch den Regen, sie vorne auf der Lenkstange mit ihrem Puppengewicht, und er fühlt ihre Haut, ihre Arme, besoffen vom Geruch ihres Rückens, und ihr hüftlanges Haar weht ihm gottlob ins Gesicht, während er in die Pedale tritt und seitlich an ihr vorbeilinst, um nicht vom Weg abzukommen. Sie küsst ihn mit geschlossenem Mund und macht dabei Summgeräusche. Hinterher geht er erhöht durch die Dorfstraßen. So hatte der unbekannte Verfasser des Nibelungenliedes doch mit jedem Wort recht! Zuhause taucht er den Kopf unter Wasser, und das Leben ist gut und gerecht.

Noch ein Jahr wohnt der Großvater mit ihnen. Von ihm hat der Junge, abgesehen vom Zeichnen und Rechnen, auch die Schwermut gelernt. Denn schwermütig ist der Großvater, so wie andere musikalisch sind. Er schleppt sich mit einer gewissen Anmut durch jeden Tag, will von nichts etwas wissen und nimmt dennoch seufzend an allem teil, steht nickend und überfragt neben allen Verrichtungen, hat die Daumen in die Hosenträger gehakt und wendet sich, als die jeweilige Sache, ohne sein Zutun, erledigt ist, erleichtert ab und geht kopfschüttelnd davon. Was nicht bis in seine Schwermut reicht, davon erfährt er nichts, das geht ihn nichts an. Er gibt den Pferden schon lang keine Namen mehr. Auch das alte Fuhrwerk müsste repariert werden, aber es ist inzwischen Frühling, da wird das auch nichts mehr. Alle Menschen gehen mit aufrechten Oberkörpern umher, durch Hohlwege voll schwarzem Holunder. Es ist überhaupt ein Wunder, dass der alte Mann sich nach dem Unfall nicht sofort in eine Pyramide oder einen steinernen Sockel verwandelt hat. Als beweglicher Mensch jedenfalls hält er sich nur noch mit Mühe in der Welt, und dass sich nach dem Unfall tatsächlich ein Teil von ihm aus dem Staub gemacht hat, scheint er nicht als Ungerechtigkeit, sondern lediglich als eine Art von geglückter Bruchrechnung zu empfinden. Er stirbt im Herbst 1909.

Das Holzbein bleibt. Es hieß zeit seines Lebens immer nur »Das«. Gib *das* her, wo ist *das*, wo hast du *das* hingelegt. Jetzt lehnt es in einem Winkel. Straßenbahnen, Stadtverkehr, Omnibusse. Ein Glück, dass die Weinberge hier solch einen Unfug nie zulassen würden. Im Frühjahr des nächsten Jahres erscheint dann der Halley'sche Komet und bringt seinen Segen. Einige Loute verlieren darüber den Verstand. Aber da ist aus dem Jungen bereits ein großgewachsener Nietzscheaner geworden. Dazu natürlich Kant, Fichte, Schleiermacher. Eben alle Großen. Auch mit den Evangelisten und Aposteln steht er auf Augenhöhe, kann Seuse, Tauler und Meister Eckhart auswendig hersagen. Doch inmitten der silbergeädert religiösen Innigkeit hat sich in ihm die räudige Fledermausseele eines Heiden erhalten: Er träumt jetzt jede Nacht wüst und filterlos, schnaubt und speit auf offener Straße und starrt fremden Mädchen so lange nach, bis er den Klang ihrer Vornamen auf der Zunge erahnen kann. Er beginnt zu rauchen, ans Studium zu denken, er verliert seine Unschuld an Iris, die ihn einen Sommer lang abschätzig liebt. Auf seiner Oberlippe wächst ein dünnes Probebärtchen. Sein Blick wird beim Sprechen oft romantisch und drängend. Und sogar Verse kann der Halunke – gereimt, frei, was immer man will!

DIE ERSTEN MENSCHEN

Herr Erdelmeier, der Briefträger, war ein rundlicher, anständiger Mann mit auffallender Barttracht: sehr kurz rasierte, an Tangramsteine erinnernde Kinn- und Backenpartien, die sich niemals veränderten. Der Bart durchlebte keinerlei Entwicklung, keine Jahreszeiten, keine Variationen. Er blieb symmetrisch, auch als eines Tages der Rhein zufror oder der Kaiser abdankte. Herr Erdelmeier kam morgens und abends durch die Schillerstraße, und immer zuerst an dem Haus von Frau Blun vorbei, einer älteren jüdischen Dame, die den Benders über die Jahre fest ans Herz gewachsen war. Sie war die Erste gewesen, die die frisch zugezogenen Eheleute willkommen geheißen und durch Lebensmittelgaben einige Zeit über Wasser gehalten hatte. Auch auf den kleinen Gerd hatte sie aufgepasst, als Charlotte mit dem zweiten Kind in den Wehen lag. Bender liebte Frau Blun mit der schlichten Verblüfftheit eines Enkelsohns. Die alte Frau besaß eine Katze, deren Tigerfell eine interessante Musterung aufwies, als versuchte die Flanke des Tieres irgendetwas zu buchstabieren, und eine rote Gießkanne, mit der sie jeden Tag auf den Friedhof zum Grab ihres Mannes ging (Grippe, 1918). Tagsüber hielt sie die Gießkanne angekettet vor ihrem Haus, direkt an der Gartenpforte, als hätte sie Angst, dass sie ihr gestohlen werden könnte. Aber wer stahl Gießkannen?

Wenn Herr Erdelmeier an Frau Bluns Haus vorbeiging, zeigte er bei einem bestimmten Fenster immer seine leeren Hände. Denn Frau Bluns namenlose Katze saß dort die meiste Zeit des Tages, und die leeren Hände bedeuteten: »Ich hab leider nichts für dich.« Hatte er der Katze irgendwann einmal etwas gegeben? Bender hatte es nie beobachtet. Das Tier selbst schien nie etwas zu erwarten, es saß bloß gern im Fenster. Niemand in der Gasse, nicht einmal Frau Blun selbst, konnte sich daran erinnern, dass der Briefträger der Katze je irgendeine Leckerei zugesteckt hätte. Aber dennoch schienen die beiden einander von irgendwoher zu kennen. Die Katze war sonst recht scheu und duckte sich weg, wenn jemand Fremdes an ihr Audienzfenster trat. Aber bei Herrn Erdelmeier blieb sie ruhig. Sie genoss seinen Anblick. Und er hatte nie etwas für sie.

Über Herrn Erdelmeiers Barttracht erzählte Frau Blun, dass er diese von seinem Vorgänger übernommen hatte. Der alte Briefträger war eines Tages, da das Jahrhundert gerade zu Ende gegangen war, plötzlich, zwischen zwei Briefzustellungen, ohne Schmerzgrimasse oder Protestlaut, auf der Straße hingefallen und dort leblos liegen geblieben. Man entdeckte nachträglich zwar allerlei chronische Leiden in seinem Körper, aber zwingende Ursachen für seinen plötzlichen Tod fanden sich keine, und ein neuer Briefträger übernahm die Route. Als sich der damals noch junge Herr Erdelmeier mit dieser Aufgabe betraut sah, folgte er, so wusste Frau Blun zu berichten, einem mitleidigen Impuls: Am Vorabend seines Dienstantritts setzte er sich mit einem Porträtbild des früheren Briefträgers vor einen Spiegel und gestaltete seine Frisur und seinen Bart nach dem verblichenen Vorgänger, *damit die Welt den Riss nicht so spürte.*

Charlotte war nicht enttäuscht, als Bender ihr von den drei missglückten Versuchen berichtete, einen Vortragsraum zu finden. Sie habe die neuen Broschüren an alle Gemeindemitglieder ausgeschickt. Bender dankte ihr. Was in der Post gewesen sei, fragte sie. »Ach, gar nichts. Dies und das.« Bender verschwieg, dass Herr Erdelmeier ihm sowohl einen Mahnbrief der Stadtverwaltung als auch einen Brief von Else, der nichts als ein frankiertes Rücksendekuvert enthielt, überbracht hatte. Else teilte ihm dadurch mit, er möge ihr den Schlüssel zu ihrer Wohnung zurückschicken. Sie machte offenbar wieder einmal »Schluss« mit ihm. Entzückend. Er zerknüllte das Kuvert und warf es in den Müll. Hinterher holte er ihren Schlüssel aus seiner Tasche und roch an ihm.

Im Mahnbrief stand auch nichts Neues. Bloß die wiederholte Aufforderung, die geplante Feier der sogenannten »Menschheitsgemeinde Worms« vor dem Lutherdenkmal zu unterlassen. Man drohte ihm mit Irrenhaus und Ordnungsstrafen. Bender zeigte dem Brief beim Lesen die Zunge. Die Dummheit dieser Leute tat ihm in der Seele wohl. Stell dir vor: sich dagegen zu *wehren*, dass Worms die Stadt der Menschheit wurde! *Gegen* die Menschheit zu sein! Dass die sich nicht schämten. Jaja, sie wollten am liebsten alles frei von Menschheit haben. Und ja, beim Universum hatten sie das auch geschafft, da lernte jedes Kind schon in der Schule, dass das da oben alles bloß aus Kugeln bestand, aus Wärme und Kälte und Schwärze und Kugeln Kugeln Kugeln, sonst nichts, nichts Menschliches, nur lauter in unergründlichen Kräftewirkungen einander für immer verfallene Riesenkörper, das Gegenteil von Menschheit. Die Heilung bestand in der, wie Bender es in seinen Vorträgen und Flugschriften nannte, »Weltallvermenschlichung«. Man musste ja schließlich, anders als die eitlen Physiker, eine Sprache verwenden, die jedes vernunftbegabte Kind begreifen konnte. Gerade Kinder beherrschten das Prinzip ohne Mühe: Ein verlorener Schal war betrübt und einsam, ein auf einen Zaunzacken gestülpter Handschuh dagegen lausbübisch und verwegen, eine Art Hase, und so weiter. Eine solche Vermenschlichung war, das sah er allerdings bald ein, im Falle des gängigen Weltbildes ein vollkommen heilloses Unterfangen. Da war eine winzige Kugel, umgeben von unendlichem Leerraum mit hier und da platzierten Nachbarkugeln und etwas größeren Hitzequellen, was, bitte, sollte das? Wie war es den

Gelehrten der vergangenen Jahrhunderte gelungen, mit stets ruhigem Geist und ohne innere Gegenwehr vor einem solch trostlosen Modell zu hocken? Warum implodierten sie nicht alle? – »Ich gehe noch etwas spazieren«, rief er. Charlotte war erstaunt. Aber das Mittagessen sei doch gleich fertig. Frau Bluns Rezept, das er so gern möge. »Ich bin nicht hungrig«, sagte Bender. »Nur ein, zwei Stunden. Mir kommen Gedanken, ich muss spazieren.«

Der Weg zu Elses Wohnung führte ihn am Kiosk vorbei. Bender grüßte Herrn Lind, der ihn allerdings nicht bemerkte; er wirkte heute vollkommen erloschen, lehnte wie totgeschossen in seinem Bretterverschlag, neben ihm ein Becher heißer Schokolade. Der Mann durchlebte jeden Tag alle Jahreszeiten der Trauer, eine Art Leidenskarussell. Die Vorfreude auf Elses Umarmung machte Bender leichtsinnig, beinahe hätte er Herrn Lind im Vorbeigehen eine Münze in die Schokolade geworfen. Ob sie sich heute wieder, nach dem üblichen Begrüßungsstreit, auf ihn setzen würde, auf sein Gesicht, mit vollem Gewicht? Oh! Wie wenig sie in dieser herrlichen Stellung immer zu wiegen schien! Und hinterher würde er ihr aus seinem neuen Luther-Flugblatt vorlesen. Ein prachtvoller Tag wird das! Else war, wie Bender sich gern als erotikfördernde Zauberformel vorsagte, *gelernte Schneiderin*. Böhmisch-österreichische Herkunft, hochgebundenes Haar, kreischender Nieslaut. Und wenn sie sich streckte: deutlich sichtbare Rippen. Sie hatte als junge Frau in Wien gelebt, jener kuriosen, unernsten Stadt weit im Osten, die sich Bender immer wie eine weihnachtliche, mit Fruchtzucker kandierte Version von Kiew oder St. Petersburg dachte. Sie sorgte für ihren schwachsinnigen Bruder, Bruno, den sie allerdings jedes Mal, wenn Bender zu ihr kam, aus der Wohnung schickte oder im hintersten Zimmer verborgen hielt.

Der Tag war stürmisch, in dunkleren Gassenwinkeln bildeten sich Gespenster. Die Elektrische zog mit ihrem Metallknurren um die Häuser. Bender bog in die Eisbachstraße ein. Die Äpfel im Baum vor Elses Wohnhaus hingen heute so dicht wie die neunundneunzig Namen Gottes. Bender kontrollierte seine Taschen. Dann streifte ihn, als er die Tür mit dem verbotenen Schlüssel aufsperrte, der Schatten einer Krähe. Wie armselig das Leben in der zweiten Dimension sein musste, sah man daran, wie rasch und formelhaft sich solche Vogelschatten bewegten und wie kompliziert und anmutig dagegen das wirkliche Tier.

Im Türspalt: Elses scheues Gesicht. »Ich bringe dir nur den Schlüssel«, sagte Bender. »Ich dachte, ich mache es lieber persönlich.« Er hielt ihn hoch. Sie trat zurück und ließ ihn in die Wohnung. Vertrauter Geruch, nach Kaffee, nach ihr, nach der ziegenartigen Schminke, die sie immer auftrug. Aus dem Nebenzimmer Poltern, rasche Bewegung. Wie sah Else heute aus? Wunderschön. Vielleicht etwas verheult und kampfbereit. Und da: Brunos Stimme. Else ging schnell, begleitet von einem ungeduldigen Schnauben, nach nebenan. Bender hörte ihre Stimme, dann Schritte, dann fiel eine Tür zu, und Stille. Er lächelte. Er steckte sich Elses Wohnungsschlüssel für eine Sekunde in die Nase, drehte ihn dort. Außerdem: wachsende Erregung. Er verbarg sie geschickt vor Else, als diese zurück ins Zimmer kam. Verschränkte Arme, abwartender Blick. »Wollen wir nicht erst einmal auftauen?«, schlug er vor.

Sie hielt die Hand auf. Er legte den Schlüssel hinein.

»Deiner Frau geht es gut, ja?«, fragte Else.

»Danke, sehr gut.«

»Fein.«

»Else, was hast du denn?«

»In den letzten zwei Wochen haben wir uns ganze zwei Mal gesehen! Was bin ich für dich?«

»Wie?«

»Warum kommst du jetzt zu mir?«

»Na, wegen dir ...«

»Ich meine, was ist deine Begründung, zu mir zu kommen?«

»Begründung ... Aber Else, was sind denn das für profane Kategorien heute.«

Sehr gut, ein Streit! Das führte in den meisten Fällen binnen Minuten zu Erotik. Bender versteckte seine Erregung und tat so, als suchte er, um das Gespräch besser führen zu können, nach einer Sitzgelegenheit im Zimmer: probeweises seitliches Einknicken der Knie, ratloses Sich-Umblicken, *hm, alles vollgestellt hier.*

»Gehen wir nach draußen«, sagte Else.

»Was?«

»Ja, komm. Wir gehen spazieren. Hier drin verlier ich den Verstand.«

Bender versuchte, sie zu umarmen. Sie wich ihm aus.

Sie öffnete die Tür und winkte ihm, komm jetzt, komm, aber bemerkte nun seinen Zustand. Seufzend schloss sie die Tür. »Na gut, wir warten einen Moment. Seitlich wegklemmen kannst du ihn nicht, nein?«

»Das tut weh«, sagte Bender.

»Soll es ja auch.«

Aber wenn sie so zu ihm sprach, erregte ihn das nur noch mehr. Bender deutete hilflos auf sich.

»Ist ja gut, ist ja gut«, sagte Else. »Ich verbuch's als Kompliment. Jetzt komm.«

Mit Else auf der Straße, das war seltsam! Sie ging bei ihm eingehängt. Bender begann zu frieren. Sie stellte die üblichen Fragen, knapp, fachmännisch. Wie ging es der Gemeinde? So, drei neue Mitglieder? Aha. Und den Kindern? Auch gut? Sehr gut. Und die Vorträge weiterhin gut besucht, ja? Also ganze drei neue Mitglieder? Bravo.

»Ja, drei neue«, sagte Bender, »aus Alzey, sie haben sich auch sofort mit Spenden beteiligt.«

Aha, soso, na dann. Else schüttelte den Kopf. Bender erschrak heftig, als er Frau Blun zu erkennen glaubte, aber es war, Gott sei Dank, nur eine ähnlich proportionierte Frau, die eine Gießkanne trug.

»Keine Angst«, sagte Else. »Erkennt dich schon niemand hier.«

»Nein, nein«, sagte Bender. »In der Gemeinde sind wir doch alle frei von –«

Else lachte.

»Ich muss Einkäufe erledigen«, sagte sie. »Kommst du mit?«

Eine Weile hielt Benders Tapferkeit der Situation stand. Aber vor dem Spielzeuggeschäft in der Kämmererstraße zerfiel sie ihm.

»Hier vielleicht nicht hinein«, sagte er.

»Ah, warum das?«, sagte Else. »Ach so, ist *sie* da öfter mit dir drin gewesen? Wird man dich schief grüßen?«

»Nein, nein …«

»Was machst du da? Klappst du den … Nein, du klappst wirklich deinen Kragen hoch? Och, ist das entzückend.«

»Es ist kalt.«

»Im Geschäft aber nicht.« Sie zog an seinem Arm. »Komm, ich brauche eine Puppe für Bruno. Du musst mir aussuchen helfen.«

Und so betrat Bender das bekannte Geschäft, in der Brust ein rötlich anschwellendes Druckgefühl. Seine Schädelnaht fing an zu schmerzen. Werde ich ohnmächtig? Er schlich geduckt hinter Else her. Die Verkäuferin bemerkte sie glücklicherweise noch nicht, sie hatte mit anderen Kunden zu tun. Überall vertraute Gerüche hier, süßlicher Staubduft, Holzleim, Blechautos. Gerds zweiter Geburtstag, das Quietschepferdchen.

»Du hast gedacht, heute gibt's Liebe, oder?«, sagte Else.

Sie standen in der Puppenecke. Vornüber gekippte, im Torkeln erstarrte Gestalten. Einige hatten die Arme, wie zum Empfang, nach oben gereckt, andere schienen zu schlafen, eine Puppe war nackt und wies am ganzen Körper schwarze Punkte auf.

»Wie du dich duckst«, jubelte Else. »Solltest dich im Spiegel sehen.«

»Nein, nein«, sagte Bender. »Du denkst ganz falsch.«

»Hmm, was ist mit der hier?« Else deutete auf die mit Punkten bedeckte Puppe.

»In der Gemeinde sind wir alle frei von Eifersucht, Else, das hab ich dir schon oft erklärt.«

»Jaja, hast du.«

»Charlotte weiß natürlich von dir, und sie feiert es. Ja, sie liebt dich, durch mich! Es ist die Quadratform der Geschlechter, das –«

»Warum kann ich sie dann nicht kennenlernen? Wenn sie mich so liebt.«

»Aber, Unsinn, das kannst du doch ...«

»Soso. Was denkst du über die hier?«

Else zeigte auf die traurigste Puppe, die Bender je gesehen hatte. Knubbelige, wie verkohlt aussehende Finger. Dazu ein starrer Blick, wie bei einer Geisel. Krummer Rücken, asymmetrischer Leib, Stoffräude.

»Sehr hübsch«, sagte Bender.

»Gut«, sagte Else. »Die nehmen wir. Soll er sich austoben an der.«

Nachdem die Auswahl erledigt war, meinte Else, er dürfe gern draußen vor der Tür warten, während sie zur Kasse gehe. Er bot ihr Geld an, aber sie sagte, von heiligen Männern nehme sie kein Geld, das wisse er doch. Also ging Bender hinaus. Trüber Himmel, Fassaden. Nicht einmal zu regnen hatte es begonnen. In diesem Augenblick liefen Menschen vorbei, die ihn kannten und grüßten. Erleichtert hob er die Hand. Schafe, dachte er.

Dann, auf dem Rückweg, Elses leise Stimme:

»Sag mal, was ist eigentlich so schlimm an mir, dass du nicht bei mir bleiben willst? Sag es ruhig. Ich kann's vielleicht ändern.«

»Nein«, sagte Bender. »Du bist perfekt, so wie du bist.«

Aber er sagte es ebenfalls leise, beinahe im Flüsterton. Sie hatte sich wieder bei ihm eingehängt.

»Warte, ich segne dich schnell«, sagte er.

Er tat es. Eine rasche Geste über ihrer Stirn. Sie blieb verdutzt stehen.

Mit einer Hand betastete sie ihre Stirn, dann stampfte sie mit dem Fuß auf: »Was soll das? Lass das!«

»Ich dachte nur, damit du siehst, wie perfekt ich dich –«

»Perfekt? Immer sagst du perfekt! Ich mache alles für dich, ich warte tagelang auf dich, halte sogar den Bruno von dir fern. Du musst ihn nicht einmal sehen, wenn du kommst! Und was bekomme ich dafür? Nichts, überhaupt nichts, nur gelegentliche Besuche. Sag, ist *er* das Problem? Ist es der Bruno?«

»Aber nein, nein …«

»Was nein?«

»Sowas darfst du von mir nicht denken, Else. Der arme Bruno, der kann doch nichts für …«

»Aber was soll ich dann denken?«

»Es ist nicht der arme Bruno. Außerdem hab ich ihn doch schon gesehen.«

»Was ist es dann, Herrgott noch mal! Was ist es? Warum kannst du nicht bei mir bleiben? Ich bin immer allein, ich hab es so satt!«

Bender machte einen Schritt von ihr weg, aber die Bewegung sah albern und taktlos aus, das spürte er. Wie sollte er ihr nur begreiflich machen, dass er ehrlich überfragt war?

»Als ich letzte Woche den schrecklichen Rausch hatte, war ich auch allein«, jammerte Else. »Selbst das musste ich allein aushalten.«

Bender lachte: »Was trinkst du auch so viel.«

»Weil ich so allein bin! Versetz dich doch in meine Lage.«

Zurück in ihrer Wohnung, bemerkte Bender, dass die Zeit bereits drängte. Er erklärte, dringend zurück an die Arbeit gehen zu müssen. Ein neues Flugblatt, noch lange nicht fertig. Was? Oh, nichts Besonderes, nur die Beziehung der Geschlechter, das Universum, und über eine mögliche Gewerkschaft der Mütter. Else setzte die Puppe in einen hohen Küchenschrank. Die werde dem Bruno bestimmt gefallen, sagte sie. Nur das eine Auge müsse man ein wenig besser annähen. Sie zeigte ihm, wie sie Stecknadeln mit den Lippen festhalten und – durch ein Lächeln – gleichmäßig spreizen konnte. Bender versuchte es, glücklich über den Themenwechsel, aber die Nadeln fielen ihm aus dem Mund, eine fand sich gar nicht mehr, obwohl sie beide nach ihr suchten. Er verabschiedete sich unter leisen Entschuldigungen.

Bender bog gegen drei Uhr in seine Straße, am Rande der Erschöpfung, in seiner Tasche immer noch Elses Schlüssel. Er kam an einer Leiter vorbei, blieb stehen und zählte, obwohl er deren Zahl mit einem Blick erfasst hatte, jede ihrer fünf Sprossen einzeln. Dann kamen ihm allerlei Dreiecke aus dem unregelmäßigen Straßenpflaster entgegen, alles verband sich zu Reihen von Dreiecken. Ein fetter Junge hielt einen Ball in der Hand, und das direkt vor dem Zeitungsaushang an Herrn Linds Kiosk. Der Anblick des Jungen erboste ihn. So versunken in das Ablesen der Weltneuheiten! Dir sollte man eine Münze in den offenen Rachen werfen! Bender suchte in seinen Taschen nach einer, aber sie waren leer. Das heißt, nein, da war … was war das? Er holte den glatten, runden Gegenstand hervor.

Ein Schminkdöschen.

Else? Sie hatte ihm … Nein, das hatte sie nicht. Aber ja, doch, es war ihr Geruch, eindeutig. Ihr Nacken. Bender kehrte um, immer noch ruhig. Dann blieb er stehen. Frau Blun kam die Gasse herauf. Sie winkte freudig, und er erwiderte den Gruß. Alles wie immer. Gießkanne, Mantel. Katze im Fenster.

Zurückbringen, natürlich, das musste er. Irrtümlich hier in seiner Manteltasche. Oder hatte sie es ihm absichtlich hineingelegt? Hitze stieg ihm ins Gesicht. Dann ein Juckreiz im Nacken, den Rücken hinunter. Und ein weiß leuchtendes Sandkorn flammte vor ihm auf, nur im linken Auge. Er blinzelte es schnell weg. Eine mörderische Wut packte ihn, aber gleich darauf heftige Scham, und er hatte das Bedürfnis, sich hinter die Hecken zu ducken. Dabei hat es heute, sagte er sich, gar keinen richtigen Streit gegeben zwischen uns! Nein, es war eigentlich schön, ganz am Ende. Warum sollte sie da …? In einem Gebäude am Ende der Straße wurden Fensterflügel geöffnet: Zwei Lichtflecken rasten, kurz hintereinander, über die gegenüberliegende Fassade. Sang da jemand? Oder war es nur das Geräusch der Tore von der Valckenberg'schen Wollfabrik, das, durch mehrere Gassen gedämpft, zu ihm herüberwehte? Bender bemerkte, dass er immer noch das Döschen in der Hand hielt. Musste er es nicht loswerden, bevor er sein Haus betrat? Ja. Aber einfach in den Rinnstein werfen? Was, wenn Else es vermisste und einen anderen Schachzug von ihm erwartete? Vielleicht schickte sie, wenn er nicht darauf reagierte, einen Brief mit einem weiteren Döschen, direkt an *Frau Charlotte Bender* adressiert. Er prüfte den Geruch. Ja, das war ihrer. Der schon einige Male zuhause ungut aufgefallen war.

Er stutzte. Vielleicht hatte Else … Nein, konnte das sein? Er hatte einen Gedanken, so ungeheuerlich, dass er ihn zuerst im Stehen, mitten auf dem Bürgersteig, innerlich durchfühlen und prüfen musste, bevor er nach ihm handeln konnte. War es möglich, dass Else ihm *helfen* wollte? Denn ihr Geruch war in diesem Döschen, und er brachte diesen seit einigen Monaten regelmäßig nach Hause. Charlotte hatte ihn bemerkt. Sie fragte ihn manchmal, was da so roch, so irgendwie leicht nach Schaf, nach Weide ... Und jetzt hatte er die Quelle des fremden Geruchs in der eigenen Tasche und konnte, oh, ja, tatsächlich, er konnte also irgendeinen Gegenstand im Haushalt auswählen und ihn damit sanft bestreichen und dann sagen: Dieser Geruch, Charlotte, von dem du immer sprichst, kann es sein, dass er vom Holzgriff dieses Messers hier kommt? Da, schau. Und sie würde den Kopf neigen und zugeben müssen: Ja, genau dieser. Was das wohl sein mag? – Mein Gott, Else, sie liebte ihn wirklich, sie wollte ihn retten! War sie vielleicht doch würdig, in leitender Funktion in die Gemeinde aufgenommen zu werden, trotz des damit verbundenen Risikos? »Unglaublich!«, sagte Bender laut.

An diesem Abend schrieb er, begeistert von Elses großmütiger Tat, weiter an seinem Text zur geplanten Lutherfeier. »Siegfried und Brünnhilde, das Wormser Paar aus dem Osten und Norden, musste sich in der Sinnenschönheit und Kultur der romanisierten Burgunder verstricken, weil sie den römischen Sinnesreizen gegenüber noch nicht die Werke und Erscheinungen zu schaffen vermochten, welche nötig gewesen wären und heute noch nötig sind, um den Zeugungswillen der Germanen und Slawen, der Deutschen und Russen durch die griechisch-römische Welt hindurchzuleiten. Sie erlagen dieser verfeinerten Kultur und mussten ihr unterliegen, weil sie in der Bibel den dunklen Zeugungswillen der Unendlichkeit sich als Hagen gegenüberfanden, der mit der Raumspitze der ins Unendliche weisenden Treue gegen sich selbst den Speer gegen Siegfried zückte, als dieser, vom Zaubertrank und Rheinwein oder Burgunderwein berauscht, seine Treue gegen Brünhilde vergaß und damit die unerlässliche Grundlage aller schöpferischen Sinneslust, die Gemeinschaftlichkeit im Paarungswerke, verletzte. Aber Siegfried und Brünnhilde werden wiederauferstehen, die menschliche Kirche wird Hagens Speer aus Siegfrieds Rücken ziehen und im Namen aller Kinder der Menschheit unter Zustimmung und im Beisein Brünnhildens ihm die sinnlichen Freuden Krimhildens geben und Gunter auch diejenigen Brünnhildens, ohne dass wieder im Osten, im Odenwald, Mord und in Ungarn und Russland blutiges Gemetzel die Nibelungen in Not bringen wird.«

Dem folgte ein Brief an Johannes Lang, den in Frankfurt lebenden Astrologen, der, neben dem großen Karl Neupert in Augsburg, seit einigen Jahren über die Hohlwelt publizierte. Die Adresse fand sich in Langs letzter Broschüre, *Kopernikanische Irrtümer*, 27 Mark. Bender wählte einen freundlichen, aber nicht unterwürfigen Ton. Er schrieb Lang von seinen geometrischen Theorien zur Umlaufzeit der Erdschale. Er hob seine eigene Adresse durch mehrmaliges Unterstreichen hervor.

Zu später Stunde tauchte er einen Finger in Elses Schminkdöschen und ging durch die Wohnung. Mit betont sanften Berührungen bestrich er einige Dinge, die üblicherweise nur Charlotte angingen: Kochlöffel, Töpfe, Kleiderschrank, Rückseite des Englisch-Lehrbuches. Dann legte er sich zufrieden hin. Ein anstrengender Tag! Er hörte seine Frau mit den Kindern streiten, fühlte sich kraftvoll und geborgen und entwarf Eroberungsfantasien in Bezug auf Else. Nein, noch war ihm nicht nach Einschlafen, also holte er den heute früh eingetroffenen Mahnbrief und las ihn im Liegen noch einmal.

6.1.1921

Betreffend: Peter Bender aus Worms; hier Strafanzeige wegen Gotteslästerung und Verbreitung umtriebiger Geisteshaltung.

An das Kreisamt
WORMS

Auf Ihre Zuschrift vom 5.1. Mts erwidern wir ergebenst, dass der Untersuchungsrichter durch uns mit der Sache befasst ist. Es wird sich voraussichtlich in der Untersuchung hauptsächlich darum drehen, ob und inwieweit §§6 des Bürgerl. Gesetzbuches in Anwendung gebracht werden kann. Wir erlauben uns auch auf die Bekanntmachung betr. den Erlass eines Regulativs für die Landes Heil- und Pflegeanstalten etc. vom 9.12.1911 §§7 hinzuweisen. Vielleicht ist ein Einschreiten unter diesem Gesichtspunkte für Sie tunlich.
gez. Stigell

Dann ein Anhang:

Betrifft: Strafsache gegen den Schriftsteller Peter B e n d e r in Worms wegen Gotteslästerung.

An das Kreisamt
WORMS

Nach dem Gutachten des Kreisgesundheitsamtes Worms ist bei Bender eine krankhafte Störung im Sinne des §51 Str. Ges. B's anzunehmen, jedoch eine Untersuchung durch einen Psychiater geboten. Es hat deshalb gemäß §81 Str. P.P. beantragt, den Bender einer Irrenanstalt zur Beobachtung und Begutachtung zu überweisen. Die Akten befinden sich z.Zt. bei der hiesigen Strafkammer zur Entschließung auf diesen Antrag.

Ihr Gesuch um Aktenüberlassung habe ich an die Staatsan-
waltschaft dahier abgegeben.
Mainz, 8.2.1921
gez. Jourdan

Nach einer Weile kam Charlotte zu ihm ins Bett. Sie durfte den Brief nun ebenfalls lesen. Es war ganz still im Zimmer. Als sie fertig war, lobte sie ihren Mann für diese Leistung. Aus diesen Zeilen spreche doch eindeutig Angst.

»Ja, nicht wahr?«, sagte Bender. Und fügte flüsternd hinzu: »Sie drohen mir mit Irrenhaus. Ist das nicht märchenhaft?«

Charlotte drehte sich zu ihm, schmiegte sich an ihn und legte eine Hand auf seine Brust. Die Hand begann den Stoff seines Schlafhemdes zu kneten. »Ins Irrenhaus, wirklich ins Irrenhaus«, wiederholte er.

»Ich weiß«, sagte Charlotte. »Ich bin so stolz auf dich.«

Dann lag sie lange vollkommen ruhig da, sodass man glauben konnte, sie sei eingeschlafen. Aber da zog sie, als wäre gar keine Zeit vergangen, plötzlich seine Hand zu sich, wiederholte: »So stolz«, und küsste seine Knöchel. Er ließ es geschehen, es fühlte sich komisch an, leicht sexuell, aber schwer einordnerbar.

Aber da veränderte sich mit einem Mal ihre Körperspannung. Bender kannte das sonst nur, wenn seine Frau im Schlaf furzte. Man spürte es zuerst in der Matratze, ein Wölben.

Lotte setzte sich im Bett auf.

Sie hielt immer noch seine Hand. Sie schnupperte an ihr.

»Das riecht ... nach Fotografien«, murmelte sie. Und kehrte, als hätte diese Einsicht sie beruhigt, zurück in die Schlafposition, eng an seinen Körper geschmiegt. Beide schliefen lang und tief in dieser Nacht.

Am nächsten Morgen fanden sie eine Stecknadel, direkt

im Bettlaken. Keiner hatte sich an ihr gestochen. Charlotte meinte, die Nadel noch nie gesehen zu haben. Sie zog sie vorsichtig heraus, betrachtete sie gegen das Licht. Sehr sonderbar. Was der Herrgott sich alles erlaubte.

DER FREIWILLIGE

Im Spätherbst 1914 meldet sich der Student Peter Bender direkt von der Universität Heidelberg weg zur Fußartillerie, dann später freiwillig zur Infanterie. Zum Teil wegen Nietzsche, aber auch wegen der Nibelungen. Die seiner Geburtsstadt nächste Sammelstelle ist in Worms, jener Stadt, die dem Großvater das Bein geraubt hat. Die sofortige Umsetzung des Marschbefehls beinhaltet einen Umweg. Nicht verpflichtend, aber alle gehen hin, also schließt auch er sich an. Vor dem Geschäft des *Grossh. Hess. Hofphotographen* Herbst am Lutherplatz nimmt man Aufstellung, mit vollem Marschgepäck, und ein sich eigenartig langsam bewegender Herr mit ausschließlich um die Ohren wachsenden Haaren baut den Apparat vor ihnen auf. Sofort zeigt Bender ein Lächeln. Aber man winkt ab. Dauert alles noch. Man steht, wartet. Sonne auf den Schultern. Als der Apparat auch nach dreimaligem Versuch nicht funktionieren will, werden ihnen allmählich die Helme schwer. Bislang sind von Bender nur Passbilder gemacht worden, immer nur das Gesicht. Es ist seine erste Ganzkörperaufnahme.

Einmal wäre es beinahe geschehen, noch als Kind, aber dann kam etwas dazwischen. Die ganze Familie wurde damals abgelichtet, jeder einzeln dastehend mit dem frühlingskahlen Weinberg im Hintergrund, aber es gab ein Problem: Dem Jungen wurde jedes Mal panisch zumute, wenn alle von ihm abrückten, als wollten sie dem Schädlichen ausweichen, das ihn da gleich treffen würde. Also lief er ihnen jedes Mal hinterher. Der Fotograf hatte es eilig, und die Familie verfolgte, da der Preis derselbe blieb, die Sache nicht weiter. »Wenn der Junge nicht will …« Es gab ja Porträtbilder. Hinterher besaßen alle ein Ganzkörperbild von sich, auf dem sie für immer ablesen konnten, was für eine Figur sie zu jener Zeit auf der Erde abgegeben hatten, bloß der Junge nicht, und er lief den ganzen Tag mit einem Gefühl herum, als würde er im Rücken von einer starken Lampe angeleuchtet. Nachts bildeten sich dann Gestalten in der Dunkelheit, die alle wie fotografiert aussahen; sie lächelten, standen aufrecht, hielten still.

Für welchen seiner Kameraden ist es wohl ebenfalls das erste Mal, dass er ganzkörperfotografiert wird? Bender denkt: Das ist es jetzt. Er hat immer wieder darüber nachgedacht. Mit einundzwanzig zum ersten Mal ganz. Ist das peinlich? Ja! Alle anderen haben es schon viele Male erlebt. Man sieht es an dem stummen Hurra ihrer Körper. Die kennen das alle, die wissen, wie's geht.

Aber jetzt kommt es wohl gleich.

Gleich.

Jetzt dann.

Der *Hofphotograph* gibt ein Handzeichen.

Und ...

Wird man das Bild hinterher erwerben können? Wo kommt es hin? Wie viel wird es kosten? Oder wird es in der Zeitung gedruckt? In der Auslage des Fotografen?

Ja, man sieht einigen Kameraden an, dass sie alle genau wissen, wie das geht, das Abgebildetwerden. Man stellt sich hin, existiert im Raum, wird zum Gliedermann mit Kragen und Schnurrbart. Offenbar können alle ihre Gesichtsmuskeln entspannen, wann immer sie wollen. Bender versucht es, aber es ist unmöglich. Etwas krampft da in ihm.

Der Fotograf gibt ein neues Handzeichen.

Kopfschütteln, Entschuldigungen.

Er versucht es ein weiteres Mal.

Da kommt ein Geräusch, aber keine Explosion. – Aber würde überhaupt eine Explosion erfolgen? Und welches Element des Apparats sollte explodieren? Dann ein zweites, um einiges leiseres Geräusch. Ist es das gewesen? Sind wir jetzt endlich da drin, in diesem Apparat?

Da schüttelt der Fotograf den Kopf, als könnte er Benders Gedanken hören. Er winkt ab, erklärt, man möge bitte noch stehen bleiben. Gleich, gleich. Und er gibt ein völlig neues, geheimbündlerisch anmutendes Handzeichen.

In diesem Augenblick läuft eine Ziege über den Lutherplatz.

Bender ist ihr Anblick sehr willkommen, denn langsam wird ihm etwas dumpf und langweilig ums Herz. Die Sonne deutet an, gleich hinter einer Wolke zu verschwinden, glüht dann aber umso heller auf. Er stützt sich inzwischen, so wie einige Männer neben ihm, auf sein Gewehr, das, noch patronenlos, im Augenblick ohnehin bloß ein Geh- und Gestikulierstock ist. Immerhin, der Helm ist inzwischen auf seinem Kopf »eingewirkt«, wie Salbe, er spürt sein Gewicht nicht mehr. Einige Männer deuten nun lachend auf das Tier – woher ist es gekommen? Aber da erscheint ein junger Rekrut, erkennbar an der schiefsitzenden Mütze, der der Ziege nachläuft. Nach einigen Metern hat er sie eingeholt und zieht sie am Strick. Die Geiß meckert und bockt und beschnuppert, nach einer uneleganten Drehung, sofort den Bauch des jungen Mannes – und dieser wendet sich, sein Gesicht verzerrt zu einer hässlichen Fratze, zu den marschbereiten Soldaten um, während die Ziege in die entgegengesetzte Richtung zerrt. Der Fotograf gibt keine Handzeichen mehr. Auch er studiert nun die Ziege.

Aber da platzt etwas, Bender zuckt zusammen, ertappt, und ein winziges Rauchwölkchen hängt in der Luft, löst sich auf, und einige Leute klatschen. War es das? Ich bin jetzt also, denkt Bender. Aber ich war doch noch gar nicht bereit. War irgendjemand bereit? Aber die Ziege ... Wie haben die es kommen sehen? Es hat nicht einmal ein Zeichen gegeben. Außerdem die Ziege. Der Fotograf weist die Männer an, wegzutreten. Er ist fertig. »War es das?«, fragt Bender seinen Nebenmann. Aber schon löst sich der Haufen auf. Gemurmel, Gemaule. Dann Marsch Richtung Rheinbrücke.

Als er den Platz verlässt, blickt Bender noch einmal zurück zu dem Apparat, der nun, wahrscheinlich, einen winzigen, aufrecht stehenden Peter Bender enthält, in diesem Moment natürlich noch unentwickelt, ein reines Gerücht auf der chemischen Fotoplatte, eine Gespenstersage, die erst später irgendwann zum handfesten Bild wird. Nämlich dann, wenn ich längst nicht mehr in der Stadt bin. Aber noch bin ich da, denkt er. Und zugleich bereits bin ich da drin. Ist das nun eine Komödie oder eine Tragödie?

Nein, man hat es wirklich nicht gespürt. Und die Ziege schreit.

Im Vorbeimarschieren begegnet er dem Blick des Rekruten mit der Ziege. Wer ist dieser Mensch? Er steht da vollkommen erstarrt, wie eine lebensgroße Pappfigur, neben einem Gebüsch und hält die alberne Geiß am Horn, und seine Augen folgen eindeutig denen von Bender und niemandem sonst. Da begreift dieser auf einmal, dass es, egal was Gott dem Kaiser befohlen haben mag, nicht im Geringsten *normal* ist, in den Krieg zu ziehen. Erst recht nicht zu Fuß. Erst recht nicht, nachdem man gerade sein Körperbild auf diese kuriose Weise auf einem öffentlichen Platz zurückgelassen hat. Und auch die Ziege starrt. Aber ihren Blick erhascht Bender nicht. Sie beobachtet und verfolgt irgendetwas anderes, das sich, der Drehung ihres Halses nach zu urteilen, etwa auf Kniehöhe der marschierenden Soldaten in der Luft befinden muss, irgendein unsichtbar zwischen ihm und seinen Kameraden schwebendes und mit ihnen mitmarschierendes Ding, das trotz seiner Substanzlosigkeit für die Ziege ungemein interessant zu sein scheint, vielleicht ist es eine wie sie, eine spiegelbildliche, umgekehrt geladene Schwestergeiß aus der Welt unterhalb der Erde. Vielleicht ist sie seine Fotografie. Vielleicht sieht das so aus, wenn man zur Gänze in ein Bild verwandelt wird, für immer.

DER WEG ZU LUTHER

Seit 1920 trafen sich an vielen Orten Deutschlands, auch in Rheinhessen, junge, noch stark vom Weltkrieg her kommende Männer zu Lesekreisen, in denen man sich, zur Verhütung künftiger Kriege, gemeinsam den Rätseln der Mutterschaft annäherte. Man stopfte sich den Bauch aus, man stand einander bei, man beschrieb das marienhafte Glühen rund um den Kameraden, man übte Wehen. Ein- oder zweimal hatte Bender so einen Kreis besucht, wo er unter all den Junggesellen als frischgebackener Vater allerdings ungünstig auffiel. Man befragte ihn scheu zu seiner Frau, wie das denn sei mit ihr, und er antwortete wahrheitsgetreu. Diese jungen Herren erkannten einander am »mütterlichen Handschlag« – einem eindrucksvoll komplizierten Manöver – und der entsprechenden Grußformel: »Ad matres!« Gemeinsam las man Stefan George, Ludwig Klages und zitierte Alfred Schuler. Einmal kam Bender mit leichter Verspätung zu den *Ad Matres* in der Spiegelgasse, Ecke Kämmererstraße und traf sie zu seiner Überraschung gerade beim Anprobieren einiger Kupferrüstungen an. Das heißt, die Rüstungen waren bloß rötlich gefärbt und stammten aus dem Fundus des Theaters. Um das große Zeitalter der Mütter einzuleiten, veranstalteten die Jungmänner in zweimonatlichem Abstand eine sogenannte K o r y b a n t i a s i s.

Wie man sich das vorstellen müsse? Bender erfuhr gleich als Erstes, dass man für ihn leider keine Rüstung habe. Er verstand und setzte sich folgsam in eine Ecke. Der große Alfred Schuler hatte diese Technik entwickelt. Das war ein weiser Herr aus München, von dem, wie die Buben nicht müde wurden zu betonen, keine gedruckten Bücher oder Schriften existierten, aber dessen blutselige Gedankenwelt dennoch alle im Schlaf herleiern konnten. Eines Tages hatte Schuler eine Idee gehabt, wie man dem damals, in den letzten Atemzügen des Jahrhunderts, bereits vollständig umnachteten Friedrich Nietzsche (Bender horchte auf) wieder zu Kraft und Gesundheit verhelfen könnte: Korybantiasis. Dies meinte einen Tanz von »Korybanten«, das heißt in Kupferrüstungen gekleideten Jünglingen. Dummerweise fanden sich damals keine Jünglinge und auch keine geeigneten Kupferrüstungen, also blieb der arme Philosoph weiterhin umnachtet und starb. Alfred Schuler war 1865 in Mainz geboren worden. Für seine Wiedergeburt mitten in der Zeit des Krieges war ein bösartiger Dämon namens Eudominus verantwortlich gewesen. »Ach so«, sagte Bender. In München begann Schuler dann ein Studium der Rechtswissenschaften und der Archäologie. Später hielt er Vorträge über die Geheimnisse des Altertums und über Okkultismus. »Dann verliert sich seine Spur«, sagte Justus Keller, der redseligste und zutraulichste der Matridianer. Seine Schienbeinpanzer rutschten immer wieder aus der Verankerung.

»Und wie war es diesmal?«, fragte Charlotte.

»Sehr gut«, sagte Bender. Er setzte sich hin, stützte den Kopf in die Hand, fuhr sich dann ein paar Mal über das Gesicht und wiederholte: »Sehr gut.« Dann fügte er hinzu: »Ich werde da nicht mehr hingehen.«

»Warum denn?«

Bender blickte seine Frau an. Sie erschien ihm so hinreißend, dass er am liebsten umkehren und einen der Matridianer ohnmächtig schlagen wollte. Brust auf, ausschaben, mit Nacktschnecken füllen, zunähen, fertig.

»Die Jungen gebärden sich etwas zu real«, sagte er.

*

Herr Doktor Jourdan las laut aus der von Bender für die 400-Jahrfeier von Martin Luthers Wormser Auftritt verfassten Flugschrift vor: »»Das Wort vom Kreuze oder die Bibel lehrt, die geschlechtlichen Beziehungen zwischen Männern und Weibern seien Zeugungsakte, die Umarmungen aus Lust und Liebe aber seien Sünde. Wie steht es nun mit der Wahrheit dieser Lehre? Handeln die Christen danach?‹«

Bender wartete ab. Aber noch ging es nicht weiter.

»Ich verteidige mich nicht«, gab er zu Protokoll.

Dr. Jourdan bat die Stenotypistin, für einen Augenblick »den Raum zu wechseln«. Sie sah ihn krummrückig an, dann stand sie auf, entringelte ihren eigentlich noch imponierend jungen Körper und ging aufrecht durch die Tür.

»»Tun es wenigstens die Frommen und die Pfarrer? Zur Antwort sei hier am Kreuze eine kleine Rechnung aufgestellt: In Deutschland allein mit seinen 65 Millionen Menschen werden etwa 40 Millionen geschlechtsreife Männer und Weiber oder 20 Millionen Paare vorhanden sein. Auf jede Woche für jedes Paar im Durchschnitt eine Umarmung oder 50 im Jahre ergibt für Deutschland im Jahr 1 Milliarde Umarmungen, von denen bei 1 Million Geburten sage und schreibe 999/1000, also so ziemlich alle, nach den christlichen Geboten überhaupt nicht geschehen dürften: Diese schändlich-ungeheuerliche Verleugnung der Unterleibswelt durch das Wort vom Kreuz wird zum Symbol der Hölle, wenn man sich die Gebärmutter und Scheidenöffnung aller Christenweiber als Riesenhöhle vereinigt denkt, in deren Dunkel die samenspendenden Christenmänner Gottes Segen wüten lassen. Dieser Stinkfluss, dieses Europa-Bordell ist der Ort, von dem uns die Störche holen. Wir sind in der Hölle geboren.‹«

Bender nickte.

»Sie lieben, wie es scheint, die Mathematik!«

»Eine meiner Primärbegabungen.«

»Nun, ich glaube«, sagte Jourdan, »dass ich nicht weiter vorzulesen brauche, oder?«

»Doch, bitte.«

»Warum?«

»Weil es noch weitergeht.«

»Nein, mehr braucht es gewiss nicht. Frau Lepus, Sie können wieder hereinkommen!« Die Stenotypistin trat in den Raum. Sie hatte offenbar gleich um die Ecke gewartet. Sie machte noch immer keinen sehr beteiligten Eindruck. Bender segnete sie, als sie an ihm vorbeiging. Er hatte sich eine Gerichtsverhandlung ganz anders vorgestellt. Mit Publikum, mit Reihen von Verteidigern und mit Anklägern. Das hier war einfach ein Raum. In dem Raum drei Menschen.

»Aber Herr Vorsitzender, wenn Sie an dieser Stelle abbrechen, missverstehen Sie meinen Gedankengang.«

Aber dem Vorsitzenden sah man an, dass er das Bild von der Riesenhöhle nicht mehr loswurde. Wahrscheinlich sah der arme Mann nun weibliche Geschlechtsteile als ungeheure Rochen durch die Luft schweben, sich auf Ahnungslose legen und sie niederringen. Gewöhn dich daran, dachte Bender. Nach einer halben Stunde hatte er seine Strafe und durfte gehen.

*

Else wollte nicht einsehen, weshalb sie nicht zu Benders Vortrag kommen durfte. Sie könne doch ganz still hinten in einer Ecke sitzen, sagte sie. Bender meinte, sie sei definitiv noch nicht bereit dafür. Es seien keine opernhaften, sondern rein spirituelle Gründe. Außerdem sei ihm nicht nach Streiten. Er sei soeben verurteilt worden, da, bitte sehr, zu einem saftigen Bußgeld. Bei einer weiteren Übertretung sogar Gefängnis oder Irrenhaus. Er legte ihr andere Briefe vor, ältere und ganz frische. Das müsse man doch feiern. Aber Else schien traurig.

Auch ihm fiel natürlich auf, dass er sie mit seinen Theorien schon seit einiger Zeit nicht mehr erregen konnte. Sogar sein Vorschlag, sie solle täglich eine Seite aus seinen bisherigen Flugschriften abschreiben und interpretieren, war völlig im Leeren verhallt. Sie hatte es nicht einmal in Erwägung gezogen! Bender wollte den Punkt auch nicht weiter verfolgen, fand es aber schade, denn genau durch solche Übungen wäre die Hingabe, die für die Gleichberechtigung der Frau so dringend notwendig gewesen wäre, vielleicht in Else zurückgekehrt. Um ihr ein wenig entgegenzukommen, begann er, von der Quadratgestalt der Geschlechter zu sprechen. Solange sie die nicht begreife, könne es für sie überhaupt keinen Platz in der Wormser Menschheitsgemeinde geben. Liebe sei nur möglich über die Kreuzstellung, erklärte Bender. Er zeichnete mit der Fußspitze ein Kreuz auf das Bettlaken. Links sei Charlotte, rechts er selbst. Das sei die Polarität in der horizontalen Art. Der Landgraf Philipp von Hessen habe durch Martin Luther eine Zweitehe zugestanden bekommen. Diese sei aber nicht einfach zu verstehen als ein Mann, der die Energien von zwei Frauen in sich bündelt, nein, es müsse da immer einen *zweiten* Mann geben, denn indem der Mann die zweite Frau lieben lerne, lerne er eben auch den mit ihr verbundenen Mann lieben. Im Fall von Philipp I. sei das Suleiman gewesen. Hier unten sei sie, Else. Aber wer sei da oben, ihr gegenüber, auf der vertikalen Polarität? Wo sei dieser Teil, hm? Er tippte auf den leer gebliebenen oberen Punkt des Bettlakenkreuzes. Eben. Es gebe keinen. Und genau da sei der Hase im Pfeffer begraben.

Else erhob sich. Im Sitzen zog sie sich ihr Hemd an. Bender bemerkte, kurz bevor sie unter dem Hemdstoff verschwand, eine Kratzspur an ihrer Flanke. War er das gewesen? Else saß da und rieb sich mit dem Handrücken die Nase. Selbst wenn sie das Gesicht verzog, sah sie hinreißend aus.

»Hast du begriffen, was ich meine?«, fragte er.

»Jaja, natürlich.«

Sie stand auf.

»Es ist essentiell für die Harmonie, dass beide Polaritäten ...«

»Schon klar, schon klar.«

Jetzt zog sie sich ihren Rock an.

»Was machst du denn, du bist doch in deinem eigenen Heim«, wies Bender sie sanft zurecht, »du musst dir nicht Straßenkleidung anziehen.«

Ihm gefiel das nicht, wie sie sich auf einmal ausgehfertig machte.

»Ach so, ich soll nicht weggehen?«, fragte Else.

»Nein, wieso ...«

»Du hast gerade gesagt, ich soll mir einen anderen Mann suchen. Erst dann können wir zusammen sein.«

»Nein, nein, du hast gar nichts begriffen! Es geht da um das Horizontale, das bei uns ständig Übermacht gewinnt über das Vertikale, weil es eben niemanden gibt, dessen Liebe zu dir ich anzunehmen lernen könnte, aber nur durch dieses Annehmen eben wäre es mir möglich ... also durch dieses Annehmen *eurer* Liebe wäre es mir möglich ... Hörst du mir zu?«

Sie stand da, Arme verschränkt.

»Sprich nur«, sagte sie.

Im Inneren der Kuckucksuhr fiel etwas herunter. Beide wandten sich nach dem Kasten an der Wand um, Bender sehr dankbar für die Ablenkung.

»Ich versteh dich schon«, sagte Else.

»Nein, nein, tust du nicht!« Bender bemühte sich nun ebenfalls, aus dem Bett zu kommen. Er war allerdings immer noch nackt. Er zog sich die Hose an. Aber der Gürtel war verschwunden. Er entdeckte ihn weit unterm Bett, als wäre er durch eigenmächtige Schlängelbewegungen dorthin gelangt. Mit vereinten Kräften zogen sie ihn heraus.

»Du begreifst wirklich nicht«, wiederholte Bender. »Indem ich eure Liebe und also meine Liebe zu *ihm* in mir akzeptieren würde, würdest du lernen, Charlotte zu lieben. Nur so kann das Menschheits-«

»Ich muss dann los«, sagte Else. »Bruno abholen.«

Bender seufzte. Er zog sich die Weste an. Ihr Stoff hatte jenen altertümlichen Grauton, den man neuerdings *Spitzbauch-Grau* nannte. Er hasste es, wenn Else die elementarsten Gegebenheiten des Lebens ignorierte.

»Vielleicht bist du ja doch reif für die Gemeinde ...«, fing er an. »Nur fünf Minuten noch. Komm ...«

Obwohl Else ihn heute so plötzlich aus der Wohnung geworfen hatte, suchte Bender am Abend ängstlich die hinteren Stuhlreihen nach ihr ab. Der Vortragssaal war sehr gut besucht. Die Menschen raschelten auf ihren Plätzen. Charlotte stand an der Kasse. Frau Blun passte auf Gerd und Maria auf. Alles wohlgeordnet, alles in Harmonie. Und trotzdem wollte Bender am liebsten Köpfe abreißen oder die Menschen schöpfkellenweise mit Exkrementen bewerfen. Sein Vortrag handelte von der Lutherfeier, von dem Priesterpaar, von der Quadratform und der korrespondierenden raumzeitlichen Kreisform aller irdischen Vorgänge. Die Welt war ein Innenraum, umgeben von Erde, also geschah auch Vergangenheit und Zukunft nicht als gerade Linie, sondern in ewigen Spiralen. Aber er merkte, wie sinnlose Wut in ihm aufstieg. Wenn sie alle wüssten, was er um ihretwillen ausstand! Die Verhandlung heute früh, dann das Gezanke mit Else, und die schreienden Kinder zuhause!

Wie sie dasaßen und sich berieseln ließen. In diesem Augenblick trat etwas in den Vortragsraum, das Bender den Atem verschlug. Es war die Sonne, abendlich grell, sie strahlte exakt durch das winzige Fenster in der hinteren Wand. Egal, wie er ihr auszuweichen versuchte, sie leuchtete ihm ins Gesicht. Und der Wirt? Nirgends zu sehen. Na, das fügte sich ja perfekt. Sein Zorn war inzwischen so groß, dass Bender nicht mehr weitersprechen konnte. Er entschuldigte sich leise. Die Sonne blende ihn ein wenig. Er habe nicht gewusst, dass die Bedingungen derart ... Und wie sie ihn nun anglotzten, so verständnislos, und dabei wussten sie nicht einmal, *was das war*, die Sonne!

Bender musste zum Gegenangriff übergehen. Die Attacken auf seine Person könne er inzwischen gut ertragen. Aber das hier gehe ein wenig über seine Person hinaus, sagte er. Es betreffe sein Rederecht, seine Konzentrationsfähigkeit, seine Sicherheit. Und er fing an, für die versammelte Gemeinde die allerwichtigsten Fakten zusammenzufassen. Von 1645 bis 1715, also schon ein gutes Jahrhundert nach Luther, war die Sonne vollkommen ohne Flecken gewesen. Dann, 1727, kamen sie verstärkt wieder, und mit ihnen logischerweise die Grippe, in mehreren Wellen, in ganz Europa. Am Höhepunkt der Sonnenfleckenaktivität bekamen Menschen, Hunde, Pferde, ja selbst Spatzen die Grippe und starben millionenfach. Dann vor einem halben Jahrhundert die Erfindung der Telegraphen. Seither allerorts Neurasthenie. Kopfschmerzen, Schwindel, Ohrgeräusche, schwarze Punkte am ganzen Körper, Panikgefühle, allgemeine Haltlosigkeit. Und bei Frauen Unfruchtbarkeit. Dann, im Jahr 1893, seinem eigenen Geburtsjahr, der Abschluss der Elektrifizierung Europas. Diese Veränderung der Erdatmosphäre bewirkte eine große Grippe-Epidemie. Und schließlich ... Er musste gar nicht weitersprechen, eine Geste in den Raum hinein genügte. Die Gesichter der Anwesenden hatten sich verändert. Sie alle hatten entweder Angehörige, oder waren selbst, oder wussten, oder erinnerten sich. All diese Wahrheiten spie Bender der ihn immer heftiger blendenden Sonne entgegen.

»Das haben Sie schlau eingefädelt«, sagte Bender, als der Vortrag zu Ende war. Der Wirt fühlte sich nicht angesprochen. Charlotte zählte die Einnahmen. Sie schien zufrieden. Hier ein neues Hemd für Gerd, sang sie leise, und da den guten Bohnenkaffee. Bender saß in düsterer Stimmung auf einem braunen, knarrenden Stuhl und versuchte, zu Atem zu kommen. Er hatte sich auf der Bühne derart in Rage geredet, dass er zu viel Luft in den Brustkorb gepumpt und beinahe das Gleichgewicht verloren hatte. »Lass das doch endlich«, fuhr er Charlotte an. »Ich will das Blutgeld nicht. Lass es liegen!«

»Aber wir brauchen es.«

»Nein, du lässt es liegen, hörst du? Er hat mir die Sonne direkt ins Gesicht gestellt. Er hat es mit Absicht getan!«

Der Wirt begriff nun, dass er gemeint war. Er tippte sich an die Stirn.

Bender wollte ihm am liebsten mit den Fingern ins fette Gesicht fahren, aber da sprach ihn jemand von der Seite an. Zwei flötendünne Knaben, ganz zerknittert vom vielen Sitzen. Sie wollten von ihm wissen, ob er seiner eigenen Frau innerhalb der Gemeinde dieselben Rechte zugestehe, wie er sie allgemein den Mitgliedern empfahl.

Bender wollte auf diese intelligente Frage eingehen, aber man lachte bereits, stieß einander an. Ah, es waren vorwitzige Jungen, offenbar von seinen Verleumdern geschickt. Waren gar nicht an einer Antwort interessiert. Nun ja. Er sah ihre Scheitel, ihre Seelen. Die Sonne mühte sich nun hinter einem Schornstein ab, und ein letzter schwacher Schein drang von draußen in den Saal.

Ein weiterer Mensch meldete sich mit einer Frage. Sie befasste sich mit dem Luther-Bild, das den Anwesenden hier vermittelt wurde. Außerdem die Nibelungen. Woher? Und wozu? Bender antwortete, er habe heute etwas ausführlicher extemporiert. Einige Details kamen ihm in verkehrter Reihenfolge in den Mund. Ihn ärgerte immer noch der dümmliche Anschlag des Wirts.

»Die Einnahmen«, hörte er Charlotte sagen.

Sie zeigte ihm die Kiste. Es war ein ordentlicher Batzen.

»Wie viel bin ich schuldig?«, fragte Bender den Wirt.

Dieser machte einen Schritt auf ihn zu, tat so, als hätte er nicht recht verstanden, legte eine Hand hinters Ohr.

»Saalmiete.«

»Ah ja.« Der Wirt nannte die Summe.

Wenn nur dieser haltlose Schädelschmerz jetzt nicht wäre! Bender griff mit beiden Händen in die Kiste. Alles holte er heraus, Münzen und Scheine, diese frischen, neugedruckten und daher vollkommen geruchlosen Papierseelen der jungen Republik, und stopfte sie dem Wirt in die Hände. Da. Die Münzen fielen zu Boden, man bückte sich danach, reichte sie dem Wirt. Dieser dankte, aber bezweifelte, ob das nicht viel zu viel …?

»Nein, nein, es stimmt schon so«, fauchte Bender.

Dabei vermied er es, Charlotte anzusehen. Sie stand direkt vor ihm. Aber er blickte nur auf die Hände des Wirts. Sie gaben, so vollgestopft mit Geld, ein außerordentlich würdeloses Bild ab.

»Das ist eindeutig zu viel, mein Herr.«

»Wie bitte?«

»Zu viel, hab ich gesagt, warten Sie, ich …«

»Nein, alles in bester Ordnung. Sie behalten den Rest. Ich werde mir das nicht mehr antun!«

Damit ging er davon. Charlotte folgte ihm. Sie suchte seinen Arm, berührte ihn, zog an ihm, aber Bender schritt tapfer weiter. Und jetzt war natürlich die verdammte Sonne untergegangen, es gab nur noch laue Abendluft.

Dieses offensichtliche Spiel! Welch eine plumpe Machtdemonstration, ihm die Sonne mitten in den Vortrag zu gießen. Wahrscheinlich um ihn daran zu erinnern, wie frevelhaft sein unkopernikanisches Weltbild war! Ha, diese rückgratlosen Spötter, diese Weichlinge.

Charlotte bat ihn noch einmal in ruhigem Ton, es sich zu überlegen. Noch könne man zurück in den Gasthof gehen und mit dem Wirt alles bereden.

»Aber der hat das doch absichtlich gemacht!«, sagte Bender. »Mir die Sonne einfach so hin. Damit ich *sehe*, ja? Damit *ich* sehe. Ein-sehe. Ich! Wie sie sich das alles immer klug vorstellen, kreisrund und bekugelt, und dann –«

Er brach ab, eine Hand an der Stirn. Beinahe wäre er im Laufen gestolpert. Charlotte hakte sich unter, um ihn zu stützen.

»Nein«, sagte sie. »Es ist schon recht. Aber brauchen können wir es doch ...«

»Nicht im Tausch für die Wahrheit!« Bender schüttelte den Kopf. Eine Laterne trat ihm in den Weg, und er wich ihr aus, fluchend. Ihm kamen waghalsige Rache-Ideen. Eine Gartenbank ausreißen und damit zurück in den Gasthof laufen!

Eine Weile gingen sie schweigend an Parklaternen vorbei, sodass ihre nebenher laufenden Schatten sich mischten und trennten, mischten und trennten, in einem endlosen geometrischen Hütchenspiel. Bender wetterte immer noch innerlich gegen den Wirt. Am Abendhimmel hing ein etwas horizontwärts abgesunkener Orion, jetzt im Vorfrühling noch ein Sternbild auf Hüfthöhe, und Bender streifte sich die Handschuhe ab, um auf ihn zu deuten. »Ah ja«, sagte seine Frau.

Dann waren sie zuhause. Charlotte holte, da Bender bloß starr vor dem Gartentor stehen blieb, den Schlüssel aus seiner Manteltasche und sperrte auf. Der fiebrig überreizte Zustand hielt noch bis zum nächsten Tag an. Zwischendurch beruhigte Bender sich ein wenig, pries Charlottes Fleiß und Geduld. Aber dann sah er den aufdringlichen Ordnungszwang des Universums wieder allzu deutlich in den Haarwirbeln seiner Kinder und fing an zu fluchen. Auch wies er Charlotte im Bett ab, da ihm *Küssen* nur wie ein besessenes Nasenausweichen zweier Menschen vorkam. Im Traum sah er Geldscheine und Würfel und riesige Gebärmütter. Dazu Sektkorken, Kindertrompeten, Doktorhüte. Und sogar ein Fragezeichen, gefangen in einer Mausefalle. Am Ende der Nacht lebte er selbst als Einsiedler in einem alten Weichen-stellerhäuschen mit winzigem Schornstein. Er erwachte mit einem überraschend heiteren, erfrischten Gefühl. Gegen Mittag telefonierte er mit dem Wirt im Gasthof und bat um Verzeihung.

DIE ERSTEN MONDE, 1915-1917

Zuerst nach Ostpreußen: kühl, seenreich, freundlich. Grad der Bewaldung: beeindruckend. Im Zug vorbei an einfachen Holzhäusern und Sägewerken, an den winzigen, leeren Bahnsteigen der Vorortstationen mit ihren asphaltgrauen Pfützen, und die Luft vom Wolkenbruch so erfrischt, so völlig menschenentwöhnt, und jeder Schritt, jeder unvorsichtige Laut lief als Riss durch die Landschaft. Dann nach Galizien und Lodomerien, die alten Kronländer, mit ihrem Steppe- und Heideland. Aber dann, ab 1915, trieb man sich weiter östlich, nämlich entlang der Weichsel, herum. Außerdem Karpaten. Das hieß: steile, dicht bewachsene Berghänge. Jawohl, ab Sommer 15, unter der Führung des Generalobersts von Mackensen. Kannst du dir nicht ausdenken.

Als Bender, inzwischen Fliegerkadett, an die Ostfront kam, erzählte man sich in der Jasta bereits Geschichten über das Sumpfland. Er wurde von diesen Geschichten empfangen und erzählte sie ebenfalls eifrig weiter, bevor er irgendwas selbst erlebt hatte. Sumpfwald, Moore und immerzu nasse Nadelwälder gab es hier, ein regenreiches, zu starkem Nebel neigendes Land, in dem man oft tagelang warten musste, umgeben von nichts als Ebene und Luft und Nässe. Geschichten übers Verirren, über Nebelgefechte, über das Warten, das Delirieren, das Versinken im Boden. Drei Grundregeln waren bereits aufgestellt worden, an einigen weiteren wurde gearbeitet. Erstens: Es war unmöglich, in Sümpfen und Wäldern Aufklärungsarbeit zu leisten. Zweitens: Beim stundenlangen Warten in den dick gefütterten Fliegeranzügen können gewisse Phänomene auftreten. Drittens: die Insekten. Und der Rote Baron von Richthofen? Ja, der sei auch hier. Hier? Nun ja, das heißt, nicht direkt hier, sondern: überall! – Teufelskerl! – Aber Augenblick, welche Phänomene? – Das werde er schon sehen.

Dann direkt vor seiner Nase: die erste Landung eines Flugzeugs. Und wie die Adjutanten, plötzlich in zappeliges Beinvolk verwandelt, alle hinliefen und den Piloten willkommen hießen. Bender hörte eine Art Quieken, was war das? Es kam von einem der Jungen, er hatte den Kopf des Piloten – eine eigentümlich respektlose Geste! – mit der Hand berührt. Folgte gar keine Strafe? Jetzt schüttelte er die Hand aus. Da kam der Pilot, ein Leutnant. Bender stand stramm und grüßte. Er dürfe auch gern, sagte der Pilot, dessen Stimme in der sumpfigen Luft etwas hohlgebrannt und heiser klang.

»Der Kadett darf was bitte, Herr Leutnant?«, fragte Bender.

»Mal anfassen«, sagte der Leutnant und tippte sich an die Stirn. »Nur los, bevor er aufwärmt.«

»Danke, Herr Leutnant.« Bender hob verzichtend seine Hand.

Aber der andere Kadett, er hieß Anslinger, wollte sehr gern – und durfte. Er berührte den Kopf des Leutnants und schreckte zurück, bedankte sich.

Später erfuhr Bender, dass das Glück brachte. Der Muskelstarrkrampf und die Leichenkälte der aus eisigen Höhen zurückgekehrten Menschenhaut erscheine bei der Berührung wie – nun ja, eben genau wie ein erfrorener Kadaver. Da der Pilot aber unter der leichenhaft erkalteten Haut so offensichtlich putzlebendig war, schütze einen das kurze Berühren des Schädels vor Bruchlandungen oder Abgeschossenwerden. Bender sei ein Hasenfuß, dass er sich nicht getraut habe. »Ach was, getraut«, erwiderte Bender und fühlte sich sehr dumm.

Im Lager sah Bender den Fliegerleutnant auftauen. Er lachte viel, aber es schien ihn sehr anzustrengen. Seine Augen tränten. Und wie um diesem kummervollen Anblick zu genügen, spielte man Lieder, allesamt langsam, süßlich, geradezu *nachdrücklich* in ihrer Rührseligkeit, und ließ sich mit vereinten Kräften den Wein zu Kopf steigen.

»Wie, der kommt näher? Na, das ist was! Hör dir den an, Sonnleithner.«

Der Angesprochene rückte näher. Anslinger war schon leicht besoffen, Bender ebenfalls leicht, nur Sonnleithner, wie immer, vollkommen nüchtern. Bender hatte spontan vom Mond zu sprechen begonnen. Aus Langeweile. »Er schwebt langsam auf uns zu, seit Jahrhunderten.«

Sonnleithner blickte sie beide ernst an, fast mit Bedauern, er verstand generell wenig Spaß.

»Natürlich kommt er näher«, sagte Bender. »Und die anderen auch, nach einer Weile. Mars, Venus, und auch die, die keinen Namen haben. Sie bringen alle irgendwas.«

Anslinger klatschte in die Hände: »Herrlich!«

»Ihr immer mit euren Mondgesprächen«, sagte Sonnleithner. »Die lösen einem alles auf im Kopf.«

Bender entschuldigte sich. Er war müde. Der ganze Tag hatte aus Warten bestanden.

»Sprecht doch mal normale Dinge«, schlug Sonnleithner vor.

»Jetzt fang hier kein –«, Anslinger legte eine Hand auf Sonnleithners Schulter.

»Aber wir wissen sogar ungefähr«, sagte Bender, »welche Tierart im Inneren des gegenwärtigen Mondes zu uns –«

»Baaa, ich hör mir das nicht an!« Sonnleithner ging aus dem Quartierraum.

Anslinger klatschte und deutete, wie ein Zirkusdirektor, präsentierend auf Bender.

Der erste Aufklärungsflug allein in einer Fokker Eindecker. Anslinger, der schon mehrere solcher Flüge hinter sich hatte, wünschte ihm Glück mit dem alten Gerät. Es halte sich leidlich zwischen den Luftschichten, aber höher hinauf, nein, nein, dann Ikarus. Bender hatte große Angst. An jenem Tag sah er, wie sich der Nebel vom Mündungsfeuer der Geschütze rötlich färbte. Gleichzeitig wurde ein Kirchturm, auf den er zuflog, immer deutlicher. Kannst du dir nicht ausdenken.

Am selben Morgen hatte Anslinger noch zu Sonnleithner gesagt, er solle, bevor er mit irgendwelcher Wissenschaft daherkomme, lieber seine Hausaufgaben machen. Selbst recherchieren. Nicht in Zeitungen. Eigene Gedanken wagen.

»O Gott, verschon mich!« Sonnleithner hatte geflucht. Das angewiderte Gesicht, das dieser Pfarrerssohn aus Leipzig immer machte, wenn es um Monde und alternative Theorien ihrer Entstehung ging, war gerade das Witzigste an der Sache. Recherchiere doch selbst. Was sagen *echte* Wissenschaftler? Nicht die Zeitungen.

Sonnleithner hatte ihnen nicht einmal abgenommen, dass Gasmasken die Überlebenschancen bei einem Angriff in der Regel *verringerten* anstatt erhöhten. Sonnleithner glaubte lieber, was man ihm von staatlicher Seite an Wissen vorsetzte.

Und dann, ein paar Stunden später, stand die Fokker kopfüber auf der Erde. Bender selbst: unverletzt. Aber das Flugzeug, astrein verkehrt! Das alles am selben Tag! Dazu ringsum Nebel, dichter, raumtilgender Nebel. Und eine ferne Geräuschkulisse. Bender griff sich an den Kopf. Nach einer Weile sagte er etwas auf, das vielleicht ein Gedicht war. Er kannte den Text selbst nicht, bevor er ihn sprach. Irgendwann ging das Herz etwas langsamer, und er konnte zurück zum verkehrt herum stehenden Flugzeug laufen, seinem einzigen Freund hier in der Ödnis. Sumpfmücken lebten in seinem Hemdkragen, an der Schwelle seiner Nasenlöcher, im Raum zwischen Auge und Brillenglas. Sogar unter das

Uhrenglas seines Höhenmessers waren einige geraten, und er schlug nach ihnen, traf aber nur das Glas – und der Zeiger sank auf einen absurd niedrigen Wert. Auf den Kompass traute er sich gar nicht zu schauen. Irgendwann fror er und fantasierte sich Motorenlärm von ganz oben. Da sprang er auf und wedelte mit den Armen.

Er begann zu rufen, in den Nebel hinein.

Aber es gab ja noch Gras, es gab sogar Weg, einen Rest der Chaussee, und zwei Tannen. Die Tannen hießen Bim und Bom. Sie hatten ganz tropfige Äste. Er beschimpfte sie und drohte ihnen in Mundart, das brachte Erleichterung. Später urinierte er direkt unter das schwebende Heck der Maschine. Dann trat er dagegen, tat sich weh, hüpfte rückwärts. Aber er fiel nicht hin. Da es dunkel zu werden begann, suchte er seinen Proviantkasten. Er fand ihn offen, die Büchsen intakt, nur die Birnen darin aufgeplatzt, wie halb wahnsinnig. Bender lachte. Er hielt die Birnen hoch. Da wurde es endgültig dunkel. Eine Weile hielt sich noch ein Restlichtschein im Nebel als dünnes Gespinst, dann musste man zugeben: nichts mehr zu sehen. Taschenlampe, ja, die hatte er. Da, Hüfte. Bein. Und in der Kehle den Stimmapparat.

Eine der Geschichten, die gleich nach der Ankunft erzählt worden waren, war die eines Aufklärungsflugs entlang des Frontverlaufs an der Weichsel, in einer hartnäckig verregneten Periode des Frühjahrs. Anfangs zu zweit unterwegs, so wie üblich, dann plötzlich ein Schuss quer durch die Luftröhre, aber noch Landung möglich auf der Graspiste. Innerhalb weniger Stunden wurde das gesamte Flugfeld durch Regen aufgeweicht und unsichtbar, auch die Maschine sank langsam ein. Irgendjemand weinte. Und dann der eine, der Überlebende (inzwischen längst zuhause und mit dem Eisernen Kreuz getröstet), aus innerem Antrieb viel zu weit vom Flugzeug weg, ins Moor hinein, wie im Volkslied. Aber ging da gar nicht für immer verloren, fiel bloß ein paar Mal hin und versank schenkelhalstief und irrte umher, und als er bei Dämmerung zurückkam, sah er kniehohe Männlein mit Hosenträgern an der Maschine arbeiten. Außerdem hatte sich in den Tragflächen das Wasser gesammelt, und da lief er hin, um die Steuerungselemente zu retten, denn bei Nässe verzogen sich die und wurden unbrauchbar, und auf einmal waren die Männchen überall auf ihm, er schüttelte sie ab und schlug nach ihnen. Da war es plötzlich nur ein einziges Männchen, und er erkannte es: Es war sein Kamerad, kein Gewimmel mehr, keine Vielzahl. Und der Ärmste war immer noch tot, rohe, zerfetzte Halshaut, allerdings mehrere Meter von der Maschine entfernt. So weit die Geschichte. Es gab noch ganz andere.

Nur Glück, dass es nicht regnete. Bender sprach inzwischen laut mit sich selbst. Ihm fielen Geschichten über den ersten Kriegswinter in den Karpaten ein. Kein Wunder, dass sich alle erhofften, abgeworben zu werden für die Westfront, wo man angeblich nach längeren Flügen selbständig aussteigen konnte, ohne Eiskrampf, auf einer warmen Wiese. Hauptmann Boelckes Aufruf an talentierte Piloten für die Jasta 2. Richthofen und Böhme die ersten. Alle eifrig am Französischlernen, auch einige von Benders Kameraden. In der Latrine flatterten Zettel mit Übungssätzen, es war zum Lachen. *Je m'appelle Jacob. Le ciel est bleu. Ce ciel est un cartable d'écolier. Taché de mûres.* Dann auf einmal, direkt hinter ihm, ein Geräusch, wie wenn eine Katze sich das Kinn mit dem Hinterbein kratzt. Er wirbelte herum, duckte sich. Aber da war niemand, da ging bloß etwas, vielleicht ein Hirsch? Schnaubte aus Nüstern. Bender zielte mit der Pistole in den Nebel und machte »Sch! Sch!«.

Irgendwann schlief er ein, und im Traum stand er Habtacht neben Freunden. Sie waren lieb zu ihm, sie kannten ihn. Eine Glasmurmel rollte zwischen ihnen hin und her. Und wenn einer nieste, dann klang das wie »Pfingsten!«.

Jetzt kamen die Letten den Hügelkamm herunter, er sprang auf die Seite, und sie preschten durch.

Am Morgen drang der kleine Suchtrupp zu ihm durch, drei Mann. Lachend, alle. Sonnleithner darunter. Sie weckten den Ohnmächtigen, aber der Nebel lag noch recht dicht, also fand Bender eine ganze Weile nicht aus dem Traum heraus und beleidigte sie alle, laut fluchend. Sie begannen ihn zu loben, da kam er zu sich. Er war sehr tapfer gewesen. Und sie nahmen sogar seine Geschichte auf ins mündliche Archiv, für die Neuen.

Sie lachten über ihn, über seine Angst. Dann musste er wieder von Monden erzählen. Was der Kerl für verrückte Geschichten kannte! Aber mutig ausgeharrt hatte er, nach der Bruchlandung. Und die Fokker: kopfüber! Muss man auch erst mal hinkriegen. Am Ende seiner Erzählung sagte Bender, wie immer: »Es stimmt übrigens gar nicht.« Und alle lachten, wie auf Kommando, befreit. Ob die Erde vielleicht, von oben betrachtet, auch flach sei, wurde er gefragt. Darauf habe er leider nicht geachtet, sagte Bender. Sonnleithner merkte an, das verkehrt herum gebruchlandete Flugzeug passe sehr gut zu ihm, dem Querkopf.

»Danke, es geht schon wieder«, sagte Bender.

Die Krümmung der Erde war ihm während des Flugs übrigens tatsächlich aufgefallen. Ein schöner, majestätischer Anblick. Aber er sagte nichts mehr dazu. Anslinger fehlte. Ebenfalls verflogen, aber man hatte ihn über Funk gehört. Unverletzt. Bender wünschte ihn sich an die Seite. Ja, neben Anslinger, oder *mit* ihm, konnte man immer klar denken, klar sprechen. Selbst die improvisierten Scherzfantasien über aufplatzende Monde gerieten mit ihm immer zu kleinen haltgebenden Legenden.

Dann der Winterkrieg: hellbrauner Schnee, die erste, leichte Verwundung, und der Anblick eines Pferds, das mitten in der

Schlacht plötzlich rückwärts ging. Einen wackligen Schritt nach dem anderen tat es, tatsächlich rückwärts, was Pferde eigentlich nicht können, und trat so tiefer in den bereits zerschossenen Waldrand ein. Staunend verfolgte Bender das Mysterium, dann musste er selbst in Deckung gehen. – Und dann die schummrige Dorfkneipe in der Nähe von Kielce, mit Kameraden der Infanterie. Da war einer, der es nach einem Gefecht nicht mehr schaffte, sich irgendein Stück Stoff fest um den Hals zu binden. Immer saß an ihm alles locker, selbst seine Schultern, die er bühnenfigurhaft vorgewölbt hielt. Hohwald hieß er, oder, weil er von schmächtiger, unterernährter Statur war, meist der *kleine* Hohwald. Er zeigte Bender seinen verletzten Fuß. »Ach, danke, es geht schon wieder«, antwortete Bender.

Nun wurde er immer wieder von einem entsetzlichen Gefühl gepackt, das sich haltlos und weiträumig einstellte, zu jeder Tageszeit. Ein mulmiger Kernbrand der Seele, der ihm die Luft zum Atmen abdrehte. Und der kleine Hohwald warf lachend den Kopf zurück, und da war, als groteske Ersatz-Nase, sein riesiger Adamsapfel. »Haargenau«, sagte Bender in die Stille hinein. Genau, genau. Aber man musste aufpassen. Damit nichts passierte. Er stützte sich auf den eigenen Knien ab.

Er hatte in einem Wäldchen Verwundete verstreut liegen gesehen. Scharfer Explosionsgeruch in der Luft. Einer mit abgerissener Körperhälfte hing wie Wäsche über einem Strauch. Einem anderen war der Kopf durch beide Ohren ausgelaufen, alles auf die Erde. Und da, ein noch ganz lebendiger Jüngling, mit einem grotesken Loch mitten im Gesicht, der konzentriert dasaß und irritierenderweise nicht an diesem Loch herumtastete, sondern an seinem völlig intakt gebliebenen O h r, mit prüfend seitwärts gelegtem Kopf, ohne auf des Rätsels Lösung zu kommen, immer noch am Leben, immer noch empfangsbereit inmitten all der Verwüstung.

Bender ließ ihn in Ruhe. Es gab hier sehr viele unversehrte Baumstämme. Und Wiesengras. Und da, Pferdespuren. Genau, genau. Und die Rauchlinie der Flugzeuge, girlandenhaft niedrig, quer über die Lichtung gespannt. Sang da jemand? Es war halb ein Uhr, mittags. Der heilige Hieronymus im Gehäuse. Es war ein König in Thule. Ein Geräusch war zu hören, ein leises *jitter-jitter-jitter-jitter.*

Im Feldlazarett sah er zwei Jungen, die prügelten sich um Briefpapier. Ein Leutnant, der in den letzten Tagen schweigsam und mönchisch geworden war, stand neben ihnen und holte immer wieder Luft. Über ihm das Reklameplakat einer Schokoladenmarke: LORTZING SCHOKOLADE. Bender las die beiden Worte mehrmals durch, wiederholte sie, im Abwenden, leise murmelnd, als eine Art Seelenspruch. Anslinger war, wie sich herausstellte, heil geblieben, er lehnte an der Bretterwand. Hier in seiner Nähe roch es recht gesund, nach Wald und Laub. Bender wärmte sich an dem Geruch und an der Gegenwart des Kameraden. Anslinger, das Gesicht bis zur Nase vom Helm beschattet, sprach ihn freundlich an. Bender gab ihm recht. Ja, es war ein ordentlicher Schlamassel, das Ganze.

Anslinger sprach ihn auf seine auffällige Veränderung an. Warum er neuerdings immer so blinzle. »Ach, danke, es geht schon wieder«, sagte Bender.

Er bemerkte, dass er einige Schlüssel in der Hosentasche mit sich trug, und ihn befiel Panik, da er nicht wusste, wohin oder wem diese Schlüssel gehörten. Ob Kameraden irgendwo auf ihn warteten, dass er ihnen aufsperrte? Was wurde hier täglich aufgesperrt? Er konnte es nicht sagen. Er hielt einen der Schlüssel gegen die Sonne, damit die Kontur klarer wurde, und da war der Entschluss auf einmal gefasst: weg von hier. Es war eine Falle. Anslinger hustete Rauch aus. Dann reichte er Bender die Zigarette, und dieser nahm sie und betrachtete sie, fast glücklich, für lange Zeit, dann steckte er sie sich in den Mund und sog daran. Der Rauch ging ihm tief in den Kieferknochen, wie Heilstrahlung.

Anslinger sagte, das werde sich schon wieder einrenken. Gehe jedem so. Aber man müsse sich auch zusammenreißen, sonst ende man noch so wie der kleine Hohwald.

»Ja, es geht schon wieder.«

Die zunehmende Verstörung Benders machte allerdings nicht nur Anslinger Sorgen, sondern auch Sonnleithner. Er hielt Bender an, sich nicht gehen zu lassen. Was denn mit den Monden sei. Oder der Scheibenwelt. Er solle doch mal erzählen. So wie früher.

»Ja, man muss aufpassen«, antwortete Bender und hielt sich die Schädelnaht fest.

Anslinger verwickelte Bender in ein Gespräch über Mathematik. Gemeinsam zeichneten sie Dreiecke und Kreise in den Sand. Sonnleithner beteiligte sich, so gut er konnte, obwohl er von Geometrie nichts verstand. Aber Bender fühlte zu nichts mehr eine Verbindung. Das wird mein Leben gewesen sein. Doch mit dem Dahinschwinden seiner Widerstandskraft wuchs auch eine gewisse Heiterkeit. Immerhin habe ich keine Schmerzen. Er wurde auch nicht von der allgemeinen Pedanterie der Sterbenden befallen; kein diktiertes Testament, keine eilig erteilten Anweisungen für die Nachwelt, kein In-Ordnung-Bringen irgendwelcher Angelegenheiten, nein, bei seinem Tod würde er die Welt genauso hinterlassen, wie er sie erlebt hatte: unfertig, wild, durcheinander, als Saustall.

Etwa um diese Zeit hörte Bender zum ersten Mal einen Igel brüllen. Es war das traurigste Geräusch der Welt. Ein Igel hat nämlich nicht viel Luft zur Verfügung, er besteht hauptsächlich aus Stacheln. Aber nun stieß dieses Wesen all seinen Atem durch die eine winzige Mundöffnung aus: ein nadeldünner, schnarrender, in die Schädelnaht fahrender Ton. Wie das Aufheulen mikroskopischer Säuglinge in einer

Lötflamme. Das tollpatschige Tier war nachts in eine Latrine gefallen und fand nicht mehr heraus. Möglich, dass es von den dort gärenden Körperflüssigkeiten verätzt wurde. Bender holte den klammen Igel heraus, legte ihn in ein Gebüsch und staunte hinterher über seine vollkommen unverletzt gebliebenen Handflächen. Er zeigte sie Anslinger, und der ging freundlich darauf ein. Ein Gespräch über Tiere im Allgemeinen entspann sich. Anslinger schien noch Hoffnung für ihn zu haben.

Dann der dröhnende Kopf nach der Detonation. Und die Zunge ein trockener Muskel im Mund. Dazu in der Ferne, über dem endlosen Weichsel-Sumpfgebiet, einige letzte Wolken in Möbelfarben, alles grässlich, alles unlustig zusammengeballt. Oh, und Verwundungen gab es, wieder so viele Verwundungen. Treitschke etwa hatte einen Bauchschuss, der sehr stank, man saß neben ihm und beschrieb ihm die Hilfe, die gleich eintreffen würde. Ein paar Stunden blieb er noch bei Verstand, dann verlor er sich mehr und mehr ins Heldenhafte; da mied man ihn. Dagegen der kleine Hohwald: nur das Handgelenk. Glatt durch, und ein wenig sah man das Weiße darin. Er zeigte es nur ungern her, es war so undeutlich. Bringt dir höchstens ein, zwei Tage im Frontlazarett, dann gleich zurück. Und Kranewitter klagte, er könne nicht mehr husten. Er versuchte es mehrmals, sehr laut, aber scheiterte. Jaretzki war beim Einschlag einer Granate verschüttet worden, aber hatte sich eigenhändig befreien können, unbeschadet. Jetzt stand er tränenverklebt unter Gleichaltrigen. Er hatte Bartschatten zugelegt, an Wangen und Kinn. Sein linker Stiefel war offen. Er machte Scherze, sprach von einem Dreirad, das er einmal besessen hatte. Jemand kam und zog ihm einen langen Halm aus dem Ohr.

Bender bemühte sich sehr, dies alles zu begreifen. Er

stand neben einem blühenden Gebüsch und blickte geradeaus. Er sah definitiv keine Doppelbilder. Auch hören konnte er ganz normal, ohne inneres Echo. Selbst die Zunge: vollkommen staubfrei. Nur wenn er den Kopf hob, kam dieser eisige Schwindel über ihn. Musste er wirklich gähnen? Er versuchte es, aber nein, das war es nicht.

Sie brachten Sonnleithner als Letzten, rupturierte Halsader. Blutung schnell gestoppt, aber jetzt musste er still liegen. Später entzündete sich die Wunde, und Sonnleithner begann zu schwitzen und zu reden. Die Brille tat ihm auf dem Gesicht weh, also nahm man sie ihm ab. Den ganzen Abend fuhr er ihre Phantomform mit den Zeigefingern nach.

»Bender!« Anslinger kam über das Gras gelaufen, eigenartig schief. »He, Bender!«

»Was schreist du, ich steh vor dir.«

»Er verlangt nach dir.«

»Wer?«

»Sonnleithner. Du sollst kommen.«

»Danke, nein, es geht schon.«

»Du sollst kommen«, wiederholte Anslinger.

Sonnleithner sah zum Fürchten aus. Wie eine Bleistiftzeichnung. Dass Menschen sich so verfärben können. Und sprechen konnte er auch noch, der Ärmste.

Bender wisse doch immer alles, sagte Anslinger. Oder? Stimmt's nicht, Sonnleithner? Doch, eben, der Bender wisse immer alles. Sonnleithner wolle nämlich gern etwas Gesellschaft.

»Ach so«, sagte Bender.

Er setzte sich, wartete. Blickte den Kranken an, dann Anslinger. Hustete in seine Faust. Nickte.

Sonnleithner fragte, wie es nun weitergehen werde.

»Wie, weiter?«, fragte Bender.

»Wie geht es jetzt weiter.«

»Ja, woher soll ich das ... Ich soll dir sagen, was jetzt weiter geschieht?«

»Bitte«, machte Sonnleithner. Er zwinkerte fast bei jeder Silbe.

»Anslinger, willst du hierbleiben?«, fragte Bender. »Ich glaube, er will, dass ich erzähle, was jetzt weiter so alles passiert. Willst du mithören, oder lieber ...?«

Anslinger blickte entsetzt. Dann stand er auf und ging aus dem Zelt.

»Hm«, machte Bender.

Er hatte keine Ahnung, was er sagen sollte.

Wie ging es denn weiter? Woher sollte er es wissen? Und was bedeutete der Satz überhaupt?

Der Anblick des kranken Kameraden rührte ihn, aber sein Kopf blieb vollkommen leer.

»Also«, begann er, »pffff, ja, also ... Also, das von den Monden hab ich dir ja schon erzählt, nicht? Und ja, wie gesagt, das stimmt wahrscheinlich alles. Soweit man das beurteilen kann. Alles doch die Wahrheit.«

Sonnleithner brummte zustimmend.

»Und, ja ...«, sagte Bender.

Was konnte man aus diesem Bild noch herausholen, sodass Sonnleithner davon irgendwie beruhigt wurde? Ihm gefiel offenbar das Bild von Dingen, die in einem Mond lebten, aber er selbst war nicht in einem Mond ...

Die Lösung kam nach einigen Augenblicken und verblüffte Bender so sehr, dass er eine Weile selbst mit offenem Mund dasaß.

»Und das Lustige ist«, sagte er, »wir selbst sind natürlich auch *in* einem Mond, ja? Das heißt, das ganze Universum ist einer ... Wir sind *innen*, nicht *außen*. Verstehst du?«

Sonnleithner sagte nichts.

»Also es ist so, dass all das Licht, das du abstrahlst, und all die Geräusche, die du verursachst, all diese Dinge, die ständig scheinbar ins Nichts hinausgehen ... nicht für alle Zeiten verloren ist ... sind.« Reden war so unendlich mühsam. »Denn das Universum wird von einer Schale umgeben. Nichts kann da entkommen. Es ist vielleicht ein bisschen zu kompliziert, um ins Detail zu gehen.«

An dieser Stelle drehte sich Sonnleithner auf die Seite, sodass er direkt Benders Knie anblickte.

»Aber ... aber wenn unser Kosmos dann irgendwann aufbricht«, sprach Bender weiter, »dann ... ja, also dann durchläuft er natürlich verschiedene Stadien, und jeder Zeitpunkt, jeder Moment, jede Zusammenstellung von Atomen, die je in ihm vorhanden war, alles bricht dann heraus. Also alles gleichzeitig, die Nibelungen, Martin Luther und die Entdeckung Amerikas und der erste Raketenflug in der Zukunft und deine Kindheit und alles Mögliche und so weiter, und sogar der Augenblick, da der letzte Mensch stirbt ...«

Bender musste sich zügeln, da er nicht wusste, wie riskant seine Erzählung noch würde. Er hatte jedes Kompassgefühl verloren. Die Bilder liefen von selbst.

»... was irgendwann, wahrscheinlich so in fünftausend Jahren der Fall sein wird«, sagte er vorsichtig. »Das ist alles keine Religion, sondern einfache Beobachtung. Also Physik. Die Religionen, die es heute gibt, haben manchmal diese simplen Tatsachen erahnt und sie in andere Worte gekleidet, allerdings immer verwirrend und dumm.«

Sonnleithner hob ein wenig den Kopf.

»Ich meine natürlich nicht *dumm* im Sinne von *dumm*«, beeilte sich Bender zu sagen. »Religion ist nie dumm. Aber jedenfalls kommt dieser Punkt, in dem alle Zeitpunkte gleichzeitig da sind. Eben weil das nicht alles da hinausstrahlen kann, ins All. Sondern im Inneren bleibt und nur hin und her geworfen wird, so wie ein Käfer in einem Lampion. Wir sind *in* einem Mond, gewissermaßen, ja ... und ... und deshalb ist auch nichts für immer verloren, denke ich.«

Der Satz klang mit dem *denke ich* am Ende etwas lächerlich. Aber immerhin kamen ihm die Sätze nun viel selbstverständlicher in den Sinn.

»Ich wette, das hast du alles nicht gewusst«, sagte Bender.

»M-m.« Sonnleithner schüttelte den Kopf. Er sah sehr durstig aus. Wie ein kleines Kind.

»Na, jetzt weißt du's. Irgendwann bricht unsere Schale auf, und alles, was je darin war, ergießt sich auf die nächste Ebene und wirkt dort ein, wie Salbe. So wie der Inhalt der kleineren Monde von Zeit zu Zeit hier bei uns ausge-«

»Tatsache«, flüsterte Sonnleithner. Und er drückte die Stirn für eine Sekunde gegen Benders Schienbein.

Anslinger empfing Bender draußen vorm Zelt, tief beeindruckt. Er hatte mitgelauscht. Bender fühlte sich wie ein Idiot, und auch ein wenig schäbig. Schweigend gingen sie nebeneinander. Dann begann Anslinger, die Details des eben Erzählten zu wiederholen. Er sprach mit lauter Stimme und verwendete zur Aufzählung die Finger beider Hände.

»Es stimmt ja alles gar nicht«, sagte Bender. »War alles bloß ein-«

»Nein, nein, halt«, sagte Anslinger. Sein Gesicht war streng geworden.

Bender erwiderte nichts mehr.

Anslinger ging weiter die einzelnen Punkte durch.

Sonnleithner erholte sich. Eine Weile ging er mit grauem Gesicht umher, die Arme und Beine so schwer, als stecke er im Sumpf fest. Währenddessen blieb ihnen nicht viel mehr zu tun, als zu warten, warten, endlos warten, im teigigen Sumpfland. Der notdürftig zusammengezimmerte Hangar klapperte armselig im Sturmwind. Einem der Flugzeuge kam über Nacht die Plane abhanden; sie fand sich, als wäre sie von Mardern als Dämmmaterial verwendet worden, Hunderte Meter entfernt, eingeknäuelt in ein Erdloch. Jeden Morgen wehten die Summenzettel der Kartenspiele vom Vorabend durch das hohe Gras. Beim Wandern in der Sumpflandschaft bekam man von der klebrigen Erde mit jedem Schritt höhere Absätze. Dann wieder den ganzen Tag sitzen, warten. Vogelgeräusche, frühe Dämmerung. Frechheit. Anslinger und Kranewitter versuchten, mit ihren Urinstrahlen Glühwürmchen zu treffen. Später füllten sie leere Schneckenhäuser mit ihrem Speichel. Dann saß eines Morgens auf Benders Stiefel ein Heupferd, länglich und vornübergebeugt, ein winziges Großmütterchen. Es sprang – und ein Windstoß drehte es mitten im Flug um 90 Grad. So beschrieb es auf dem Boden die Züge eines Springers beim Schach. Bitte, liebes Heupferd, mach, dass heute ein Funkspruch kommt und ich starten darf. Lass die Kühlwasserleitungen heil bleiben im Flug, oder lass sie erst kurz nach der Landung platzen, still für sich. Bete für uns, kleine Kosmonautin.

Jeden Mittag schenkte Anslinger Bender eine halbe Zigarette.

»Danke, es geht schon wieder«, sagte Bender.

Anslinger stimmte ihm zu.

Solange alle russischen Funksprüche noch unverschlüsselt waren und belauscht werden konnten, wozu brauchte man dann überhaupt Aufklärungsflüge? Und es gab noch eine zweite Konkurrenz: die neuen Fesselballone. »Aufgeblasenes Pack«, nannte man die, oder auch, hinter vorgehaltener Hand, »Himmelsziegen«. Kein Wunder, dass sie einen hier versauern ließen, in rauem Wind und Graupelschauern, in diesem kopfscheu machenden Sumpfwetter! Bender las schon zum hundertsten Mal die Propagandaflugblätter. Zumindest die könnte man doch abwerfen, über einigen Dörfern. Außerdem hatte er wieder ein Loch im Bauch. Sogar schon weiße Flecken im Gesichtsfeld vor lauter Hunger. Er fasste in seine Tasche und zog das lose Uhrglas heraus, das vor ein paar Tagen abgefallen war, steckte es in den Mund und lutschte daran. Es war scharfkantig, davon verging einem schnell der Appetit.

Mit Sonnleithner und Anslinger sprach er kaum noch. Man nickte sich zu, wechselte Blicke. Hin und wieder versuchte Bender noch eine kleine Ansprache, aber es war irgendwie nicht mehr dasselbe. Er war übermüdet, schlief schlecht. Übelkeit plagte ihn Tag und Nacht. Und mit den schwindenden Kräften sank auch sein innerer Widerstand, seine Überzeugtheit. Einmal, irgendwann gegen Morgen, trat etwas wie der Tod an seine Seite: die plötzliche Gewissheit, dass die Welt doch so aussah, wie alle immer behaupteten. Sie war: ein runder Planet, ein Apfel mit harter Schale, und drum rum ein endloses Universum aus lauter ähnlichen Kugeln. Und sonst nichts. Der Planet kreiste um eine im Raum befestigte Gasexplosion. Fertig. Die Krümmung der Erde war die Wahrheit. Alle seine Reden waren Unsinn gewesen.

Aber dann, im Spätherbst 1916, endlich der Abschuss eines russischen Fesselballons! Einer der ersten Einsitzer, die vom Park Lemberg geschickt wurden, hatte über eine halbe Stunde lang seine gesamte Munition auf ihn abgefeuert. Ohne Treffer. Es brachte einen fast um den Verstand. Dann, als der Kampf gegen das ovale Objekt schon ertraglos schien, machte der Jagdflieger eine Kippbewegung im Himmel und wurde im selben Augenblick unsichtbar, blieb verschwunden, weit oben in einen der unbekannteren Luftbereiche verirrt, in die ›bird-roads‹, wie das die Engländer nannten. – Später begriff Bender die Klugheit des Manövers: Erst das Wegkippen des Fliegers war Voraussetzung für den Treffer gewesen. Ja! Man konnte einen Ballon, ein derart rundes Gebilde, das im Hohluniversum, allein aufgrund seiner Form, sofort die R o l l e   e i n e s   M o n d e s übernahm und dadurch logischerweise unbedrängbar wurde, nicht einfach abschießen. Bedeutend weisere Männer als er hatten, aus welchen Gründen auch immer, mit Gewehren auf den Erdenmond geschossen oder waren beim Versuch, ihn einzufangen oder gar zu umarmen, besoffen nachts vom Boot ins Wasser gefallen: alles Irrsinn! Blindes Schafsverhalten! Nein, der Flieger hatte sich selbst durch einen Seitwärtsschwenk aus dem Spiel genommen, sodass ein Stück Raum plötzlich fehlte: Das war klug, das irritierte den Ballon. Das brachte ihn dazu, zu schrumpeln und zu sinken.

Sofort liefen sie alle los, Bender und Sonnleithner und Kranewitter und Scheuch und Anslinger, in Richtung der vermuteten Landestelle und gerieten dabei neben einem Kiefernwäldchen völlig außer sich. Ein Geschrei kam über sie, ein Gejohle. Was für ein Anblick: Das riesige Geschenk schwebte vom Himmel zu ihnen herab. Aber dann löste sich auf einmal der Korb, und die winzigen Zinnsoldaten darin stürzten fallschirmlos zu Boden, prallten nach wenigen Sekunden auf, und der mächtige Stoff-Dom des Ballons, der ohne seinen menschlichen Befehlskern nun rasch immer irregulärer und hässlicher wurde, begann seitwärts fortzutreiben, in die Wälder hinein. Enttäuscht blickten die Männer ihm nach. Die Körper der gefallenen Ballonrussen lagen nur wenige Meter voneinander entfernt, einer im Innenhof eines verlassenen Sägewerks. Neben ihm zerregnete Holzstapel, mit kräftig wachsenden Schwämmen zwischen den Scheiten. Beide Tote sahen vollkommen intakt aus, aber wenn man sie bewegte, waren sie mit Sand gefüllte Schlauche. Alle Glieder ließen sich in beliebige Richtungen abwinkeln. Jeder durfte einmal probieren. Sie knirschten nicht, noch lief Wasser aus ihnen heraus, und die unbegreifliche Sauberkeit ihrer Haut – nicht einmal wenn man sie gewaltsam nicken ließ, kam etwas aus den Ohren – brachte Sonnleithner dazu, sich zu übergeben. Anslinger applaudierte, seitwärts abgewandt.

Bei einem seiner letzten Aufklärungsflüge, sechzig Kilometer weit in russisches Gebiet, um Ziele für die späteren Bombenabwerfer zu bestätigen, machte Bender eine Aufnahme. Bei Torczyn in Wolhynien fiel ihm ein Schriftzug mitten in der Landschaft auf:

SPITAL. Die Buchstaben in derselben Farbe wie die zur Anlage führenden Landstraßen. Rundherum Felder, in der Farbe von Feldern. Alles in seinen Eigenfarben! Und diese Buchstaben. Bender gelang eine sehr gute Aufnahme. Bei der Rückkehr wurde diese rasch entwickelt und untersucht. Da nur der noch junge Ordonnanzoffizier anwesend war, besprachen sie die Bedeutung des Bildes zuerst untereinander. Bedeutete ein Objekt, auf dem dessen Name in riesigen Lettern geschrieben worden war, in Kriegszeiten nicht automatisch sein Gegenteil? Jaretzki meinte ja. Anslinger war dagegen. Bender zeigte immer wieder auf die Buchstaben und änderte alle paar Sekunden seine Meinung. Es war wie verhext. Derart große Buchstaben *konnten* doch eigentlich nur ihr Gegenteil bedeuten, oder? Demnach musste er ein Munitionsdepot überflogen haben. Man bewunderte außerdem die, vor allem bei so großer Schreibung, recht geübte Linienführung der Russen, die kannten ja gar kein lateinisches S und kein L. Und was, wenn es doch bloß ein SPITAL war? Vielleicht waren die Verletzungen dort so grauenhaft, dass man es nicht aushielt und das Wort in meterlangen Buchstaben, sozusagen schreiend gen Himmel, hinschreiben musste.

»Nein«, sagte Sonnleithner, »das ist eindeutig für uns. Für die Flieger.«

Bender sagte: »Jaja, natürlich. Aber wenn wir nicht da sind? Für wen sind die Buchstaben dann?«

»Dann warten die eben«, sagte Sonnleithner, »bis wir kommen.«

Aber niemand war sich mehr sicher. Bestimmt sei es ein Waffenlager. Andererseits stehe riesenhaft SPITAL drauf. Wie sollte man erraten, wie ernst der Schreiber es gemeint hatte? Welche Schriftzüge bedeuteten im Krieg ihr Gegenteil, und welche nicht? Da nahm Jaretzki einen Apfel und schrieb mit einem Bleistift APFEL darauf. Er legte ihn vor seine Kameraden, direkt neben die Fotografie der mysteriösen Anlage.

»Da«, sagte er, »würdet ihr den noch essen oder nicht?«

Alle studierten eine Weile den Apfel. Warum sah ein Ding, auf dem dessen Name geschrieben stand, augenblicklich so trugbildartig, so erzverlogen aus? Jaretzki wartete auf eine Antwort. Als diese ausblieb, zeichnete er mit der Stiefelspitze geistesabwesend einen Kreis in den Sand. »Oh«, sagte Bender. Auch die anderen begannen zu nicken.

Am selben Abend kam die Entscheidung von ganz oben: das SPITAL sei auf jeden Fall zu bombardieren. Bender erfuhr nie, ob es wirklich eines gewesen war.

Und dann die letzte Nacht. Ein Krachen, gefolgt von Maschinenlärm und Explosionen. Sonnleithner schrie auf: Dem im Schlaf Getroffenen war es gelungen, vor dem Tod noch einmal kurz zu erwachen und sich zu melden, aber nun lag er schon leblos, während rund um ihn zwei Männer irrtümlich nach demselben Gewehr griffen und in der Dunkelheit daran zogen. Die Kugel hatte ihm Hals und Kinn zerfetzt und irgendjemand, vielleicht ein enger Freund, stolperte im ausbrechenden Chaos über seinen Schädel.

Es wurde mit zweierlei Munition auf sie geschossen. Die schwerere konnte man sehen, denn sie zog mit blitzendem Funkenflug durch die Dunkelheit, aber die andere blieb unsichtbar, und die war die teuflische, denn sie mähte ihnen die Beine weg, einige lagen bereits schreiend als Rümpfe im Weg, und man trat auf sie, weich wie Nadelwaldboden, und andauernd wurde man von jemandem gepackt und seitwärts gezerrt, und auf einmal befand sich Bender zwischen eigenen Atemwolken inmitten hoher Baumstämme, die spuckten und brutzelten und knackten. Er feuerte in irgendeine Richtung und beißender Rauch kam ihm in den Mund, und er rannte weiter, direkt in einen Baumstamm, der allerdings nachgab und doch nur ein nasser Rücken war.

Erst ein paar Kilometer weiter, auf einer Lichtung, kam Bender dahinter, was geschehen war, und er war nicht einmal allein. Noch jemand hatte sich hierher in Sicherheit gebracht. Sonnleithner! Da stand er. Aufrecht, allein, mit intaktem Kiefer. Er schien in Gedanken versunken. Bender wollte ihm etwas zurufen, aber ihm fehlte die Luft dazu. Sonnleithner stand unbewaffnet im Schnee, mit rosiger Gesichtshaut. Und da machte er auf einmal kehrt und rannte wie von Sinnen zurück in den Wald, wo noch geschossen wurde. Bender winkte ihn energisch zurück, aber natürlich umsonst, er musste sich hinsetzen, zu Atem kommen.

Der Sanitätswagen roch nach Kampfer. Anslinger und

Bender blickten zu Sonnleithners Leiche, die mit einem Ausdruck höflichen Lauschens auf der Ladefläche lag. Er erhielt ein anständiges, kurzes Feldbegräbnis. Sonne, Erde, frische Luft. Niemand hatte ein Musikinstrument dabei, um Begleitmusik zu machen.

»Der arme Sonnleithner«, sagte Bender. »Niemand hat ein Instrument.«

»Der hat's jetzt hinter sich«, sagte Jaretzki.

»Nicht einmal eine Trompete, oder etwas in der Art.«

»Tapferer Kamerad.«

Im Januar 1917 eine gemeinsame Feier von deutschen und k.u.k. Fliegern. Nun dauerte der Krieg für die meisten bereits ihr gesamtes Erwachsenenleben lang. Die Porträts beider Kaiser hingen an der Wand. Der einzige Streitpunkt unter den eigentlich verbrüderten jungen Männern war, welches Bild links und welches rechts zu hängen sei. Die Deutschen schlugen anfangs vor, alphabetisch vorzugehen, aber so leicht wollte man es sich dann doch nicht machen. Als die Diskussion von zwei Theologiestudenten, einer aus Dresden, einer aus Graz, ein wenig zu ernsthaft betrieben zu werden drohte, brach man ab und einigte sich aufs Würfeln. So kam Wilhelm II. auf die linke Seite und der aufgrund seiner Neuheit nur durch eine sehr gute Zeichnung vertretene Karl I. auf die rechte.

Man tauschte sich auch über den Bilderstreit hinaus mit den Koalitionskameraden aus. Etwa staunte man auf deutscher Seite nicht wenig über die Tatsache, dass der eben eingesetzte junge Kaiser von Österreich, Karl I., zugleich als Karl IV. König von Ungarn und Kroatien und außerdem als Karl III. König von Böhmen war. In jedem Herrschaftsgebiet wurden die Karls anders gezählt, je nachdem, wie viele es da vorher gegeben hatte. Eins, drei, vier – man wiederholte die Zahlen und einigte sich darauf, dass die Zwei schmerzlich fehlte. Hoffentlich würde eines der neu eroberten Ostländer dazu passen und mit nur genau einem historischen Karol oder Karlo in seiner bisherigen Herrschergeschichte die unschöne Zahlenlücke füllen.

Als sie endlich allein waren, bat Anslinger Bender um die Sache mit dem Mond. Er wisse ja, dass Bender der alten Geschichten überdrüssig sei. Aber nur noch ein einziges Mal, ausnahmsweise. Zum Gedenken an den armen Sonnleithner. Bender lehnte ab. Nicht jetzt. Er sei viel zu wirr im Kopf fürs Erzählen. Außerdem die rasenden Schmerzen im Schädel, Anslinger könne sich das nicht vorstellen. Und überhaupt stimme das alles ja gar nicht. Nichts sei gesichert, alles Auslegungssache. Man zähle sogar denselben Kaiser mehrfach, totales Chaos. Anslinger nickte, dann klatschte er einmal in die Hände, stand auf und ging ins Freie.

März 1917, die letzten Aufklärungsflüge. Das Unheimlichste war, wie schnell man am Ziel war. Drei, vier Minuten nach dem Start, gerade die Zeit, die man brauchte, um innerlich ein halbes Lied zu singen, kam schon die Front. Es ging über die Bäume der Chaussee, immer weit unterhalb der Wolken, dann auf einmal direkt vor dir: die ersten großen Körper aus Rauch und darin, zuerst noch winzig klein, dann plastisch und wachsend, die rot kreiselnden Pünktchen der Mündungsfeuer. Jede Schlacht erzeugt ihr eigenes Privatwetter. Die Wolken vergewittern sich schneller im Ruß, und es gibt Blitze ohne Donner.

Am Wald wurde der Feindbeschuss etwas schwächer. Aus größerer Höhe sah man nun die wechselnden Grade des Ernstes, mit dem hier geschossen wurde. Welche Stellen zum Durchstoß freigegeben worden waren und wo nur zu Täuschungszwecken drauflosgefeuert wurde. Nach der Rückkehr an den linken Armeeflügel zeichnete Bender – zum letzten Mal, wie er sich jedes Mal sagte – mit Farben in die Karten ein: *rot* die echten Angriffsstellen, *blau* Zermürbungsfeuer und *schraffiert* (denn es gab keine dritte Farbe) die Täuschungsabsicht.

»Da oben alles Täuschungsfeuer«, sagte er und tippte mehrmals auf die schraffierte Fläche. »Aber es geht schon wieder, danke.«

»Herr Leutnant?«

»Es geht schon wieder«, sagte Bender und wandte sich ab. »Aber eine dritte Farbe wäre vielleicht in Zukunft von Vorteil.«

Er bemerkte, dass sein Gesicht vollkommen falsch auf den Schädelknochen hing, und er hielt es fest und drückte daran herum.

Dann ging es, ohne Atemzug dazwischen, wacklig im Auto dahin, Karte und Meldeblock auf dem Schoß, Nässe am ganzen Körper, zum Oberkommando. Zwanzig Minuten, hatte der Fahrer versprochen, höchstens fünfundzwanzig. Bender übte auf der Fahrt das Salutieren, weil er sich nicht mehr sicher war, es noch fehlerfrei ausführen zu können. Der Fahrer stammte, wie sich herausstellte, aus Leitmeritz. Fast jedes seiner Wörter schien ein oder zwei überzählige *g* zu enthalten. Jaja, dachte Bender. Welche Farbe hatte das Zermürbungsfeuer noch mal? Kurios, er wusste es nicht mehr. Aber da lag ja die Karte. In den Bäumen der Landstraße hingen Gebilde. Stäbe an Seilen, und Ähnliches mehr. Was war da geschehen? An den Feldrändern loderten Heiligenbildstöcke. Und Anslinger schon seit einem Monat an der Westfront, Französisch-Flandern.

Beim zweiten Aufklärungsflug dieses Tages gelang Leutnant Peter Bender der lang ersehnte Ausbruch. Es begann mit einem Griff zum Einstellhebel des Reihenbildners. Mit einem was? Einstell…herbel. Jawohl, Reinenbildnerns. Wie ging das Wort? Reihensbilernsn. Frechheit. Bender sah das Trichterfeld unter ihm dahinziehen. Aber wie weit? Sollte man Probeschüsse abgeben? Nein, jetzt konzentrieren. Es waren eindeutig keine schwarzen Punkte ringsum im Himmel zu sehen. Blick unter den Flugzeugrumpf – alles sauber. Dann noch einmal sorgfältig den Himmel auf der linken Seite absuchen. Warum auf der linken? Antwort: Von da kommt die Sonne, blendend hell. Die Sonnenscheibe ist die einzige Deckung, die ein Flieger besitzt.

Aber alles sauber. Nur ganz in der Ferne, im Süden, schwammen zehn bis zwölf Punkte im Äther. Flugrichtung: Front. Wahrscheinlich handelte es sich dabei um ein Bombengeschwader. Nein, anders formulieren: Wahrscheinlich Bombengeschwader. B'g'wader. Schneller, los! Plötzlich wurde Bender klar: Die russische Jagdstaffel hatte ganz offensichtlich den Auftrag, den *Aufmarschraum* gegen *Einsicht* zu schützen. Zu stützen, meine ich. Gegen Einsicht. Außerdem bleiben Sperrgeschwader niemals länger als eine halbe Stunde in der Luft. Auch das eine wichtige Einsicht.

Aufmarschraum gegen Einsicht schützen. Diese Schweine. Ja, und außerdem kam nun hinzu, dass er als Beobachter das Beobachten des Reihenbildnerhebels mitverantwortete, außerdem die Regulierung des Sauerstoffatmungsgeräts. Dazu unten: Materialzug, drei Autos lang, Personenzug, Bahnhofgebäude. Chausseen: alle zerfetzt. Kannst du dir nicht ausdenken. Transporte von den seitlicheren Frontleichenteilen aber anscheinend zum Erliegen gekommen, fürs Erste. Jagdstaffel. In der Frühlingssonne. Dazu Sprühkügelchen unter den Schulterblättern. Mehr Leben unterdessen bei den feindlichen Flughäfen. Und strahlend hell das Wort LUTHER im Gedächtnis. Spital. Da unten stehen die Flugzeuge im Freien herum, ganz im Gegensatz zu den Beobachtungsflügen der letzten Wochen, wo das alles noch leer war. Es ist ganz klar, warum. Der damalige Armeebefehl. Der schickte Verstärkungsgeschwader aus allen Fronten auf dem Luftweg hierher. Also musste man die Motoren im Freien abbremsen. Kurz: Trotz aller Bemühungen war der Antransport der Flugreserven offenbar nicht zu verbergen gewesen. Wie schon letzte Woche.

Völlig unklar hingegen war, was das alles zu bedeuten hatte. Bender überlegte. Egal. Ihm war jetzt so recht nach einem Funkspruch! Jawohl, jetzt ordentlich was hineinerzählen in das rauschende Gerät, wie in eine Wiesenblume! Irgendwas Hundsgemeines wie »hört mir alle gut zu ich hab ein' sitzen«. Oder »müsst ihr gegebenenfalls alle für euch selbst entscheiden«. Oder einfach zehnmal hintereinander den Satz »mer heert so ebbes rausche«, so lang, bis alle heulend am Boden zusammenbrechen.

Dann löste sich etwas aus der Sonnenscheibe. Es war erstaunlich groß. Wie hatte es sich *hinter* dem brennenden Gasball verstecken können? Sonnleithner!, dachte Bender, und da brach die Schale, in der er feststeckte, mit einem Mal seitlich weg, eine pulvrige Substanz prasselte ihm ins Gesicht, brennheiß, dann nach einem unfreiwilligen Schwenk nach unten wieder Eiseskälte, er verlor kurz die Sehkraft, die Verbindung zum Denken … Er hatte etwas gesehen, etwas wie einen kleinen Mond, ein Ding, ein Wesen, das aus der Sonne ausgerückt war – und es hatte ihn getroffen! Getroffen? Nein, nein, nein. Er riss am Steuerknüppel, aber da kamen schon die Bäume, aber doch, doch, das konnte man schaffen, er brüllte, hellwach, verfehlte große, flimmernde, mannshoch an ihm vorbeiwirbelnde Gegenstände, dann der Aufprall, aber das Bewusstsein blieb, hell, hellwach, und die Erde war da, mit ihm, im Gras ausrollend, umgeben von Rauch und Flammen, gerettet.

Noch in der Kanzel sitzend, eisstarr und angestrengt atmend, steckte sich Bender etwas wie eine Zigarette in den Mund. Sein Kopf brannte vor Kälte. Die Ohren: weg. Nase: vermutlich auch fort. Die Augen sahen noch, waren aber größer geworden und schwebten ein paar Zentimeter *vor* dem Kopf. Dem Mund fiel das zigarettenähnliche Ding immer wieder aus den Lippen. Bender betastete sein Gesicht mit Handschuhen, aber das brachte nichts, also zupfte er an den Handschuhen, aber die waren aus Haut.

Dann lag er in der nassen Wiese und hustete sich die sonnenkranke Höhenluft aus den Lungen. Neben ihm Brand, Rauch. Er schrie nicht um Hilfe, sondern stand auf – und fiel wieder hin. Dann konnte er auf einmal ganz gut stehen, er war ein Bär, er richtete sich auf, stemmte sich gegen die Erdanziehung und studierte die Umgebung. Da war ein brausender Strauch, mit nichts darin. Da ein Acker, der schwarz unter dem Schnee hervorkam. Schnee? Nein, es war nur ein Flüssigkeitsfilm über allem. Richtig, richtig. Jetzt bloß nicht den Kopf verlieren.

In rasender Panik suchte er alle Taschen nach einer neuen Zigarette ab. Aber kein Glück. Warum spürte er so wenig? Er klatschte in die Hände, und das blieb vier Klatscher lang lautlos. Richtig, das Gehör! Da gab es ein Problem. Erst der fünfte Klatscher brach ein wenig durch. Bender stolperte über eine dicke Wurzel, die, ohne einen Baum zu bilden, mitten aus dem Feld wuchs. Fluchend fand er sein Gleichgewicht wieder und blickte zugleich voller Grauen zu der Wurzel hin, diesem freiliegenden Nervenstrang der Erde. Er setzte sich neben sie ins Gras und begann, vorsichtig seinen Kopf zu betasten, der immer noch eiskalt war, fremd, eine bizarre Kugel. Jetzt weißt du, wie es später den Menschen gehen wird, die in dein Grab hineinfassen, um deinen Totenschädel zu stehlen. Man durfte nicht rubbeln oder reiben, um Haut und Gefäße zu erwärmen, denn was, wenn da was gebrochen war. Irgendeine Knochenplatte verrutscht. Alles schon vorgekommen. Gab Geschichten darüber. Einer, noch nicht ganz aufgetaut, legt sich hin, kratzt sich den Kopf – und stirbt an Gehirnblutung. Links die Pupille so groß wie ein Pfennig. Das letzte Wort irgendein Unfug über zuhaus, über seine Mutti. Nein, dann lieber schön eins nach dem anderen!

Aus der Sonne war es gekommen! Bender tastete, tastete. Gefrorene Kompassflüssigkeit. Festgeeiste Bordwaffen. Kannst du dir nicht ausdenken. Nur noch aufgeben und beten. Ob man den Frontverlauf riechen konnte? Als wandernde Zone in der Luft? Da, er hatte etwas gefunden, ein lockeres Teil. Direkt am Kiefer. O nein, Gott, nein. Er hatte es im Mund, da war es, er spuckte es aus. Ja, das war Blut. Und etwas wackelte, vielleicht Zähne. Dann kamen sie schon: drei, vier, und ein fünfter, zusammen mit etwas, das kein Zahn war. Dazu ringsum Geröll und Lehm: eine Landstraße. Ihm schwindelte, er tropfte alles voll. Das rechte Ohr noch immer taub. Ob er sich lieber totstellen sollte?

Der Robinson Crusoe, dachte er, der mit seinem Fußabdruck als Freund. Jaja, so geht das. Passt du nicht auf, kommen die Fußabdrücke an Land wie die Lungenfische. Aber ein einzelner, jaja. Aber es geht schon wieder, danke. Auch das geht vorbei. Crusoe versteckt sich drei Tage lang, nachdem er den Abdruck entdeckt hat. Drei Tage lang, aus Angst. Denn er ist ja vom Teufel, dem Meister aus den Wolken, den Crusoe in einer Fieberfantasie erkennt. Erst dann fällt ihm die Lösung ein: Es ist sein eigener Fuß! Und er geht hin und stellt seinen Fuß daneben und, ach, die beiden passen nicht zusammen!

Bender legte sich auf den Erdboden. Nur kurz ausruhen. Aber so rann ihm das Kieferblut in die Kehle, man musste aufpassen. Damit ja nichts passiert. Also auf. Ja, es geht schon wieder. Das heißt, es muss ja gar kein Mensch gewesen sein, da im Roman. Nein, man kann sich auch etwas viel Naheliegenderes denken: ein völlig anders geformtes Ungetüm, eine Art Kugel, ein Ei, das zum Beispiel Menschen frisst. Es rollte über die Hügel der Robinsoninsel, und einmal fiel ihm ein Fuß, an dem es gerade genagt hatte, aus dem Schlund, und der Fuß landete im Sand – und hinterließ den Abdruck. Das grauenhafte Ei hob den Fuß gleich wieder hoch und nagte weiter daran. Und rollte voran, am Meer entlang. Schöne Nacht mit Sternen. Das Ei war gefräßig und kerngesund. Es war sein eigener Kosmos, der sich hier bei uns gebildet hatte. Es hatte nichts mit uns zu tun, es war ein eigener kleiner neuer Weltbeginn. Es brauchte Substanz für die Bildung eigener Sonnen und Planeten in seinem Inneren. An seiner Innenkruste entstanden bereits erste zarte Urwesen, dünn wie eine Nervenschicht, ein paar erste Skizzen in Fleisch und Blut.

Bender sah das Ei deutlich vor sich. Es gab vielleicht mehrere, vielleicht Millionen. Konnte man's wissen? Waren überall. Bildeten sich und gediehen und wuchsen und nisteten. Und das alte Universum erhielt derweil Risse. Nicht wahr? Ja, doch. Er nickte, erhob sich. Machte einen Schritt. Nun fiel ihm auf: Einer seiner Stiefel war ihm vom Fuß gerutscht. Seine Zehen sahen knochenbleich aus. Bis auf zwei, die waren schwarz verfärbt, wie Zahnlücken. Er berührte sie, und der Schmerz war rötlich blau. Er redete seinen Zehen gut zu. Es sei nun nicht mehr weit. Dann würde man sich gemeinsam erholen. Wenn nur das Dröhnen im Schädel dann aufhört. Und während er einen Schritt vor den anderen machte, schwebte der Anblick seiner totenblassen Zehen vor ihm. So sieht wahrscheinlich das Ei aus, dachte er, dem auf der Robinsoninsel am Meeresufer der Fuß aus dem Maul gefallen ist. Und dabei bin ich noch am Leben.

Bender schmeckte Brot. Kinder sind da, und dann wieder nicht da. Später erschien ein kinematografischer Saal in der Scheune, und ein Mondfilm wurde gezeigt. Bender weinte, er war tief ergriffen. Noch später wieder prasselnd der Strauch, der scharfe pulvrige Gegenwind. Er flüchtete unter Bäume und presste, um nicht zu implodieren, seine Augen, so weit es ging, aus den Höhlen. Das verschaffte dem unter enormem Druckgefühl leidenden Schädel ein wenig Linderung. Ein eigentümliches Unterfangen: Glotzen in absoluter Dunkelheit. Und da war auf einmal ein Leiterwagen, ganz wie zuhause, für den Großvater. Womit hatten sie ihn gefüllt? Richtig, mit Kleidung. Und mit Antike. Mit Timbuktu und Samarkand.

Der Hof einer Schule. Fenster, Stadtgras, Fassade. Dann wurde das Bild verdeckt, und Bender sah vor sich nur noch Bäuche und auf den Bäuchen vertikale Reihen von Knöpfen. Es war unaussprechlich. Doch, ihm war schon klar, dass er seit geraumer Zeit auf einer Bahre getragen wurde, wie eine Leiche. Geschmacklos. Er rief nach seiner Mutter, und man erklärte ihm, er sei in Posen, Lazarett. Er fragte nach der Uhrzeit, und man gab ihm zu trinken. Später reichte ihm ein netter Mensch sogar eine Zigarette, obwohl Bender um Wasser gebeten hatte. Also Hinrichtung, dachte er. Sehr gut, sehr gut. Immerhin konsequent. Ich kann aber kein Wort Polnisch. Er bat noch einmal um die Uhrzeit. Da nahm jemand seine Hand und drückte sie.

»Spar dir den«, hörte er neben sich. »Schau dir sein' Kiefer an.«

Bender berührte sein Kinn.

Tatsächlich, man konnte nicht höher ... ja, sein Kinn war das Ende der Welt. Danach gab es nichts mehr zu ertasten, nur Leere. Wo aber fanden dann seine Gedanken statt? Und die Augen, wo schwebten die?

»Jaha«, sagte er.

»Gib mir das«, sagte jemand.

Worum ging es? Immer noch um die Zigarette? Ja, nehmt sie doch, dachte Bender, in Dreiteufelsnamen. Er wagte einen zweiten Vorstoß mit den Fingerspitzen. Aber er kam wieder nur bis zum Kinn. Ein wenig Bartstoppeln, vertraute Textur. Aber danach: nichts.

Ich habe keinen Kopf.

Er versuchte, diese Tatsache ruhig zu erfassen. Es musste anderen Männern ja ganz ähnlich gehen. Dann war man offenbar am Ziel angelangt. Sonnleithner stand schon wieder irgendwo am Rande, winzig klein, wie in einem Bildstock, in knallroter Metzgerschürze. Bender las die provisorisch an einem Mast angebrachte Aufschrift.

SPITAL

»O Gott!«, rief er.

»Was jetzt wieder, Mensch?«, wurde er von der Seite gefragt. Aber er konnte seinen Kopf nicht drehen.

»O Gott, nein!«

»Lass ihn doch, der fantasiert«, erklärte eine Stimme. »Schau dir sein' Hals an.«

»Das kann alles bedeuten.«

»Merkt ihr nicht, ihr steigt auf Hände«, sagte eine neue, hellere Stimme.

DER GANG ZU DEN MÜTTERN

Mit den Zahlungen der Mitglieder ging es schleppend voran. Charlotte zeigte ihm die Gemeindekasse: praktisch leer. Und das bisschen Geld, das darin liege, sei von ihren Sprachschülern gekommen.

»Ich habe eine weitere feste Zusage«, sagte Bender. Er zog einen besonders zerknitterten Geldschein aus der Kasse, glättete ihn und legte ihn wieder zurück.

»Das ist gut«, sagte Charlotte.

»Nein, ich meine es ernst. Die Zusage kam sogar enthusiastisch, es ist nur unsicher, ob die Person ...«

Er sprach nicht weiter. Plötzliche Mutlosigkeit befiel ihn. Er hatte Lust, alles umzuwerfen, die Kasse, den Tisch, das Haus. Nein, Else passte einfach nicht in die Gemeinde. Sie verlangte zu viel, setzte ihn unter Druck! Außerdem hatte sie kein Geld.

»Wir könnten Frau Blun fragen«, schlug Bender vor.

»Hab ich bereits.«

»Was?«

»Ich habe sie gefragt. Sie sagte, nein danke. Sie mag keine Vereine.«

»Aber Charlotte, warum hast du ...?«

»Du hast es doch oben selbst vorgeschlagen.«

»Ja, aber ... warum hast du die alte Frau belästigt? Das ist doch, nein, das gefällt mir nicht. Sich so aufzuführen!«

»Sich aufführen? Aber du hast doch gerade –«

»Sag mir nicht, was ich getan oder gesagt habe! Das hier hast du verbrochen, nicht ich!«

»Ich hab überhaupt nichts verbrochen!«

Die Kinder hatten die lauten Stimmen bemerkt und fingen zu greinen an.

Bender stieß die lächerliche Gemeindekasse um. Sie fiel nicht einmal vom Tisch. Er stand auf. »In so einem Haus kann ich nicht atmen!«, rief er. »Nicht einmal unsere eigene Nachbarin ist vor unserer Verzweiflung sicher. Wie soll man so leben!«

Auf dem Weg in die Innenstadt geriet Bender in einen kurzen Regenschauer. Er nahm es nicht als Zeichen. Er war auf dem Weg zum Laden des *Hofphotographen* auf dem Lutherplatz. Eigentlich fehlte ja das Geld für die Herstellung weiterer Mitglieder-Profile, aber er hatte immerhin noch die Negative, also konnte man vielleicht acht Mark von den Mitgliedern verlangen, wenn die Bilder sich für fünf oder sechs Mark entwickeln ließen.

Vor dem Laden kam die alte Zeit rasch zurück. Die grüne Farbe des Papiers, auf dem der Marschbefehl gedruckt war. Die unklare Sehnsucht beim Anblick eines Offiziers. Und der wahrsagerische Traum in der letzten Nacht, in dem Indianer ihn gezwungen hatten, eine Axt zu verschlucken. Dann der Abschied von den Eltern, beide mit Händedruck, zum ersten Mal im Leben.

»Guten Morgen«, sagte Bender.

Aus dem Inneren des Geschäfts antwortete ihm eine Stimme. Dort wurde, verdeckt von einigen Paravents, offenbar gerade eine Aufnahme gemacht. Bender stellte sich neben einigen großformatigen Bildern auf. Auf einem sah man einen Mann in orientalischen Gewändern, der eine riesige Rübe in der Hand hielt. Ein anderes zeigte eine Dame mit Fliege und Zylinderhut, der jemand einen Schnurrbart aufgemalt hatte; darunter stand CIRCUS KORB, in plastischen Lettern.

Nun erschien der Fotograf, grüßte und erklärte, dass es noch einen Augenblick dauern würde. Der Herr möge es sich so lange bequem machen. Ob er lieber später wiederkommen solle, fragte Bender. Eine merkwürdige Panik streifte ihn, etwas wie ein plötzlicher Erinnerungsgeruch. – Nein, nein, man sei gleich fertig. Der Fotograf öffnete eine Schublade und suchte eine Linse aus. Er klemmte ein wächsernes, halb durchsichtiges Objekt darüber, prüfte das Ergebnis, hielt es sich vors Auge, wedelte mit der Hand davor hin und her. Dann murmelte er etwas, seufzte mit einem Ausdruck notgedrungener Zufriedenheit und kehrte zu dem Kunden zurück. Bender wartete. Er hörte Stimmen. Man diskutierte lebhaft. Was konnte so lange dauern? Schließlich kehrte der Fotograf zurück, seine Stimmung nun sichtlich verdüstert. Kopfschüttelnd suchte er nach anderen Objektiven. Sein Beruf schien ihm keine große Freude zu machen.

»Ich kann sonst auch später ...«, begann Bender.

»Nein, nein«, sagte der Meister streng. »Wir haben's gleich.«

Er verschwand nach hinten. Dann hörte man lange nichts, nur Geknarre von Stuhlbeinen und Stiefeln auf dem uralten Holzboden.

Als der Kunde erschien, war Bender gerade in den Anblick einer Landschaftsaufnahme vertieft, die eine bis zum Horizont reichende Prozession von Bäumen zeigte. Dann wandte er den Blick zur Seite und erschrak. Ein Mann ohne Gesicht stand vor ihm. Oder nein, doch, er hatte durchaus ein Gesicht, aber es war eines, für dessen Erkennen jene spezielle innere Zeitspanne verstreichen musste, die man sich nur im Krieg aneignen konnte. Jetzt wurde es deutlicher: Ja, da fehlten beide Wangen, und von den Augen war eines schräg nach oben gewandert und dabei erloschen, und der ganze Kopf war der einer Ziege, stark vorgeschnutet und gewölbt, die Lippen wie aus Ballonhaut, wie aufblasbar, teilweise übergroß prall, teilweise schlaff in sich verschrumpelt. »Dmäh«, machte der Kopf.

Bender nahm sofort seine Mütze ab, steckte sie sich unter den Arm, stand aufrecht da. Der Kamerad grüßte, dann verließ er den Laden. Was er denn nun wünsche, wurde Bender gefragt. »Ja, ich …«, begann er. Aber er konnte sich auf nichts mehr besinnen. Er stand dumm und ein wenig händeringend vor dem Fotografen, bis dieser endlich die Schultern sinken ließ und erklärte, jaja, ihm gehe es nicht anders. Es sei dieser verteufelte *Versehrtenausgleich*, den man neuerdings beanspruchen könne. Ideengeburt der Besatzungskommission. Er selbst wäre, guter Gott, nie im Leben darauf gekommen, einen Mitmenschen durch einen Wachsfilter zu fotografieren, damit das kriegsentstellte Gesicht hinreichend unscharf wurde. Die Praxis stamme übrigens aus der Beerdigungsfotografie.

»Ach«, sagte Bender.

»Wenn das Bild zu stark entstellt ist, lehnen sie dir den Antrag ab. Laut Vorschrift muss noch ein eindeutiger Blick erkennbar sein, und ein neutraler Ausdruck. Aber den hat nicht jeder.«

Bender fuhr sich unwillkürlich mit der Hand an den Kieferknochen.

»Man heilt natürlich mit der Zeit«, sprach der Fotograf weiter. »Und wenn das Passbild in der Hinsicht dir einige Jahre voraus ist, wer weiß, vielleicht geht es dann schneller. Der hier hat noch ein ordentliches Stück Weg vor sich. Wahrscheinlich ist es den Franzosen einfach lieber, wenn sie nicht jeden Tag in die Zerstörung blicken müssen, die sie uns hinterlassen haben. Aber wie lang soll das noch so gehen? Am Ende bleibt nur ein eigener Rheinstaat – ah, guten Morgen, Frau Blun.«

Bender blickte sich um.

Tatsächlich, da stand sie. Er grüßte freundlich. Frau Blun schien in vergnügter Stimmung, der Ärmel ihres Pullovers war dick mit abgestreichelten Katzenhaaren bedeckt.

»Ich komme dann später wieder«, sagte Bender und rettete sich ins Freie.

In Elses Küche fiel ihm als Erstes auf, dass die Puppe nicht mehr im Regal saß. Er fragte nach ihr. Ja, ein Volltreffer, sagte Else. Genau das richtige Modell. Bruno habe sofort alles begriffen. Wunderbar, sagte Bender. Ja und er habe – aber da stutzte Else und fragte, ob es ihn wohl nicht ekle, wenn sie über ihren Bruder spreche. »Aber natürlich nicht«, sagte Bender. Else schien zu überlegen. Dann sagte sie: »Was empfindest du denn, wenn wir über ihn sprechen?«

Darauf wusste Bender keine gute Antwort.

»Verstehe«, sagte Else. »Du musst nichts sagen. Ich seh's ja auch so.«

Dem folgte eine ungute Stille.

»Wann ist dein Vortrag heute?«, fragte sie.

»Ja, wann ist der«, Bender fuhr sich mit der Hand über die Stirn.

»Um acht, oder?«

»Wohl um acht, ja, genau, genau ...«

»Ich dachte mir nur, ich könnte doch wirklich einfach in der letzten Reihe sitzen, ganz für mich, oder? Ich kann nicht jeden Abend allein zuhause bleiben. Ich will irgendwo dazugehören.«

»Wirst du ja, wirst du.«

»Ich schwöre, ich bringe den Bruno nicht mit! Er kommt durchaus ein paar Stunden allein zurecht.«

»Ach, Else, was redest du denn.«

»Du weißt nicht, wie das für mich ist. Ich denke jeden Abend, vielleicht wache ich morgen nicht mehr auf. Vielleicht sterbe ich einfach im Schlaf, und dann findet mich niemand. Der Bruno würde lange nicht dahinterkommen.« Ein bitteres Lachen. »Es würde einfach niemandem auffallen.«

»Aber du stirbst doch nicht einfach so!«

»Nein? Woher weißt du das?«

»Nun, ich kann versuchen ... Ich könnte jemanden aus

der Gemeinde ernennen. Der könnte jeden Morgen zu dir kommen und nachsehen, ob alles in Ordnung ist. Hast du denn gar keine Freundinnen, die das –«

Aber da hatte er bereits etwas Unverzeihliches gesagt.

»Was?«, fragte er. »Was hab ich jetzt wieder –«

»Warum willst du mich nicht sehen, was ist so abstoßend an mir«, jammerte Else. »Ich sperre ihn immer hinten ein, er kommt nie raus, er hat jetzt sogar eine Aufgabe. Aber ich kann ihn nirgends hinzaubern, es nimmt ihn einfach niemand permanent. Er hat nur mich, sonst niemanden. Warum kannst du nicht ein klein wenig *dankbar* sein dafür, dass ich …« Sie machte eine Geste.

»Dankbar? Na, das bin ich doch, Else …«

Aber selbst im Bett wollte Else sich heute nicht beruhigen.

»Und eure Gemeinde, würde die nicht erlauben, dass du zumindest einmal in der Woche die Nacht bei mir …?«

Sie hielt seinen Ärmelknopf fest und schüttelte ihn sanft hin und her. Er ließ seinen Arm locker mitschwingen.

Seufzend erklärte er ihr noch einmal die Quadratform der Geschlechtsbeziehungen, verdeutlicht am Beispiel des Landgrafen von Hessen. Er schreibe darüber ein Theaterstück. Er könne ihr das Manuskript geben, vielleicht werde dann alles etwas deutlicher.

»Also weiß sie von mir?«

»Ja, das … Weißt du, innerhalb des Priesterpaars darf es, meiner Meinung nach, überhaupt keine Vertrauensschübe geben.«

»Also weiß sie genau, was wir machen.«

Bender lachte.

»Und was sagt sie dazu?«

»Ich halte es für möglich«, sagte Bender, »dass die Entwicklungslängen da individuell versch-«

»Warte«, sagte Else. »Hast du vorhin *Vertrauensschübe* gesagt? Was ist das bitte, ein Vertrauensschub?«

»So? Habe ich das gesagt?«

»Ja.«

»Sowas.«

»Du musst doch etwas gemeint haben.«

»Hm.« Bender legte einen Finger an die Oberlippe.

»Erinnere dich einfach an das, was du sagen wolltest.«

»Ich weiß es nicht mehr.«

»Aber wie kannst du das nicht wissen? Du erinnerst dich doch, was in dir vorging, als du …«

Else schien vollkommen verwirrt.

»Ich kann es nicht sagen.«

»Aber du …«

Da sanken ihr die Schultern ab. Sie atmete aus.

»Sie weiß von überhaupt nichts, oder?«, sagte sie. »Das mit der Priesterpaargemeinde, das ist alles nur …«

»Nein, nein!«, protestierte Bender.

»Inwiefern nein?«

»Einfach nein. Du hast unrecht. Ich halte doch Vorträge darüber!«

»Gut. Aber inwiefern habe ich unrecht? Erklär mir meinen Irrtum.«

»Welchen Irrtum genau?«

»Na, wo ich falschliege!« Else hatte richtig geschrien. Und es schien ihr augenblicklich unangenehm, denn sie legte eine Hand, wie beschwichtigend, an die nun elektrisch zwischen ihnen stehende Zimmerluft und fügte hinzu: »Sag mir einfach die Wahrheit. Jetzt. Bitte.«

»Du kennst sie bereits.«

»Ich kenne überhaupt nichts! Ich weiß nicht mal, was in dir vorgeht. Ich weiß nicht, was du Charlotte erzählst, ich bin immer allein, allein, jede Nacht, ich halte das nicht mehr aus!«

»Du musst nicht schreien.«

Bender war aufgestanden. Er machte, sinnloserweise, den

Ärmelknopf auf und wieder zu. Dann blickte er zur Wand, dort hing die Kuckucksuhr. Er nickte ihr zu. Zwar kam ihm diese Geste gleich darauf etwas albern vor, aber man konnte sie nicht mehr zurücknehmen, also sprach er die Uhrzeit, der er eben gestisch zugestimmt hatte, laut aus: »Halb vier.«

Else stampfte auf.

»Was denn?«

»Und jetzt musst du natürlich wieder gehen!«, fauchte sie.

»Ich habe bloß die Uhr abgelesen.«

»Großartig.«

Bender schüttelte den Kopf, seufzend: »Ich weiß wirklich nicht, ob du bereit bist für die Gemeinde.«

Dann ging er auf die Toilette. Beim Gang durchs Vorzimmer legte er das geschmuggelte Schminkdöschen – gut sichtbar – auf Elses Schuhschrank.

Bei der Verabschiedung umarmte sie ihn fest. Sie rüttelte an ihm, gab Knurrlaute von sich. »Warum du mich immer so wütend machen musst. Ich will nur eine Nacht in der Woche mit dir verbringen. Oder zwei Nächte. Ich versteh's einfach nicht. Du sagst, du willst das auch, die Gemeinde lässt es zu, aber dann kommt immer was dazwischen.«

Bender löste sich aus ihrer Umklammerung.

»Aber hast du gesehen? Heute war ich schon viel ruhiger. Keine Tränen.«

»Ja«, sagte Bender. Er bekam Angst.

»Ich bin inzwischen viel stärker«, sagte Else.

Schnell begann Bender von anderen Dingen zu sprechen. Aber Else bestand darauf, dass sie Lob verdient habe. Sie habe heute nicht so viel gefordert wie sonst. Nicht geschrien, nicht die Beherrschung verloren. Ob er das denn gar nicht bemerkt habe?

»Natürlich, natürlich«, sagte er.

Sie nickte. »Siehst du? Es ist nur, ich halte die Einsamkeit nicht mehr aus. Und Bruno, ich meine, wenn ich statt ihm ein Kind hätte, wäre es vielleicht, ich weiß nicht. Ich werde ja auch älter. Da denkt man so.«

»Jaja, das verstehe ich.«

Bender konnte sie nicht direkt anblicken.

»Das denke ich mir manchmal«, sagte Else. »Dann wär ich zumindest nicht so allein. Nur mit ihm.«

»Jaja«, sagte Bender. »Mutterschaft ist sehr, sehr wichtig, da hast du recht. Sag mal, hast du eigentlich gewusst, dass manche glauben, unser Mond bestehe ganz aus Eis? Die Theorie besitzt bereits einige Anhänger.«

Else blickte ihn an.

Aber da fiel ihr das Schminkdöschen auf.

»Oh, da ist das«, sagte sie, »das … das hab ich schon vermisst, wie ist es denn hierher …« Sie hob es hoch und zeigte ihm den Fund. »Die sind gar nicht billig.«

Sie öffnete es und prüfte, ob der Inhalt noch gut war, dabei nahm ihr Gesicht für kurze Zeit einen entzückenden Ausdruck an, der Bender in der Seele wehtat. »Ich hab mich echt schon gefragt, wo das hingekommen ist.«

Wie schön, Else lächelte zumindest! War das alles ihr Schachspiel gewesen? Lief es noch? Kam nun vielleicht ein nächster Spielzug? Wie hübsch sie war! Sie befestigte Ringe an ihren Ohren. Bender ertappte sich dabei, wie er tief einatmete. Wachsende Begierde machte ihn immer kleinlaut. Es brauchte genau die zwei, drei Schritte, die Else nun auf ihn zu machte, immer noch, ohne ihn anzublicken, um seine Starre zu lösen. Er grub sein Gesicht in ihre Achsel. Er knurrte. Sie kicherte, entwand sich ihm. Dann küsste sie ihn, zwar nur auf die Stirn, aber eine Hand schob sich dabei in sein offenes Hemd.

Am Abend, hinterm Rednerpult, war Bender in Hochform. Ihm kamen beim Sprechen immer neue Ideen, die er nur mit Mühe in Nebensätzen unterbrachte.

»Die von Männern beherrschte Kultur der Menschheit muss nach der großen Katastrophe des Weltkriegs und der Menschenbarbarei endlich den GANG ZU DEN MÜTTERN tun, den der größte deutsche Dichter, Goethe, in seiner international bekannten und anerkannten Dichtung ›Faust‹ im zweiten Teil dichterisch zur Beschwörung der Schönheit gestaltet hat!«

Solche Sätze gelangen ihm, einfach so. Er sah die innere Landschaft seiner Argumentation glasklar vor sich und brauchte nur die richtigen Worte zu wählen, um das Mysterium jeder auch noch so denkfaulen Seele näherzubringen. Mütterlichkeit und Gemeinschaft als Gegenentwurf zu allem, was bisher geschehen war. Bender forderte, wie schon in seinen Flugblättern, eine Gewerkschaft der Hausfrauen.

Im Publikum lachten einige Menschen.

Bender fiel ein bekanntes Gesicht auf. Ganz hinten saß es, an der Wand, und nein, es war nicht Else, aber er kannte es, ganz sicher, wer war das noch gleich. Hageres junges Gesicht. Ein scharfkantiger Hemdkragen trennte den Kopf vom Rumpf. Bärtchen, Brille ... Durch die irritierende Erscheinung verlor Benders Rede in den letzten Minuten etwas an Spannkraft. Also zog er sich, um die Gemeinde nicht zu enttäuschen, auf sicheres Terrain zurück: die Monde, die Geschlechter und die drohende Inflation. Diese Probleme hatte er gründlich durchgefühlt und studiert. Ihre Darstellung nahm kaum Energie in Anspruch.

Nach der Rede traten wieder Menschen mit Fragen an ihn heran, einige mit Sympathie, andere mit Hass und Ablehnung, es war ein Fest. Bender erhielt zwei Einladungen zu politischen Diskussionen. Eine Frau ließ sich das Flugblatt signieren. Auch der zwielichtige Rheinland-Separatist Florian Abt tauchte auf, mit inzwischen leider verheilter Schädelhaut, ja, man sah keine Spur mehr, keinen Kratzer. Bender begrüßte den Wichtigtuer und lobte, bevor dieser etwas

sagen konnte, dessen Wundheilung. Er bekam irgendein be-
kritzeltes Papier zugesteckt. Da plötzlich löste sich etwas aus
Abts Körper, wie eine Protuberanz aus der Sonnenscheibe.
Es war erstaunlich groß, es war eine Hand. Wie hatte es sich
hinter dem mageren Menschen verstecken können? *Sonnleithner!*, dachte Bender, und da brach die Bodenfliese, auf
der er stand, mit einem Mal seitlich weg, er machte einen
unfreiwilligen Schwenk nach rechts und verlor kurz die
Sehkraft, die Verbindung zum Denken ... und da stand das
junge, bekannt aussehende Gesicht vor ihm, der hinter Abt
hervorgetretene Besucher. Bender zeigte durch Körperspra-
che an, dass er ihn zwar nicht ganz einordnen könne, aber
sich durchaus freue und um Gedächtnishilfe bitte.

»Keller«, sagte der Jüngling.

»Natürlich! Von den *Ad Matres*, ja?«

»O ja«, sagte Keller. »Aber wir heißen anders inzwischen.«

»Wie schön, wie schön«, sagte Bender.

Er erfuhr, dass Justus Keller soeben das Studium der
Rechtswissenschaften begonnen hatte.

»Bravo«, sagte Bender, »das ist die richtige Einstellung.
Optimismus.«

»Ach, nein«, sagte Keller. »Optimismus tötet nur. Der
ganze Weltkrieg wär nicht passiert, hätte Deutschland nicht
andauernd so herrlichen Zeiten entgegengesehen.«

Das Bonmot wirkte einstudiert, schriftlich vorbereitet,
aber es verfehlte seine Wirkung nicht. Die Umstehenden
lobten den jungen Mann durch Gelächter, besonders Abt,
der sogar kurz applaudierte.

»Ja, haha«, sagte Bender. »Sehr gut, sehr gut.«

Leichter Geruch nach Jod und Zigaretten.

Er entschuldigte sich für einen Moment.

Auf der Toilette versuchte Bender, einen zentral auf seinem Kopf aufstehenden Haarschopf, der sich während des

Vortrags gebildet hatte, mit Wasser zu glätten. Die Nibelungen, Martin Luther und die Entdeckung Amerikas. Der erste Raketenflug in der Zukunft und deine Kindheit und alles Mögliche und so weiter. Sogar der Augenblick, da der letzte Mensch stirbt. Neben dem Seifenblock lag ein Apfel. »Apfel«, dachte Bender.

Als er erfrischt zurück in den Saal trat, stand der Teufel vor ihm.

»Else! Du kannst doch nicht einfach so ...«

Er blickte sich um.

»Aber warum denn? Hier trifft sich deine Gemeinde. Warum darf ich nicht. Und die Rede war auch wunderschön ...«

»Jaja, natürlich, aber es ist alles noch im Entstehen. Else, was machst du denn?«

»Endlich deine Frau kennenlernen.«

Elses Ton war scharf, aber sie blickte ihn nicht herausfordernd an. Sie wirkte eher enttäuscht, verloren.

Bender nickte heftig und sagte: »Jaja, natürlich, das wird mit Sicherheit irgendwann möglich sein. Aber doch nicht heute.«

Und er blickte sich wieder um. Noch schien sie niemand bemerkt zu haben. Als Else lachte, fiel Bender der Geruch auf.

»Else, du hast getrunken!«

»Und?«

»So geht das nicht. In der Gemeinde ist Alkohol nicht erlaubt.«

»Ooooch«, machte Else und lachte wieder. »Dann lass mich beitreten und wirf mich raus, wegen Trunkenheit.«

In diesem Augenblick kam Charlotte mit den Einnahmen. Bender trat einen Schritt zurück. Er nahm die Schachtel in Empfang, lobte ihre Schwere, ein ordentlicher Gewinn.

»Und Sie sind ...«, sagte Else.

»Meine Frau«, sagte Bender.

Die beiden Frauen gaben einander die Hand. Wo der Akzent her sei, wollte Else wissen. Polen, ah ja. Und der der jungen Dame? Wien, sehr interessant. Das sei ja ein weiter Weg. Was sie denn ins Rheinland verschlagen habe? Aber Else konnte vor lauter Kichern gar nicht antworten. Sie entschuldigte sich, sie habe zu viel getrunken.

Man stand da.

»Sehr schön, sehr schön«, sagte Bender.

Charlotte ging die Mäntel holen.

Elses Kopf schien schwer geworden. Sie rieb sich beide Augen mit dem Daumenballen.

»Na gut«, sagte sie. »Die ist ja wirklich entzückend. Jetzt versteh ich's besser. Also wenn das zwischen uns geheim weiterlaufen muss, also, das würde ich schon mitmachen, nur dass du's weißt.«

»Nein, nein«, sagte Bender und nestelte mit einem Finger an seinem Ohr herum. »Nein, du missverstehst das. In der Gemeinde ist alles ganz offen.«

»Warum kannst du nicht aufhören, das immer –«

Aber anstatt weiterzusprechen, deutete Else auf jemanden, der sich Bender offenbar von hinten näherte. Bender erschrak über die Berührung.

»Keller!«

Gott sei Dank, ein neues Element in der Situation!

»Ich wollte nur noch einmal sagen: vortreffliche Rede.« Und indem er auf Else deutete, fragte er, in sehr höflichem Ton: »Die Frau Gemahlin?«

Das Wort reizte Else zu einem traurigen Lachen.

»Ganz weit daneben«, sagte sie. »Ganz weit weg, ganz weit.«

»Das ist das Fräulein Vychodil«, sagte Bender. »Aus Wien.«

Keller ließ sich den ungewöhnlichen Nachnamen wiederholen und buchstabieren. Sein Gesicht wurde dabei erstaunlich ernst, wie das eines Arztes.

»Aus Wien«, wiederholte Bender.

»Ach so!«, sagte Keller. »Ich dachte schon …« Er tippte sich entschuldigend an die Schläfe. »Ja was führt Sie denn hierher, so weit von zuhause?«

»Weltraumforschung.« Else deutete einen Knicks an.

»Sehr schön, sehr schön«, sagte Bender.

Trotz allem durfte der Abend als Erfolg gelten. Charlotte schien zufrieden, aber beim Verlassen des Lokals war sie etwas wortkarg und blickfaul. Bender überlegte für einen Augenblick, ob er die Einnahmen wieder an den Wirt zurückgeben sollte, wie schon letztes Mal. Irgendwie war ihm danach. So eine Protestgeste im luftleeren Raum, ohne Anschluss an das vorher Geschehene. Aber dann tat ihm Charlotte leid. Sie hatte ebenfalls fleißig gearbeitet heute, war an der Tür gestanden und hatte Eintrittsgeld gesammelt.

Als sie gemeinsam ins Freie traten, erkannte Bender in einiger Entfernung Elses kleine, tapfere Gestalt. Sie ging, trotz der abendlichen Kälte, ohne Mantel. Dann kam sie an einer Laterne vorbei, und aus der Laterne löste sich, wie durch Portalmagie, eine menschliche Figur und trat auf sie zu. Bruno. Er musste dort die ganze Zeit über gestanden und gewartet haben. Er schien sich sehr zu freuen. Else nahm ihn an der Hand. Da wandte er den Kopf und schaute, ein rundes helles Gesicht mit zwei Knopfaugen, zu Bender und Charlotte herüber. Der arme Junge, dachte Bender. Man sieht's ihm ja fast nicht an. Gut, die etwas vorgebeugte Haltung. Aber sonst? Jetzt hängte er seinen Arm bei Else ein, und die beiden setzten sich in Bewegung, zuerst langsam, die Schritte noch asynchron, dann ging es besser, flüssiger, und sie wurden einander immer ähnlicher. Else blickte sich nicht um. Kurz bevor sie am Ende der Straße um die Ecke bogen, konnte Bender erkennen, wie Bruno seine Stirn, vielleicht aus Dankbarkeit, vielleicht aber auch flehend und voller Ungeduld, gegen die Schulter seiner Schwester drückte.

118

DER SCHULHOF IN POSEN

Die Kopfverletzungen lagen alle beieinander. Auf diese Art würden sich, so die Hoffnung der Krankenschwestern, die rätselhaften Symptome, die manche der Soldaten entwickelt hatten, vielleicht gegenseitig aufheben. Ein junger Fähnrich war nach einem Absturz – »Absturz? Welche Staffel?«, unterbrach Bender. Nein, nein, erklärte der Junge, er sei bloß von seinem Ausguck gefallen. Fünf Meter, Schädelbruch. Dummerweise ganz allein. Also noch mal dreißig Kilometer zu Fuß.

»Ja wie«, sagte Bender. »Das ist doch gefährlich.«

Der Fähnrich lachte. Sei ihm ja nichts anderes übriggeblieben. Also allein durch die menschenleere Landschaft. Und nicht einmal die Krähen hätten irgendwie anders ausgesehen als sonst. Erst bei der Rückkehr ins Feldlager sei es ihm aufgefallen. Zuerst habe er noch gedacht, die Kameraden hätten vielleicht irgendeinen grauenvollen chemischen Angriff hinter sich, denn alle Gesichter waren stark aufgequollen und verzerrt, mit asymmetrisch angeordneten Augen und riesigen Wangen. Wie Jahrmarktsgesichter. »Wie 'n hugender Klaus!«, sagte der Fähnrich. Bender kannte den Ausdruck nicht. »Wie ein Hullepulle!«

Was?

Der Fähnrich musste wieder lachen. Er winkte ab. Dann schüttelte er sein Handgelenk aus und tippte mit dem Zeigefinger mehrmals an seine Stirn. Jedenfalls sei ihm erst nach einer Weile klargeworden, dass der Fehler bei ihm selbst lag, im verletzten Kopf. Er tippte sich wieder an die Stirn. Der hier, der erzeuge diese Verzerrungen. In der menschenleeren Landschaft seien ihm die einfach nicht aufgefallen. Bei Baumstämmen, Wegrändern und Wolken, ja, da lassen wir mehr durchgehen. Bender stimmte dem zu. »Wenn Herr Leutnant wüssten, wie Herr Leutnant für den Fähnrich aussehen.«

Um diese Zeit fiel Bender eine junge, in eine auffällige Kapuze gehüllte Rotkreuz-Freiwillige auf, die sich besonders innig um zwei Männer kümmerte, die in Kriegsneurose verfallen waren. Ihre Körper brachen andauernd in spitze Zuckungen aus. Galvanisierte Froschmenschen. Diese Krankheit stellte sich oft erst Tage nach einem Gefecht ein. Man legte sich hin – und erwachte als Gliedermann. Bender hatte nur einen direkt bei der Entstehung erlebt. Sie hatten ihn vor fünf Tagen gebracht, und er war infolge eines Bombeneinschlags noch stocktaub und etwas verwirrt, aber sonst schien ihm nicht viel zu fehlen. Er aß, ließ sich verbinden, man schrieb ihm Antworten auf einen Block. Blutjunges Bürschchen, blond, Schneid, großer Adamsapfel. Aber dann, nach zwei Tagen auf seinem Lager, ganz hinten im Zelt, wurden seine Bewegungen stocksteif und zittrig. Anfangs lachte er noch selbst darüber, schüttelte sein Handgelenk aus und wiederholte die Bewegung. Dann ging er auf einmal schief, als stemmte er sich gegen Sturmwind. Mehrere Male fiel er nachts aus dem Bett und weinte japsend. Sein Schwerpunkt war irgendwie dezentral geworden, war zerstrahlt in alle Punkte des Körpers zugleich, sodass man bei seinem Anblick ständig den Bilderrahmen der Welt geraderücken wollte. Sein Fuß konnte auf einmal nur noch die Bewegung einer Kehle beim gierigen Trinken machen. Seine linke Hand war zu einem ganzen *Rücken* erstarrt. Und so weiter. Er lächelte starr, fragte nach der Uhrzeit, ein Auge dabei fest zugepresst.

Dann wurde ein zweiter, ganz ähnlicher Fall abgeliefert und ebenfalls im hintersten Winkel des Zeltes, gleich beim Lichtschlitz, untergebracht. Dem ging es noch dreckiger als dem ersten, denn er konnte nicht einmal mehr sitzen oder essen, ohne dass man ihm dabei die krampfenden Glieder fixierte.

Die junge Freiwillige mit der Kapuze ging sehr freundlich mit den beiden Männern um. Wenn sie sich ihnen näherte, bekam ihr Gang etwas Schaukelndes. Bender staunte aus der Ferne, wie oft sie mit ihnen scherzte und lachte. Selten sah er ihr Gesicht. Es schien ihr nichts auszumachen, dass diese beiden deutschen Frontkämpfer, vielleicht aus Feigheit, vielleicht aus einem edleren geistesrettenden Impuls, sich in Apparate zu verwandeln begonnen hatten, in Blechgesellen, in zockelige Schneiderpuppen, kurz: in etwas, das immun war gegen Zermürbungsfeuer und Granatenhagel (und was war noch gleich die dritte Farbe gewesen?), und dass diese Verwandlung obendrein unvollständig geblieben war, mittendrin aufgegeben, vermurkst. Es machte ihr nichts, dass die beiden völlig schief in den Angeln der Erdanziehung hingen, mal rundgebückt knurrend, mal kerzengerade oder alle Glieder sternförmig ausgestreckt, dann plötzlich wieder in sich zusammengerollt wie eine Kabelspule, ja, ihr machte es nicht einmal etwas aus, dass die Schnurrbarthälften des einen in verschiedene Richtungen wiesen. Was für eine Seele! Sie lachte mit ihnen. Zeigte ihnen, welche Suppe es heute gab. Besprach mit ihnen das Wetter draußen vorm Zelt.

Nach vier Tagen lockerte sich bei dem Ersten der qualvoll asymmetrische Stechschritt ein wenig. Der Grund: Die Frau mit der Kapuze hatte mit ihm *schleichen* geübt. Nicht gehen. Nein, sie hatte es ausdrücklich schleichen genannt, man solle eben gerade versuchen, *nicht* normal zu gehen. Selbst einige der gewöhnlichen Kranken in den Nachbarbetten hatten sich, dankbar für die Unterhaltung, an dem Hindernislauf beteiligt.

Unermüdlich war sie. Sie kam von morgens bis abends,

immer in derselben weißen Kapuze. Wer das wohl war? Eine Heilige. Bender dachte den ganzen Tag an sie. Er sagte sich alle Frauennamen auf, die ihm einfielen, in der Hoffnung, so durch Zufall im Kopf den richtigen zu nennen und sie so anzulocken. Das rote Kreuz auf ihrer Armbinde war ihm die einzige reale Farbfläche in der ganzen Umgebung, sonst war hier alles holzschnittfarben, schauderhaft. Und wie sie sich über die Schleichfortschritte des blonden Soldaten freute! Bender beneidete den Mann bis aufs Blut. Er hätte alles gegeben, nur um für ein paar Stunden dieses Wrack sein zu dürfen.

Ja, das war vermutlich der einzige Sinn des Krieges: wiederentdeckt zu werden von jungen Frauen, die dich an deiner Verwundung erkennen, dich erwählen. So wie Siegfried. Deshalb protestierten die jungen Frauen auch überall so wenig gegen den Krieg. Die älteren, ja, und natürlich die mehrfachen Mütter, die hatten etwas dagegen, aber niemals die jüngeren, die ledigen. Das heißt, die jungen wussten natürlich auch, dass Krieg grausam und sinnlos war, dachte Bender, aber er erzeugte für sie dennoch diesen Augenblick, wo wir alle fügsam und zerlegt vor ihnen liegen und sie uns getrost wiedererwecken können, aber eben nicht alle von uns, nur jene, die ihnen gefallen. »Der Krieg, das ist die große Damenwahl«, schrieb Bender später, als er es selbst nicht mehr ganz glaubte, in einem seiner Flugblätter.

An manchen Tagen war die Sonne nun bereits stark genug. Einige Männer gingen mutig und selbstbestimmt im Hof umher. Neben den Verletzten lag, wie zum Spott, ein roter Ball im Gras.

Aber noch waren die Schmerzen zu stark. Bender konnte nicht aufstehen und der Freiwilligen nachlaufen. Also sandte er seine Blicke. Egal zu welcher Zeit des Tages er zu den Schüttelneurotikern blickte, sie war bei ihnen, mit Kreuz und Kapuze, und wenn ihm eine der normalen, langweiligen, kapuzen- und gesichtslosen Rotkreuzschwestern den ockerfarbenen Verband abnahm und die Löcher in seinem Kiefer mit Jod austupfte, gab er sich höflich und beherrscht.

»Das sieht sehr gut aus«, sagte die eine. »Gar kein Eiter mehr.«

Und ein paar Stunden später sagte eine andere, oder vielleicht war es dieselbe: »Ai, ai, das hat sich entzündet. Aber ist gut, der Körper arbeitet.«

»Es geht schon wieder, danke«, murmelte Bender.

Dann lag er wieder träumend da, mit heftigem Pochen in den Zahnresten.

»Der Herr Leutnant beschwert sich nie«, sagte irgendeine Schwester.

Bender fand es nervtötend, wie zufrieden hier alle mit ihm waren, nur weil er innerlich völlig aufgegeben hatte. Die Erde ist rund, ist ja gut. Als er endlich wieder allein war, fing ein Junge neben ihm zu weinen an, und zu diesem eigentümlich melodiösen Geräusch studierte Bender seine Freiwillige mit der Kapuze. Sie stand jetzt beim Hintereingang des Zeltes, genau in dem dreieckigen Lappen aus Tageslicht.

Er schlief meist traumlos. Nicht mal im Halbschlaf stellten sich die üblichen Unsinnsbilder ein. Jeden Morgen, wenn er erwachte, wusste er augenblicklich, wer er war und wo er sich befand. Keine Schwelle mehr, kein Dämmerzustand, nicht einmal kurze Augenblicke von Trance. Es war entwürdigend.

Jemand kam und rief ihn zur Ohrenuntersuchung. Er möge sich beeilen, man habe schon nach ihm gesucht. Er sei doch die ganze Zeit genau hier gewesen, beteuerte Bender.

»Na dann schnell, Herr Leutnant, bitte«, sagte die junge Frau.

Die musste neu sein. Oder schon ewig hier. Bender entschuldigte sich, er sei noch nicht angezogen. Außerdem gehe es um seinen Kiefer, vor allem um die Zahnreihe hier oben, nicht um die Ohren.

»Ach, Kieferbruch?«, fragte sie und schüttelte den Kopf.

Bender wusste zwar die Antwort, aber er hob die Arme, überfragt.

»Es geht mir um Trommelfelle«, sagte die Freiwillige, dem Akzent nach eine Polin. »Wo die wohl sind.«

Bender wusste auch da keine Antwort.

Die Frau setzte ihre Suche nach den verletzten Ohren in einem anderen Zelt fort. Bender hatte erst einen Stiefel anziehen können, und jetzt war er plötzlich wieder allein, aber nun konnte er genauso gut den zweiten auch anziehen. Dabei bemerkte er, dass zwei seiner Finger schmerzhafte elektrische Signale bis hinauf ins Schultergelenk leiteten, wenn er sie fest zusammendrückte. »Na, na«, sagte er. Als er vor das Zelt trat, bekam er sofort den Mantel voller Eiswind. Die Hausfassade des Schulhofs war heute Morgen verziert mit Fensterreflexionen, fantastischen Leuchtformen. Verarztete Gestalten schritten davor auf und ab. Der rote Ball glänzte in der Sonne.

In einiger Entfernung stand, zu seiner freudigen Überraschung, die Kapuzenfrau beim Rauchen. Sie führte die Zigarette mit hektischen Bewegungen zum Mund, stieß Wolken aus. Bender konnte es ihr gut nachfühlen. Schnell zählte er seine Zigaretten. Dann sah er sie im Schulgebäude verschwinden. Bender war noch nie drin gewesen. Er wusste, dass in den oberen Klassenzimmern die Operationen durchgeführt wurden. Und im Erdgeschoss lagen die schweren Fälle.

Schon kurze Zeit später kam sie, wie durch sein hungriges Starren angesaugt, zurück in den Hof, und nun sah er sie, das heißt ihr unverhülltes Gesicht, ihren von günstig fallendem Licht erhellten Haarkranz, ihre Augen. Mein Gott, wie schön sie war. Eine Leitbache. Ein starker, löwenhaft kampfbereiter Ausdruck. Dann band sie sich die eigenartige Kapuze um den Kopf und fixierte sie an der Seite.

Noch spürte Bender jeden Schritt im Kiefer: hellrote Blitze. Er wanderte langsam, als suchte er etwas, die Mauern des Schulhofs ab, in einem hoffentlich recht unauffällig wirkenden Halbkreis. Sein Herzschlag schwappte schmerzhaft in die entzündeten Knochen. Aber nun war es geschafft, er stand direkt hinter ihr.

»Verzeihung, aber ist das Ihres?«

Die Frau wandte sich um. Aus direkter Nähe war sie noch entzückender.

»Herr Leutnant? Sollten Sie nicht –«

Was, sie kannte ihn? Aber er hatte ihr doch immer nur aus der Ferne …

Bender zeigte schnell seine Zigarettenpackung. Die habe er gefunden, log er. Ob die ihr gehöre. Sie lächelte, verneinte. Aber da schüttelte er schon eine Zigarette heraus und hielt sie ihr hin. Vielleicht etwas plump, andererseits hatte sie bestimmt den ganzen Tag Gliedmaßen abgebunden und schockstarre Männer aufgemuntert.

Das Sonnenlicht tat ihm im Gesicht weh, aber nach zehn Minuten plapperte Bender immer noch. Die Freiwillige stand da und hörte ihm zu. Er sei von Beruf Schriftsteller. Ja, vom Philosophiestudium in Heidelberg quasi direkt an die Front. Was? Ach so, also in erster Linie Artikel, vor allem über Weltbildfragen, aber durchaus auch Verse, Gedichte. Alles, was man wollte. Noch nicht, nein, dafür brauche man ja einen Verlag. Momentan am liebsten Nietzsche, aber natürlich auch Swedenborg, Shaw, Strindberg. Eben alle großen.

Die junge Frau kannte die Namen und nannte sofort, die Zigarette beim Erinnern ganz nah an ihr Auge haltend, die

Titel einiger Stücke. Sie selbst verehre Tolstoi, sagte sie. Sie schien sich über das herzliche Gespräch zu freuen. Bender begann sofort von Mathematik zu sprechen. Aber auch darin schien sich die junge Frau ein wenig auszukennen.

»Ich halte Sie hoffentlich nicht auf.«

»Ach nein, gar nicht«, sagte sie. »Die Trommelfelle sind erledigt.«

Verblüfft hielt Bender einen Moment inne. Die Trommelfelle? Ja, aber war nicht gerade schon eine andere Schwester ... Aber vielleicht war heute so ein verhexter Tag, wo alle Welt nach verletzten Trommelfellen suchte ...

»Die steht Ihnen übrigens ausgezeichnet«, sagte Bender.

Sie begriff zuerst nicht, dann fasste sie sich, plötzlich auflachend, an die Stirn.

»Ach ja, unsere Verkleidung«, sagte sie. »Das ist wegen den ...« Sie sprach nicht zu Ende, aber deutete durch Pantomime eine Kopfverletzung und einen zittrigen Gang an.

Die Neurotiker im hinteren Teil des Zeltes?

Sie erklärte, dass der arme junge Mann alle Freiwilligen an den langen Haaren packe und brutal hin und her zerre, wenn man nicht aufpasse. »Also binden wir uns das Tuch um die Ohren. Damit er uns nicht packt. Das Tuch beruhigt ihn.«

Sie nahm es ab und band es sich neu: voilà, die weiße Kapuze.

»Ja, soo«, machte Bender. »Aha, ja ...«

»Weiß der Teufel, warum«, sagte die junge Frau und löste die Kapuze wieder. »Eine der preußischen Schwestern hat's durch Zufall entdeckt. Aber er macht sich ganz gut. Kann bald zurück. Zumindest packt er niemanden mehr am Haar. Ich fand es immer sehr anständig, sich nicht so viel zu beklagen.«

Sie lächelte ihn an, meinte ihn.

Bender nickte, vollkommen verwirrt.

»Der Herr Leutnant hat sich nie beklagt, wenn ich –«

»Peter«, sagte Bender und streckte die Hand aus. Sie nahm sie, sehr schlaff, aber schüttelte sie. Dann lachten beide. Sie heiße Charlotte. Aber lieber abgekürzt Lotte.

»Ja, wenn sie dir im Kampf den Kiefer zerbrechen«, sagte er, »was sollst du da groß reden?«

Darauf sagte sie nichts. Dann fragte sie: »Aber doch ein Absturz, oder?«

»Richtig, beim Absturz gebrochen«, gab Bender zu und deutete auf die Stelle. Sie tat nicht einmal mehr weh. Wie oft hatte sie ihm den Verband gewechselt, ohne dass er ihre Anwesenheit gefeiert hatte? Ihm war immer nur die Kapuze aufgefallen, weit weg ... Ihre Stimme klang ein wenig vertraut, aber gut, er hatte die ganze Zeit Fieber gehabt, da klang alles seltsam ...

»Das heißt, ihr müsst euch alle einwickeln, wenn ihr zu den Irren geht.«

Sie antwortete nicht, sondern reichte ihm die Zigarette. Sie rauche eigentlich gar nicht, sagte sie. Bei ihm sei die gewiss besser aufgehoben.

Bereits zwei Wochen darauf der erste Spaziergang als Paar. Plaudern, schwitzen. Sich gemeinsam unter einem Zweig durchducken. Einander auf Gesichter in Baumstämmen hinweisen. Die Seele ein bisschen von der Leine lassen. Lottes entzückendes slawisch stimmhaftes »S« in Ausdrücken wie »weißt du« oder »hast du«. Limonade trinken an Stehtischen. »Wer von uns beiden hat den zerkauteren Strohhalm?« Dann saßen sie auf einem von Bibern angenagten Baumstumpf, direkt am See, und im Wasser blinzelte tausendfach das Sonnenlicht. Bender beschrieb Lotte die wahre Größe der Sonne, während ein Mückenschwarm auf sie einprasselte. Seine Schmerzen waren sehr angenehm. Dann stand da eine Elster auf einem Löwenzahnfeld. Der Geruch von Charlottes Nacken erzeugte ein uraltes, dunkelgoldenes Gefühl. Bender geriet immer ärger ins Plappern und lachte viel, sogar über die grässlichen Zeitungsmeldungen der letzten Tage. An einer Stelle war das Wasser schaumig, als hätte der See dort den Augenwinkel voller Schlafsand. Und später, mitten im Auwald, hielt er um ihre Hand an. Sonne, Geplätscher, tannenzapfiger Harzgeruch. Aber nein, er brachte noch kein Wort heraus. Sie bemerkte nichts. Er ließ ihre Hand los, und der Moment verging. Dann suchte er, in plötzlicher Eile, auf der Wiese nach einem vierblättrigen Kleeblatt, fand aber keines. »Es gibt keine mehr«, sagte er. »Ich frage mich, welches von den dreiblättrigen wohl schuld daran ist.«

Allerdings fanden sich nach einer Weile im Gras ein paar leere Patronenhülsen. Das Echo der Schüsse, die zu ihnen gehören, dachte er, hallt inzwischen weit weg durch den Kosmos. Kannst du dir nicht ausdenken. Charlotte hängte sich im Gehen bei ihm ein. Bender fing, sich auf sicheres Terrain zurückziehend, wieder von hohlen Monden zu erzählen an. Da zog sie an seinem Arm und drehte ihn zu sich herum. Sie näherte sich ihm, wie um an ihm zu schnuppern … Er hielt sie schnell zurück und zählte, in leicht fragendem Ton, einige Ungewissheiten über seine Verletzung am Kiefer auf. Er beschrieb ihr, was ihre Zunge möglicherweise da alles ertasten könnte; sie möge bitte nicht erschrecken. »Dummkopf«, sagte sie. »Ich war da doch schon oft.«

Auf dem Weg zurück in die Stadt trafen sie einen auf einem Pferd reitenden Jungen, der einen alten, erloschenen Esel mit sich führte. Die eine Flanke des greisen Tiers war von Gertenhieben verunstaltet. Bender bemerkte es und zog Lotte, die sich wieder bei ihm untergehakt hatte, schnell auf die andere Seite des Esels, dorthin, wo er noch unversehrt war. Aber als der Junge ihnen irgendetwas hinterherfluchte – war es auf Deutsch gewesen, oder auf Polnisch, oder nur ein

frecher Pfiff? –, drehte Bender sich um und trat mit gewalt-
bereiten Drohgebärden auf den Burschen zu, der auf der
Stelle vom Pferd fiel. Der Esel fing brüllend zu lachen an.
Bender drohte dem auf der Erde liegenden Bengel noch einmal mit der Faust, dann holte er Charlotte ein und brachte
sie nach Hause.

ANKLAGE

Am 13.4.1921, vier Tage vor der vierhundertsten Wiederkehr von Martin Luthers Auftritt vor dem Reichstag zu
Worms, brachte Herr Erdelmeier, heute mit einem erschöpften, lebenswunden Ausdruck um die Augen (selbst die
Knöpfe an seiner Uniform kullerten an langgezupften Fä-
den nach links und rechts), einen behördlichen Brief ins
Haus, in welchem dem ortsbekannten Schriftsteller und
Pamphletisten Peter Bender unter Androhung von Gefängnis untersagt wurde, seine geplante Feier am Lutherdenkmal
abzuhalten. Den von der Behörde abgefangenen Flugblättern sei zu entnehmen, dass er offenbar anstrebe, so etwas
wie Massenverheiratungen oder Orgien inmitten der Wormser Bevölkerung zu veranstalten. Es sei zu befürchten, dass
das dergestalt in seinem natürlichen Empfinden beleidigte
Volk »zu entsprechender Selbsthilfe schreiten«, das heißt in
schrankenlose Gewalt ausbrechen werde. Daher werde ihm
für die Dauer der gesamten Gedenkwoche des Lutherjahres
jede Vortrags-, Kundgebungs- und Feiertätigkeit öffentlicher
Natur streng verboten.

Bender las den Brief aufmerksam durch, fühlte nichts
und nahm sich dann die Volkszeitung vor. Aha, da ging es
um was viel Interessanteres: Quäker-Sendungen aus Amerika. »Für die Behandlung von Geschenkpostsendungen
(Liebesgaben) durch die Postzollstellen sind für ausländi-
sches Fleisch Erleichterungen zugelassen.« Soso. Bender
leckte sich die Lippen. »Die American Relief Administra-
tion Warehouses bieten Unterstützung durch Paketsendun-
gen an, welche hochwertige Lebensmitte enthalten.« Lebensmitte. Haha, niedlicher Druckfehler. So wie bei Dante,
am Beginn der Höllenfahrt. *Es war in unsres Lebensweges*

Mitte. Der hübsche Fehler lag ruhig vor ihm, wie etwas Naturgewachsenes. Sehr richtig, dachte er. Die hochwertige Lebensmitte. Da auf einmal meldete sich ein heftiger Schluckauf, und er musste aufstehen, sich an die Brust fassen. Die Räume wurden eng. Er lief zu Charlotte. Er fand sie nicht gleich. Hatte sie einen Sprachschüler? Wie spät war es überhaupt?

»Was ist denn?« Gott sei Dank, sie saß mit den Kindern beisammen.

»Erfolg!«, sagte Bender, atemlos.

Charlotte wies Gerd an, kurz neben seiner Schwester stehen zu bleiben und zu rufen, falls sie etwas brauchte. Sie müsse mit Papa etwas besprechen. Er sah an ihrem Blick, dass sie besorgt war.

»Nein, nein, es ist absolut alles in Ordnung!«, rief er. »Sie haben uns nur die Feier verboten. Sie zittern vor Angst. Ich hab's geschafft.«

»O nein, wie schade.«

Sie deutete an, zusammen in den Garten zu gehen. Bender schüttelte den Kopf. Er wollte lieber im Haus bleiben.

»Sie zittern vor Angst, weil sie das Menschheitspaar nicht verwirklicht sehen wollen! Denk dir, dieser eine kleine unwichtige Mann aus der Schillerstraße und seine Frau, diese zwei haben es geschafft, dass die Feier am Denkmal behördlich untersagt wurde!«

»Was? Die Gedenkfeier?«

»Nein, nicht die eigentliche Gedenkfeier, sondern unsere geplante, die zur Ausrufung –«

»Ach so. Unsere Feier.«

»Aber wir haben es geschafft! Nicht wahr, Lotte?«

»Natürlich.«

Bender stand nickend im Türrahmen. Er hielt sich am Holz fest.

»Weißt du, um ein Haar hätte ich mich zu ärgern begon-

131

nen«, sagte er. »Aber sie zittern. Ja, die haben Angst vor der Menschheit. Die werden noch Augen machen!«

Sein Triumphspaziergang führte ihn durch Weinberge, südlich der Stadt. Bender ging begeistert und erregt zwischen den noch nackten und blattlosen, auffallend christushaft an ihren Drahtrahmen festgebundenen Rebstöcken und sprach laut mit sich. Er sah Elstern aufflattern, als kämen sie direkt aus dem Erdboden, von tief unten, von *außerhalb*, dort, wo die Schwerkraft wohnt.

Als er um die Mittagszeit zurückkehrte, wurde Charlotte nach einem flüchtigen Begrüßungskuss von ihm vor dem Westfenster im Arbeitszimmer platziert, und er berichtete ihr alle während des Spaziergangs gesammelten Erkenntnisse über die menschheitsumfassende Religion des Priesterehepaars. Er sah ungeahnte Wege und völlig neue Möglichkeiten vor sich, er deutete an die Zimmerdecke und kam selbst jetzt, im fiebrigen Schnellreden, auf neue Erkenntnisse.

Seine Frau hörte ihm zu. Nur einmal stand sie auf, um sich eine Weste zu holen. »Sprich ruhig weiter«, sagte sie, da Bender mitten im Satz still geworden war.

»Wenn es dich nicht interessiert«, begann er. Sein Gesicht war rot.

»Doch, doch. Sprich nur.«

»Nein, nein, du kennst das alles offenbar schon.« Er winkte ab und stapfte ins Vorzimmer. Dort aber war nichts, wogegen man treten konnte. Er stand verwirrt zwischen Möbeln.

Also zurück ins Arbeitszimmer! Er berichtete ihr weiter von seinen Einsichten. Aber zwischendurch stockte er manchmal, und ihm schien seine eigene gestikulierende Hand ungut aufzufallen. Er schüttelte die Hand aus und fing den verunglückten Satz von vorn an.

Charlotte hatte den Kopf auf ihre Faust gestützt. Im Gegenlicht des Fensters sah das sehr gestellt aus, sehr häuslich, wie alte Genremalerei. Bender ging zu ihr und zog ihren Arm in einen anderen Winkel, besann sich aber mitten in der groben Berührung und verwandelte sie in eine neckisch-leidenschaftliche Attacke, er küsste sie auf den Hals und hinters Ohr, tat so, als schnuppere er wie ein Tier an ihr herum. Sie kicherte und zog ihn zu sich. Da verlor er das Gleichgewicht und fiel, indem er seinen Sturz blitzschnell in eine schwanenhaft theatralische Sterbeszene übertrieb, *rund um sie*, so wie ein Stück Stoff um eine Statue fällt. Charlotte klatschte beeindruckt. Dann stand er auf, lachte. Sie hielt etwas in der Hand. Sie zeigte es ihm. Eine Visitenkarte.

Das sei ein sehr guter Strafverteidiger. Er habe Erfahrung mit religiöser oder politischer Verfolgung durch die Behörden.

Benders gute Stimmung verflog sofort wieder. Er war empört. Was ihr einfalle, was solle er denn mit so einem dahergelaufenen – Aber da klingelte es an der Tür.

Es war Florian Abt, der Mensch mit der leider inzwischen makellosen Gesichtshaut. Bender bat ihn nicht ins Haus, ja, er schob sogar seine Schulter in den Türspalt, um etwaige Vorstöße Abts gleich abfangen zu können. Guten Tag. Wie man ihm helfen könne.

»Es ist wegen dem Fräulein Vychodil«, sagte Abt.

Bender rutschte seitlich weg.

»Wio bitte?«

»Es scheint, sie hatte eine kleine Krise.«

»Und was bitte haben Sie mit –«

»Nein, nein.« Florian Abt hob beide Hände. »Ich gebe nur bisschen acht auf sie, auf das Fräulein. Hat ja sonst niemanden.«

Bender ballte seine Fäuste. Die Visitenkarte des Anwalts wurde zerdrückt.

»Also, nur falls Sie es heute noch schaffen.« Florian Abt

sprach sehr leise. »Und übrigens, Ihre Rede, also vielleicht haben Sie's gar nicht gemerkt, aber eine Dame, in der Mitte des Raumes ...« Abt imitierte einen ohnmächtig umsinkenden Menschen, mit plötzlich nach hinten kippendem Kopf.

»Was ist mit ihr?«, fragte Bender.

»Na, ohnmächtig.«

»Nicht mit der Person, mit Else.«

»Ach, am besten schauen Sie selbst, Herr Leutnant. Sie hat, wenn mich mein Urteil nicht täuscht, nach Ihnen verlangt.«

Damit empfahl sich der widerliche Mensch, wurde kleiner im Weggehen und schließlich, beim Um-die-Ecke-Biegen, vollkommen unsichtbar. Bender schloss die Tür. Nun hatte ihn die Angst gepackt. Seine Zunge fühlte sich taub und schwer an. Es kostete einige Mühe, nicht sofort zu Charlotte zu laufen und ihr alles zu gestehen, jede Einzelheit. Nein, noch geht es, sagte er sich. Aber nein, es ging nicht.

»Weißt du was«, Bender kam mit festen Schritten auf Charlotte zu. »Deine Idee ist doch nicht so schlecht.«

»Wer war denn da an der Tür?«

»Hat sich geirrt. Aber ich gehe sofort zu dem Anwalt. Ist ja nicht weit, und er hat noch Geschäftsstunden.«

»Wie, jetzt sofort?«

»Ja, warum nicht.«

Charlotte machte ein seltsames Gesicht.

»Aber solltest du nicht lieber morgen, oder lieber zuerst einen Termin ...?«

»Unsinn, ich gehe gleich! Wenn er der Richtige für meinen Fall ist, erkenne ich das in den ersten drei Minuten.«

Er zog sich an.

Er war schon fast aus der Haustür, als Charlotte ihn zurückhielt. Ob er denn nicht die Briefe der Stadt und die Bescheide und seine eigenen Flugschriften und Dokumente mitnehmen wolle? Damit der Anwalt wisse, worum es gehe.

»Ach ja, richtig, richtig!« Bender lief ins Arbeitszimmer und kramte eilig ein paar Papiere zusammen. Sie fielen ihm alle aus der Hand, als er zur Tür schritt. Er sammelte sie auf, lachend.

Draußen begann er zu laufen.

Else machte lange nicht auf. Bender klopfte, betätigte die Klingel, sprach der Tür gut zu. Dann endlich erschien ihr Gesicht im Spalt, er drängte hinein, überwand ihren Widerstand. Sie schien sehr schwach, legte sich sofort ins Bett. Die Augen waren winzig klein. Er brachte ihr ein Glas Wasser, aber sie lehnte ab. Auf dem Nachttischchen lag eine leere Apothekerflasche, dunkelbraun getöntes Glas.

»Else, was hast du getan?«

»Ich?«, fragte sie, ungläubig.

Dann versuchte sie sich aufzurichten, fiel aber gleich wieder um. Sie presste sich die Hand auf die Stirn.

»Ich? Ich hab überhaupt nix gemacht.«

»Ja, aber ... Und außerdem, was machst du mit diesem Abt? Was will der von dir überhaupt? Das sind nicht die dümmsten Leute, jaja, sie wollen einen Rheinstaat, gut, aber dieser Abt, ich sag dir, das ist ein schmieriger Kleinkrimineller!«

»Kennst ihn doch gar nicht«, murmelte Else.

Dann übergab sie sich, fast lautlos, auf ihr eigenes Hemd.

Bender half ihr, sich zu reinigen. Dabei schimpfte er in, wie er hoffte, väterlicher Weise mit ihr. Sie ließ es geschehen. Als er ging, nahm er ihr das Versprechen ab, artig zu sein, bis er wiederkäme. Gleich morgen, neun Uhr, versprochen.

»Ich hab doch gar nix gemacht«, murmelte Else.

»Du musst dich jetzt ausruhen, hörst du?«

»Jaja.«

Beim Verlassen des Hauses musste Bender gestehen, dass ihm etwas mulmig bei der ganzen Sache war. Elses Anblick, guter Gott! Das war nicht gut. Nein, wirklich nicht gut. So ein eingefallenes Gesicht, und die Augen, wie die einer Maus! Und still war es in der Wohnung, unheimlich still. Wo war der Bruder? Ich hätte sie doch in die Gemeinde aufnehmen sollen, von Anfang an. Dass sie so labil ist. Das arme Mädchen. In diesem Moment fiel Bender auf, dass er seine Papiere bei Else vergessen hatte. Außerdem trug er keinen Mantel.

Er klopfte und klingelte, aber sie machte nicht mehr auf. In steigender Panik überlegte er, ob er draußen von der Straße eines der ebenerdigen Fenster zerschlagen und über eine andere Wohnung zumindest ins Haus einsteigen sollte. Oder sollte er schreien? Er klingelte wieder, »heftiger«, obwohl der Klingelton immer genau gleich laut war, egal wie viel verzweifelte Seele man in seine Betätigung legte. Nein, Unsinn, wenn er laut schrie, würden bloß andere Leute ihn hören. Er lief nach draußen, blickte an der grauenvollen Hausfassade hoch, aber da war nichts, nichts. Nichts, was ihm irgendwie half. Bloß irgendwelche Geräusche aus Nebengassen. Und ein hemdsärmeliger Mensch ging vorbei. Vorbei, dachte er. Ja, genau. Na gut, dann war es das jetzt. Endgültig vorbei. Alles. Bleibt nur noch Selbstmord. Auch nicht weiter schlimm.

Weinend entfernte er sich einige Schritte vom Haus. Jetzt ist alles aus, alles aus. Er atmete rasch und flach. Schneller aus als ein. Ah, und nun bekam er keine Luft mehr. Jetzt haben sie uns doch den Richthofen. Bender hielt sich die Stirn. Armer Sonnleithner. Dann den Kehlkopf: alles zum Bersten gespannt. »Jetzt haben sie wirklich unseren.« –

Man hatte ihn auf die Straße gelegt. Der Kranke redete undeutlich. Seine Zunge machte *mläm mläm mläm*. Jemand kniete neben ihm. Man musste aufpassen. Damit ja nichts passiert. Also auf. Danke, es geht schon wieder. Mehrere

Hände hielten seine Schultern unten. Gleich werde jemand kommen. – Das heißt, es muss ja gar kein Mensch gewesen sein, da im Robinson. Nein, man kann sich auch etwas viel Naheliegenderes denken: ein völlig anders geformtes Ungetüm, eine Art Kugel, ein Ei, das zum Beispiel Menschen fraß. Es rollte über die Hügel der Robinsoninsel und einmal fiel ihm ein Fuß, an dem es gerade genagt hatte, aus dem Schlund, und der Fuß landete im Sand. Abdruck. Und das Ei hob den Fuß hoch und nagte weiter daran. – Ein weiterer Versuch und Bender setzte sich auf. Der Kopfschwindel war noch stark, aber er erhob sich, bedankte sich bei den immer noch fürsorglich an ihm zerrenden und zupfenden Passanten. »Danke, danke, es geht schon wieder. Nur ein kleiner Schwindelanfall. Ich habe mich veratmet.« Zögernd zerstreuten sich die Menschen. Eine hilfsbereite Frau wollte sich gar nicht vom Fleck rühren. Bender dankte ihr ausführlich und versprach, auf sich achtzugeben.

»Und, was hast du erreicht?«

»Ja, stell dir vor, ich war beim Falschen! Es hat niemand aufgemacht.«

Dass diese beiden Sätze einander ein wenig widersprachen, fiel ihm zu spät auf. Aber Charlotte fragte nicht weiter nach. Auch der fehlende Mantel schien ihr nicht aufzufallen. Bender kämpfte mit Schluckauf.

»Und was machst du jetzt?«

»Noch einmal hingehen natürlich. Zu einer vernünftigeren Zeit. Mein Gott, ich bin wirklich zu impulsiv.«

»Ja!«, sagte Charlotte, offenbar froh über seine Selbsteinsicht.

»Gleich morgen schreibe ich einen neuen Antrag«, sagte er.

Charlotte fand das eine gute Idee. Sie versprach, ihn auch in Frieden zu lassen. Sie werde mit den Kindern ausgehen, so habe er Ruhe zum Schreiben. Sie habe Angst vor einem Prozess. Die Preise für Lebensmittel stiegen immer weiter. Wenn er wirklich für zwei Wochen ins Gefängnis müsse, welche Art von Anstellung würde er hinterher noch finden? Wer weiß, was für Zeiten auf uns zukommen.

Bender unterließ es, seine Frau für diese neuerliche Unverschämtheit (»Anstellung!«) zu tadeln. Er dankte ihr nur für ihre Hilfe. Dann versteckte er sich bis zum Abendbrot in seinem Zimmer.

Am nächsten Morgen kam mit der Post eine offizielle Anklageschrift. Herr Erdelmeier schien allmählich misstrauisch zu werden. So viele behördliche Briefe. Er grüßte weniger herzlich als sonst. Bender fielen zudem einige deutliche Kratzspuren auf der Hand des Briefträgers auf.

Er las die Vorladung durch. Aber da stand ja schon wieder nichts Neues! Eine Farce! Da konnte man wirklich nur noch lachen. »Gotteslästerung«? Als es an der Tür klingelte, erhob er sich, die Zeilen der Anklage immer noch als deutliche Phantomlinien vor Augen. Im dunklen Vorzimmer musste er heftig niesen. Dann machte er die Tür auf.

Draußen stand Else, in einem geblümten Kleid.

»Wo warst du?«, sagte sie.

»Else! Was machst du hier?«

»Na, ich hab auf dich gewartet.«

Sie war noch nie vor seinem Haus erschienen. Er hatte ihr nicht einmal seine Adresse verraten. Abt! Dieser verfluchte ...

»Wir hatten doch gesagt, um neun«, sagte Else. Sie wirkte vollkommen gesund, ausgeschlafen, rotwangig, konzentriert. Es war gespenstisch. »Und ich hab mir Sorgen gemacht ...«

»Was, du –? Hast dir Sorgen –? Aber was ...«

Er zog sie schnell ins Innere des Hauses.

Else hatte ihm sogar ein Geschenk mitgebracht: die Puppe.

»Ich dachte, du freust dich vielleicht.«

Sie stellte das Ding in der Küche ab. Die Arme und Beine der Puppe standen steif, in völlig unwirklichen Winkeln vom Körper ab, aber wenn man sie bewegte, waren sie wie mit Sand gefüllte Schläuche. Alle Glieder ließen sich in beliebige Richtungen abwinkeln. Bender fühlte leichte Übelkeit.

»Aber gehört die nicht deinem Bruder?«

»Ich wollte dir eine Freude machen. Freust du dich gar nicht?«

»Else, geh nach Hause.«

»Aber ich hab mir Sorgen gemacht! Es war neun, und du bist nicht erschienen.«

»Und deshalb kommst du einfach hierher?«

Else äugte in ein angrenzendes Zimmer.

»Oh, ach so. Bist du nicht allein?«

Bender starrte sie hilflos an.

»Keine Angst, keine Angst«, sagte Else. »Es kommt mich gleich jemand abholen. Alles in guten Händen. Ich bleibe nicht lange, versprochen. Ludwig kommt, ein Freund von Abt. Denn ihr habt ja recht, ich sollte jetzt wirklich nicht ohne Aufsicht sein.« Sie lachte. »Ich wollte dich einfach kurz sehen. Hier wohnst du also.«

Sie ging einige Schritte, bog ins Arbeitszimmer ab.

»Ja was ist denn das?« Sie deutete auf eine graphische Darstellung der Innenerde.

»Das? Gar nichts.«

»Weißt du, ich hab mich tatsächlich immer gefragt, wie das wohl alles aussieht. Also wo du schläfst und so weiter. Ach und hier arbeitest du also?«

»Ja, hier arbeite ich.«

»Aha.«

Nun begann Else zu weinen. Tod und Teufel!, dachte Bender. Wie stellte man das ab? Else schritt langsam durch den Raum und rieb sich die Augen.

»Und die Gemeinde, die entsteht wo?«, fragte sie mit nasser Stimme.

Bender verstand die Frage nicht.

»Ich meine, wo kommt sie her ... wo ist ...«

Sie wedelte mit ihren Armen hin und her. Die richtigen Worte wollten einfach nicht kommen. Ein heftiger Seufzer. Dann ließ sie sich auf den Boden fallen und krümmte sich. Bender eilte zu ihr. Sie war nicht bewusstlos, aber schien eine Art Heulkrampf zu durchleben, sie würgte und schluchzte. »Lass mich!«, schrie sie und versuchte, in seine Hand zu beißen, als diese sich unter ihre Schulter schob.

Bender stand ratlos da. Er berührte seine Geliebte mit der Fußspitze. Dann musste er schon wieder zur Tür, weil es klingelte. Das musste der Lump sein, den sie angekündigt hatte. Mein Haus ist doch kein öffentlicher Warteraum! Aber Gott sei Dank, dass jemand sie holen kam. Vor der Tür stand ein kleiner Mann mit Hut, dünnlippig, ausgemergelt, etwas x-beinig, Tuch in der Brusttasche. Was für ein Anblick. Das musste er sein. Bender rief erleichtert: »Herr Ludwig, ja, das ist gut, dass Sie endlich. Bitte nehmen Sie sie mit, sie hat Zustände!«

Der Mann trat ein. Er räusperte sich, entschuldigte sich, sonderte Sputum in ein Taschentuch ab und reichte Bender dann die Hand.

»Sie ist im Arbeitszimmer, bitte. Kommen Sie.«

Bender wies ihm den Weg.

Aber der Mann blieb stehen.

»Bitte nehmen Sie Ihre Freundin mit, Herr Ludwig, es ist leider so, dass sie –«

»Sie verwechseln mich«, sagte Herr Ludwig. »Ich bin nicht Herr Ludwig.«

Der Mann war ein begeisterter Leser von Benders Artikeln. Ein Bewunderer, der über die Hohlerdenweisheit hinaus gerne etwas mehr über die Gemeinde in Erfahrung zu

bringen wünschte. Außerdem der Empfänger einiger eindrucksvoller Briefe. Er holte sie aus der Tasche, zeigte sie
vor. Das sei doch diese Adresse hier. Ganz erstaunlich, diese
Dichte an Einsichten. Der Name? Ach so, bitte um Entschuldigung. Johannes Lang.

Bender starrte ihn entsetzt an. Fast hätte er den Mann ge-
ohrfeigt.

Else war unterdessen im Türrahmen erschienen. Mit vollkommen beherrschter Stimme, ohne die geringsten Spuren
von Verstörung oder Starrkrampf, begrüßte sie den Besucher,
reichte ihm sogar die Hand. Bender brachte kein Wort mehr
hervor.

»Freut mich sehr«, sagte Lang. »Aber ich sehe, ich komme
etwas ungelegen.«

»Ganz im Gegenteil«, begann Bender. Aber er konnte
nicht weitersprechen. Er streckte dem bewunderten Kollegen die Hand hin. Dieser ergriff sie, schüttelte sie. »Ganz
im Gegenteil«, wiederholte Bender. Die Zunge ein trockener
Muskel im Mund.

»Ich sehe, ich komme etwas ungelegen«, wiederholte Johannes Lang.

Es war, als hätte die Zeit Schluckauf.

Lang verabschiedete sich, äußerte aber die Bitte, Bender
möge ihn recht bald in Frankfurt besuchen. Er überreichte
eine Visitenkarte.

Nachdem er die Tür geschlossen hatte, stand immer noch
Else neben ihm.

»Wer war denn das?«, fragte sie.

Bender konnte nichts sagen. Das war meine Chance,
dachte er. Er kam mich besuchen! Ich habe ihm Briefe geschrieben. Er hatte sie dabei. Aber jetzt? Alles aus, vorbei.
Nicht einmal zu einer richtigen Begrüßung ist es gekommen.

»Du hast ja keine Ahnung«, sagte er leise, »wer das war.«

»Nein«, sagte sie. »Wer denn?«

»Du hast keine Ahnung«, wiederholte er. »Einer der deutschen Erstentdecker der Wahrheit. Nach Karl Neupert natürlich. Einer der Schüler Neuperts. Einer der bedeutendsten Köpfe, die …« Er blickte Else voll Abscheu an. »Du weißt wirklich überhaupt nichts. Was soll so jemand wie du in meiner Gemeinde?«

In der Haustür blieb sie noch einmal stehen.

»Ist dir zumindest aufgefallen, dass ich diesmal gar nichts gefordert habe?«

Sie sah herzzerreißend aus. Angriffslustig, zerzaust, sich selbst den Hut schief rückend.

»Ja, du bist auf jeden Fall viel stärker als …«, sagte Bender. Dann verging ihm vor Wut die Stimme. Was hatte er sagen wollen?

»Gut«, sagte Else und seufzte tief. »Zumindest *das* bemerkst du noch.«

»Ja, ja.«

Bitte geh, bitte geh, bitte geh. Else drehte den Hut auf ihrem Kopf, als wollte sie ihn festschrauben. Aber er sah von allen Seiten gleich aus. Dennoch lachte Bender höflich über das Manöver, als hätte sie ein Kunststück vorgezeigt.

»Ich versuch halt immer noch herauszufinden, warum du mich so hasst«, sagte Else.

Versuch halt, diese putzige österreichische Art, ein Wort abzufedern. *Ich hab halt*. Es machte ihn innerlich ganz weich. Aber heute mischte sich ein mulmiges Gefühl dazu.

»Ich hasse dich doch nicht«, sagte er und stellte sich vor, sie in Blumenbeeterde zu stampfen.

Else nahm den Hut ab.

»Ja, weiß ich eh.«

Eh. Verstärkte sie ihren Dialekt heute absichtlich? Oder war das, wie sie wirklich klang, wenn sie mit sich allein war?

»Dann viel Glück«, sagte sie.

»Ich komme schon zurecht«, sagte Bender.

Sie verabschiedete sich von ihm, aufrecht, tapfer, mit starren Schultern. Sogar nach seiner Hand fasste sie, nahm sie, drückte sie, auf ganz verbindliche Art, und blickte ihm dabei lange ins Gesicht.

INSEKTEN VOM MOND PFLÜCKEN, 1917

In der Kreishauptstadt schickte man Leutnant Bender, als er mit seinem Gesuch um Freistellung vom Kriegsdienst in der Heeresdienstleitung erschien, unverzüglich zum Nervenarzt. Es wurde eine halbstündige Begegnung. Bender saß verärgert vor dem Mann, der, während er sprach, immerzu seine Pfeife in der Hand drehte. Ein Spielwürfel lag auf dem Tisch. Bender bemühte sich, durch unauffällige Drehungen seines Oberkörpers aus der ihn immer wieder erfassenden Schusslinie der Pfeifenmündung zu kommen. Aber der Arzt schaffte es dennoch, ihn alle paar Minuten direkt ins Fadenkreuz zu nehmen. Bender fühlte das schwarze Mundstück der Pfeife in seinem Inneren, direkt unter seinem Brustbein, als eine Art Maikäfer, schwarz und kompakt.

Ihm wurde mitgeteilt, dass seine unehrenhafte Entlassung hiermit ausgesprochen sei. Ob er dem widersprechen wolle? – Nein. – Noch habe er Gelegenheit dazu. – Danke, nein. Der Arzt schüttelte den Kopf und lachte. Dann schrieb er ein paar Zeilen, in sehr großer Schulschrift und eigentlich gut leserlich, auf das vor ihm liegende Papier, aber Benders Sehvermögen war noch immer beeinträchtigt, er konnte kaum eines der auf dem Kopf stehenden Wörter entziffern. Also erfand er sich Sätze: *Für die Interessen des Thyssen-Konzerns im Erzbecken von Brie-Longwy. Für die Erhaltung des Throns und Grundbesitzes der Hohenzollern.* Jaja. Richtig, richtig. Musste man alles mit in Betracht ziehen. Schreib nur alles auf.

»Warum lachen Sie?« Der Arzt hielt im Schreiben inne.

»Die Schmerzen«, sagte Bender. Er deutete auf seinen Kiefer.

»Schmerzen, soso. Sie sind übrigens frei zu gehen, Herr

Leutnant.« Bender stand auf. »Sie melden sich dann bei der Heeresleitung für die Abgabe Ihrer –«

Aber Bender war schon aus dem Zimmer gegangen. Erst im Kontakt mit seinen eigenen Fingerspitzen – sie legten sich, wie herbeigerufen, kühl an seine Stirn – kehrte ein wenig Halt und Welt zurück.

Im Gang lagen Sägespäne auf dem Boden. Vor der Tür eines anderen Nervenarztes saßen drei stark im Gesicht veränderte Männer, alle in Uniform. Bender grüßte im Vorbeigehen. Dabei konnte er die zwanghaften Imitationsgrimassen, zu denen ihn die Zerrgesichter dieser Männer reizten, nur mit Mühe unterdrücken. Er hörte ein leises Blöken hinter sich. Es war tiefster April, und das Jahr war 1917. Nie hätte er als Kind gedacht, so weit in der Zukunft zu leben, so weit in einem neuen Jahrhundert. Jesus Christus, wie er seine Eltern vermisste!

Auf dem Weg zum Ausgang kam er an einem blutjungen Burschen vorbei, der inmitten von Desinfektionsgeruch dasaß und eine dünne Scheibe Brot gegen Mund und Nase drückte. Seine Kiefer waren anscheinend ebenfalls gebrochen, sogar beidseitig, und wurden durch ein eisernes Gestell und sehr viel Verbandszeug zusammengehalten. Außerdem war eines seiner Augen mit einem Pflaster überklebt. Der Junge aß nicht, sondern schien durch das Brot hindurch zu atmen, als wäre es ein Luftfilter.

Vor dem Gebäude dann noch zwei Beinlose in Rollstühlen, strandurlaubshaft zurückgelehnt, beide mit identischen Zottelbärten, beide Anträge und Formulare auf den Knien. Bender trat von ihnen weg und bekam plötzlich Sonne ins Gesicht, innig und überwältigend, der alte Gott des Feuers, der ihn hier an diesem fernen Ort mit der vollen Wucht der Antike traf. Die Wärme strahlte neuerdings so weit in den Schädel hinein, es war gespenstisch. Was für Räume jeder in sich trägt. Und nun kamen auch die Tränen. Er durfte nach

Hause! Vor ihm auf der Erde lag ein weiterer weißer Spielwürfel. Sehr gut, dachte Bender. Verlorene Würfel, das sind die Milchzähne der Natur. Die Krumigkeit der Erde hier gefiel ihm, aber einbuddeln konnte man sich darin nicht. Nein, nicht ohne Schaufel. Außerdem, was sollte er dann machen, wenn er ganz versunken war, und nur mehr der Kopf schaute heraus. Nein, so lockst du bloß Krähen an, die dir an die Augen gehen. Wo kam man eigentlich hin, wenn man immer weiterbuddelte, bis ganz nach unten und darüber hinaus? Gab es wirklich nirgends einen Ausgang? Gab es nur Erde, Erde, Universumserde, in alle Richtungen? Er stellte sich vor dem kleinen Spielwürfel auf, hob sein Bein mit dem schweren Stiefel – und stampfte ihn in die Erde.

Mit dem ersten Zug zurück nach Posen, zur Fronleichnamsfeier. Es war der 7. Juni. Durch die Stadt führte eine Demonstration gegen die preußische Staatsgewalt, man trug die *Konföderatka* genannten viereckigen Mützen, dazu weiß-rote Bänder. Frauen in Nationaltracht mit flatternden Fahnen, bunt und prächtig, aber keine davon weiß-rot? Ja, das sei verboten, erklärte Charlotte, allerdings eben nur für Fahnen, sonst nicht. Männer verteilten Rasseln und Trillerpfeifen. Es gab Erdbeeren und krachsaure Frühkirschen. Dann leuchtende, in mehrteilige Röcke gekleidete Mädchen, *Bamberkas*, benannt nach den ehemaligen deutschen Siedlern aus Bamberg, die aber schon vor drei Generationen oder mehr heim ins polnische Nationalbewusstsein gefunden hatten, an der Hand der katholischen Kirche.

Dann kamen Reiter, es waren sehr viele, geschmacklos viele, wie Bender fand, so viele gesunde, intakte Pferde, dabei brauchte man die doch alle an der Front! Er schüttelte den Kopf. Bim-bim, bim-bim: So gingen die Silberglocken der Ministranten.

»Gehen wir lieber nicht zu nah«, sagte Charlotte.

Und tatsächlich hatte sich da vor ihnen, am Rande der Prozession, ein kleiner Aufruhr gebildet: Drei Frauen umstellten eine andere Frau (war es eine Deutsche?) und brüllten sie an, mit Tränen in den Augen. Sie hatten genug, wie es schien, genug von Deutschland, und sie schimpften gewaltig, aber die Frau war nicht Deutschland, sie konnte ihnen auch nicht helfen. Nun wurde sie zu Boden gestoßen und erhielt einen Tritt, sodass ihr die Brille vom Gesicht rutschte. Dem folgte ein laut gebelltes Wort, das allerdings im Lärm der Kesselpauken unterging.

»Was war denn das?«, fragte Bender. »Worum ging's da?«

Charlotte zog ihn fort.

Sie beruhigte sich erst an der Brücke. Was habe sie sich auch gedacht, sagte sie, einfach so, heute, zu dem Umzug. Dabei die ganzen polnischen Nationalisten. Sei doch zu erwarten gewesen. Charlotte schien von sich selbst enttäuscht. Als Jüdin, mein Gott, an diesem Tag. Da laufe man denen quer durchs Weltbild.

Bender verstand nicht.

»Deutsch, jüdisch«, erklärte Charlotte, »neuerdings hier ein und dasselbe.«

»Was?«

»Bist du jüdisch, bist du deutsch.«

»So eine Frechheit.«

»Ja, ich hab's so satt«, wiederholte Charlotte. »Die machen überhaupt keinen Unterschied mehr.« Sie schüttelte den Kopf.

In ihrer ersten gemeinsamen Nacht bekam Bender vor lauter Erregung Schluckauf. Die Blumen aus seiner Hand fanden sich wenige Sekunden später schon in einer Vase wieder. Dann stand er lange unschlüssig im Türrahmen, lobte und scherzte an der Situation herum. Beim Küssen bissen sie einander, zuerst immer heftiger, dann kontrollierter, methodischer, höflicher. Bender kam schon beim ersten Eindringen zum Höhepunkt. Er entschuldigte sich, versuchte aufzustehen, tropfte alles voll. Und dies wiederholte sich dreimal im Laufe der Nacht. Am Morgen danach hing an der Wand über ihnen eine lebkuchenherzgroße Spinne. Sie flüchteten vor dem Monstrum nackt auf den Balkon, lachend und johlend vor Grausen. Dann lagen sie wieder nebeneinander im leeren Raum des Quartiers, und der Wandspiegel war voll mit dem Muster der Zimmerdecke und Teilen des blauen Himmels vorm Fenster.

Beim Morgenspaziergang sahen sie eine Scheune brennen. Der intensive Brandgeruch stieg Bender wie Wein zu Kopf, belebte seine Gedanken und machte ihn schrankenlos und albern. Er fing an, die Natur zu beschimpfen. Dieses stumpfsinnig schnell wachsende Schilf überall! Und das landauf, landab vorzeitig vergreisende Getreide! Und da, die im Wind rauschenden Bäume: »Claqueure!« Schließlich hielt er, mit vor Angst vollkommen ausgetrockneter Kehle, unter einem im Wind knarrenden Wirtshausschild um Lottes Hand an. Als sie zuerst nur verblüfft reagierte, versuchte er die herbe Enttäuschung mit einer gewissen Stummfilmeleganz zu überspielen, trat beiseite und deutete eine galante Verbeugung an, begann dann aber im nächsten Augenblick hilflos zu schluchzen und sich zu entschuldigen. Leute kamen aus dem Wirtshaus, und er musste ihren langen, braunen, hässlichen Körpern ausweichen. Lotte legte ihm eine Hand auf den Rücken und sagte, nein, nein, er irre sich, sie nehme seinen Antrag doch an! Sie wolle mit ihm gehen. Bloß weg aus diesem seelenengen und judenfeindlichen Posen. Weg von hier! Nach Deutschland!

Aber das haltlose Schädelgefühl war wieder da. Bender stand da und drückte auf seinem Kopf herum. »Peter! Hör doch zu!« Und sie umarmte ihn ungeschickt von der Seite. Da begriff er, und er ließ seinen Kopf los, der sofort von den Schultern kippte und brennend in ein Gebüsch rollte. Er hob seine Frau hoch und wirbelte sie, so gut es ging, im Kreis herum, und als sie dabei gar nicht, wie er es erwartet hatte, zu quietschen begann, tat er es für sie, in schrill überdrehtem Falsett.

In aller Eile die Hochzeit in Liegnitz. Bender gab sich begeistert, obwohl ihn bereits Momente mulmiger Panik befielen. Was, wenn es doch immer eine andere gewesen war, damals im Zelt? Aber was bedeutete ›gewesen war‹ in diesem Fall überhaupt? Er sah das Roulettespiel der durchwechselnden Kapuzenfrauen vor sich, weiße Engel, jeden Tag trug eine andere das vor Haarreißattacken schützende Tuch ums Haupt, und zufällig war es nun sie gewesen, Charlotte Asch, an dem einen Tag. Und sie rauchte nicht einmal. Sie stand jetzt neben ihm, in strahlendem Weiß.

Hier in Liegnitz war die allererste protestantische Universität der Welt gegründet worden!, dozierte Bender, mit Angsttränen kämpfend. Außerdem begann er vom Landgrafen Philipp von Hessen und dessen erlaubter Doppelehe zu sprechen. Über den werde er eine Dichtung verfassen! Die polnische Wirtin im Gasthof sprach die ganze Zeit davon, dass Deutschland den Krieg verlieren werde. Bender rief sie zur Ordnung: »Wir haben soeben geheiratet. Bitte keine Politik!« Aber die Wirtin redete immer weiter von der verdienten Niederlage des preußischen Macht- und Unterdrückungsapparats, bis Bender explodierte.

»Da haben Sie wohl ganz nah an der Erde gelauscht, was?«, fuhr er sie an, ohne dass ihm klar war, was der Satz bedeuten sollte. Aber es sagten ja heutzutage alle immer solche Sätze, ja, man stand aufrecht da und sagte solche Sätze, solche Sätze, den ganzen Tag. Da haben sie aber zu nah am Feind geweint, was? Jungens, wir gehen da den Remmel rauf, und stoße es, was der Tritt hält. Bis zum Wäldchen, da haben wir dann den Windmühlen-Vorteil. Dem niemals fiel das Wandern ein. Frechheit.

Die Wirtin, obwohl kleinlaut geworden, blieb bei ihrer Überzeugung, der preußische Adler liege endlich totgerupft im Staub, und Bender sagte:»Na dann bleiben Sie mal bei Ihrer Überzeugung! Sind schließlich noch ganz andere Überzeugungen aus diesem Kriege gekommen!«

Konnte man wahnsinnig werden, einfach indem man bestimmte Sätze bellte? Vielleicht nicht heute, direkt nach der Hochzeitsfeier. Aber sonst? Bis zur Mühle mit Wasserrad, Kameraden. Also: ja. Aber nicht mit der Nase zu weit im Scheinsieg laufen, sonst hat euch der Russ'. Wenn du dir da mal bloß nicht den Lehr eintränst. Pommern einnehmen, dann ist England Klützelkohle. Dann isst der Landvogt Streichholzfutter.

Im Spätherbst fuhr er mit Charlotte in die Heimat. Zuerst ging es für kurze Zeit ins elterliche Haus nach Bechtheim, wo in den Weinhängen immer noch dieselben uralten Kindheitsdinge rauschten, und anschließend nach Worms, in ein mit Lottes ansehnlicher Apothekerfamilien-Mitgift erworbenes Haus in der Schillerstraße 16.

Die Stadt hatte sich, wie man ihnen versicherte, im Krieg stark verändert. Südlich der Alzeyer Straße stand ein riesiges Gefangenenlager: umzäunte braune Barackenreihen. Und im Mathildenheim, wo sonst neue kleine Arbeiter für ein Leben auf dem Heyl'schen Lederfabriksplaneten herangezüchtet wurden, war ein weiträumiges Lazarett untergebracht. Überhaupt war alles voller Lazarette: im Sophienhaus, im Martinsstift, in der Jahn-Turnhalle. Dampferfahrten als Unterhaltung für die gehfähigeren Kranken. Selbst im Spiel- und Festhaus wurde behandelt, amputiert und gestorben. Und der rote Ball? Lag wohl immer noch irgendwo auf dem Schulhof im Gras.

Die ersten Stadtgänge zu zweit, als Paar, führten sie über den Lutherplatz, und Bender erzählte, wo er damals gestanden hatte, um sein Bild anfertigen zu lassen. Jetzt war es nass und kühl, und die Bäume verloren ihr Licht. Das Fotogeschäft gab es noch, die Schaufenster leuchteten, unversehrt. »Da«, sagte Bender, »da bin ich als Gruppe gestanden, damals.« Heute früh war das Gerücht, Manfred von Richthofen sei an der Westfront abgeschossen worden, als Falschmeldung dementiert worden. Gott sei Dank! So war also seine Fokker nicht von Souvenirjägern zerlegt worden. Und auch den Körper mit dem explodierten Schädel hatte niemand »aus Respekt unversehrt« gelassen, weil beides ja noch intakt durch die Welt flog.

Die Quartierwirtin hatte doch recht behalten. Dem niemand fiel das Wandern drein. Aber immerhin lag gegen Kriegsende, wie zum Trost, in Worms überall Revolution in der Luft. Bender war dies sehr willkommen. Er ging jeden Tag auf Versammlungen, sprach vor ehemaligen Soldaten, hörte zu, gewann zum ersten Mal im Leben Verbündete. Eine sozialistische Regierung, das war natürlich die Lösung. Das Wetter war, obwohl es schon Ende Oktober war, plötzlich wieder so sommerlich geworden, dass der Leierkastenmann, der den Leuten auf der Straße vorspielte, sich den Affen von der schwitzenden Schulter nahm und ihn auf einem Fahrradlenker absetzte. Seine Musik hallte täppisch und derb durch die Straßen, er spielte uralte Märsche: Musik, die aus tausend Hemdknöpfen bestand. Ein paar Tage später mühte sich an derselben Stelle ein kahlköpfiger Junge auf dem Kontrabass. Er drückte die Saiten weit unten nieder und zupfte dadurch erstaunlich hohe Töne aus dem Instrument, ein Geräusch, dachte Bender, als pflückte man Insekten vom Mond. Und da: Einige Libellen bogen in der belebten Abendluft rechtwinklig um unsichtbare Ecken. Bender redete und redete, auch wieder vom Abgelichtetwerden damals, von der mysteriösen Ziege. Da, dort drüben war sie gelaufen, das freche Biest! Und jetzt war er wieder hier, sowas Verrücktes. So ein riesiges, lautes, verfluchtes Mysterium das alles.

DER ERSTE KREIS

Nach dem Schuldspruch erwartete Bender, von bewaffneten Beamten ins Gefängnis gebracht zu werden. Aber stattdessen überreichte man ihm lediglich einen Zettel mit einem Termin. In drei Wochen? Ja. Und bis dahin? Das sei seine Angelegenheit. Jedenfalls habe er sich zum angegebenen Zeitpunkt in der Strafanstalt einzufinden, zum Antritt der Haft. Bender lachte.

Das Unheimliche war, dass er, als der festgelegte Tag kam, tatsächlich am Morgen aufstand und sich allen Ernstes bereit machte, um ins Gefängnis zu gehen. Voll ängstlichem Staunen lief er durchs Haus und verkündete, immer wieder vor Spiegeln stehen bleibend, wie absurd das sei, was er da mache. »Ich gehe los, um eingesperrt zu werden!« Er polterte im Korridor, stieß Verwünschungen aus, und die Kinder blieben in ihrem Zimmer. Lotte versuchte, etwas zu sagen. Er schnürte sich schon zum vierten Mal den Rucksack. Dann lachte er wieder und schrie, kopfschüttelnd. »Es zwingt mich niemand, nein, es zwingt mich ja niemand«, wiederholte er. Er konnte es einfach nicht fassen. Der Rucksack war fertig gepackt.

Vor der Anstalt musste man sich bei einem Portier melden. Auch das vollkommen irrwitzig. Ein zartes Männlein saß in einer Art Kanzlei. »Ich melde mich«, begann Bonder, aber da kam ihm der Rest des Satzes bereits unaussprechlich lächerlich vor. Er winkte ab, deutete auf den mitgebrachten Bescheid.

»Nur immer her, junger Mann«, hörte er.

Er reichte dem Männlein den Zettel. Dieses studierte das Geschriebene aufmerksam mit Zeigefinger und Nasenspitze. Dann verschwand es in ein Nebenzimmer. Nach einer Weile wurde Bender hereingewinkt. In dem Raum erwartete ihn nicht viel, nur eine Standuhr und eine Reihe magerer Holzstühle. Man bat ihn, Platz zu nehmen. Seine Anmeldung werde eine Weile dauern.

»Ich weiß übrigens gar nicht mehr, worum es geht«, sagte Bender mit einem trostlosen Lächeln, das der Anmeldebeamte sofort erwiderte.

»Das ist die richtige Einstellung.«

»Ach so?«

»Ja. So vergeht die Haftzeit im Fluge.«

»Prima«, sagte Bender. Aber auch das Wort kam ihm absurd vor. Sagte man das so? ›Prima‹? Es klang falsch. Er studierte die Pendeluhr. Sie trug ein zweiflügliges Wams aus eingravierten Szenen. Dahinter Zahnräder und Gewichte. Auf dem Zifferblatt lebten zwei Zeiger. Die Uhr sah aus, als müsste sie Magdalena heißen. Nach etwa einer Stunde – das Warten hatte Bender nicht allzu sehr angestrengt, da er währenddessen die Uhrzeit hatte ablesen können – brachte man ihn in ein neues Zimmer. Dort stand nur ein Eimer.

»O nein«, sagte Bender.

Er sah plötzlich Folterszenen vor sich.

Aber da hob der Beamte den Eimer in die Höhe und trug ihn unter leisen Entschuldigungen fort. Schließlich erschien, endlich, eine neue Figur, ein großer Herr in Uniform. Es war ein Wärter. Er begrüßte den Neuzugang und teilte ihm den Ablauf der bevorstehenden Leibesvisitation mit. Der Häftling Bender habe durchaus das Recht, sich ihr zu verweigern, was allerdings einige zusätzliche Verfahren einleiten würde, die seine Haftzeit erheblich verlängern könnten.

»Und in Ihrem Fall wäre das«, schloss der Wärter mit einer dirigentenhaften Geste seiner behandschuhten Hand, »doch schade um die sechs Wochen.« Bender stimmte dem zu.

Man nahm ihm also die Kleidung ab, händigte ihm auch

154

sofort einen Ersatz dafür aus, allerdings durfte er den noch nicht anziehen. Zuerst bitte vorbeugen. Und jetzt so. Die Beine auseinander, nur für einen Augenblick. Ja. Prima. Und die Fußsohlen hoch. Ja. Sehr gut.

Zuletzt wurde die Mundhöhle kontrolliert.

Bender erhielt ein Lob.

»In tadelloser Form«, sagte der Wärter.

Dann durchsuchte er Benders Rucksack und erklärte gleich, dass er dem Häftling höchstens eines dieser Bücher erlauben könne. Aber sechs Wochen, das sei ja nicht lang, wie weit komme man da schon. Bender begann zu frieren. Er bat, sich anziehen zu dürfen. »Aber ja«, sagte der Wärter und musste plötzlich heftig husten. »Nur zu.«

Auch seine Notizbücher nahm man ihm weg, »vorsorglich«. Er würde sie am Ende selbstverständlich ausgehändigt bekommen. Bender ertappte sich dabei, wie er auf die meisten Erklärungen des Wärters mit einem herzhaften Lachen reagierte. Das war die Todesangst. Außerdem fiel ihm auf, dass er gar nicht bemerkt hatte, wo sich die *letzte*, das heißt die endgültige Tür hinter ihm geschlossen hatte. An keiner Stelle hatte man hinter ihm aufwändig zugesperrt oder ihn durch eine Art Sicherheitstor geschoben, nein, es war sogar möglich, dass er immer noch ohne weiteres umdrehen und durch eine Folge verschiedenartig ausgestatteter Büroräume (Eimer, Pendeluhr usw.) wieder zurück in Richtung Ausgang gelangen und von da ohne Hindernis hinaus auf die Straße treten konnte, wo inzwischen gewiss schon, als Hohngelächter, der Mond aufgegangen war.

Unterdessen hatte der Wärter begonnen, leise mit sich selbst zu verhandeln. »Nun gut, ein Notizbuch und ein Buch zum Lesen kann ich Ihnen ja lassen, Herr Leutnant. Aber Sie dürfen es nicht weitersagen, das heißt … nein, wenn Sie Ihre Notizen vielleicht lieber doch direkt *in* das zum Lesen bestimmte Buch hinein, sodass es insgesamt nur *ein* Gegenstand, ja … vielleicht sagen wir, in dieses hier?« Der Wärter hielt *Unser Wissen vom Sein* von Neupert und Lang in die Höhe. Die Alternativen waren Dantes *Göttliche Komödie* und eine Auswahl der Schriften Silvio Gesells. »Ich denke, damit wäre uns allen geholfen.«

Bender willigte ein. Er wählte *Unser Wissen vom Sein* und streckte seine Hand nach dem Buch aus.

»Nein, nein, später«, sagte der Wärter. »Es kommt dann schon alles zu Ihnen in die Zelle.«

Nun also auch dieses Wort. *Zelle.* Aber noch befand man sich hier, in einer Art Büro. Es gab sogar Pflanzen, drei an der Zahl, in schmalen Töpfen. Außerdem eine riesige Schreibmaschine, allerdings ohne Frau. Wie rasch eine Kehle vollständig austrocknen kann. Benders leise Bitte um ein Glas Wasser wurde überhört.

Während er nun hinter dem Wärter her durch einen endlosen Korridor mit abblätternder Wandfarbe ging, hörte er sich innerlich den Satz *Warum folge ich ihm freiwillig?* brüllen. Er nahm sich vor, Protestbriefe gegen diese unangemessen brüderliche Form der Inhaftnahme zu verfassen. Die Sanftheit des ganzen Vorgangs beleidigte etwas Tiefes in ihm, etwas Elementares. Er hatte fest vorgehabt, mit Ketten und Gewehrspitzen konfrontiert zu werden. Hatte der Staat wirklich so wenig Angst vor seinen Feinden? Wozu ihn dann überhaupt verurteilen und einsperren? Ich bin nichts, dachte er. Wozu mir also wehtun?

»So, hier«, hörte er vor sich.

Da war eine Tür.

Was sollte er damit?

Es war nicht mal eine gewöhnliche Tür, sondern eine uralte, zerfallende, eine mit Riegel. Dass es sowas noch gab! Ein schwerer Eisenriegel, wie von einem Kind mit Kohlestift gezeichnet. Und dahinter ein riesengroßes Schlüsselloch. In der Zelle werde er auf der linken Seite an der Wand ein Blatt

Papier mit Verhaltens- und Hausregeln vorfinden. Für einen Schriftsteller gewiss kein Problem, das zu studieren. Sollte er dennoch bei irgendeinem Punkt Verständnisschwierigkeiten haben, so möge er nachfragen. »Danke«, sagte Bender.

War er von dem Wärter in die Zelle *hinein*geschoben worden? Er hatte keine Erinnerung an bewusst gesetzte Schritte. Aber fest stand: Er befand sich nun tatsächlich im Inneren der Zelle. Und die Tür hinter ihm ging zu. Wann, bitte, hatte er die Schwelle überschritten? Hatte man ihn hineingezaubert? Frechheit. Das alles war kein Gang ins Gefängnis, sondern eine Komödie! Oh, gebt mir nur irgendein Papier zum Schreiben, dachte er. Dann werdet ihr sehen, was ihr hier aufführt. – Mit festen Schritten lief er auf das winzige vergitterte Fenster der Zelle zu, musterte es, fand es völlig indiskutabel, unbrauchbar, wie überhaupt alles hier, und widmete sich dem nächsten skandalösen Detail: der Leibschüssel. Mein Gott. Auch die viel zu klein. Wie überhaupt alles, alles, alles! Frechheit! Die Leibschüssel war zudem so atemberaubend hässlich, dass Bender sich vornahm, ihre Form und Farbe im Protestbrief durch eine eigene Bleistiftskizze festzuhalten. Sonst glaubt mir das doch keiner!

Er ging zu dem Tischchen, das vermutlich mit einiger Disziplin für echte Schreibarbeiten genutzt werden konnte. Natürlich wackelte es. Zweifellos Absicht! Damit alles, was der Gefangene schrieb, wackelig und unkonzentriert aussah. So konnte man seine Briefe sofort abtun als das Gezitter eines Irren! Ja, so machte das dieser Staat! Weg mit ihm, in den Eimer der Geschichte! Wofür war der ganze endlose Krieg überhaupt gut gewesen, wenn nun alles im Staat bloß wieder *so* aussah? – Das rechtschaffene Hochgefühl hielt sich in ihm bis zum Abend. Da kühlte plötzlich alles ab, und der Mond hing hinter greisen Wolken. Bender fror. An der Wand über seiner Pritsche hockte eine Fliege, vornübergebeugt wie eine Briefleserin. Zuerst war die Panik nur ein Gefühl, als hätte man zu schnell geatmet, aber dann kam ein entsetzliches Glühen im Brustkorb hinzu, und ein augenblicklicher Fluchtbefehl war da, grell, unbeherrschbar, aber er musste weiteratmen, konnte aber nicht, musste, konnte. Raus, er musste aus diesem Raum, sofort! Bender überlegte sich, ob er um Hilfe rufen sollte. Würde er sich lächerlich machen? Würden sie kommen und ihn prügeln? Ihn mit eiskaltem Wasser überschütten? Strohsack, Leintuch, Wolldecke. Es lag alles riesenhaft vor ihm.

So eine Zimmerpanik, so ein schrankenloses inneres Rasen, das hatte er bislang nur einmal erlebt, in einer Stunde vor Tagesanbruch, Winter 1915 bei Kielce, in dem von der Kompanie requirierten Landgasthaus. Im Schuppen hatten sie eine Menge Fahrradschläuche gefunden, kriegswichtig, und der Besitzer hatte, obwohl sein Deutsch makellos war, nicht lange mit ihnen verhandelt. Treitschke und Sonnleithner waren die ganze Nacht wach geblieben, sie spielten Karten in einer Ecke, dann gegen vier Uhr stand der k l e i n e H o h w a l d auf und weckte die halbe Kompanie. Hohwald war in den letzten Nächten schon auffällig geworden, hatte im Schlaf gewimmert und später leise auf seinem Lager zu reimen begonnen: »Uhrwerk, Fuhrwerk, Uhrwerk, Fuhrwerk ...« – dabei ging sein Zeigefinger in der Luft hin und her zwischen den Begriffen. Und dann der Anfall, die Sache mit dem Helm. Wo war der Helm eigentlich hergekommen? Er erinnerte sich nicht. Jedenfalls war da auf einmal ein fremder Helm gewesen, mit einem Loch an der Schädelnaht. Und durch dieses Loch steckte der kleine Hohwald seinen Daumen. Wackelte damit hin und her, kleiner Wurm, haha, und zeigte das Kunststück den anderen. Anslinger und Seitz versuchten, ihn zu beruhigen. Er wecke ja die anderen auf. Aber Hohwald nannte sie nur zwei unlustige Esel und ging davon, zum Kamin. Lange saß er ruhig vor den Flammen. Dann auf einmal Gerangel und Lärm, alles sprang aus dem Schlaf, griff nach der Waffe – aber da hatten sie ihn bereits überwältigt. Der kleine Hohwald hatte sich den eigenen Daumen kohlschwarz gebrannt. Durch das Loch im Helm hatte er ihn gesteckt und in die Flamme gehalten. So war nur der Daumen verbrannt. Der Rest der Hand? Unversehrt. Frechheit, dachte Bender. Im Raum ein entsetzlicher Gestank. Zwei Männer hockten auf dem Jungen und hielten ihn fest, während dieser sich lauthals entschuldigte. Und dann sagte er auf einmal: »Meine Mutter hat ihn mir gegeben.« Bender konnte nicht sagen, hatte es auch damals nicht erfahren, was genau damit gemeint war. Was hatte sie ihm gegeben, den Daumen, den Helm? Oder etwas ganz anderes? Niemand fand in dieser Nacht zurück in den Schlaf oder zur Ruhe. Aber irgendwann ließen sie den Hohwald wieder aufstehen. Sie redeten mit ihm, und er entschuldigte sich noch einmal von Herzen. Was sollte man da machen? Bender war bis zum Morgen in eisiger Panik dagelegen und hatte den Satz *Meine Mutter hat ihn mir gegeben* in Gedanken durchgekaut. Die Art, wie der Hohwald *Meine Mutter* ausgesprochen hatte, hatte wie *Mein Moider* geklungen. Das trug zum Unheimlichen bei. Außerdem diese Logik. Es war nicht das Fremdartige an ihr, die Schwierigkeit, sie zu erklären, nein, was Bender so eine Höllenpanik eingejagt hatte, war die Tatsache, dass er den Satz eigentlich ohne Mühe *verstanden* hatte. Ja. Das heißt, jetzt verstand er ihn nicht mehr. Nur damals, beim ersten Hören. Da war er vollkommen klar gewesen. Danach – ein Rätsel. Wer bin ich da gewesen?, dachte Bender. Und er legte sich, wer weiß warum, einen Zeigefinger in die Armbeuge und winkelte den Unterarm ab. Da pochte der Puls um den wärmer und wärmer werdenden Finger, und es war nicht einmal ein besonders intimes Gefühl. Wandbrett. Heizungsschachtgitter. Esslöffel. Wasserkanne. Der behutsam umschlossene Finger fühlte sich wie ein eingeklemmter Bleistift an. Und drau-

ßen der dumme Mond mit seinem Getue zwischen den Wolken. Ein wenig oberhalb der Wand saß nun eine Motte, das
aufgehängte Abendkleid der Fliege von vorhin. Mein Moider. Bender sagte sich: »Sechs Wochen.« Das geht doch. Das
überlebt man! So lange kann man auch die Luft anhalten,
wenn man muss. Dennoch hatte er das Bedürfnis, sich zu
übergeben.

Aus dem vergitterten Loch in der Ecke neben der Tür kam
Warmluft. Er prüfte sie mit der Hand.

Später, in seinem Roman *Karl Tormann – Ein rheinischer
Mensch unserer Zeit* würde Bender aus diesem Warmluft-
schacht eine Stimme kommen lassen. Der Held ist, anders
als Bender, ein ganzes Jahr im Gefängnis eingesperrt.

Aus der Warmluftecke vernahm Tormann eines
Abends die Stimme des Insassen von nebenan, der
ihn belehrte, wie man durch Verbiegung des Heizungs-
gitters eine Verbindung herstellen könne. „Wozu?"
fragte Tormann. „Für alle Fälle!" tönte es zurück.
Er lehnte ab.
Unten wurden oft Stühle gerückt. Auch sägte man
dort.

Ein wenig studiert Karl Tormann noch die in die Zellenwand
gekratzten Nachrichten seiner Vorgänger. Viel Geschlecht-
liches ist dabei, Glieder und Münder und gespreizte Schenkel, auch viele Namen, aber auch auffallend viele Zahlenko-
lonnen, die weiß Gott was bedeuten. Ganze Soldatenlieder
und parodistische Zeichnungen. Aus diesem Gewirr an Inschriften schließt Tormann augenblicklich, mit der ihn für
die Dauer des gesamten Romans niemals verlassenden See-
lengröße, auf ihre Schöpfer, »*auf ihre Erscheinung, ihr Alter,
ihr Schicksal, auf ihre Hoffnungen für das Leben nach der
Entlassung*«. Aber nach einer Weile beginnen ihn die Nachrichten zu plagen. Sie setzen sich in ihm fest und werden zu

einem stetigen Umzug von Figuren und Stimmen und Ansichten. *»Wo bin ich?‹, fuhr er eines Morgens hoch, nach schwerem Traume, der eine grotesk-grausige Mischung aus Bildern und Inschriften seiner Zelle geschaffen hatte: Er war in Dantes Hölle gewesen.«* (Karl Tormann, 1927 im Verlag *Die Wölfe*, Leipzig-Plagwitz, 35 Mark)

Gedanken an Else plagten ihn. Erinnerungen an Liebesszenen, an den Anblick ihres schmalen, aber muskulösen Rückens. An das Gewicht ihres Unterleibs auf seinem von einer Matratze leicht abgefederten Kopf. Am schlimmsten aber war die Vorstellung, Else könnte wieder vor seinem Haus auftauchen. Er hatte seit dem Schuldspruch nichts von ihr gehört. Das bisherige Ausbleiben eines Briefs von Charlotte wertete er als Indiz dafür, dass Else tatsächlich bei ihm zuhause erschienen war. Vielleicht wusste Charlotte längst alles, hatte die Gemeinde in seiner Abwesenheit aufgelöst und war mit den Kindern zurück in ihre polnische Heimat gegangen. – Im Hof fing ein Häftling Streit mit ihm an, und Bender verlor die Nerven. Er bat einen Wärter lauthals um Hilfe. Der Wärter brüllte irgendetwas Unverständliches zurück. Bender wurde von dem Häftling gezwungen, seine Zigaretten herauszugeben. Der Mann hieß Paul Joost. Mehrfach verurteilter Hehler. Bender sagte, er habe leider nur eine einzige Zigarette bei sich. In dumpfem Zorn studierte er das Gesicht des Burschen. Du wirst mich also verprügeln. Auch gut.

»Schau dir lieber an, wie dein Schatten fällt«, rief Bender. Und er deutete auf die mittäglich schräg verkürzte menschliche Form auf dem Betonboden des Innenhofs.

Der verblüffte Joost blickte auf die Stelle. »Was soll mit dem sein?«

»Weißt du, warum sie mich eingesperrt haben?«, sagte Bender. »Ich hab was entdeckt, was keiner wissen darf. Aber ist gut, schlag nur zu. Hält dich ja keiner auf.«

Joost erwies sich als gar nicht so begriffsstutzig wie angenommen. Das Gespräch dauerte nicht lange, aber er erfasste die Konzepte von Einfallswinkel, Horizont, Größe der Sonne usw. mit intuitiver Sicherheit.

»Ich wette, dir haben sie immer erzählt, dass die riesig ist, ja?«

Joost grinste. Das sei alles sehr schön, sagte er. Er habe ein Herz für Wahnsinnige.

»Am wenigsten begreifen die«, seufzte Bender, »die viele Jahre in die Schule gegangen sind. Die glauben wirklich, sie leben auf einer Kugel, in alle Ewigkeit.«

Viele Jahre in die Schule, haha, das gefiel Joost. Er dankte für die Belehrung und wiederholte dann seine Bitte um Zigaretten. Aber ohne die Antwort abzuwarten, verpasste er Bender zwei etwas mehr als mittelstarke Schläge direkt in den Magen, sodass dieser hustend zu Boden ging.

»Apfelgroße Sonne«, lachte Joost.

Neben dem riesenhaften Schlüsselloch, in das der riesenhafte Schlüssel des Wärters passte, gab es noch ein ganz gewöhnliches, das allerdings nie benutzt wurde. Vermutlich war die Tür ursprünglich normal gebaut und erst dann, vielleicht aus einem pädagogischen Impuls heraus, mit der pittoresken Kerkerverriegelung versehen worden. Das normale, kleinere Schlüsselloch war mit allerlei Stofffetzen zugestopft, sehr dicht, sehr hübsch. Man konnte wohl ein wenig daran zupfen und ziehen, aber was würde es bringen? Einen Blick auf den leeren Korridor direkt vor der Zelle. Bender nahm sich vor, sich dieses Vorhaben aufzusparen, als Notration für schlimme Stunden. Wenn ihm die Zelle zu sehr die innere Raum-Atmung abzuschneiden begann, dann würde er die Fetzen herausziehen. Es sah nach einer angenehmen Geduldsübung aus. Wie alt diese Stoffreste wohl waren? Vielleicht stammten manche noch aus dem vorigen Jahrhundert? Die Vorstellung, diese frech hervorstehende Stoff-Lunte anzuzünden, begann Bender zu beschäftigen.

Am fünften Hafttag verlor sein Schreibtischchen ein Bein und brach, als er es an der Wand abzustützen versuchte, einfach auseinander. Bender misshandelte den Haufen mit Tritten, bis ihm etwas leichter war. Dem folgte ein unkluges Malheur mit dem Notdurftkübel: Ihm fiel die letzte Zigarette hinein, blieb dort zwar weitgehend trocken, aber trotzdem – sie war seine letzte Währung gewesen, er musste sie morgen bei Joost abliefern! Er nahm sie heraus und wusch sie, dann legte er sie ins Sonnenlicht. So wie damals in der Pilotenkanzel wanderte auch hier ein winziger Lichtfleck durch den Raum, derselbe alte apfelgroße Gott des Feuers. Den ganzen Nachmittag wanderte der Fleck durch die gesamte Zelle, und Bender rückte die arme Zigarette alle paar Minuten nach. Auf ihrer Reise erhielt die Zigarette fast so etwas wie eine Persönlichkeit, und es tat ihm leid, als er sie am nächsten Morgen dem Joost aushändigte, der sie sich, nach einem knappen »Na also«, gleich hinters Ohr klemmte.

Langsam im Kreis gehen, im Gänsemarsch. Das war der Freigang. Man durfte auch für kurze Zeit allein abseitsstehen, aber sich überhaupt nicht im Kreis zu bewegen war untersagt. Wollte man länger friedlich ein paar Worte wechseln, blieb einem dafür nur die entfernteste Stelle im Gefängnishof. Und doch, am sechsten Tag schon sah Bender den feisten Joost sich auffallend oft nach der Sonne drehen, als wollte er Berechnungen anstellen, sich dann kopfschüttelnd abwenden, weitergehen, und so weiter. Wie sehr die Menschen doch nach der Wahrheit hungerten! Es rührte ihn.

Erst in der dritten Woche kam es wieder zu einem Gewaltausbruch gegen ihn. Irgendein Dummkopf rempelte ihn im Gang an, sodass Bender hinfiel, und begann nach ihm zu treten. Die Wärter gingen nur dann dazwischen, wenn zwei Männer sich unerlaubt ruhig miteinander unterhalten wollten, also rief Bender diesmal gar nicht um Hilfe, sondern schützte, so gut es ging, seinen Kopf mit beiden Armen und ertrug die Tritte. Die gegen seinen Oberschenkel taten am meisten weh. Aber dann erschien Joost, gefolgt von einem namens Kühr, angeblich Zuhälter – und schritt langsam an ihnen vorbei. Joost hob dabei nicht einmal das Gesicht. Undankbarer Abschaum, dachte Bender. Hab ich dich nicht bereichert? Aber da hörten die Tritte plötzlich von selbst auf. Der Angreifer blickte dem sich entfernenden Joost nach, schien etwas unsicher, wischte sich das Kinn, richtete sich den Kragen und blickte auf sein Opfer herunter. Für einen Augenblick trug er das Gesicht von Sonnleithner, damals im Wald.

REVOLUTION IN WORMS, 1918

Am 11. November 1918 berichtet das Wormser Morgenblatt:
»Die Dinge entwickelten sich hier wie anderwärts mit erstaunlicher Exaktheit. Die Garnison ging ohne jede Schwierigkeit zur Neuordnung über. Leutnant Peter Bender, als Schriftsteller wie als zündender Redner bekannt, übernahm die oberste Gewalt; seine Rede an die Soldaten machte starken Eindruck.«

Aber als Bender diese Zeitung am Tag ihres Erscheinens in die Hand bekam, war er bereits nicht mehr Vorsitzender des Arbeiter- und Soldatenrats. Zwei Tage zuvor, morgens um 10.30 Uhr, war der Rat im Festhaus gegründet worden. Das Flugblatt hatte er noch eigenhändig verfasst. Jedes Wort stammte von ihm. Aber nun war er gar nichts mehr, und sein Nachfolger hieß Albert Schulte. Zu »radikal«, zu »exzentrisch«, so hatten die Vorwürfe gelautet. Aber was sollten diese Wörter überhaupt bedeuten? Einfach abgesetzt! Bender tobte bis zum Abend. Er war völlig außer sich, warf mit Stiefeln. Der Kleine wurde von dem Lärm nicht wach, sondern schrie erst später, als es ganz still war. Lotte bat ihren Mann, zum Toben in den Garten zu gehen. Da nahm er sie mit ins Arbeitszimmer, befahl ihr, sich vor dem Westfenster hinzusetzen und zuzuhören. Sie tat es. Aber dann schrie Gerd in der Wiege, und sie stand sofort wieder auf.

Er sah sie in der Ecke vor dem Kinderbett, und ihre Gestalt bekam für einen Augenblick das Schaukelnde, das alte Begrüßungszögern vor den Schüttelneurotikern, den galvanisierten Froschmenschen im Lazarett. Gerd wimmerte ein wenig auf, kam an ihre Brust. Lotte ließ sich im Sessel nieder. »Kannst du das Geschrei nicht zumindest hin und wieder anders einordnen!«, flehte er sie an – und wusste selbst nicht, was er meinte. Aber da hatte sie den Kleinen bereits auf dem Arm, kontrollierte seine Windel, dann quiekte sie und drückte ihre Wange an seine Wange, und die Wörter *Arbeiter* und *Soldatenrat* wurden angesichts dieser Vorgänge mit einem Mal so substanzlos und lächerlich, dass sich Bender selbst wie ein Gespenst vorkam.

»Immer stürzt du gleich zu ihm!«, sagte er leise.

Lotte schnalzte mit der Zunge.

»Es ist doch nicht jedes Mal ein Befehl, wenn er schreit!«, fauchte er sie an.

»Er hat Hunger.« Sie entblößte ihre Brust.

»Aber manchmal schreit er auch einfach nur so!«

Bender trat gegen ein Tischbein. Der Knall war überraschend laut. Er stand verblüfft im Raum. Dann stampfte er noch einmal auf und zog sich in den Garten zurück.

Über eine Stunde lang stand er dort, tollwütig und kampfbereit, in einer Ecke, dann riss er sich zusammen, schalt sich einen Irren und einen Nichtsnutz. Er spuckte in ein Taschentuch und untersuchte es nach Blutspuren. Wäre ja kein Wunder! Vielleicht zersetzt es mir schon das Gehirn. Die alten Verletzungen holen dich ein. Wachst eines Morgens auf, und sie operieren dir dein Eisernes Kreuz direkt in den Kieferknochen als Stützgerüst. Das hast du nun davon. – Albert Schulte! Ausgerechnet der, lächerlich! Und wie sie jedes Mal aufsprang, wenn der Kleine schrie, dabei war sie angeblich immer noch etwas anämisch von der Geburt. Erholte sich nur langsam. Pah! Aber dann so aufspringen!

Bender entschied sich, nie mehr ins Haus zurückzugehen. Er stellte sich vor ein Fenster. Ah, es wollte offenbar schon Abend werden. Soso. Da kamen schon die Mauersegler, die sich in ihren seltsam bogigen, *scheitelnachziehenden* Flugbahnen im Himmel über den Nachbarhäusern bewegten. Ja, so war das. Außerdem glühte der Horizont rötlich, und gegenüber lehnte ein Fahrrad am Zaun. Sehr gut. Dazu ein blecherner Eimer im Garten. Und jetzt trug jemand ein zusammengefaltetes Matrosenkostüm durch die Gasse. Na, na. Was sollte das. Er wandte sich ab. Er musste sich eingestehen, dass er Angst hatte. Er ging zurück ins Haus, in sein Arbeitszimmer, machte die Tür zu. Jetzt in Sicherheit.

Er lauschte. Im Haus herrschte vollkommene Stille. Kein Babygeschrei, keine Schritte. Was passierte da wohl? War er diesmal zu weit gegangen? Er hatte es ja nicht so gemeint ... Herrgott! Alles nur wegen diesem Schulte! Aber nein, nein, Charlotte würde nie dem kleinen Gerd, nein, niemals, warum dachte er so etwas. Nein, nie im Leben würde sie. Unsinn! Jetzt Schluss damit. Aber warum war dann kein Geräusch zu hören? Die Stille der Räume schnürte ihm den Hals zu. – Und plötzlich sah er in aller Deutlichkeit das Gesicht seines kleinen Sohnes vor sich, aufgedunsen und hasenhaft zu ihm emporäugend, mit Lippenbewegungen wie beim freudigen Luftholen während des Schwimmens, und er hatte es in allen Details so vollständig im Gedächtnis, dass es war, als wohnte das Gesicht in ihm zum zweiten Mal, unabhängig, als eigenes Innenweltwesen.

Bender lief zur Zimmertür, stellte sich vor ihr auf – und klopfte. Wartete. Klopfte noch einmal. Dann begriff er, wie lächerlich er sich verhielt. Stand da *in* seinem eigenen Arbeitszimmer – und klopfte. Da sieht man's, so weit haben sie mich gebracht! Lotte stand doch gewiss nicht direkt vor der Tür. Nein, darum reagierte auch niemand auf sein Klopfen. Er machte die Tür auf und gleich wieder zu. Er ging zum Schreibtisch. Verdammt, jede seiner Handlungen war, wie bei Tieren im Käfig, vollkommen lächerlich geworden. Wie sollte er da wieder herauskommen?

»Ich glaube, ich weiß jetzt, was mich so wütend gemacht hat!«

Aber Lotte wirkte nicht sehr aufmerksam. Sie hatte starke

Ringe um die Augen. Bender hielt ihr einen Zettel hin, den er in der letzten Stunde sorgfältig beschriftet hatte. Seine Herleitung war, soweit er das in der Eile beurteilen konnte, sauber und korrekt.

»Aha«, sagte Lotte.

»Es ist der Mond, der steht genau in 120 Grad zu meinem Geburtsmars. Der Mond bewegt sich in der Progression pro Lebensjahr um 12 Grad weiter und steht dann im Trigon zum Mars im Geburtshoroskop. Das Trigon ist eigentlich ein harmonischer Aspekt, aber es sind sehr gegensätzliche Energien. Also entspricht das der Wirkung vom Mars im 4. Haus. Das ist das Mondhaus, also Herkunft, Wurzeln, Kindheit, Mutter. Wenn das der aggressiven Natur von Mars ausgesetzt wird, führt das recht zwangsläufig zu Verletzungen. Deshalb haben sie mich abgesägt. Und ja, deshalb hab ich auch so ... Ja und weil Uranus eine unberechenbare, revolutionäre Energie hineinbringt, die sich schlecht mit dem Mond verträgt. Das war der Grund!«

Er hielt ihr den Zettel mit den Berechnungen hin.

Sie nahm ihn, las ihn aber nicht.

»Lies ruhig durch«, sagte er sanft. »Ich hab alles verständlich formuliert. Du siehst es da unten, das Trigon begünstigt alle revolutionären Vorgänge, aber vernachlässigt eben auch die häuslichen, stabilen.«

Endlich blickte sie auf den Zettel.

»Jetzt weißt du den Grund«, sagte er. »Diese Wahnsinnigen hätten einfach abwarten sollen. Diese kindischen Idioten! Ich meine, was weiß dieser Schulte schon von einer sozialistischen Regierung? Ja, sie hätten warten sollen, bis dieser Mond-Einfluss vorbeizieht, dann hätten sie in sich nicht mehr diesen umstürzlerischen Drang gespürt. Aber dem bin ich nun leider ebenfalls zum Opfer ...«

Er bemerkte, dass Lottes Blick nicht mehr auf den Zahlen und Figuren ruhte.

»Du musst nicht alles durchlesen«, sagte er. »Aber du verstehst jetzt, warum ich ...«

»Wenn er Hunger hat, gehe ich zu ihm.«

»Natürlich, natürlich, aber du siehst doch ein, dass das Unberechenbare da herrührt, da –«

»Ja«, sagte sie. »Hast du gut erklärt.«

Erleichtert nahm Bender den Zettel zurück.

Er blätterte in der Mappe, streichelte eine große rote Schleife, die er beim revolutionären Umzug am Sonntag, den 10. November getragen hatte, roch an Blumen, die man ihm damals aus Häusern zugeworfen hatte, las den Namen Lehrte [Schulte]: Das war sein Revolutionskollege, der ihn am dritten Tage durch ein freches Intriguenspiel beiseite geschoben hatte und von da ab bis zum Einzug der Franzosen an Tormanns Stelle erster Vorsitzender des Arbeiter- und Soldatenrats geworden war, ein Sozialdemokrat, ein wüster Streber.

(Karl Tormann, S. 368)

Am Abend lief Bender ein wenig durch die neue Nachbarschaft. Du bist jetzt Vater, sagte er sich. Das wiegt doch mehr, als Teil der neuen Stadtregierung zu sein! Aber es herrschte ein so trübes, nieseliges Wetter, und überall lagen die kleinen Leiber der Kastanien, so glänzend und sauber, dass ihm wieder nur Rachefantasien in den Kopf kamen. Albert Schulte, Albert Schulte, dieser geifernde Intrigant! Dazu tief stehende Abendschatten. Silhouetten von Krähen im Schlafbaum. Ein Nachbar, der mit seinem Hund ging, färbte die Straße dunkler. Und zwischendurch fiel ein ganz feiner Graupel, wie ein Regen aus Gehörknöchelchen. Bender fiel der Bericht eines Kameraden im Lazarett ein, der nach einer Verletzung alle Zähne verloren hatte. Man habe sie ihm einzeln aus dem Mund gezogen und dann mitgegeben, in einem Sammelbecher. In der Kreishauptstadt habe ihn je-

mand, weil er so abgerissen aussah, für einen Bettler angesehen und ihm eine Münze in den Zahnbecher geworfen, mit
mitleidig kameradschaftlichem Blick. »Was sollte ich machen?«, sagte der Kamerad. »Ich habe mich bedankt. Und
für den Rest des Weges die Hand über den Becher gehalten.« Und auch hier lag, soso, ein roter Ball im Gras. Zuhause angekommen, musste Bender zugeben, dass er doch
recht erleichtert war, nicht unter den Verhafteten der im
Keim erstickten Revolution gewesen zu sein. In einem unbeobachteten Moment weinte er sogar darüber und drückte
sich die wundersam zerknitterten Fußsohlen seines Sohnes
ins Gesicht, ließ sich stempeln von ihm, *gesundstempeln*,
auf die Stirn, auf die Nase, die Lippen, immer wieder, und
machte dazu »bing bing bang, bing bang bong«.

DAS ERWACHEN

Wenn er sich auf den Haken zum Hochklappen des Bettes stellte, krampfhaft den Körper streckte und den Kopf hoch-reckte, konnte er durch die schmale Öffnung des herabge-klappten Fensters einen Blick in den Gefängnishof werfen: dahinter ein Garten, ein Verwaltungsgebäude, dann Dächer, Fabrikschornsteine, Himmel. (Karl Tormann, S.166) Dazu nun intime Laute aus den Nachbarzellen: Wasserlassen, Ge-polter, grobes Gelächter. Frühmorgens schon das weltferne Geklingel der Straßenbahn. Jungen auf der Straße, jenseits der Mauern, sie übten Marschieren und Singen. Gerüche fing das Gitter irgendwie ab, nur einmal kam etwas herein, wie von nassem Sägemehl. Alte Ziegelei. In der Nachbar-zelle machte es poch poch poch, mit der speziellen Pause gegen Ende, wie Großvaters Holzbein. Ging da wirklich ein Einbeiniger? Versehrte gab es genug im Gefängnis. Beim Freigang suchte Bender den Hof nach entsprechenden Spu-ren ab, aber alles, was er fand, war ein einzelner Stiefelab-druck, umgeben von Holzspänen.

Beim Frühstück hielt er weiter Ausschau, fand aber nie-manden. Mit Holzbein oder Krücke im Gefängnis, das wäre kein einfaches Los. Bender gab sich Mühe, beim Rückweg einen Blick in die Nachbarzelle zu erhaschen, aber sie lag in der falschen Richtung, nämlich links, und die Wärter erwar-teten von ihm, dass er keinen Schritt zu weit machte.

Innerlich jeden Satz überbetonend und rhythmisierend, las Bender immer wieder die geistlosen Sätze der Haus-ordnung an der Wand durch. Wenn er zwischendurch kurz einnickte, las er sie im Schlaf weiter. Und selbst wenn er schluchzte, geschah das *entlang* der längst auswendig ge-lernten Sätze. Bald hatte er die $3 \times 5 \times 2$ Kubikmeter Luft durchgeatmet und wurde schläfrig. Vier Protestbriefe lagen angefangen auf dem Bett. Im Traum sah er Menschen in einer weiten Ebene vor sich. Sie strebten alle nach oben, zum Licht. Allerdings waren sie untereinander und mit dem Dunkel unter ihnen verbunden, wie Blumen, deren erdige Knollen nichts über die krönende Schönheit ihrer Blütenköpfe verrieten. Frechheit.

Bei einem Freigang bat Joost ihn um Erläuterung. Er habe den Unfug mit den Schatten selbst versucht und, Donnerwetter, die machten tatsächlich diesen eigenartigen Schwenk um die Mittagszeit. Warum das? Das sei doch nicht wirklich ein kleineres Licht da oben? Bender antwortete, nicht alle Menschen hätten Augen im Kopf. Bei einigen seien es bloß lichtempfindliche Kugeln. Das gefiel Joost. Er habe ein Herz für die Irren, sagte er und grinste. Dann holte er sich etwas zwischen seinen Zähnen hervor, betrachtete es prüfend, schnippte es fort und wollte dann wissen, weshalb Bender eingesperrt sei, »aber im Ernst«. »Verbreitung von gotteslästernden Schriften«, antwortete Bender. Joost lachte. Als ein Wärter in ihre Nähe kam, tat Joost schnell so, als wolle er Bender Zigaretten abpressen. Bender verstand sofort und spielte mit. Joosts schwere Hand krallte sich nur *gespielt* in seinen Nacken. Als der Wärter sich zufrieden entfernte, ließ Joost ihn los. Wie er auf all den Unfug gekommen sei, fragte er. Bender musste überlegen. Dieser Mann war eindeutig für Bilder empfänglich. Sollte er ihm *Unser Wissen vom Sein* zu lesen geben? Das war voller Diagramme und Zeichnungen. Aber er war sich nicht sicher, ob Joost überhaupt lesen konnte. Vielleicht würde er ihn durch das Buch beleidigen. Also sagte Bender, das Ganze sei ein wenig so wie bei diesem berühmten römischen Gericht, wo eine einzelne Olive in einer Nachtigall in einer Taube in einem Huhn in einer Ente in einem Hasen in einem Kapaun in einem Lamm in einem Reh in einem Kalb in einem Wildschwein in einem Mastochsen am Spieß gebraten wurde, aber dann schließlich doch nur die Olive selbst serviert wurde, vollgesogen mit all den Aromen und Säften der sie ummantelnden Tiere. Genau so sei das auch mit uns hier. Der hohle Erd-Ball, der im unerklärlichen Außenkosmos schwebe, mit uns als dünner Besiedelungsschicht an der Innenfläche, könnte theoretisch auch ganz allein schweben, man wisse es nicht, vielleicht seien die äußeren Ummantelungen nur vorübergehend da gewesen, und das waren die Zeitalter der Alchemisten, oder vielleicht habe es die äußeren Welten tatsächlich bis zum 12. Jahrhundert gegeben und sie seien dann nach und nach einfach weggefallen, fortgeweht, und wir, die Erde, das Erdreich, seien heute noch getränkt und gesättigt mit all den Essenzen, bis ins Innerste, für immer aromatisiert vom ehemals vorhandenen Außenuniversum. »Und wir spüren das natürlich«, sagte Bender, »aber zugleich können wir es nicht direkt sehen, nicht direkt darauf deuten. Die Sonne da oben steht im Zentrum von allem und eigentlich ist sie die Olive. Deshalb ist sie so seltsam.« – »Tsssss«, machte Joost. Bender erhielt einen brüderlichen Boxschlag gegen die Schulter.

Die letzte Woche der Haftzeit war die schönste. Mit Joost und Kühr zum Essenausteilen eingeteilt. Dabei fiel Bender ein Mann mit einer künstlichen *Hand* auf, kein Bein, aber tatsächlich eine ganze Hand aus Holz. War das das unhoimliche Geräusch gewesen? Lief der Mann auf den Händen? Oder schlug er nachts mit der künstlichen Hand auf den Zellenboden? Durchstrahlt von diesem Mysterium, fand es Bender fast schade, so bald schon zurück in die Freiheit zu müssen. Er hatte vor allem in Joost einen interessierten Zuhörer gefunden. Und die letzten beiden mit Charlotte gewechselten Briefe waren rein organisatorischer Natur

gewesen. Sie hatte ihm ein sonderbares Spiel mit »Kroko-
dil-Wäscheklammern« beschrieben, mit dem sie den kleinen Gerd unterhalten hatte. Der Junge ließ die Wäscheklammern wie Mäuler schnappen. Aha. Bender hatte die Zeilen
mehrere Minuten lang mit unruhigen Augen studieren müssen, bis sich endlich entsprechende Bilder einstellten. Warum erzählte sie ihm so etwas? Er hatte keinen Begriff mehr
für die Abläufe in einem Haushalt. Und Joost blickte immer
wieder nach der Sonne, der alten Olive. Ein Prachtkerl war
das! Wenn es nur draußen mehrere seiner Art gäbe! Er wäre
vielleicht ein guter Schatzmeister für die Gemeinde, dachte
Bender. So etwas wie mein Vize. Und er blickte mit Stolz
und Trauer auf ihn.

Charlotte holte ihn von der *Elektrisch'* ab. Er hatte ihr Ort
und Uhrzeit brieflich mitteilen dürfen: Linie 3, Haltestelle
Alter Friedhof, Montag um 11 Uhr. Bei der Entlassung hatte
man ihm, auch das überraschend, neben all seinen Besitz-
tümern tatsächlich ein entsprechendes Fahrgastbillet ausgehändigt. Beinahe hätte sich Bender bedankt.
  Nun fegte der Wind durch den offenen Straßenbahnwa-
gen. Es sah nach Platzregen aus. Bender stieg eine Haltestelle früher aus und ging den Rest des Wegs zu Fuß. Noch
fielen keine Regentropfen. Die *Elektrisch'* fuhr weiter, an ihrer Flanke, wie bei fast allen in Betrieb befindlichen Wagen,
jene sonderbare sargähnliche Ausbuchtung; als würde da
immer, als Rohtreibstoff für die Fahrt, eine Leiche mitbeför-
dert. Und bevor sie ganz um die Ecke verschwand, erkannte
Bender in einem der Seitenfenster, direkt unterhalb des an
ihrem Dachrand in schlaufenreicher Schreibschrift verewig-
ten Zauberworts CHLORODONT, das Profil eines Mannes, der
ihm vertraut vorkam. »Ja, das war ich«, dachte er zerstreut.
»Freilich als alter Mann. Aber eindeutig.« Dann schüttelte er
den Kopf über seine Dummheit und lachte. Lachte? Er ver-

suchte es noch einmal. Einfach lachen, wie schwer konnte das sein? Aber erst der dritte Versuch gelang.

Dieser starke Geruch aus den offenen Fenstern der Wohnungen! Nach einigen Augenblicken verstand auch der Rest des Körpers die neue Freiheit – und kannte sich nicht aus. Etwas in ihm sackte ab, und allerhand sinnlose Wörter begannen ihm durch den Kopf zu murmeln: *Möllerchen, Reckel, Zaumsel, Resederei.* Bender blieb stehen, kontrollierte alle Gegenstände in seinem Rucksack. Neupert und Lang. Und die *Göttliche Komödie.* Er hatte das Buch vor sechs Wochen abgeben müssen, und es sah vollkommen zerlesen aus, einige Seiten zerknittert und gewellt, als wären sie nass geworden. Wer immer das Buch in der Zwischenzeit besessen hatte, er war nun erwacht. Die Notizbücher waren ebenfalls vollzählig, aber sie rochen sehr schlecht. Bender öffnete sie und strich einige Eselsohren glatt. Auch darum hätte man sich besser kümmern können.

Es würde mich nicht wundern, dachte Bender, wenn sie mir auch meine Leibschüssel mitgegeben hätten, ganz unten in den Rucksack gestopft, als Mitgift für die wiedergewonnene Freiheit. Und da war schon der Friedhof. Hohe, alte Bäume. Ein Löwengesicht auf einer Hausfassade. Härene Mauern. Ein Tag wie der Haarwirbel eines Zinnsoldaten. Wie der Stechschritt eines Veilchens. Wie der Meisterspruch einer Taucherglocke. Und da: stand tatsächlich Lotte in der prallhellen Sonne, umgeben von so viel Platz und Raum und bebauten Flächen, sie wirkte ganz klein, wie hingekleckst. Sie erkannte ihn sofort und hob die Hand, rannte aber nicht auf ihn zu. Sie kannte ihn zu gut. Bender dankte ihr im Stillen und hob nun ebenfalls die Hand, winkte. Sechs Wochen, wie lang war das schon? Genau sechs Wochen. Nun wusste er, wie lange sechs Wochen … Aber was war mit Charlotte geschehen? Vollkommen fremd sah sie aus! Ihre Frisur war neu und auch die Augen –

»Was ist denn mit dir geschehen«, sagte er, und sie sagte auch etwas, aber die Gleichzeitigkeit hob beides auf, und sie umarmten sich ungeschickt.

»Bist du zu Fuß?«

»Nein, nein«, sagte Bender. »Ich habe die Haltestelle übersehen.«

Das ergab als Erklärung zwar keinen Sinn, aber Charlotte drückte ihn noch einmal an sich. »Jetzt ab nach Hause«, sagte sie. »Schnell zu den Kindern.« Frau Blun passe auf sie auf, aber es gehe jeden Tag drunter und drüber.

»Aha, aha«, sagte Bender.

Auf einmal ging ihm alles viel zu schnell. Er passte sich dem Schritttempo seiner Frau an, aber dann bat er, doch etwas langsamer zu gehen, bitte, er sei in seinem Kerkerdasein nicht viel dazu gekommen, sich zu bewegen. Nicht einmal Liegestütze oder Kniebeugen seien erlaubt gewesen.

Charlotte hatte Tränen in den Augen. Immer wieder nahm sie seine Hand und schüttelte sie und zog an ihr, so wie man einen unartigen Hund an der Leine zieht.

»Und bei Frau Blun alles in Ordnung, ja?«, fragte Bender, aber seine Stimme blieb tonlos.

Wieder so ein inniges Rütteln an seiner Hand. Und da hängte sie sich auf einmal ein bei ihm, drückte seinen Arm ganz fest. Huch, so stürmisch, dachte er. So schnell das alles, viel zu schnell. Aber wenigstens verlangsamte sich so, wenn sie eingehängt gingen, wieder ein wenig das Gehtempo.

»Geh nie wieder fort, du Idiot«, sagte Charlotte. »Du verdammter Dummkopf. Schäm dich!«

»Ja, nicht einmal Kniebeugen haben sie mir ...«

»Sechs Wochen fort! So eine Dummheit!«

Und sie biss ihn, durch den Stoff hindurch, in den Arm. Niemand hatte es gesehen. Bender blickte verblüfft auf die Stelle, dann zu Boden. Sein Rucksack rutschte ihm auf den Arm. Er wuchtete ihn zurück auf die Schulter.

»Was du für ein Esel bist«, sagte Charlotte. »Weißt du das? Einfach ins Gefängnis. Sechs Wochen. Wegen was? Weißt du, wie lang sechs Wochen sind?«

»Natürlich, natürlich«, sagte Bender.

Dann wieder das Geräusch ihrer gemeinsamen Schritte.

»Und nicht mal Kniebeugen haben sie euch machen lassen, ja?«

Bender starrte, verständnislos.

»Frag doch vielleicht nach den Kindern«, sagte Charlotte.

»Jaja«, sagte Bender. »Natürlich, natürlich. Weißt du, es geht nur alles so schnell.«

»Ah? Zu schnell? Aber je langsamer wir gehen, desto mehr werde ich das hier tun, und das –«

Sie kniff ihn in den Bauch.

»Au! Das tut weh!« Aber er lachte. Diesmal ohne Mühe.

»Was gehst du auch ins Gefängnis für sechs Wochen, du Lump! Na?«

Wieder und wieder zwickte sie ihn, in den Bauch, in die Flanken, sogar die Wange kam dran, und Bender wimmerte lachend und lachte hustend und verschluckte sich schließlich, und sie mussten stehen bleiben, nun fast schon zuhause angekommen, nur einmal noch um die Ecke, da vorne, und sie klopfte ihm auf den Rücken, bis es wieder ging. Dann zwickte sie ihn weiter. Am Ende dieses Willkommensgewitters stellte sich seine Frau auf die Zehenspitzen und wischte ihm Dreck aus den Augen. Er wollte die Wischgeste erwidern, aber sie zog den Kopf weg.

»Ohrfeigen sollten wir dich«, sagte sie. »Kräftig ohrfeigen. Was du für Blödsinn machst!« Und sie schmiegte sich noch einmal, bevor sie endgültig so etwas wie Haltung annahm und gemeinsam mit ihm in die Schillerstraße einbog, mit dem Gesicht an seinen Hals. Er hörte sie atmen, tief und rasch. Fühlte ihre hitzige Stirn, das Glühen dahinter. Dann zwickte sie ihn, ein letztes Mal, und zwar unter der

Achsel, genau an der Stelle, wo beim Menschen die Seele sitzt.

Frau Blun verabschiedete sich schnell, als sie ihn sah. Nicht einmal zum Händeschütteln kam sie näher, aber Bender konnte es ihr auch nicht verdenken, er selbst wollte sich am liebsten für den Rest des Tages nur immerzu die Hände einseifen und unter Wasser halten. – Zu seinem großen Erstaunen fand er die Dinge im Haus in ganz neuen Gruppen zusammengerückt. Und in seinem Arbeitszimmer hatte man sauber gemacht. Für ein leichteres Vorbeikommen hatte Charlotte einige der Bücherberge und andere von ihm im Vorzimmer auf dem Boden gestapelte Gegenstände verschoben. Ihm war nie bewusst gewesen, dass sie so sehr gestört hatten. Außerdem lagen seine Haus- und Gartenschlüssel nebeneinander in der Obstschale. Auf den Schlüsseln waren Fruchtfliegen gestorben, er schüttete ihren irdischen Staub in die Topfblumen. Jemand hatte – für ihn? – einen frischen Rosenstrauß in die Küche gestellt.

»Vergiss nicht, nach den Kindern …«

»Aber, ja, natürlich.« Eilig schritt Bender an seiner Frau vorbei, bog um die Ecke, machte drei feldherrnhafte Schritte und – klopfte an. Wie albern! Er drehte sich um, entschuldigend lachend, aber Charlotte war ihm gar nicht gefolgt. Sie kam, mit der kleinen Maria auf dem Arm, aus einem anderen Zimmer.

An seiner Tochter hing ein unbekanntes Kleid.

»Ach, da hast du sie versteckt!«, lachte Bender.

Die Szene war albtraumhaft.

»Schwer ist sie«, sagte Charlotte zu ihrer Tochter und stellte sie auf den Boden.

»Und wo ist der kleine Mann?«

Auch später noch sollte sich Bender an den Schock dieses Augenblicks erinnern. Sein Sohn kam aus dem Nebenzimmer und machte, ohne dabei die Schrittgeschwindigkeit zu verändern, die Knöpfe seines Hemdes zu. Wie ein Erwachsener. Vor sechs Wochen hatte er noch darum gebettelt, angezogen zu werden! Charlotte berichtete, dass der Junge inzwischen sogar das Mittagsschläfchen auslasse.

»Na das sind ja Fortschritte!«, lachte Bender.

Er zeigte seine tiefe Erschütterung nicht. Ihm war klargeworden, wie unwiederbringlich die letzten sechs Wochen gewesen waren. Es waren nicht *sechs Wochen* gewesen. Sechs Wochen, beginnend mit dem Tag der Anmeldung, der Inhaftierung, der Betrachtung eines mysteriösen Eimers mitten im Amtsraum, nein, diese Zeitstrecke war völlig anders gemustert, anders durchwirkt, sie war unendlich dicht: Der Junge war *größer* geworden. Es fühlte sich an, als hätte man ihm mehrere Liter Blut gestohlen.

Er spielte mit den Kindern, so gut es ging, polterte viel zu laut und sich zu oft nach ihnen umwendend durch das Wohnzimmer. Gerd wurde zum Reiter auf dem Pferd, und Bender schnaubte und wieherte und warf ihn ab, in Zeitlupe, auf den weichen Teppich. Maria wollte auch, wollte auch! Sie streckte die Arme nach ihm aus, und er nahm sie, sagte: »Richtig, ja, richtig ...« – und wusste auf einmal nicht weiter. Und Charlotte starrte auf seine Beine, die, sehr merkwürdig, tatsächlich etwas fülliger aussahen als vor dem Haftantritt. Er merkte es erst jetzt, in der Maßstabs-Gegenwart der altvertrauten Wohnzimmergegenstände. Dabei fehlte in seinem Gesicht ein wenig Substanz, an den Wangen vor allem.

Man konnte nicht alles überwitzeln. Sein roter Kopf fiel auf, wurde kommentiert. An den ersten zwei Tagen musste er sich sogar ein wenig den Platz im eigenen Bett zurückerobern. Auch das neu: dass die Kinder ganz früh am Morgen zu ihnen ins Bett stiegen, beide auf Lottes Seite. Und ja, warum nicht ein bisschen so liegen. Aber dann mussten sie in die eigenen Betten zurück. In der ersten Nacht fand Bender nur unruhigen Schlaf und sah wirre Dinge. Einen Ringkampf auf dem Grund eines glasklaren Bergsees. Ein Erschießungskommando unter einer Käseglocke. Eine Ritterrüstung, die krachend in einer Metzgerei umfiel. Dann plötzlich Joosts Gesicht, hautnah, zu einem innigen Kuss bereit. Am Morgen rückte er im Bett ganz nah an die Wand, lobte das Gefühl der kühlen Bettlaken, aber es klang alles ganz unpersönlich, wie eine Hotelkritik. »Erste Nacht in Freiheit«, hörte er Charlotte sagen. Dann musste sie niesen. Und wieder versuchten sie Witze, Gelächter, sogar gegenseitiges Kitzeln. Aber er ertappte sich dabei, wie er alle Signale bloß »mit einer gewissen Höflichkeit« erwiderte, es war gespenstisch. Wie lange konnte das so gehen? Wie lange blieb man fremd?

Bis zur dritten Nacht. Da lag er in ihrer Armbeuge und erzählte ihr in endlosen Wiederholungen davon, wie bange es ihm jede Nacht in der Zelle gewesen war. Einmal sogar beinahe ein Anfall, mutterseelenallein. »Aber da habe ich mir gedacht: wozu? Die hätten mich ja doch nur liegen lassen. Kann ich gleich normal weiteratmen.«

»Armer Löwe«, sagte Charlotte.

»Sie waren so schrecklich zu mir. Jeden Tag, diese Folter. Ich hab dir nie etwas darüber geschrieben.«

Er fühlte, wie Charlotte aufhorchte: ein Ruck durch ihren Körper.

Nun ja, Folter. Übertrieb er? War es eine Lüge gewesen? Das musste Gott entscheiden. Man hatte ihm nichts direkt angetan, nichts mit Werkzeugen. Aber insgesamt, in seinem Seelenleben? Doch.

»Folter?«, fragte sie.

»Ihnen war alles gleichgültig. Jede meiner Bitten.«

»Aber du …« Charlotte brach ab.

Er drückte sich enger an sie, legte einen Arm über ihren Bauch. Ob er sie vielleicht ein drittes Mal schwanger machen konnte?

»Nun ja, nicht direkt Folter«, sagte er. »Nicht an Händen und Füßen aufgehängt.«

Eine Weile war es still. Dann sagte Charlotte: »Es gibt ja auch andere Arten.«

Bender wollte sofort zustimmen, jawohl, sie sage es, und all diese anderen Arten hätten sie an ihm auch konsequent durchgezogen, gnadenlos – aber da war etwas in ihrem Ton gewesen, das gar nicht zustimmend klang, eher wie ein sanftes Widersprechen, und vielleicht war es doch besser, nichts mehr zu sagen. Das Kissen roch inzwischen wieder nach ihm, nach Haarwasser, nach Hinterkopf, nach Halbschlafwälzen. Noch sind wir jung, dachte Bender verschwommen. Noch kann das alles heilen. All diese *anderen Arten*.

Als sie zum ersten Mal nach seiner Heimkehr versuchten, miteinander zu schlafen, waren da viele tote Punkte im Raum. Man versuchte eine Bewegung, aber da blieb der Atem weg. Man drehte sich nach rechts, und da war das kalte Leintuch. Auch die Wand war plötzlich überall. Am besten war es, zusammen unter der Decke zu liegen und zu sagen: »Ja, so ist das angenehm.« Dann versuchte Charlotte etwas Neues, und für einige Minuten fühlte es sich belebend an, aufregend – aber dann mussten beide lachend abwinken. Nein, leg dich noch ein wenig zu mir. Ja, so. Sie entdeckten einen von Gerds kleinen Soldaten, der Junge musste ihn gestern unbemerkt in ihr Bett getragen haben. »Ich bringe ihn in sein Zimmer«, sagte Bender, richtete sich auf, aber dann schüttelte er den Kopf und stellte den Soldaten wieder zwischen sie, auf das Leintuch. Der Soldat stand sehr aufrecht.

»Der hat noch beide Beine«, sagte Bender.

»Was?«

»Ich denke nur laut.«

»Es wird schon wieder gehen, irgendwann«, sagte Charlotte. Sie streichelte seine Schulter.

Bender ließ den Soldaten wiehern wie ein Pferd.

Auch in den folgenden Nächten waren sie, als die Liebesversuche ähnlich misslangen, dankbar über jedes Spielzeug, das sie entdeckten. Bender begann sich zu fragen, weshalb neuerdings so viel davon hier im Bett lag. Ob Charlotte vielleicht einige Teile bereithielt, in ihrer Schublade? Für einen Augenblick rührte ihn diese Möglichkeit, und er saß entwaffnet da, ein alter, müder Religionsgründer in einem viel zu großen Sessel. Außerdem rutschte ihm der Füllfederhalter ständig weg. Sollte er ins Schlafzimmer nachsehen gehen? Aber was, wenn da wirklich ein paar Spielzeugsoldaten in Charlottes Nachtkästchen lagerten? Zur Ablenkung für die Momente, wenn es ihm nicht gelang ... Er legte die Feder weg, stand auf. Drei entschlossene Schritte zur Tür. Aber im Korridor kam ihm seine Frau entgegen, lächelnd, sie brachte die Wäsche aus dem Garten. Da küsste er sie, voll hungriger Verzweiflung, und sie wehrte ihn zuerst ein wenig ab und stellte, lachend – »lass mich doch erst mal ...« –, den Korb auf den Boden, aber zog ihn dann selbst an sich. Die rasche Atmung war zurück, man musste sie nicht vortäuschen. Sie hielten einander beim Nacken.

Am nächsten Tag begab sich Bender auf die Suche nach Else. Ihre Wohnung schien von außen wie unbewohnt, er klopfte nicht an, aber lauschte lange vor der Tür. Kein Schritt, kein Geräusch. In einem Lokal, wo sich Else früher gern aufgehalten hatte, stieß er auf Justus Keller, der ihn glattrasiert und nach Jod riechend umarmte. Bender blieb ein wenig, wurde in Rheinstaat-Gespräche verwickelt. Man lobte ihn als unabhängigen Geist. Keller war so betrunken, dass er, wenn er sich aus Versehen an einen fremden Tisch setzte, dort gar nicht auffiel. Alkohol machte ihn transparent. Auch er selbst schien das so zu empfinden. Denn wenn ihn jemand nach einer Weile fortjagte, erwiderte er, mit rollig schwerer

Zunge: »Ja, siehst du, das tut mir gar nicht weh. Das werde ich erst morgen erleben, wenn ich mich an all das hier erinnere. Aber jetzt? Pffff!« Keller gab mit seinen Verbindungen zur Besatzungsmacht an, besonders zu einem gewissen Abbé Lelièvre, der für die Rheinlandkommission arbeitete und in dessen Haus oft die wildesten Empfänge gegeben würden. In diesem Augenblick entdeckte Bender ein bekanntes Gesicht. Kreisrund, winzige Mausaugen. Bruno! Der Junge stand in der Tür des Lokals und schaute. Halb offener Mund. Keller entdeckte ihn ebenfalls, stand auf und rief: »Na, wen haben wir da schon wieder«, und das Gesicht von Elses Bruder verzerrte sich, als Keller auf ihn zukam, seine ganze Gestalt wurde zuerst treuherzig, sich wegduckend, dann fiel, als Keller direkt vor ihm stand, ein Schatten nackter Todesangst über ihn, und er hielt still. Keller sagte etwas zu ihm. Bruno machte sofort kehrt und verließ wie unter Peitschenhieben das Lokal.

Wenige Tage darauf der erste Ausflug als vollzählige Familie. Die Gespräche drehten sich um Geldsorgen und die bizarre Neurasthenie der Währungskurse. Dazu ringsum Wanderer, Drachensteigen, Fußballspiele. In dem windigen, aber sehr warmen Wetter begannen alte Hautnarben zu jucken. Auf dem See war ein Boot unterwegs, ein Mann stand darauf und steuerte es mit einem langen Stecken, er stocherte mit weit ausholenden, wohl nur für die beiden Mädchen, die vor ihm saßen, gespielten Gesten, als wehrte er sich gegen eine drohende Verdickung des Wassers. Auf der Wiese hatte sich eine Musikantengruppe versammelt. *Mer heert so ebbes rausche.* Gerhard hatte einen Ast gefunden und wollte seine Schwester damit zum Fechtkampf auffordern, aber diese begriff nicht, fühlte sich von der auf ihr Gesicht gerichteten Waffe bedroht und fing an zu weinen. Charlotte hob sie hoch und trug sie. Ria beruhigte sich rasch. Nach einer

Weile wurde sie, zwar noch immer alle paar Sekunden mechanisch nachschluchzend, aber doch im Inneren längst gefasst und mit neuer, verstohlener Aufmerksamkeit um sich blickend, ihrem Vater übergeben.

Uh. Schwer war sie geworden! Oder er selbst schwächer? Bender versuchte, sich die Anstrengung nicht anmerken zu lassen, denn das Mädchen blühte beim Getragenwerden herrlich auf, in diesem nach langer Zeit ersten längeren Körperkontakt mit ihrem Vater, bekam quietschvergnügte Wangen und deutete mit dem Finger nach hier und nach da, aber nach ein, zwei Minuten stach es ihm in den Schultern, und er konnte nicht mehr und stellte sie, sein Schnaufen durch Lachen überspielend, auf ihre Beine. »So, jetzt wieder allein gehen, Madame«, sagte er. Ihre Beinchen knickten absichtlich um. Weitertragen, weitertragen! »Nein«, sagte er und zog sie hoch. Aber die Gliederpuppe fiel wieder um.

Er zog sie hoch, aber schon mit deutlich geringerer Stützkraft an den Seiten, sodass das Mädchen begriff und von selbst stehen blieb.

Im selben Augenblick, da seine Schwester zurück auf dem Erdboden war, ließ Gerd brav den Stock fallen. Dies war so rasch geschehen, dass es Bender verblüffte. Schon vorhin, als das Missverständnis mit dem Stock geschehen war, hatte der Junge seiner Schwester gegenüber gar nicht aggressiv oder wild gehandelt, sondern einfach *höflich*. Noch so ein unbekannter, ganz neu hinzugekommener Zug. Ja, seit seiner Rückkehr war da etwas Folgsames und Pragmatisches in dem Jungen, etwas geheimnislos Praktisches, wie bei einem Reporter, der nichts mehr durchlebt, sondern alles bloß festhält, auf seinem inneren Fotopapier. Gespenstisch. Bender ertappte sich dabei, wie er eine Art Gebet aufsagte.

Am Abend öffnete er die Tür zum Garten, die jedes Jahr, wenn es abkühlte, um ein paar Gramm schwerer zu werden schien. Im Garten roch es nach nassen Ratten. Sie hatten das

Problem im Sommer entdeckt. Immer häufiger fand sich der abends im Freien arbeitende Bender von bodennah hin und her huschenden Schatten umgeben. Es beinelte, raschelte, und gelegentlich pfiff sogar jemand. Dunkelbraun waren sie, und ungewöhnlich große Exemplare. Da stand der Dollar noch bei 2000 Mark. Bender war für Erschießen, aber Charlotte steckte den Gartenschlauch in die kleine Halterung an der Hausmauer und drehte das Ventil auf, sodass das Wasser in einem breiten Fächer auf die Steinterrasse fiel und die Ratten vertrieb. Das funktionierte eine Weile, aber dann kamen die Tiere irgendwie dahinter, dass im Wasser zu spielen Spaß machte, und ab da kehrten sie jede Nacht wieder, tummelten sich nach Herzenslust und hinterließen überall die winzige Keilschrift ihrer nassen Pfoten.

Zuerst lange sitzen, warten. Sinnlose Stunden. Der kleine
Gerd war bei Frau Blun. Aber als man ihm gegen Mitternacht endlich seine Tochter brachte, befiel Bender augenblicklich das heftige Bedürfnis, seine Nase in sie zu drücken.
Sie sah so wunderbar wütend aus, so rotglühend bereit für
die Welt, so hoffnungsvoll – und so misstrauisch! Dieses Gesicht! Ein Griesgrämchen war das, ein goldener, verklebter
Kobold mit unerhört offenen Augen. Sie sah aus, als wollte
sie Rache. Atemlos und aufs Neue in Raum und Zeit verviel-
facht, stand der neue Vater mitten im Zimmer und streckte
ungeschickt seine Arme aus, die auf einmal viel zu groß aussahen, absurd groß und lächerlich. Die Hebamme legte das
Kind sanft darin ab, und damit war die Übertragung abgeschlossen und der Auftrag des Universums erfolgreich erteilt, und Bender hielt seine winzige runzelige Tochter in
die Höhe und, o Gott, man durfte nun ja nichts falsch machen, wie stützte man diesen neuen Kopf, diesen *noch ganz
kuhwarmen* Hinterkopf?, jetzt nichts falsch machen, also
setzte er sich, während bereits das erste Willkommensbrab-
beln über seine Lippen kam, mitsamt dem wenige Minuten
alten Geschöpf zurück in den immer noch von den quälend
langsam vergangenen Stunden der Nacht durchwalkten und
aufgeheizten Wartesessel und drehte und wendete das Kind
voller Andacht und Neugier, aber schon nach kurzer Zeit
wuchs sein Vertrauen und seine Sicherheit, und er wagte
es, den Blick von ihr zu heben und der freundlichen Fremden, die immer noch, als warte sie auf eine Art Eingangsbe-
stätigung, vor ihm stand, durch sein inzwischen ganz trä-
nendummes Lachen hindurch zu signalisieren, dass es gut
war, ja, gut, dass er sich freute, dass er den Auftrag hiermit

annahm, und als die Hebamme endlich gegangen war und sich die Kleine, die sich die ganze Zeit über die eigenen Finger vor den Mund hielt, als müsste sie sich ein Kichern verkneifen, in seinen Armen etwas entspannt hatte, begann er, Dinge zu erklären.

In den Wochen nach der Geburt massierte er Charlotte oft die Ohren, da sie so böse und rot aussahen. Ihr Körper hatte sich von der zweiten Geburt rasch erholt. Sie stand, noch rüstiger als beim ersten Mal, bei jedem Geschrei auf und gewöhnte sich auch sofort wieder ans Stillen. Zuerst wollte die Kleine nicht richtig anbeißen, dann tat sie es auf einmal mit geradezu sachwalterischer Strenge, und es tat so weh, dass Charlotte nicht aufhören konnte zu lachen und *O Gott o Gott* zu wiederholen. Ein paar Mal entkam ihr sogar ein uralter polnischer Fluch. Da hing das kleine Tier an ihrer Brust und fraß an ihr, eine entzückende kleine Kannibalin. Glückwünsche von zuhause trafen ein, eine Karte, verziert mit Sternen.

An Charlottes Brust konnte Maria trinken, an seiner bloß *horchen*. Wie geisterhaft und substanzlos das ist, was der Vater einem Kind zu geben vermag! Aber als er dann zum ersten Mal mit ihr abends im Garten stand, erschienen im westlichen Himmel die Plejaden – und er schenkte sie kurzerhand seiner Tochter.

Nach einer Weile kam auch das Erotische zurück. Er traute sich zuerst lange nicht, sondern kümmerte sich betont weiter um Charlottes Ohren, spielte mit ihnen, zog an den Ohrläppchen, so wie er es im Kindbett gemacht hatte.

»Wie sieht sie aus?«, fragte Charlotte, als er zum ersten Mal wieder mit dem Gesicht zwischen ihren Beinen lag. Bender wusste die Antwort. Sie sah aus wie ein zorniger Seelöwe. Aber konnte man das laut sagen?

»Sieht erleichtert aus.«

»Ach.«

Hatte die Kleine geschrien? Er hob den Kopf. Nein, sie lag wenige Meter entfernt in der Wiege, direkt um die Ecke im Gang vorm Schlafzimmer. Nein, es war nichts.

»Ich bin ganz vorsichtig.«

Nach einer Weile gefiel ihm der räudige Wildtiergeschmack der frisch verheilten Stellen.

Aber er musste aufpassen, dass er die Zunge nicht zu schnell bewegte. Es gab da diesen inneren Kiefermuskel, den man einfach straffziehen musste, dann bewegte sich die Zunge ohne Mühe ruckartig auf und ab, für immer. Aber zum Teufel, er fand heute die rechte Spannung nicht.

Charlotte erlöste ihn, nachdem er sich einige Minuten lang redlich bemüht hatte. Sie sagte: »Warte, wartewarte. Es ist, es geht noch alles schnell so im Kreis, alles. Warte.«

Sie nahm seinen Kopf und zog ihn in die Höhe, zu sich. Sie küsste ihn, leitete seine Energie um.

»Ich glaube, ich muss mich kurz aufsetzen«, sagte sie. »Es geht noch nicht.«

So lehnten sie nebeneinander, zuerst in ziemlich unbequemer, dann etwas gelösterer Haltung, und wieder narrte sie beide zugleich der Eindruck, Maria habe im Gang geschrien. Wenn man Halluzinationen immer nur zu zweit erlebte, was bewies das?

»Aber es war sehr angenehm«, sagte Charlotte.

Bender begann nach einer Weile von Planetenbahnen zu erzählen.

DIE DINGE

Am Ende des Jahres stand der Dollar bei 8000 Mark. Ein Trapez-Kunststück. Es war zum Lachen: Die 100 000-Mark-Mitgift von Charlotte besäße heute eine Kaufkraft von (früheren) 100 Mark. Vier- oder fünfmal in der Woche nahm Bender nun die Kinder zum Ablesen der *neuesten Zahlen* mit. Vor dem Zeitungskasten standen fast zu jeder Tageszeit Leute, alle besorgt, belustigt und jahrmarkthaft freimütig in ihren Reden und Bewegungen. Die steigenden Zahlen kamen, da sie so riesig waren, einem ganz leicht über die Zunge, sie schmeckten nach nichts, höchstens ein wenig nach Weltraum und Physik. Halbwüchsige aus der Nachbarschaft gingen gern zu dem neuen Rauschmittel. Sie waren schon groß und mussten die Köpfe nicht mehr recken, aber taten es noch aus Gewohnheit. Gerd durfte auf den Schultern des Vaters sitzen.

»Zehntausend!«, wiederholte er stolz, nachdem der Vater den neuen Betrag vorgelesen hatte. Man schüttelte die Köpfe, man gratulierte einander, machte Witze über das Ende Europas. Auf dem Rückweg dann sah alles, selbst der Becher in der Hand eines Kriegsversehrten, äußerst erlesen und unerschwinglich aus. Ein bemerkenswerter Effekt. Ein solcher Adel, ein solch berstender Wertzuwachs aller Objekte! Das Gummistück am Ende eines Spazierstocks! Die aus dem losen Scharnier einer Gaslaterne gefallene Schraube! Das Umbindetuch für einen Hund, die Spange im Haar eines Mädchens am Zaun, die Kerzen an der Kirchentorschwelle, die Knöpfe auf Mänteln und Blusen, ein fahrkartengelbes Stück Kalenderpapier im Rinnstein! Die um den Schweif einer mageren Gassenkatze gebundene Paketschnur! Es war, als wäre die gesamte unbelebte Materie auf einmal zu Höherem berufen – und sie folgte dem Ruf, schwang sich auf, machte sich so teuer, dass sie aus der Sphäre des Menschlichen rückte, außer Reichweite wie die Gebirge, die Planeten, die Vergangenheit.

Einzig Gold, so hieß es, sei noch problemlos umtauschbar. Sehr witzig. Wie schön für das Gold, dass es immer alle Weltereignisse verschlafen durfte! Es wusste von gar nichts, lag bloß da und glänzte. Ein traumloser Gott ohne Verantwortung. Aber kennst du noch irgendwen, der heute Gold besitzt? Eben. Gold war unsichtbar geworden, fiktiv, eine Sage. Eine Figur aus dem Nibelungenlied.

Was also verkaufen? Was eintauschen? Was ins Leihhaus bringen? Die Gespräche darüber, nun ausnahmslos nachts geführt, wenn die Kinder schliefen, waren langwierig und hart. Schließlich kam der Tag, da sie beide mit entschlossenem Blick vor dem Erbklavier standen. Wenn ein Hund diesen Blick auf sich ruhen fühlt, weiß er: Das Rudel hat ihn verstoßen. Und er wird wehklagen, betteln, seine Kehle zeigen. Auf dem Klavier stand nur, in metallklarer Schnitzschrift: C. BECHSTEIN. Charlotte stimmte ihrem Mann zu, dass das Klavier eindeutig zu wenig gespielt wurde. Es kam seinen Pflichten nicht nach. Die Zahnreihe der Tasten war noch kerngesund, hellweiß – aber jeden Tag spürte man, wie es mehr und mehr an Wert verlor. Nein, wenn sie jetzt nicht handelten und es schnell gegen irgendetwas Lebenswichtigeres eintauschten, würde es nächste Woche vielleicht überhaupt nichts mehr wert sein. Nichts mehr wert, das heißt nur noch »es selbst«, nicht mehr aufwiegbar gegen irgendein anderes Ding im Universum. Ein absolutes und einsames, rettungslos im All treibendes Unikat.

Vielleicht, dachte Bender, war die Inflationszeit ein kollektiver Versuch der Dingwelt, zu genau dieser Einzigartigkeit zurückzufinden, zu jener einstigen Aura, die jedes Objekt vor der Ankunft des Menschen besessen hatte. Denn stell dir vor, niemand gäbe dir auch nur ein Stück Hutband oder ein Ei oder ein winziges Päckchen Salz im Tausch für dein Bechstein-Klavier. Ebenso wenig für dein Haus, deinen Weinberg, für deinen Schmuck, deine Bilder, deine gesammelten Manuskripte. Jeder Gegenstand stünde plötzlich im Rang eines Kunstwerks, fast nur noch ideell, museal, so untauschbar wie Ehre, Unsterblichkeit, menschliche Größe. Und neben all dieser Versteinerung, frech und lebenstüchtig: irgendeine Steckrübe oder so, frisch vom Feld, um die sich die Menschen auf der Straße prügeln.

Schon betrachtete er das Klavier mit Mitleid. Gehörte es nicht irgendwie doch zum Haus, zur Familie? In seinem Holz fing sich so tröstlich die Morgensonne. Und selbst die Beschriftung, die noch aus dem letzten Jahrhundert stammte, las Bender mit einer gewissen Anteilnahme, als wäre es das einzige Wort, das das Klavier zu seiner Verteidigung vorzubringen imstande war. Das einzige Wort, mit dem es um Verzeihung bitten konnte, dass es so wenig beitrug. *Bechstein,* sagte es. *Bechstein, C. Bechstein.* Auch wenn man gar nicht hinblickte. *Bechstein, C. Bechstein.* Aber ach, es ging nun nicht anders! Bender seufzte. Ja, das Ding tat ihm leid. Er hätte nicht so viel nachdenken sollen. Durch Nachdenken wuchs einem immer alles ans Herz, es war verhext.

Er werde sofort Johannes Lang schreiben, kündigte Bender an. Ihm schwebe nämlich ein Menschheitskongress in Worms vor, bei dem die Kugelgestalt der Erde ein für alle Mal – »Aber der hat dir doch nie geantwortet?«, fragte Charlotte.

»Ach, doch, doch, hat er ...«

»So? Wann denn?«

Bender sagte, er habe den Brief dummerweise verloren. Aber er habe noch seine Visitenkarte. Er zeigte sie ihr.

Dann erst fiel ihm sein dummer Fehler auf.

Er fühlte seinen Kopf rot anlaufen. Schnell täuschte er einen Hustenreiz im Rachen vor, entschuldigte sich, wandte sich ab.

»Was, er war hier?«, fragte Charlotte. »Und das hast du gar nicht erzählt? Wann war das?«

»Nein, nein, Unsinn«, keuchte Bender. »Augenblick.« Er hustete ein paar Mal gespielt in seine Hand. »Nein, aber er hat mir geantwortet, sehr freundlich, sehr kameradschaftlich. Ich denke, wir können gemeinsam etwas auf die Beine stellen!«

Aber Charlotte wollte von Gemeinde und Weltbildkongress nichts wissen. Sie dachte an etwas anderes: Franken. Denn die, so argumentierte sie, seien immun gegen die Inflation, steckten sich nicht an der immer wertloser und metaphysischer werdenden Mark an. Bender begann die Kongressidee zu verteidigen. Aber Charlotte legte einfach zwei Münzen nebeneinander: Franken, Mark. (Als stellte sie die Münzen einander mit Vornamen vor.) Sie sehen gar nicht so verschieden aus. Aber egal, wie viele man nebeneinanderlege, sie bleiben voneinander getrennt. In vollkommen getrennten Universen.

Bender nickte. Dann fiel ihm auf, welches Wort seine Frau verwendet hatte. Er stutzte.

Charlotte verwendete sonst nie das Wort ›Universen‹! Das Wort gehörte doch ihm! Wollte sie zu ihm durchdringen? War es das?

Etwas halte die beiden getrennt, wiederholte Charlotte, etwas Übergeordnetes, Überstoffliches, nämlich die Ansicht der Menschen.

Überstoffliches? Bender war verblüfft. Was war mit ihr geschehen? Hatte sie einfach nachgedacht und war eben auf diese Wörter gekommen – oder imitierte sie ihn absichtlich? Aber rede ich denn *wirklich* so?, dachte er. Er verlor sich in inneren Denkschleifen. Oder, warte, wollte sie vielleicht, dass er sich am Unternehmen beteiligte? Dass sie zusammen Franken beschafften?

»Du redest heute so anders«, sagte er, lachend.

»So?«

Charlotte schien von seiner Reaktion enttäuscht.

»Können wir uns kurz damit befassen?«, fragte sie. »Was hältst du von meiner Idee?«

»Idee ... Ja, also, nein, sehr einleuchtend. Franken, natürlich. Eine gute Idee. Dass ich nicht selbst darauf gekommen bin.«

Charlotte erwiderte nichts. Sie nahm die Münzen vom Tisch.

Bender bemerkte ihre Wut. Woher kam die jetzt auf einmal? Er hatte ihrer Laune doch eben zugestimmt!

»Ich habe es durchgerechnet«, sagte sie ruhig. »Mit vier oder fünf Schülern mehr komme ich auf ... Und dann müssten wir uns vielleicht um Verbindungen ins Saarland bemühen, und zuerst einige kleinere Güter –«

»Warte, warte ...«

Aber Charlotte zeigte ihm einen Zettel.

»Dann würde nicht mehr viel bleiben, und wir wären nicht mehr abhängig von Almosen. Frau Blun hat ja selbst auch nicht so viel zur Verfügung.«

Welten stürzten, die seine Phantasie um die Idee des priesterlichen Liebespaares erbaut hatte. Schemenhaft erhoben sich Gedanken über Frauenemanzipation, Gedanken zur Erklärung, zur Rechtfertigung der neuen Rolle für Margarete, Gedanken, die eine Frage ersticken sollten:

„Margarete, muß das sein?"

»Charlotte!«, unterbrach er sie streng. Ihr Ton gefiel ihm nicht. Überhaupt dieser neue Geist. So lange war er nun wirklich nicht im Gefängnis gewesen! Da brauchte man sich nicht gleich so stark verwandeln. Und als Ernährer der Familie durfte man ihn auch nicht so vorschnell aus dem Bild streichen. Er konnte sehr wohl noch Arbeit finden. Immerhin hatte er eine Gemeinde aufgebaut! Woher kam diese plötzliche Arbeitswut? »Beruhigen wir uns für einen Moment«, schlug er vor. »Du wolltest mir gerade noch etwas über die Mark erzählen, nicht? Dass die beiden getrennt leben, in getrennten Universen. Das war nämlich sehr schön gesagt. Was hält die beiden getrennt? Die Angst an den Börsen, der Gerüchtedruck und die Bildkarikaturen in den Zeitungen. Wenn alle sich dazu entschließen, dass das Geld nichts wert ist, dann folgt das Geld diesen Vorstellungen blind, es ist also wirklich eine Fortführung unserer Gedankenwelt. Das ist doch faszinierend.«

»Peter, ich muss mir einfach überlegen, wie wir die nächsten Monate –«

»Hab ich dir je die Geschichte der Rai-Steine erzählt? Die liegen auf einer ehemaligen deutschen Kolonie im Pazifik. Da ist die traditionelle Währung nicht Geld, keine kleinen, handzahmen, tauschbaren Gegenstände wie Münzen oder Papierstücke, sondern riesige geschliffene Steinscheiben, die mehrere Tonnen wiegen.«

Charlotte seufzte. Aber sie setzte sich, um zuzuhören. Er sah ihr Gesicht im Profil.

»Und wenn die Steine nach einem Geschäft den Besitzer wechseln, ist es natürlich viel zu aufwändig, sie von einem Ort zum anderen zu bewegen. Also wird einfach beschlossen, dass dieser und jener Stein nun dieser und jener Person gehört! Das heißt, man erzählt eine neue Geschichte über den Stein. Und alle merken sich die Geschichte. Manche der Steine liegen sogar auf dem Meeresgrund. Das ist doch ganz außerordentlich, nicht?«

»Ja«, sagte Charlotte.

»Man stelle sich vor, ein reicher Mann, der zuhause sitzt und sagt: Ich bin reich, mir gehören die Steine am Meeresgrund! Auf der Insel würde niemand den Kopf über ihn schütteln.«

Bender lachte. Auch Charlotte ließ sich zu einem Lächeln überreden.

»Aber denk doch, Lotte, wenn du jetzt zu arbeiten ... Was wird dann aus dem Priesterpaar?« Er setzte ihr ihren Denkfehler auseinander. Man könne eine göttliche Rolle nicht so einfach abstreifen. Sie werde außerdem, je größer die Gemeinde werde, mehr und mehr zu tun haben, als Priesterinvorsitzende. Berufung, nicht Arbeit!

Später am Abend kam er zu ihr mit einem konkreten Plan für baldige Geldbeschaffung. Er gab ihr zuerst einige Entwürfe von Briefen an Neupert und Lang zu lesen, mit detaillierten Vorschlägen zu Kongressen und Weltbild-Publikationen. Hauptaspekte: Astrologie und Hohlweltbild. Worms als Stadt der Menschheit. Dann zeigte er ihr noch eine Liste mit Kapitelüberschriften, durchnummeriert, von seinem geplanten Buch über den Innenweltkosmos. Ein Buch, Charlotte. Ja, glaub es ruhig.

Den Zettel mit den Kapitelüberschriften zeigte er ihr immer wieder, mehrere Tage hintereinander, bei jedem Streit. Er habe alles von sich hier hineingesteckt, klagte er, und sie trete seinen guten Willen so mit Füßen! Sie fing wieder an, von Essen für die nächsten Wochen und von Kleidung zu reden. Babysachen, elektrisches Licht, Gas, sogar seine Abonnements astrologischer Fachzeitschriften. Alles sei gefährdet. Sie habe schon etwas vom Tafelsilber zu verkaufen versucht, aber das wolle inzwischen niemand mehr. Man könne den Müll eigentlich gleich einschmelzen.

»Wie, du hast *was*?«

»Sieh dir doch an, was ein Laib Brot kostet!«, sagte sie.

»Lotte! Du hast mich hintergangen?« Bender spürte, wie sein Nacken heiß wurde.

»Geh auf den Markt«, sagte sie ruhig. »Da siehst du's.«

»Aber doch nicht unser Silber!« Er schüttelte das Blatt mit den Kapitelüberschriften. »War es wirklich nötig, das Silber derart zu entwerten?«, fragte er, und da ihm die Frage augenblicklich albern vorkam, wartete er ihre Antwort gar nicht erst ab, sondern knüllte sein Entwurfspapier zusammen und stapfte aus dem Zimmer.

Später hörte er sie im Haus schluchzen. Das besänftigte ihn ein wenig. Zwei oder drei Stunden würde er noch hier im Arbeitszimmer sitzen bleiben, dann würde Charlotte bestimmt an die Tür kommen, um sich bei ihm zu entschuldigen. Er strich das Blatt mit den Entwürfen wieder glatt.

Er wartete.

Immer wieder las er die Kapitelüberschriften durch.

Es würde ein großes Werk werden, ein Jahrhundertschlüssel.

Nach einer Weile schreckte er hoch. Vor dem Fenster war es dunkel. Er war – eingeschlafen? Ja, offenbar – sitzend, am Schreibtisch. In äußerst unbequemer Haltung. Du liebe Zeit! Au, au, er richtete sich auf. Ein Schmerz im Rücken. Er musste im Schlaf wild gezappelt haben, denn seine Hausschuhe lagen, als wären sie mit Leidenschaft fortgeschleudert worden, in einer anderen Ecke des Zimmers. Bender stand auf und holte die Hausschuhe, dann erst fiel ihm ein, auf die Uhr zu sehen. Es war halb zwei Uhr nachts. Das ganze Haus war vollkommen still. Als wäre kein Herzschlag mehr darin. Er hatte den ganzen Abend verpasst! Er hatte niemandem Gute Nacht gesagt.

Im Schlafzimmer fand er, zu seiner großen Erleichterung, seine Frau, sie war fest in ihre Decke verwickelt. Schlafatmung, rasch und regelmäßig. Er stand eine Weile neben dem Bett. *Na dann eben morgen*, dachte er, als er sich, so lautlos wie möglich, neben sie legte. *Gilt ja auch morgen noch, ihre Entschuldigung.*

Aber es kam keine. Er wartete drei Tage lang darauf. Ohne Ergebnis. Dafür fiel Lottes Geburtstag in diese drei Tage. Er hatte in der großen Anspannung und Erregung nicht daran gedacht und kam erst durch einen Strauß frischer Rosen dahinter, den sie selbst auf den Tisch gestellt hatte. Er hatte gar nichts für sie! Schnell lief er zu ihr und gratulierte ihr, entschuldigte sich für sein Versäumnis, beschrieb einen Schwächeanfall, den er seit dem frühen Morgen durch Konzentration auf Armeslänge hielt. Er tippte sich an die Schädelnaht, da. Da drinnen.

Sie ging ein wenig darauf ein, stritt sich aber nicht mit ihm. Er sah ihre Ruhe mit Schrecken.

Er lief ins Arbeitszimmer und brachte ihr Hochzeitsbild. Das könnte man doch verkaufen, sagte er. Sie blickte entsetzt.

»Nein, nein«, sagte er, lachend, »nicht dieses Bild. Aber Reproduktionen davon. Für die Gemeindemitglieder! Wir könnten es retouchieren lassen, sodass es umgeben wäre von einem Strahlenkranz. Was denkst du?«

Immerhin nahm sie das Foto in ihre Hand und betrachtete es.

»Darüber können wir nachdenken«, sagte sie schließlich.

Er umarmte sie, tief erleichtert.

»Ich wünschte, ich könnte dir mehr geben«, sagte er. »Aber du wirst sehen, das wird sehr gut.«

Und er gratulierte ihr ein weiteres Mal zum Geburtstag. Er bat sie um Verzeihung.

»Mmmh«, machte Lotte, als er sie an sich drückte.

»So können wir deine Arbeitssuche noch eine Weile aufschieben, ja? Ist das nicht ein schönes Geschenk? Ich werde gleich an die Gemeinde schreiben.«

Sie löste sich von ihm.

»Warte damit noch«, sagte sie. »Außerdem … Es gibt ja

ganz viele Frauen, die so etwas machen. Auch aus den besten Gesellschaften.«

Als zwei Tage später ein ausführlicher Antwortbrief von Lang eintraf, saß Bender starr vor Stolz am Küchentisch. Er zögerte den großen Moment hinaus. Charlotte war gerade bei den Kindern, ahnte noch nichts. Wir sind gerettet!, dachte Bender. Ich habe es geschafft. Lang erteilte ihm verhaltenes Lob für die Idee eines Weltbildkongresses in Worms, schlug aber zuerst noch in einem Nebensatz etwas vor, von dem Bender nie gewagt hätte zu träumen: einen persönlichen Besuch bei Karl Neupert. Tatsächlich, da stand sogar die Adresse in Augsburg. Bender entkam ein Glucksen. Dann hielt er es nicht mehr aus und lief zu seiner Frau, um ihr die wunderbaren Neuigkeiten mitzuteilen.

»Du musst doch keine Arbeit suchen, Lotte! Schau! Ist das nicht schön!«

Sie las den Brief aufmerksam durch. Dann nickte sie und reichte ihn ihm zurück.

»Sogar ein Treffen ist vereinbart!«, jubelte Bender.

Charlotte dankte ihm und sagte, sie müsse sich dann langsam vorbereiten, um elf habe sie die erste Englisch-Schülerin.

DAS ALTERNDE GELD

Bender nutzte die Stunden, da Charlotte außer Haus war, um Else telefonisch zu erreichen. Ganz wohl war ihm dabei nicht. Charlotte traf sich nicht nur mit Sprachschülern, sondern auch mit einigen Händlern, Vermittlern, Leuten mit Verbindungen. Das war gar nicht gut. Dennoch war ihm die freie, unüberwachte Zeit willkommen. Dummerweise ging Else nie ans Telefon. Einen Vormittag lang stellte sich Bender sogar vor ihrem Haus auf, in sicherer Entfernung, in Hut und Mantel. Aber nur der Bruder tauchte irgendwann auf, schrecklich hinkend. Sein linkes Bein schien kaum zu funktionieren, er zog es schlaff nach. Wie Kinder, die *Hinkender Mann* spielen, dachte Bender. Er überlegte, dem armen Jungen ins Haus zu folgen, tat es dann aber doch nicht.

Abends dann mit Charlotte durch den Bezirk. Sie zeigte ihm die Sträucher, die jetzt zu blühen begannen. Da, einige grüne Stellen, und hier auf der Wiese erste zarte Krokusse, es war nicht zu glauben, so früh im Jahr. Bender stand nickend und ja sagend vor all den Erscheinungen und wusste nicht, wohin mit sich. In der Erinnerung ging er Szenen mit Else durch. Etwa wie sie ihm einmal gesagt hatte, sie gehe tanzen. Er hatte gesagt, er habe keine Zeit für sowas. Darauf sie: Ich geh allein. Und er, ja, was hatte er geantwortet? Er wusste es nicht mehr. Oder die andere Szene, als er sie zum ersten Mal zwei Tabletten zum Wein nehmen gesehen hatte, dabei war es erst zehn Uhr morgens. »Und warum nimmst du das?« – »Ich hätte gerne eine eigene Familie.« – »Ja, aber ...« – »Wie soll ich eine Familie finden, wenn ich dauernd wegen allem weinen muss? Die halten mich wenigstens ruhig.« Oder all die langwierigen Verhöre, meist im Sitzen geführt, Hände auf Knie gestützt, unmittelbar nach dem Liebesspiel: »Sag, bin ich wirklich *so* abstoßend?« – »Aber nein, nein ...« – »Nein, sag mir, was ist das Abstoßendste an mir?« – »Es ist überhaupt nichts abstoß-« – »Sag es mir bitte, sonst tappe ich ewig im Dunkeln. Nur eine Sache. Nicht gleich die ganze Liste.« – »Ich habe doch nur ...«, begann Bender. – »Sag das Erste auf der Liste!« Und in viel sanfterem Ton fügte sie hinzu: »Wie soll ich mich sonst je verbessern?« – Die erinnerte Unterhaltung machte ihn wütend, löste aber zugleich eine grässliche Sehnsucht nach Else aus.

Eines Tages kam Bender nach Hause und fand zu seinem Entsetzen Florian Abt in seiner Küche sitzen. Als er dann noch erfuhr, dass Abt gar nicht seinetwegen, sondern wegen Charlotte da sei, verlor er vollends die Fassung. Aber Abt entwand sich mit erstaunlicher Leichtigkeit dem versuchten Kragengriff, er bog Benders Arm lachend in eine neutrale Stellung zurück und sagte, nein, nein, da habe er ganz falsche Vorstellungen. Charlotte kam ins Zimmer.

»Aha, aha! Sieht *so* etwa deine Sprachschülerin aus!«, brüllte Bender seine Frau an.

»Was?«, sagte Charlotte.

»Ich helfe Ihrer guten Frau doch nur ein wenig«, lachte Abt. Und er zeigte dem immer noch stockstarr mitten im Raum stehenden Bender eine Liste mit möglichen Warenlieferungen aus dem Saarland. Dann lobte er Charlottes Engagement. Daraus spreche wahrer deutscher Erfindergeist. Angesichts jahrhundertelanger Unterdrückung von allen Seiten, durch Eliten, durch Frankreich, durch Rom, könne er wahrlich stolz sein auf eine so tüchtige und unverzagte Frau. Die lasse sich nicht unterkriegen. Und dann noch die zwei prachtvollen Kinder. Ein wahrhaft gesegneter Haushalt, voll rheinischer Schläue.

Bender erwiderte, seine Frau müsse nicht arbeiten, er habe soeben ein Buch zu schreiben begonnen.

»Ein Buch?« Abt zeigte sich interessiert. »Worüber denn?«
Benders Schultern senkten sich.

In den ersten Monaten konzentrierte Charlotte ihre Kaufver-
mittlung vor allem auf jene Art von Objekten des Haushalts,
die sie bereits selbst hatte verkaufen müssen. Schwierigkeiten beim Loswerden des Familiensilbers? Ja, die kannte
sie alle, konnte sie sogar eindringlich beschreiben. Das be-
eindruckte die Klienten. Ob man diese antike Waschschüssel verkaufen könne? An sich kaum noch etwas wert, aber
in der Krise galt: je funktionaler, desto besser. Was durch-
gewetzt werden kann, das wird gebraucht. Aber bringt mir
bloß keine Zierteller, Wandmasken oder Kuckucksuhren. –
Viele ihrer Klienten liebten es, wenn sie so zu ihnen sprach.
Denn für die meisten war es lange her, dass sich irgendjemand *erzieherisch* an sie gewandt hatte. Sie hungerten nach
diesem Ton, nach seiner Klarheit, seiner gütigen Schärfe.
    Als Erstes kehrte das elektrische Licht in die Schiller-
straße zurück. Bender konnte wieder bis spät in die Nacht
an seinen Schriften sitzen.
    Selbst in Situationen, in denen sie eigentlich lieber in ge-
kränktes Gelächter ausgebrochen wäre, zeigte Charlotte Verständnis für den Ehrverlust und die Peinlichkeit, die mit
dem Verkauf großbürgerlichen Inventars einhergingen. Eine
feingeistige ältere Dame wandte sich, auf Vermittlung von
Frau Blun, im Vertrauen an Charlotte. Sie habe da ein altes, aber noch rüstiges *Pianoforte*, allerdings spiele auf dem
schon seit längerer Zeit niemand mehr, und die junge Frau
sei doch, ebenso wie die gute Blun, von hebräischem Glauben, nicht wahr? Also sozusagen direkt an der Quelle, was
kompetenten Warentausch angehe. Die Dame hieß Hen-
riette Friedrichs, ihr Gatte war der verstorbene Geheime
Hofrat Adelbert Friedrichs gewesen, und ihr Bleiberecht in
der von ihr allein ausgefüllten riesigen Patrizierwohnung

im Nordwesten der Innenstadt stand schon seit Wochen auf sehr wackligen Beinen. Die Bank schickte bereits Briefe. Frau Friedrichs besaß die Angewohnheit, sich einen Fingerknöchel unter die Nase zu halten, während sie von ihrem Malheur berichtete. Außerdem mochte ihr das Kleid, das Charlotte trug, überhaupt nicht gefallen, und sie erteilte Ratschläge hinsichtlich passenderer Farben.

Soso, also ein Klavier, sagte Charlotte, ja einen ganz ähnlichen Kandidaten habe sie ebenfalls bei sich zuhause stehen, allerdings ein etwas neueres Modell, einen *Bechstein*. Da sank Frau Friedrichs in sich zusammen und wirkte auf einmal so klein wie ein gefalteter Regenschirm. Eine Berührung und sie würde umkippen.

»Aber bald verkaufen wir natürlich auch den«, sagte Charlotte. »Bleibt keinem erspart. Es spielt ja doch keiner mehr darauf.«

»Nein«, sagte Frau Friedrichs und ihr Gesicht hellte sich etwas auf. »Niemand spielt mehr.«

Tatsächlich fand Charlotte schon eine Woche später einen Käufer für das uralte Klavier, einen Prälaten namens Lelièvre, der als Übersetzer in der Rheinlandkommission beschäftigt war. Frau Friedrichs schickte ihr zum Dank mit der Post ein Paket alter Sommerkleider, in das sie eine Rose aus ihrem Garten gelegt hatte. Nun durfte sich Bender eine astrologische Fachzeitschrift aussuchen, deren Abonnement nun zumindest für ein halbes Jahr gesichert blieb.

Die meisten Menschen vertrauten Charlotte, weil sie spürten, dass diese nur deshalb eine so betont würdewahrende Verkaufsvermittlung betrieb, weil sie sich selbst vor einem ähnlichen Schicksal zu bewahren suchte. Sie erleichterte ihnen das Loswerden von Standuhr und Schrank, um weiterhin vor ihrer eigenen Standuhr und ihrem eigenen Schrank stehen zu dürfen. Was sie betrieb, war also keine Geldmacherei, sondern bloßer häuslicher Schutzzauber. Ihr drohte ja dieselbe Zukunft wie allen, aber sie hielt sich das Übel durch diese Art von magischer Imitationshandlung noch eine Weile vom Leib. Kurz: Sie half nicht aus Menschenliebe. Das beruhigte die Menschen. Das hätte man selbst nicht anders gemacht. Das konnte man unterschreiben.

Auch ihren Sprachenunterricht hatte sie ordentlich aufgestockt. Als Nachhilfelehrerin genoss sie einen guten Ruf. Sie hatte vier Schülerinnen in Englisch, drei in Französisch und eine (Tochter eines Franzosen) in Deutsch, verteilt über die ganze Woche.

Bender wusste nicht mehr, wie er seine Frau vor dem Unglück retten sollte. Eine Weile überlegte er, ob er ihr nicht zumindest zwei Schülerinnen in Englisch abnehmen sollte. Die Sprache beherrschte er doch mindestens so gut wie sie. Aber das Problem war leider ein viel grundsätzlicheres. Solange er das Problem des immer wertloser werdenden Geldes nicht vollständig durchschaut hatte, würde seine Frau immer tiefer in den Strudel der Emanzipation versinken.

Woran aber starb das Geld? Die Antwort war verblüffend: an seiner Unsterblichkeit. Denn anders als seine Besitzer, die Menschen, alterte es nicht. Gemüse war kostbar von sich aus, von Natur. Es trug eine Frist in sich, einen kleinen, privaten Tod. Jede Gurke, jeder Kohlkopf, jeder Apfel war eine Uhr, die ablief. Der Wert bemaß sich danach, wie spät es innen im Apfel gerade war. Aber die Scheine und Münzen der Weltwährungen waren aus unverweslichem Material gefertigt. Ihr materieller Wert war konstant – und deshalb wurde ihr rein imaginärer, vereinbarter Tauschwert so beherrschend, so labil, so irreal und vogelfrei. Man konnte ihn bestimmen, wie man wollte, spielend leicht, durch Weltereignisse. Ein verschrumpelter Apfel dagegen blieb verschrumpelt, unabhängig von der Meinung der Staaten und Kaiser und Banken. Was aber, wenn Geldscheine aus Apfelhaut bestünden? Du legst sie in den Safe, einen ganzen Packen Scheine, was weiß ich, dreihundert Mark. Aber schon bilden sich am zweiten Tag, egal, wie luftdicht du den Safe verschlossen hältst, beunruhigende Flecken auf den Scheinen. Zuerst nur eine leichte Bräunung an den Rändern, dann auf einmal ein großes schwarzes Loch in der Mitte, wie beim Schuss in eine Ballonhülle. Schnell nimmst du das Geld aus dem Safe und tauschst es gegen Waren, *solange es noch geht*. Ja: Geld, das ruht und sich dabei nicht verändert, wird geistig krank. Nur Geld, das äußerlich altert (aber wie?), bliebe vielleicht auch geistig gesund.

Es müsste aber nicht nur altern, sondern sich auch *erholen* dürfen, sobald es rückinvestiert wird. Also eher ein Ehemodell, ein *erotisches* Modell des Geldes – hier ist das Geld bei dir, in deinem Safe, und es fault nicht, nein, es *langweilt* sich, es wird neurasthenisch, oder hysterisch, oder Morphinistin, es bittet und fleht eine Weile, dann erlischt etwas in ihm, und die Papierhaut wird porös (Elses wiederkehrende Hautausschläge, unten an den Schenkeln, und ihr Gewicht auf ihm), und da es dahinsiecht, nimmst du es schnell aus dem Safe und bringst es in Umlauf – und da erholt es sich, da lernt es einen neuen interessanten Jüngling kennen, die Wangen röten sich, und die Märchen kehren zurück in den Alltag, es kommt zu Tanz und Transaktionen, und da ist die Haut auf einmal wieder geheilt, die Ränder wellen sich nicht mehr, das Geld glüht und ist glatt und fein, es ist wieder jung. Bis es nach einer Weile auch bei dem neuen Besitzer zu darben beginnt.

Ein französischer Roman des Geldes also, eine neue Theorie, eine Weiterschreibung Silvio Gesells! Bender fand Lotte in der Küche. Sie blätterte in ihrem Kalender.

»Kannst du kurz ins Zimmer kommen«, fragte er. »Ich hab gerade etwas begriffen.«

Aber nein, sie hatte keine Zeit. Sie müsse sich den Stundenplan überlegen, sagte sie.

»Oh«, sagte Bender, »jaja, natürlich.«

Es war zum Verzweifeln. Nicht einmal fürs Zuhören hatte sie noch Zeit! Dabei wurde die Idee einer erotischen Revolution des Geldes nur umso dringlicher, wenn der Schaden schon so weit reichte. Dass sie nicht einmal mehr über ihre eigene wirtschaftliche Befreiung lernen mochte, weil *zu wenig Zeit* war! Die freiwillige Selbstunterjochung der Frauen kannte gar keine Grenzen mehr, nicht einmal Zeit hat sie, dachte er, jaja, nicht einmal Zeit, denn die Zeit läuft aus, sie flieht dahin, geht uns aus, und Zeit ist Geld, auch das so ein Satz, jaja. Aber gut, wenn sie nicht mal mehr Zeit für den Gefängnisausbruch hat, dann ist der Ausbruch umso nötiger, dann muss man das gesamte Gefängnis einreißen.

Unterdessen verdichtete sich die Korrespondenz mit Johannes Lang sehr vielversprechend! Bender berichtete ihm von seinen konkreten, bildlichen Vorstellungen zu einem großen Weltbildkongress. Neupert sei leider erkrankt, schrieb Lang, aber er freue sich auf einen baldigen Besuch »seiner Schüler«. Bender las diesen Ausdruck mit tiefer Rührung. Er bewahrte jeden Brief in einer eigenen Schachtel auf.

Anfang April wurden alle hohen Eisenbahnbeamten verhaftet. Die Züge standen still. Als Ersatz bildete sich ein reger Verkehr auf den Landstraßen. Personen- und Lastautos bewegten sich allerorts dröhnend durchs besetzte Rheinland. Dieses neuartige Phänomen der Güter- und Menschenverteilung drängte Bender, wie er es später in seinem Roman *Karl Tormann* formulierte, »vollends vom Sexualproblem ab und hinüber ins Wirtschaftliche«. Illusionslose Eisenbahner trugen nun auf der Straße das Hakenkreuz. Bei den einen stand es für Hunger nach Arbeit – bei den anderen für die trotz anderslautender Anweisung von oben erfolgreich durchgesetzte Niederlegung der Arbeit. Einer, den Bender von früher kannte, träumte rege davon, bald verhaftet und ins Exil gedrängt zu werden, »nach München!«.

München? Aber das sei doch sehr weit, meinte Bender.

»Ja dann versink doch hier in diesem preußischen Sumpf!«, erhielt er als Antwort. Es kam zu Handgreiflichkeiten. Passanten zerrten die Verbissenen auseinander. Dann wurden beide wie Schulkinder nebeneinander aufgestellt und befragt, und Bender zeigte dem frechen Kerl die Zunge. Dann ging er weg. »Schau, wie rot deine Ohren sind!«, schrie ihm der Empörte nach.

Am Abend unternahm er mit Lotte einen Spaziergang zum Bahnhof, um die stillstehenden Züge zu studieren. Bender war von der Begegnung mit dem tollwütigen Eisenbahner noch aufgewühlt und fasste sich immer wieder an die Ohren, die ihm in der Tat ein wenig weh taten, wie bei Föhnwetter. Dann aber der Anblick der Züge – meine Güte, ganz erbärmlich sahen die aus, viel zu groß und viel zu lang. Eine Lok stand ganz am Ende der Bahnstrecke, wie ein zylinderhuttragender hässlicher schwarzer Kessel. Bender begann von Zügen zu sprechen, die durch den Erdmantel hinunter in die Tiefe fahren würden. Vielleicht so in zwei, drei Jahrzehnten, da würde das kommen. Damit könnte man die gesamte deutsche Wirtschaft loseisen, auftauen. Jawohl, Züge in die Unterwelt, die sich laut- und antriebslos vom bekannten Universum wegbewegten, in Richtung Nichts. Lotte hörte nicht wirklich zu, fragte aber nach, was er meinte. »Sollen sie doch nach München«, murmelte Bender, eine Hand am Ohr, »diese Bengel, alle nach München.«

Die ganze Welt war wahnsinnig geworden. Am schlimmsten aber fand er Lottes veränderte Stimme. Wann immer sie mit Florian Abt und ihren anderen Schmuggler-Kontakten sprach, schämte er sich für diesen unheimlichen, fremden Stimmton. Eines Morgens, es war fast schon Sommer, ertrug

er es einfach nicht mehr. »Schluss«, rief er, »Schluss jetzt!«
Er wolle lieber Maurer werden, als diesem Elend noch einen einzigen Tag länger zuzusehen! Charlotte ignorierte seinen Ausbruch. Aber er ließ sich nicht abschütteln, sondern
verwandte den ganzen Nachmittag darauf, sich die ärmliche
Arbeitsuniform eines Maurers zu besorgen. Am nächsten
Morgen stand er früh auf und verkündete, er gehe nun zur
Arbeit. Sie solle nur sehen, was sie davon habe. Er lege hiermit seinen Dienst an der geistigen Entwicklung des Landes
nieder, für immer! Er werde ab jetzt gewöhnliche körper-
liche Arbeit leisten, für den Rest seines Lebens. Damit verließ er das Haus.

Arbeitermassen auf der Rheinbrücke. Bräunliche Kolon-
nen, nur sehr langsam weiterschreitend, ein Heer aus lauter
Minutenzeigern. Und nur alle paar Meter schützte der wohl-
tuende Schatten des Brückenrahmens im Gesicht gegen die
in horizontaler Richtung einfallende Morgensonne. Dann
endlich Soldaten, Passkontrolle. Als einer ihn fragte, wo er
arbeite, gab Bender selbstbewusst an: die Pulverfabrik. Das
hatte was. Dummerweise hatte der Franzose noch nie von
so einer Fabrik gehört. Außerdem besaß der Maurer Bender
keinen Stempel. Bitte den sich beim Passamt zu besorgen.
Bender wurde aus der Reihe gewedelt und musste den ganzen Weg wieder zurück.

Auf dem Passamt sahen alle Menschen aus wie aus dem
Rübenacker gezogene Alraunen. Sogar ein Rauchfangkeh-
rer-Pärchen war darunter. Bender staunte die beiden lange
an. Nach drei Stunden seelenwringender Wartezeit ließ man
ihn eintreten, prüfte seinen Pass, befragte ihn nach seinen
bisherigen Anstellungen, schrieb sich etwas auf. Völlig zer-
martert kam er am Abend nach Hause und hatte nicht einmal den Stempel erhalten. Aber dafür hatte er zumindest einen gesehen, im Pass eines anderen. Ja, er wusste jetzt, wie
so ein Stempel aussah! »Sehr gut«, sagte Lotte. Er beschrieb

ihn ihr. Er sah ihn deutlich vor Augen. Er wusste nun: So ein Stempel existierte. Er war kein bloßes Gerücht. Man musste ihn sich leider erst verdienen. Gleich morgen. Lotte hielt ihn auf:

»Nein, morgen ruhst du dich aus.«

»Danke, es geht schon wieder«, sagte Bender.

Nein, sagte seine Frau, mit den Sprachstunden und dem Handel nebenbei komme man doch gut zurecht.

»Aber deine Stimme!«, jammerte Bender, »wenn du mit denen sprichst, Lotte! Es ist so unheimlich«, und fügte in kindlichem Ton hinzu: »So kenne ich dich gar nicht.«

»Was für eine Stimme denn?«

»Tu nicht so. Du weißt genau. Die Stimme, die du mit diesem Abt und den anderen benutzt.« Bender imitierte sie.

»So spreche ich also?«

»Sogar noch schlimmer!«

»Aha.« Lotte sammelte das unverschmutzt gebliebene Maurerkostüm vom Boden auf. »Noch irgendetwas? Vielleicht meine Körperhaltung?«

»Es ist einfach unheimlich! Ich mag das nicht.«

Lotte ballte die Wäsche zu einer handlicheren Kugel zusammen. Dann blickte sie kurz in die Höhe, als müsste sie überlegen. Schließlich sagte sie: »Sind unheimliche Zeiten, Peter. Ändere sie, wenn du kannst – und ich kehre zu meiner alten Stimme zurück.«

»Aber –«

»Dein Werk, die Gemeinde. Die Innenwelt. Vielleicht hilft das ja am Ende doch mehr als ...« Sie machte eine Geste.

Am nächsten Morgen blieb Bender lange im Bett liegen. Als draußen die Stimmen der Händler zu hören waren, kleidete er sich lautlos an und schlich in einem, wie er hoffte, unbeobachteten Augenblick in sein Arbeitszimmer. Lotte hatte ihm leere Schreibblätter und frische Bleistifte hingelegt.

Er schrieb: *Plan: von der untersten Sprosse der sozialen Stufenleiter bis zur höchsten aufsteigen, bis zur Schöpfung und Verwaltung des Geldes im Staate. Wer nicht von der Pike auf dient, wird nie ein reicher General oder Heerführer sein können. Den Dienst aller Grade muss man getan und ihre Uniform getragen haben, wenn man sie mit Ideen erfüllen, durchstrahlen will, wenn man die Arbeitsformen und Menschen durchgeistigen, begeistern, meistern will!*

Gegen Mittag klopfte es an der Tür. Es war Charlotte, die ihm etwas zu sagen hatte. *Florian*, sagte sie, habe Beziehungen zu einem beim Passamt. Der könne ihm den Stempel besorgen, kein Problem. Ob Bender ihn noch haben wolle?

Über Wochen und Monate stapelte sich, neben den wertvollen Franken, auch einiges an Mark-Geld im Hauseingang. Sie gingen es manchmal betrachten. Es lag in Säcken im Hausflur, als stille, reglose Komödie. Jede Stunde verlor es an Kaufkraft. Das Geld lag unbelebt da, aber zugleich würmelte und vibrierte in ihm die Welt ringsum, ja, der gesamte Wirtschaftsraum krümmte sich in ihm sozusagen unter Schmerzen; es war seine Empfangsantenne. Wenn man dicht danebenstand, konnte man die Geldbündel sogar rauschen hören. Der Wert floss aus ihnen. Bender nahm einen Schein heraus und faltete aus ihm ein kleines Schiffchen. Lotte nahm es ihm mit einer tänzerischen Bewegung aus der Hand und steckte es sich in die Frisur. Galant verbeugte sich Bender vor ihr und nahm einen weiteren frech-wertlosen Geldschein heraus. Dieser wurde zu einem kleinen Flugzeug. Lotte ließ es fliegen.

Bender erkannte inzwischen auf der Straße all jene, denen ebenfalls der Inflationsteufel im Nacken saß. Sie schritten viel ergebener dahin als andere, auf eine tierhafte Weise projektlos und frei. Das Geld, dem sie nachjagten, war ihnen nur noch aus alter Verbundenheit wichtig. Es war ein buntes

Geflimmer, nicht mehr als Lichtflecken auf den Schultern laufender Menschen. Schön natürlich, harmlos und angenehm – aber ohne eigentlichen Zweck. Keine Stabilität, nirgends, nicht einmal in Baumkronen. Seit dem 30. Juli bekam man für einen Dollar eine Million Mark. Dann vergingen ein paar Tage, und es waren vier Millionen, hahaha. Alle Leute auf der Straße sprachen diese neuen Beträge kopfschüttelnd vor sich hin, sozusagen in einem ewigen Stadtgespräch miteinander verbunden, und man erhielt sogar immer Antwort, egal, was gesagt wurde, da jeder genau dasselbe Gespräch führte. Vier Millionen – In der Tat, vier Millionen – Was soll man dazu sagen – Ja genau, was. Es kam sogar vor, dass Kinder antworteten. Auch sie wussten, was geschah. Frechheit. Und von Else immer noch kein Lebenszeichen.

DIE MILLIARDEN

Als Charlotte einmal wegen längerer Handelsgänge keine
Zeit für ihre Sprachstunden hatte, erklärte sich Bender nach
einigem Zaudern bereit, diese für sie zu übernehmen. Er
nahm ihre Lehrbücher und begab sich, in der Tasche Ent-
schuldigungsbriefe von Lotte an die jeweilige Familie, in die
Wohnungen der Schülerinnen. Nach dem ersten Arbeitstag
war er vollkommen erschlagen. Er hatte so lange am Stück
Englisch gesprochen, dass er inzwischen völlig andere Meinungen besaß! Noch bei den ersten wieder auf Deutsch geäußerten Sätzen war ihm schleierhaft, was er eigentlich ausdrücken wollte. Alles klang wie die ungereimte Version
einer Wilhelm-Busch-Geschichte.

Es wurde spät zu Abend gegessen. Charlotte schien überhaupt nicht müde. Sie war voller Pläne und Leben. Ein Holz-
hammer lag auf dem Küchentisch, ein Spielzeug von Gerd.
Und Bender fiel nicht einmal das Wort für das Ding ein. All
seine Flugschriften, über das Nibelungenpaar, über den rheinischen Sozialismus, über den siegfriedlichen Geist: alles
weltferner Spuk. Er steckte nun in einer engen Kabine, und
es ging nur noch abwärts. Er lachte, schüttelte den Kopf. Da
kam die Suppe. Da kam das Kraut. Jeder Bissen schmeckte
nach Holzlöffel. Draußen hob der Nachtfrost den Erdboden
an. Charlotte fragte ihn, ob er morgen ein Kuvert mit Geld zu
Abt bringen könne.

»Why me?«, fragte er, den Löffel in der Hand. Sie übernehme wieder die Sprachstunden, sagte Charlotte.

»Soso«, sagte Bender.

Der Hammer lag vor ihm auf dem Tisch, unergründlich.
Immer wieder blickte Bender zu Charlotte. Er hatte in den
letzten zwei Tagen vier ihrer Schülerinnen unterrichtet, à

neunzig Minuten, und war bereits vollkommen erschlagen, fühlte sich ganzkörperlich außer Gefecht gesetzt, neutralisiert, sein ganzes Wesen wie eine im Wasser treibende Stange Dynamit. Und sie konnte damit morgen schon wieder munter weitermachen. Wie ging das? Wie war dieser Kräfteunterschied zu erklären? Es gab nur eine Erklärung: Übung. Charlotte war *better versed. Better trained.* Wie sagte man auf Deutsch? Bender fuhr sich mit der Hand über den dummen Kopf. Ich bin wirklich für gar nichts mehr gut, dachte er. Nicht einmal still gegen die Verhältnisse andenken kann ich. Sie arbeitet den ganzen Tag und ist nicht müde. War es vielleicht, weil es allgemein nicht als Arbeit galt, was eine Frau zuhause tat? Man wusste ja von Läufern, die man dieselbe Strecke laufen ließ, dass jene, die eine geringere Kilometerzahl zu laufen glaubten, in der Regel schneller ankamen und weniger Erschöpfung zeigten.

Solange die Gesellschaft den Frauen und Müttern immer zurief, dass das, was sie da den ganzen Tag ausführten, gar keine Arbeit im eigentlichen Sinne war, so lange würde es ihnen vielleicht auch kaum auffallen, so lange würden sie nicht müde und so lange würde er, gedemütigt durch ihre Unerschöpfbarkeit, jeden Abend vor dem Ende seiner körperlichen und geistigen Kräfte stehen! Ich kann schon viel besser nachdenken, fiel Bender auf. Vielleicht war ja eine Lösung in Sicht. Noch am selben Abend entwarf er eine neue Flugschrift. Er forderte darin eine Gewerkschaft für Hausfrauen, einen Verband der Mütter. Die Weimarer Verfassung hatte es schon richtig begonnen und das Wahlrecht für Frauen zugelassen, aber dann war jeder in diese Richtung bemühte Reformgeist aus irgendeinem Grunde wieder kopfscheu geworden. Die Argumentation schrieb sich fast von allein. Es gab kein Recht auf Erden, einer fleißigen Frau den institutionellen Schutz eines gewerkschaftsähnlichen Sozialgebildes vorzuenthalten. Bender zitierte den großen Silvio Gesell: *Die Frau muß wirtschaftlich unabhän-gig vom Mann sein. Dann erst kann sie wählen, statt zu zäh-len. Dann kann sie der Stimme der Liebe gehorchen und ih-ren geheimsten Wünschen, ihren Trieben folgen. Dann kann sich die Natur im Menschen auswirken und das schaffen, was ihr entspricht. Der Kern des Menschen kann so zum Vor-schein kommen. Dann werden wir zum ersten Mal wirkliche Menschen sehen.*

Sehen, ja, so stand es bei Gesell. Aber würde hier nicht *sein* besser passen? Durfte er es ändern? Dann aber viel-leicht die vorigen Zeilen ebenfalls etwas abändern, in etwas Eigenes verwandeln.

Die Frau, schrieb Bender, *muß wirtschaftlich unabhängig sein. Dann erst kann sie der Stimme ihrer Liebe folgen und ihren leiblichen Gefühlen. Dann erst wird Natur walten und den Kern der Menschheit freilegen. Dann werden wir zum ersten Male wirkliche Menschen sein, w i r k l i c h e   P a a r e.*

Eindeutig besser.

Stimme der Liebe, das klang doch ein wenig opernhaft. Ruf der Liebe? Gesetz der Liebe? Eine Frau konnte durch-aus all diesen Dingen folgen. Leitmotiv der Liebe. Ariadne-faden der Liebe. Bender stand auf und ging Charlotte suchen. Er fand sie im Garten. Auf dem Steinboden wieder verblas-sende Rattenspuren. Charlotte hob gerade die riesigen Lein-tücher von der Wäscheleine. In gewissen Winkeln glich sie so einem Gespensterschiff, in anderen einer ritualkundi-gen Priesterin. Sie fand, nach erstem Hören aller Formulier-varianten, das Wort »Ruf« eindeutig am besten, wollte aber gern den Kontext der Zeile erfahren. »Später«, sagte Bender und lief zurück ins Arbeitszimmer.

Eine Weile hielt ihn diese tröstliche Flugschrift geistig über Wasser. Aber irgendwann war der Punkt erreicht, wo er es einfach nicht mehr aushielt. Ehrliches Geld musste her! Also nahm er das für Abt bestimmte Geld aus Charlottes Familienkasse und begab sich damit zum *Hofphotographen* Herbst am Lutherplatz. Der begrüßte ihn etwas trübsinnig, er erwartete wohl keine bedeutsamen Geschäfte. Bender zeigte ihm sein Hochzeitsbild. Das bitte in zehnfacher Ausführung, einmal großformatig, und dann auch kleiner, für eine faltbare Broschüre. Er nannte einige Details der Gemeindestruktur. »So«, sagte Herbst. Er schien aus einem tiefen Trancezustand zu erwachen und ließ sich alles wiederholen. Dann nannte er, um mehrere Zentimeter gewachsen, den enormen Preis. Bender legte ihm den Betrag in Franc hin.

Nun herrschte einige Tage lang Frieden in seiner Seele. Aber dann kam die unvermeidliche Szene. Charlotte fragte ihn, ob er bei Abt gewesen sei. Bender sagte ja, also, aber er habe diesbezüglich etwas mit ihr zu bereden. Er stellte sich vor ihr auf und flehte sie an, nicht mehr mit diesen sonderbündlerischen Schmugglern und Händlern zu arbeiten, er selbst opfere sich bereitwillig, er wolle sogar mit dem Widerling Abt mitgehen, alles, nur sie solle sich eine Pause gönnen! Er könne dem nicht mehr zusehen, wie sie sich zugrunde richte! Und wie zur Untermalung seiner guten Absichten überreichte er ihr seine Flugschrift über die Gewerkschaft der Mütter. Zu seiner Überraschung gab Charlotte zu, dass sie durchaus mal eine Pause vertragen könne. Sie sehe die Kinder so wenig, das sei schon hart. Dankbar umarmte Bender seine Frau und versprach ihr, alles werde gut werden, sie sei seine Königin, seine Priestergefährtin und er werde sie gut vertreten. Er werde auch die Gemeinde Stück für Stück wiederaufbauen, sie würde schon sehen. Es sei alles in guten Händen. Er brauche dafür von ihr nur die alte Liste mit den Adressen der Mitglieder.

Florian Abt tauchte am übernächsten Tag auf. Er schien gut gelaunt, fragte nach Charlotte, nach den Kindern. Bender zog ihn in die Küche und erläuterte ihm die neue Situation. »Ach«, sagte Abt. Er überlegte einen Augenblick, dann sagte er: »Nun ja, wir können jeden gebrauchen. Und sie hat eine Pause verdient.« Bender hätte dem Mann gern beide Daumen in die Augenhöhlen gedrückt. Aber man musste behutsam vorgehen. Als Erstes bat er Abt um Aufschub wegen des Geldes. »Welches Geld?«, fragte Abt lachend. Na, das aus der letzten Aktion, sagte Bender. »Richtig, richtig«, sagte Abt, »jetzt weiß ich wieder. Aber Sie werden sehen, Herr Leutnant, ich bin wahnsinnig vergesslich.« Eine lange, ungute Stille entstand. »Die meisten Dinge fallen mir nie wieder ein«, sagte Abt. »Es sei denn, man erinnert mich daran.« – »Ach so«, sagte Bender. Dann erhielt er von Abt einige knappe Angaben für den nächsten Schmuggelgang ins Saarland. Wann er sich wo mit welcher Art von Behältnis einzufinden habe. Als Abt sich verabschieden wollte, hielt ihn Bender zurück. Ein wilder, verrückter Gedanke war ihm gekommen.

»Sie haben gesagt, Sie können jeden gebrauchen?«

»Ja.«

»Also, ich wüsste da einen. Ein Junge, der ist zwar nicht der Klügste, aber er sucht eine Anstellung, denke ich. Und kann auch alles. Er ist ein braver Mensch, nur etwas einfältig. Er verkehrt oft im Café ...« Bender musste sich überwinden, um Elses Stammlokal zu nennen. Abt kannte es. Wie der Bursche denn heiße? Bruno Vychodil.

»Ah«, sagte Abt. »Natürlich, ich weiß schon.«

»Ich dachte nur«, sagte Bender.

»Der Bruder, nicht? Ich hab ihn nie aus der Nähe gesehen. Wie plemplem ist er, ich meine ...«

»Gar nicht, nein, nein«, sagte Bender. »Er spricht nur nicht viel. Aber er tut, was man ihm sagt.«

»Entzückend«, wiederholte Abt. »Geht einem richtig zu Herzen, sowas.«

Auch Justus Kellers behauptete politische Verbindungen wurden, seit Charlotte aus dem Bild gerückt war, auf einmal real und nutzbar. Bender wunderte sich, wie hilfsbereit der junge Mann auf einmal war. Auf seine Vermittlung verschaffte ihm der für die Rheinlandbesatzung arbeitende Prälat Lelièvre Kontakte zu einigen sich frei durch die Zonen bewegenden Händlern aus dem Saarland. Auf seinem ersten Schmuggelgang mit Abt nahm ihn dieser hinterher gleich zu einem Treffen von rheinstaatlichen Separatisten mit. Bender saß aufmerksam inmitten der diskutierenden Männer. Sie waren sehr aufgeregt. Aber Dummheiten gaben sie keine von sich. Außerdem gefielen ihm die metallenen Erkennungsmarken, die manche der Männer trugen. Das war – eine Gemeinde! Er nahm sich vor, solche Marken auch für seine Gemeinde herstellen zu lassen und so bald wie möglich an die verbliebenen sechs Mitglieder zu schicken, mit Rechnung.

Zuhause wurde unterdessen das Geld knapp. Ob es denn nicht viel gescheiter wäre, fragte Bender, die vorhandenen Franken anzulegen, jetzt, wo sie so unendlich viel wert seien und ihr Wert auch stetig zunehme? Der stetige Wertzuwachs sei ihnen ja mehr oder weniger eingeschrieben. Wenn man alles gleich wieder für Kohlen und Gemüse und Kinderspielzeug ausgebe und in drei Monaten sei die Kaufkraft desselben Betrags auf das Hundertfache gestiegen – was dann?

»Aber in was willst du es anlegen?«

Sehr gut, sie widersprach ihm nicht! Da war zumindest eine Chance. Jetzt behutsam vorgehen.

»Für die Gemeinde«, sagte Bender. »Die generiert dann sozusagen Geld aus dem Nichts.«

Lotte schien zu überlegen. Dann sagte sie: »Nein, ich meine, im Ernst.«

Bender tat so, als hätte er nichts gehört, und zog das Abzeichen und die geprägte Marke aus der Tasche. Lotte nahm die Gegenstände erstaunt entgegen.

»Keine Gemeinde ohne Erkennungsmarke!«

»Erkennungsmarke? Ja, aber … erkennen die Leute einander nicht auch so?«

»Nun ja«, sagte Bender. »Nicht wenn es statt ein paar hundert eine Million sind.«

»Was?« Lotte lachte. »Dir steigt die Inflation zu Kopf! Bei uns multipliziert sich doch nicht alles, bloß die wertlosen Geldscheine. Außerdem entstehen nicht einfach so Millionen von Mitgliedern, egal von welcher Bewegung.«

»Hängt davon ab.«

»Nein«, sagte Lotte. »Lassen wir den Unsinn.«

Dann fiel ihr die physische Realität der Mitgliedsartikel in ihren Händen wieder ein. Sie stutzte.

»Du hast sie doch nicht schon bestellt?«

»Nein, nein, natürlich nicht.«

»Gott sei Dank.«

»Nein, nein, nur diese Musterprobe.«

Neben den Marken und Abzeichen hatte Bender allerdings auch eine mit den Porträtaufnahmen der jeweiligen Mitglieder bedruckte Broschüre, das sogenannte *Profil*, herstellen lassen. Auf dem Profil waren Alter, Status und Verbindungen der Gemeindepersonen untereinander festgehalten. Und dann gab es noch bedruckte Tücher für die woiblichen Mitglieder. Die würden nächste Woche geliefert. Leichte Übelkeit stieg in ihm auf, begleitet von Nackenhitze.

Lelièvre versprach, ihm einen gültigen Saarland-Pass zu besorgen. Bender nahm eine große Summe Franken aus Charlottes Erspartem, um den Prälaten zu bezahlen. Aber danach hörte er nichts mehr von ihm. Kurz darauf traf er bei einem Schmuggelgang die alten Haftgefährten Joost und Kühr wieder. Die beiden erkannten ihn zuerst gar nicht, dann lachten sie, und Joost fing an, ihn zu loben und zu erzählen. Ein echter Irrer, der hier! Aber einer mit Hirn. Abt schien beeindruckt. Er behandelte Joost wie einen Vorgesetzten.

Beim fünften Gang, der sie, immer noch ohne Pässe, weit ins Saarland führte, hatte Abt aufgrund der Warenmenge *Gepäckträger* ab der Grenze organisiert. Meist waren das Halbwüchsige, die sich so etwas dazuverdienen konnten, aber an diesem Tag war eine neue Person unter den Freiwilligen: Bruno. Er wirkte überglücklich, mitmachen zu dürfen. Mit einem verlegenen, beschenkten Gesichtsausdruck, wie der Clown Grock, stand Elses armer Bruder neben einigen anderen jungen Männern und wartete auf Befehle.

Die Schmuggelaktivität brachte Bender in den nächsten Monaten immer öfter westwärts, weil da die lebendigen Währungen lebten. In Trier biss ihm ein seiner Aufgabe glücklicherweise nicht ganz gewachsener Wachhund in die Wade, und Bender warf das Tier kurzerhand ins Wasser. Nach Saarbrücken setzten sie in den frühesten Morgenstunden über, seitlich neben dem beladenen Boot herschwimmend. Einmal hörten sie das Geschrei algerischer Soldaten, eine Mischung aus Französisch und Arabisch, aber niemand schoss auf sie. Bender spritzte öliges Wasser in die Augen. Dann Dastehen und Trocknen in der Morgensonne. Die Päckchen mit Kokain für einen Kontakt aus Paris hatten die Reise gut überstanden. Um das Trocknen zu beschleunigen, klopfte Bender sich am ganzen Körper ab. Abt hielt ihn zurück. Er solle nicht zu viel trocknen. »Nur so viel, dass wir später kein Aufsehen erregen. Aber lass noch etwas Wasser an dir.«

Als sie am vereinbarten Ort warteten, hinterließ Bender beim Gehen immer noch eine peinliche Tropfenspur. Und da tauchte der Kontakt auf, ein heiteres, zirkusartistenhaft schlankes Männchen, mit Handschuhen, Mütze, Koffer. Ein karogemusterter Pullover schaute unter seinem Mantel hervor. Sie übergaben ihm die Ware, und das Männchen bedankte sich; auch das etwas verdächtig. Da standen sie, frierend, und der Mann überreichte ihnen plötzlich das Geld, ohne die Ware vorher zu prüfen. »Ah ja«, dachte Bender, »damit sind wir wohl verhaftet«, und sein Geist fügte sich, indem er ausatmend einen Schritt rückwärts machte und den Kopf senkte, ins Unvermeidliche.

Ob sie nach Metz wollten, fragte der Mann. Nach Metz? Was war denn in Metz? Zigaretten, sagte der Mann. Papier, Uhren. Alles, was man wolle.

»Danke«, sagte Abt, »aber von uns hat niemand einen Pass fürs Saarland.«

Dies verursachte Gelächter.

Und damit ging der Mann fort. Bender öffnete den Umschlag. Eintausend Franc. Fasziniert studierte er die machtvollen Papierscheine. Sie waren so unglaublich viel wert, dass man nicht anders konnte, als sie witzig zu finden. Als hielte man prall aufgeplusterte Kugelfische in der Hand.

»Und er wollte gar nicht probieren!«, sagte Bender.

»Ja, er vertraut uns«, sagte Abt.

»Aber weshalb?«

Abt deutete zur Erde: »Weil wir tropfen.«

Bender verstand nicht.

»Wir sind nass. Daran sieht er, dass wir auf uns schießen lassen, bloß damit er sein Zeug bekommt. Was braucht es noch?«

»Aber ...«

»Wer würde auf sich schießen lassen, nur um irgendwo Socken voller Backpulver abzuliefern?«

»Aber man hat nicht auf uns geschossen«, sagte Bender.

»Das weiß er doch nicht. Er sieht nur unsere nassen Hosen und Schuhe. Er weiß, was das heißt.«

Beim Schmuggeln gehe es nie um den Zustand der Ware, erklärte Abt, sondern immer nur um den des Überbringers, genauer: um den Grad seines *Zugerichtetseins*, seiner *Gezeichnetheit.* »Je toter du am vereinbarten Ort ankommst, desto höher wird die Ware geschätzt. Nur so bildest du Vertrauen. Durch sichtbaren Beweis, dass dir was angetan wurde. Das ist die einzige Währung.«

»Ja, aber man hat uns doch gar nichts ange-«, beharrte Bender, verstummte aber gleich wieder.

Abt lachte.

Noch immer war es nicht ganz hell. Schornsteine ragten über nahe Dächer, und der Mond, halb voll im ersten Viertel, stand still und wie lernbereit am Himmel.

Ende des Sommers endlich wieder ein Vortrag vor einer Gemeinde! Das heißt nicht vor aktuellen Mitgliedern der Wormser Menschheitsversammlung (die antworteten auf kein Schreiben und keine Postsendung mehr, bezahlten nicht einmal die Marken und Foto-Gaben), aber möglicherweise vor zukünftigen. An der Rückseite des Gasthauses begoss sich Bender vorsichtig mit Wasser. Es war eiskalt, besonders im Nacken. Er achtete darauf, nicht zu viel in seine Unterhose zu schütten, dafür ausgiebig auf die Beine und in die Schuhe. Als er wenig später durch den Vortragssaal zum Rednerpult schritt, zog er, ganz wie zuletzt am Lagerplatz in Saarbrücken, eine Tropfenspur hinter sich her.

»Liebe Mitstreiter«, begann er. Erstaunte Gesichter. »Man hat mich, wie ihr seht, abzuhalten versucht. Mit vereinten Kräften sogar, zu dritt sind sie gekommen. Aber es braucht weitaus mehr, als mich in den Rhein zu werfen!«

Ein einzelner Mensch klatschte, hörte aber gleich wieder auf. Dem folgte verwirrtes Gelächter. Dann echter, gemeinsamer, starker Applaus. Bender wischte sich mit der nassen Hand über die Stirn.

»Wie den Nibelungenschatz haben sie mich – haben sie *uns* – zu versenken versucht!«

»Pfui Preußen!«, rief jemand.

Bender fühlte die Wirkung des Kokains. Die Rede vor den Separatisten wurde eine seiner besten. Er sprach vom Rheinstaat, von der Loslösung vom alten, kränklichen Deutschland, von Siegfrieds Vorreiterrolle in dieser Angelegenheit. Gegen Ende wurden, allerdings durch einen eingeweihten Beamten, alle Saallichter eingeschaltet und die Anwesenden gebeten, das Lokal sofort zu verlassen. Verhaftet wurde niemand. Abt saß ganz hinten im Publikum. Nach dem Vortrag trat Herr Erdelmeier (in Zivilkleidung auf den ersten Blick kaum wiederzuerkennen) auf Bender zu und dankte ihm von Herzen. Bald müsse wieder echtes Blut fließen in diesem absterbenden Land!

Auf einer Schmuggelfahrt nach Neunkirchen mit Joost und Abt gerieten die beiden in heftigen Streit. Bender saß fasziniert daneben, wie ein Halbwüchsiger vor verfeindeten Eltern, und genoss seine eigene Unsichtbarkeit. Da sie Ware abzuliefern hatten, hielten die Streitparteien eisern durch, bis sie, nach zwei ganzen Tagen, wieder zuhause waren. Erst da erlaubten sie ihrer Wut, offen durchzubrechen. Abt nannte Joost einen primitiven Zuhälter und spuckte vor ihm auf den Boden. Joost verfärbte sich, ging dann schweigend zu Abts bereitstehenden Gepäckträgern und ohrfeigte jeden einzelnen von ihnen. Vier Burschen, darunter auch Elses stummen Bruder.

Bender stand entsetzt dabei und konnte nicht eingreifen. Was war aus Joosts Menschwerdung geworden? Hatte er ihn nicht schrittweise ins Licht geführt? Er erinnerte sich an all die Gespräche, die Aufklärungsarbeit, das tastende, suchende Verlangen nach Wahrheit und Anleitung in dem groben, ungeformten Geist des Zuchthäuslers. Die Momente unter der Gefängnishofsonne, das wiederholte Kontrollieren des eigenen Schattenwurfs. Und jetzt das!

Nach jeder Ohrfeige blickte sich Joost nach Abt um. Als Letzter kam Bruno dran. Der erfasste allerdings bis zuletzt nicht, worum es ging, auch nicht, dass ihm jemand wehtun wollte. Er zwinkerte Joost sogar zu. Dann ließ er sich am Kragen packen, mit immer noch neutralem Gesichtsausdruck. Bender hörte Abts Stimme neben sich, leider viel zu leise: »Joost, den nicht.«

Aber da war es schon geschehen. Eine kreuzförmige Doppelohrfeige. Elses Bruder verzog immer noch keine Miene. Wirkte tapfer. Hielt aus. Aber die innere Zündschnur brannte langsam ab. Da fing er mit einem Mal an zu weinen. Es war entsetzlich. Bender hatte einen derart verzweifelten Ton im Leben noch nicht gehört. Selbst Joost verriet durch eine unwillkürliche, ruckartig durch ihn gehende Bewegung, dass er den jungen Mann am liebsten getröstet und in den Arm genommen hätte, aber seine Rolle in der Szene erlaubte das nicht. Bruno hielt sich die Wange, stark vorgebeugt. Und nun begann er umzukippen. Bender lief zu ihm, um ihn zu stützen. Joost missdeutete dieses Manöver als Angriff. Bender fand sich blinzelnd auf dem Rücken liegend wieder, ein brennender rötlicher Puls mitten im Gesicht.

Beim Treffen der Separatisten am selben Abend zog er dann sein mit Nasenblut vollgetropftes Hemd wieder an. Es ging schließlich darum, eine echte, lebensfähige rheinische Republik zu gründen. Da durfte man nichts dem Zufall überlassen.

»Was ist das denn?«

»Ach das?« Bender blickte auf die Blutflecken auf seinem Hemd, als fielen sie ihm erst jetzt auf. »Weiterer Versuch, uns mundtot zu machen.«

Man zeigte sich beeindruckt.

Und obwohl die Zuhörerschaft seiner letzten Schlussfolgerung, der größere, der eigentliche und letztgültige Staat sei der erd-innere, der innenweltliche, der hohlerdliche, nicht folgen mochte, applaudierte sie am Ende doch. Auf der Heimfahrt stillte Bender sein Nasenbluten, das während des Vortrags wieder angefangen hatte. Mein Gott, war das herrlich, alles vollzubluten! Die sollen sich alle vorsehen. Die können was erleben.

Am 23. Oktober hielt gegen elf Uhr vor dem Haus des Postmeisters Erdelmeier auf dem Obermarkt ein Auto, dem nach einigem Wackeln acht bewaffnete Personen entstiegen. Einer der Männer versuchte sofort, eine Rede an die Passanten zu richten, welche die rheinische Republik verkünden sollte. Seine Stimme ging allerdings im verblüfften Gejohle der Menge unter. Kurz nach elf Uhr fuhr das Auto dann mit den Bewaffneten davon. Aus dem fahrenden Auto wurden Schüsse auf eine Mauer abgegeben. Die dadurch aufgebrachte Menschenmenge versuchte, das Haus des Postmeisters zu stürmen. Die Rollläden und Erkerscheiben wurden zertrümmert. Man schoss aus dem Haus wahllos ins Volk. Alle möglichen Gerätschaften, darunter sogar ein beim Aufprall einmal aufspringender und dann krachend entzweibrechender Globus, wurden aus den Fenstern geworfen. Die herbeigerufene Polizei wusste zuerst nicht, welche Seite die gefährliche war. Sie drängte die aufgebrachte Menge in Richtung Hardtgasse und auf den Lutherplatz. Französische Soldaten sorgten für Ruhe.

Aber schon am übernächsten Tag – Bender und seine Verbündeten hatten in der Erregung kaum Muße gefunden, sich zu ernähren oder die Kleidung zu wechseln – besetzten die Separatisten das Kreisamt. Diesmal waren sie nur mit Totschlägern und Hämmern bewaffnet, aus Vorsicht. Nie hatte Bender den guten Herrn Erdelmeier so glücklich erlebt. Der Postmeister hatte wilde, feurige Augen bekommen. Florian Abt war andauernd in Schlägereien verwickelt, aus denen er aufrecht und lachend hervorging. Bender bewegte sich ebenfalls in einem außerordentlichen Hochgefühl durch die besetzten Amtsräume. Nun würde er diese edle politische Bewegung von Grund auf begleiten und nach seinen Geld- und Wirtschaftsvorstellungen prägen! Summend kam er an einer Tür im hinteren Bereich des Amtsgebäudes vorbei. Die Tür bebte einige Sekunden lang, war dann wieder still. Bebte wieder. Interessiert betrachtete Bender das seismische Phänomen. Dann platzte die Tür auf, und Soldaten quollen brüllend herein, direkt auf ihn zu. Aber sie liefen durch ihn hindurch, sie spürten ihn nicht. Er trat wie im Traum ins Freie – kühle Nachtluft und Sterne – und rannte.

An der Ecke begegnete er einem sonderbaren Bild: Der arme Bruno stand da, ein ausgerissenes Autolenkrad in der Hand, mit blutig geschlagenem Mund. Seine ganze Vorderseite war rot verfärbt, wie bei Sonnleithner, damals im Wald, am letzten Tag der Jugend. Bender ging auf ihn zu, bedeutete ihm mit Gesten, dass er ihm nichts Böses wolle, ihn nur nach Hause begleiten, zu seiner Schwester. Sie wird sich freuen, sie wird dankbar sein! Aber Bruno ergriff bei seinem Anblick sofort die Flucht. Bender verfolgte ihn nicht.

Der Weg nach Hause führte ihn über Nebenstraßen. Hier standen manche Dächer so tief, dass man sie mit der ausgestreckten Hand streicheln konnte. Es war inzwischen nach Mitternacht, und er – er war tatsächlich geflohen, aus dem besetzten Haus. Sollte er umkehren und mitkämpfen? Sich verhaften lassen? Er musste ja seinen Verbündeten helfen! Aber da war er auf einmal in der Schillerstraße.

Charlotte weinte vor Erleichterung, ihn zu sehen. Frau Blun saß in der Küche. Bender konnte vor Scham kaum sprechen. Er entschuldigte sich, er müsse sich zuerst reinigen. Er sei aus Versehen in die Straßenschlachten geraten.

Als Frau Blun gegangen war, berichtete Charlotte ihm von ihrer Angst. Sie habe sich solche Sorgen gemacht. Wo er denn zwei Tage lang gesteckt habe?

Bender lobte sie mit leiser Stimme für ihre Geduld. Er müsse dann leider noch einmal weg, erklärte er, er habe noch etwas zu erledigen. Die Begegnung mit Bruno beschäftigte ihn.

»Aber es ist doch Ausgangssperre!«

»Ah ja, richtig.«

Er beschrieb ihr die Ereignisse, so gut er konnte. Die Szene mit den Soldaten ließ er weg.

Die nächsten Tage lebte Bender geschunden und entehrt zuhause unter der Pflege seiner Frau. Hin und wieder packte ihn der Tatendrang, und er wollte losstürmen und sich in das umstellte Kreisamt vorkämpfen und dort seine Ideen zu einer neuen Währung und einer neuen kopernikanischen Wende vertreten. Lieber im Kampf untergehen als feige schweigen! Charlotte wies ihn auf die Kinder hin. Wie auf Kommando blickten ihn diese mit sonderbaren Gesichtern an. Bender lachte, beschrieb seinen Kindern in einfacher Sprache, was es mit dem Geld im neuen Rheinstaat auf sich hatte, versicherte ihnen, es sei alles ganz ungefährlich. Dann verließ er das Haus. Mein Platz ist im Kreisamt!, sagte er sich. Aber schon nach fünf Minuten begegnete er Soldaten, diesmal französischen. Sie hielten ihn an, und er erklärte in fließendem Französisch, er sei auf dem Weg zur *séparation du Reich*. Die Männer akzeptierten das als Erklärung. Sie eskortierten ihn, schweigend. Aber vor dem Amtsgebäude, das im Sonnenschein des Wintermorgens beeindruckend unauffällig aussah, verließ ihn der Mut. Mein Platz ist dadrin, sagte er sich.

In einer Nebenstraße entdeckte er Justus Keller. Er hielt ihn an, begrüßte ihn. Keller schien in guter Stimmung. Aber er hatte, wie sich herausstellte, keine sehr hohe Meinung von den Sonderbündlern im Kreisamt. Lauter zerzauste, chaotische Wichtigtuer, leider nicht viel mehr. Guter Impuls, aber in die völlig falsche Richtung. Ein eigener Rheinstaat? Natürlich. Aber sich damit sofort Frankreich anschließen? Als Deutsche? Irrwitz. Warum dann nicht gleich alles in Neu-Palästina umtaufen? Keller lachte. »Das haben die Internationalen wieder einmal gut eingefädelt«, sagte er.

»Wer?«, fragte Bender.

»Haha«, sagte Keller. Er fahre heute noch mit dem Zug nach München.

»Aber es ist doch Ausgangssperre«, sagte Bender.

»Hahaha, ja.«

Tatsächlich erfuhr Bender einige Tage später, was Keller gemeint hatte. Es war ein eisiger Morgen. Vor dem Anschlagbrett standen die Leute dicht vermummt. Hüte und Mützen, zwischen denen der ungastliche Novemberwind durchwehte. Bender trat näher heran und reckte den Kopf, um besser zu sehen. Aber alles immer so dicht, dicht. Man diskutierte bereits lebhaft.

Was war geschehen? Putsch in München.

»Ah«, sagte Bender, und jemand neben ihm gab denselben Laut von sich.

Er las die Namen der Abenteurer, die den Generalstaatskommissar von Kahr gewaltsam abgesetzt hatten.

»Mutig!«, hörte er neben sich.

Er stimmte schnell zu.

Ludendorff, von Lossow, Pöhner, Hitler.

Über die Haltung der Reichswehr und Landeswehr liegen noch keine Nachrichten vor. Bis zum Augenblick (10 Uhr abends) sind keine weiteren Zwischenfälle zu melden.

»Die haben's geschafft«, sagte jemand. »Anders als die Pfeifen hier.«

»Endlich«, sagte Bender.

Jemand neben ihm nahm tief gerührt die Mütze ab.

Ein junger Mann protestierte. So könne man doch keine Politik machen. Bender widersprach ihm heftig. Das alte Deutschland sei tot, sagte er. Nun würde es ein Ende nehmen mit der drohenden Billion. Der Mann griff sich an den Hut und fragte ungläubig, als hätte man ihm von Kobolden berichtet: »Die Billion?«

»Ja, eben!« Einige Männer pflichteten dem Gesagten bei.

»Aber da steht doch alles falsch«, wusste ein anderer. Er war ganz nachlässig gekleidet, ohne innere Überzeugung. Von Lossow sei doch gezwungen worden abzudanken, sagte er.

Beim Bezahlen der Zeitung sagte Herr Lind, Bender habe Glück, das hier sei das letzte Exemplar. Er bekomme erst in einigen Stunden eine Sonderlieferung der Ausgabe.

Zuhause machte sich Bender an die Recherche. In einer astrologischen Zeitschrift war vor kurzem ein Horoskop Hitlers abgedruckt worden. Darin stand, dass der Einfluss des Saturn gerade sehr schädlich sei. Der Planet pendelte im Augenblick ungut in der Waage hin und her, und dummerweise hatte Hitler ausgerechnet den im Aszendenten. Bei Bender verhielt es sich allerdings genau umgekehrt. Da war die Waage zum Zeitpunkt der Geburt im Abstieg gewesen. Solange es mich gibt, dachte er, ist also noch ein gewisses Gleichgewicht da. Ich muss gut auf mich achten.

Eine Astrologin hatte Hitler gewarnt, in den Tagen des November nichts zu unternehmen, doch hätte er, so behauptete die Redaktion der astrologischen Zeitschrift, wegwerfend geantwortet: „Was gehen mich Frauen und Sterne an!"

„Ein vermessenes Wort!" dachte Cormann. Er war auch darin Hitlers Antipode, daß er sich mit Frauen und Sternen tief verbunden fühlte. Vom Weibe, vom

Er trug Charlotte seine Entdeckung vor. Ob er auch nach München gehen wolle, fragte sie scheu. Nein, nein, sagte er, aber er sei antipodisch verstrickt mit diesem Putschisten aus München, der die Räterepublik erfolgreich beendet hatte.

»Und was geschieht jetzt?«

»Nun ja, dasselbe wie hier. Einsperren werden sie ihn. Aber Mut hat er. Da, schau dir an, sein Saturn.«

»Ich sehe schon.«

»Er will die Billion abwenden.«

»Die Billion?«

Bender begann zu erklären. Charlotte wechselte von selbst auf ihren Platz am Westfenster. Aber sie schien irgendwie unter Spannung, gab sich ihm beim Zuhören nicht so hin wie sonst, also wurde er ungeduldig und holte die Zeitung. Dabei musste er vermeiden, ihr den albernen Artikel über die Judenfeindschaft der Nationalsozialisten zu zeigen, der gleich daneben groß abgedruckt worden war. Mit diesen altertümlichen Kindereien durfte er ihr Herz nicht belasten. Aber nun hielt sie die Zeitung auf einmal in der Hand und begann zu blättern. Er nahm sie ihr schnell weg, damit sie den Artikel nicht fand, und wiederholte ein paar Mal, er sei so aufgeregt, es seien wirklich ungeheuerliche Zeiten. Dann las er ihr kurzerhand den Artikel über den Hitlerputsch vor.

Bender stellte sich die drohende *Billion* als eine Art Flugschiff vor, aus fleischlich zusammengefügten, ballonrunden Formen. Alle Kriegs-, Staats- und Stadtanleihen, alle Hypotheken, Communalobligationen machten nicht mehr als 200 Milliarden Mark aus. Wie viel Dollar ergab das? Etwa ein Viertel. Ja, einen Vierteldollar. So eine Münze gab es sogar. Bender sah sie vor sich: Ein Mann hielt sie in der Hand, einer aus dieser wachsbraunen, fleischmarktartigen Stadt C h i c a g o. Ein helles, blinkendes Ding zwischen seinen Fingern, nur an den Rändern etwas rostfarben. Der Mann ging auf der Straße dahin, zwischen Eisverkäufern und Wolkenkratzern. Rauch stieg rings um ihn auf, und hupende Autos schoben sich eng aneinander. Weit oben auf Stahlträgern liefen Männer mit Helmen. Und überall Indianer. Viehtrieb und Straßenbahnen. Der Mann hatte keine Ahnung, dass er die gesamte deutsche Wirtschaft, im Grunde das gesamte deutsche Leben, in Form dieser Münze in der Hand hielt. Er ging eine Zeitung kaufen. Seine Finger spielten mit dem *quarter*, und vielleicht kam er, der Ahnungslose, an einem Schuhputzstand vorbei. Er blieb stehen, überlegte. Bender sah die Münze nun aus der Nähe, wie im Klartraum. Auf ihr spielte das Sonnenlicht in winzigen Splittern. Und die addierten 18 Milliarden Sparkassengelder? Was ergaben die?

Vielleicht einen Knopf an der Weste des Schuhputzers. Oder sein Hutband. Wie astronomisch viel mehr wert so ein Amerikaner war! Täglich schwoll sein relativer Wert weiter an. Deutschland passte milliardenfach, wie lauter identische Schaumbläschen, in seinen Alltag hinein, in seine Nahrung, seine Kleidung, in alles, wofür er sein Geld ausgab. Ein einzelnes Haar in seiner Nase enthielt alle Domkirchen und Bibliotheken des Reichs.

Als das Wormser Kreisamt von den inzwischen völlig mittellos gewordenen, tief erschöpften Separatisten aufgegeben wurde, war es Februar geworden. Am frühen Morgen des 5. übergab man den Hausschlüssel als letzte Amtshandlung an die Vertreter der rechtmäßigen Behörde. Viele hatten Weihnachten und Neujahr in dem besetzten Haus verbracht und kehrten nur ungern in die Wirklichkeit und zu ihren Familien zurück. Die neue Währung, die in der Zwischenzeit verbreitet worden war, nannte sich Rentenmark. Eine Rentenmark entsprach etwa einem Vierteldollar.

KARL NEUPERT

Im Nachhinein erschien es Bender vollkommen klar, dass 1925 sein großes Wendejahr werden musste. Der Beginn seiner Arbeit am Roman *Karl Tormann – Ein rheinischer Mensch unserer Zeit* folgte direkt auf einen umfangreichen operativen Eingriff am Kiefer, um seine chronischen Schmerzen (und die damit verbundenen Schwächeanfälle) ein für alle Mal zu beheben. Außerdem brachte der seit dem einzigen Anarchie-Abenteuer seines Lebens dauerhaft hinkende Herr Erdelmeier einen persönlichen Brief Karl Neuperts, in dem Bender freundlich eingeladen wurde, den Meister in Augsburg zu besuchen. Charlotte bat Bender gelegentlich, ihr im Sprachunterricht oder bei Übersetzungsarbeiten ins Französische zu helfen, aber er verstand es, sie jedes Mal in ihre Schranken zu weisen. Er war nicht zum Assistenten geboren. Erst recht jetzt nicht, nach Neuperts Brief, den Bender als Ernennungsschrift empfand.

Als er aus der Narkose erwachte, gratulierten ihm gleich zwei Ärzte zum überstandenen Eingriff. Später verschmolzen die beiden und bildeten einen neuen, um vieles jüngeren Arzt. Im Ätherschlaf hatte Bender eine Ballonfahrt erlebt. Nun war er enttäuscht, sich doch nur in einem Bett wiederzufinden. Oben sei, so erklärte ihm der weinkennerisch mit den Lippen schmatzende Arzt, eine Reihe eindrucksvoller Löcher zu füllen gewesen, bis hinauf in die Nasenhöhle. Man müsse nun warten, bis neue Knochenmasse und Zahnfleisch darübergewachsen sei. Vier Wochen absolutes Niesverbot. Bender hob, da er diesem Verbot widersprechen wollte, einen Zeigefinger. Da sah er: Der Bunsenbrenner war noch immer da, direkt vor ihm, ohne Flamme, der letzte Rest des Ballontraums. Angenehm kühl.

Lange Zeit tat die operierte Stelle überhaupt nicht weh. Das halbe Kinn blieb etwas gefühllos, ebenso ein kleiner Teil der Zunge. Dann, nach einigen Wochen, begannen ihn neuartige kugelförmige Schmerzen an einer Stelle des korrigierten Kiefers zu plagen. Da war der ganze erste Teil seines großen Romans bereits vollendet. Beim Blick in den Spiegel entdeckte er ein schwarzes Loch hinter dem letzten Backenzahn. Er reinigte es von Essensresten, denn nichts anderes war diese schwarze Farbe gewesen, aber hinter der schwarzen Farbe war noch etwas. Es war der Knochen. Sein Knochen. Da sah er, zum ersten Mal unverhüllt, sich selbst: Peter Bender. Wenn man das Narbengewebe mit einem Stift beiseiteschob, zeigte sich, dass ein längerer Tunnel entstanden war. Ängstlich leuchtete Bender sich mit einer Lampe in den Mund. Dazu stand er ganz nah am Spiegel, um ja nichts zu übersehen. Über der Öffnung des Loches hatte sich, als Visier, eine kleine Speichelblase gebildet. Diese erinnerte ihn an eine Stelle im *Garten der Lüste* von Bosch. Da gibt es eine Figur, die im Inneren einer Blase gefangen ist. Und nun bin ich das, dachte Bender. Ich bin dadrin. An jenem Tag hielt er Charlotte keine Vorträge, schrieb auch nicht am Roman. Er saß im Garten und ordnete wortlos einige Papiere. Als seine Tochter gelaufen kam und auf seinen Schoß kletterte, klammerte er sich unter leisen Summgeräuschen an sie und wiegte sich mit ihr hin und her. »Jetzt geht's bald bergauf«, flüsterte er.

Im Zug nach Augsburg las er in Neuperts *Welt-Wendung*, der vor einem Jahr im Selbstdruck erschienenen Schrift über den Geokosmos. Wäre Neupert Professor, Berufsastronom oder Teleskoptechniker gewesen, er hätte niemals zu einer solchen Entdeckung gelangen können. Die fachliche Autorität hätte ihn einfach absorbiert, neutralisiert. Dabei brauchte man überhaupt keine Autorität, um die Wissenschaft voranzubringen. Alle großen Neuerungen der Menschheit waren schließlich von Außenseitern gekommen. Otto, der Erfinder des Verbrennungsmotors, hatte als Kaufmann mit Kattun und Litzen gehandelt. Werner von Siemens, der den Telegraphen, den Dynamo und den Elektromotor in die Welt gebracht hatte, hatte als Artillerieleutnant begonnen. Julius Robert von Mayer, der den Energieerhaltungssatz formulierte, war Wundarzt gewesen. Faraday: Buchbinder. James Watt: Mechaniker. So brachten diese autoritätsfern denkenden Köpfe der Menschheit Segen um Segen, und diese zog undankbar an ihnen vorüber, die Jahreszeiten erblühten und vergingen, die immer gleiche Sonne ging auf und unter, und der Himmel war voller Schallplattenrillen.

Um die Astronomie war es besonders schlimm bestellt. Da hatte, als es um die Entdeckung des von Halley vorausgesagten Kometen ging, sogar ein ahnungsloses sächsisches Bäuerlein namens Johann Palitzsch einspringen müssen. Ein befreundeter Zwirnhändler hatte ihm aus einer Laune heraus Zugang zu einem Fernrohr verschafft, Palitzsch blickte hindurch und – schon lag der periodisch wiederkehrende, mit dem Weltgeschehen aufs Unwirklichste verschränkte Schweifstern enthüllt vor der gedemütigten Fachwelt! Carl Bruhns schlich sich als einfacher Schlossergeselle in die Gelehrtenwelt der Planetenkunde ein. Herschel, der den Planeten Uranus entdeckt und *George* getauft hatte, war ursprünglich Musiker. Hall, der Entdecker der Marsmonde, war Zimmermann, und der große Geodät Peter Hansen ein einfacher Uhrmacher. Alles Außenseiter, alles von der Autorität Verstoßene. Genau wie Karl Neupert, wie Johannes Lang. Neupert, ja, was war der eigentlich von Beruf? Bender hatte nie darüber nachgedacht. Man klopft seine Lehrmeister nicht nach ihrer Ausbildung ab. Lang war immerhin gelernter Astrologe und hatte bloß irgendwann in seinem frühen Leben eine technische Ausbildung genossen. Das

233

Zugfenster wiederholte unterdessen immer wieder dasselbe Waldstück.

In Augsburg stieg mit ihm lediglich ein älteres Paar aus, beide aus derselben Knetmasse geformt. Bender segnete sie, lautlos, im Vorbeigehen. Vor dem Bahnhof kam die Sonne aus den Wolken heraus. Es war ein winterlicher Märztag, nüchtern, klar und nahezu *gerecht* in seiner Strenge, alle Menschen trugen die ihnen zugedachten Mützen und Handschuhe und Schals, und ein vom Wind erfasstes Zeitungsdoppelblatt schwebte, zeltförmig aufgebuckelt, wie der Sattel eines unsichtbaren Reittiers, auf Augenhöhe über den Bahnhofsplatz.

Langs Zug traf verspätet aus Frankfurt ein. Der drahtige kleine Mann kam mit schwingender Aktentasche (der Hebelantrieb seines Motors) aus dem Gebäude und steuerte direkt auf Bender zu. Bevor er sprechen konnte, musste er frischen Lungenbelag in ein Taschentuch abhusten. Bender wich den sich in der Eisluft plastisch formenden Atemwolken aus. Dann eine knappe Umarmung, ein leichtes Abklopfen. Lang hatte Schneekristalle im Stirnhaar. Er setzte sich eine Wollmütze auf, die seinen Kopf fast gleich breit erscheinen ließ wie seine Schultern. »Auf dem Bahnsteig waren ein paar Schüler«, sagte Lang, als sie gemeinsam losgingen, »die waren mir fast ein wenig unheimlich.«

Der große Karl Neupert erwies sich als feine und kompakte, in bestimmten Körperhaltungen sogar feldherrenhaft nachdenklich wirkende Gestalt. Dicke Brillengläser, starker Schnauzbart, Resthaar auf dem Hinterkopf. Er hantierte gerade mit drei Gießkannen, als die Besucher an seinen Zaun traten. Ein Mann, der drei Gießkannen in einer Hand halten kann, während er mit der freien Hand herzlich den Gruß erwidert: Das war Karl Neupert. Er war dabei, irgendetwas in seinem Garten zu ordnen. Karl Neupert, das waren außer-

dem winzige Steinlöwen neben der Haustür und ein Schirm-
ständer, so randvoll mit Schirmen, dass man ihn am liebsten *grüßen* mochte. Neupert, das war ein mit einem weißen
Tuch bedeckter Brotlaib in der Küche; das war ein strenges,
ernstes Arbeitszimmer mit mehrerlei Globen und einigen
eingeglast an der Wand hängenden Freimaurerwerkzeugen
(Zirkel, Senkblei, Lupe). Asymmetrisch zugeknöpfte Weste.
Hausschuhe in anheimelnder Brotfarbe. Geißenhaft wippen-
der Gang. Dazu: fester Händedruck und eine eigentümlich
haarlose Stelle knapp überm Ohr. Karl E. Neupert. Eberle-
straße 56, Augsburg 8. Der erwachteste Geist Deutschlands.

Bender fing sofort von Neuperts opus magnum *Umwäl-
zung!* zu sprechen an, das er in eine Reihe mit den großen
Erkenntnisbüchern der Weltliteratur stellte. Mit dem *Zarathustra*, mit *Der Einzige und sein Eigentum* von Stirner, mit
den Schriften von Silvio Gesell, Bergson, Tagore, eben allen
Großen. Es sei ihm eine Ehre, endlich dem deutschen Erstentdecker des wahren Weltbildes gegenüberzustehen. Lang
unterbrach die Lobrede und erzählte eine Anekdote über
den Ingenieur Hörbiger, der seit Jahren verbreite, der Mond
bestehe aus Eis. Neupert schüttelte den Kopf. Ja, der liebe
alte Tölpel. »Der wird's noch mal weit bringen.« Bender
lachte höflich. Lang bestand darauf, dass man diesem geis-
tesverwirrten Österreicher, der sich wie ein Wissenschaftler gebärdete, dringend das Handwerk legen müsse. Welteislehre! Hörbiger habe sogar empfohlen, dass man seine
Kritiker einsperrte, weil sie den Gang der Wissenschaft stören! Das sei doch ein Verbrecher. »Hinter Schloss und Riegel«, rief Lang, »und Schlüssel weg!«

Im Wohnzimmer erwartete die Männer eine schwarze
Katze. Sie war gerade erst erwacht, ihr Kopf war noch ganz
flach. Sie gähnte, erhob sich und buckelte, dann floh sie, allerdings in rein formell wirkender Eile, vor den Unbekannten in ein anderes Zimmer.

Zuerst ging es im Gespräch um Langs Füße. Neupert hörte mit ruhiger Anteilnahme, dass sich ihr Zustand noch immer nicht gebessert hatte. Dazu die Höhenkur, völlige Zeitverschwendung. Aber die Einlegesohlen seien nicht ganz umsonst, zumindest die Oberkörperhaltung habe sich ein wenig nach oben korrigiert.

Bender steuerte bei, dass die Menschen im Altertum aufgrund ihrer sich beim Gehen naturgemäß schiffchenförmig an den Enden nach oben biegenden Schuhsohlen den Innenweltkosmos als das wahrscheinlichste Weltbild angenommen hätten. Aus der Schuhform habe man – irrtümlich natürlich, aber dennoch korrekt im Ergebnis – eine konkave Gestalt des Erdbodens abgeleitet. »Ja, die Antike«, seufzte Neupert. Dann stand er plötzlich auf und holte ein Buch aus dem Regal. Die Brille absetzend, blickte er ins Inhaltsverzeichnis, schüttelte den Kopf und klappte das Buch gleich wieder zu.

Lang begann von einer Schülertragödie in Berlin zu sprechen, die ihn seit einiger Zeit stark beschäftigte. Bender verstummte währenddessen und blickte artig auf seine Füße. Ringelsocken, auch das keine sehr kluge Entscheidung. Er fühlte sich etwas nutzlos. Die beiden hatten so viele gemeinsame Themen.

Aber Neupert wurde hellhörig, als er von dem ungehemmt drauflosschwätzenden Lang erfuhr, dass Bender vor einiger Zeit wegen Verbreitung obszöner Schriften für sechs Wochen im Gefängnis gesessen hatte. Neupert fragte gar nicht weiter nach, sondern schien sich einfach an dieser Leistung seines Gastes zu wärmen. »Verbreitung von Schriften«, wiederholte er und nickte. Er goss Bender Likör nach. Dann schlug er vor, in den Salon zu wechseln, dort sei es viel gemütlicher und man atme eine viel besser zusammengesetzte Luft als hier neben all den alten Büchern.

Was er denn gegen Bücher habe, fragte Lang.

Nichts, sagte Neupert, aber die Atome, die Antike. Er seufzte.

»Ah ja«, sagte Lang.

Bender lief den Männern hinterher.

Die Katze – war es dieselbe? – stand sofort auf, als sie die Menschen auf sich zukommen sah. Diesmal ließ sie sich von ihrem Besitzer kurz liebkosen. Neupert griff an der Katze herum wie an einem Saiteninstrument, und das Tier rieb sein Kinn an Neuperts Hand. Dann verschwand es durch eine spaltweit offene Tür in den hinteren Teil des Hauses. Lang kam wieder auf die S t e g l i t z e r   S c h ü l e r t r a g ö d i e zu sprechen. Neuperts Augen belebten sich.

»Jaja«, sagte er leise. »Das ist eine Geschichte.«

Zwei Oberschüler, Paul Krantz und Günther Scheller, hatten einen Selbstmordpakt geschlossen. Dieser beinhaltete auch den Mord an einem gewissen Hans Stephan, in den Scheller verliebt war, und den Mord an Schellers Schwester Hildegard. Da es sich ausnahmslos um Halbwüchsige handelte, seien natürlich jede Menge Leidenschaften als Beweggrund im Spiel gewesen. Scheller erschoss Hans Stephan und anschließend sich selbst. Dummerweise verlor Krantz daraufhin den Mut. Er blieb am Leben. Als man ihn aufgriff, habe er, so hieß es, einen Tunnel zu graben begonnen.

Neupert schüttelte den Kopf.

Immer tiefer, immer weiter in die Erde hinein, sagte Lang. Bemerkenswert. Denn was sei schon da unten. Ob der Junge etwas gespürt habe? Etwas von der eigentlichen Gestalt des Kosmos? Das sei vielleicht die eigentliche Tragödie. »Mhm, mhm«, machte Neupert, zerstreut nickend.

»Und diese Hildegard«, sagte Lang. »Die ist auch übrig geblieben.«

»Aber ohne Tunnel.«

»Ja.«

»Da sieht man's«, sagte Neupert. »Ich meine, da hast du's.«

»Ja«, sagte Lang.

Bender versuchte, irgendwie in das Gespräch zu finden. Aber was gingen ihn diese armen Kinder aus Berlin an? Lang zeigte nun seine Theorie zu den Vorkommnissen. Da könne man bereits alles ablesen, all die Zutaten, die zu der bemerkenswerten Aberration geführt hätten:

Fall 1.) ♒ als 5. Zeichen, ♀ als Induktor eines 1. Zeichens im ♒. ☉ als Induktor eines 5. Zeichens in ♂ mit ♃, ♀ als Induktor eines 5. Zeichens im ♒, ♃ in einem 1. Zeichen.

Fall 2.) ☉ als Induktor des 5. Feldes in ♂ mit ♃, ♒ als 5. Zeichen, ♀ als Induktor eines 1. Zeichens im ♒, ♀ als Induktor eines 5. Zeichens im ♒, ♃ in einem 1. Zeichen.

Fall 3.) ♃ im 5. Felde in ♂ mit der ☉, ♂ als Induktor eines 5. Zeichens in dem entsprechenden 11. Zeichen, ♒ am 7. Felde.

Fall 4.) (Fridericus Rex) ♃ im 5. Felde, ☿ als Induktor eines 5. Zeichens im ♒. ♒ als 1. Zeichen.

Fall 5.) (Haarmann) ♃ im 5. Felde und in einem 7. Zeichen. (Die „Lustmörderkonstellationen" zu besprechen, ist hier nicht der Ort.)

Das Buch wurde herumgereicht.

»Ah«, sagte Bender. »Jaja, ich sehe …«

Er gab es an Neupert weiter. Dieser las sich die Tabellen durch.

»Haarmann?« Bei dem Namen stutzte Neupert. »Aber der ist doch …?«

»Es gibt noch viel mehr Vergleichsfälle«, sagte Lang. »Insgesamt dreiunddreißig.«

»So, dreiunddreißig …«

Neupert schnalzte mit der Zunge.

Bender hatte große Lust, die Aufmerksamkeit der Männer wieder auf den Geokosmos zu lenken. Sie hatten noch nicht einmal über die Koresh-Messungen gesprochen.

»Aber Haarmann«, wiederholte Neupert seufzend. »Der verfälscht doch die Datenerhebung.«

»Warum?«, fragte Lang.

»Na der hat die jungen Männer doch nicht geliebt«, sagte Neupert. »Nur zerstückelt. Aufgegessen.«

»Aber im Gerichtsgutachten war auch bei ihm eine stark invertierte –«

»Nein, nein, nein«, unterbrach Neupert und reichte Lang das Buch zurück. »Gutachten, immer Gutachten. Das sind alles verfehlte … Nein, so kann man das nicht machen. Die Messung sollte wiederholt werden, ohne Haarmann.«

»Nun, das Sensationelle des Falles hat aber doch –«

»Er hat sie nicht verehrt oder sonst irgendwie … Er hat sie bloß umgebracht und zerschnitten. Das ist nicht dasselbe. Das gilt nicht.«

»Ich sehe nicht ein, weshalb«, begann Lang. Aber er war ein wenig rot geworden. Er hustete, mit geschlossenen Lippen. Bender, dem das ganze Thema ekelhaft zu werden begann, versuchte vollkommen neutral dreinzublicken.

»Es gilt einfach nicht«, schloss Neupert. »Haarmann wird immer genannt, in all den Fällen. Aber er gilt nicht.«

»Wenn wir vielleicht noch kurz auf die Koresh-Messung …«, sagte Bender.

»Aber wieso sollte er nicht gelten?« Lang klemmte sich seine astronomischen Berechnungen zwischen die Knie.

»Hm, hm«, machte Neupert.

Nun blickten beide Männer, in beinahe identischer Haltung, zu Boden. Bender legte sich eine Hand in den Nacken. Das Wort *Erdanziehung* kam ihm in den Sinn. Und vor seinem inneren Auge sah er die Planetenhäuser vor sich, jedes einzelne bewaffnet mit dem ihm zustehenden Symbol. Und darunter die Oberschüler, die nachts ihre Tunnel graben, mit blutbefleckten Händen.

»Aber schau, es schneit ja!«, sagte Neupert.

Er stand auf und ging ans Fenster. Tatsächlich fielen draußen große, im Mittagslicht hellweiß leuchtende Flocken.

»Und wir reden hier so grausam«, sagte Neupert, »dabei schneit es schon die ganze Zeit.«

Seine Stimme hatte sich etwas verfärbt.

»Was ich jedenfalls vorhin sagen wollte …«, begann Lang.

»Aber unser junger Gast«, unterbrach ihn Neupert, »wir haben ihn ja noch kaum etwas sagen lassen!«

Nun wurde Bender gefragt, woran er gerade arbeite. Dankbar umriss er die wichtigsten Handlungsstränge seines großen Romans, seiner theoretischen Arbeiten über das Geld und über den Innenweltkosmos und bat um die Erlaubnis, ein Exemplar des bald erscheinenden Romans an Neupert schicken zu dürfen. »Natürlich«, sagte dieser.

Dann wurde es wieder still im Raum. Lang begann zu rascheln.

Bender holte sein Exemplar von *Welt-Wendung* aus der Tasche. Der Augenblick schien günstig.

Neupert schien sich zu freuen, das Werk in Händen zu halten. Schweigend signierte er es auf der ersten Seite. *Für Peter Binder.*

Dann begann er wie geistesabwesend darin zu blättern. Bender hatte sich alle möglichen Stellen mit Bleistift markiert. Neuperts Atem ging geräuschvoll durch die Nase. Während der große Mann blätterte und blätterte, studierte Bender die eigentümlichen Wurzelformen seiner gichtigen Finger. Ja, er sehe wohl, sagte Neupert, dass der junge Mann eine herzensgute und ehrliche Art habe, solch schwierige Materie anzugehen. Er summte, blätterte.

Es sei auch denkbar, sagte er dann, einen inneren Gedanken aufgreifend, dass sie wirklich das Außen gesucht hätten, in dem Tunnel. Die Hölle. Das, was außerhalb des Geokosmos liege. Außerhalb der Mondschale, die unser gesamtes Sein und Wesen umschließt. Er blickte seine Gäste an, dann schnell wieder ins alte Büchlein, und er nickte. Ja, so wie alles, was außerhalb der eigenen Haut liege, gewissermaßen ja auch die Hölle sei. Bis auf *gewisse* Menschen natürlich, fügte er hinzu und machte eine gastfreundliche Geste in die Runde. Dann, nach einer längeren, gequält wirkenden Pause, sagte Neupert, er wünsche sich eigentlich nichts, als dass man die armen Jünglinge da in Steglitz in Frieden lasse. Kein Gerichtsprozess, keine Gutachten von Professor Hirschfeld, diesem leichtsinnigen Trompeter. Kein ewiges Sich-Weiden ...

Neupert bat um Verzeihung, er leide an Lidflattern.

Bender ging auf die Toilette, um sich ein wenig von der unguten Spannung im Salon zu erholen. Als er zurück in den Gang trat, erwartete ihn da, aufrecht am Fenster, die Katze. Vom prachtvollen Schneefall hatte sie ganz enge Pupillen bekommen. Bender blieb vor ihr stehen. Er winkte ihr zu.

Jetzt, da er für einen Augenblick weder Lang noch Neupert um sich hatte, fühlte er eine innige Komplizenschaft mit der Katze. Sie wusste sich weder *auf* noch *in* einer Kugel. Beides war ihr gleichermaßen egal, ja, sie lebte nicht einmal in derselben Zeitebene wie die in ihrem Haus versammelten Menschenwesen. Und doch konnte man sie berühren, ihren Rücken, ihren Kopf, konnte ihre verschlafenen Ohren streicheln, *joo, das gefällt dir,* und es ging sogar ein inniger, tierwarmer Geruch von ihr aus. Der Katze schien die Kopf-zu-Kopf-Begrüßung zu imponieren. Sie studierte jede Bewegung des interessanten Fremden, und ihr Gesicht trug dabei einen sehr edlen und aristokratischen Ausdruck, als hätte sie sich den ganzen Vormittag mit Napoleon unterhalten.

Bender fühlte einen Niesreiz aufsteigen, ausgelöst durch die in seine Nase geratenen Tierhaare. Sofort fiel ihm das *absolute* Niesverbot ein, das der Arzt ausgesprochen hatte. »Bitte nicht«, sagte er zur Katze. »O Gott ...« Er hielt sich eine Hand über den Mund. Aber die Katze drang mit ihrem unmenschlichen Blick bloß tiefer und tiefer in ihn – und der Niesreiz wurde so stark, dass er alle Grenzen verwischte: Bender war für einen Augenblick die Katze, war dieser Raum, fiel dann wieder zurück in seine ursprüngliche Gestalt, hielt den Atem an und kippte gleich wieder in die Katze, in ihr kompliziertes, um Grenzmysterien kreisendes Bewusstsein, sah Raum und Zeit in völlig neu verteilten Rollen – und der Reiz wurde nun unbeherrschbar, o Gott, er würde sich den Kiefer brechen, und er hielt sich die Nase zu und wölbte die Zunge, so fest er konnte, gegen den Gaumen, bitte nicht bitte nicht bitte nicht –

Auf den Knall kamen Neupert und Lang aus dem Salon. Sie halfen dem Umgekippten auf die Beine. Was war passiert? Bender bat um ein Taschentuch. Lang reichte ihm seines. Bender lehnte dankend ab und nahm stattdessen den eigenen Ärmel. Er habe versucht, es irgendwie umzuleiten, erklärte Bender. Dann erzählte er von der Kiefer-Operation und dem Niesverbot. Bei bestimmten Konsonanten schmeckte er Blut. Vorsichtig tastete er mit den Fingern in seinem Mund herum. Neuperts Hand stützte immer noch seine Schulter. Bender entschuldigte sich bei dem Gastgeber, jetzt habe er bestimmt die Katze erschreckt. Aber die stand sogar noch am Fenster. »Keine Gefahr, Madame ist stocktaub«, wurde ihm versichert.

Beim Abschied überreichte Karl Neupert Bender ein kleines Geschenk. Es sei nicht weiß Gott was, sagte er, aber es komme eben nicht oft vor, dass ein derart heller Schüler zu ihm zu Gast sei. Bender bedankte sich und lud Neupert ein, als Ehrengast auf dem großen Weltbildkongress in Worms zu sprechen. »Oh«, Neupert wirkte verlegen. Bender ließ sich von ihm bei den Schultern nehmen. Aber eine Umarmung folgte nicht.

Das Geschenk war mehrfach mit Papier umwickelt. Gierig entfernte Bender die Verpackung. Es war ein kleiner Hohlglobus in weißer Farbe. Die inneren Kontinente und Meeresflächen nur angedeutet. Selbstgebastelt? Bender war vollkommen außer sich vor Rührung. Er stand noch immer in Neuperts Einfahrt, im ringsum fallenden Schnee, schon im Licht einer nahen Laterne. Er zeigte Lang das entzückende Gebilde. In der Gartenerde vor den Neupert'schen Blumenbeeten war ein einzelner Schuhabdruck auszumachen. Bender wäre beinahe noch einmal ins Haus zurückgerannt, um sich zu bedanken. Lang hielt ihn davon ab. Dann gingen sie gemeinsam in Richtung Bahnhof, und für einen Augenblick sah Bender, aufgrund der großen Erregung für einen Augenblick wieder in das Bewusstsein der Katze kippend, sich selbst von außen, das heißt von hinten: ein dunkles, sich auf zwei langen Beinen schwankend von dem heimatlichen Garten wegbewegendes Geschöpf.

Der fallende Schnee machte alles noch zauberhafter. Bender lobte immer wieder den Hohlglobus. Irgendwann wurde es Lang zu viel.

»Es wäre nicht nötig gewesen«, sagte er. »Er hätte schon von selbst aufgehört.«

»Was?«

»Na dein Sturz vor der Toilette. Aber es hat ihn doch gut abgelenkt.«

Lang blickte Bender von der Scito an. Ein keckes Lächeln.

»Mir hat er übrigens auch einen geschenkt«, sagte Lang, »er hat ja mehrere.« Und als Bender wieder nichts verstand, ergänzte er: »Den Globus.«

»Ach so, ach so«, sagte Bender.

»Ja, er ist im Augenblick etwas zerstreut«, sagte Lang. »Er wird demnächst Onkel.«

»Oh!«, sagte Bender. »Man hätte ihm gratulieren sollen.«

Lang kicherte: »Ja, ich hab neulich nachgesehen. Das

Kind hat dieselbe Sonne-Mond-Konstellation wie seine Katze.«

Langs Gelächter klang etwas gehässig.

»Das heißt ...«

»Genau!«, sagte Lang kichernd. »Ich denke genau dasselbe.«

Ein vieldeutiges Abschnippen von Zigarettenasche. Dann ein schleimiges Husten. Bender wusste nicht, was Lang meinte. Wollte er andeuten, dass er Neupert bei einer Lüge ertappt hatte? ›Gibt kein Kind, sondern bloß die Katze‹? Oder wollte Lang darauf hinaus, dass zwischen der Katze und dem Neugeborenen eine bedeutsame Schicksalsverwandtschaft bestehen würde? Aber dafür müsste man doch das genauere Horoskop kennen. So unseriös ging Lang normalerweise nicht vor. Immer noch rührte Bender das unerwartete Geschenk. Er konnte an kaum etwas anderes denken. Er befühlte es in seiner Manteltasche.

Man dürfe es dem guten Neupert wirklich nicht übelnehmen, sagte Lang. Der Verstand lasse eben etwas nach, im Alter. Bender fand diese Bemerkung unverschämt, sagte aber nichts. Und er sei ja leider auch nicht an Heilung oder gesunder Ernährung interessiert, redete Lang weiter. Er erinnere sich an eine bemerkenswerte Zellgewebe-Entzündung, genau hier, am zweiten Glied seines Zeigefingers. Er hielt ihn in die Höhe. Fast ein Jahr sei er dafür bei verschiedenen Ärzten gewesen, alles umsonst. Dann habe er einen entdeckt, der sich auf die Jodpinselei verstand. Da sei der Finger plötzlich geheilt. Lang hielt den Finger noch einmal in die Höhe. Das Jod habe aber bei den meisten Menschen den gegenteiligen Effekt, sagte Lang. Bei ihm sei es der Steinbock.

»Richtig«, sagte Bender.

Und kurz nach dem Krieg, sagte Lang, habe er einen erschütternden Gelenkrheumatismus entwickelt.

»Ach?« Bender war des Zuhörens allmählich müde.

Aber der Arzt habe das Leiden mit einem handelsüblichen Föhn-Apparat, wie er sonst zum Haaretrocknen verwendet wird, in etwa zwei Wochen behoben, erklärte Lang. Krebsrot sei die mit heißer Luft beströmte Haut geworden. Aber seither – kein einziger Rückfall. Lang hatte sich etwas Farbe ins Gesicht geredet.

Es müssten aber sehr wohl Einwirkungen gewisser astraler Faktoren auf das Spätwerk bestehen, sagte Lang. Allein die Duplizität der Ereignisse. Alles trete zweimal auf, manches sogar dreimal.

Bender sagte nichts. Das Gespräch geriet schon wieder ins Nebelhafte.

Man müsse bloß in die Zeitungen schauen, rief Lang, da sei eine Kategorie von Unglück meist mehrfach vertreten. Neuerdings seien es die Radfahrer, die gegen den Dampfzug im Goliathkampf unterliegen.

Aber was das nun mit Neupert und körperlichen Beschwerden –

Ja, es verdoppelten sich sogar, sagte Lang, die allerharmlosesten Dinge. Solche, die sich überhaupt nicht ins Welthistorische fügten.

Bender gab auf. Er wollte nur noch nach Hause. Und das Geschenk auf dem Schreibtisch platzieren, in zentraler Stellung. Auf dem Bahnsteig verabschiedete er sich von Lang. Dieser kündigte noch umfangreiche Gebrauchshoroskope per Brief an. Im Zug stellte sich Bender den kleinen Globus auf den Schoß. Nach einer Weile legte er, gut sichtbar für jeden vorbeikommenden Schaffner, das Fahrbillet hinein.

ZWEITER TEIL

DIE ERDE

Wir nun merkten es nicht, daß wir nur in diesen
Höhlungen der Erde wohnten, und glaubten,
oben auf der Erde zu wohnen …

Platon, *Phaidon*

And this is why they need the earth; for it would
be most unpleasant to live their moment out in
a mere sky, all confusion and falling over one
another, with nothing to stand on.

Laura Riding Jackson, *A Last Lesson in
Geography*

Unsere Erde ist vielleicht ein Weibchen.

Georg Christoph Lichtenberg

Seit die Erde eine Kugel geworden ist, nimmt sie
jeder Lump ganz in die Hand.

Elias Canetti

»Scherzgrüße vom Rhein« von Charlotte Bender, aus: *Mein Kampf um PETER*, Archiv der ehemaligen Koresh-Gemeinde in Estero, Florida

Braungebrannt durch Sonnengluten,
Tauchend in des Rheines Fluten,
Doch von Rheingold keine Spur,
Kieselsteine fand ich nur!
Und so muß ich nach wie vor
Fern von Polens Korridor,
Emsig wie die fleißgen Bienen
Sprachenlehrend Geld verdienen.
Völkerfeindschaft so vernichten- - - - -
Ach, jetzt kann ich nicht mehr dichten.

DIE WÖLFE

Die Korrespondenz mit dem Verlag Die Wölfe, in dem *Karl Tormann* vor zwei Jahren erschienen war, verlief seit dem Konkurs des Unternehmens äußerst zähflüssig. Auf eine drängende Nachfrage Benders kam nach Wochen ein dreizeiliger Antwortbrief, der allerdings gar nicht auf die Frage einging, dafür aber eine neue Irritation enthielt. Jeder Schritt erzeugte, wie ein Gang durchs Moor, höhere Absätze aus Schlamm, und man wollte am liebsten stehen bleiben und langsam versinken. Waren die Exemplare nun zur Gänze ausgeliefert worden oder nicht? Oder lagerten sie noch in Leipzig? War vor einem Jahr eine Besprechung erschienen oder nicht? Warum konnten diese Menschen sich nicht klar ausdrücken? Bender lief tagelang fluchend durchs Haus. Honorar hatte er auch nie eines erhalten. Wie sollte man so je der Schwedischen Akademie ins Auge stechen?

Es war ein spätsommerlicher Abend. Im Nachbargarten spielten Kinder mit einer Repulsine, das elektrische Surren erfüllte die warme Septemberluft. Bender drehte am Radio. Während Musik aus dem Gerät kam, betrachtete er das viel ältere Geschwister desselben, nämlich den uralten Phonographen, ein schwerfällig kratzendes Klangkarussell, das nur noch sehr selten in Betrieb genommen wurde. Wie seltsam das Universum gebaut war. Man brauchte sich nur die Schwingungen der hörbaren Melodien als bildliches Luftgewebe vorzustellen, um zu sehen, wie schön eine solche Apparatur war. Und dann stelle man sich eine Flotte von Heißluftballonen vor, in deren Körben sich lauter Phonographen drehten. Sie beschallen den Äther und versetzen ihn, durch ein genau aufeinander abgestimmtes System, in Schwingungen, sodass die Luftschichten sich verdicken und wieder ausdünnen, je nachdem, welche Musik gerade gespielt wird. Und wenn die Musikballone über der Stadt sind, braucht ein gewöhnlicher Bürger auf der Erde nur in die Luft über sich zu tasten, und bald bekommt er einen greifbaren Halt zwischen die Finger. An diesem Strang verdickter Luft zieht er sich dann empor und wird fortgezogen und findet ganz von allein den nächsten Korridor: ein stetiges Klettern und Vorankommen in den Schwingungsverhältnissen, während im Westen die Sonne untergeht. Überall, wo heute ein Phonograph ertönte oder ein Lichtbild sich auf einer Leinwand zusammenfügte, in den Wirtschaften, Cafés und Kinos und ähnlichen Vergnügungsstätten, aber natürlich auch in Privatwohnungen, Heilanstalten und Klassenzimmern, überall dort nahm der Mensch teil an den Gedankenformen anderer Menschen. Diese Netzgewebe würden mit der Zeit zusammenwachsen zu einem einförmigen Gefühl, einer Allgegenwärtigkeit der Apparate, bis die Apparate selbst unsichtbar wurden, winzig klein wie Luftpartikel, die man atmete, ausschwitzte und durch Körperkontakt an seine Mitmenschen weitergab. Das, was ich sehe, sehen auch alle anderen. Das, was ich tue, tun auch alle anderen. Oder zumindest die meisten. Jeder trägt so die gesamte Restmenschheit als ständige Prothese an seinem Leib. Bewegt er den kleinen Finger, spüren es alle anderen. Auch er spürt sie. Ein bedeutungsloser Vorgang wie ein Bad in einem Fluss oder ein Frühstück würde so zu einer immerwährend weltumspannenden Sensation. – Ach, es war traurig, niemand sonst hatte so schöne Gedanken wie er. Und sie konnten nirgends hin.

Er ging in den Garten, er brauchte Luft. Feuchte Rattenspuren unter der Sitzbank. Meine Gedanken, meine Gedanken! Sie verwandelten sich so schnell in Gas, man musste aufpassen. Außerdem durfte er nicht vergessen, den Honorarbrief an den Verlag noch einmal zu schicken. Geld, Geld. Immer Geld. Wir haben kein Geld, es fehlt hier, es fehlt da.

Und er saß hier in der alten staubigen Lutherstadt, auf einer Gartenbank, ringsum nichts als neue, große Zeit. Der einzige Mensch weit und breit. Die Repulsine der Nachbarn flog gegen einen Baumstamm, und die Jungen johlten dazu. Da erschien eine Wespe und umschwebte seine Armbanduhr für einige Sekunden, als lese sie die Zeit ab. Die Wespen hatten nun, Ende September, bereits etwas Herbstverzweifeltes und Randalierendes an sich, man war im Garten nicht mehr sicher vor ihnen. Bender ging zurück ins Haus. Charlotte ertrug sie meist mit Gleichmut, aber er versteckte sich ab einer gewissen Uhrzeit lieber vor ihnen. Insekten. Wo mochten sie hergekommen sein? Ob sie nicht überhaupt ganz fremd hier waren? Es schien nicht wirklich ihr Zuhause zu sein. Vielleicht war das, was sie in dieser Jahreszeit trieben, ja eine Art Weltraumkrieg gegen die Menschen, also etwas für sie ungemein Ernstes und Tragödienhaftes. Und Charlotte wedelte sie einfach fort. Es war jetzt fünf Uhr. Ein Sonnenstreifen hing an der Wand. Im Hohlglobus summte eine Fliege. Bender trank etwas Wasser, und es schmeckte so kühl, rein und köstlich, dass es ihm für einen Augenblick unvorstellbar vorkam, dass jeder Mensch einmal sterben wird. Durch das Gartenfenster sah er Charlottes Kopf ins Haus schweben, ihren naturwilden Scheitel, die ins Haar hochgeschobene Brille. Sie kam von einem ihrer Schüler. Was wäre ich ohne sie? Nur ein halbes Priesterpaar. Ein kümmerlicher Rest, zischend am Boden wie eine defekte Rakete. Ja, sie wedelte sie fort oder machte vielleicht einfach die Augen zu – und tatsächlich, die Wespen verschwanden jedes Mal.

Im Traum dieser Nacht saß Bender in einem Café, in dem alle Kellner Stierkämpferkostüme trugen, und die Sonne war ganz nah, außerhalb der Fenster, beinahe in Greifweite, ein mattgelbes Medaillon. Dann flatterte ein quer mit einem Pfeil durchschossener Vogel vorbei, und ein aufrecht gehender Säugling brachte in einem Leiterwagen ein riesiges Straußenei. Bender weinte. – Als er aufstand, war er ganz allein in der Wohnung. Die Kinder in der Schule, Charlotte irgendwo. Er ging ins Arbeitszimmer. Wie jeden Morgen musste er den Hohlglobus suchen. Er fand ihn, nach einigem Herumlaufen, im Hausflur. Diesmal hatte es der Globus allein fast bis in den Garten geschafft. Bender putzte ihn ab. Dann holte er die uralten Herbstmäntel aus dem Schrank, zu denen er in den letzten Jahren ein gewisses patriotisches Verhältnis entwickelt hatte. Endlich wurde es wieder kühl. Er hatte graue Stellen im Bart. Die Jahre flossen dahin.

Das neue Jahrzehnt hatte sehr düster begonnen. Im Sommer 30 war zum Ärgernis des gesamten Berufsstands der Astrologen ein neuer Planet entdeckt worden: *Pluto*. So benannt auf Vorschlag eines mythologisch gebildeten Schulmädchens aus Oxford. Lang schrieb Bender einen umfangreichen Brief, in dem er sich über diese neueste ausländische Absurdität Luft machte. Ein neunter Planet, köstlich! Als wären acht nicht ausreichend, um a l l e irdischen Vorgänge in steter, lebensbegleitender Kalkulation zu deuten. Und dann auch gleich nach dem Unterweltfürsten benannt, jaja, großartig – als wäre bislang kein Platz für das menschliche Leid oder für den Mut zur Höllenfahrt in unserem System gewesen! Man müsse sich nun also die Unterwelt von England in unser System hineindiktieren lassen. Das hätten die Eliten fein eingefädelt. Er habe übrigens von Korsch gehört, schrieb Lang, dieser sei sofort, noch am Tag der Eilmeldung, ins Ministerium gefahren. Dort habe man ihm versichert, dass diese Suppe entschieden heißer serviert als gekocht worden sei. (Bender stutzte bei diesem Satz und musste, den Kopf seitwärts geneigt, kurz die innere Bildlogik *nachrechnen*.) Die Engländer hätten irgendein belangloses Kleinobjekt jenseits des Neptun kurzerhand zu einem

Planeten erklärt, schloss Lang, einfach um das Altwissen der mitteleuropäischen Kulturen für zukünftige Generationen zu verwässern. Bender war eine Zeitlang beruhigt, aber der neue Planet ärgerte ihn sehr, er fiel ihm tagsüber immer wieder ein, wie eine verdrängte Diagnose, und erschien sogar in seinen Albträumen, meist als brutal um sich schlagendes Kleinkind.

Er selbst hatte, nach langer Auflehnung, zwei eigene Sprachschüler übernommen. Und seit einem Jahr war er bei einer freiwirtschaftlichen Bausparkasse angestellt – aber auch da kam nicht viel Geld. Es war einfach alles verhext, verkleistert, verelendet. Und die Erde war weiterhin kugelförmig, in jedermanns Kopf. Nur Herr Erdelmeier brachte ihm gelegentliche Lichtblicke ins Haus. Heute wieder einen von Lang. *Luisenstraße 17, Offenbach a. M.* Der alte Freund schickte einen aus der Frankfurter Zeitung ausgeschnittenen Artikel. Nein, sogar zwei. Sie waren aneinandergeheftet. In die rechte obere Ecke hatte Lang das astronomische Zeichen für den Skorpion gezeichnet: ♏

Kinderkrawalle

Berlin, 25. September 1931. In Berlin kam es gestern bei einer Kinovorführung und einer Marionettenvorstellung zu w ü s t e n K r a w a l l e n von Kindern. Die Alhambralichtspiele in Schöneberg hatten Schüler zu einer Filmvorführung geladen. Als statt des angekündigten Filmes aber nur einzelne Lichtbilder gezeigt wurden, fingen die Kinder an, solchen Lärm zu machen, daß die Vorstellung abgebrochen werden mußte. Als die Kinder aufgefordert wurden, das Theater zu verlassen, machten sie wiederum einen Höllenlärm, demolierten einen großen Teil der Inneneinrichtung und wollten sogar den Vortragenden verprügeln. Es entstand eine

Schlägerei, die mit Stuhlbeinen und elektrischen Glühbirnen als Wurfgeschossen ausgefochten wurde. Die Polizei mußte gerufen werden, um die Kinder aus dem Hause zu entfernen.

Bender stellte sich Langs hageres Gesicht vor, wie es sich allmählich belebte und um die Wangen herum leicht anfärbelte, während er den Artikel mit der Schere ausschnitt. Es ging schon wieder um Kinder. Kinder, die irgendwas kaputt machten, die straffällig wurden. Jugend, die aufbegehrte, Unruhe stiftete. Wieso beschäftigte ihn das? Lang hatte selbst keine Kinder, vielleicht war es das. Auch der zweite Ausschnitt stammte aus der Frankfurter Zeitung:

26. August. Ein Unternehmer hatte in der Bockbrauerei eine
Marionettenvorstellung
veranstaltet, dazu waren etwa 300 Kinder, zum großen Teil mit ihren Eltern, erschienen. Die Darstellungen gefielen nicht, die Eltern protestierten, und plötzlich fingen die Kinder ebenfalls an, Radau zu machen, u. a. mit Biergläsern zu werfen. Sie stürmten das Podium und zerstörten Dekorationen und Aufbau in erheblichem Maße. Das Überfallkommando mußte eingreifen.

Kopfschüttelnd legte Bender diese Ausschnitte zu den anderen. Ein zweiter Brief war, oh, von Alfons Paquet. Diesen feinen, klugen Mann hatte Bender bei seiner einzigen literarischen Lesung kennengelernt, im *Bund rheinischer Dichter*, vor zwei Jahren. Bender war zur Tagung gefahren, um dort für die Hohlwelt und die Nibelungen-Erneuerung zu werben, aber die Literaten hatten sich als äußerst unentflammbarer Haufen erwiesen. Einzig der gute Paquet war an ihm interessiert gewesen. Sie hatten sich lange über den Rhein als geistige Struktur unterhalten.

Ohne Rhein ergab das ganze Gebiet ja keinen Sinn. Die unbewaldeten Bodenwellen des rheinischen Hügellandes mündeten am Ende ja doch bloß in die pfälzischen Berge. Wenn das die einzige Struktur gewesen wäre, dann gute Nacht. Wie willst du dich da geistig entfalten? Nein, es brauchte den Rhein, sonst wäre alles Chaos geblieben, und es ginge allerorts zu wie beim Bau der ersten Viadukte. Da hatten die Bauern, wie Paquet erzählte, ihre Ziegen über die neu entstandenen Verbindungen treiben müssen, um Schaden abzuwenden. Jedes Mal, wenn ein Mensch darübergegangen war, musste, so schrieb es der Brauch vor, eine Ziege folgen, um den Menschengang sozusagen aufzuheben und auszugleichen. Dummerweise aber sind Ziegen, und das nicht nur im Rheinland, sehr stur, und man muss sie am Strick hinter sich herziehen, was wiederum die Notwendigkeit mit sich bringt, dass man selbst voranschreitet, wodurch ein neues Ungleichgewicht und ein neuer Ziegenüberquerungsbedarf entsteht. – Bei den Rheinhessen gehe es oft bis weit in den Winter hinein derartig zu. Bender hörte das gern. Dann Eis und Schnee und Kälte, sagte Paquet, die Zeit der Zuckerrüben, aus denen man Hügel entlang der Landstraßen baue, sehr mulmige Gebilde, besonders bei Nebel, aber wie sehr gehen sie einem zu Herzen. Man legt einander riesige Brummkreisel unter den Weihnachtsbaum – auch das sehr rheinisch, sehr von Herzen kommend. Man nehme den Winter hier nicht ernst, solange der Rhein noch fließe. Aber 1929 war er zugefroren, und da brach winterliche Anarchie aus. Die Menschen liefen gepanzert umher, die meisten mit Schal überm Gesicht, wie verrückt gewordene Imker. Sie husteten in fettige Zeitungen. Sie tranken Wein mit Propolis. Sie feierten traurige Schlittschuhfeste auf dem zugefrorenen Fluss. Sogar ein Karussell stand darauf, gleich unter einer Brücke, und drehte sich dort um seine Achse. Dazu Bratwurstgeruch in der Luft. Es war kaum auszuhalten. Den Leuten wurde mittelalterlich ums Herz. Sie nagelten Handschuhe an Zäune und Haustüren. Und selbst das Zuschicken der Metzelsuppe an den Nachbarhof wurde wieder zum alten Totenopfer.

Der interessantere der beiden Nachhilfeschüler, die er im Augenblick hatte, war Justus Kellers kleiner Sohn Hasso. Bender war stolz auf das Vertrauen, dass der alte Freund, seit einem Jahr Assistent des NSDAP-Kreisleiters Schwebel, ihm entgegenbrachte. Hasso war ein gelehriger Schüler. Bender erlaubte ihm sogar, während der Unterrichtsstunde die Füße auf der Couch hochzulegen und sich wie ein Turner herumzudrehen. Bender brachte dem Jungen, neben englischem Vokabular, auch einige Grundprinzipien der Geometrie näher. Neulich hatte ihn Hasso mit dem Bericht überrascht, er dürfe vielleicht frühzeitig in die HJ, wegen der guten Verbindungen seines Vaters. Der Junge glühte beim Erzählen. Bender lachte freundlich. Aber dann zeigte sich, dass der Junge etwas auf dem Herzen hatte. Seine Jungvolkgruppe lag mit der Sammelleistung weit zurück. Er traute sich gar nicht, die Punktezahl auszusprechen. Bender tröstete ihn, so gut es ging. Er gab ihm den Hohlglobus zum Spielen, aber nicht einmal das half. Am Ende hatte der Junge Tränen im Gesicht.

AUF DEM KONGRESS

Der XII. Astrologenkongress fand Anfang Oktober 1933 in Stuttgart statt. Bender stand vor Sonnenaufgang auf. Er wusch sich das Gesicht, rasierte sich und zog feinere Kleidung an. Dann ging er den Hohlglobus suchen. Er fand ihn im Vorzimmer neben den Hausschuhen. Er machte sich Proviant für die Reise und packte Lichtbilder und Vortragspapiere in seine Aktentasche. Ins Freie tretend, sah er im Himmel einen ausnehmend prachtvollen Orion; nur der linke obere Stern war ein klein wenig flimmerig. Auch das Siebengestirn war da, die Plejaden, die uns seit Jahrtausenden immer wieder vorhalten, wie allein wir sind. Sie sind zu siebent, wir sind nie zu siebent. Und etwas weiter rechts, gerade eben noch sichtbar über den Huträndern der Häuser, die Seismografenlinie der Cassiopeia.

Auf dem Bahnhof wurde ausführlich kontrolliert. Ein rauchender Herr beschwerte sich: »Ich freue mich, wenn diese Zeit der Notverordnungen endlich vorbei ist!« Er wurde von einem SA-Mann ermahnt. Er solle lieber sagen: Wenn diese *Zeit der Gefahren* vorbei ist! Die Gefahren hätten doch erst die Notverordnungen zur Folge. An die Gefahren solle er denken! Der rauchende Herr bedankte sich. Aber können denn nicht auch Notverordnungen isoliert auftreten, ganz ohne Gefahren?, dachte Bender. Aber das ergab auch keinen Sinn. Er löschte die Kommentare der Männer aus seinem Gedächtnis. (Später, am selben Abend, würde er darüber staunen, dass er sich tatsächlich nicht mehr an sie erinnern konnte, obwohl er wusste, dass sie etwas Spannendes berührt hatten.) Charlotte machte sich ständig Sorgen, vor allem seit der Aktion gegen jüdische Geschäfte. »Noch halten sich nicht alle an alles«, sagte Bender. »Verordnen können die viel.« Bender brachte diese Beweisführung mehrmals in Charlottes Gegenwart vor. Sie bekam in letzter Zeit immer mehr Angst, fühlte sich an gewisse Tendenzen damals in Polen erinnert. »Das ist nun wirklich etwas anderes«, sagte Bender.

Im Zugabteil ging er seine Rede noch einmal durch. Der Rhein trug schon seine Winterfarbe.

Aber nicht nur mit der Epoche, sondern auch mit Gerd gingen bedeutsame Veränderungen vor. In ihm hatte das alte Märchenprogramm zu wirken begonnen: Buben, die plötzlich nur mehr in dunklen Ecken des Hauses abzuwarten scheinen, unschlüssig und rotwangig, sie waschen sich nicht mehr gern, sie wollen um jeden Preis garstig und abstoßend und unliebbar erscheinen und versuchen, sich selbst zu entlieben von ihrem Zuhause, besonders die Mutter soll sie nicht mehr herzen oder ständig zur Sauberkeit anhalten, und so liegen oder sitzen sie, in dumpfer Abreisebereitschaft, den ganzen Tag herum, aber sind leider mittellos, noch können sie nicht fort, hinaus, sie haben kein Fundament und entfremden sich daher auf dem einzigen Weg, der ihnen bleibt: auf dem inneren, durch Flecken in Stofftaschentüchern, durch Jähzorn, durch langes Ausbleiben abends. Bender erinnerte sich nicht an seine eigenen Versuche, selbst die Details seines ersten Flugs hatte er praktisch vergessen, sehr seltsam. Was war mit all der Zeit geschehen? Der Junge, mein Gott, er wurde bald sechzehn! Wie alles dahinrast!

Da auf dem Kongress namhafte Astrologen erwartet wurden, hatte Bender für seinen Vortrag einen möglichst allumfassenden, leicht zugänglichen und nicht zu stark ins Exzentrische spielenden Ton gewählt:

Ob das durch Raketenexpeditionen auf die Außenseite des Mondes und des Mars oder gar durch Eindringen in das

Innere der Planeten oder auf noch ganz andere Art geschieht,
lässt sich natürlich noch nicht angeben, doch rückt hier die
Gestaltung von Himmel und Erde durch die Menschheit und
schließlich sogar eine Metamorphose der Einzelmenschen
anstelle ihres Sterbens in den Bereich des Denkbaren. An-
dererseits kann auch die Möglichkeit nicht ganz abgewie-
sen werden, dass unser Erdball selbst vielleicht ein Planet
oder gar schon Mond in einem noch größeren Weltenei ist,
auf dessen Schale er eines Tages aufsetzt und sich öffnet.
Die einseitige Verteilung von Land und Wasser und die un-
gleichen Jahreshälften der Sonnenspirale könnten auf einen
solchen Einfluss von außen zurückgeführt werden, der aber
nichts zu tun hätte und nicht zu verwechseln wäre mit einer
Außenwelt nach Ptolemäus oder Kopernikus.

Wäre er auf Krawall aus gewesen, er hätte auch über die unsäglichen und kindischen Notverordnungen sprechen können. Denn auch solche finsteren Wirkungen haben ihren Ursprung im Außen, in dem, was außerhalb unseres Erdenrundmondes liegt. Ja, es gab nicht einmal einen Grund, anzunehmen, dass das schwebende Ei, auf dessen Innenschale unser Universum stattfindet, das letzte dieser Art war, das größte, das wichtigste. Wir sehen Monde, wir sehen kleinere Eier, reale Eier, etwa die der Vögel und Reptilien. Und müssen zwei und zwei zusammenzählen.

War der Einfluss auf die politische Angstsphäre vielleicht mit Strahlung zu vergleichen? Manchmal, als Bender noch Kind war, hatte sich der Vater den Spaß erlaubt, am späten Abend, wenn es bereits stockdunkel war, den Kindern »die Sonne zu zeigen«. Er deutete dabei auf den Erdboden, denn da war die Sonne, sie wanderte unter ihnen durch, die ganze Nacht lang. Und tatsächlich hatte Bender damals immer wieder etwas wahrgenommen, eine Art Glühen vielleicht oder einfach ein strahlungswarmes Nest, ganz in Bodennähe, so eine, wie soll man sagen, gutmütige Verwirbelung der Luft. (Seltsam, wie sehr er heute sein Flugzeug vermisste. Wie hatte es überhaupt geheißen?) Aber jedenfalls die Sonne. Sie befand sich zur Nachtzeit dort unten und wärmte und bebrütete und erhellte die andere Seite der Erdkugel, und ein klein wenig von ihrer Wirkung drang durch den Boden, durch Gestein, Lava und was da alles sonst noch angeblich hauste, durch bis zu ihnen, auf den Hof. Dazu oben die Sterne. Und die eigene Zunge im Mund, die sich bewegte. Und manchmal sah man die Fernwirkung auch in den Gesichtern der Menschen. Etwa in der Straßenbahn, wenn die Kurve kam und sich alle festhalten mussten, dann geschah manchmal etwas mit den Zügen – sie wurden unscharf und gemustert, wie von Bleistiftstrichen zerkritzelt. Die Fliehkraft raubte den Menschen für Sekunden ihre Beherrschung, und etwas Neues wurde darunter sichtbar, ein Angestrahltwerden von jenseitigen Welten.

Stuttgart. Die Stadt war ihm nie geheuer gewesen. Mitleidig sah er die hier entstandenen Menschen sich durch die Straßen bewegen, ihre langgezogenen, mutlosen, von Sonnenstrahlen durchschossenen Körper. Einem Schäferhund stand nach dem Gähnen der Atemdunst vorm Gesicht. Bender bemerkte, wie ihm der kalte Wind das Gesicht grimmig machte, und er mahnte sich zu Heiterkeit. Im Westen boten sich dunkle Wolken an. In ihren Eigenfarben bewegten sich Scharen von Soldaten, das heißt Kindern, über den Neckar. Arbeiter erneuerten in der ganzen Stadt die Rundfunkkabel.

Sein Gang durch Stuttgart wurde von einem grünen Türmchen auf einem fernen Gebäude begleitet, die ganze Zeit irrlichterte es vor ihm her, tauchte immer am Ende bestimmter Gassen auf und verlieh jedem Blick eine schicksalhafte Schwere. Vielleicht war der Turm eine Art Zeiger. Ja, wozu verjüngten sich Turmspitzen überhaupt? Es war architektonisch eher unklug und sah nicht besonders gut aus …

ja, alle spitzen Türme der Welt ... zeigten irgendwohin. Die Eingeweihten der Weltgeschichte haben diese Form vielleicht absichtlich eingeschleust, die Freimaurer, die etwas von heiliger Geometrie verstanden, diesem von selbst weiterarbeitenden Wissen. Er sah es vor sich: Alle Turmspitzen von Kirchen und Schlössern zeigten durch den Innenraum der Hohlwelt auf einen Antipoden! Bender schaute in den Himmel, rechnete nach. Auf Großbritannien, dieses Türmchen hier.

Ganz ruhig, ganz ruhig, sagte er sich. Es ist ja nichts. Das haltlose Schädelgefühl hatte sich angekündigt. Dann das Tagungshotel: beißende Zigarettenluft in den Räumen. Bender begrüßte Lang, der ihn hustend an die Brust drückte. Dann wurde ihm ein junger Mann namens Freder van Holk vorgestellt, den Lang mitgebracht hatte. Auf den entsetzlichen Qualm angesprochen, sagte Lang: »Ja, wir wähnen uns hier drinnen, aber in Wirklichkeit gibt es kein Drinnen oder Draußen. Zumindest nicht, was den Geist angeht.« Alle lachten. Ja, dachte Bender im Weitergehen, der Erdmantel ist zweifellos im Sinken begriffen.

Die Begrüßungsansprache hielt der große Altmeister der Astrologie, Alwin Hugo Müller. Dies sei der erste Kongress im Dritten Reich, sagte er. Den vergangenen Zeiten weine man als Astrologe wahrlich nicht nach. Man fühle den Umschwung nun vor allem in den Nächten, wenn die eigenen Schritte aufgrund der stundenweise nachlassenden Tageshypnose leichter und immer leichter werden. Die neuen Zeiten. Die alten Zeiten.

Bender kamen beim Zuhören große Gedanken: Was würde wohl geschehen, dachte er, wenn unsere Erde dereinst auf dem nächstgrößeren Ei-Rund aufsetzen würde? Vielleicht tat die schwebende Hohlerde das ja pausenlos, und die Kollisionen waren – ja, such's dir aus – Erdbeben, Weltrevolutionen, Massen-Somnambulismus, Liebe, Nationalsozialismus. Kann man's wissen? Aber wenn irgendwann doch die eigentliche, die definitiv *letzte* Landung geschah und unsere Erde aufbrach, was würde dann mit den Menschen geschehen? In was verwandelten sich die Ei-Bewohner in der Welt außerhalb? Wohl doch in etwas Neues. Gut, vielleicht würden sie auch einfach einwirken, wie Salbentropfen, auf den Boden der nächstgrößeren Innenweltkugel, und da sie alle den Bauplan ihrer Innenwelt in sich trugen, würde vielleicht ein neues Ei aus ihnen wachsen und zu schweben beginnen. Konnten zwei verschiedene Hohlerden auch spontan miteinander verschmelzen, so wie Schaumblasen auf einer Teichoberfläche? War es denn reiner Zufall, dass man ausgerechnet in Worms ein römisches Grab aus dem 4. Jahrhundert freigelegt hatte, in dem sich einige mit Streifen und Tupfen bemalte Gänseeier erhalten hatten? Normalerweise verdaute die gute Erde doch derlei Organisches schon innerhalb weniger Tage oder Wochen. Hier aber waren die Eier – als Gruß? als später Beweis? als Depesche an den Einzigen, der sie zu lesen verstand? – eineinhalbtausend Jahre unverändert liegen geblieben. Nicht auszudenken, was sie enthalten mochten.

Nach der Begrüßung wurde Bender dem Kongressleiter Hubert Korsch vorgestellt. Nie zuvor war er einem derart feldherrenhaft rauchenden Mann begegnet. Zurückgelehnt, Beine im Sitzen weit gespreizt, die Zigarre mit entblößten Zähnen haltend, als hätte er sie eben erst nach Art eines Jagdhunds aus der Luft geschnappt. Korsch hatte ungesunde Zähne, aber einen angenehmen, von leichten Schallplattenkratzgeräuschen angereicherten Stimmton. Er zeigte, offenbar schon zum wiederholten Mal, das vom Reichskanzler persönlich formulierte Telegramm vor. Darin wünschte der Führer der astrologischen Unternehmung im Allgemeinen und insbesondere deren wissenschaftlichem Zweig – also ihm, Korsch – alles Gute. Korsch ließ das Telegramm nicht herumgehen, obwohl die Leute in der Runde neugierig geworden waren und ihre Hände schon danach ausstreckten. Nein, er hielt seine Handfläche schützend über das bereits vor Liebe gründlich zerknitterte Schriftstück und neigte es nur ein klein wenig nach allen Seiten, wie jemand, der sein Kerzenwachs sparsam verteilt. Man zeigte sich beeindruckt. Vor allem Heß, sagte Korsch. Zu dem gebe es direkten Draht. – Er ließ tatsächlich den Artikel weg. »Da gibt's direkten Draht.« Seltsam, dachte Bender und grübelte eine Weile zerstreut an dieser Formulierweise herum. Das haltlose Schädelgefühl begann sich wieder zu melden.

Aber schon nach einer halben Stunde hatte der Alkohol ihm die inneren Trennwände aufgeweicht. Wie spät war es? Er wandte sich um, nach einer Uhr oder sonst irgendeinem Hinweis. Aber es gab hier nichts, was den Zustand der Welt außerhalb des Gebäudes verriet. Nur eine sehr schöne Frau saß da an einem der Nebentische. Bienenhaft schwebsam wirkte sie in ihrem engtaillierten Kleid, vergeistigt und gütig in der Art bestimmter Heiligenbilder und dabei zugleich makellos wie ein Fluch. »Schwebsam«? Die Frau hatte keine Ahnung, worum es hier, am Tisch der Kongressmitglieder, ging. Und war das nicht ungeheuerlich? Dass man zu jemandem hingehen und ihn mühelos ermorden, vergewaltigen, zerreißen konnte, aber ihn zu überzeugen, einzuweihen, zu *interessieren* – das war schwieriger. »Haha, Korsch«, sagte Bender. »Und Koresh. Die beiden Namen. Korsch-Koresh.« – Korsch blickte ihn nur fragend an. Wenn er einen direkt ansah, wirkte er fast komödiantisch, mit ganz locker sitzendem Haupt. Auch sein Lächeln hatte etwas Perlendes und Verquirltes. Vielleicht lebt ja eine Art Anslinger in ihm, dachte Bender zerstreut. Kann man's wissen.

Das Programm war beeindruckend. Eine Gräfin Wassilko-Serecki aus Wien, deren näselndes Deutsch Bender schmerzhaft an Else erinnerte, sprach über die Schwingungen der

Tierkreiszeichen. DDr. Beckh aus Stuttgart erläuterte anthroposophische Aspekte und das Problem des Uranus. Fritz Brunhübner aus Nürnberg sprach über Pluto als neuen Faktor in Horoskopen. Den einzigen Vortrag, in dem die Hohlerde ebenfalls erwähnt wurde, hielt ein gewisser O.H. Paul Silber, ehemaliger Kunstgewerbeschullehrer und Architekt. Uralt, kahl, Knotenstock. Dazu sehr leise Stimme. Er hatte, wie er erklärte, bereits weit über siebzehn Bücher veröffentlicht, die sich mit den verschiedensten Themen befassten, darunter praktische Lebensführung, moderne Burgvillen, Schattenkonstruktionen, Perspektivenlehre, Durchdringungen, Dachausmittelungen, Illusionen und Sinneseindrücke, Hypochondrie, Magerkeit, Haarschwund und die Grundfehler des deutschen Volkes. Außerdem einen kleinen hilfreichen Traktat über die Ehe. Lang ging jeder Diskussion mit dem Mann aus dem Weg. Nur den Nachnamen ließ er sich mehrmals wiederholen, nickte dazu grinsend und fragte nichts. Wieder füllte sich der Raum bis in die Redepausen hinein mit dichtem Zigarettenrauch. Bender verteidigte den alten Mann eine Weile, aber dann stellte sich heraus, dass dieser in der Tat vollkommen falsch dachte. Er hatte vor Jahren, noch vor dem Krieg, Flugschriften verfasst, die alle den Titel *Die Erde eine Hohlkugel* trugen. Schön und gut. Aber schon ein kurzes Gespräch mit ihm ergab, dass er darunter etwas Unsinniges verstand, nämlich lediglich, dass der Erdkern im herkömmlichen Konvex-Erde-Modell hohl war und nicht aus geschmolzenem Gestein bestand. Das war alles. Bender schämte sich.

»Was mich aber noch interessieren würde, Herr Selig«, sagte Lang kichernd. »Wie stellen Sie sich die Druckverhältnisse in dem Hohlraum vor?« Nicht einmal den falschen Nachnamen korrigierte der alte Mann. Er lächelte, strich sich ein wenig den Bart, dann bat er um Wiederholung der Frage.

»Stocktaub auch noch«, sagte Lang leise, indem er sich verbeugte. Dann wiederholte er, schmetternd laut, seine Frage.

Herr Silber begann zu erklären. Ein Okkultist werde vielleicht in dem Hohlraum die Hölle vermuten, oder das Paradies, aber man wisse ja, dass beides bloße Zustände sind, keine Orte. Er wirkte selbst nicht sehr zufrieden mit dieser Erklärung. Schließlich fügte er hinzu: »Und ein Paradies ohne Sonne – schwer denkbar. Wir können jedenfalls nicht behaupten, dass der Innenraum« – er deutete auf den Kasinoboden – »von irgendeiner Quelle beleuchtet wäre. Das weiß kein Mensch. Nein, also, die Hölle ist da gewiss nicht.«

»Soso«, sagte Lang. »Na dann bin ich ja beruhigt.«

Korsch schüttelte den Kopf. Ganz nah an Bender, unhörbar für den Gast, murmelte er: »Wer hat denn den eingeladen?«

Bender wollte sofort korrigieren: »Aber der ist doch gar kein …« Aber er schwieg und ließ stattdessen seinen Nacken heiß werden.

»Aber je mehr Menschen korrekt denken und handeln«, sprach O. H. Silber weiter, »desto leichter werden sie die Absichten anderer sehen und fühlen und desto störender werden auch Verbrecher ihren telepathischen Einfluss, selbst innerhalb einiger hundert Meilen, geltend machen. Ja. Man wird diese also aus dem Bereich der Erdoberfläche verbannen müssen und sie vielleicht ins Erdinnere schaffen, wie Russland seine Verbrecher nach Sibirien. Platz wäre genug.«

Alle schwiegen. Bender hatte die Hoffnung, dass das Ansehen des alten Mannes vielleicht doch noch steigen könnte. Vielleicht würden sie die aufgrund des Namens vermutete, ihnen unangenehme Stammeszugehörigkeit ja vergessen können, wenn nur seine Gedanken und Erläuterungen schön genug waren. Streng dich an, dachte Bender.

»Und wenn der Erdkern voll wäre mit Verbrechern?«,

fragte er und bemühte sich, dabei aufmunternd und deutlich zu sprechen. »Was würde dann geschehen?«

»Ja dann«, sagte der Gast. »Das weiß natürlich niemand. Vielleicht spenden Vulkane da unten ein wenig Licht? Oder andere Leuchtgase. Sonne wird es keine geben.«

Korsch wandte sich lachend ab. Lang folgte ihm. Auch Lönner hatte genug.

»Sagen Sie, wo sind Sie eigentlich untergebracht?«, fragte Bender.

Aber der alte Mann blickte nur den davongehenden Männern nach. Er schien nicht sehr überrascht. Leise wiederholte er einige seiner Forschungsgebiete. Bender bemühte sich, über deren Umfang zu staunen.

»Nun, jedenfalls vielen Dank, dass Sie uns an Ihren Ideen teil-«

»Wie soll man wissen, was wirklich da unten ist«, unterbrach ihn Herr Silber. »Wir werden uns eben anstrengen müssen. Von nichts kommt nichts.«

»Sehr richtig«, sagte Bender. »Sie müssen meine Kollegen entschuldigen. Meine Frau ist übrigens ebenfalls ...« Er brach schnell ab. Er wusste es ja gar nicht!

Dann legte er eine Hand auf den Rücken des alten Mannes, um ihn sanft Richtung Nebenraum zu bewegen.

»Aber um die Erforschung muss sich die Jugend kümmern.«

»Das auf jeden Fall«, sagte Bender.

Man war allmählich bereit für den nächsten Vortrag. Für Herrn Silber fand sich plötzlich kein Stuhl mehr, also bot Bender ihm seinen an. Dabei fühlte er die Blicke in seinem Rücken. Also schlich er zur Hinterseite des Raumes und lehnte sich dort an die Wand. Die Hinterköpfe der Anwesenden ließen ihn an die bemalten römischen Gänseeier aus dem 4. Jahrhundert denken. In ihrem Inneren wuchsen winzige Lindwürmer, die nach dem Schlüpfen den Kindern nachts in die Augen fuhren. Wenn diese dann in den Himmel blickten, sahen sie Würmchen und flimmernde Pünktchen: die Jugendschreie der Lindwürmer.

In einer Pause kam Korsch zu Bender und fragte ihn ein wenig über seine vergangenen und gegenwärtigen Projekte aus. Auch interessierte ihn, wo er geheiratet hatte. Er fragte nicht *wen*, nicht *wann*, nicht ob Kinder vorhanden waren. Nein, nur wo. Bender nannte den Ort, Liegnitz. Standort der allerersten protestantischen Universität Europas, das heißt der Welt. Korsch schien mit der Antwort nicht ganz zufrieden. Aber er sprach seine prinzipielle, wenn auch noch etwas abwartende Unterstützung für einen möglichen Weltbildkongress in Worms aus. Bender dankte ihm. »Na ja, danken Sie mir nicht zu früh«, sagte Korsch. »Also Liegnitz, ja, nun gut. Mit i-e geschrieben, ja?«

Nach seinem Lichtbildvortrag *Leben wir auf oder in der Erdkugel?* wurde Bender zum ersten Mal in seinem Leben für viele Stunden in das herrlichste Element getaucht: *Kommentare.* Viele junge Menschen wollten mit ihm sprechen. Alle kamen auf ihn zu, berührten und lobten ihn, tippten ihn an die Schulter, wollten seine Meinung hören. Wo waren die bisher gewesen? Alle hatten sie etwas beizutragen, alle verlangten sie plötzlich nach Führung und Zugang zu Wissen. Es war unglaublich! Einige sprachen in ihrer Begeisterung so schnell, dass er sich konzentrieren musste, um ihnen zu folgen.

Georg S.: »Weitrer so. Die Kopernikaner machne sich Ins Hemd vor Euch! Jetzt bereiten sie einn Krieg vor, damit dieWWahrheit unter Verschluss bleibt!!!«

Hermann P.: »Ich sage nur – Viktor Schauberger.« Bender bedankte sich für den Vergleich.

Ein anderer junger Mann nannte den Namen Lanz von

Liebenfels, der Bender nichts sagte. »Ostara«, gab der Junge zur Erläuterung an. »Novus Ordo Seclorum.«

Dann ein gewisser Wolf Kühr aus Nürnberg, Theosoph und Ariosoph: »Zuerst war ich mir

ja nicht sicher von wegen

Astrologie

aber dann habe ich

gemerkt:

doch ja

Da ist was«

Und er zeigte Bender, wie zum Beweis, sein Handgelenk. Es sah vollkommen unauffällig aus.

Prof. jur. Dirk Kalman aus Berlin sprach ihn an: »Juden ... durch ihre Druckwerke ... wollen uns für fortwehbar verkaufen jaja ... von der Kugeloberfläche wegwehbar ... Da lach ich doch. Ja da lach ich.«

Bender wandte ein, dass, strenggenommen, gar keine Juden an der infamen Instandhaltung des kopernikanischen Systems beteiligt gewesen seien. Da lachte Prof. Kalman, wie angekündigt.

Andreas J., Neutempler aus Koblenz: »INNEN, Bruder. INNEN spielt es sich ab.«

Und er drückte Bender lange die Hand, voller Ergriffenheit.

Ein anderer, laut eigenen Angaben lieber namenlos bleibender Mann steckte ihm ein Werbebroschürlein zu, das von den magischen Eigenschaften des Salzes handelte. Es konnte im Körper Schallwellen bündeln.

Ein alter Mann verteilte Flugschriften über das Urchristentum und das Fischsymbol, allerdings fand sich auf dem Titelblatt seiner Schrift die schematische Zeichnung eines Verbrennungsmotors.

Dann zwei Vertreter für Radium-Heimöfen. Sie boten außerdem Radium-Wecker und Radium-Zahnpasta an, aller-

dings seien die Heimöfen, die die Versorgung mit H e i l -
s t r a h l u n g (wissenschaftlich nachgewiesen von *Dr. Mus-
grave* in Schottland) in einem hohen Maß gewährleisteten,
das weitaus verlässlichste Produkt.

»Ja, uns glauben machen, dass wir fortfliegen könn in'n
Weltraum, jeder Zeit, die werden noch ihr blaues Wunder ...
dass wir uns also exponiert vorkommen und jederzeit abhol-
bar, ab-hol-bar, auf der Außenhaut, ha, das hätten die gern.
Da lach ich doch laut.«

»Bald wird die WAhrhei t sich nicht s länger unter ver-
schlußs halten lassen halten!«

Dann ein junger Mann, romantisch zerzaust, deutsch-
national, die Finger beim Reden wie galvanisiert, der von
Benders Vortrag vollkommen begeistert war. Bender war so
gerührt, dass er ihm am liebsten auf der Stelle einen Hohlglobus geschenkt hätte!

Er verwickelte den guten Jungen in ein langes Gespräch
über das menschlich interpretierte Weltall. Warum konnte
Hasso Keller nicht auch so sein? Es war das erste Mal, dass
Bender von einem deutlich jüngeren Mann in höchsten Tö-
nen gelobt wurde, und das war eine derartige Wohltat für
seine Seele, dass er sich wiederholt am Rande der Tränen wiederfand. Er fragte den Jungen nach seiner bisherigen Ausbildung, und dieser zählte sofort einige Werke auf,
aber am Ton seiner Antwort hörte man noch deutlich das
Schwindelgefühl allzu rascher Improvisation.

Bei der Verabschiedung rief der Junge: »Herr Lang! Bitte,
nur noch ein Wort.« Und er hielt ein Büchlein in der Hand,
aufgeschlagen auf dem Titelblatt. *Die Hohlwelttheorie.* Johannes Lang. *Zweite Auflage, bedeutend vermehrt und ver-
bessert.*

»Bitte um eine kleine Widmung«, keuchte der Junge.

Bender war erstarrt.

»Was immer Ihnen geeignet erscheint.«

Bender ergriff den dargebotenen Bleistift.

»Nur ein Wort von Ihnen, Herr Lang«, sagte der Junge, atemlos.

»Aber ich …«, begann Bender.

Wie sollte er auf den Irrtum hinweisen, ohne vor Scham den Verstand zu verlieren? Einen Augenblick lang überlegte Bender, in welchem Winkel man den spitzen Bleistift in die Hand des jungen Bewunderers rammen müsste, um diesen dauerhaft zu beschädigen. Aber dann legte er eine Hand unter das vor ihm in der Luft schwebende Buch, zog es etwas näher zu sich heran und schrieb irgendeinen Kringel aufs Papier.

»Gern auch mit Datum«, murmelte der Junge.

Bender schloss die Augen.

»Der wievielte ist heute?«, fragte er leise.

Der Junge verriet es ihm.

Der rasende Puls war nun deutlich auf dem Hinterkopf zu spüren. Bender wusste, dass sein Gesicht rot angelaufen sein musste. Das war nicht gut. So kündigte sich ein Anfall an. Kündigte. Kündigten sich ein. Kündete. Kün-de? Und auf der Stirn, gleich unterm Haaransatz, brannte ein Juckreiz, und für eine Sekunde zerfloss der Anblick des nun erfolgreich signierten Buches zu einem Doppelbild. Bender kniff die Augen zusammen, dadurch kehrten Schärfe und Eindeutigkeit der Welt ein wenig zurück, er bedankte sich bei dem Jungen und wandte sich in Richtung Waschraum. Ein paar Schritte. Noch ein paar. Ein Kellner mit Tablett wich ihm elegant aus. Konnte man jetzt gefahrlos den Kopf schütteln? Ja! Und sich kratzen!

Johannes Lang, zusammen mit seinem neuen Freund van Holk in einer Ecke stehend, bot einen ungewohnten Anblick: Auf seinem Kopf saß ein Hut von geradezu zwitschernd gelber Farbe. Korsch stand direkt neben ihnen. Für einen kurzen Moment äugte er seitwärts in Richtung Bender.

Dann war plötzlich irgendjemand – war es die österreichische Gräfin? – wütend auf Hubert Korsch, denn der bemühe sich neuerdings um wissenschaftliche Anerkennung der Astrologie, aber das wäre doch genauso wie die Einführung von Schachautomaten für Schachspieler. Bender hörte nur halb zu. »Es berechnen, ha, ich bitt' Sie«, sagte die Stimme, »dabei geht es doch darum, sie als Kunst zu praktizieren! Nicht darum, sie in die Akademie einzuführen.« Weil man wisse ja ganz genau, *wer* da in den Akademien herumsitze. Es folgte die Pantomime eines langen Bartes.

Ein Verleger aus Erfurt stellte sich ihm als Anhänger der Hohlwelt vor. Er wisse seit einigen Jahren Bescheid. Edgar Rice Burroughs und Jules Verne. Ob er selber auch belletristisch schreibe, wurde Bender gefragt.

»Es geht nicht darum, die Astrologie in eine akademische Wissenschaft zu …«

»Wir erziehen unsere Töchter erdweltlich …«

»… wollen uns für wegwehbar verkaufen, da lach ich doch …«

Schließlich flüchtete Bender zu Lang und van Holk. Der gelbe Hut lag inzwischen auf dem Boden. Lang war gerade dabei, den guten alten Hörbiger zu loben. Nun, da er gestorben und etwas geistesgeschichtliche Bedenkzeit vergangen sei, müsse man ihm zugutehalten, dass er das alles schon sehr visionär erahnt habe. »So?«, sagte Bender. »Ich dachte, der gehört hinter Schloss und Riegel, und Schlüssel weg.« Nein, nein, sagte Lang. Unsinn. So dürfe man nicht denken. Nicht bei einem so großen Gelehrten, auch wenn er sich teilweise geirrt habe. Nein, die Welteislehre, die WEL, habe sich sehr wohl einige unleugbare Verdienste zuzurechnen. Selbst in der SS sei sie inzwischen angekommen und akzeptiert.

Bender erfuhr, dass die Anhänger der Welteislehre Drohbriefe an diverse Universitäten geschickt hätten. Lang fand das großartig. Das müsse man doch ebenso machen. Ihm seien einige Briefe der Welteismänner in die Hände gefallen, köstlich! Die nahmen wirklich kein Blatt vor den Mund! Natürlich, die neulich geäußerten Lobesworte des Führers für Hörbiger hätten ihn doch etwas entsetzt, gab Lang zu, aber zumindest die Geschichte der Erdmonde habe der alte Tölpel doch genau richtig erahnt, das müsse man uneingeschränkt anerkennen. Also dass die früheren Monde bei ihrer Landung zum Beispiel Sintfluten verursacht hätten. Und dass die Menschen im Tertiär bei der letzten großen Annäherung eines Altmondes sich aufgrund des steigenden Meeresspiegels in die Anden und nach Mexiko zurückgezogen hätten, was dort in der Folge zu den Hochkulturen führte, die in ihren Tempelanlagen und ihrer Reliefkunst ja durchaus so etwas wie echtes menschliches Seelenleben offenbarten.

Lang zeigte eine Broschüre. *Guiding Star Publishing House.* Aus Amerika. Bender blätterte sie durch. Lovejoy Park. Estero. Florida. Schöne Namen. Dann fiel sein Blick auf das Wort KORESH. Und er begriff, was er da in Händen hielt. Es waren die ehemaligen Jünger von Koresh, Dr. Cyrus Teed, die hier offenbar eine neue Zeitschrift herausgaben! Woher hatte Lang dieses Dokument? Träumend blätterte Bender vor und zurück, immer vor und zurück, es gab sogar Abbildungen. Ja, eine kleine Gemeinde in Estero, aha, so hieß der Ort. Wie lebten diese Menschen dort wohl, ohne ihren Anführer? Van Holk brachte die Rede auf Otto Rahn, der in Südfrankreich vor kurzem einen Ausstiegspunkt aus dem Erdenrund entdeckt hatte, auf seiner Suche nach dem Gral und den Wirkungsorten der Katharer. Lang erkundigte sich nach Benders Frau. Wie die mit allem zurechtkomme.

Als Lang von einem von der Seite an ihn herantretenden Menschen begrüßt wurde, steckte Bender Langs Broschüre schnell in die Tasche. Van Holk schien das Manöver beobachtet zu haben, sagte aber nichts. Bender verabschiedete sich. Er müsse noch am selben Abend zurück nach Hause. »Ah ja, nach Hause«, sagte Lang, »meinen Gruß an Madame.« Bender dankte ihm. Er reichte dem jungen Herrn van Holk die Hand, drückte ordentlich zu und blickte ihm dabei, so fest er konnte, in die Augen.

Auf dem Weg zum Bahnhof leuchteten ihm die Straßenlaternen wie aus Freundschaft. Aber nach dem vielen Austausch mit all den jungen Menschen brummte ihm auch ein wenig der Schädel. Verrückt oder bösartig waren sie alle nicht, aber es schien, als wären einige deutsche Wörter in ihnen wahnsinnig geworden, und die jungen Menschen verwendeten sie immer noch nach den alten Regeln und wurden dadurch allmählich, leider nie schlagartig, immer unverständlicher. Es ging gar nicht so sehr um neueste Phrasen oder um gebrüllte Reime, nein, es hatte schon lang vor ihnen, vor uns allen, vermutlich irgendwann in späthöfischer Hagenzeit begonnen und führte nach einigen Jahrhunderten Ladezeit schließlich zu all diesen Schweinereien: Schnittmusterbogen, Schinkenkloppe, Margeritenwiesen, Kaleidoskop. Donnerwetter und Beißring. Fehrbelliner Reitermarsch und Sonnwendfeuer. Die Spendierhosen anhaben, mit der Brennschere an die Haarwellen gehen, sich den Bauch vollschlagen. Alles vollkommen plemplem. Der Ausruf »Traun!«. Die Fettleber. Der Gehrock. Die Trense. Max Schmeling, Zuckerkand und Ahornnasen. Mostrich, Geiz und Vatermörder. Die Ränftel des Brotlaibs. Die Ranft des Baches. Die Ranzelfetzen der abgestoßenen Hirschgeweihe. Ringelpiez mit Anfassen. Tauflustig sein. Mauerblümchen, Kerbholz, Brennnesselwälder. Neuerdings nur noch blaue Tüten beim Kolonialwarenhändler, Marie. Narrenbütt, Grütze, Narrhallamarsch. Turnwart, Pferdefranz, ein Schuss Humor. Ein klarer Fall von Denkste. Ein' sitzen haben. Backfischfestsonntag. Schnurgeben beim Drachensteigenlassen.

Das Jo-Jo ordentlich döppeln lassen, und zwar über Kopf. Freilufttanzdiele. Schweißblätter, ins Sommerkleid eingenäht. Nesthäkchen, Milchtippel, Kornblumen, Pflorch. Sich den Ziegenpeter einfangen. Gemeinsam den Sankt-Nimmerleins-Tag begehen. Den Gottseibeiuns in die Verhältnisse einweben. Sich ordentlich eingrätschen. Kamerad Schnürschuh. Quax der Bruchpilot. Lebertran, Klopfstange, Zaungast, Bohei. Na, wir werden das Kind schon schaukeln. Pampe, Dasein, Jokus, Wink. Florentinerhut, Kulturbeutel, Mampelsaum, Schornsteindutt. Reisigbesen, Krampfader, Holzschnitt.

Und das ging immer so weiter, egal wie sehr man schon schielte oder innerlich schrie. Dazu kamen ganz neue Begriffe, wie die abwertende Rede von »Sinnsoldaten« oder von »Buberanz«, aber auch sie stammten aus demselben alten Gebläuche und Gefläume. Man wurde durchstrahlt davon wie von der Sense, der Schaufel, der Harke, dem Pflug und der Egge, diesen *von alters her zu den landwirtschaftlichen Geräten gezählten Instrumenten*. Das Baumdeutsch alter Schuldiktate. Dann hast du deinen Maltersack voll doppelter Dublonen, Tante Evchen. Nimm die Weizenähre aus dem Mundwinkel, Junge, wenn du mit mir sprichst. Ein Lotterleben führen. Jemandem Höhensonne verordnen. Die Damenwahl ausrufen. Jemandem den Milchmichel zurechtrücken. Einen ehrenhaften Familienbetrieb aufziehen. Einen Dachboden entdunkeln. Einen Zwickel einnähen. »Ich kann nicht mehr«, dachte Bender und überließ sich in dem nur von ihm allein beseelten Zugabteil seinem Schmerz.

Und doch war, was Bender in diesem Moment noch nicht ahnte, dieser Stuttgarter Kongress, dessen Beiträge in einer schwer aufzutreibenden Publikation namens *Zenit* festgehalten sind, die einzige Heimat, die er jemals gekannt hatte. Und nun war auch sie zu Ende, bestand nicht mehr. Einzig die amerikanische Broschüre war ihm geblieben. Die

verbliebenen Koreshianer blickten ihn aus den alten Fotografien mit geschwisterlichem Vertrauen an. In ihren Hal-
tungen war etwas Aufforderndes. Als erwarteten sie einen
Zuruf. Über dem Studium dieser Abbildungen dauerte Benders Reise nach Hause nur wenige Minuten.

Mitten im Entwurf eines Bittbriefs an Baron von Heyl wurde Bender von der Ankunft seines Nachhilfeschülers Hasso Keller unterbrochen. Der Junge hatte äußerst schlechte Laune. Er hatte einen aufreibenden Tag hinter sich. Zuerst stundenlang Luftschutzübung: mit Gasmasken gemeinsam an einem Seil ziehen. Danach ohne Umziehen gleich zur Nachhilfe. Dabei deutlich sichtbar noch die Druckstellen der Maske im Gesicht. Außerdem Gummiband-Geruch seitlich an den Wangen, und Juckreiz. Die Jungen lernen, wie man Hamsterfelle richtig trocknet, Kaninchen, Fasane, Feldmäuse. Sie bauen Zäune und Gräben, einmal sogar einen Jägersitz. Sie sammeln Altmetalle, Obstkerne, Hühnerknochen. Außerdem Herstellung von Seifen und Fetten.

Das Schuljahr 33/34 in Worms: Papier, Stoffe, Knochen. Aber bisheriges Sammelergebnis: unterer Durchschnitt. Ein Jahr davor noch, ganz groß: Korken, Stanniol, Silberpapier, Kastanien. Im nächsten Jahr dann wahrscheinlich Metallstücke. Und Hasso Keller: nicht der beste Sammler. Aber man lässt ihn ja nicht! Es ist nicht seine Schuld! In der Vorsammelstelle der Schule schickt der Lehrer, Dr. Höck, den wöchentlichen Bericht ans Stadtamt. Hassos Gruppe darin Woche für Woche die zweitschlechteste des Jahrgangs. Es ist so ungerecht! Jedes Mal berechnet der Lehrer gemeinsam mit der Klasse die Sammelerfolge. Tabellen, Statistiken, Punktelisten. Am erfolgreichsten waren sie noch bei Heilkräutern, obwohl die gar nicht offiziell gefordert waren. Dann der Kratereinsturz: Gauleiter Jakob Sprenger erteilt der gesamten Schule eine Rüge, aufgrund gefälschter Ergebnisse. »Vom Sammelprivileg ausgenommen für drei Wochen.«

Eine Weile tragen die Jungen noch auf eigene Faust weiter Kräuter, Stanniol und Silberpapier zusammen. Sie haben entdeckt, dass man sich die wohltuenden Pluspunkte auch selbst verleihen kann, *innerlich*. Die Ergebnisse laufen dann auf der inneren Tafel weiter, solange man nur nicht aufhört, zu sammeln. Aber schließlich wurde ihnen auch das untersagt. War Hasso überhaupt an der Fälschung beteiligt? Nein, die Rüge bezog sich allein auf die Schändung der Kastanienallee an der Kisselswiese. Er wohnt ja nicht mal in der Nähe! Weiß der Geier, wer das war. An den Abenden ist Hasso den Tränen nahe. Und auch tagsüber verschwindet der bedrängte Ausdruck in seinem Gesicht oft stundenlang nicht. Kulleräugig vor Reue und Scham schleppt er sich durch den Tag. Und Lust auf Nachhilfe hat er auch keine! Sein rotes Gesicht, seine verschränkten Arme.

»Guten Morgen, Hasso!«

Es sei doch gar nicht Morgen, korrigierte der Junge. Bender stimmte ihm zu, dann ging er in die Küche, um Saft zu holen. Er fand da Charlotte, die sich gerade anzog, um aus dem Haus gehen.

»Er ist wieder schwermütig«, sagte Bender und deutete in Richtung Arbeitszimmer.

»Ich gehe eine Runde«, sagte Charlotte.

»Ja, tu das«, sagte Bender. »Aber ich glaube, ich weiß, was ich ihm ... Warte.« Er trat in den Flur und suchte nach dem Hohlglobus. Er fand ihn in einem Blumentopf.

»Bis später dann«, sagte Charlotte.

»Warte. Warum gehst du jetzt fort? Ist es wegen ...«

Charlotte schüttelte den Kopf und legte einen Finger auf die Lippen.

»Ist nichts weiter«, sagte sie leise. »Dumme Jungen eben. Ich weiß nicht, wie er reagiert, wenn er mich allein antrifft, ohne seine Gruppe.«

Bender verstand überhaupt nichts.

Er winkte seiner Frau hinterher.

Dann brachte er den Hohlglobus ins Arbeitszimmer. Er trug ihn auf der offenen Handfläche, behutsam, so wie man einen flugbereiten Vogel trägt.

Der Junge warf einen neugierigen Blick auf das Objekt.

»Schau nur«, sagte Bender. »So was hast du noch nicht gesehen.« Und als der Junge sich lustlos abwandte, beeilte sich Bender hinzuzufügen: »Wirst sehen, das vergoldet dir den Tag.«

Schon wurde der Blick des Jungen etwas offener.

Bender deutete aufs Fenster.

»Sag mir, Hasso. Wenn du da hinausblickst, was siehst du?«

»Deutschland.«

Die Antwort war sehr rasch gekommen.

»Selbstverständlich. Aber zuerst die Stadt, dann weiter das Rheinland und dann Deutschland.«

Misstrauischer Blick.

»Deutschland umgibt uns, nach allen Seiten«, sagte Bender nickend.

Die Augenbraue des Jungen senkte sich wieder.

»Aber was kommt danach? Wenn man weiter und immer weiter geht.«

Es war der erste Moment, da der Junge überlegen musste.

»Hängt von der Richtung ab?«, sagte er.

»Was hängt davon ab?«

»Wohin man marschiert.«

»Ach so. Ja, korrekt. Aber wir stellen uns für einen Augenblick vor, dass wir fliegen können, wir gehen einfach in diese Richtung weiter, immer weiter. Wo kämen wir hin?«

Der Junge atmete ungeduldig aus. Auf seinem Hals hatten sich rötliche Flecken gebildet. Schließlich sagte er, in leicht gelangweiltem Ton: »In den Himmel?«

»Haha, ja, so würde man denken«, sagte Bender. »Aber die Wahrheit ist viel umfassender.«

Er hob den Hohlglobus in die Höhe. Er musste dem Jungen zeigen, wie es in dessen Innerem aussah. Sehen heißt verstehen. Aber da der Junge seinen Kopf ganz starr hielt und auch nicht imstande zu sein schien, seine Augen zu bewegen, musste Bender die gefranste Öffnung im Planeten für ihn hin und her bewegen. Es war wichtig, dass der Junge begriff. Durch Begreiflichmachen konnte man jeden Menschen –

Da nieste der Junge heftig – die nachträgliche Erklärung für seine starre Kopfhaltung –, und Bender zog den Globus weg, lachend, und wischte ihn mit dem Ärmel ab.

»Also, wenn wir uns in diese Richtung weiterbewegen«, begann er von vorn, »also in den sogenannten Himmel, bewegen wir uns immer weiter, und … Verstehst du, wir sind nicht hier draußen. Sondern hier.«

Sein Zeigefinger verschwand im Inneren des Globus.

»Nein«, sagte der Junge.

»Wir befinden uns nicht hier«, wiederholte Bender und zog dabei mit der Hand den Raum rund um den kleinen Globus nach, den Raum, in dem er und der Junge sich befanden.

»Was?«

»Wir sind innen. Der Erdboden geht weiter, und dann nach oben, er umspannt uns.«

Der Junge blickte aus dem Fenster.

»Es dauert, bis man es sehen kann«, gab Bender freundlich zu. »Aber wenn, dann bleibt es für immer. Wir sind *in* der Kugel, sozusagen.«

»Und was ist dann außerhalb der Kugel?«

Der Junge schien angewidert.

Bender hätte später nicht mehr sagen können, was ihn ausgerechnet zu dieser Geste getrieben hatte, aber er legte, als Antwort auf die Frage des Jungen, einen Zeigefinger an die Lippen, wie um eine Geheimnisoffenbarung anzukündigen, und deutete mit der anderen Hand nach unten, auf den Zimmerboden.

Der Junge folgte dem Wink.

Er stampfte ein paar Mal, wie probeweise, mit dem Schuh auf den Teppich.

»Das Weltall ist hier drinnen, bei uns, und wir sind drum rum.«

»Aber was ist unten?«

»Unvorstellbar«, sagte Bender. »Wenn wir immer weiter graben, ja, wohin kommen wir dann? Es gibt die Kruste, da kann man eine Weile hinein. Sich hineinwühlen. Aber geht sie ewig weiter? Oder hört sie auf, und man stößt mit der Bohrerspitze durch in das angrenzende ... Aber auch das ist unmöglich. Man kann es nicht. Man würde selbst verschwinden.«

Der Junge hielt das für einen schlechten Scherz. Er habe in letzter Zeit viel in der Erde geschaufelt, und er sei immer noch da.

»Ja«, sagte Bender. »Natürlich. Ich meinte aber tiefer. Viel tiefer.«

»Mein Vater sagt, ich soll nicht mehr herkommen.«

Fester, entschlossener Blick. Erwachsene Kinnhaltung.

»Oh«, sagte Bender. »Na, das ist ...«

Er wusste nicht weiter.

Er stellte den Hohlglobus auf den Tisch.

»Und heute?«, fragte er schließlich. »Sollen wir uns deinen Schulstoff ansehen?«

Hasso sagte, es sei ihm ganz gleich.

»So«, sagte Bender. »Ja dann. Und das hat dein Vater also gesagt, ja?«

Hasso schwieg. Es sah aus, als sei er auf seine eigenen Knie böse. Als ärgere ihn ihre knubbelige Kartoffelform. Er rieb auf ihnen mit einem Finger herum.

»Ich bin mir sicher«, sagte Bender, »ihr werdet bald wieder sammeln können. Das kannst du mir glauben.«

Immer noch keine Antwort.

»Sie erteilen euch bloß eine Lektion. Aber bald lassen sie euch wieder sammeln. Versprochen.«

»Doch auch schon egal«, sagte der Junge mit tonloser Stimme.

»Nein, nein. Wirst sehen. Ihr werdet den Rückstand aufholen.«

»Ja wie denn ...« Der Junge schüttelte den Kopf. »Wir sind schon so weit zurück ...« Ein Ansatz von Tränen? Nein, noch nicht. Aber immerhin ein wenig Verzweiflung in der Stimme.

Sie beschlossen, dass es gut sei für heute. Bender bat Hasso, bei seinem Vater noch einmal nachzufragen, wie er das gemeint habe. Nur damit alle Bescheid wüssten. Also dann vielleicht bis nächste Woche. Da würde er, sofern der geschätzte Herr Papa nichts dagegen habe, dem Jungen vom Geld erzählen, das wie Obst altert.

»Lotte, er hat es gesehen!«

»So?«

»Ja, er war richtig ergriffen. Er hat aus dem Fenster geschaut und *es gesehen*. Ich wünschte, du wärst dabei gewesen!«

Bender kratzte sich ein träniges Brennen aus dem Augenwinkel.

»Wie schön«, sagte Charlotte.

Sie hatte eiskalte Hände.

Als Bender zurück ins Arbeitszimmer kam, sah er, dass der Hohlglobus direkt auf der Broschüre stand, die er Lang gestohlen hatte. *Grüße an Madame*. Er nahm sie in die Hand, blätterte darin. Dann hob er sie an die Nase und roch daran. Ein geheimnisvoller Geruch! Oder doch nur ferner Zigarrenrauch? Würde Lang sie zurückfordern? Gut, das durfte er ruhig versuchen. Benders Blick fiel auf die Rückseite der märchenhaften Publikation. Er stutzte. Konnte das sein? Es war ihm bislang gar nicht aufgefallen. Ja, das war kein Zufall gewesen, dass der Globus, Neuperts Geschenk!, sich ausgerechnet hierher bewegt hatte. Da stand eine Adresse:

```
Postal Address    Box 1454
                  Fort Myers
                  Florida,
```

DIE VERTIKALREISE-GESELLSCHAFT

Ende November erhielt Bender einen begeisterten, mit lebhaften Strichmännchen-Szenen illustrierten Brief von Lang, in dem der alte Freund ihn vom baldigen Beginn der bemannten Raumfahrt in Kenntnis setzte. Der Ort, von dem aus die Menschheit den ersten Flug ins Erd-All unternehmen würde, stand fest: Magdeburg. Dort arbeite ein vermögender Ingenieur und Unternehmer namens Franz Mengering, laut Lang seit Jahren treuer Anhänger der Hohlwelttheorie, an diesem Unternehmen. Bender betrachtete die Illustrationen im Brief. Auf einer bestieg ein Strichmännchen eine eigentümlich gekrümmte Rakete. Lang empfahl Bender die Lektüre von Hermann Oberths *Die Rakete zu den Planetenräumen*, der »neuen Bibel«, wie er das Buch scherzhaft nannte. Eine weitere Strichmännchen-Szene zeigte eine Gruppe von verstreut im All herumschwebenden Hutträgern, die an Schnüren miteinander verbunden waren.

Die Wahrheit war: Bender liebte Raketen nicht. Nein, er liebte Raketen wirklich nicht. Egal, welches Modell, welche Bauart, es waren immer groteske, riesenhafte Prothesen für etwas, das ein Mensch auch innerlich, auf spirituellem Wege zustande bringen müsste, dazu kam noch, dass sie sich derart derb in die Länge zogen, so grob und albern aufrecht, ganz falsch konzipiert, ganz verkehrt herum gedacht, ganz altertümlich. Aber ein bemannter, vielleicht auch von einem Fotoapparat begleiteter Flug in sehr große Höhe, das war doch ganz interessant. Das würde den Innenweltkosmos zu beweisen helfen, vor allem für jene geistlosen Menschen, die alles nur anhand von Vogelperspektivbildern verstehen.

SPITAL.

Lang erwähnte im Brief einen gewissen Reinhold Tiling, der sich auf die Produktion rückführbarer, also wiederverwendbarer Raketen verstand. Er habe es in dieser Kunst so weit gebracht, dass er seit einigen Jahren regelmäßige Vorführungen in Osnabrück und auf der Insel Wangerooge gab. Die Tiling'schen G l e i t r a k e t e n, welche nach dem Erreichen des Gipfelpunktes mit ausklappbaren Flügeln eigenständig wieder auf dem Erdboden aufsetzen konnten, seien das vielversprechendste Modell für den Magdeburger Versuch eines Pilotenflugs. Lang schrieb, er selbst habe sich bereits mit zwei Raketenbauern getroffen und durchaus interessante, perspektivenreiche Gespräche geführt.

Aha. Soso. Raketenbauer – das Wort erheiterte Bender. Es ließ an eine wunderliche Sonderform des Landwirtsberufs denken. Raketen wuchsen als riesige Rüben auf einem Acker, sie lagerten einen Sommer lang in erdig fettiger Dunkelheit, trieben geduldig empor ans Licht, Zentimeter um Zentimeter gewinnend, genährt nur von Regenwasser und Teilchenwind, und der Landmann, erdbraun verwachsen mit seinem

Handwerk, ging umher und sammelte sie nach und nach ein. Sein Kopf war dabei ernst gesenkt, der Blick hart und mürrisch, die Ohren riesig, und sein Hut saß ihm leutselig auf dem Kopf. Dann das Angelusläuten, und sofort knickte er betend auf dem Feld zusammen. Er trug das geerntete Büschel Raketen in den Keller, wo sie weiter reiften. Hin und wieder presste der Raketenbauer auch eine kleinere Rakete aus und trank den Saft, der nach Ritterrüstung schmeckte. Und einmal im Monat pilgerte er an den Rand seiner Felder, wo ein einzelner fremder Fußabdruck in der Erde blühte. Dort bekreuzigte sich der Raketenbauer, machte beim Beten leise Explosionsgeräusche mit dem Mund und versank langsam in der Erde. Bender bemerkte, dass die Zeilen von Langs Brief leer durch sein Bewusstsein gingen, ohne dass er ihren Sinn erfasste. Nein, es half nichts, er hasste Raketen. Aber da, ganz am Ende des Briefs, stand dummerweise eine Einladung, sogar mehrfach unterstrichen.

Seufzend studierte Bender seinen Kalender. Dabei stellte er fest, dass ohnehin nichts darin stand. Die Seiten alle unbeschriftet. Verärgert legte er ihn weg. Charlotte kam nach einer Weile mit der Nachricht, dass ihr wieder zwei Sprachschülerinnen gekündigt hatten. Nun habe sie bloß noch vier. »Ah ja«, murmelte Bender geistesabwesend, »danke.« Aber was sollte er Lang jetzt antworten? Charlotte setzte sich neben ihn. Er blickte auf. Sie wiederholte ihren Satz. »Jaja, ärgerlich«, sagte Bender, »aber die wollen wohl nicht mehr lernen.« Charlotte schien verletzt. »Waren es begabte Schülerinnen?«, fragte Bender. Dann fiel ihm ein, was seine Frau meinte. »Oh, nein«, sagte er, »nein, nein, das brauchst du nicht zu denken. Nein, nein. Die wissen das doch nicht einmal, dass du ... Nein.« Charlotte wirkte kaum getröstet. »Außerdem, das Ganze wird so oder so in sich zusammenbrechen«, sagte Bender, »diese ganze Zustimmung überall, das ist alles viel zu oberflächlich, das hält sich nicht. Nein,

nein, schau.« Und er zeigte ihr zur Ablenkung den Brief von Lang. Stumm blätterte Charlotte darin, betrachtete die kuriosen Zeichnungen und deutete schließlich auf die Grußformel, mit der Lang seinen Brief abgeschlossen hatte. Bender bemerkte das Missgeschick. »Ja, das schreibt er neuerdings so«, sagte er schnell, »ich glaube, er meint es eher scherzhaft, der Lang ist nicht so, ich meine, du kennst ihn doch! Deshalb kürzt er es auch ab, H. H.« – »Ich kenne ihn nicht«, sagte Charlotte ruhig.

Zum ersten Mal sprach sie vom Umziehen. Sie sei schon wieder angezeigt worden, wieder ganz lächerlich, von einer Frau Friedrichs. Die Dame forderte ihr angeblich von Charlotte vor Jahren gewaltsam entwendetes *Pianoforte* zurück. Völlig grotesk. Und in der Schule gebe es nicht einmal mehr Freistellen für die Kinder, wegen dem verfluchten Paragrafen. Bender seufzte. Er versprach, mit Justus Keller zu telefonieren. Doch, doch, der habe ein Ohr für ihn. Er sei natürlich aufgrund seiner Arbeit stark eingebunden, das wohl, aber er sei kein schlechter Mensch. Er werde gleich nächste Woche mit ihm reden, versprochen. »Nächste Woche?« Ja, nächste Woche, bestätigte Bender. Außerdem werde der Baron von Heyl langsam weich, das spüre er. Auf jeden Bittbrief komme eine kürzere, knappere, aber deutlich wärmere Antwort. Bald habe er das Darlehen. Charlotte stand wortlos auf und ging aus dem Raum.

Erst am Nachmittag schien sich ihre Stimmung zu bessern. Bender atmete auf. Wieder einen Streit glücklich umschifft! Herr Erdelmeier kam die Straße herauf. Nun gab es die Katze im Blun'schen Fenster schon eine ganze Weile nicht mehr, aber des Briefträgers Augen waren auch nicht mehr die besten. Er sah nicht, dass die Katze fehlte. Er zeigte ihr seine leeren Hände, wie eh und je, und dabei wurde der hinkende Gang des Mannes für ein paar Sekunden federnd und leichtfüßig; immer noch empfing er die tägliche Segnung, trotz der Abwesenheit ihrer Spenderin. Bender gab ihm den Antwortbrief an Lang und einen neuen Bittbrief an Herrn von Heyl mit. Viel hatte er diesmal unerwähnt gelassen. Er hatte für das Treffen in Magdeburg zugesagt, aber das Unternehmen ging ihm doch eindeutig in die falsche Richtung. Innerhalb des vom Erdenrund eingeschlossenen Raumes konnte man herumfliegen, wie man wollte, man würde doch nie etwas Neues finden, außer nur wieder und wieder die alte, bekannte Erde. Es existiert nichts außer ihr. In die Tiefe, ja, das wäre die wahre Expedition! Soll dieser Ingenieur Mengering sein Geld doch für so etwas … Manchmal, in ganz denkstillen Augenblicken, stellte sich Bender den Durchstoß vor. Man rutscht, etwa innerhalb einer transparenten, unzerstörbaren Glasröhre, durch die Außenhaut unseres Weltmondes und sieht, was da ist. Ein zweiter, identischer Weltmond? Eine rabenschwarze Sonne? Die Wirkung des Außenuniversums auf unseres spürte man im Alltag nur an sehr labilen Dingen. Vor ein paar Tagen zum Beispiel hatte Bender ein Brotmesser auf einem Teller liegen lassen. Es balancierte mit der Spitze genau in der Mitte des Tellers, und es geriet, wenn man an ihm vorbeiging, in Schwingung und eierte mit einem eigenartig kichernden Keramikgeräusch hin und her. Aber schon nach wenigen Minuten wurde klar, dass dieser seismografisch aufgelegte Gegenstand gar nicht so sehr auf Erschütterungen des Zimmers oder des Tisches regierte, nein – und zur Probe schlug Bender mit der Faust mehrmals auf die Tischplatte, und da war nichts, bloß ein kurzes Zittern –, sondern auf irgendetwas anderes, tiefer Liegendes. Das langanhaltende rhythmische *jitter-jitter-jitter-jitter* geschah augenscheinlich immer nur dann, wenn das Messer es aus sich selbst heraus entschied. Bender saß mehrere Minuten lang vollkommen regungslos daneben und achtete auf draußen vorbeifahrende Autos oder die Bewegungen und Schritte von Menschen in den Nachbarwohnungen. Aber da war nichts. Alles ruhig. Und schau, da fing das Messer plötzlich wieder an. Möglicherweise kam unser Erdenkosmos einem anderen gerade sehr nahe, und die Anziehungskräfte ringelten sich auf unklaren Pfaden durch den Erdboden bis hierher, zu uns. Das Messer wirkte auch, als Bender es nach dem Versuch in die Hand nahm, auffallend schwer, als hätte es sich wie ein Schwamm mit Zeit vollgesogen.

KUCKUCK

Ein erstes Treffen fand kurz nach Neujahr in Worms statt. Geladen waren Benders alter Freund Dr. Vogeley und Johannes Lang. Wenige Tage davor war Bender aus der Reichsschrifttumskammer ausgeschlossen worden. Während eines Spaziergangs meinte Lang, dass Bender in Magdeburg auf jeden Fall reinen Tisch machen müsse. Man stelle bereits Erkundigungen über ihn an. Am besten einfach alles klar benennen, Grund des Ausschlusses, Name der Frau, keine halben Sachen. Bender stimmte zu, zuerst zögerlich, dann aber so heftig, dass Lang sich bei ihm unterhakte und einige Momente vereint mit ihm dahinschritt. »Wir kriegen dich schon noch auf die richtige Seite«, sagte Lang. Dann begannen die alten Gespräche, man redete sich in Begeisterung, wie früher. Es sei doch eine sehr, sehr große Zeit, stellte Bender schließlich versöhnt fest, und vielleicht war in ihr, wenn er einfach offen zu allem stand, tatsächlich ein Platz für ihn! Lang ließ, zum zweiten Mal bereits, seinen Arm los.

In letzter Zeit seien ihm, sagte Lang, wiederholt Artikel über den europäischen Kuckuck untergekommen, *Cuculus canorus*, der seit einigen Jahren, ganz entgegen seiner von alters her beobachteten und auch in unsere deutschen Sprichwörter eingegangenen Gewohnheit, sein Ei bei fremden Vogeleltern abzulegen, damit begonnen habe, wieder vermehrt eigene Nester zu bauen und seine Küken eigenhändig aufzuziehen. Einige Kuckucksvögel seien offenbar von diesem späten Echo ihrer anzestralen Vorzeit eingeholt worden. Aber warum? Früher hätten sie noch brav jeden Frühsommer den Rohrsängern und Bachstelzen, den Grasmücken, Goldammern und Zaunkönigen den Tod ins Haus gebracht: ein groteskes, die Stiefeltern schon früh an

Körpermasse überragendes braunes Geschöpf mit geschlossenen Augen und unstillbarem Hunger. Aber damit sei nun offenbar Schluss. Welches Ereignis diese Verhaltensänderung, dieser plötzliche Verlust ihres Weltvertrauens, wohl ankündige? Denn wenn man sich nicht einmal mehr auf die ahnungslosesten Wirtseltern verlassen könne, wie müsse es dann erst um den Rest der Welt bestellt sein? Nein, man möchte jetzt kein Kuckuck sein, sagte Lang.

Bender sah ein Bild des entsetzlichen Kükens vor sich. Braun, kompakt, die Augen verklebt. Wie ein riesiger im Nest herumkollernder Stein drängte und schubste es seine zarter gebauten Brutgeschwister über den Rand, hinaus ins unvorstellbare Nichts, ins große Außerhalb. Lang wirkte auf einmal schwermütig. Das Redefeuer war verbraucht. Bender bemerkte außerdem einen süßlich scharfen, unangenehmen Geruch in der Luft, fast eine Art Geschmack. Er kam aus dem Innenhof einer Gießerei. Ein Wächter in Uniform lehnte am eisernen Tor, seine Mütze warf einen Schatten über sein Gesicht, bis zur Brust. Verbrannte man hier Reifen?

Und immer noch sah er das entsetzliche Kuckucksküken vor sich. War Lang am Ende doch der bessere Schriftsteller? Immerhin publizierte er ein Büchlein nach dem anderen, war Mitglied der RSK, bekam Honorare und massenhaft Leserbriefe. Er hatte nur einige Sätze laut gesprochen – und nun dies, ein bleibendes Bild, das man nicht mehr loswurde. Wie ging das? Wurden seine Bücher deshalb gekauft? Der Wächter bemerkte die beiden vor dem Tor der Metallfabrik stehen gebliebenen Männer. Er tippte sich an die Mütze und deutete an, man möge entweder näher kommen oder bitte weitergehen, und dabei sah es so aus, als besäße er selbst bei günstigerem Lichteinfall kein Gesicht, nur eine umgestülpte Prägeform, wie für ein Briefsiegel. Bender erwiderte schnell den Gruß, dann gingen sie weiter. Weder Lang noch er blickte sich um. Und schon nach wenigen Minuten

war ihr Gespräch zu Fixsternen, Koresh / Morrow-Erdkrüm-
mungsmessungen und der vermuteten Lage des Franz-Josef-
Lands zurückgekehrt.

Als Bender am nächsten Morgen allein im Haus war – Charlotte war mit den Kindern spazieren gegangen –, stellte er
sich im Arbeitszimmer auf und übte die Ansprache. »Jawohl, es stimmt, meine Frau ist Jüdin«, begann er, »aber ...«
Er machte eine Geste. Heftiger Ekel befiel ihn. »Aber«, sagte
er und lachte kopfschüttelnd, »aber sie ist von sehr hoher
geistiger Kultur, deutsche Polin, das hat also nichts mit dem
hier landläufigen Bild von ... und sie kollaboriert mit mir
bereits seit Jahrzehnten, in der von mir entwickelten intui-
tiven Sprachlehre ... jawohl, seit Jahrzehnten. Sehr treu.«
     Nein, das war nichts. Das musste besser werden.
     Aber dass er reinen Tisch machen musste, so wie von
Lang empfohlen, daran gab es wohl keine Zweifel. In Magdeburg würde er immerhin mit Stadträten und Leuten aus
der Politik zusammentreffen. Denen durfte man nichts vor-
machen. Also noch einmal.

Am Abend erwartete Bender Lang und Vogeley zu einem
kleinen Umtrunk in seinem Haus. Bender versteckte die ge-
stohlene Koreshianer-Broschüre hinter einem Schrank. Den
Nachmittag lang saß er mit Charlotte im Arbeitszimmer und
bereitete sie vor. Bender glaubte, dass sie durchaus vermutete, worum es ihm eigentlich ging. Noch spielte sie jedenfalls mit. Erst als er, wie nebenbei, ins Gespräch einwarf, sie
könnte doch heute Abend »vielleicht sogar« irgendetwas
aufsagen, ich weiß nicht, einige Zeilen vielleicht, einfach
so, aus dem Gedächtnis, denn ein sehr gutes Gedächtnis
habe sie ja und Vogeley liebe deutsche Poesie über alles –
da wurde ihr Gesicht auf einmal ernst, und sie bat ihn, den
Scherz sein zu lassen, das sei nicht lustig.

»Jaja, natürlich, natürlich«, sagte er. Bitte nicht böse werden, dachte er, bitte nicht eisig schweigen oder verstockt herumlaufen, *sonst heute Abend doppelte Katastrophe.*

»Soll ich das Vaterunser aufsagen?«

Bender blickte seine Frau an. Er wusste nicht, ob sie diesen Vorschlag ernst meinte.

»Einfach so, spontan, mitten im Satz, das Vaterunser«, sagte Lotte ernst. »Und sehr laut, sodass es alle hören. Einfach den ganzen Abend lang, immer weiter, so vor mich hin, ohne Pause.«

Bender versuchte, ihr nicht direkt in die Augen zu schauen.

»Ja ... also, ja ... Ich meine, kann man sich überlegen. Also vielleicht nicht den *ganzen* Abend? Aber zwischendurch, ich meine ... Denkst du, du könntest das?«

Charlotte stand auf.

»Schau, wie ängstlich du dasitzt«, sagte sie.

Bender gab sich den ganzen Abend über weltgewandt und visionär. Er sprach sich heiser. Allerdings stieg, während er lebhafte Anekdoten vortrug, der dunkle nasse Rand auf seiner versehentlich in die Suppe eingetauchten Krawatte immer höher, in Richtung Knoten.

Lang war sehr höflich zu Charlotte, bat sie immer wieder um Kommentar und Beisteuerung von Gedanken, obwohl sie nie für längere Zeit im Zimmer war. Bender lobte seine Frau für ihre Hingabe.

Und doch wurde die *Wormser kosmologische Vertikalreise-Gesellschaft* von Dr. med. Paul Vogeley, Johannes Lang und Peter Bender an diesem Abend erfolgreich gegründet, im Wohnzimmer. Es war doch alles gutgegangen! Keine Zwischenfälle, keine Verdachtsmomente. Die Herren waren nicht empört abgereist. Aber sie gaben Bender Ratschläge für den Auftritt in Magdeburg.

Außerdem wurde er von Vogeley um Lektüreempfehlungen gebeten. Bender gab sofort Antwort: zuerst natürlich den *Zarathustra*, vor allem das geniale Kapitel über Küchen-Kohle und Diamant, dann natürlich auch Frobenius, Boeckmann, Spengler. Eben alle Großen. Aber mitten im Satz musste er sich entschuldigen und in den Garten laufen, um sich zu übergeben. Nein, es kam gar nichts. Die Trinkgläser haltenden Menschen im Wohnzimmer sahen sein Wiedererscheinen mit amüsierter Verblüfftheit. Sie machten ihm Platz. Bender begann zu sprechen.

»Ich fürchte, ich muss wirklich etwas zu dem im Raum stehenden Problem sagen. Ja, meine Frau ist Jüdin, aber die Ehe mit ihr war, und das muss man eben dazu wissen, die Ehe war die Basis, jawohl, die BASIS für meine geistige Entwicklung. Sie führte in direkter Linie« – Benders Hand sägte vor ihm durch die Luft – »zu meiner geistigen Durchdringung der Hohlwelt! Ihr eigener Vater ist zum Beispiel ein exakter astrologischer Zwilling von niemand anderem als – Koresh!«

»Na, na«, hörte er neben sich. »Erstentdeckung.« Lang packte ihn, allerdings ganz ohne Grobheit, an der Schulter. Glücklicherweise war man längst betrunken. Vogeley musste zu späterer Stunde ebenfalls in den Garten laufen. Hinterher lobte er den Schnaps.

Charlotte sprach den Rest der Woche kaum mit ihm. Bender gab zu, dass sein männlich überhöhtes Frauen-nicht-für-voll-Nehmen wohl wieder einmal mit ihm durchgegangen sei. Aber er habe sich vor den Gästen zu ihr bekannt, mehrere Male. Das habe sie wohl nicht mitbekommen. Außerdem sei das Treffen ein voller Erfolg gewesen! Jetzt nur noch das Darlehen von dem faulen Lederbaron von Heyl, und wir sind gerettet! Er erinnerte sie an seinen Buchentwurf mit den Kapitelüberschriften. Ja, damals habe sie ihm nicht geglaubt! Und jetzt? Bald würde eine Flüssigkeitsrakete in den Erdraum vordringen – denk nur, eine *echte* Rakete! – Aber er hasse doch Raketen, sagte Charlotte. – Das könne man auch nur behaupten, erwiderte er, wenn man von den Einzelheiten keine Ahnung habe. Ob sie es denn nicht begreife, er habe endlich einen Fuß in der Tür!

Beflügelt von seinem Erfolg schrieb Bender an die amerikanische Botschaft, um ihr seine Pläne eines kosmologischen Kongresses in Worms mitzuteilen. Dann einen zweiten Brief über eine mögliche, auch die USA angehende Währungsreform. Man retournierte seine Briefe ungelesen. Charlotte sah die Umschläge und war aufgeregt. Amerika? Die nehmen noch Emigranten auf. Ihr Gesicht leuchtete so hoffnungsfroh wie seit langem nicht. – Nein, nein, sie denke ganz falsch, sagte Bender. Nicht er wolle in die USA fahren, die brauchen ja keine Heilung, sondern sie sollen zu uns kommen, dann werde die Mitte der Welt HIER errichtet.

Mit der Post kamen außerdem immer neue Formulare. Bender wurde aufgefordert, seine oder Charlottes oder »ihre gemeinsame« Herkunft zu erklären, was immer man unter Letzterem verstehen mochte. Diese innerhalb einer gewissen Frist zu retournierenden Verwaltungsbriefe waren jedes Mal so datiert, als hätten sie bereits zwei Wochen auf dem Postamt gelegen, sodass die Antwortfrist natürlich längst verstrichen war! Er musste die Vornamen seiner Großeltern nennen und stutzte, da sie ihm nicht einfallen wollten.

In einem Vortrag vor befreundeten Astrologen beschrieb er das »große deutsche Schicksal«, dass seine Frau als Jüdin ihn als Deutschen einst erwählt hatte. Nach dem Vortrag hatte er einen kleinen epileptischen Anfall, der von den Anwesenden mit einem Glas Salzwasser behandelt wurde. Außerdem erwärmte sich der ehemalige hessische Ministerpräsident Werner für Benders vielfältige Anliegen und schrieb ihm einen freundlichen Antwortbrief: »Ein Weltbildkongress ist so wichtig, dass ich meine Unterstützung nicht versagen möchte.«

Außerdem stand er seit kurzem in Korrespondenz mit den ehemaligen Jüngern von Cyrus Teed, den Koreshianern, in Estero, Florida! Bender zeigte Charlotte die letzte Sendung. Sie hatten ihm Broschüren über ihre Gedenkstätte geschickt. Und hier, ein Brief über die Morrow-Messungen, der Verfasser sei sogar selbst bei einer dabei gewesen! Wie sie sehe, arbeite er Tag und Nacht an ihrer Befreiung. Nun könne sie vielleicht endlich einmal beruhigt ausatmen.

Eines frühen Morgens sah Bender in der Stadt eine Gruppe Jugendlicher. Sie hatten ihre Kappen abgenommen. Er vermutete, dass sie eben mit dem Singen fertig waren. Man sah es den Leuten neuerdings immer an, wenn sie gerade gesungen hatten; es war so ein unwahrscheinliches Glühen um sie herum. Bender erkannte, was vor ihnen auf dem Asphalt lag. Es war der Kadaver eines Hundes. Schwarze Fliegen stoben auf, als er näher trat, ein verworrenes Willkommen. Die Sonne stand noch niedrig über den Häusern, und man konnte deutlich die Rippen des Hundes sehen, sie ragten aus der wie Stoff zurückgestreiften Haut des Oberkörpers, ein kleiner obszöner Springbrunnen aus kreidigem Weiß. Es gibt viele Gedichte auf den Tod von Hunden, schon die alten Griechen hatten welche verfasst. Bender schüttelte sich. Warum gingen die Jungen nicht weiter? Hatten sie wirklich vor dem Hund gesungen?

»Ach, Hasso«, sagte Bender, seinen Nachhilfeschüler entdeckend, »guten Morgen.«

»Morgen, Herr Bender.«

Die Jungen bewegten sich immer noch nicht, sie sahen offenbar mehr in dem toten Hund als er, vielleicht einen Vorgang, eine Art bewegtes Bild. Und da hing auch der Mond, der Vollidiot, am noch dämmrigen Himmel. Das tote Tier lag direkt vor der Praxis von Dr. Gernsheim.

Die Jungen sagten, er sei bestimmt vergiftet worden.

Vergiftet?, fragte Bender. Aber der Hund sei doch vollkommen aufgerissen und zerfetzt, vor allem da an der Brust.

Vergiftet, beharrten die Jungen.

Dann schafften sie den Kadaver, zu Benders Überraschung, mit vereinten Kräften auf die Fußmatte der Arztpraxis.

»Schau dir den Ball an«, sagte Bender. »Die Hülle ist unsere Erde, also eine Kugelschale, auf deren Innenseite wir leben.«

Er deutete aus dem Fenster. Keine Reaktion. Der arme Junge war heute vollkommen unerreichbar. Er machte mit dem Mund leise Explosionsgeräusche, während er seinen Bleistift spitzte.

»Und in der Mitte der Kugel lebt noch eine andere Kugel, auf der alle Gestirne sind. Also die kleineren, die Leuchtpunkte. Hast du gewusst, dass die Sterne im Nachthimmel kleiner werden, je stärker das Teleskop ist, das man auf sie richtet?«

Aber der Junge war ganz woanders. Ob es wegen der Sache mit dem Hund war? Bender wusste nicht weiter.

»Sieh doch mal, wir sind hier, aber was ist dann ... hier? Hm?«

Leerer Blick. Bleistift in der Hand.

Nicht mal zum Fenster wollte der Junge blicken.

Bender legte die Hilfsmittel auf den Tisch. Er verwendete heute zur Veranschaulichung zwei Gummibälle, da er den Hohlglobus nicht hatte finden können. Möglich, dass dieser bis in den Garten vorgedrungen war.

»Weißt du, ich war im Krieg Pilot«, sagte Bender. Sofort veränderte sich etwas im Raum. »Und als Pilot kann ich dir versichern ...« Er seufzte, schüttelte den Kopf. Aber der Junge saß auf einmal sehr empfangsbereit da. Hände links und rechts in absolut paralleler Haltung. Das Kinn etwas erhoben, aber nicht stolz, nicht hochmütig. Sondern neugierig. »Kann ich dir versichern«, wiederholte Bender, »dass die Wolkendecke von oben ...« Er ließ seine Hand schweben. »... dass sie aussieht wie eine Schüssel. Konkav, verstehst du?« Er deutete eine entsprechende Form an. »Und außerdem, das Unglaublichste. Das, was mir damals niemand gesagt hat und was ich auch Jahre später nicht wahrgenommen habe. Der Horizont.«

Vollkommene Ausrichtung des Jungen. Wie eine Sonnenblume, eine Radarschüssel, es war entzückend.

»Der Horizont schwebt mit dir mit, auf jede Höhe. Egal, wie hoch du fliegst. Denn es musste ja hoch genug sein, weißt du. Um zu sehen, welche Farben der Feind verwendet.«

»Engländer und Franzosen!«, sagte der Junge. War da schon Begeisterung in der Stimme? Bender musste lachen. Ah, es ging doch nichts über einen Geist, der sich plötzlich der Wahrheit öffnet. Bender wippte auf dem Sofa.

»Ja«, sagte er. »Stell dir vor, der Horizont folgt dir überall hin! Vermutlich bis ganz hinauf in die obersten Luftschichten.«

Wie hoch die Bomben fallen, fragte der Junge.

Bender ging auf die eigenartig formulierte Frage nicht gleich ein. Ach, das Ungestüm der Jugend. »Ich habe keine abgeworfen«, sagte er, und da er die sofortige Veränderung im Blickkontakt des Jungen spürte, fügte er schnell hinzu: »Leider. Ich hätte dafür aber auf jeden Fall etwas tiefer fliegen müssen. Bomber fliegen tief.«

Und seine rechte Hand flog tief.

»Die Aufklärer dagegen waren immer weit oben.«

Die andere Hand: weit oben.

»Und die kehren dann zurück und geben Meldung. Weißt du, wie man Meldung macht?«

Der Junge überlegte, dann kam er auf die Lösung. Er nahm, allerdings immer noch im Sitzen, eine irgendwie *stehende* Haltung an und salutierte.

»Perfekt«, sagte Bender. »Jedenfalls gab es da drei Farben. Die eine bedeutete, der Feind schießt mit Absicht, mit voller

Überzeugung. Die zweite bedeutete, er schießt nur zur Tarnung, um abzulenken. Und die dritte ...«

Benders Blick fiel auf seine Hausschuhe. Grau, mit schwarzen Bändern oben. Er stutzte.

»Ja, die dritte Farbe vergesse ich immer«, sagte er leise. »Aber nicht weiter schlimm. Das Wichtigste: der Horizont. Der folgt dir, egal in welche Höhe. Oder auch ein Schiff, wenn es über die sogenannte Erdkrümmung schwimmt und verschwindet. Wenn du dann durch ein Fernrohr blickst, ist es auf einmal wieder da!«

»Waren Sie auch auf einem Schiff?«

Bender fühlte so etwas wie einen Niesreiz, allerdings an einer Stelle tief in seinem Kopf. Er wischte sich die Augenwinkel. So rührend, so lieb, dieses knospende Interesse.

»Nein«, sagte er. »Aber es gab sehr viele Schiffe. Alle hatten Schiffe. Aber denk nur, der Horizont folgt dir wirklich überall hin, entschuldige ...« Bender fasste sich an die Nase, in Erwartung der befreienden Entladung, aber der Reiz blieb irgendwo stecken. Er schüttelte den Kopf. »Ah, hol mich der ... Jedenfalls der Horizont, der ist nicht mehr als eine optische Kreislinie, die in Wirklichkeit gar nicht existiert. Ja man kann ihn nicht einmal fotografieren. Es gibt ihn nicht.«

Ah, nun kam das Niesen endlich, aber es war – sehr merkwürdig – bloß ein schnappartiges Gähnen. Die Kiefer krampften ein wenig.

»Ist stickig hier, nicht?«, sagte Bender. »Ich werde ein wenig das Fenster öffnen.« Da bemerkte er, dass die Unterrichtszeit längst vorbei war.

Um den Jungen nach all den Erkenntnissen, nach all der Menschwerdung, ein wenig zu erden, gab Bender ihm einige Obstkerne mit. Charlotte war nirgends zu sehen. Der Junge nahm die Kerne an, bedankte sich. »Die ganze Schule so bestrafen«, sagte Bender. »Aber bald habt ihr's überstanden.« Der Junge zählte die Kerne. Er machte es inzwischen so wie die meisten, ohne hinzublicken, allein durch Finger-klauben in der Hosentasche. Irgendjemand hatte behauptet, das sei eine vor allem im Krieg gut brauchbare Fertigkeit, und Bender überlegte seither, ob da was Wahres dran sein könnte oder nicht. Etwa Patronen zählen, nachts? An der Metallspende zum Führergeburtstag würden die vom Sammelpriveleg ausgeschlossenen Kinder sich nun doch offiziell beteiligen dürfen, erklärte Hasso. Ein wenig Sicherheit und Glück waren in seine Stimme zurückgekehrt. Bender beglückwünschte ihn. Er musste an die Kriegszeit denken, damals, die Laub-Sammlung für die Heerespferde, in der ganzen Stadt die unmöglichen Plakate. Der Junge verließ das Haus in friedlicher Stimmung.

Einige Tage danach begegnete Bender erneut seinem Schüler. Hasso war auf der Straße unterwegs, in einer Traube anderer, etwas älterer Jungen. Sie kamen auf Bender zu. Da geschah etwas sehr Sonderbares: Hasso salutierte vor ihm. Ganz übertrieben, wie zum Spott. Bender blieb verblüfft stehen, erwiderte die Geste und ging weiter. Nach ein paar Metern stieg ihm Hitze ins Gesicht. Er lachte. Als er sich einigermaßen außer Reichweite fühlte, wandte er sich schnell nach den Jungen um. Sie blickten nicht zu ihm, aber hatten einen Kreis gebildet. Er meinte erkennen zu können, dass der kleine Hasso den anderen etwas mitteilte. Konnte es tatsächlich sein? So wie bei Joost auf dem Gefängnishof? So wie bei Sonnleithner und Anslinger? War das ein weiterer Anfang, eine Menschwerdung? Ja? Es war schwer zu sagen.

Vielleicht sträubten sich seine Kameraden noch und zogen ihn deswegen auf. Oder sie begannen den Umschwung ebenfalls bereits in sich zu fühlen und deuteten oft, ohne dass sie es merkten, auf den Horizont – und spürten vielleicht und ahnten, wie wenig real er war. Gerührt ließ sich Bender auf einer Bank nieder. Ihm war auf einmal ganz fromm ums Herz geworden, ganz demütig. Immerhin schon diese paar Jungen, sagte er sich, die ersten der neuen Generation, die mit unverklebten Sinnen auf die Welt blickten.

»Guten Morgen«, hörte er.

»Guten Morgen, Frau Blun.«

Die alte Frau trug ihre Gießkanne vom Friedhof heim. Seitlich an ihrer Hose waren große nasse Flecken. Ihr Blick war unruhig. Sie sah die Jungen und blieb stehen.

Bender ließ seine Hand sinken. Aus Versehen hatte er vor ihr salutiert.

»Prächtiger Tag!«, sagte er.

Aber Frau Blun schien ihn nicht zu hören. Beim langsamen Weitergehen kontrollierte sie immer wieder den Inhalt ihrer Gießkanne. Trägt vielleicht jeden Tag eine frische Seele vom Kirchhof nach Haus, dachte Bender zerstreut. Gibt die Seelen bei sich ins Gehege, schüttet ihnen Körner hin, lässt sie aushandeln, was noch auszuhandeln ist. Und stellt sie am Abend, geläutert und pflückfertig, aufs Fensterbrett. Damit die Vögel sie zurückbringen in die Erde. Warum schafft sie sich keine neue Katze an?

Ja, so steigt einem das zu Kopf!, dachte er. Dass Adepten heranreifen, in der unmittelbaren Nachbarschaft, ohne großes Dazutun, ohne Drill und Dogma, ohne Schule und Indoktrination. Ha! Ob der aufgeplusterte Lang *das* ebenfalls von sich behaupten konnte? Ich glaube nicht! Ein erfolgreiches Büchlein nach dem anderen über die Hohlwelt herausbringen, das kann er. Dafür Geld kassieren. Aber hatte er *Einfluss*? – Bender stellte sich vor, der Mutter von Hasso Keller zu begegnen. Sie war eines dieser blühenden, kerngesunden Geschöpfe, die im Alltag beim Denken so häufig unterbrochen werden, dass ihre Gedanken inzwischen nur noch aus einer Art gutmütigem Summen bestehen. Sie ist an ihm interessiert, sie nennt ihn *Herr Leutnant*. Sie erzählt, ihr Sohn habe vom Erdhorizont zu träumen begonnen. Dann küsst sie ihn. »Stimmt es wirklich, dass Sie mit dem Richthofen in einer Staffel waren, Herr Bender?« Er muss lachen, klärt den Irrtum sofort auf. Nein, nie in einer Staffel. Aber doch beinahe. »Der Hasso spricht nur noch von Ihnen, Herr Leutnant.« Und sie drückt sein Gesicht gegen ihre Brust. »Ich habe einen Brunnen«, sagt er schließlich. »Ja, hier im Kiefer.« Er deutet auf die Stelle. »Abgeschossen, an der Weichsel. Im 17er Jahr.«

Noch bis zum Abend beschäftigten ihn erotische Visionen, in denen Frau Keller eine Rolle spielte, allerdings fiel ihm auf, dass er diese Fantasien nach einer Weile eher lustlos, mürrisch und wie zur Korrektur einer erlebten Demütigung in seinem Inneren abhandelte, Punkt für Punkt. Irgendwann stellte er sich nur noch ihr verdutztes Gesicht vor, nachdem er mit ihr fertig war, ihr ungläubiges Betasten der von ihm besudelten Hautstellen, ihr Luftschnappen nach der Ohrfeige. Dann wieder tat sie ihm irgendwie leid. Dann plötzlich rasende Sehnsucht nach Else. Und schließlich eine Erinnerung an den Spätsommer 1915. Russland-Front, kurz nach Benders Ankunft. Zuerst übernachtet im Wohnzug, neben endlosen Wäldern. Die großen Hitzewellen vom Baltikum. Und Graf Holck, der Flugführer für die auszubildenden Piloten, bei dem immer ein kleiner Hund mitflog, unten in der Karosserie. Verhielt sich da vollkommen still, egal ob man durch Explosionsrauch oder Gewitterwolken flog. Alle rätselten, ob der Hund überhaupt lebendig war, aber dann ging er eines Tages aus Versehen verloren, und Graf Holck war untröstlich darüber, schrie und beleidigte alle Jungpiloten, von denen ein paar sich von dem Schreck nie wieder erholten. Da wussten sie, dass der Hund *wirklich* am Leben gewesen war, aber möglicherweise einfach stocktaub oder gelähmt.

Nachts gab es heftige Gewitter. Bender lag hellwach. In seinem Schädel knackte es, wie in Kaminfeuern. Das Bild von Hasso auf der Straße, die Salutiergeste. Nun war auch diese Sache auf der Welt. Wie ein Gewitter. Aber vielleicht kommen wir irgendwie durch. Ja, vielleicht dauert es nicht lange. Brennt sich irgendwie von selbst aus. Gewitterflüge dauern ja auch meist nur kurz, es sei denn, man ist dumm und fliegt in den Wolken im Kreis. Das größte Hindernis dabei: die eigene Fliegerbrille. Also am besten gleich weg mit ihr, über Bord, schon bei den ersten Regentropfen. – Er selbst war nur ein einziges Mal durch ein Gewitter geflogen; zu zweit, er am Fotoapparat. Die verdüsterte Wolke vor ihnen reichte bis hinunter ins Dorf. In der Staffel hatten sie erzählt, wie im Gewitter die Kirchtürme zu wachsen begannen und dass man schon von Piloten gehört hätte, die mitten in der Gewitterwolke plötzlich mit einer Straßenlaterne kollidiert waren, die eigentlich weit unten im Dorf stand. Die eigentümlichsten Längenphänomene traten da auf. So veränderten sich im Inneren der Gewitterwolke auch die eigenen Finger – sie wurden winzig klein, wie Essgabeln, und rüttelten mit entsprechend verminderter Kraft am Steuerknüppel. Oder man sprach plötzlich ein paar Sätze rückwärts, und die Zehen krümmten sich ein, bis sie den Erdkern berührten. Und dann plötzlich, direkt vor uns: Bäume, Hausdächer, haarscharf unterm Fahrgestell dahin – höher, höher, wir fliegen zu niedrig! Und zwischendurch alles umhüllt von Schwärze, mit Blitzen ringsum, und die Nässe hautnah, bis ins Mark. *Als flögest du mitten durch eine Kartoffel,* so hatte es der Freiherr von Richthofen in seiner Lebensbeschreibung ausgedrückt. Und das Brüllen des Donners, Frechheit. Ja, aus Gewitterflügen kehrst du verformt zurück. Die Kameraden erkennen einen nicht gleich, erst im Spiegel sehen sie dein Gesicht wieder normal herum. Und auf der Fotoplatte nur blühender Unsinn: abstrakte Linien- und Sprenkelmuster, alles unbrauchbar, alles des Teufels. Und dann ging es los, alle in der Staffel erzählten sofort von ihren eigenen Fotoergebnissen nach Gewitterflügen. Die gespenstischsten Dinge waren da entstanden! Etwa das Bild der beobachteten Stadt, allerdings wie sie einige Jahrhunderte zuvor ausgesehen hatte, mit noch ganz wenigen Häusern und einer Holzkirche im Zentrum. Oder die Porträtaufnahme einer uralten Frau mit bäuerlichem Kopftuch. Oder ein Geflimmer von Handabdrücken, wie an einer Höhlenwand. Da bekamen Bender und sein Flugführer es mit der Angst und vergruben die Fotoplatten im Wald, bevor sie sich entwickeln konnten.

DIE MAGDEBURGER PILOTENRAKETE

Auf dem Weg zum Bahnhof kaufte sich Bender eine Zeitung. Herr Lind war erkältet, er hustete in seine Hände. Er fragte, ob Bender schon das Neueste gehört habe, das über seinen alten Bekannten. Welcher alte Bekannte denn? Herr Lind beschrieb umständlich die Person, er war sich wegen des Namens nicht sicher. Er formte eine Gestalt in die Luft. Florian Abt? Ja, ja, genau, dieser Herr. Bender protestierte: Der sei nicht sein alter Bekannter. Das sei ein Bube und Hochstapler. Aber was sei mit ihm? Osthofen, sagte Herr Lind und schien sich über den Ortsnamen sehr zu freuen. Ah, sagte Bender.

Außerdem die Geschichte mit dem Dr. Gernsheim, sagte Herr Lind. Das sei doch erschreckend, nicht? Wer hätte das gedacht? Bender fragte nach. (Er erinnerte sich an die unappetitliche Szene mit dem Hund auf der Fußmatte der Praxis.) Na, das mit getrockneten Läusen in den Pillenflaschen, sagte Herr Lind. Sowas seinen Patienten zu verkaufen! Außerdem seien zwei Patientinnen von ihm durch d i r e k t e E i n w i r k u n g mit Kiefer- sowie Zungenkrebs infiziert worden. Dazu noch zahlreiche Fälle von Syphilisansteckung und ebenso verdächtig viele Fehlgeburten in geografischer Nähe zur Praxis. Dass das so lange niemandem aufgefallen sei. Außerdem habe der Arzt mit seinem Namen bedruckte Zündholzschachteln in seiner Praxis verteilt, deren Reibefläche bei Hautkontakt zu schweren Reizungen und Allergiereaktionen führte. Man habe lange genug tatenlos zugesehen.

»Was, Streichhölzchen?«, wiederholte Bender. »Ja, aber das kann doch auch einen anderen Grund ...«

Herr Lind hustete in seine Faust. »Wie?«, fragte er.

»Ich meine nur«, sagte Bender, »es kommt bei solchen

Dingen manchmal auch von selbst zu allergischen Reaktionen.«

Lind gefiel diese Erklärung nicht, er wiegte den Kopf hin und her.

»Mir sind Streichholzköpfe ja auch unangenehm«, log Bender, »ich kann die nie anfassen, da sträubt sich mir alles.«

»Na eben«, sagte Herr Lind. »Von wo beziehen Sie denn üblicherweise Ihre Streichhölzer, wenn man fragen darf?«

War da ein spöttischer Ton?

»Im Geschäft natürlich«, sagte Bender.

»Eben, eben«, sagte Herr Lind.

Auf der Zugfahrt schlief Bender im Abteil ein. Er war wieder bei Karl Neupert in Augsburg. Ein leuchtend gelber Papagei war anwesend. Der Papagei mied die Katze, obwohl diese ständig bei ihm Trost suchte. Der Grund: Die Katze war nass. Der Papagei flatterte fort, wann immer sie sich ihm näherte. Nun saß er auf einem hohen Regal und äugte herunter. Ihm war feuchtes Tierfell unheimlich. Bender erwachte mit einem leisen Gefühl von Todesbedrohung. Florian Abt.

In Magdeburg saßen auf dem Bahnhofsplatz zahlreiche Krähen, wie im Volkslied, und fraßen Müll. Die Anwesenheit so vieler Tiere in einer zum ersten Mal betretenen Stadt vermittelte das Gefühl, als wäre das Leben, entgegen allen Beteuerungen, am Ende doch nur eine Art Theatervorführung für Krähen, aus der das allerorts auf Mauern, Baumästen und Balkonen hockende Publikum seine täglichen Lehren zog. Es hatte zu regnen begonnen, das Elbwasser wimmelte von Ringen. Aus einer Straßenbahn blickten ihn Menschen an, mit langen Porträtgemälde-Gesichtern. Dazu ein eisiger, scharfer Wind, der alle Wartenden an den Haltestellen miteinander verwob. Er ging eine Weile nordwärts, am Fluss entlang.

Im Hotel machte Bender zum ersten Mal vor Fremden den Hitlergruß, seit Juli 1933 war dieser Pflicht im Inneren öffentlicher Gebäude, nicht allerdings im Freien. Immerhin nur das. – Er wurde angemeldet. Dann ging er, begleitet von einem hässlichen und unnötig in mehreren Spiegeln verdoppelten Wandmuster, durch einen langen Korridor bis zu dem angegebenen Sitzungsraum. Direkt neben dem Raum befand sich an der Wand eine Telefonkabine, winzig klein, wie eine Gnadenkapelle für Gespenster. Durch den Gang kamen junge weibliche Hotelgäste, allesamt nackt unter ihrer Kleidung. Bender sog tief die Luft ein.

Lang und Vogeley begrüßten ihn als Erste. Dann wurden ihm die anderen vorgestellt. Franz Mengering, Ingenieur. Freut mich sehr. Rudolf Nebel. Klaus Riedel. Große Ehre, meine Herren. Herr Peter Bender aus Worms, Pädagoge, Mathematiker und Schriftsteller. Dann der stellvertretende Regierungspräsident von Berthold, in Begleitung seines Assistenten Waidlich, Polizeipräsident Freiherr von Nordenflycht, der Kommandant der Reichswehr Förstel, Stadtrat Klewitz, Oberregierungsrat Dr. Lohmann, der Luftschutzoffizier Major Angerstein, zwei nicht näher in ihren offiziellen Funktionen vorgestellte und vielleicht zum Hotel selbst gehörende Herren in Zivil namens Haas und Seitz sowie der Stadtkommandeur der Schutzpolizei, Oberst Ignaz Bär, ein über und über von Uniformfalten bedeckter schmächtiger Mensch mit einer sehr dünnen Stimme, die nur unter großem Druck, wie durch den Salzstreuer gedreht, aus seinem Körper drang. Und schließlich ein blutjunger Lausejunge namens von Braun.

Wie sich schnell herausstellte, war Rudolf Nebel das größte Hindernis. Ihm leuchtete ein Hohlerden-Fotoexperiment während der Raketenfahrt nicht im Geringsten ein. Es gehe doch vorrangig um einen bemannten Flug in den Weltraum. Er schien von der Anwesenheit Mengerings in seiner Ehre als Wissenschaftler gekränkt.

Auffallend war, dass Mengering bei jeder kleinsten Gegenrede immer wieder von Anfang an begann. Man widersprach ihm – und er nickte, räusperte sich und begann dann, sich zum fünften oder zwölften Mal vorzustellen und kurz seinen beruflichen Werdegang zu skizzieren. Bender imponierte diese Zermürbungstaktik. Überhaupt gefiel ihm dieser gewitzte Unternehmer, der eine sehr aufrechte Statur besaß, wie von langem Feldstecherhalten.

Wie er sich denn die Finanzierung des Raketenexperiments im Detail vorstelle, wurde Mengering von Nebel gefragt.

Er sei beratender Ingenieur für die Maschinenbaubranche, antwortete Mengering, und vor allem bislang im Feld der Elektrotechnik beschäftigt gewesen. Nebel seufzte. Zudem zugelassener Sachverständiger beim Landgericht Magdeburg und überdies beim Landgericht Göttingen. Außerdem habe er das Naholga-Verfahren entwickelt, und und und. Gut, das habe man ja alles schon gehört. Auf der Basis von Nadelholzgas, sprach Mengering ruhig weiter, Na-holga. Zur Behandlung verschiedenster Krankheiten. Die entsprechenden Gerätschaften stelle sein Versand bereit. Er erhalte Briefe aus aller Welt mit Genesungsgeschichten.

»Nadelholzgas?«

Konkrete Nachfragen überging Mengering und kehrte zum Kern der kurz davor besprochenen Sache zurück. Der Gewinn an Ansehen für die Stadt. Und Finanzielles, nun ja, das würde man noch sehen. Zunächst einmal gelte es, das Gelingen der Unternehmung zu gewährleisten. Bender lauschte fasziniert, als Mengering einen Raketenflug zu den Antipoden skizzierte. Was würde der Pilot da sehen? Würde er den Passageflug an der Sonne vorbei überleben können? Mengering kicherte, als er wiedergab, wie Rudolf Nebel ihn im August 1932 noch ausgelacht hatte, auf dem Reinickendorfer Raketenflugplatz. *Nach Neuseeland? Ja, da brauchen Sie aber eine sehr, sehr große Rakete. Und wie kommen Sie ausgerechnet auf Neuseeland?* Nicht so sehr Neuseeland, habe Mengering da geantwortet, eher genauer: die Chatham-Inseln. *Ja, aber warum denn diese?* Na, die seien, zumindest auf dem herkömmlichen Globus, der Antipode zu Berlin. Jedenfalls komme man da am leichtesten hin. *Am leichtesten, hahaha!*

Bender erkannte: Riedel, Nebel und der Junge namens von Braun hingen alle noch verzweifelt am kopernikanischen Weltbild. Besonders tat es Bender um den Jüngling leid, dessen Denken vollkommen von Raketen besessen schien. Er sah ihn schon vor sich, mit Handstümpfen, leergesprengten Augenhöhlen, trocken weinend wie die Männer im Lazaretthof in Posen. Aber nun ging Rudolf Nebel sogar so weit, zu behaupten, die von Mengering – und den anderen beiden anwesenden Herren – vertretene Weltsicht sei doch im Grunde exakt dieselbe wie die kopernikanische, bloß unnötig komplex gedacht. Natürlich könne man, wenn man unbedingt wolle, jeden Punkt der Welt außerhalb einer Kugel eindeutig ins Innere der Kugel projizieren. Man habe dadurch aber gar nichts erreicht, außer die Formeln viel komplizierter zu machen.

»Aber nicht für Gott«, wandte Mengering ein.

»Doch«, sagte Nebel. »Egal für wen. Für alle.«

»Nur für uns Menschen komplizierter«, beharrte Mengering.

Nebel sah aus, als hätte er Zahnweh.

»*Objektiv* komplizierter«, sagte er, »nicht *subjektiv*.« Es spiele überhaupt keine Rolle, wer die Gleichungen betrachte, sie seien objektiv komplizierter, weil länger und mit mehr Variablen und ausgefalleneren Konzepten belastet. Man brauche wahrscheinlich sogar gekrümmte Lichtstrahlen. Bender begann, kleine Totenköpfe in sein Notizbuch zu zeichnen. Vom wiederholten Niederkämpfen eines Gähnens waren seine äußeren Augenwinkel feucht geworden.

Während seiner Auseinandersetzung mit Mengering und Lang tippte Nebel immer wieder mit dem Finger auf die von ihm vorbereiteten Zettel, obwohl die meisten davon leer waren. Dieser Umstand schien dem Raketenmann nun allerdings als Schwachpunkt seiner bisherigen Argumentation aufzufallen. Also zeichnete er einen Kreis. Und er erklärte: Diesen Kreis müsse man sich für einen Augenblick als Kugel denken. So. Und nun werde jeder Punkt, der außerhalb der Kugel liege, einem eindeutigen Punkt im Inneren zugeordnet. Also zum Beispiel dieser hier – zu jenem. Und dieser – zu jenem. Er zeichnete viele Linien. Und immer so weiter. Voilà, ein Universum im Inneren der Kugel. Ein simpler Spiegelungsvorgang.

Ja, aber da sei doch bereits etwas *in* der Kugel, warf der bisher schweigsam gebliebene Offizier Angerstein ein. Oder? Das werde durch diese sonderbare Operation doch gewiss verdrängt?

»Es ist nur ein Modell dessen, was die Herren vorschlagen«, verteidigte sich Nebel. Man könne alles ganz einfach ins Innere einer Kugel projizieren. Fertig sei der Hohlweltkosmos. Aber man habe dadurch rein gar nichts gewonnen, wiederholte er, außer eben eine vollkommen neue Physik.

»Ja, aber ist das Licht denn nicht gekrümmt?«, wollte Angerstein nun wissen. Er erinnere sich da an ein gewisses Experiment und die daran anschließenden Theorien von Einstein.

An dieser Stelle mischte sich der Regierungspräsident ein und schlug vor, sich nicht ausgerechnet den Fantasien dieses wesensfremden Theoretikers zuzuwenden, das übersteige die Kapazitäten des Nachmittags doch gewiss für alle.

»Gekrümmt oder nicht«, sagte Mengering, »es wäre für die

Stadt Magdeburg die einmalige Chance, ins Sternenzeitalter aufzusteigen. Das Experiment mag ausgehen, wie es will.«

Dem stimmten die Männer zu. Den Regierungsrat schien die bisherige Unterhaltung wenig berührt zu haben, aber er wurde nun hellhörig, als Nebel erklärte, dass der Versailler Vertrag *expressis verbis* nichts über die Verwendung von Raketen aussage. Der Regierungsrat winkte seinem Assistenten, und von diesem Augenblick an wurde in der Ecke des Raumes leise mitstenographiert. Mengering war unterdessen eine Spinne in den Bart geraten, und noch wusste er nichts von ihr.

Benders zwischendurch beigetragene Wortmeldungen knüpften an einige wichtige Punkte des Mengering'schen Plans an. Er sehe in der weltweit ersten Vertikalreise vor allem eine Demonstration der Vormachtstellung Deutschlands. Lang stimmte dem entschieden zu. Aber niemand der Anwesenden hatte weitere Fragen an ihn. Nach zwei Stunden wurde die Sitzung beendet. Der Regierungsrat dankte den Gästen. Er sehe in der Tat die Hauptanstrengung in der Propaganda, die technischen Aspekte der Sache seien ja offenbar geklärt. Man werde nun zur Besichtigung des Raketenstartplatzes aufbrechen, des Gutes Mose im Norden der Stadt. Er gehe davon aus, dass die Anwesenden mit dem Weg vertraut seien. Aber zuvor lade er noch zu einem Trank im Nebenzimmer ein.

Bender meinte zu hören, wie der junge Assistent von Braun beim Verlassen des Zimmers Explosionsgeräusche mit dem Mund machte. Raketenstartplatz besichtigen! Bender hatte gar nicht gewusst, dass das auf dem Tagesplan stand. Mengering drehte sich zu ihm um, reichte ihm die Hand. »Na ja, vielen Dank fürs Kommen«, sagte der Unternehmer.

»Ein Vergnügen!«, sagte Bender. »Und nun alle zum Startplatz?«

»Ach so«, sagte Mengering. Und er ging ein paar Schritte zu Lang hinüber. Sprach mit ihm. Schütteln beider Köpfe. Dann schritt Mengering zum Polizeipräsidenten. Wieder eine kurze Unterredung, und ein Daumen, der in Richtung Bender zeigte. Der Polizeipräsident neigte seinen Kopf, um besser zu hören, was Mengering sagte. Bender bekam ein ungutes Gefühl. Seine Schädelnaht begann zu wachsen.

Mengering kam zurück und sagte, ja, das sei wohl ein Missverständnis gewesen. Er habe nur mit zwei Mitfahrern gerechnet. Leider. Vielleicht beim nächsten Mal.

»Oh, das wäre auch nicht nötig gewesen«, sagte Bender schnell. »Ich fahre allein hin. Nur die Adresse, überhaupt kein Problem, ich werde mich sofort –«

»Nein«, sagte Mengering. »Es sind schon alle Plätze belegt.«

Bender blickte zu Lang, der ihn zwar bemerkte, aber ihm nicht zu Hilfe kam.

»Ich kann mich wirklich ganz schmal machen«, sagte Bender.

Mengering lächelte.

»An sich kein schlechtes Talent. Grade für Sie.«

Bender entdeckte Blitze am äußeren Sehfeldrand. Er nickte, trat einen Schritt zurück.

»Und der Trank im Nebenzimmer?«, begann er.

»Ach so, ja, gehen Sie nur«, sagte Mengering.

So folgte Bender, ein wenig zu seiner eigenen Überraschung, den anderen in den Nebenraum. Dort standen Gläser. Er nahm sich keines. Er stand rauchend in der Ecke. Man richtete kein Wort an ihn. Vogeley und Lang hatten wichtige Dinge zu besprechen. Er sah ihre Gesichter im Profil. Laut aufbrüllen wäre eine Möglichkeit. Aber dann werde ich vielleicht verhaftet. Immerhin Polizeipräsident anwesend. Schau ihn dir an. Steht da wie gemeißelt. Bender schüttelte den Kopf, sog an der Zigarette. Dieser Mengering hatte eigentlich wie ein verständiger und tüchtiger Mann gewirkt. Aber er wusste nicht, dass er sehr, sehr spät dran war mit seiner Idee. Es gab solche Magdeburger Pilotenraketen ja schon längst, seit Jahrtausenden.

»Entschuldigung«, sagte Bender laut. Die Profilgesichter verwandelten sich. »Ich wollte, bevor ich gehe, noch etwas Grundsätzliches sagen.« Lang machte eine warnende Geste. »Es wäre nicht die Erste«, sagte Bender. »Also, die Magdeburger Vertikalreise wäre nicht die erste. Ich wollte nur, dass Sie das wissen.«

Er wurde gebeten, etwas deutlicher zu werden.

Bender tat es. Was waren die früheren Magdeburger Pilotenraketen?, fragte er. Natürlich die Monde, die Kometen. Das heißt, nicht ganz. Kometen nennen wir die periodisch wiederkehrenden Schweifsterne. Sie tauchen auf und bringen Verhängnis, manchmal Seuchen, manchmal Weltkriege. Aber warum eigentlich?

Nun, stellen wir uns zuerst die Frage, wie viele Mengerings es wohl schon gegeben hat in der Menschheitsgeschichte. Gewiss nicht wenige. Sein Grad an Genie ist außerordentlich, aber nicht das allerhöchste, seltenste. Es kehrt regelmäßig wieder. Also sind immer wieder Männer aus vergangenen Hochkulturen auf diese Idee gekommen: einen Flugkörper, egal welcher Bauart, zu den Antipoden zu schicken. Der Seeweg war nicht immer praktikabel.

Und die Kometen sind genau das: künstliche Flugkörper, einst ausgeschickt von einer neugierigen Menschheit, um Kunde zu bringen von der gegenüberliegenden Seite der Erdwelt. Aber – um tatsächlich zum ewigen Kometen zu werden, muss dem Flugkörper ein großes Missgeschick zustoßen: zu nahe an der Sonne vorbeizufliegen. Denn dann hängt es, ja, *hebelt* es ihn aus, von dem Drall ihrer Wärmeabstrahlung, sie zäumt ihn an sich, sie knüpft ihn auf, sie hält ihn fest, in einer ewig um sie eiernden Bahn. Und der Flugkörper kommt niemals mehr an, sondern bleibt im Äther, kreiselt und stirbt, rundet sich über die Jahrhunderte im Fahrtwind immer mehr ab, bis er – wie alles da oben – einer einfachen, verkohlten Gesteinskugel zu gleichen beginnt. Und der Schweif? Nichts als die weithin sichtbare Leuchtspur der abgeschliffenen Außenhülle. Die Menschheit der Vergangenheit muss die vielfältigsten Modelle hinaufgeschickt haben, eckige und runde, regelmäßige und absurde, aber so wie sich jedes noch so gezackte Stück Glas durch steten Wasserfluss abrundet, so haben sich all die vielfältigen Formen auch abgerundet. Rund zu werden ist überhaupt das Schicksal aller Dinge im Universum. Denn es ist ja selbst rund, also prägt es diese Eigenschaft auch allen seinen inneren Elementen auf. Selbst der Mensch, so irregulär und gliederreich gestaltet, spürt diesen Druck ein Leben lang. Nie war er vollkommener denn als singuläre Eizelle. Alles danach war Verkomplizierung, Frevel. Und nicht einmal im Tode wird man ihn rund schmelzen in seine eigentliche Form, sondern man legt ihn, so wie er ist, als verzerrte, kantenreiche Wurzel, zurück in die Erde.

Ja, und die Mannschaften in diesen vor Jahrhunderten von irgendeiner Seite der Erde losgeschickten Raum-Kugeln mussten natürlich nach einiger Zeit verhungern. Ein paar Jahre des geglückten Überlebens, vielleicht nicht ohne Kannibalismus, sind vorstellbar, aber nicht viel mehr. Und genau deshalb bringen sie, die Kometen, Leid und Verzweiflung über die Erde. Nicht durch irgendeine Fernwirkung ihrer Stoffe, auch nicht durch ihre störende Leuchtkraft und erst recht nicht durch irgendeine Art von Interferenz mit astrologischen Wirkmächten, nein, sie tun es ganz natürlich, ganz human und bescheiden: durch Erinnerung. Sie erinnern die Menschheit an das tragische Schicksal ihrer Raketenmannschaften, an die verlorene Mission. Aber da die Menschheit der jüngeren Geschichte aus der eigenen Überlieferung nichts mehr von den alten Raumfahrten weiß, findet dieses Erinnertwerden rein im Unbewussten statt. Du blickst hinauf, siehst den Schweifstern da oben hängen und weißt nicht, warum dir so bang ums Herz wird bei seinem Anblick. Da bilden sich Sehnsucht, Trauer, Wehmut. Und niemand hilft dir, niemand erklärt, alle deuten nur nach oben und staunen.

Dabei siehst du im Grunde nur, mit dem inneren Auge deiner Ahnen, die unerwartet frühe Wiederkehr der Raumbesatzung, die dann allerdings nicht näher kam und landete, sondern sich in gespenstischer Eile gleich wieder entfernte, als wüsste sie nicht mehr, wo ihr Zuhause lag, und die dann erst viele Jahrzehnte später neu auftauchte, tot, und in der Folge unerreichbar da oben kreiste. Ein den ganzen Nachthimmel durchziehendes Gräberkarussell. Ja, es waren Geisterschiff-Blasen, lauter Fliegende Holländer, innen voller Skelette und vergeblich bis zuletzt noch mit Zahlen befüllter Logbücher. Was müssen sie alles gesehen haben. Das heißt, solange es noch Fenster gab in ihren Außenhüllen. Wir müssen sie uns als verhinderte Amerikareisende denken, oder auch als Wissenschaftler, die, gerade so wie wir heute, vielleicht bloß die Hohlwelt beweisen wollten, ein für alle Mal.

Und wer weiß, fiel Bender noch ein, vielleicht misst Halleys Komet gerade deshalb in seiner Periode genau *ein* Menschenleben, etwa fünfundsiebzig Jahre, weil die Mannschaft in seinem Inneren, im verzweifelten Bemühen, irgendein Signal auf die längst ins Vergessen sinkende Erde zu morsen, diese bedeutungsvolle Maßeinheit wählte. Nichts blieb ihr sonst, kein Funk, kein Lichtsignal, kein Ruf. Mit den geringen Steuerungskräften, die noch verfügbar waren, bog die Mannschaft die verhängnisvolle Kreiselbahn ein klein wenig um, bis sie die durchschnittliche Lebensdauer eines Menschen abbildete. Sie sagen uns damit, selbst Jahrtausende nach ihrem Tod in der Kapsel, nichts als: *Wir sind dasselbe wie ihr. Wir sind auch Menschen. Wir waren Menschen. Wir bleiben es.*

Es war still geworden. Alle schauten ihn an. Lang war die Pfeife ausgegangen, er hielt sie in der Hand. Mengering schob sich die bis zur Nasenspitze gerutschte Brille wieder nach oben. Vogeleys rechte Hand, die von dem Bierglas, das sie hielt, eckig verzerrt wurde, sank ein wenig nach unten. Der Polizeipräsident murmelte eine leise Entschuldigung, wandte sich ab und schnäuzte sich tonlos. Bender rauchte zu Ende, dann verließ er die Runde. – Eine Weile kreisten die Gespräche im Imbiss-Zimmer des Hotels noch um die bevorstehende Besichtigung, aber dann erinnerten sich einige an den eben erwähnten Halley'schen Kometen, den aus ihrer Kindheit. Sichtungen wurden erzählt und verglichen, und man saß da, die Stimmen heiser, die Augen glasig, und brach schließlich etwas verlangsamt auf in Richtung Abschussplatz.

DEAR KORESHAN UNITY

Mein Name ist Peter Bender. Ich bin der deutsche Dritt-
   Ach was.
   Meine geschätzten Damen und Herren, bitte lassen Sie
mich Ihre Bekanntschaft machen. Mein Name ist Peter Ben-
der. Ich bin Astrologe, Mathematiker und Autor und der un-
abhängige deutsche Zweitentdecker des Innenweltkosmos
im Sinne von Dr. Cyrus Teed!!
   Bekanntschaft – acquaintance. Was für ein sonderbares
Wort.
   My dear Ladies and Gentlemen, please let me have the
honor of introducing myself to You. My name is Peter Ben-
der. I reside in Worms on Rhine. I am the German discoverer
of the –
   Reside? Oder: I live?
   Ich schreibe Ihnen in sehr finsterer Zeit.
   Dark? Sombre? Gloomy?
   I write to you in a very gloomy Time. Koresh taught us that
only the man who can center the hate of the world to himself,
as well as the love of the world, would have sufficient for-
ces to enable him to transmute his physical organism from
physical mortal corruption to immortal incorruption.
   Perfekt.
   Bender musste vom Schreibtisch zurücktreten, um den
Effekt des letzten Satzes in vollem Maße in sich aufzuneh-
men.
   Es wird sehr viel Schindluder getrieben mit der Innenwelt,
hier hat die World-Ice-Doctrine (Welteislehre) einen gewissen
Siegeszug zu verbuchen, aber es gibt eine wachsende Zahl
   a growing number of adepts and initiates, here in Worms-
on-Rhine.

Koresh was very careful not to draw the hate-forces of the world to himself in greater volume at any time, than he had been able to accumulate love-forces to counter-balance them.

Er allein glaubte

Er allein wusste um den Innenweltkosmos. Dies ließ ihn

Dies machte ihn

This made him

This rendered him vulnerable to the outside world.

Der Brief wuchs über mehrere Tage. Hin und wieder nahm Bender ihn hervor und trennte einen misslungenen oder nicht ganz aufrichtigen Textteil vom Gesamtkörper ab. Sollte er über Charlotte schreiben? Natürlich. Warum nicht von Anfang an ehrlich sein, reinen Tisch machen?

Auf einem frischen Bogen begann er, eine Quadratform zu skizzieren.

SCHLINGEN

Die Wespen, die unterm Dach des Hauses wohnten, starben erst jetzt, so spät im Jahr, eine nach der anderen, wie kleine Menschen. Einzig die unsichtbare Königin lebte irgendwo noch, in ihrem Winterversteck, in Sicherheit. Sie hatte sich im Inneren des Wespenknödels oder tief im fugigen Holz des Hausdaches verkrochen, und mit ihr würde das Ganze dann im nächsten Frühjahr von vorne beginnen. Schon lange war der Vorrat an Nährsubstanz verbraucht, und die letzten übrig gebliebenen Arbeitswespen zogen noch allmittäglich aus und suchten nach Dingen, die aus Zucker bestanden oder zumindest danach rochen. Dann war es Neujahr, und sie waren immer noch da, wagten sich allerdings kaum ein paar Meter weit von ihrem früheren Zuhause weg, sie bildeten lieber kleine Gruppen, als Trost für das Fehlen der Königin. Warum empfing sie sie nicht mehr? Warum war der Eingang verschlossen? Was hatten sie ihr getan? Manchmal warf eine der Wespen noch den Motor an, ein kurzes Aufschwirren beider Flügel, dann musste sie ausruhen und den patronenförmigen Leib auskühlen lassen. Wie die Wintersonne vom Himmel blies! Am Nachmittag konnte man die Wespen oft das lackierte Holz der Veranda beklettern sehen. Das waren Augenblicke des Muts. Einige hingen da wie im Bergsteigerfilm, ungesichert, innehaltend nach jedem Schritt aufwärts, dann zurückblickend in die Tiefe. Dieser winzige, sich hin und her drehende Kopf mit den krummen Antennen. Seit gut einer Woche griffen sie niemanden mehr an, nicht einmal dann, wenn man sie angriff. Sie *dachten* es noch, das sah man deutlich, aber da war keine Raserei, kein heiliger Wahnsinn mehr in ihnen, kein zorniges Verbrennenwollen für die Gemeinschaft. Sie waren so pelzig, so artig gestreift.

Einige sahen aus, als drehten sie Daumen. Bender gab ihnen nach und nach Namen. Einmal entdeckte er nach dem Bittbriefeschreiben eine Wespe in seiner Mütze. Die salzigen Schweißränder im Innenfutter waren ihr offenbar einen letzten Ernteversuch wert gewesen. Er kippte das leblose Insekt auf die Tischplatte – und da erwachte es noch einmal, aber bereits erblindet und summtonlos. Vorsichtig berührte er den noch ein wenig in den Raum hinausfühlernden Leib mit der Bleistiftspitze, drückte dabei wohl auch ein wenig zu, und da kam auf einmal unten der Stachel heraus, stieß ins Leere, wehrte den Tod ab. Bender ließ das Tier in Frieden. Aber noch immer fühlerte und beinelte die Wespe und drohte dem Unbegreiflichen mit ihrem Gift. Nach einer Weile legte Bender eine Zeitung über sie.

Der Baron von Heyl hatte sich, obwohl ein Mann von sehr überschaubarer Seelentiefe, doch als großzügiger Mäzen erwiesen. Er hatte den Benders ein kleines Darlehen zugesagt. Es reichte zwar bei weitem nicht für den Erhalt des Familienlebens im großen Haus, aber Bender hatte einem Umzug bereits zugestimmt. Eine kleine, billige Wohnung in der Innenstadt. So würde es vielleicht gehen.

Der Hohlglobus hatte sich in letzter Zeit gar nicht mehr vom Fleck gerührt. Jeden Morgen fand Bender ihn, dinghaft zufrieden, wunschlos vertieft in sein Nichts, an genau derselben Stelle wie am Vortag. In der Post war wieder eine Vorladung ins Gericht. Eine lächerliche Sache. Die Freigeld-Sparkasse in Frankfurt, bei der Bender für kurze Zeit angestellt gewesen war. Man klagte ihn jetzt wegen Betrugs, Hinterziehung und Fälschung von Dokumenten an. Komplette Farce natürlich. Wie wollen die mich wegen dieser Sache belangen, wir haben ja nicht mal was eingenommen! Bender blickte aus dem Fenster, aber auch da war keine Rettung, die Dinge lagen so voneinander abgegrenzt da, als hätten sie für immer die Fähigkeit verloren, sich zu verwandeln oder spontan miteinander zu verschmelzen. Nicht einmal Ratten gab es mehr.

Frau Friedrichs intrigierte unterdessen weiter gegen Charlotte. Auf ihr Wirken hatten zwei weitere Schülerinnen den Sprachunterricht bei ihr abgebrochen. Außerdem drohte sie, Charlotte wegen des »betrughaft entwendeten Pianofortes« vor Gericht zu bringen. Selbst vor Anwaltskosten schreckte sie nicht zurück. Auf irgendeinem Wege musste ihr einstiges Vermögen vollständig zu ihr zurückgekehrt sein, durch Zauberhand. Im letzten Schreiben ließ sie die Benders wissen, sie verlange die sofortige Rückführung der damals widerrechtlich entwendeten Güter, außerdem eine genaue Auflistung aller Transaktionen. Bender fand kaum noch Schlaf. Wann immer er sich hinlegte, plagten ihn Kopfschmerzen. »Die alten?«, fragte Charlotte. Ja, die alten. Neue Schmerzen hatte er schon lang keine mehr gehabt. Neuerdings verlor er auch oft den Faden, fand sich, um eine halbe Stunde gealtert, irgendwo auf dem Boden hockend, ohne zu wissen, wie er dorthin gelangt war. So saß er stundenlang reglos da und spürte, wie es ihm die Organe im Bauchraum nach oben drückte. Da verknoteten sich Schläuche in ihm, und es kam zu Entladungen. Wie sollte man so jemals Ruhe finden?

Wieder glomm ein Nachbild durch sein Sichtfeld, diesmal grünlich, am oberen rechten Rand, es war eine Kerzenflamme, vermutlich aus Florida. Und war da nicht eine in weiter Ferne umfallende Ritterrüstung zu hören? Mit fortschreitender Nachtstunde wurden seine Gedanken oft feindselig und mikroskopisch, und er schritt unter ihrer Last dahin, auf einem sehr engen, hautnah rings um ihn quellenden Hohlweg, und da prasselte der alte Strauch auf einmal wieder den Hang herab. Der Strauch war verletzt, er blutete wie ein Reh, oder nein, es rauchte aus ihm, er hatte Feuer gefangen, mein Gott, austreten, austreten! Bender roch seinen Kissenbezug. Nein, nein, er war ja wach. Immer wach. Die ganze Zeit schon. Sein Bewusstsein sackte höchstens ein wenig ab, alle halbe Stunde oder so, das bedeutete nichts. Richtig träumen, nein, glaub mir, da fühlst du dich anders hinterher. Gab keine Träume mehr. Nur noch Gerichtsprozesse, Akten, Gutachten, Bittbriefe. Und nun lagen wieder die endlosen hellwachen Nachtstunden vor ihm, hinter ihm, unter ihm. Und das haltlose Schädelgefühl. Charlotte lag seelenruhig atmend unter ihrer Decke. Sie durchlebte mit ihrer Atmung verschiedene Phasen. Gerade war sie in der andächtigen, wo der Körper, warum auch immer, wie ein Kind zu schnaufen beginnt. Bender studierte die Schlafende. Er hatte Else nie schlafend erlebt. Ein großer Jammer stieg in ihm auf. Mein Leben ist zu Ende, sagte er sich. Er stand auf, zog sich an, stolperte im Vorzimmer beinahe über ein Phantombild des Hohlglobus und ging hinaus in die eiskalte Nacht.

Halb fünf Uhr früh. Der Himmel voller Wintersterne. Was, wenn man selbst die Schlinge ist, die sich langsam zuzieht? Sogar die Plejaden waren da, das plastische Gespinst. Sie sahen heute wie ein Fischernetz aus. Wie musste es sein, sich in ihnen zu verheddern? Vor der Polizeiwache stand ein Pferd mit einem gewaltigen Schmierfleck an der Flanke. Der Wachtmeister schrubbte, im Schein der Laterne, vorsichtig an dem Fleck. Da fiel Bender mit einem Mal ein, dass die Plejaden ja seiner Tochter gehörten. Natürlich, er hatte sie ihr geschenkt, damals, ein halbes Leben war das nun fast her. Er hatte es ganz vergessen! Seit Wochen hatte er nicht mehr als ein paar Sätze mit dem Mädchen gewechselt. Wuchs ein Holzbein, wenn man es goss, eigentlich noch weiter, still für sich, in Baumgeschwindigkeit? Der Astrologe Vivian Robson hatte genau beschrieben, welchen Krankheiten und Charakterfehlern man zuneigte, wenn die Plejaden mit einem Planeten in Verbindung stehen. Je nachdem, welcher Teil überwiegt und wie Mond und Mars im Horoskop stehen, neigt man entweder zu Rücksichtslosigkeit und Leidenschaft oder zu Ausschweifung und »weibischer Gefallsucht«, wie Manilius im 1. Jahrhundert schrieb. Auch bei Agrippa haben sie eine wichtige Rolle, aber wer weiß das schon auswendig. – Und nun kam wieder etwas Wind auf. Der väterliche Wind der Stadt, der unsere Gärten so rau erzieht. Bald werden die Straßen hier den Weihnachtsschmuck ablegen. Da leb ich vielleicht schon nicht mehr. Da bin ich fort, ruiniert, vergessen. – Und wieder war sein Kopf voller Geraschel, da drin ging's zu wie im Eulennest. Es heißt, Gott sei auf die Idee der menschlichen Seele beim Betrachten des Flugs der Vögel gekommen. Was aber lediglich bedeutet, dass Gott ein Wesen erschaffen wollte, das sich beim Betrachten des Flugs der Vögel an sein eigenes Inneres erinnert fühlt: *Da, das ist wie das in mir. Es muss als Vorbild gedient haben.* Ein Wesen also, das mit seinem Inneren nicht so allein ist wie andere Wesen, da es ja zumindest den Flug der Vögel hat, als Bildgeschwister. Während Gott – und auch die modellstehenden Vögel in ihrem Flug – mit ihrem Inneren weiterhin ganz allein bleiben. Im Universum existierten seit kurzem auch Flugzeuge. Aber die erinnerten noch niemanden an etwas, sie waren zu jung. Vögel kennen das Geheimnis, aber nicht wir Piloten.

So kalt! Dieses ewige Rätsel der Temperaturen! Das alte Märchen, sie hätten etwas mit der Sonne zu tun. Dabei wird jeder Laie einsehen, dass es, wenn die Luft von den Sonnenstrahlen erwärmt würde, in den Tropen keine mit ewigem Schnee bedeckten Berge geben dürfte. Wir finden aber sehr wohl mit ewigem Schnee bedeckte Berge, etwa den Kilimandscharo im ehemaligen Deutsch-Ostafrika. Wie kann denn der Schnee dort existieren, wenn das ganze Jahr über die Sonne fast s e n k r e c h t ihre Strahlen vom Himmel senden und die Luft gleichmäßig erwärmen würde? Nein, die warme Luft würde den Schnee rasch zum Schmelzen bringen. Weitreichende Veränderungen wären die Folge. Auch sind selbst im Sommer die höchsten Luftschichten eiskalt. Das Berühren des Pilotenkopfes nach der Landung. Nein, die Hitze kommt nicht von der Sonne, denn die Bergspitzen sind näher an der Sonne, auch im Sommer. Aber oben auf der Bergspitze ist es immer eiskalt, unabhängig von der Jahreszeit. Die Wärme kommt also aus dem Erdboden. Sie ist das unvergeudbare, ewige Element. Nimm nachts eine Kartoffel aus der Erde: Sie ist warm. Und im Winter zeigen sich dann die Plejaden. Sie sind ein Fehler im Gewebe, eine zu enge Zusammenziehung der Leuchtkugelmaterie da oben, also verzerren sie den Raum. Aber gut, ich bin Astrologe, kein Sternrezensent. Warum sollten gerade die Plejaden die Kälte im Winter bringen? Wenn ich nur meine Kinder aufwachsen sehen darf. Wer rückwärts geht, muss nicht rückwärts sprechen.

DIE JUNGEN

»Sieh nur, Frau Blun schaufelt uns den Schnee!«

Bender beobachtete die alte Frau durchs Fenster. Sie arbeitete, gemessen an ihrer sonstigen Erdenschwere, ziemlich zügig. Ein Teil des Bürgersteigs war bereits vollkommen frei. Aber sie schien nicht zufrieden. Ständig besserte sie an dem entstandenen Werk herum. Ja, ganz die gute Blun. Am meisten missfielen ihr offenbar die seitlich aufgehäuften Schneewälle. Immer wieder wandte sie sich zu ihnen um. Bender reckte den Hals, um etwas sehen zu können, und da berührte seine Wange das eiskalte Fensterglas.

»Ach so«, sagte er. »Da steht einer und passt auf.«

»Wie?«

Charlotte kam zum Fenster, aber Bender drehte sich um und, ja, er wusste nicht recht, welche Bewegung die richtige war ... Schließlich, nach einigen quälend langen Sekunden, nahm er sie bei den Schultern. Sie lächelte ihn scheu an.

»Ich weiß nicht«, sagte er. »Vielleicht gehen wir besser ins andere Zimmer.«

»Was ist passiert?«

»Nichts. Da passt bloß einer auf, dass sie ... Da passt jemand neben ihr auf.«

»Lass mich sehen.«

Er hielt sie zurück.

»Nein, nein«, sagte er. »Ist besser, wenn du ...«

»Aber ...«, machte Charlotte leise. Dann schien alle Kraft aus ihr zu fließen, die Schultern sackten ab, und sie machte ein paar Schritte rückwärts. Bender fand das beinahe etwas übertrieben, und er wollte sie nehmen und zum Fenster zerren, da, schau ruhig, wenn du unbedingt willst, es ist ja nichts. Aber da ging sie aus der Küche.

Draußen auf der Straße standen zwei ältere Jungen, SA, er kannte sie vom Sehen. Und daneben: Hasso Keller. Alle drei passten auf. Das heißt, sie erteilten keinerlei Befehle oder dergleichen, sie schauten nur. Frau Blun blickte sich nicht nach ihnen um. Die Atemwolken wehten ihr seitlich vom Mund weg. Sie arbeitete, mit ernstem Gesicht. Die Schaufel lud Schnee auf, verlor die Hälfte gleich wieder, da sie hin und her schwankte, und dann wuchtete sie den verbleibenden Schnee auf die Seite, wobei wiederum ein Teil zurück auf den Gehweg direkt vor ihre Füße wehte. Aber sie kam dennoch voran. Hin und wieder schüttelte sie sich die Handgelenke aus. Einer der Jungen hielt ein Paar Damenhandschuhe in der Faust.

Bender sah ganz klar: Diese Jungen waren im Irrtum. Jawohl, sie hatten keine Ahnung von der eigentlichen Beschaffenheit der Welt. Bei Keller hatte er den Eindruck gehabt, dass der Junge die kosmischen Verhältnisse mit ganz natürlicher und unverstellter Aufgeschlossenheit absorbiert hatte. Aber das hier? – Möglich natürlich, dass er den Vorgang auf der Straße nicht ganz verstand. So wie einige Schüler, bevor sie zu ihm zum Unterricht gekommen waren, ebenfalls nicht verstanden hatten, in was für einem Universum sie lebten. Frau Blun hörte nun plötzlich auf zu schippen, sie drehte sich zu den Jungen um und sagte irgendetwas, zumindest sah es von hinten so aus. Sie deutete auf ihren Nacken, machte eine kreisrunde Geste oberhalb ihres Kopfes. Was bedeutete das? Hasso Keller bedeutete ihr, sie möge weitermachen. Da hinten sei noch nichts erreicht.

Frau Blun stützte sich auf den Knien ab. Die Schaufel geriet dadurch aus der Balance und fiel in den Schnee. Bender trat wieder ins Haus zurück. Er stand da, umringt von den eigenen vier Wänden. Er nahm seine Mütze. Als er in den Garten kam, hatte sich die Szene auf der Straße vollkommen verwandelt. Einer der Jungen hielt nun die Schaufel in der Hand – und lächelte. Gott sei Dank, dachte Bender. Die Situation wendete sich endlich ins Menschliche. Man half, man übernahm.

Aber wo war Frau Blun hin?

Ah, sie stand ganz nah beim Haus, an die Mauer gelehnt.

»Guten Morgen, die Herren«, sagte Bender, durch die Gartentür tretend.

Die Jungen grüßten wortlos.

»Guten Morgen, Frau Blun.«

Sie blickte nicht zu ihm auf. Sie ordnete irgendetwas in ihrem Gesicht. Etwas an ihrer Brille schien sie zu stören. Sie klaubte und klaubte. Sie wischte in ihren Augenwinkeln herum. Dann hatte sie das lästige Ding gefunden. Sie hielt es in der Hand.

Es war ein Stück Glas.

Ach, die Brille –! Sie war zerbrochen. Und sie schien sich an dem Glas die Lippe verletzt zu haben. Sie blutete.

Bender blickte zu Hasso Keller und, wie hieß der andere ... aber egal, sie machten jetzt beide synchron eine Bewegung mit dem Kopf, eine Art umgekehrtes Nicken, ein Andeuten mit dem Kinn, er möge bitte wegtreten von der Frau und weiterlaufen, seiner Wege gehen.

Und – er tat es.

Erst als er in die Wielandstraße einbog, fiel ihm ein, dass er seine Handschuhe nicht dabeihatte. Was wollte er überhaupt hier? Warum war er –? Richtig, die Geste. Die Jungen. Sie waren zornig gewesen.

Charlotte war unterdessen noch zuhause.

Eine rote Explosion in seiner Brust. Er drehte um. Oder nein, besser ... Er blieb stehen, unschlüssig. Sollte er vielleicht lieber eine Alibi-Morgenzeitung kaufen und erst mit ihr unterm Arm zurückkehren? So würde sein Gang mehr Sinn ergeben. Aber wie konnte man nur so im Irrtum sein wie diese Jungen! Es war fürchterlich! Bender kam keuchend am Martinsplatz an. Verfluchtes Laufen in eiskalter Luft, wie einem da immer die Kiefer wehtaten! Bis hinauf in die Schläfen alles magnetisiert von grell ziehendem Schmerz. Vorm Kiosk musste er nicht lange warten. Als er an die Reihe kam, kaufte er wortlos, allein durch Deuten und Nicken, eine Ausgabe der Frankfurter Zeitung. Herr Lind sprach ebenfalls kein Wort.

Als Bender in die Schillerstraße zurückkam, waren die Jungen verschwunden, Gott sei Dank. Und der Weg vor dem Haus vollkommen schneefrei. Bender schämte sich. Er betrat das Haus, aber da war auch alles in Ordnung, er fand Charlotte im Schlafzimmer. Er informierte sie über den Vorfall. Grässlich, zugegeben. Aber nun immerhin überstanden. Dann ging er ins Arbeitszimmer. Aber nach einer Weile wurde er unruhig und sah noch nach seiner Frau. Sie saß immer noch auf dem Bett. Da erkannte er, was sie machte. Sie legte sich mit einem langen farbigen Faden Muster aufs Knie. Schlaufen und Wellenlinien und Spiralen. Er fragte sie, ob sie vielleicht Tee haben wolle. Sie reagierte nicht, sondern legte sich ein neues Muster, sorgfältig und langsam, diesmal etwas höher, auf den Oberschenkel. Bender nieste, da blickte sie zu ihm auf.

Am nächsten Morgen warteten, als Bender aus dem Haus trat, bereits Männer auf ihn. Zwei Polizisten und ein SA-Mann, einer der älteren Jungen von gestern. Er sei verhaftet. Wegen Betrugs, Steuerhinterziehung und Mitarbeit in einer verbrecherischen Organisation. Bender wehrte sich nicht. Er bat nur darum, ins Haus gehen und seine Papiere holen zu dürfen. Darüber lachten die Beamten. Er möge jetzt mal nicht so gierig sein, es werde ihm schon alles nachgeschickt. Als sie ihn wegführten, stellte Bender mit großem Entsetzen fest, dass der junge SA-Mann gar nicht vorhatte, sie zu begleiten. Nein, er hatte offenbar gar nichts mit der Verhaftung zu tun, sondern blieb, mit einem Gesicht, das sich mit zunehmender Entfernung immer mehr in das von Paul Joost verwandelte, einfach vor dem Gartentor des Hauses stehen. Er hob sogar die Hand in Benders Richtung, wie zum Gruß, zur Verabschiedung.

AN PETER BENDER, WORMS-ON-RHINE

Harry Manley,
Lovejoy Park,
FLORIDA

Hochgeschätzter Herr Bender, lieber Peter,
Ihre zahlreichen Briefe haben uns mit großer Verspätung erreicht. Die Kolonie ist inzwischen nicht mehr auf dem alten Areal untergebracht. Ich übernehme bis auf weiteres (aber mit FREUDE!!) die Korrespondenz der Gemeinde. Meine Frau Bertie (Achtung: sie benutzt in Briefen ihren Mädchennamen Bertie Boomer!!!) lässt Sie herzlich grüßen. Sie sagt, sie wird Ihnen noch einen eigenen Brief schreiben!
Die zeitliche Verzögerung unserer Antwort erklärt sich in erster Linie durch die stark gegen unsere Gemeinde gerichtete Voreingenommenheit der örtlichen Post. Sie können sich kaum unsere Überraschung vorstellen, als wir die Briefe endlich in der Hand hielten und die darin skizzierten Wahrheiten lasen! (Meine Frau und ich haben uns die Freiheit genommen, sie uns ABWECHSELND vorzulesen!)
Momentan ist unser Kontakt zu den anderen Gemeindemitgliedern ein wenig eingefroren, nur Zachary und Jonah sind regelmäßig bei uns im Haus. Von den Scherereien mit der örtlichen Post ganz zu schweigen!!
Lieber Herr Peter Bender, unser großer Wunsch ist es, Sie eines Tages als Gast in der Koreshan Unity empfangen zu dürfen!

Mit freundlichen Grüßen
HARRY MANLEY

(Bertie wird Ihnen noch gesondert schreiben!!!)

DR VOGELEYS ERSTES GUTACHTEN

Für die Anfälle des Jahres 1935 steht neben dem Zeugnis von Frau Bender und den Kindern auch noch das Zeugnis der Gebrüder Fritz, Georg und Oswald Bartsch zur Verfügung, in deren Wohnung Bender einen Anfall hatte; ebenso das Zeugnis von H. Keller, der bei einem Anfall Benders in dessen Wormser Wohnung anwesend war.

Auf der Grundlage dieser Erhebungen ergab sich als typisches Bild der Anfälle nachfolgend geschilderter Verlauf, wobei ich hauptsächlich diejenigen berücksichtige, die durch die Gebr. Bartsch und H. Keller bezeugt sind:

Inmitten seiner Tätigkeit erstarrt Bender in seiner Haltung, blickt sekundenlang starr in eine Richtung, bis die anwesenden Personen darauf aufmerksam werden und durch Zurufe oder sonst wie merken, daß er das Bewußtsein verloren hat. Bemerkenswert ist dabei, daß er von seinem Sitz nicht auf den Boden herabsinkt, obwohl die Bewußtlosigkeit nach den Schilderungen schon mehrere Sekunden dauert, bevor er von diesen gestützt und auf den Boden oder ein Sofa gelegt wird.

Im Anfang der Bewußtlosigkeit gewöhnlich ein Zucken des linken Arms und Herabziehen des linken Mundwinkels, was nach 1-2 Minuten aufhört.

Dabei verfärbt sich das Gesicht, wird bleich oder bleifarben. Auch die Lippen verfärben sich. Dann kommen gewöhnlich einige Augenblicke oder gar Minuten, wo er leblos daliegt und auch keine Atemtätigkeit wahrzunehmen ist, die aber durch entsprechende Lagerung jeweils wieder einsetzt und zwar stoßweise, halb röchelnd und halb schnarchend.

Nach minutenlangen offensichtlichen Anstrengungen mit

Unterstützung der Anwesenden wird der Atem wieder ruhig, und es tritt auch eine sichtliche Entspannung des ganzen Körpers ein.

In diesem Stadium macht Bender wieder unbewusste Bewegungen, beispielsweise gegenüber einer scharf riechenden Essenz, die ihm vor die Nase gehalten wird.

Dämmeriges Bewußtsein erlangt Bender erst nach 40 bis 50 Minuten, wo er dann auf Anrufe schwach reagiert, bis er dann selbst Fragen stellt und öfters wiederholt und schließlich in großer Schwäche sozusagen erwacht, ohne von allen geschilderten Vorgängen auch nur das geringste zu wissen.

Die Schwäche hält oft stundenlang an. Nach Benders eigener Bekundung kommt es ihm dann vor, als ob er aus schwerem Traume erwacht wäre.

Bemerkenswert erscheint es mir noch, daß Bender in den Nächten, die den Anfällen folgten, aus dem Schlafe redete und sich dabei von nichts stören ließ, auch nicht durch lautes Rufen seiner Frau, die ihn heftig schütteln musste, um ihn zu erwecken und zu unterbrechen.

Diese Schlafreden hatten im Herbst 1935 immer wieder mit dem unlängst eingeleiteten Strafverfahren zu tun.

Als auslösende psychische Ursache führe ich, Dr. Vogeley, zusammenfassend folgende Tatsachen an:

Herr Bender hatte von dem Strafverfahren seit der Eröffnung desselben nichts mehr erfahren bis zu seiner zwangsweisen Vorführung zwecks Vernehmung. Bald darauf erfolgte der erste Anfall.

Am 28. September führte Staatsanwaltschaftsrat Dr. Albrecht bei Bender eine Haussuchung durch und benachrichtigte ihn am 14. Dez davon, daß er, Bender, zwecks Abschlusses der Voruntersuchung und Eröffnung der Hauptverhandlung einen Lebenslauf einreichen solle.

Wenige Tage später erfolgte der zweite Anfall.

Die nächste Serie von Anfällen folgt auf Benders ihm völlig überraschende Verurteilung und Verhaftung am 17. Februar nebst Inhaftierung bis 11. Mai, und zwar konnte ich durch genaues Befragen 4 Anfälle einwandfrei diagnostizieren:

Einer am 7. August in Schweidnitz bei den Gebrüdern Bartsch, einer am 15. August in Worms in Benders Wohnung; einer am 14. September in Benders Wohnung in Anwesenheit von H. Keller; einer am 30. September in Benders Wohnung in Worms.

Hier sei auf die Beobachtung von Frau Bender während Benders Untersuchungshaft hingewiesen, die ein Schielen ihres Mannes bemerkte und auch Herrn Landgerichtsrat Schumann davon Mitteilung machte, und zwar in der Zeit, als Herrn Bender Papier und Bleistift verweigert wurde und er in höchster Erregung lebte. Ob Bender auch schon in der Zelle Anfälle hatte, kann er selbst natürlich nicht bestätigen, doch kann u. a. Herr Staatsanwaltschaftsrat Klar bestätigen, daß Bender in einem sehr bedenklichen Nervenzustand war, als er von Herrn Klar im Gerichtsgefängnis einmal dienstlich besucht wurde.

Besonders deutlich wird das Gerichtsverfahren als auslösende Ursache bei den letzten drei Anfällen. Bender hatte nämlich am 8. bei Herrn Staatsanwaltschaftsrat Klar vorgesprochen und erfahren, daß noch Monate vergehen könnten, bis die Revision erledigt sei, und erfuhr wenige Tage darauf, daß er seine Stellung in den Lederwerken Bartsch nur antreten könne, wenn das Verfahren endgültig erledigt sei. Der Anfall vom 15. war die unmittelbare Folge.

Um nun schneller von der Sache loszukommen, hatte Bender die Idee des Niederschlagungsantrags in längeren Eingaben vom 1. und 2. September bei Herrn LGR Schumann und auch bei den anderen Herren der Strafkammer angeregt und um eine Einladung zur vorbereitenden Besprechung gebeten. In diesem beunruhigten Erwartungszustande kam es am 14. September zum neuen Anfall. Als dann weiter nichts mehr aus Frankfurt kam, insbesondere aber keine Einladung, die Bender sehnlichst erwartete, mahnte er mit Schreiben vom 19. Sep. und nochmals mit Schreiben vom 27. Sep. und erlebte am 30. Sep. früh einen weiteren schweren Anfall.

Nach Absendung des Gesuchs am 6. Dez. 34 mit neuen hoffnungsvollen Perspektiven auf Grund der Zusagen in FFM blieben die Anfälle bislang aus. Aus der körperlichen Untersuchung haben sich keinerlei Anhaltspunkte für irgendwelche organischen Störungen ergeben. Bemerkenswert sind nur ziemlich große pigmentfreie Flecke an den Unterschenkeln, sog. Vitiligo. Herr Bender leidet an chronischer Darmträgheit besonders dann, wenn er unter seelischen Depressionen steht. Und nimmt regelmäßig verdauungsfördernde Tabletten. Als praktischer Arzt möchte ich mich mit einer exakten Diagnose zurückhalten.

Nach neueren psychologischen Forschungen und Auffassungen sollen hysterische und sogar epileptische Anfälle durch lang anhaltende Unterdrückung von gestauten Affekten entstehen, die nicht natürlich oder schöpferisch abreagiert werden können. Während es sich aber meist um grob sexuelle oder Mordimpulse handelt, die von den betreffenden Personen unter dem Einfluß der herrschenden Sitten zur Erhaltung ihres moralischen Bewußtseins bzw. ihrer sozialen Stellung verdrängt und unterdrückt werden müssen, handelt es sich beim schöpferischen Typ um sublimierte Affekte, die vielleicht aus der gleichen Wurzel stammen, die aber unter günstigen Umständen durch künstlerische oder sonstige umschaffende Betätigung abreagiert werden, ohne daß es zu krankhaften Äußerungen kommt.

Dieser Fall liegt bei Bender zweifellos vor, über dessen außerordentliche Begabung sich schon seine ehemaligen Lehrer einig waren (er hat ja auch entsprechende Auszeichnungen erhalten) und über die jedermann im Klaren ist, der in geistige Beziehung zu ihm tritt. Hierzu kann ich auf die Schrift »Die Menschheit im Erden-Weltall« verweisen, die er seinem Antrag vom 6. Dez. in Kopie beifügte.

Weiterhin verweise ich auf diesen Antrag selbst, dessen Lektüre sein hohes geistiges Niveau erweist, dann aber auch auf seine Veröffentlichungen verschiedenster Art, insbesondere auf seine Dichtungen, von denen ich einen Roman und ein Schauspiel kenne, und zuletzt auf die Tatsache, daß er einer der beiden deutschen selbstständigen Entdecker des neuen Weltbildes ist.

Wie Bender zu diesem Selbstbild steht, geht aus Punkt II seines Antrages deutlich hervor. Im Kampf dafür sieht er eine Mission und will ihr sein fernes Leben widmen. Auch hat er einen Zehnjahresplan 33-43 aufgestellt und begann im Jahre 33 sein Leben entsprechend umzustellen. (Siehe hierzu das Flugblatt »Weltbild-Revolution«.)

Jedenfalls steht es außer Zweifel, daß die Betätigung in diesem Sinne für Bender buchstäblich lebensnotwendig ist, wie das bei schöpferischen Menschen im allgemeinen als Hingabe an eine Idee der Fall ist.

Umgekehrt wird die Vorstellung größter Einengung und Fesselung bei Verwirklichung solcher lebensnotwendigen Ideen als direkte Auslösungsmöglichkeit für solche Anfälle anzusehen sein. Es erscheint daher als bloße Selbstverständlichkeit, daß Benders Anfälle immer dann auftraten, wenn derartige einengende Vorstellungen durch die oben angeführten Umstände wachgerufen wurden.

Zuletzt erwähne ich noch, daß ich am 3. Dez. eine Erklärung für Herrn Bender ausstellte, die er mit den anderen Erklärungen zusammen seinem Antrag beifügte. Wenn ich es damals vermieden habe, auch als Arzt im Sinne dieses Gutachtens zu Benders Person Stellung zu nehmen und meine Bedenken gegen eine Inhaftierung Benders schon damals zu äußern, so geschah das in der mir fast selbstverständlich erscheinenden Annahme, daß seinem Gesuch stattgegeben und dadurch die Inhaftierungsfrage und Gefahr gar nicht erst akut werde.

Nachdem diese Frage durch Ladung des Herrn Bender zum Strafantritt schon am 21. Februar nun doch akut geworden ist, möchte ich mit allem Nachdruck auf die zu erwartende gesundheitlichen Folgen einer neuen Haft hinweisen und betonen, daß neue Wiederholungen der geschilderten Anfälle, sei es in der Haft, wo sie gerade Lebensgefahr bedeuten, sei es als spätere Auswirkung wie im Sommer, zu einer dauernden gesundheitlichen Schädigung Benders führen können, zumal die Art der Anfälle auch die Gefahr eines Schlaganfalles nicht ganz ausschließt. Aber auch von letzter Gefahr abgesehen wird heute allgemein anerkannt, daß dauernde negative seelische Einwirkungen besonders bei Typen wie Bender unbedingt auch organische Schädigungen im Gefolge haben.

Abschließend betone ich noch, daß meine Auffassung von der Haftfähigkeit eines Menschen bzw. seiner Haftunfähigkeit nicht aus der überwundenen verweichlichten liberalen Epoche stammt, sondern im Kampf ums Dritte Reich aus der nationalsozialistischen Weltanschauung entwickelt wurde. Hierzu die Feststellung, daß ich der erste Wormser Arzt war, der sich öffentlich als SA-Arzt betätigte, was wohl zur Erhärtung dieser Behauptung genügen dürfte. Wenn ich als Arzt und Parteigenosse seit 1931 Herrn Bender für haftunfähig erkläre, so geschieht das aus der begründeten Tatsache, daß

ein schöpferischer Mensch durch den Strafvollzug vernich-
tet wird, der im Sinne seiner ideellen Zielsetzung für unser
Volk wertvollste Kulturarbeit leisten kann.

Mit Heil Hitler
gez. Vogeley

GEFÄNGNIS PREUNGESHEIM

Wer nicht schon einmal selbst von einer Zelle aus einen Bittbrief verfasst hat, wird denken, er weiß ganz genau, was das ist, ein Bittbrief. Nämlich ein Schriftstück, in dem eine bestimmte Person freundlich um Zuwendung gebeten wird. Man wird glauben, ein Bittbrief sei eine Art von Text.

In Wirklichkeit aber ist ein Bittbrief ein Oktopus.

Oktopusse fressen ihre eigenen Beine, wenn sie hungrig sind. Diese wachsen bald wieder nach, so wie man auch einen neuen Brief schreiben kann, immer wieder einen neuen, den ganzen Tag so dahin, bei schwindendem Licht und allgegenwärtigem Papiermangel. Man schreibt einen Bittbrief, um die Zuwendung, die in der Wirklichkeit ja doch immer ausbleibt, zumindest in der Beschreibung zu erleben.

Wer einen Bittbrief schickt, der sagt: Ich kann nicht mehr richtig kommunizieren. Alles, was ich sage, all die Seiten, die ich hier vollschreibe, sie existieren im Grunde gar nicht. Denn sie werden allein durch die Form, durch die Gefräßigkeit des Oktopus, zu bloßem Beiwerk erklärt, von mir selbst. Hier meine Bitte. Nun sehen Sie, verehrter Baron von Heyl, großer mäzenatischer Wohltäter und Landkreisvater, dass all die Absätze davor, in denen ich Ihnen Horoskope anzufertigen anbot oder Ihnen Ausschnitte aus meinem Manuskript kopierte, gar nicht von Substanz waren, ja, dass es überhaupt niemals einen auf Augenhöhe stattfindenden wirtschaftlichen Tausch zwischen uns geben kann. Sie bitten mich um nichts. Sie könnten es gar nicht. Es wäre Ihr Ende.

Ich dagegen verfüge noch über Möglichkeiten, mich Ihnen mitzuteilen, aber sehen Sie, hiermit verbrenne ich all diese Möglichkeiten vor Ihren Augen: indem ich um Geld bitte. Alles war nur ein Vorwand. Alles auf Erden kann nur

Vorwand gewesen sein, wenn am Ende eine Bitte um Geld folgt. Denn alles bleibt ewig aufwiegbar gegen Geld, solange das Geld nicht mitaltert. Und schon stehe ich, Herr Baron, wieder beinlos vor Ihnen, ein menschlicher Stumpf.

Bender zerriss den Briefentwurf. Er stellte sich vor, zur Abwechslung einen richtig unverschämten, beleidigenden Brief zu verfassen, mit haarsträubenden Vorwürfen gegen den schweigsamen Baron. Er mache gemeinsame Sache mit den Bolschewisten. Er stelle Leder aus der Haut kleiner Kinder her. Er plane Bombenanschläge. Bender begann einige Zeilen in diesem Ton, musste allerdings immer wieder aufhören, weil es ihn zu sehr zum Kichern brachte. Es erschreckte ihn selbst, wie laut seine Stimme in der Gefängnisnacht klang. Zwischendurch stand er auf und ging zu den Wespen in den Garten, das heißt in die kahle Ecke seiner Zelle, die für den Garten zuhause stand. Er stöberte einige Wespen in ihren Mauerecken auf und ärgerte sie, in der Hoffnung, gestochen zu werden. Aber er stand nur unter ihnen, umschwirrt zwar, aber unverletzt. Dann lief er in der anderen Ecke der Zelle (welche die Welt der offenen Straße repräsentierte) dreimal unter einer imaginierten Leiter durch, fluchte dabei lautlos und stampfte auf. In der Nachbarzelle wurde lungenkrank gehustet.

Zwei Amtsärzte gab es. Der eine: hoffnungslos. Eine äußerst leutscheue, seelenmagere Erscheinung, die man für nichts auf Erden erwärmen konnte. Er wollte dir nur den Puls messen und schickte dich wieder weg, mit den immer gleichen Worten. Zu welchem Nutzen er *wirklich* auf der Welt war, blieb ein Rätsel. – Aber der andere, ja, der war zugänglicher, hatte mit Bender bereits kleine Dialoge geführt und war, auf seine etwas klobige, unternehmensmüde Art, ein durchaus ernst zu nehmender Kandidat für einen Weltbildschüler. Er hieß Dr. Wirtel Kreuder, Kurzform *Tilly*.

Dazu kam noch, dass seine Söhne, wie er Bender einmal verriet, Cordt und Wendt hießen. Bender bewunderte den Mut dieses Mannes. – Auf dem Regal in der Medizinstube lag eine riesige, geradezu *gastliche* Muschel, mit deren Anblick sich Bender einige Male hatte trösten können. Dr. Kreuder war, so hatte Bender durch wiederholte Versuche festgestellt, für die Themen Hohlwelt, Kometen und Zeit nicht erwärmbar. Ebenso vergeblich: Schwundgeld, Abendland und Herleitung der Rassen. Nichts wollte bei ihm verfangen. Aber dennoch war da ein Glimmen in diesem Menschen, Bender spürte es. Er war auf der Suche. Er wollte erwählt werden.

Nicht mehr auf der Suche war dagegen der lungenkranke, sich nächtelang quälende Nachbar. Er hieß Rahberg und war seit zwei Jahren eingesperrt, ebenfalls wegen Betrugs und Steuerhinterziehung. Zwei weitere Jahre lagen noch vor ihm. Krank war er erst im Gefängnis geworden. Bender betrachtete ihn als warnende Parabel. Rahberg, der sich, um seine Trauer um die vergeudete Lebenszeit irgendwie auszuhalten, ganz in seinen Eigensinn zurückgezogen hatte, entwickelte in jedem Gespräch, egal um welche Dinge es ging, eine sofortige Unbeugsamkeit, eine radikale, durchgeistigte Skepsis, die jeden Lern- und Reifungsprozess im Keim erstickte. *Dir kann ich wirklich nichts beibringen*, dachte Bender jeden Morgen, wenn er Rahberg husten hörte.

Erst nach drei Monaten durfte Charlotte ihren Mann zum ersten Mal besuchen. Als sie ins Besuchszimmer gelassen wurde, fand sie Bender und Dr. Kreuder in trautem Zwiegespräch, gleich neben einem Fenster. Neben ihnen, in triumphierender Fontänenform: eine grüne Pflanze, die Blätter übersät von Lichtreflexionen. Der Arzt schob sich immer wieder die Brille hoch. Auf seiner Stirn stand Schweiß. Er wirkte sehr glücklich.

Charlotte, die sich noch unsichtbar wusste, blieb stehen. Aber da winkte sie der Wachbeamte weiter, und sie konnte nicht anders, sie hob die Hand, begrüßte ihren Mann und den Unbekannten. Sofort erhob sich auch der Amtsarzt, grüßte die Besucherin. »So, dann überlasse ich Ihnen mal Ihre Frau. Herr Bender hat mir gerade vom Gang zu den Müttern erzählt. Sehr, sehr verdienstvoll.«

Dann war sie mit ihm allein. Sie fragte, wie es ihm gehe. Er umarmte sie nicht.

Wie seine Stimme sich verwandelt hatte in den letzten Monaten! Ganz weich war sie geworden, ohne die vertraute Vibration. Ein völlig anderes Instrument. Bender sagte, er sei stolz, ihr den »Lernerfolg seines Amtsarztes« vorführen zu können. Charlotte setzte sich.

»Ja, über die Mütter war er erreichbar«, sagte Bender. »Dass ich das nicht gleich bemerkt habe!«

»Das ist aber schön.«

So stark sie beim Betreten des Gefängnisses gewesen war, so rasch verflog ihre Wiedersehensfreude. Außerdem stank es in diesem Raum. Nach Moder, nach Zahnbelag, nach zu lang getragener Wäsche.

»Ganz ergriffene Augen hat er bekommen, hast du gesehen? Das ist die Tür, durch die man ihn betreten kann. Wegen Briefpapier kann er nicht viel ausrichten, sagt er. Aber er wird mir eine Lampe besorgen, für die Nacht.«

»Wunderbar.«

»Ja, die Mütter waren's«, sagte Bender, stolz in die Ferne (eine Zimmerecke) blickend. »Außerdem besitzt seine Familie ebenfalls Weinberge.«

»Tatsächlich?«

»Er erwärmt sich allmählich auch für die Morrow-Messung. Ich glaube, er denkt an eine Vereinfachung.«

»Sowas.«

»Ja, er hat insgesamt gar keinen schlechten Verstand. Nein,

ein lahmer Geist ist das nicht! Er hat außerdem intuitiv erfasst, wie die Polaritäten sich ergänzen, in einem Menschen. Über die Mütter begreift er alles sehr gut. Mein eigener Landgraf von Hessen etwa bildet für ihn eine mütterliche Form, was selbst mir nicht sofort aufgefallen ist. Aber es ist nur folgerichtig, gerade wegen der Doppelstruktur der Ehe.«

»Ich verstehe.«

»Ja, das Ergänzende, das Sich-Vervollkommnende im Anderen.« Bender wischte über den Tisch.

Lotte nahm seine Hand.

»Und die Kinder?«

Die Frage hatte sie von ihm gar nicht mehr erwartet, und nun stockte sie, drückte einfach die schwitzende Hand ihres Mannes etwas fester, und die Topfpflanze neben ihnen fing an zu wachsen.

»Hier drinnen ist alles so kinderlos«, sagte Bender, »dass einem die Erwachsenen *unbegleitet* vorkommen.«

Sie ließ seine Hand los.

»Das hast du lieb gesagt.«

»Ja, ja. Aber hast du gesehen? Über die Mütter, über die war er zu erreichen!« Bender nickte, während er mit der Hand fremde Aschenreste vom Besuchertisch wischte. »Weißt du, der Dr. Kreuder hat sich sogar dafür ausgesprochen, dass ich seine Kinder unterrichten soll. Also – nachher, natürlich. Wenn das alles vorbei ist. Das Freigeld hat ihn bislang am wenigsten interessiert.«

»Ich verstehe.«

»Ich bin sehr gespannt, welche Vereinfachung er sich einfallen lassen wird.«

»Für deine Haft?«

»Nein, nein, hörst du denn nicht zu, für die Morrow-Messung!« Sofort war seine Stimme laut geworden. »Ich habe ja selbst immer gespürt«, sprach er etwas leiser weiter, »dass sie ein wenig umständlich ist. Allein jemandem den Rektilineator in einfachen Worten erklären! Ha. Ich meine, du hast es ja selbst bemerkt, nicht wahr? Du hast das nicht sofort begriffen. Erst mit Skizze.«

»Ja, wohl erst mit Skizze.«

»Er hat keinen schlechten Verstand.«

»Gerd ist wieder vom Unterricht freigestellt worden.«

Bender nickte.

Die Tischplatte war ganz sauber. Er betrachtete seine Fingernägel.

»Ja«, sagte er nach einer Weile. »Das Problem ist, viele begreifen alles nur anhand von Skizzen. Deshalb wird mein Buch auch sehr viele enthalten müssen. Aber heute, ja, das war etwas anderes. Allein durch Worte. Auch mal eine schöne Abwechslung, nicht? Du hast es gesehen. Er hat alles gierig aufgesogen. Er war ganz da.«

Der üble Raumgeruch war inzwischen nicht mehr wahrnehmbar. Vielleicht war er von dem Amtsarzt gekommen.

»Dann seien wir mal gespannt auf die Vereinfachungen, die er sich ausdenken wird«, sagte Charlotte.

Inzwischen reagierte ihr Körper, wenn sie so sprach, nicht einmal mehr mit Ekel oder Gänsehaut.

»O ja«, sagte ihr Mann. »Seien wir gespannt. Allerdings.« Und er lachte: »Wer weiß, am Ende muss ich die Vereinfachung sogar in mein Buch einbauen. Das wäre wiederum Vorsehung. Kerkerhaft, aber dafür, im Gegenzug, das Geschenk besserer Verständlichkeit! Denn gerade das hat mir dieser dumme Lang immer voraus. Das Einfache, das Volksnahe.«

»Ja, dieser Schwindler«, sagte Charlotte. »Frau Blun war übrigens sehr krank. Aber sie scheint sich zu erholen.«

»Gut, sehr gut.« Bender wischte über die Tischplatte und nun waren seine Fingerspitzen auf einmal voller Asche. Verblüfft rieb er sie sauber, verteilte dadurch aber alles nur noch mehr, auch auf seine Handgelenke.

»Ich werde sie schon besuchen gehen«, sagte er leise. »Keine Angst.«

Charlotte antwortete nichts.

Beflügelt von seinem Konversionserfolg beim Amtsarzt Kreuder verfasste Bender einen neuen Bittbrief an den Baron von Heyl.

Es war die Gewalt der Visionen, schrieb er, *die mich täglich und sogar nächtlich zur textlichen und zeichnerischen Ausarbeitung von Teilen des Werks selbst zwangen, bevor ich an der Einführung dazu weiterarbeiten konnte, weil beim Versuch der einführenden Zusammenfassung alle Probleme letzte Klärung verlangten. Nachts oder genauer zwischen 20 Uhr, wenn das Licht ausgedreht wird, und 6 Uhr, wenn es wieder angedreht wird, konnte ich freilich nur im Schein des Hoflichts an der Wand arbeiten, wenn ich mich auf einen Stuhl stellte und das Papier ins Licht hielt. Oder aber nach Ermüdung meiner Arme im Dunkeln nach dem Raumgefühl, soweit mein Papier reichte, da ich dann die Worte weit auseinander schreiben musste. Denn abgesehen von dem besonderen Entgegenkommen betr. Absendung muss ich wegen der strengen Vorschriften eigentlich um jedes Blatt Papier, jede Feder, jeden Bleistift dauernd antragstellend betteln und werde dabei noch (durch Fürsprache des ebenfalls stark mitinteressierten Amtsarztes, der sogar eine Vereinfachung der Koresh-Messung ausgedacht hat) bevorzugt. Ich konnte daher auch nicht meine Absicht durchführen, das Manuskript der Einführung durch einseitiges Beschreiben der Blätter so zu gestalten, dass man diese Blätter später unter Glas hätte nebeneinander aufhängen können: als Beweis dafür, wie ein gefangener Deutscher seine Gefängniszelle zur Welt und Menschheit in der Erd-welt-allzelle erweiterte!*

Ob es wohl das Schicksal des deutschen Genius ist, in ent-

scheidenden Volksstunden immer auf Deutsche in Gefangenschaft angewiesen zu sein,

wo Luthers lang gehegter Plan der Bibelübersetzung erst während seiner »Schutzhaft« auf der Wartburg endlich zur Ausführung kam und er die Gemeinschaftssprache aller deutschen Stämme schuf, in welcher seitdem alle großen Deutschen ihre geistigen Kräfte ausstrahlen und -strömen,

und wo auch Hitler sein Programm- und Bekenntnisbuch »Mein Kampf« erst während der Festungshaft in Landsberg schreiben konnte, von dem ausgehend er alle Reichsdeutschen wie noch nie zuvor im Zeichen des Hakenkreuzes politisch einigen konnte –??

Auch in späteren Schriften weist er mehrmals darauf hin, dass sowohl Luther und Hitler als auch sein eigener Nachname *Bender* auf -er enden. Gegen Ende der Haftzeit erhielt er tatsächlich mehr Schreibpapier und obendrein die Erlaubnis, an bestimmten Abenden an einem beleuchteten Tisch zu arbeiten. Es war September 1935.

Jede längere Schreibpause stürzte ihn in tiefes Selbstmitleid. Dann sah er sich als kleines Wesen, das ängstlich irgendetwas zurechtrückte und putzte, während die große Welle der Zerstörung auf es zurollte. Die Welle wird es zerdrücken und ersticken, aber es rückt sich noch die Kleidung gerade, räuspert sich, säubert sich, kämmt sich. Wenn er sich nachts nicht ablenken konnte, befiel ihn lähmende Trauer über seine eigene Zerbrechlichkeit, diese Störungsanfälligkeit des menschlichen Körpers. Ende des Sommers war Rahberg im Korridor zusammengebrochen und fehlte seither. Man konnte, solange noch jemand da war, glauben, dass alles gut sei, aber dann genügten ein paar Atemzüge allein in der Zelle, und die Erde wurde konvex und düster und hoffnungslos. Die Arbeit an seinem Weltall-Manuskript hielt ihn bei Verstand, obwohl im Dunkeln zu schreiben sehr schwierig war. Am Morgen sah das Ergebnis aus wie die Schrift eines verrückt gewordenen Riesen, auch lagen viele Zeilen übereinander, obwohl er doch so aufgepasst und mit zwei Fingern den Linienfluss gestützt hatte (eine selbstentdeckte Technik). Ärgerlich und auch merkwürdig war dieser Magnetismus der Zeilen untereinander, sie *wollten* unbedingt ineinanderlaufen, die Ordnung und die saubere Trennung *wollten* sie nicht, ja, sie wollten alle Information miteinander vermischen, wie Alchemie. Außerdem fiel ihm nun immer wieder ein, dass auch er ein Herz besaß. Er hörte es im Augenblick nicht schlagen, aber das war es ja gerade ... Es mühte sich *trotz allem* ab in seiner Dunkelheit, umgeben vom Brustkorb, von dessen Form und Funktion es nichts ahnte und verstand. Dabei war es vielleicht die Hauptsache, und das Drumherum, all diese beweglichen Körper, nur ein notwendiges Vehikel für Herzen. Am Ende war das Universum allein von diesen pulsierenden Blasen bewohnt, die in verschiedenförmigen Gefäßen hockten und so durch den Raum schwebten, blind vor sich hin pulsierend, ungebremst und triumphal bis zum Ende.

KROKODIL

Das alte Spiel hatte mit Wäscheklammern zu tun. Man bildete aus ihnen winzige Krokodile und verlieh ihnen Stimmen. Aber auch Kinder wurden älter, nicht nur Spiele. Seit Peter wieder im Gefängnis war, waren sie beinahe erwachsen geworden, und Charlotte merkte einen ganzen Tag zu spät, dass das alte Ablenkspiel mit den Krokodilstimmen noch aus der letzten Haftzeit stammte, 1921, einer Epoche mit vollkommen anderem Antlitz. So lang her ... Damals hatte sie einkaufen gehen können, einfach so, ohne irgendwas. Nicht jedes Mal großräumig ausweichen müssen, wenn Jugendliche um die Ecke kamen. Nicht jedes Mal vom Bürgersteig auf die Straße treten, besonders bei Schnee. Nicht immer die Hand vor den Mund halten, wenn man etwas beim Fleischer bestellt. Sich nicht sofort entschuldigen und zu Boden blicken, wenn man jemandem im Geschäft beim Umdrehen leicht gestreift hat.

Was aber gab es sonst zur Ablenkung? Es gab die Zeitung. Gerd war ein fleißiger Zeitungsleser geworden. Aber vielleicht brauchte es gerade in solchen Zeiten das alte, längst zu kindisch gewordene Wäscheklammerspiel. Es gab immerhin die Erinnerung daran, und auch eine Erinnerung konnte zu einer Art Spiel werden. »Seht mal«, sagte Charlotte, als die Kinder mit dem Essen fertig waren. »Erkennt ihr das?«

Sie zeigte drei Wäscheklammern.

»Klammern?«, fragte Gerd.

Ria blickte nicht mal richtig hin.

»Korrekt«, sagte Charlotte. »Aber erkennt ihr auch, was das hier ist.«

Sie nahm eine der Wäscheklammern zwischen die Finger

und hielt sie so wie damals, vor dreizehn Jahren. Möglich, dass sie sich beide gar nicht mehr daran erinnern würden. Beide nun fast erwachsen, und damals noch so klein. Vielleicht Gerd, ja, es arbeitete ein bisschen in seinem Gesicht.

»Immer noch Klammern?«, sagte er.

Charlotte ließ die Wäscheklammer die Kiefer bewegen, *angangang.*

»Erkennt ihr's nicht?«

Wie groß sie geworden waren, alle beide. Es zerriss einem das Herz. Wie *riesenhaft* die eigenen Kinder werden, wenn sie durchschnittliche Größe erreichen! Und nie wieder würden sie so klein sein wie damals, als sie noch die genau *richtige* Größe besaßen.

»Ich wette, ihr wisst es noch. Ihr wart gar nicht so klein.«

Da! Gerhard erkannte es. Sein ertapptes Gesicht. Der Anflug rötlicher Flecken, seitlich an den Wangen. Und schon der erste Flaum, unglaublich. Und ihr Vater im Gefängnis.

Oder nein, es war gar nicht Ertapptsein. Es war Schmerz. Es war Peinlichkeit, Kindheit, etwas zu Nahes, zu Zartes.

Schnell legte sie die Klammern hin.

»Nicht so wichtig«, sagte sie.

Gerd stand auf, stellte seinen Teller in die Spüle. Seine breiten Schultern, sein kariertes Hemd. Das Hinterkopfebenbild seines Vaters.

Ria war von der Erinnerung verschont geblieben. Sie hatte wirklich keine Ahnung, worum es ging. Sie fragte, ob sie nachher noch mit Anja und Sophie in die Stadt und so weiter und so weiter.

»Aber seid vorsichtig«, sagte Charlotte.

Als die Kinder gegangen waren, sortierte sie die Post. Den Verwaltungsbrief »An den Haushalt Bender« machte sie nicht auf, der kam auf den Stapel. Dann ein Brief von Frau Friedrichs. Sofort öffnen. Er kam diesmal nicht von ihrem

Anwalt, vielleicht ein gutes Zeichen. Sie verlange, schrieb Frau Friedrichs in ihrer langstieligen Lilienhandschrift, nicht mehr nach ihrem alten *Pianoforte*, sondern nur noch nach 3000 RM Entschädigung. Damit gebe sie sich zufrieden, »um des lieben Friedens willen«. – Dann noch ein neuer, ungewöhnlich dicker Umschlag aus Lovejoy Park, Estero. Auch auf den Stapel für den nächsten Besuch in Preungesheim. Aber der Brief starrte sie an, neckte sie. Charlotte riss ihn schnell auf und begann zu blättern. Der Mensch aus Amerika schrieb irgendetwas über Hirnhälften und deren Übereinstimmung mit den Innenerdschalen. Einige Sätze konnte man vielleicht für den Englisch-Unterricht verwenden. Ihr gefiel der aufgekratzte Stil dieser Amerika-Briefe, die vielen Rufzeichen, die sprunghafte Argumentation, die wie von Kinderhand gezeichneten Skizzen, die irgendeinen schwer begreiflichen metaphysischen Sachverhalt illustrieren halfen. Harry Manley, Estero, Florida. Wie mochte der wohl aussehen? Wie alt war er? Und – warum liebte er ihren Mann, den er nur aus der Ferne, aus Buchstaben kannte, so sehr?

DIE MITINTERESSIERTEN

Im Dezember wurde bei Bender durch den Amtsarzt Kreuder eine ausgeprägte und progrediente Geisteskrankheit diagnostiziert. Er wurde aus dem Gefängnis in die Frankfurter Universitäts-Nervenklinik überstellt. Die Klinik befand sich in einem jener Ortsteile, wo man nicht nur in der Nacht, sondern auch tagsüber die ganze Zeit von Glockengeläut verfolgt wurde. In einem weiträumigen Hof, den man allerdings nur ausnahmsweise betreten durfte, warteten Reihen leerer Stühle und Tische. Dazu ein winziger Teich, mit gut sichtbarem Grund. Keine Fische darin, aber Seerosen. Einer Steinstatue fehlten beide Arme.

Schon am ersten Tag fiel Bender unter seinen Mitpatienten ein junger Mann auf, der auf ein Ei aufpasste. Es handelte sich, soweit man das erkennen konnte, um ein gewöhnliches Hühnerei. Der Mann war ängstlich darum bemüht, es unbeschadet von einem Ort zum nächsten zu transportieren. Unterhielt er sich auch mit dem Ei? Einiges sprach dafür. Zumindest neigte er sich ihm gelegentlich zu und nickte und lachte. Einmal kam Bender in seiner Neugier dem jungen Mann etwas zu nah und löste dadurch eine überstürzte Flucht aus, bei der das Ei beinahe beschädigt wurde. Durch Herumfragen erfuhr er, dass der Mann schon einige Eier an ganz ähnliche Missgeschicke verloren hatte und dann von den Pflegern nachts ein neues in die Tasche gesteckt bekam. Bender fand das kolossal. Es gelang ihm, zu lachen.

Aber schon am zweiten Abend schwand seine innere Sicherheit. Er bewegte sich durch das Zimmer – und kam an einen toten Punkt. Seine Bewegungen hatten sich verengt. Er bekam Angst und grauenhaftes Heimweh. Das haltlose Schädelgefühl meldete sich. Jetzt wurde es draußen dunkel, und aus dem Dienstzimmer kam ein hohes, pfeifendes Geräusch. Er musste hier weg, zu seiner Familie! Was war mit den Kindern? Er musste sofort hier raus! – Ein alter Mann namens Hans, der hier eingesperrt war, weil er niemanden mehr erkannte, kam langsam durch den Korridor geschlendert. Er war unterwegs zu seiner »Schnur-Schnur«, wie er es nannte: ein längerer Faden, der zufällig aus dem Scharnier einer Tür herausragte. Mit diesem Faden beschäftigte er sich jeden Tag über mehrere Stunden.

Am vierten Tag begann Bender eine hilflose Wut darüber zu empfinden, dass hier gar niemand normal war. Nervenanstalt, natürlich. Aber man konnte sich doch ein wenig zusammenreißen! Er lenkte sich mit Lesen ab, aber die Wörter und Zeilen ergaben nichts Menschliches mehr, und als er kurz vor der Bettruhe im Korridor noch ein wenig auf und ab gehen wollte, warteten da bereits sechs andere Männer, mit völlig identischen Gesichtern, und gerieten einander in den Weg, es war entwürdigend. Die *Schnur-Schnur* ragte verlockend aus dem Scharnier.

Da ihn aber auf seinem Bett auch nur heimatlose Mulmigkeit und das grauenvolle Schädelnahtplatzen befallen würden, zettelte Bender mit einem der Verlorenen ein Gespräch an. Ob es denn hier keine Kaiser von China gebe, fragte er. Darüber dachte der Angesprochene nach, gab die Frage auch an einen Kollegen weiter. Eine Weile grübelten sie mit vereinten Kräften. Dann stellten sie fest: Nein, leider, warum auch. So eine blöde Frage.

Aber nun entspann sich, zu Benders großer Verblüffung, ein ernsthaftes Gespräch. Er erfuhr, dass Viktor hier (Geste zu einem Mann in der Ecke) eingewiesen worden war, weil er als arbeitsscheu und eigenbrötlerisch galt. Eines Tages habe er eine Melkmaschine gekauft, obwohl auf dem Hof seiner Familie bereits eine vorhanden gewesen sei. Und der gute Ernst Z., hier gleich neben ihm, sei eigentlich Kupferdrucker von Beruf, habe aber oft fremde Leute im Kopf. Darüber hinaus bestehe bei ihm ein allgemeines Problem in Bezug auf Sanduhren, von denen es hier glücklicherweise keine gebe.

Bender erzählte seine Geschichte. Die Männer nickten. Jaja, sagten sie, genau so gehen die da draußen mit einem um.

Aus der versammelten Gruppe schien ein fülliger, kurzgliedriger Mann namens Josef der weitaus Ärmste, denn er war Österreicher, geboren in Graz, und außerdem Lehrer für Esperanto. Aufgrund seiner jahrelangen Vertiefung in diese Sprache wurde bei Josef schließlich ein *akuter Affektschwund* festgestellt, ein Ausbleiben aller Gefühlsregung. Man hielt ihn nun, so gut es ging, von allen fremdsprachigen Lernmaterialien und Publikationen fern, aber konnte nicht verhindern, dass er in unüberwachten Geistesmomenten einige Stellen aus der Heiligen Schrift auswendig in seine bolschewistische Fantasiesprache übertrug. Die Ärzte erkannten ihm Jahr für Jahr aufs Neue jederlei Affekt ab, das machte ihn rasend. Er schrie und drohte ihnen mit Rache, alles in seinem putzigen Akzent. Oft weinte er auch in einem Winkel still über seinen verlorengegangenen Affekt und sagte den kleingeistigen Regierungen Europas ihr blutiges Ende voraus. – So ging der Abend hin, und Hans spielte mit seinem Freund, dem Faden. Manchmal sagte er leise ein Wort, »Ägide« zum Beispiel, oder »Kerbholz«.

»Nicht wahr, ich komme ja wieder nach Hause«, sagte Bender in die Stille.

In einer Vitrine im Korridor standen Pokale, ein bizarrer Anblick. Die Aufschriften waren nicht mehr erkennbar, und es wusste auch sonst niemand, welche sportlichen Leistungen hier von wem wann erbracht worden waren. Überhaupt fanden sich auf dem Areal der Anstalt auffallend viele Gefäße. An allen möglichen Stellen traf man sie an, Karaffen und Schalen mit schwungvollen Henkeln, uralte Kaffeetassen voller Zigarettenstummel, ausgediente Terrinen neben Blumentöpfen im Hof, allerlei leere Flaschen und sogar ein verrußter Sammelbecher mit sorgsam verstopftem Münzschlitz. Es war, als wollte man die Patientenschaft fortwährend daran erinnern, dass es auch bei ihnen nun hauptsächlich um *Inhalt* und *Innenraum* und *Fassungsvermögen* gehen würde und dass sie sich ein Beispiel nehmen sollten an all den aufnahmebereit in jedem Zimmer, jedem Regal, jedem Winkel stehenden Modellen ihrer Persönlichkeit.

Es gab Paranoiker, Melancholiker, es gab alkoholische Paralytiker, dann auch einen oder zwei Choleriker, die aber vielleicht Luetiker waren, im Anfangsstadium. Sie hielten sich seit Jahren recht tapfer und litten unter entsetzlichen Visionen. Am verwirrendsten von allen aber waren die Genesenen. Sie hatten die Therapien und Selbstfindungen erfolgreich hinter sich, aber konnten nicht nach Hause. Das Fremdenamt verlangte für den Neubezug einer Wohnung eine Aufenthaltsbewilligung. Diese konnte das Fremdenamt allerdings nur eigenhändig ausstellen. Wer über keine verfügte, der wurde gebeten, sich eine zu besorgen. Und nachdem die Person die zahlreichen Amtsgänge, die dafür nötig waren, hinter sich hatte, dauerte es in der Regel fünf oder sechs Monate, bis die Bewilligung kam. In manchen privaten Irrenanstalten, so erfuhr Bender, lebten aufgrund der seit Machtantritt der NSDAP auffallend hohen Genesungsrate bis zu zwanzig Prozent der Patienten in diesem schwer begreiflichen Zwischenreich. Sie durften nach Hause, aber durften nicht. Sie saßen fest und galten als geheilt. Man sah es ihnen schon von weitem an. Sie sonderten sich ab, bildeten kleine Kreise und Gruppen. Sie lasen Romane. Ein Wechsel in die Sphäre der Pfleger stand für sie ebenfalls außer Frage.

Denn sie riskierten, wie jeder zugeben musste, eine Rückansteckung oder zumindest einen Rückfall, etwas in ihnen konnte, da es sich nun so lange nicht im wahren Leben hatte bewähren dürfen, plötzlich nachgeben und in die alten Muster zurückrutschen: in das nächtliche Geschrei, das besessene Beten, in den zuckenden Gang des Kriegsparalytikers, die somnambulen Nervenkrisen bei Tisch oder in die schreckhaft-verzweifelten Hasenmanieren des Paranoikers.

Es dauerte nicht lange, und Bender brachte Vergleiche mit Dante. Am Läuterungsberg, im zweiten Teil, da gebe es die Begegnung mit dem Lautenbauer Belacqua. Der sitze mit angezogenen Knien am Fuße der Treppe und habe keine Lust mehr. Er trage natürlich Sünden mit sich herum, wie jeder Mensch, aber ihm sei einfach nicht mehr danach, sich diese Schritt für Schritt von der Seele zu beten. Er hocke lieber da, denke, wie man annehmen durfte, weiter an seine bauchigen Musikinstrumente und warte ab. Aber die Genesenen seien doch nicht freiwillig in dem Wartezustand, entgegnete man ihm. Bender gab das zu.

Aus der Ferne ließ sich beobachten: Die Genesenen spielten am liebsten Schach. Zwei saßen einander gegenüber, und zwischen ihnen, wie zufällig, das Brett, und da begannen sie, ohne die geringsten äußeren Anzeichen von Vergnügen, eine Partie. Sie saßen da, redeten nur wenig, und ihre Wangen hingen schlaff an ihren Gesichtern. Nur einem aufmerksamen Beobachter konnte auffallen, dass sie ihre Figuren mit einer feierlichen und zarten Eleganz übers Brett bewegten, wie Kinder, die in ihrem Puppenhaus einen Maskenball nachspielen. – Aber da derartige Spiele bekanntlich nach einer Weile die Vernunft zu zersetzen beginnen, räumten sie, kaum war eine Partie zu Ende, das Spielbrett ab und verfielen, um die rasch eintretende Stille zu überbrücken, in höfliche Gespräche. Sie gingen dabei betont normalgeistig und nachvollziehbar vor, verwendeten Gruß- und Abschiedsformeln, über die sich beim besten Willen niemand wundern konnte, und hielten Ton und Lautstärke ihrer Stimmen stets in einem Bereich häuslich-entspannter Anständigkeit. »Gestern hat es kräftiges Ragout gegeben, erinnert ihr euch?« – »Da hast du recht, und am Abend war Chormusik zu hören.« Ihre Gesprächsthemen waren vorbildlich. Nur über das Wetter sprachen sie nie. Denn über das Wetter wurde in der Irrenanstalt, so viel war jedem bewusst, nur dann gesprochen, wenn der innere Aufruhr kein anderes Thema mehr zuließ. Den Eindruck wollte man nicht erwecken. Außerdem schien ohnehin jeden Tag irgendwie die Sonne.

Hans zeichnete Messer und Schwerter, erschien zu spät zum Essen und rief »Ägide!«. Dann wieder die im nächtlichen Sturmwind *galoppierenden* Büsche im Anstaltsgarten. Nach dem Regen glitten Schnecken über die Augen der armlosen Statue. Bender wurde darüber informiert, dass *in seiner Sache* ein Antrag auf Unfruchtbarmachung eingelangt sei. Der geplante Termin für den Eingriff wurde ihm genannt. Bender schrieb verzweifelte Briefe, an von Heyl, an Charlotte, an Lang und Vogeley.

In einem paradoxen Auflehnungsanfall zerriss er alle Antwortbriefe, die er bekam. Er zerriss sie vor allen anderen im Aufenthaltsraum und steckte die Fetzen in einen Topf, in die feuchte Blumenerde. Ein junger Arzt wollte ihm sogar helfen, er schätzte Bender für seine lustigen Theorien, und sie schienen auch langsam auf ihm zu wachsen. In den Bäumen gab es heute Eichhörnchen, auffallend dunkel. »Ich bin doch kein Eisenbahnräuber«, sagte Bender. »Warum behandelt man mich so?« Ein Arzt kam und untersuchte seinen Unterleib, zur Vorbereitung des Eingriffs. Hübscher Bursche war das, mit scheitelbetontem Kopf. Bender musste die ganze Zeit lachen. Man sollte euch allen am Körper Knöpfe annähen!, dachte er. Und die dann drücken, der Reihe nach. Auf diesem schlanken, hellen Körper. Wann ging eigentlich der Zug nach Hause? In einer Stunde etwa. Bender zog die *Schnur-Schnur* aus ihrer Verankerung. Dann steckte er sie sich in den Mund und schluckte sie hinunter.

Als ihr Mann zu ihr gebracht wurde, begrüßte Charlotte ihn, sich selbst damit ein wenig überraschend, mit einem Stirnkuss, für den sie sich auf die Zehenspitzen stellen, ja eigentlich sogar einen sanften Hüpfschritt machen musste. Bender umarmte sie und atmete ein paar Mal tief in ihr Nackenhaar. Dann biss er sie, ganz leicht und ohne dass es jemand mitbekam, ins Ohr. Er sah sehr abgemagert aus. Er lauschte stumm und gefasst ihren Erzählungen von zuhause. Gerd habe die Kur infolge seiner Mangelernährung hinter sich, er sei wieder ganz gut hergestellt. Sie selbst wohne nun in einem kleinen Zimmer in der Kämmererstraße 42.

»Vorübergehend natürlich«, sagte sie.

»Ah ja«, sagte er. Seine Stimme klang ganz erloschen.

»Vorübergehend«, wiederholte sie.

Dann zeigte sie ihm den neuen Amerika-Brief von Harry Manley. Bender nahm ihn in die Hand, blätterte, und die Zunge hing ihm dabei aus dem Mund. Er schien gar nicht zu begreifen, worum es ging. Dann gab er ihr das Stück Papier zurück.

»Sehr schön«, sagte er.

»Er hat einige Male geschrieben, aber das ist der neueste. Ich glaube, er würde sich über eine Antwort freuen.«

Benders Oberkörper begann leicht vor und zurück zu wippen. Er kratzte sich den Schnurrbart mit dem kleinen Finger, dann schien ihm diese Geste plötzlich peinlich, und er entschuldigte sich. Er starrte in die Ferne.

»Zeig noch mal her«, sagte er.

Sie reichte ihm den Brief. Er las ihn ein weiteres Mal

durch. Seine Züge entspannten sich ein wenig. Er tippte auf eine Skizze.

»Die Quadratform«, murmelte er. »Siehst du, er verwendet sie auch.«

Dann wurden seine Augen ganz klein, und er begann zu weinen.

Charlotte wollte ihn trösten, aber er bat sie nur, den Brief wieder mitzunehmen, er könne ihn von hier aus nicht beantworten. Was würden die edlen Pioniere der Koreshan Unity denken, wenn er vom Irrenhaus aus das Wort an sie richtete? Er wolle nur nach Hause. Sie drohten ihm hier, ihn operativ zu verstümmeln. Wegen Erbschädigung.

»Wir kriegen dich nach Hause«, sagte Charlotte.

»Lovejoy Park«, sagte Bender, die Adresse ablesend. »Das ist so weit weg.«

Gegen Mittag sah man den jungen Dr. Julius unten im Hof in die Sonne blinzeln, eine schirmende Hand halb überm Gesicht. Dem folgte ein knappes Kopfschütteln und die Rückkehr ins Gebäude. Aber an der Tür zögerte der junge Arzt und wandte sich noch einmal zum Himmel. Er kontrollierte den Verlauf seines eigenen Schattens. Der Patient Bender tobte heute bei der Essensausgabe, schrie und weinte. Er sagte, er habe im Krieg auf Menschen geschossen und sammle seither Staub und Mäusedreck aus allen Zimmerecken. Man solle ihn ins Gefängnis zurückbringen, da gehöre er hin. Nicht hierher, unter das Messer wahnsinniger Ärzte. Man führte den Patienten in einen neuen Saal, wo er das Bett neben einem kahlköpfigen Mann zugeteilt bekam, der nur vor und zurück wippen konnte, mehr verlangte er offenbar nicht von seinem Alltag; selbst das Brot, das man ihm gab, knetete er, anstatt es zu essen, zu vorgekrümmt sitzenden Figuren.

Im neuen Saal lagen die Männer in bedenklich abgeklär-

tem Zustand herum und verbreiteten eine düstere, geistes-
feindliche, mit allem einverstandene Stimmung. Ihr Ta-
gesablauf kreiste um die Zigarette. Die meisten von ihnen
hatten bereits Operationstermine. Die erste Zigarette des Tages wurde gleich nach dem Erwachen genossen, wenn der
Körper für das Hintersichbringen der Nachtstunden belohnt
werden wollte. Neben den Betten standen schmale, mit den
Beinen auf dem Boden festgeschraubte Tische und darauf
einige wenige Dinge, allesamt auffallend klein, sodass man
ihre genaue Natur mit freiem Auge nicht erkennen konnte,
ohne ein paar Schritt weit in die Privatsphäre des Patienten
zu treten. Die Größe der Objekte erzeugte also genau jenen
kugelförmigen Luftbereich, innerhalb dessen der Mensch
ungestört zu bleiben hofft. Bender nahm sich vor, so rasch
wie möglich so eine Sammlung kleiner Dinge anzulegen.
Alle möglichen Leute, Pfleger, Ärzte, Mitpatienten, traten
ständig ganz nahe an ihn heran, selbst wenn er im Bett lag
und döste. Er hielt sie meist durch Reden auf Distanz, aber
es war doch auf Dauer etwas lästig. Er brauchte kleine Dinge.

NEUES GUTACHTEN

Bei der heutigen Exploration ausgesprochen sthenische, selbstbewusste, wenig verbindliche »kämpferische« Gesamthaltung, reisst sofort die Führung des Gesprächs an sich, lässt Unterbrechungen, Einwendungen, Fragen des Untersuchers nur unwillig zu, erklärt, er sei etwas indigniert, dass die schon so oft während seines hiesigen Aufenthaltes erörterten Fragen schon wieder besprochen würden.

Über die näheren Umstände des 1917 erlittenen Flugzeugunfalls gibt er an, dass er aus etwa 200 m Höhe abgestürzt sei, habe sich Verletzungen am Kiefer zugezogen, sei sofort bewusstlos gewesen, sei aber auf mehrere Stunden andauernder Fahrt zum Lazarett wieder erwacht, über Blutungen aus Mund, Nase, Ohren, Erbrechen u. s. w. sind keine näheren Angaben zu erhalten, mehrere Wochen Krankenhausaufenthalt, später noch lange Gehbeschwerden. Damals noch kein Visionsgeschehen, keine Märtyrerei.

Zeigt sich wenig geneigt, über die Einzelheiten des Kriegsgerichtsverfahrens Auskunft zu geben, verweist auf die Militärakten, er sei damals für »plemm plemm« erklärt worden, unterstreicht nachdrücklich, dass er bei ausdrücklicher Befragung auf eine Rente verzichtet habe, erwähnt in diesem Zusammenhang die grossen Inflationsverluste seiner Familie, in denen er offensichtlich etwas wie ein vaterländisches Verdienst erblickt.

Berichtet ausführlich von seinen wirtschaftspolitischen Bemühungen, unterstreicht die Anerkennung, die er von den verschiedensten Stellen gefunden habe, erblickt in dem Zusammenbruch der von ihm mitverwalteten Bausparkasse keineswegs einen Misserfolg, sieht vielmehr darin eine Be-

stätigung seiner Ansichten über die Indexwährung, der Zusammenbruch sei an dem historisch richtigen Punkt erfolgt, er sei der Kapitän eines untergehenden Schiffes gewesen, dessen Sinken nicht aufzuhalten sei.

Berichtet dann weit ausholend über seinen Strafprozess, bei dessen Schilderung eine ausgesprochene formale Gewandtheit sowie ein ungewöhnliches dialektisches Geschick auffällig wird, unter Zuhilfenahme zahlreicher Aufzeichnungen schildert er den Verlauf, streut zahlreiche kritische Einwendungen z. T. ironisch-überheblicher Färbung über die Richter ein, führt lebhaft Klage über die Nichteinhaltung des ihm zugesagten tägigen Strafaufschubs, bemerkenswert ist die strenge Systematik seiner Schilderung, unterscheidet unter Angabe von Daten u. Vorweisung schriftlicher Belege zwischen der Periode, während derer er um sein Recht gekämpft habe, u. der Zeit, in der er ohne damit im mindesten eine subjektive Schuld einzugestehen, den Umschwung zum Recht zur Gnade beschritten habe.

Versucht ähnliche taktische Schritte auch in seinem späteren Verhalten aufzuzeigen, beispielsweise sei die Umschlagzeichnung seiner Arbeit auf den Baron Heyl, der Symbolist sei u. von dem er eine Förderung erwartet habe, berechnet gewesen, ebenso habe er aus taktischen Erwägungen einem Gefängnis-Inspektor einen Auszug seiner Arbeit übergeben. Auffällig ist, dass er in Verkennung der tatsächlichen Einstellung der betreffenden Personen mehrfach Leute, mit denen er aufgrund seines Prozesses u. seiner Arbeiten in Berührung kam (den Staatsanwalt, Baron Heyl u. a.), als seine Freunde und Anhänger seiner Lehre bezeichnet.

Bei der Erörterung seiner Lehre liest er mit offensichtlicher Genugtuung u. in ausgeprägter Selbstgefälligkeit Leitsätze aus seinen Arbeiten vor, weist entrüstet die Aufforderung des Untersuchers in einigen Sätzen den Kern seiner Lehre darzustellen zurück unter Betonung der Unmöglichkeit einer populären Darstellung. Zeigt eine Stelle am Unterleib vor, an der er von einem Arzt »von oben herab« berührt worden sei.

Bei seinen Ausführungen kommt in prägnanter Weise die zentrale Bedeutung, die er seinen Arbeiten beimisst, zum Ausdruck. Zitiert zahlreiche prominente Persönlichkeiten, die positiv zu seinen Bestrebungen stehen: Wissenschaftler, Ärzte, Politiker u.s.w. u.a. den früheren hessischen Ministerpräsidenten Werner (aktenmäßig belegt), zieht zahlreiche Parallelen zu Kopernikus, Ptolemäus, erörtert mit deutlichem Behagen die oft erwiesene professorale Ignoranz und Selbstherrlichkeit, berichtet über einen in der »Nibelungenstadt Worms« von ihm geplanten Weltbildkongress, bei dem grosse bauliche Anlagen zur Erhärtung seiner Ansichten, Reden des Ministers Goebbels, Einladung Marconis, ein Raketenflug u.ä. geplant gewesen seien, streift nur ganz flüchtig die Auswirkungen seines Verhaltens auf seine Familie, wendet sich sofort wieder seinen Plänen u. Anschauungen zu, gibt an, von einem prominenten Wissenschaftler als für den Nobelpreis in Frage kommend angesehen worden zu sein. Charakteristisch für sein völliges Aufgehen in seinen Gedankengängen ist seine Angabe, dass er seiner nach England reisenden Tochter eine schematische Darstellung seiner Lehre mit auf den Weg gab. Geld habe er ihr keines geben können. Abgesehen von den oben geschilderten expansiven Gedankengängen, denen nach Lage der Akten gewisse reale Tatsachen zu Grunde liegen, und einer gewissen Verschrobenheit des sprachlichen Ausdrucks (»Symmetrie meines Lebensprogramms«, »Ich habe mich so objektiviert, dass ich kaum noch existiere«) ist in seinen spontanen Äusserungen nichts einwandfrei Krankhaftes festzustellen, insbesondere kein Anhalt für schizophasische Störungen oder paralogische Entgleisungen.

11.1.36

Auf der Abteilung wenig situationsgerechtes Verhalten, tritt fordernd und sehr selbstbewusst auf, stellt im Anschluss an aufgeschnappte Gesprächsfetzen mit unverhohlener Genugtuung fest, dass man wohl »die Diagnose, die etwas voreilig gewesen sei, revidiert habe«, kündigt an, dass er, falls das über ihn zu erstattende Gutachten nicht in seinem Sinne ausfalle, ein »Obergutachten« beantragen werde, tobt und protestiert gegen die psychiatrische Untersuchung.

Nachdem inzwischen nach mehrfachen Unterredungen die anfänglich im Anschluss an eine energische Zurechtweisung aufgetretene Kontrasteinstellung gegen Ref. einer verbindlichen, aber wenig echt wirkenden Höflichkeit Platz gemacht hat, ist er offensichtlich bestrebt, den Arzt »einzuwickeln«, erweckt überhaupt immer deutlicher den Eindruck eines »kalten Rechners«.

Es zeigt sich bei Pat. eine starke Neigung, bei jedem, der etwas Verständnis für seine Gedankengänge bekundet, sofort propagandistisch aufzutreten. Erklärt, er wolle auch die hiesigen Ärzte zu seinen Freunden u. Mitinteressierten machen. Als Versuchskaninchen im Hörsaal aufzutreten, müsse er ablehnen, dagegen sei er gerne bereit, anhand von Schaubildern und Diagrammen vor den Studenten einen Vortrag über seine Lehre zu halten. Beschäftigt sich fast ununterbrochen mit seinen schriftlichen Arbeiten, arbeitet z.Zt. einen Schriftsatz von 42 Punkten aus, in dem er kritische Einwendungen gegen den Verlauf seines Verfahrens, seiner Haft u. s. w. zu Papier bringt, nachdem ihm von Professor K. ein gesondertes Zimmer zum ungestörten Arbeiten zugesagt worden ist, lehnt er jetzt dessen Benutzung ab.

13.1.36

Gibt heute zu seinen Anfällen an, dass sie immer im Anschluss an Aufregungen eingetreten seien, erstmalig infolge *der Aufregungen über den Strafprozess, sodann mehrfache Anfälle im Gefängnis u. einen in der vergangenen Woche im Anschluss an die Auseinandersetzung mit Ref. Die Anfälle träten ohne voraufgehende Anzeichen auf, er behalte eine ungenaue Erinnerung bei, verliere also das Bewusstsein nicht völlig.*

Bei der Befragung bezüglich seiner früher geäußerten Gedankengänge über die Zeugung von Kindern aus einer Art Mutterlauge gibt er an, dass er damit seinen Gegnern (den Pfarrern) habe ein stückweit entgegenkommen wollen, man könne sich rationell vorstellen, dass die Wissenschaft es in ihrer Entwicklung noch einmal so weit bringen werde, es handele sich da schlichtweg um das Homunkulusproblem. Weist auf die unbefl. Empfängnis hin. Tobt.

18.1.36
Zeigt weiterhin auf der Abteilung die beschriebene Haltung, stark egozentrische Einstellung, erheblich gesteigertes Selbstgefühl, sehr empfindlich, leicht reizbar, neigt dazu, ihm einmal eingeräumte Freiheiten als sein gutes Recht fordernd in Anspruch zu nehmen, unterstellt bei den Ärzten großes Interesse und Verständnis für seine Theorie, das Heer der Mitinteressierten scheint stetig zu wachsen. Ist bestrebt, etwas über das Urteil der Ärzte über seinen Geisteszustand zu erfahren, weist darauf hin, eine wie klägliche Rolle der Begutachter in einigen Jahren spielen werde, wenn er ihn heute für geisteskrank erkläre.

29.1.36
Bei der inzwischen fortgesetzten gemeinsamen Besprechung seines Werkes äußert er stark expansive Gedankengänge, weitet seine Entdeckungen durch immer wieder vorgebrachte mathematische Daten zu einem umfassenden philosophischen System aus, ohne dass für den Untersucher

der verbindende Gedanke zwischen den kosmologischen
und philosophischen Ideen erkennbar wäre. Fühlt sich als
Antipode der Kant'schen Philosophie. Widerlegt Nietzsche,
Stirner, Mommsen. Tobt.

2.2.36
Pat. hatte heute Morgen einen Anfall: initialer Schrei, Hin-
fallen, Bewusstlosigkeit, Zuckungen beider Arme, Rand-
stellung der Bulbi nach links, Cyanose des Gesichts,
Schaumaustritt, Dauer ca. eine Minute; anschließend Be-
nommenheit (siehe Pflegerbericht). Gibt zu diesem Anfall
an, dass er am Vortage durch das Ausbleiben des von ihm
erwarteten Besuches des Staatsanwaltes und des Gefängnis-
arztes schwere Enttäuschungen erlitten habe. Wird von ei-
nem »mitinteressierten« jungen Arzt getröstet.

3.2.36
Stellt heute bei dem Vorschlage des Prof. K., in der klini-
schen Vorlesung über seine Hohlerden-Theorie zu sprechen,
unangemessene Forderungen, wird erregt, gereizt. Verlangt
zur Beruhigung nach seiner »Schnur« (unklar).

7.2.36
Queruliert heftig gegen die ihm von seiner Frau übermittelte
Annahme Prof. K.s, dass er geisteskrank sei, versucht den
Stationsarzt gegen Prof. K. auszuspielen, richtet an diesen
die Frage, ob er ihn auch für geisteskrank halte, nimmt eine
ausweichende Antwort mit großer Genugtuung als den Aus-
druck von dessen gegenteiliger Überzeugung hin, kündigt
an, dass er mit allen Mitteln auf eine Korrektur der Diagnose
hinarbeiten werde, weist entrüstet und unter Verweis auf Je-
sus von Nazareth die Annahme eines gesteigerten Selbstbe-
wusstseins zurück.

5. 2. 1936

Sehr geehrter Herr Professor!

Es war für mich sehr peinlich, am letzten Montag Zeuge Ihrer kurzen Unterredung mit meinem Mann zu sein, in deren Verlauf Sie ihm anboten, ihn einen Vortrag von etwa 15 Minuten über das Hohlerde-Weltbild halten zu lassen. Ich war froh darüber, dass mein Mann die Situation klar überschaute und ablehnte, um zu verhindern, durch diesen Vortrag vor Ihrer akademischen Zuhörerschaft als »klinischer Fall« abgestempelt zu werden.

Wie Sie mir in der darauffolgenden Unterredung mitteilten, hielten Sie meinen Mann für krank, und zwar, wie ich annehmen muss, für »geisteskrank«, nachdem Sie sich etwa 4 mal kurz mit ihm unterhalten haben. Dass mein Mann vor seiner Inhaftierung gesund war, unterliegt keinem Zweifel. Ich bin fast ein halbes Leben mit ihm verheiratet, und wir haben zwei gesunde intelligente Kinder von 17 und 18 Jahren. Ich kenne nicht nur die gesamte geistige Entwicklung meines Mannes, sondern auch seine Lebensäußerungen seit dieser Zeit. Wenn ich auch zu selbstständig in meinem Denken bin, um alles rückhaltlos und kritiklos hinzunehmen, so stehe ich doch weltanschaulich auf seinem Standpunkt. Und muss alle seine Bestrebungen als Auswirkung und Verfolgung einer großen Linie betrachten. Wenn Sie nun gerade das Weltbild, dessen deutscher Drittentdecker mein Mann ist, als abwegig und anormal betrachten, so bleibt dies Ihnen und anderen Menschen unbenommen, was aber nicht hindert, dass Tausende von Menschen, und zwar durchaus ernst zu nehmende, gebildete Menschen, Anhänger dieser

Theorie sind und dieselbe fördern. Ich nenne von diesen nur einige, nämlich den Schriftsteller Johannes Lang (Frankfurt), den Raketeningenieur Franz Mengering (Magdeburg), den Arzt Dr. Vogeley (Hannover), Herrn Ministerpräsident a. D. Prof. Dr. Werner (Darmstadt), Herrn Konrektor Brück (Oberursel). Auch bitte ich zu beachten, dass v o r meinem Mann bereits der amerikanische Arzt Dr. Cyrus Teed (Pseudonym Koresh) und der Deutsche Karl Neupert (Augsburg) dieselbe Theorie aufgestellt hatten und Schriften veröffentlicht hatten, von denen mein Mann allerdings erst später erfuhr.

Dass mein Mann sich während der Haft dann ausschließlich mit dem »Weltbild« befasste, ist ganz natürlich, da er ja von der Außenwelt vollständig abgeschlossen war und eine andere Betätigung für ihn nicht in Frage kam. Ich habe mich, seit sich mein Mann in der Klinik befindet, mehrfach mit ihm unterhalten, und zwar nicht über Weltbild und Philosophie, sondern den Neuaufbau unserer durch den Prozess und die Haft gescheiterten Existenz, die Zukunft unserer Kinder usw. Ich habe mit Genugtuung festgestellt, dass er sich vollkommen überlegt und praktisch über alle diese Fragen äußerte und an Gedankenschärfe, Logik und praktischer Vernunft nichts eingebüßt hatte. So riet er mir z. B. ab, den von mir beabsichtigten Mietvertrag für eine größere Wohnung abzuschließen, bevor ich nicht die schriftliche Zusage aller interessierten Pensionäre in Händen hätte. Dieser Rat, den ich befolgte, hat sich als sehr wertvoll erwiesen, da durch Abspringen eines Pensionärs meine diesbezüglichen Pläne einstweilen verschoben werden müssen. Auch hat sich mein Mann bereit erklärt, eine ihm gebotene kaufmännische Vertretung gleich nach seiner Haftentlassung anzunehmen und zum Lebensunterhalt seiner Familie beizutragen.

Es ist das Bestreben des Neuen Deutschland, den neuen, stolzen und furchtlosen Menschen zu schaffen; das ist mein

Mann, und man muss schon eine starke innere Struktur haben, um in Gefängnis und Nervenklinik nicht die Selbstachtung zu verlieren. Selbstüberhebung und Selbstüberwertung liegen ihm fern, ebenso Geltungstrieb. Ich war es, die von Herrn Lang forderte, dass er den Namen meines Mannes wenigstens in der Einleitung zu seiner Broschüre erwähnte, meinem Mann war gar nichts daran gelegen, und ihm ist auch nichts an seiner Person gelegen, wenn nur seine Idee gefördert wird.

Da mein Mann schwer zugänglich ist, konnten Sie wohl während der 4 kurzen Unterredungen nicht in Konnex mit ihm kommen. Vielleicht unterziehen Sie sich nochmals der Mühe und gewinnen dann einen anderen Eindruck von ihm. Außerdem bitte ich Sie, die bei den Akten befindlichen Erklärungen zum Fall Bender besonders zu beachten, sowie die Korrespondenz meines Mannes mit verschiedenen Persönlichkeiten, die ich meinem Mann letztens in die Klinik brachte, damit sie dem ärztlichen Einblick zur Verfügung stehen. Es dürfte vielleicht auch von Interesse sein, dass ich die letzten Briefe meines Mannes aus der Klinik einem bekannten Graphologen zur Beurteilung gab, der die besondere Klarheit des Schreibers hervorhob und meine direkte Anfrage, ob Geisteskrankheit vorliegen könnte, entschieden verneinte.

Sehr geehrter Herr Professor! Ich weiß nur zu gut, was für meinen Mann, mich und meine Familie von Ihrem Gutachten abhängt, und ich bitte Sie, alle hier angeführten Punkte wohlwollend zu berücksichtigen, bevor Sie zu einem abschließenden Urteil gelangen.

Ergebenst
Charlotte Bender

Die Freiheit empfing Bender mit lauter Wohltaten. So waren beim Umzug kaum Dinge kaputt, bloß unwiederbringlich verloren gegangen. Aber verlorene Dinge konnte man sich immerhin intakt *denken*, also waren auch sie in Sicherheit. Bender fühlte eine tiefe Dankbarkeit. Auch der Hohlglobus fand sich, eingeschlagen in ein Stofftuch, in einer der Umzugskisten. Bender ließ sich den neuen Wohnraum zeigen. Aha. Und da die Schlafstätte. Ja, soso. Immerhin zum Atmen hatte man ausreichend Platz.

Beim Auspacken berührte Bender, um das hartnäckige Gefühl der Fremdheit zu vertreiben, ausdrücklich jeden Gegenstand, sagte sich dabei auch dessen Namen auf, aber bemerkte nach einer Weile, dass er diese feierliche Begrüßung mit der Dingwelt nur spielte. Vor wem spielte? Vor sich selbst? Es war ja niemand sonst im Zimmer. Außer eben die Dinge. Da war der Füllfederhalter, sein alter Freund. Mit ihm fiel die Wiederaufnahme der intimen Beziehung nicht schwer. Aber es gab auch unscheinbarere Dinge, etwa die Filzpantoffeln, sie hatten früher im Arbeitszimmer gestanden, zwei schöne offene Pelikanschnäbel für die Füße. Sie erkannten ihn nicht mehr. Sie waren zu einem Bild geworden, vor dem er zurückprallte. Er musste lachen. Er beugte sich vor und legte den Kopf in seinen Arm, die Hand rieb über die Schädelnaht. »Und natürlich sind mir auch die Haare ausgefallen.«

Seit seiner Rückkehr schlichtete er jeden Streit, der zwischen Charlotte und Gerd entstand, mit lauter Stimme. Er begriff nicht, dass diese täglichen Auseinandersetzungen Ersatzgerüste waren, mit denen man während seiner mehrjährigen Abwesenheit die Dinge am Laufen gehalten hatte.

»Was tätet ihr ohne mich!«, rief er. Mehrmals drohte er damit, seine stehengebliebene Uhr in den Abfall zu werfen. Dann fragte er, wo Charlotte während seiner Abwesenheit das ganze Werkzeug versteckt hatte, und erfuhr, dass sie einen Großteil hatte verkaufen müssen, um Rechnungen zu bezahlen. Ein einzelner Hammer war übrig geblieben. Bender schimpfte mit ihr, Werkzeug sei doch lebenswichtig, das stehe nicht zum Verkauf. Aber seine Stimme wurde rasch schrill, und er spürte, wie ihm verbrecherisch zumute wurde. Er war wieder in seiner düsteren Schlafecke in der Nervenanstalt, er begann zu schwitzen und zu frieren. Er verzog sich in eine Ecke und fand Trost in den Briefen aus Lovejoy Park.

Später dann kroch er mit dem übrig gebliebenen Hammer in der Hand unters Bett, um es zu reparieren. Es war gar nicht kaputt, aber wackelte ein wenig. Der Hammer half zwar nichts, aber vielleicht konnte man diesen einen locker sitzenden Holzstift hier mit Fingernägeln und Muskelkraft etwas fester drehen. Als er fertig war, wackelte das Bett noch immer, aber zumindest sein Daumennagel war abgebrochen, direkt in der Mitte, und er durfte ihn in Verbandszeug wickeln, viel dicker als nötig, und dabei schrie er auf Charlotte ein, dass er froh sei, dass sie nicht auch noch das Verbandszeug zu Geld gemacht habe! – In den folgenden Tagen ertappte er sich immer wieder dabei, wie er intakte Dinge absichtlich kaputt machte, nur um sie reparieren zu können. Es war ein verblüffend genussvoller Vorgang, wie das Abreißen von Wundschorfrändern.

Der Spuk der Fremdheit setzte sich unterdessen immer weiter fort: Seine alten Bleistifte waren dicker geworden. Niemand hatte sie während seiner Abwesenheit berührt, aber es gab keinen Zweifel, sie waren nicht mehr dieselben. Etwa zwei Millimeter an Umfang waren dazugekommen. Bender grübelte lange an diesem Rätsel herum. Wuchs die

Erde etwa, ohne dass die Menschen mitwuchsen? Wenn ja, dann bedeutete das vermutlich, dass die riesige Ei-Blase, in der die Menschheit lebte, unruhig wurde, die Außenhaut oszillierte, nahm ab, nahm zu, so wie eine Seifenblase kurz vor dem Platzen. Seit seiner Freilassung spürte er in allen Gegenständen eine erhöhte Spannkraft der Materie. Aber vielleicht, dachte er, war es auch bloß ein Blick in die Nachwelt. Ja, so sah das aus, wenn man selbst fehlte. Er war schließlich zurückgekehrt, aus dem Tod, aus dem Osten, aus der Hölle. Er versuchte, an die Haft- und Patientenzeit zu denken, vielleicht hatte er etwas Wichtiges übersehen, irgendeine Abzweigung oder so, einen Augenblick, wo er gestorben war und es nicht bemerkt hatte. Das würde einiges erklären.

Er verkündete, man müsse einmal bei Frau Blun nachfragen, wie es ihr gehe. Charlotte hielt das grundsätzlich für eine gute Idee, aber sie machte gleich klar, dass sie sich nicht freiwillig für den Gang in die alte Straße meldete. Man einigte sich schließlich darauf, dass Bender nach Sonnenuntergang die paar Straßen gehen und an Frau Bluns Tür klopfen werde. Es wurde nun glücklicherweise schon gegen vier Uhr dämmrig, wie sollte das da groß auffallen. Außerdem seien die Straßenlaternen vor kurzem repariert worden und seither nicht mehr so hell wie früher. Verlässlicher, ja – aber nicht mehr so hell.

»Nicht mehr so hell«, wiederholte Bender. »Bei weitem nicht.«

Charlotte stimmte ihm zu.

»Bei weitem nicht so hell wie früher«, sagte sie.

Krähengeratsche kam von draußen. Stand irgendwo ein Fenster offen? Bender ging nachsehen. Nein, hier gab es ja gar kein Fenster. Er war im Geiste noch im alten Haus gewesen. Er bemerkte, dass Charlotte ihm von Zimmer zu Zimmer folgte. Sie wollte nicht allein sein.

»Ob wir ihr vielleicht etwas bringen sollten?«, fragte er.

»Woran denkst du?«

»Nun ja, wir haben ja nichts«, sagte er.

»Vielleicht finden wir etwas«, sagte Charlotte.

Sie wirkte außer Atem.

Um halb fünf ging er los. Sie hatten die blaue Stunde abgewartet, und nun war das Licht hinreichend eingedunkelt, dass zumindest keine weiten Blicke mehr möglich waren. Wie schön sich Häuschen an Häuschen reihte. Schneemützen auf Zaunlatten. Briefkästen mit ausgeprägten Stirnen, alles in Weiß. Es war niemand auf der Straße. Bender kontrollierte die Fenster des gegenüberliegenden Wohnhauses. Sie waren erleuchtet und frei von Silhouetten. Seine Schritte klangen erstaunlich laut im frischen Schnee, *kchrm kchrm kchrm*, das Schlaraffenlandgeräusch mampfender Mäuler. Bender fühlte seinen Puls im Hals. Bring es schnell hinter dich.

In der alten Nachbarschaft wurde ihm ganz elend. Da war es gewesen, das Leben. Die guten Jahre. Der Anblick des Hauses tat ihm so weh, dass er seine Schritte beschleunigte. Da hab ich gelebt, dadrin. Und jetzt war es erloschen. Merkten Häuser überhaupt keine Veränderung? Machte es für sie wirklich keinen Unterschied, *woher* die Wärme kam? Bender nahm sich zusammen und ging, Schneeschritt um Schneeschritt, bis zu Frau Bluns Tür. Auf sie hatte jemand etwas gezeichnet. Nein, wie hässlich. Wie kindisch. Angesichts der Zeichnung kam ihm das halbvolle Kompottglas in seiner Hand nun albern und unangebracht vor. Aber er konnte es auch nicht mehr verstecken. Er klopfte an die Tür.

Drinnen brannte eindeutig Licht, aber es kam keine Reaktion. Vielleicht hörte Frau Blun schlecht. Er klopfte noch einmal. Atemwolken, Kälte. Noch einmal. Er probierte die Klingel, aber die funktionierte offenbar nicht. Jemand ging auf der Straße vorbei. Bender wandte sich ein wenig ab, tunkte sein Gesicht in den Laternenkreisschatten. Er hoffte, dass seine Haltung nicht allzu gespielt aussah. Aber es war nur ein alter Mann, der seinen Hund ausführte. Er blickte nicht einmal zur Seite. Das heißt, der Hund tat es, er maß Bender mit zwei jagdmüden Augen, aber dann war auch er verschwunden und die Schillerstraße wieder leer.

Immer noch keine Reaktion. Langsam friert man hier ein. Wahrscheinlich war Frau Blun noch krank. Oder sie wollte mit ihm nichts zu tun haben, dabei hatte er damals doch gar nichts Böses …, ja er hatte nicht einmal gewusst, dass sie … Außerdem lange her. Etwas geriet ihm in die Kehle, und er verschluckte sich. Er hielt den Anblick dieser mit Vergangenheit getränkten Straße nicht aus, nicht einmal bei Nacht. Außerdem fiel ihm auf, dass etwas auf der Veranda lag. Die Kette mit dem Vorhängeschloss. Und daneben, sehr seltsam, einige Münzen. Sollte er sie aufheben und einstecken? Er klopfte ein letztes Mal. Rieb sich die Hände. Stand stramm in der Kälte. Atmete aus. Die Atemwolke reichte bis zum Türschild. BLUN. Da allmählich unliebsame Gedanken auftauchten, dachte er einen anderen: Ich hätte doch meine Mütze aufsetzen sollen. Denn die alten Stellen begannen in der eisigen Luft zu schmerzen. Auch die Brunnenlöcher im Oberkiefer. Dann schnappte er sich schnell die im Schnee liegenden Münzen, wischte sie im Gehen am Mantel trocken und steckte sie ein.

»Und?«

»Sie hat nicht aufgemacht.«

»Oh.«

»Hat mich ewig in der Kälte stehen lassen.« Bender schüttelte sich. »Das ist nun doch etwas kindisch«, sagte er, »das müsste wirklich nicht sein.«

Charlotte stimmte ihm leise zu.

»Sogar die Gießkanne ist fort«, sagte er.

Immer noch klapperten ihm die Kiefer. Wie einen die Kälte jedes Mal mit den Konturen des eigenen Totenkopfs vertraut machte. Man begann sie zu fühlen, zu schmecken.

»Aber im Haus war Licht?«

»Ja. So eine verflixte Sache.«

Bender machte Tee. Er stellte sich dabei absichtlich ungeschickt an, damit Charlotte kam und ihm die Kanne aus der Hand nahm. Gott sei Dank, sie tat es, und ein wenig Geborgenheit kehrte zurück. Wie kalt und fremd die Räume der neuen Wohnung waren! Er setzte sich an den winzigen Tisch. Elend.

»Aber vielleicht auch ganz gut so«, sagte er.

Er hörte, wie Charlotte das Gas abdrehte.

Sie entschuldigte sich und verschwand. Aus dem Badezimmer kamen Geräusche. Bender wartete. Eine Tür ging auf und zu. Alle Geräusche so neu, so unräumlich. Dann hörte er ein eigenartig lautes Aufknistern, fast wie ein Niesen. Was war das? Er ging nachsehen, fand seine Frau. Sie hielt einen seiner Bleistifte in der Hand. Vor ihr auf dem Boden lagen zwei andere Bleistifte, in der Mitte entzweigebrochen.

»Ja, aber, was …«

»Entschuldigung«, sagte Charlotte. Und sie zerbrach, direkt vor ihm, den dritten Bleistift. Sie ließ die entstandenen Hälften auf den Boden fallen und sagte: »Mir war für einen Moment so schwarz, so eng. Aber es geht schon wieder. Warte, ich bringe das gleich wieder in Ordnung.«

Und sie bückte sich, bereits um einiges ruhiger, nach den Bleistifthälften.

ON COSMIC UNITY

:L2341a

Dear Peter,
      I have in the past taken the step of uniting myself with
a woman (B). This has been on a basis of equality, for B has steadfastly
refused to submit to me. In calling ourselves a pair, we have tried to
extend the unity between the two of us; that is, I have tried to unite
ourselves as a pair with another pair - likewise on a basis of equality
of course. I have also tried to unite ourselves with another woman.
And I have also tried to unite ourselves with another man.

      I have found it too difficult to unite pair with pair - too many factors
are involved even in this small number (too much equality and xxxxxxxxxxxxx
xxxxx therefore too little unity). Also I have found it too difficult to
unite us two with another woman (on a basis of equality). The second woman
always became - consciously or unconsciously - the rival of the first woman,
and each would try to destroy (or at least weaken) my unity with the other
one. -- Likewise I have found it too difficult to unite us two with another
man (on a basis of equality). The second man always becomes my rival and
consciously or unconsciously tries to destroy or at least weaken my unity
with the woman.

Lieber Peter,
ich habe in der Vergangenheit in der Tat den Schritt unter-
nommen, mich mit einer Frau zu vereinigen (Bertie). Dies
geschah auf der Grundlage der Gleichberechtigung, denn B
hat sich standhaft geweigert, sich mir zu unterwerfen. Uns
als Paar zu bezeichnen stellt den Versuch dar, die zwischen
uns beiden bestehende Einheit zu erweitern. Das heißt, ich
habe versucht, uns als Paar mit einem anderen Paar zu vereinigen – selbstverständlich ebenfalls auf der Grundlage der
Gleichberechtigung. Ich habe außerdem versucht, uns mit
einer anderen Frau zu vereinigen. Und ich habe versucht,
uns mit einem anderen Mann zu vereinigen.
Der Versuch, Paar mit Paar zu vereinigen, erwies sich als zu
schwierig – zu viele Faktoren ergeben sich dabei, selbst in
dieser kleinen Zahl (zu viel Gleichberechtigung und folg-
lich zu wenig Einheit). Ebenso empfand ich unsere Vereinigung mit einer anderen Frau (auf der Grundlage der Gleichberechtigung) als zu schwierig. Die zweite Frau wurde jedes
Mal – bewusst oder unbewusst – zur Rivalin der ersten Frau,
und jede versuchte, meine Vereinigung mit der jeweils anderen zu zerstören (oder zumindest zu schwächen). – Ebenso

empfand ich eine Vereinigung mit einem anderen Mann als zu schwierig (auf der Grundlage der Gleichberechtigung). Der zweite Mann wird jedes Mal zu meinem Rivalen und versucht, bewusst oder unbewusst, meine Vereinigung mit der Frau zu zerstören oder zu schwächen.

Deshalb stimme ich Dir, lieber Peter, zu, dass die einzige Möglichkeit, sich der durch das Koreshianische Weltbild geförderten Quadratform der Geschlechter zu bedienen, die Abkehr von der Gleichberechtigung bildet. Ich bewundere Deine Standhaftigkeit und Deinen Mut, dies so konsequent bei Deiner Frau durchzusetzen. Ich glaube, Bertie wäre niemals zu einer solchen Unterwerfung bereit, *I'm sad to say*.

Deine im letzten Brief eingefügten Ideen für eine Vereinfachung der Morrow-Messung sind, das möchte ich Dir versichern, einzigartig in ihrer Brillanz!! Aus ihnen spricht ein Genie, das wir seit dem Tod jenes großen Mannes, der uns gegründet hat, nicht mehr auf Erden gesehen haben!

Dass Dir aufgrund des großen Erfolges Deiner Schriften ein Umzug in die größere Stadt Frankfurt möglich wird, freut mich sehr, und ich gratuliere dem deutschen Volk zu seiner Klugheit und Weitsicht, Dich als den Repräsentanten der *cellular cosmogony* zu akzeptieren und gebührlich zu preisen. Verglichen mit dem amerikanischen Volk, das leider in Bezug auf die zellulär-kosmologische Wahrheit weiterhin das allerkläglichste Bild abgibt (ganz zu schweigen von dem ignoranten und ungerecht handelnden *postal service*!!), scheint es sich seiner völkergeschichtlichen Vorsehung bewusst zu sein, was man unter anderem auch klar am momentanen Wiedererstarken seiner Staatsmacht ablesen kann.

as always
in LOVE
your fellow Koreshan
HARRY MANLEY

PS: Du erwähntest Deine eigene Gemeinde. Darf ich fragen, wie zahlreich sie im Augenblick ist? Gibt es vielleicht Publikationen, die ich, *despite my poor command of the majestic German tongue*, übersetzen und in der Unity verteilen könnte?

DIE LETZTE STUNDE

Reisekoffer waren überall ausverkauft. Auf seinem Gang durch verschiedene Geschäfte stieß Bender in der Stadt auf etwas Ungewöhnliches. Am Barbarossaplatz war ein Trambahn-Unfall passiert. Die überfahrene Person war mit einer Stoffplane abgedeckt worden. Das Blut auf der Straße hatte sich, soweit es an den Rändern der Abdeckung sichtbar war, bereits verfärbt, es war braun bis schwarz, die alte Weltkriegsfarbe. Menschen standen einander im Weg. Ein Schutzmann hielt eine zweite, ganz ähnliche Plane zusammengefaltet in der Hand, als überlege er, wem man diese noch überstülpen könnte. Der Fahrer hielt sich abseits, wurde von Passanten betreut. Für einen Augenblick wunderte es Bender, dass der Fahrer gar nicht blutbespritzt war, sondern hier vollkommen sauber neben blühenden Fliederbüschen stand.

»Schlimm«, sagte Bender, als er neben sich jemanden bemerkte.

»Hat nicht aufgepasst«, bellte der andere. Bender blickte zur Seite. Es war ein Junge. In der Hand hielt er einen Sammelbecher für das Winterhilfswerk. Der Münzschlitz des Bechers war mit Stofffetzen verstopft.

»Ja, mit diesen Maschinen ist nicht zu spaßen«, sagte Bender.

»Keine Augen im Kopf gehabt.« Der Junge verfügte über eine ungute Vibration in der Stimme. Vielleicht hatte er den Vorfall mitangesehen und war aufgewühlt. Er fingerte an den Stofffetzen im Münzschlitz des Sammelbechers herum.

Drüben bei den Gebüschen, rund um den immer noch unversehrt dastehenden Trambahnfahrer, ging nun ein Streit um die Wiederaufnahme des Fahrbetriebs los. Man bot sich an, die verunglückte Person aus dem Weg zu räumen. Es seien doch nur wenige Zentimeter, dann hätten die Räder wieder Platz und die *Elektrisch'* könne endlich weiterschweben. Der Fahrer beteuerte, er dürfe so etwas nicht entscheiden. Seine Stimme war schmetternd, geradezu opernsängerhaft, ein vergeudetes Talent.

Der neben der Zeltplane stehende Schutzmann wurde von einem zweiten, gerade ankommenden Schutzmann begrüßt, man reckte die Arme. Die beiden Männer nickten, deuteten im Gelände umher. Dann wurden rasch Entscheidungen getroffen.

»Wenn die nischaun kann«, schnaubte der Junge. Damit ging er fort. Im Takt seiner Schritte schepperte es in seinem Sammelbecher, allerdings nicht hell und metallisch wie von Münzen, sondern gedämpft, als wären Kieselsteine darin. Bender blickte ihm noch eine Zeitlang nach. *Nischaun.* Der Junge hatte das sehr eigenartig ausgesprochen, mit zusammengebissenen Zähnen. Als versuchte er, irgendeinen fernen Dialekt zu sprechen, sei aber neurologisch nicht dazu imstande. Überhaupt bemerkte man in den letzten Jahren ein Dahinschwinden der guten alten rheinischen Mundart. Wie sie alle immer unter Dampf standen, die Jungen. Schauderhaft. Bender warf noch einen letzten Blick auf den traurigen Menschenhügel unter der Plane, dann ging auch er weiter.

Und nun also fort aus der Stadt. Bender musste an Herrn Erdelmeier denken, der so viele Jahre lang das Aussehen seines Vorgängers in Barttracht und Körperhaltung nachgeahmt hatte, bloß um sich dann eines Tages zu rasieren und der Ortsgruppe SS beizutreten. Wofür war das gut gewesen? Ob Frau Blun vielleicht schon emigriert war? Man erfuhr ja nichts mehr. Vielleicht wiederholen wir alle andauernd irgendwelche Farben und Formen der Vergangenheit. Und von wem bin ich dann die Wiederholung? Aber einige Menschen sind auch definitiv keine Wiederholung von irgendwas, und die sind sehr einsam – nicht im Raum, sondern bloß in der Zeit –, sie reimen sich auf nichts und niemanden, und nach ihnen kommen nur Tod und Leere. Der Junge vorhin, der mit der Büchse. Der war keine wiederholte Form. Und da, als hätte er an sie gedacht, entdeckte Bender eine kleine getigerte Katze auf einer Mauer. Als er stehen blieb, sprang sie herunter und kam auf ihn zu. Mager war sie, man sah die Rippen. Er streichelte sie. Sie rollte sich in der Sonne und lockte dadurch zwei andere Katzen aus einer Hecke, die sich ebenfalls unter seiner vor Verblüffung etwas starr gehaltenen Hand hindurchduckten und ihre ausgezehrten Streunerkörper zur Liebkosung anboten. Es waren Kater, räudig vor Begierde. Er überließ sie ihren Spielregeln. – In dieser Nacht schlief er sehr schlecht, weil monströse Trambahnen am Horizont hin und her fuhren, mit Schornsteinen auf dem Dach. »Ich schwöre, die Tiere fangen noch irgendwann an zu sprechen.« – »Sie hat ein Gesicht wie ein Papagei, aber sie ist in England, versprochen.« Bender erwachte tränenverklebt.

Ein einziges Mal noch kam Hasso Keller zur Nachhilfe. Der Junge schien entsetzt über die neue Unterkunft der Benders, aber da es die letzte Stunde war, schien dies seine strahlende Stimmung nicht zu trüben. Krähend erzählte er von dem Fahrradgeschäft, in das seine Eltern ihn mitgenommen hatten. Eine Glühbirne hatte darin so hell gebrannt!

Zum Führergeburtstag wurden alle Vierzehnjährigen vom Jungvolk in die Hitlerjugend übernommen. Hasso hatte sich zur Flieger-HJ gemeldet. Da kannst du in einem echten Segler! In einem leeren Klassenzimmer war den Sommer über an einem »Schulgleiter« gebaut worden. Fenster offen, frische Luft. Hämmern und Sägen und Ins-Licht-Halten der Schablonen. Und alles in Lebensgröße, ausnahmslos! Hasso: Modellbaukenntnisse und Mathematik, dank

Herrn Bender! Kreidezeichnungen auf der Tafel erklärten die Segelflugkunst. Aufwinde, Thermik, Schläuche und Korridore. Vogel-Autobahnen in der Luft. Dann mit *Grunau-Baby* oder mit *Sperber* vom Hügel hinunter, knatternd. Und die Fortgeschrittenen alle braungebrannt von der Sonne, und die begabtesten Flieger alle auffallend klein gewachsen, wie Jockeys. Lehrer Beck dazu mit lauter Stimme. Dummerweise dann den Fliegerdress zuhause vergessen. Sperrholzsitz im Schulgleiter. Heiße Sonne im Nacken, sitzen, warten. Vogelgeräusche, frühe Dämmerung. Versuche, mit ihren Urinstrahlen Glühwürmchen zu treffen. Knapp überm Scheitel die Tragflächen glühn. Und zwischen den Beinen der Steuerknüppel, knallgelb. Dann Seilzieher – hopp auf! Mächtiges Gerenne, Ächzen, und männchenhaft hinkugeln und rollen und johlen. Irgendwo weit im Gelände der Segelfluglehrer mit Mahnblick und Schreibblock. Kreidestriche auf der Erde. Aber da schon der Schwebflug, wenige Meter. Jeder Junge spürt das Wegrutschen des Erdbodens im Gliedansatz. Aber der Segelversuch nur ganz kurz, gerade so weit, dass die Kufe sanft aufsetzen konnte. Hasso fiel seinen Kameraden, die nichts dergleichen erwarteten, nach der Landung um den Hals. *Alle Mann hoch die Kiste über Kopf hinauf zum Startplatz zurück!* In seinem Kopf gingen die Wörter durcheinander.

Kurz: Er hatte die Prüfung bestanden! Er dankte Herrn Bender für den Nachhilfeunterricht. Grüße auch von seinem Vater. Der schicke beste Wünsche für die weitere Entwicklung, für den Umzug. Bender nickte nur. Hasso wollte wissen, ob Bender damals bei seiner Pilotenausbildung ebenfalls in Schulgleitern habe anfangen müssen. »Zu meiner Zeit gab's die nicht«, sagte Bender. »Nein, wir sind einfach in fertigen Maschinen hinauf ...« Er machte eine entsprechende Geste.

Man musste zugeben, dass ihm das Krähende, Kopfanschmiegende, Verlorene, Tapsige, Zuordnungsuchende des Keller-Jungen ein wenig abgehen würde. Und auch seine kuriose Sprechweise, wo sich alle Konsonanten gleich hart anhörten. *Es leben die Soldaten / so recht von Gottes Gnaden.* Gnaten. Es reimte sich alles nur noch total. Warum nicht Soldaden? *Wir richten mit dem Schwerte / Der Leib gehört der Erde.* Gesprochen Erte, wieder hart. Warum ging es immer nur in diese Richtung? Warum verwandelte das harte T das D und niemals umgekehrt? Für einen weichen Konsonanten brauchte man Stimmton. Für einen harten nicht, den konnte man auch noch hervorbringen, wenn einem der Hals von einem Geschoss zerfetzt worden war. Also wahrscheinlich deshalb. Ja, die Stimmen starben schnell ab. Brauchst du bloß ein bisschen Rauch, bisschen Zermürbungsfeuer im Wäldchen, bisschen SPITAL. Schon kannst du nur noch Knack- und Zischlaute. Sonnleithner Schädel Vorderseite klaffend wie schreiender Schimpanse. Von Weilich Bombentrichter Platzregen stocktaub nur noch gepresst sprechend: Lazarett. Einen Halm aus dem Ohr ziehen, Daumen abbrennen im Helm. Anslinger vollkommen wahnsinnig friedlich schlafend: Feldlager. Eiskalter Kopf bei der Landung: Zähne flüssig Maisonne Hirschkäfer. Polens Korridor. Damenwahl Europas.

Bei der Verabschiedung gab Charlotte dem Jungen für die Sammlung Obstkerne mit. »Es sind leider nicht so viele«, sagte sie.

Der Junge reagierte auffallend gefasst, ja beinahe höflich. Für einen Augenblick schien es so, als würde er sich bloß trocken bedanken und, wie es früher seine Art gewesen war, mit hängendem Kopf und wüst hin und her schwingendem Obstkernsäckchen das Haus verlassen, aber heute hellte sich sein Gesicht auf, und er nannte eine Zahl. Bender fragte nach, was die bedeute.

Es handelte sich um die geschätzte Punktezahl, mit der Hassos Sammelgruppe nun insgesamt rechnen durfte. Der Junge wiederholte die Summe noch einmal und blickte dabei prüfend und nachrechnend in die Höhe. Sein leuchtendes Antlitz, sein winziger Mund, sein Halstuch, sein Scheitel, er überlegte angestrengt und nannte dann die Zahl noch einmal, ja, es stimmte.

»Da habt ihr aber ganze Arbeit geleistet«, sagte Charlotte.

Hasso dankte ihr für die Obstkerne. Beinahe streckte er ihr die Hand zum Schütteln hin, aber wandelte die Geste in ein freundliches Winken um. Dann ging er und knurrte dabei eine Melodie.

Eine Wirkung der Evangelisten, die den Kreuztod Jesu beschrieben, bestand zweifellos darin, dass sie eine zu ihrer Zeit vollkommen alltägliche und gewöhnliche Hinrichtungsmethode in ein unerhörtes Ereignis verwandelten, sodass diese seither in der Wirklichkeit nicht mehr so häufig angewandt wurde. *Nach Christus* – das war jene Epoche, in der es nicht mehr *normal* war, gekreuzigt zu werden.

In Frankfurt wohnten die Benders im Haushalt eines urchristlichen Ehepaars namens Müller. Morgen- und Abendgebet. Kreuze an allen Wänden. Sprech- und Radioverbot ab acht. Über der Küchenkredenz stand eine riesige Muttergottes, die mit vorgeneigtem Haupt in alle Krüge und Tassen blickte. Bender drehte ihr jeden Morgen eine Nase. Im Wohnbereich der Müllers hausten Fliegen. Man hielt Geranien in Töpfen. Ein Stapel religiöser Werke in einem Regal regte anfangs noch Gespräche an, man verglich, lobte, verwarf, aber echte Wärme wollte nicht entstehen. Schließlich hingen nur Meinungen wesenlos im Raum, und Bender verabschiedete sich unter Ausreden in das ihm und seiner Frau zugedachte Zimmer.

Dieses Zimmer war so klein, dass darin nur ein schmales Bett Platz fand. Bender schlief direkt davor auf dem Boden. Charlotte bot ihm an, mit ihm abzuwechseln, aber er wollte davon nichts hören. Sie sei seine Frau, seine Königin und das Glück seines Lebens, sie schlafe nicht auf dem harten Boden. Nachts lief manchmal der verkohlte Daumen des kleinen Hohwald mannshoch und allein durch den Raum. – Immerhin hatte Bender einen kleinen Winkel ganz für sich, zum Arbeiten. Er teilte ihn sich mit einigen eigentümlich menschlich wirkenden Rissen im Verputz und einer großen, zu Freundschaft bereiten Winkelspinne. Den Hohlglobus beschwerte er nachts mit einer alten Kartoffel. Statt seiner früheren Gelehrtenbibliothek besaß er nur mehr zehn wertvolle Bücher, darunter den von Neupert signierten Erstdruck seiner Lehre, gegen den Müller'schen Wohnungsstaub eingewickelt in uralte Zeitungen. Aus einer davon glitzerte ein vertrautes Wort hervor: *Quäkerhilfe.* Sofort war die Erinnerung da: *hochwertige Lebensmitte.* Der Rechtschreibfehler, das fehlende L. Ja, sie war längst überschritten, die Lebensmitte, jenes Jahr, in dem man, wie Dante wusste, den rechten Weg verliert und sich im Wald verirrt.

Auch das damals fehlende L war ihm seither begegnet, in einem Artikel, in dem statt Leibschüssel *Leibschlüssel* gestanden hatte, ein interessantes theosophisches Konzept, das besagte, dass der Körper des Menschen einem Schlüssel gleiche und dass das tibetische Wort für Lotus das gleiche sei wie das tibetische Wort für Schlüssel. Hochwertige Lebensmitte. Und sie hungern uns aus, brennen uns aus, immer neue Verordnungen, und als Ehemann hängst du in allem mit drin. Der magische Satz von damals kam wieder: Bekanntmachung blabla betreffend Geschenkpostblablabla (Liebesgaben) von ausländischem Fleisch. Ja, genau. Dieses Wort: Liebesgaben.

Bender schreckte aus seinen Gedanken hoch, als draußen Lärm zu hören war. Charlotte hatte einen ihrer Sprachschüler zum Unterricht. Man hörte dessen laute Stimme. Nicht doch, dachte Bender. Er ging nachsehen. Da stand der Junge und schnauzte Charlotte an, klatschte dazu sogar frech in die Hände, so ein dreizehnjähriger Bengel, gerade mal schulterhoch.

»Was ist hier los?«, rief Bender.

Der Knabe drehte sich zu ihm um, und da war nichts in dem Gesicht, keine Art von Erkennen oder Besinnung. Er verließ die Küche der Müllers, blickte Bender dabei frech an und zog, beim Übergang ins Vorzimmer, den Toaster am Kabel mit sich, sodass dieser zu Boden krachte.

»Na, na!«

Benders verblüffter Mahnlaut verhallte ohne Wirkung. Der Junge zog sich die Stiefel an. Soldatenknie, klein und mürrisch, wie zwei Kartoffeln. Dann knallte die Haustür.

»Was war denn das?«

Charlotte stand unter Schock.

»Gar nichts«, sagte sie. Damit ging sie in ihr Zimmer.

»Aber das stimmt doch nicht, es muss doch irgendwas …!« Bender lief ihr nach.

»Er kommt nicht wieder«, sagte sie.

»Aber was hast du mit ihm gemacht, dass er so …«

Nach und nach bekam er aus ihr heraus, was vorgefallen war. Der Junge habe ihr *das Übliche* von seinen Eltern ausrichten lassen, nämlich dass er in einem Judenhaushalt in Zukunft keinen Unterricht mehr nehmen werde.

»Judenhaushalt«, Bender warf seufzend die Arme hoch, »dabei ist das noch nicht einmal ein … Allein schon die Kreuze überall.«

Aber es war noch etwas dazugekommen. Der Junge verlangte »für das bisher gezahlte Geld« eine ausführliche Skriptensammlung zum weiteren Selbststudium. Die habe Charlotte ihm natürlich nicht geben können. Da habe er auf den Boden gespuckt und es sei losgegangen. Haltlose Beschimpfungen sei sie von ihren Schülern inzwischen gewohnt, aber er habe einige neue Wörter gewusst, die ihr wehgetan hätten.

Bender versuchte, seine Frau zu beruhigen.

»Wie soll das gehen«, sagte sie. Mit hängenden Schultern saß sie auf ihrem Bett. »Wie sollen wir überhaupt noch leben?«

»Na, na«, sagte er.

Als er später in seinem Arbeitswinkel an einem weiteren Bittbrief an Baron von Heyl saß, kehrte der Quäker-Satz wieder zurück, und Bender ging ihn im Kopf durch. Erleichterung für Fleisch. Jaja, wer wollte das nicht. Und Liebesgaben, dieses alte gute Wort. Nannte man nicht die Zungenrede so? Gaben Gottes. Was waren Quäker eigentlich genau?

Sein Gesicht verzog sich, dann kamen zwei hustende, brusthebende Schluchzer. Ein kurzes Sich-Fangen, Atmen, Ruhigbleiben – dann zerbrach er und weinte heftig, weinte wie ein Blinder, dabei immer noch um Schalldämpfung bemüht, Hand vor dem Mund, er riss sich so sehr zusammen, dass es ihn durchschüttelte und die Kartoffel dadurch aus dem Hohlglobus kullerte und hinter den Schreibtisch fiel.

Liebesgaben, Fleisch. Quäkerhilfe für die besetzten Gebiete. So lange her! So weit weg. Die tote Jugend. Hochwertige Lebensmitte, überschritten.

Ah, es ging schon wieder.

Ja.

Er musste nur. Ja.

Nur ruhig atmen.

Aber wieder ging es los, aus dem Nichts, wie ein Herzinfarkt. All die Jahre! All diese gewaltigen Speicherbecken aus Zeit, leer! Und nicht einmal verteidigt hatte er seine Frau vor diesem Tier! Nicht einmal ein Wort, irgendetwas. Dem Bengel die Fresse einschlagen. Oder ihn gleich an die Wand – und Augen verbinden und dann mit dem Messer, zn zn zn, in den Hals und sagen, da – da ist dein Krieg, jetzt hast du ihn endlich, Glückwunsch. Er bückte sich nach der Kartoffel, aber sie war zu weit gekullert. Fluchend gab er es auf. Jawohl, Fresse einschlagen, das nächste Mal. Kopf unters Wasser halten, bis er nicht mehr zappelt.

Am selben Abend verfasste Bender Hilferufe an Johannes Lang und Alfons Paquet, die einzigen mehr oder weniger loyalen Leute, die ihm in Frankfurt einfielen. Paquet war ein warmherziger, guter Mensch, der ihn damals zum Bund Rheinischer Dichter eingeladen hatte. Außerdem alter Verlagskollege, bevor *Die Wölfe* den Bach runtergegangen waren. Paquet würde ihn gewiss treffen und anhören. Und Lang, ja, der hatte viele kleine Bücher veröffentlicht in letzter Zeit, in märchenhaften Auflagen. Bender sah Langs Kopf vor sich. Er bekam die Form eines Ballons, wurde blickleer und abstrakt. Dann feuerte Bender mehrere Male mitten in dieses Gesicht.

Jeder Flieger, der als Ballontöter im Osten tätig ist, lernt nach einer Weile den *Kontrollschwenk* nach dem Maschinengewehrfeuer. Damit umgeht man eine optische Illusion, die selbst einem geübten Jagdfliegerduo das Leben kosten kann. Sagen wir, ein russischer Ballon schwebt direkt vor uns in Frontnähe. In seinem Korb bewegen sich die winzigen Spielfiguren in ihren Eigenfarben. Sie tragen Ferngläser, Mäntel, Gesichter. Immer größer, immer tierähnlicher wird er, je näher wir fliegen. Und du denkst vielleicht, so ein riesiger Ballon wird bestimmt leichter zu treffen sein, je näher du dran bist. Aber jeder, der versucht hat, einen Ballon aus nächster Nähe zu erschießen, ob von oben oder von der Seite, wird lernen, dass er sein Ziel fast immer verfehlt. Ein hier über dem östlichen Sumpfland schwebender Ballon ist nicht einfach ein rundes Objekt, ein Ei, dessen Hülle von dir geknackt werden muss, nein, er ist mehr wie eine hässliche Laune des Raums selbst, eine umgestülpte Hohlform, eine ungebetene Erdkernerscheinung, ein frecher Witz. Nun hast du gefeuert und siehst die Rauchfahnen deiner Geschosse direkt in seine Richtung weisen. Wie Wäscheleinen verlaufen sie quer durch die Luft, und scheinbar münden sie alle in die Ballonhaut. Aber nein. Die bleibt unverletzt. Je zarter die Haut, desto unmöglicher ein Treffer. So nahe, fast wie zur Landung bereit, schwebt er nun vor uns, so prall, dass eine einzelne Patrone genügen müsste, um ihn zu zerstören. Und doch verfehlst du und verfehlst, immer wieder, schon ziehen sich mehrere hundert Rauchspuren durch die Luft, wie Pfeile des heiligen Sebastian umgeben sie von allen Seiten die dröhnende Rundform des Ballons, aber keiner davon ist eingeschlagen, keiner drang durch. Eher erschießt man sich selbst hier oben. Daher bleibt dir nichts anderes, als ihn im Schwenk- und Kippflug geduldig zu umfliegen, bis die Zerrgeometrie des ballonnahen Luftraums dir etwas begreiflicher wird und du einsiehst, wie du in Wahrheit zu zielen hast, in welche unwahrscheinliche Richtung, damit er getroffen wird und endlich reißt und sinkt. Und selbst wenn du über dieses Wissen verfügst, hält sich der Ballon als pressharter Planetoid noch stundenlang vor dir und besteht dabei doch aus fast nichts, bleibt unerhellt und überhört und allein auf seiner selbsterfundenen Bahn. Oft sprangen sogar die Russen aus dem Korb und mit Fallschirm in Sicherheit, obwohl die Hülle noch gar nicht getroffen worden war – denn auch sie hatten die Rauchfahnen der Geschosse eindeutig in ihre Richtung wehen gesehen. Und es wäre nicht verwunderlich, würde heute noch, viele Jahre nach Kriegsende, so ein vorzeitig herrenlos geschossener Ballon irgendwo im Osten unverändert am Himmel stehen, allmählich alternd und schon sehr faltig, umgeben von vollkommen verblassten Geschossrauchfahnen, aber inzwischen, wie viele ehemalige Kriegsschauplätze, als eine Art Freilichtmuseum besuchbar, mit mehreren um ihn platzierten Treppengerüsten, 3 Mark der Eintritt zur Besichtigungsplattform, daneben eine Kapelle und Unterstände für Kaffee und Seelenopfer.

Und später dann hab ich um Lottes Hand angehalten, unter dem knarrenden Wirtshausschild! Mein einziger Beitrag zur Gerechtigkeit auf Erden. – Wieder kamen heftige Konvulsionen, ein Krampf der Verzweiflung. Niemand sollte so etwas erleben müssen. Nein. Da besser sterben, 1917, irgendwo an der Weichsel, als Sprengungsrest. Da besser mit Sonnleithner immer tiefer in den Wald. Und dann ewig gedankenlos in der Weltmitte schweben, als Gespenst. Konnte man eigentlich auf die Weltmitte deuten? Nein. Harry Manley aus Lovejoy Park, Estero, Florida, hatte diese Frage letztens in einem Brief gestellt.

Die Korrespondenz mit den Koreshianern war der einzige Trost, den Bender noch besaß. – Ähnlich unmöglich, wie auf die Weltmitte zu deuten, lieber Harry, wäre die Aufgabe, auf eine einzelne Ameise zu deuten, die sich auf einem Ameisenhügel an einem benachbarten Waldhang aufhält. Aber es gibt sie, rein mathematisch. Deute gedanklich an der Sonne vorbei, dort irgendwo triffst du sie. Von allen Punkten der Erdinnenkugel aus kann man auf sie zeigen. Vielleicht sehen gewisse Tierarten, deren Augen obere und untere Frequenzbereiche wahrnehmen können, die Weltmitte mit freiem Auge. Wie finden sie Ruhe? Vielleicht wissen sie nicht, was sie sehen. Vielleicht sind es die Vögel?

Lieber Harry, denk dir, während wir hier im Erdrund verhungern, ist die Mitte der Welt in Ruhe, ohne Ausdehnung und Pflichten. Sobald aber eine zweite Kugel sich um die Weltmitte geschlossen hat, besteht dort nun auf einmal ein gewisser Schutz gegen die äußeren Einwirkungen. Die Kraftstrahlungen des Weltalls verlaufen radial zur Weltmitte hin und beeinflussen die seither weitgehend regellos vor sich gehende Bildung der Atome. So bildet sich die erste Urzelle. Die Einwirkungen der groben Weltkräfte können jetzt nur die äußere, die polar rotierende Atomschicht beeinflussen. Die Zellen sind L e b e n s z e n t r e n geworden. Der Mittelpunkt der Welt verlegt, wie ich dir in meinem letzten Brief geschrieben habe, seinen Ort immer wieder ein wenig, sodass die Zellen gleich nach ihrer Bildung aus der Mitte herausgerissen werden. Sie geraten in den Bereich der äußeren Kräfte und lagern sich nach vielen Spiralkreisen auf der nächsten Kugelrinde ab. Das Kraftzentrum, das sie darstellen, ist imstande, verwendbare Atome aus der nächstliegenden Umgebung anzusaugen und sich einzuverleiben. Ja, da staunst du.

Und es bilden sich nach unten Wurzeln, und nach oben, lieber Hasso, spezielle kanalartige Organe, bis das so entstehende Wesen eine bestimmte Größe erreicht hat und sich dann, Augen zu, fortpflanzt, indem es in seinem Inneren, das freilich auch gegen die Einwirkung der äußeren Kräfte durch die Materie geschützt bleibt, neue Zellen nach seiner eigenen Art heranbildet. Wir können diesen Vorgang noch heute bei gewissen kleinsten pflanzenartigen Gebilden unter dem Mikroskop betrachten. Die Ausstrahlungen der gedankenähnlichen Kräfte dieser unzähligen Lebewesen beeinflussen nun wiederum die Weltmitte. Es bilden sich aus den Ausstrahlungen dieser Lebewesen neue Stellungen der Stofflagerungen in den sich in dem Weltmittelpunkt bildenden Zellen. Und diese Zellen lagern sich auf der nächstliegenden Kugel ab und immer so fort, ad infinitum, bis heute. Kannst du dir nicht ausdenken. Und auf der Wand neben dem kleinen Fenster hockt immer noch die Spinne. Schon seit drei Tagen an derselben Stelle. Sonst sitzt sie auch gern auf dem Neuen Testament. Wir wollen sie segnen.

Wie wir wissen, werden durch die andauernde Verlagerung der Weltmitte auch die Kugeln von der Art unserer heutigen Fixsternkugel aus dem Weltzentrum abgedrängt. Sie kreisen als Planeten um die Weltachse, auf ihrer inneren Oberfläche das Leben erhaltend und gegen alle materiellen äußeren Einflüsse und Störungen schützend. So wie Trauben sich an einer Rebe bilden. Sie schützen den Kern mit ihrem Fleisch, ihrem Leben. Ähnlich tun es die Planeten. Wie geht es Bertie? Hat sich ihr Halskatarrh gebessert? Erzähle mir mehr vom Leben in Lovejoy Park. Die Planeten treiben aus der Mitte des Universums aus und lösen sich von dieser und ploppen ins Unabhängige, das heißt in den Äther, und schweben und tragen ihre Frucht in sich, umhegt und beschützt von einem ähnlichen Mantel wie jener, der auch uns umhegt und beschützt. Im Laufe von Millionen Jahren entfernen sie sich immer mehr von der Weltmitte, und manche gelangen schließlich auf die Oberfläche unseres Erdballs. Und brechen dort auf, wie Eier. Die frühesten Eiplaneten brachten uns die Vegetation. Die späteren zuerst die Vögel und Reptilien, dann die Säugetiere. Dann die schwarzen Rassen, dann die roten, dann die gelben, am Ende die weißen. Warum die weißen zuletzt?

Bender stand auf und trat ans Fenster. Unter Verrenkungen gelang es ihm, den oberen Teil eines weit entfernten Turmes zu sehen. Er grüßte den Turm voller Demut und Auflehnung, er liebte und hasste dieses mysteriöse Gebäude, was immer genau es sein mochte, da, im jeden Tag aufs Neue grau überdunsteten Frankfurter Stadtbild. Vom Gefängnishof aus erblickte man es leider auch nicht. Was, Gefängnis? Nein, Unsinn. Hab wieder laut gedacht. Schön eins nach dem anderen. Jetzt konzentrieren: die Bittbriefe an Heyl, und dann eine ausführliche Antwort an Harry Manley. Dann noch ein Bittbrief an Lang, besonders hässlich. Dann zur Post. Oder vielleicht einen der Wärter oder Charlotte bei ihrem Besuch danach fragen? Nein, das ging nicht, Unsinn. Was red ich. Es gab auch so schon genug Blicke. Oft folgte ihm ein Blick über mehrere Tage lang, unvermindert in seiner Intensität, selbst bis in den Schlaf hinein. Da, sieh an, auch hier, außerhalb des Fensterglases, gab es Wespen. Sehr gut, sehr konsequent. Ihre Angstlosigkeit gegenüber Menschen. Und im Garten quälten ein paar Jungen einander beim Indianerspiel. Warum auch nicht. Sie banden einander abwechselnd an einen Pfahl und standen dann da wie die Heiligen: die Arme zurückgebunden, entblößte Brust, die Augen nach oben, in Verzückung.

Bender sehnte sich so sehr nach Brot, nach Aufstrich, nach Marmelade, dass er anfing, große Zahlen im Kopf zu multiplizieren. Dies erschien ihm als Anlockzauber für die ersehnte Nahrung so geeignet wie jedes andere Mittel. Vielleicht sollte er laut rufen? Als er wieder zur Wand blickte, bemerkte er, dass die Spinne fehlte. Hol dich der Teufel, dachte er. Zieh mir nur nachts weiter den Scheitel nach. Dann schulden wir einander nichts.

AN HARRY MANLEY

Aber lass mich, lieber Harry, am Ende meines Briefes noch
einmal zu Deiner ursprünglichen Frage zurückkehren: Warum kommen die weißen Rassen später? Nun, sie sind so
bleich, das heißt, sie haben von allem Lebendigen vermutlich am längsten in der Nähe der Weltmitte, im Zentrum des
Hohlraums, ausgehalten. Denn je länger etwas an seinem Ur-
quell hängen bleibt, desto bleicher und substanzloser, desto
entschlossener und eigensinniger, desto elementarer wird
es. Schau Dir, wenn Du mir nicht glaubst, lieber Harry, die
Winteräpfel an. Wie sagt man das auf Englisch? The apples
who stay in the winter on the tree.
Die Äpfel, die im Herbst nicht vom Baum fallen wollen und
deshalb hängen bleiben, bis weit in den Dezember hinein.
Sie verschrumpeln und werden eigenartig weiß, die Süße
wird bitter, und sie erhalten eine fromme Haube aus Schnee.
Und es erklärt auch die Überlegenheitsgewissheit der weißen Menschenrasse, denn denk Dir, wie macht es der Win-
terapfel? Er sieht von oben seine Freunde verrotten, sieht sie
einsickern in die Wiese, zurück ins Erdreich, oder im Maul
von Tieren davongetragen werden. Die Reife, zu der seine
einstige Süße geworden ist, wärmt ihn inzwischen als Phan-
tomsonnenschein von innen. So bleibt er den ganzen Winter
über, reglos. Er wird zu einer Art Leuchtturmwärter des Universums, er sieht alles bis zuletzt nur von oben, während die
anderen längst unten sind und sich bunt miteinander vermischen. Er sieht das Ende der Welt, noch bevor seine Abnabe-
lung von der Mitte, das heißt seine Geburt, eingeleitet wird.
Nur wenn es ganz still ist, fühlt er manchmal seinen Kern.
Und im nächsten Frühling hängt er ganz verwandelt da, erd-
grau und faltig und längst etwas anderes. Neben ihm kunter-

bunt die neuen Äpfel, unerklärlich, sie sprechen nicht seine
Sprache. Sie sehen ihn als Geschwulst.

Mögen Eure Tage gesegnet sein, lieber Harry, liebe Bertie,
liebe Koreshan Unity,

zu der mein Herz in Gedanken eilt

PETER

Von Paquet kam keine Antwort. Auch aus Estero lange nur Schweigen. Aber Lang schrieb in einem munteren Brief, er habe immer Zeit, nannte auch gleich ein bestimmtes Café, dazu Datum und Uhrzeit. Bender kämmte sich ausgiebig vor dem Treffen. An seiner abgetragenen Kleidung war nichts zu ändern, dafür sollte zumindest sein Kopf gepflegt aussehen. Dabei fiel ihm auf, dass seine Kopfhaut weitgehend gefühllos geworden war. Er kratzte mit dem Kamm absichtlich hart darüber, aber nein, nichts.

Lang erschien in Begleitung. Es war der junge Mann namens van Holk. Hut, Brille, gewelltes Haar. Inzwischen gutverdienender Verfasser einer Reihe von Abenteuerromanen. Und, sehr seltsam, er nannte Lang nicht Johannes oder Herr Lang, sondern mit dem kuriosen Wort *Irmin*. Dem sonst so appetitlos und bibergesichtig in die Welt blickenden Lang schien das ungeheuer gut zu gefallen. Er hatte ganz neue Ohren bekommen. Sie standen viel weiter vom Kopf ab, waren geröteter, voller, jünger. Er selbst nannte den Herrn van Holk *Maximin*. Vermutlich war der Reim zwischen den beiden Fantasienamen eine Pointe, deren Sinn Bender entging. Was waren das für Bezeichnungen? Figuren aus einem Märchen? Er verstand überhaupt nichts.

Langs Stirnfransen waren neuerdings wie bei einem Primaner geschnitten, strubbelig, linkisch, flott. Aber nicht nur Langs Aussehen hatte sich verändert. Auch der chronische Gelenkrheumatismus und die Lungenkrankheit schienen vollständig ausgeheilt und vergessen. Da waren kein schmerzhaftes Innehalten, keine Luftnot und kein Humpeln mehr, ja, er bewegte sich mit einem gewissen Hüpfen, einem

neuartigen Schwung, als hätte man ihm zu Ehren die Erdanziehung reduziert.

Van Holk gab ihm Feuer. Dann wurde dagesessen und
kennerhaft geraucht. Lang umgab, wenn er von van Holk im
Gespräch für irgendeine astrologische Pionierleistung gelobt
wurde, ein Glühen, das Bender sonst nur von schwangeren
Frauen kannte. Lang hatte vor einigen Monaten sein neues-
tes Pamphlet, *Die Erde – eine Hohlkugel!*, veröffentlicht,
und die Auflagen gingen bereits in die Zehntausende. Auch
Bender bekam ein Exemplar geschenkt, mit einer nur aus
Initialen bestehenden Widmung. Näher am Alltag schreibe
keiner, sagte van Holk. Bender fragte nach. Na, näher am Alltag, hier, das alles, sagte der junge Mann.

»Ach so, die Flugschrift hier«, sagte Bender.

Wann würde er seine Bitte um finanzielle Unterstützung
vorbringen können? Eine Weile hatte er mit der Hoffnung
gespielt, Lang würde ihn vielleicht Korrektur lesen oder
Nachforschungen anstellen lassen. Oder ein Werk mit ihm
gemeinsam verfassen. Bender verfügte immerhin über ein
einzigartiges Wissen in Bezug auf das Weiterleben der Koreshianer.

»Ja, weniger Formeln, mehr Leben!«, sagte Lang. Man
müsse Anschauliches aus der direkten Erfahrungswirklich-
keit bringen. Zum Beispiel das Radio. Das stehe bei allen
Menschen zuhause. Aber sei ihnen auch klar, dass auch das
Radio ein schlichter und schlagender Beweis für die Kon-
kav-Erde sei?

Bender nickte: »Natürlich.«

Es ärgerte ihn, dass er absolut nicht wusste, was Lang
meinte. Das Radio?

Lang schien es zu bemerken und begann, während Bender
nagende Hitze in sich aufsteigen fühlte, zu erklären: Also,
die Radiowellen, ja? Die breiten sich immer geradlinig aus,
sie krümmen sich nicht nach Belieben. Aber jedes Radio-

signal sei empfangbar, auf jedem Punkt der Erde. Radiosender werden in den Himmel gerichtet! Wenn man aber außen auf einer Vollkugel steht und Radiosignale nach oben sendet, dann gelangen diese ausschließlich in den sogenannten Weltraum. Nur im Inneren einer Kugel werden sie irgendwo reflektiert und hin und her geworfen und verstärkt und erreichen andere Bereiche der Kugel. Sie erreichen *jeden* Punkt.

»Die Funkwellen müssen also bei den Fernsehsendungen mehr oder weniger an der Sonne vorbei«, ergänzte van Holk, und Bender sah in diesem Augenblick, dass es eine längst einstudierte, häufig wiederholte Szene zwischen ihnen war, eine Art Theaterstück ihrer Intimität, »das erklärt dann auch die Störungen in der Übertragung.«

»Jaja, natürlich«, sagte Bender.

Lang lobte den alten Hörbiger und seine Welteislehre, offenbar ebenfalls ein beliebtes Privatthema der beiden Männer. Man könne die Leistungen dieses ungestümen Weltgelehrten gar nicht hoch genug schätzen. Lang deutete mit dem Zeigefinger zur Decke. Der Reichsführer-SS Heinrich Himmler habe die Welteislehre offiziell in den Bestand des dauerhaften deutschen Ahnenerbes aufgenommen.

»Das wusste ich nicht«, sagte Bender.

Was wollte er hier? Es war doch alles nur Demütigung.

»Ja, seit mehr als einem Jahr«, sagte Lang. »Der Schritt steht unserer Bewegung noch bevor.« Er habe Scultetus selbst getroffen, und wie dieser Mann vor Selbstbewusstsein geleuchtet habe! Fast schon unredlich, haha. Er habe ihm, Lang, von einem Treffen erzählt. Alle da: Thüring, Schmauss, Kölbl. Alle ehemaligen Feinde anwesend – und alle bekehrt, sogar der Heisenberg!

»Heisenberg?«, fragte Bender. Lang zählte immer irgendwelche Namen auf, aber diesen kannte er.

»Er hat es mir versichert.«

»Werner Heisenberg ist Anhänger der Welteislehre?«

»Angeblich kurz davor, sie zu akzeptieren.«

Bender wurden die Schultern schwer. Außerdem begann die Innenseite seiner Augenlider zu jucken. Der Daumen des kleinen Hohwald bewegte sich durch seinen Bauch.

»Die WEL drückt ja etwas Wahres aus«, sagte van Holk, »und wir sollten das Gute und Sinnvolle aus der Theorie übernehmen, nämlich die Kälte. Ja, die muss man integrieren. Denn an und für sich ist es ja immer kalt. So wie es an und für sich immer Nacht ist, sonst bräuchten wir keine Lampen, keine Sonne. Der Grundzustand des Universums ist ein glazialer. Das hat er klar erkannt. Anders als Einstein.«

Im Gespräch entstand eine Pause. Bender beschloss, sie zu nutzen. Ohne den Blick von seinen Knien zu heben, sagte er: »Ah ja, Johannes, ich wollte dich um etwas bitten. Und zwar, ob du vielleicht eine Möglichkeit siehst ...«

Aber da sah er, was die Pause verursacht hatte. Van Holk flüsterte Lang etwas ins Ohr, was diesen zum Kichern brachte. Seine freudige Grimasse.

»Entschuldigung«, und Lang kehrte in die Realität zurück, »was hast du gesagt?«

»Nichts.«

»Maximin *hasst* Einstein«, jubelte Lang, »es ist so köstlich!«

»Ja, der hat uns das Heiligste genommen, die Zeit! Die hätte nie in diese Formeln eingesetzt werden dürfen. So jemand weiß eben nicht, wie zart und fragil die Zeit ist. Weil sie immer alles nur *berechnen*, mit Zins und Zinseszins. Für die ist Zeit immer nur Geld, also kann man mit ihr rechnen.«

»Hahaa«, krähte Lang.

»Wie sie sie geschunden haben, die Zeit«, sagte van Holk, nun selbst lachend und kopfschüttelnd, »kein Wunder, dass sie so lang nicht von der Stelle kam. Erst jetzt bewegt sie sich ein bisschen vorwärts.«

»Als wären sie nicht erst alle später gekommen, aus Sekundär-Eiern!«, rief Lang. Und der junge Mann darauf: »Bravo, Irmin!«

Bender war in der Hölle. Er starrte auf seine Knie.

»Man sieht sie ja«, sagte Lang, »wie sie sich anstellen, überall. Für die hat Zeit gar keinen Wert.«

Einer der beiden vor ihm schwebenden Köpfe – es war unklar, welcher – warf einen Schatten direkt auf seinen Hosenstoff. Bender legte eine Hand darauf. Ah, es war der von Lang. Da, man sah es bei der leichten Drehung.

Plötzlich erwähnte van Holk, dass Lang Karl Neuperts Nachlass zu kaufen gedenke.

»Wie bitte?« Bender musste sich verhört haben.

»Willst du mitbieten?«, fragte Lang.

Bender stand auf. Was hatte er vor? Nichts, bloß die Hand ausstrecken, den beiden mitten im Satz unterbrochenen Männern Lebwohl sagen und dann gehen. Aber stattdessen gelang ihm die Handstreckgeste nicht ganz. Sie wurde so interpretiert, als bitte er darum, die beiden mögen kurz auseinanderrücken (ihre Schultern berührten sich die ganze Zeit) und ihn durchlassen. Und sie rückten, blickten ein wenig fragend dabei, aber rückten, als Benders Arm immer noch in dieselbe Richtung wies, noch weiter auseinander.

Bender korrigierte das Missverständnis nicht. Im Gegenteil, er war dankbar dafür. Denn nun konnte man sich, ja, warum war er nicht gleich auf diese Möglichkeit gekommen: Man konnte sich *hinlegen*.

Jawohl, seitlich, mit ein bisschen Bauchlage. So war es gut.

»Bitte um Verzeihung«, erklärte er ruhig, »aber ich bekomme einen Anfall.«

Sofort sprang van Holk auf. Lang brauchte einige Sekunden länger. Die Männer beugten sich über ihn. Ein Kellner kam näher.

»Danke«, sagte Bender. »Es geht gleich wieder.«

Er schloss die Augen. Musste er lachen? Nein, noch ging es.

Sollte er ein wenig zittern? Vielleicht sogar schäumen?

Eine Dame am Nebentisch verkündete, sie kenne sich mit derlei Zuständen aus, man möge dem Kranken nur ein wenig Raum zum Um-sich-Schlagen lassen.

»Gleich, gleich«, sagte Bender.

Der Kellner jammerte, man möge den Kranken doch bitte zumindest in den Eingangsbereich schaffen. Aber doch nicht hier. Er zog ein wenig an Benders Arm.

»Liebe Grüße«, murmelte Bender – und ließ los.

Zuhause wechselte er, mit Charlottes Hilfe, die besudelten Kleider. Sie fragte ihn nicht, wie das Treffen sonst verlaufen war. Sie war nur froh, dass er zuhause war, in Sicherheit. Sie streichelte seine Stirn. (Auch auf ihr gab es eine taube Hautstelle.) Bender versprach ihr, nicht eher zu ruhen, als bis er sie aus diesem Drecksloch hier befreit hatte. Er werde alle Kinderheime, Lehr- und Waiseninstitute, jede noch so heruntergekommene Einrichtung anschreiben. Irgendwer müsse ihn doch einstellen, ihm eine Chance geben. Er könne schließlich jedem alles beibringen. Selbst dem Sohn von Justus Keller habe er die Wahrheit nähergebracht. Charlotte müsse keine Angst haben. Er lege hiermit den Autorberuf auf Eis. Keine Flausen mehr, nur noch Nägel mit Köpfen, und schön eins nach dem anderen. Sie sei seine Frau, seine Priesterin, seine Liebe, und er werde ihr ein echtes Zuhause erschaffen, eine treue Gemeinde, ein Reich.

Von Alfons Paquet kam doch Hilfe. Er empfing Bender ganz ohne Theaterspiel, gab ihm Geld mit »für die Familie« und verlangte nicht das Geringste im Gegenzug. Bender wurde auf dem Heimweg fast rasend vor Dankbarkeit. Zuhause überraschte er Herrn Müller, der wieder einmal mit Kopfverband in der Küche stand. Es war nun schon zehn Jahre her, dass die einzige Tochter der Müllers an der Schlafkrankheit gestorben war. Sie war, der Legende nach, eines Tages mitten im Wäscheaufhängen eingefroren und in schiefer Haltung umgesunken. Drei Wochen lebte sie in einer Art Traumgeduld dahin, reagierte noch auf Zuruf und führte manche Befehle ruckartig, aber nur zur Hälfte aus, ja, erhob sich einige Male sogar spontan aus dem somnambulen Zustand und machte, leise vor sich hin summend, eindeutige Bewegungen in der Luft, als wollte sie die vor Wochen stehengelassene Wäsche weiter aufhängen. Und seit zehn Jahren verletzte sich Herr Müller regelmäßig am Kopf. Früher hatte das traurige Ehepaar zumindest einen vom Vorbesitzer halb lahm geprügelten Hund bei sich in Pflege gehabt. Aber jetzt? Andere Zeiten. Herr Müller drückte sich oft spontan in Reimen aus, aber meist nur grimmig und ohne melodische Anmut. »Man wendet sich in diesen Fällen / an staatliche Beschwerdestellen«, fauchte er. Dann legte er eine Hand auf einen Brotlaib und krallte die Nägel in die Rinde. Bender musste immer an Dostojewski-Figuren denken.

Dennoch rührte ihn das Mildtätige dieser beiden Menschen. Die Müllers hatten sie bei sich aufgenommen, ohne Fragen, ohne Ansprüche zu stellen. Und Paquet kannte ihn fast gar nicht und hatte ihm ebenfalls geholfen. Welch ein großer Schriftsteller war das, ein wahrer Kenner des Rheinflusses und der rheinischen Menschheit! Bender nahm sich vor, sich von dem geliehenen Geld unverzüglichen alle Werke Paquets zu besorgen. Und am Nachmittag hatte er einen Termin wegen einer Stellung als Lehrer in einer kleinen privaten Mädchenschule, dem Institut Heinemann. Ja, es ging nun allmählich bergauf! Die Elendsjahre fanden vielleicht ein Ende. Sogar Hitler musste ja irgendwann einknicken. Ein Jahr noch, dann stürzt er.

Voller Mut machte sich Bender auf den Weg. Ja, vielleicht musste man es nur so angehen wie Lang und van Holk – und einfach frei irgendwas glauben, was ihnen Vorteile brachte. Welteislehre zum Beispiel. Dass die Himmelskörper aus Eis bestehen. Hinreißend. Einfach so *von der Leber weg glauben*. So wird man reich. Bender bewegte sich mit Hüpfschritt durch die Straßen, sah alles in Farbe, summte Lieder. Wir werden wieder eine Familie sein! Mit Enkelkindern vielleicht und mit selbständig erworbenem Reichtum. Und heute setze ich, deutscher Erstentdecker der Innenwelt, dafür den ersten Schritt!

Die Direktorin des Instituts Heinemann hieß Hedwig Michel. Sie stammte aus gehobenem Frankfurter Bürgertum. Als Kind theaterverrückt und hellgeistig, sperrte sie sich gegen den Wunsch ihrer Eltern, sie möge ein ernsthaftes Universitätsstudium beginnen. Schließlich wurde sie Sekretärin am Frankfurter Staatstheater und später Dramaturgin. Sie schrieb Stücke. Paul Hindemith vertonte ein von ihr verfasstes Weihnachtssingspiel. Aber nicht nur Literatur und Theater, auch die Botanik wurde zu ihrer Bestimmung. In dieser Angelegenheit trieb es sie bis nach Mexiko, wo sie 1923 eine tiefe und innige Freundschaft mit Kakteen schloss.

»Ach, Kakteen«, sagte Bender. Es war der erste konkrete Begriff, der sich im Gespräch ergeben hatte. »Jaja, die sind in der Tat prächtig, sehr urtümlich. Aus ganz frühen Monden geschlüpft.«

Er achtete auf die Reaktion der Direktorin. Aber sie schien den letzten Satz überhört zu haben. Entweder ahnte sie, wie alle geistigen Menschen, die Wahrheit bereits, und sie tat ihr daher nicht weh, oder sie war an dieser Stelle ihres Weltbilds schlichtweg taub. Ihr Gesichtsausdruck war immer noch warm und entspannt. Bender wusste: Die Anforderungen der ausgeschriebenen Lehrstelle erfüllte er mehrfach, ja geradezu im Überfluss. Aber ob das die junge Leiterin auch erkannte?

Seit 1933 sei sie mit Arbeitsverbot im Theater belegt. Sie habe aber ein Orchester gegründet, das aus lauter Arbeitsverhinderten wie ihr bestand. Bender sagte, ja, seine eigene Frau sei ebenfalls – Und er machte eine Handbewegung. Aber er sei mit ihr eine schicksalhafte, ewige Verbindung eingegangen. Deshalb könne er das alles gut nachvollziehen. »Aber noch hat sie Schüler«, fügte er hinzu.

Frau Michel schob das fünfseitige Bewerbungsschreiben, das er vor einem Monat an sie geschickt hatte, in eine Position parallel zur Tischkante.

Das Heinemann'sche Institut beherberge im Augenblick nicht viele Mädchen, erklärte sie. Von den siebzehn Bettenzimmern seien gerade mal elf belegt. Aber es gebe noch einige externe Schülerinnen. Oh, nichts Ausgefallenes, also in erster Linie Stenografio, Rechnen und dann natürlich die jeweilige Sprache und Kultur jenes Landes, das für die baldige Emigration ausgewählt worden sei. Die Mädchen, für die es noch kein Empfängerland gebe, müssten notgedrungen mehrere Sprachen lernen, das heißt die wahrscheinlichsten: Englisch, Spanisch, Französisch, möglicherweise auch Hebräisch, und da suche man immer nach geeigneten und diskreten Lehrern. Bender ließ die Stuhllehne knarren.

Frau Michel ging noch einmal die außerordentlichen

Qualifikationen des Bewerbers durch. Es war beinahe ein Gedicht. Weltkrieg, Pilot, Eisernes Kreuz. Vorsitzender des Arbeiter- und Soldatenrats. Schriftsteller, Bund rheinischer Dichter. Währungstheorie, Mathematik, Weltbildstudien, Priesterpaar. Stifter der Wormser Menschheitsreligion.

Der letzte Punkt interessierte sie besonders. Sie fragte nach.

Bender erlaubte sich, ihr eine winzige Feder aus den Stirnhaaren zu ziehen.

Hedwig Michel lachte. Sie ließ sich die Feder zeigen. Woher war die denn gekommen?

»Engelsflaum«, sagte Herr Bender. Er schnippte sie vorsichtig auf den Tisch.

Da musste sie, weil das Wort so ungeheuer albern klang, laut lachen. Merkwürdig, sie fühlte sich fast schon per Du mit diesem Besucher. Sein Gesicht wirkte, wenn man es länger ansah, viel näher, als es in Wahrheit war. Als blickte man den Mond durch ein Vergrößerungsglas an. Da, diese hohe, leidenschaftliche Stirn und diese scharfen, fast lidlosen Augen, im Grunde ein Mann fürs Freilufttheater! Und dieses winzig dünne Oberlippenbärtchen, ein frecher Zirkumflex des Mundes, ein richtiger Marquis Posa. Außerdem seine ganze Art, sich auszudrücken: wie so ein keckes Wolfsmilch- oder Dickblattgewächs, das sprechen und denken konnte.

»Aber erzählen Sie«, sagte sie, »was für eine Gemeinde ist das?«

Bender überlegte. Wo beginnen?

»Kennen Sie die Geschichte vom Mondeinfang?«, sagte er.

Frau Michel schüttelte den Kopf.

»Gut, aber Ihnen dürfte wohl bekannt sein, dass unsere Erde früher mehrere Monde hatte? Nach den neuesten Erkenntnissen bestehen Monde nicht aus erdähnlichem Material, sondern aus Eis. Ähnlich wie Kometen. Der Mond, den wir in der Nacht sehen, ist bloß der letzte in einer langen Ahnenreihe. Ja, und immer dann, wenn diese durchs Weltall irrenden Eiskugeln an der Erde vorbeikommen, werden sie eingefangen. Deshalb sehen wir immer nur dieselbe Seite des Mondes. Sie kennen gewiss den Hasen.«

Bender malte die entsprechende Figur in die Luft.

Frau Michel nickte. Ihre Lippen standen bereits ein klein wenig offen.

»Der Mond schafft die Gezeiten, wenn er mal hier, mal da auftaucht, und die vergangenen Monde müssen das ebenfalls gemacht haben. Sie kommen alle näher. Auch unser Mond tut das bekanntlich. Man misst sein Herannahen seit Jahrhunderten, aber spricht darüber nur wenig, um die Bevölkerung nicht zu verunsichern. Früher war es ein Wissen für Eingeweihte, heute steht es in allen Schulbüchern, aber in den Fußnoten. Da fällt es nicht auf. In Deutschland ist die Reichweite der Gezeiten etwa ein oder zwei Meter. Aber je näher ein Mond kommt, desto größer wird die Anziehungskraft, und die Gezeiten werden enorm. Hunderte, Tausende Meter. Sintfluten. Und Menschen haben das erlebt, alle paar Jahrtausende eine. Ein riesig angeschwollener Wasserberg, der Hunderte Jahre anwächst, und an den Küsten sinkt das Meer. Wie könnten auch alle Sagen das sonst so gleichförmig überliefern? Es ist in unser Gedächtnis eingegangen, und wir fühlen es noch in den Religionen.«

»Das bedeutet ...«

Die Direktorin blickte tatsächlich zum Fenster. Perfekte Reaktion. Da war natürlich kein Mond.

»Nicht wahr?«, sagte Bender. »Man würde ihn gern direkt ansehen, einfach um es zu überprüfen.«

Frau Michel lachte, ertappt.

»Wenn man sieht, wie harmlos er da im Himmel hängt«, sagte Bender, »dann wird es einem klar.«

Sie war aufgestanden. Sie ging zum Fenster. Aber dann blickte sie sich zu ihm um, als erwartete sie, dass Bender bereits hautnah hinter ihr stand.

»Diese Geschichte ist übrigens gar nicht wahr«, sagte Bender.

»Was?«, rief die Direktorin. »Aber warum haben Sie sie mir dann erzählt?«

»Ich weiß nicht«, sagte Bender. »Soll ich sie noch mal erzählen?«

Frau Michel musste lachen.

»Na, Sie sind mir vielleicht einer! Was erzählen Sie denn falsche Geschichten?«

Bender zuckte mit den Schultern.

»Ich könnte auch eine wahre Geschichte erzählen, wenn Sie möchten.«

»Bitte.«

Sie lachte immer noch über den Streich, den er ihr gespielt hatte. Was für ein Fantast!

»Die wahre Geschichte ist jene vom Mondeinfang. Ich nehme an, es ist Ihnen bekannt, dass unsere Erde früher nicht bloß einen, sondern mehrere Monde hatte? Nach den neuesten Erkenntnissen bestehen Monde aber nicht aus Planetenmaterial, sondern sind innen hohl. Ähnlich wie Kometen. Der Mond, den wir in der Nacht sehen, ist bloß der letzte in einer langen Ahnenreihe. Ja genau, und also … ja, immer dann, wenn diese durchs Weltall irrenden Kugeln der Erde zu nahe kommen, werden sie eingefangen, auf sie ausgerichtet, ihr aufgeprägt. Deshalb sehen wir auch immer nur dieselbe Seite des Mondes. Sie kennen gewiss den Hasen.«

Bender malte die Figur in die Luft.

Frau Michel schüttelte den Kopf. Ihr Gesicht strahlend, offen, empfangsbereit.

»Der Mond schafft bekanntlich die Gezeiten, wenn er sich diesem oder jenem Gebiet nähert, und die vergangenen Monde müssen das ebenfalls alle gemacht haben. Sie kamen näher. Auch unser Mond tut das. Man misst dieses Herannahen seit Jahrhunderten, aber es wird nicht viel darüber verlautbart. Früher wussten einige weise Männer davon, heute steht es in allen Schulbüchern, aber versteckt in Fußnoten. Da tut es nicht weh. In Deutschland ist die Reichweite der Gezeiten etwa ein oder zwei Meter. Aber je näher ein Mond kommt, desto größer wird die Anziehungskraft, und die Gezeiten werden enorm. Hunderte, Tausende Meter hohe, spitz zulaufende Berge aus Wasser, die zu ihm hinstreben, in den Jahrhunderten vor seiner Landung. Was die Menschen bei diesem Anblick gedacht haben müssen? Die Küsten wuchsen weit hinaus, immer trockener, immer mehr Land, und der Wasserberg stand gigantisch in die Höhe. Kein Wunder, dass alle Sagen dasselbe über Sintfluten berichten. Es ist in unser Gedächtnis eingegangen, und wir fühlen es noch, irgendwie, in den alten Religionen.«

Im Raum war es still. Bender hatte sich leer geredet. Nimm das, Lang. Nimm das, van Holk.

»Ja, aber«, sagte die Direktorin. »Das war doch haargenau dieselbe Geschichte wie vorhin! Bis auf das mit dem Eis?«

Bender blickte sie stolz an.

»Beim zweiten Mal sagten Sie, der Mond ist hohl. Vorher war er aus Eis.«

»Ja sehen Sie«, sagte Bender. »*Nun* ist die Geschichte wahr. Ich muss sagen, ich bin sehr beeindruckt. Nur den allerreinsten Naturen fällt dieser Unterschied sofort auf. Ich denke, das ist nun der Moment, wo wir Du zueinander sagen sollten.« Er streckte ihr seine Hand entgegen.

Lieber Harry Manley!

Wie sehr genieße ich es, Euch zu schreiben, den einzigen Menschen außerhalb Deutschlands, die in der WIRKLICHKEIT leben. Bitte richte Deiner Bertie meine herzlichsten Grüße aus!

Du fragtest, was das für eine Gemeinde ist, die sich um mich schart. Meine Gemeinde ist vor kurzem wieder um einige Mitglieder größer geworden, und ich ertrinke beinahe in der ganzen Instandhaltungsarbeit, die diese angenehme Entwicklung erfordert!

Meine letzten Vorträge drehten sich um die Frühgeschichte unseres Mondes. Das ist ein Thema, das mich, wie ich vermute, in den Augen der Weltöffentlichkeit von meinem alten Lehrmeister Karl Neupert stark unterscheiden wird. Er hatte den Funken dieser Lehre sehr wohl intuitiv erfasst, aber ließ ihn, so wie es alle Lehrmeister zu tun pflegen, eher unentwickelt liegen – oder ließ ihn, auch diese Deutung ist möglich, für seinen Schüler übrig, für mich, Peter Bender. Wie teuer sind mir die Erinnerungen an die innigen und verständnisreichen Abende in seinem Hause in Augsburg! Gemeinsames Erarbeiten von Diagrammen, Blicke durchs Teleskop, telemetrische Bestimmungen, tägliche Morrow-Messungen.

Vielen Dank für die Zusendung einiger älterer Ausgaben von THE FLAMING SWORD. Es ist doch immer erfrischend und gesundheitsfördernd, die Worte unseres Meisters im Original zu studieren! Vor kurzem sind wir, wie Du weißt, da die Ansprüche der Menschheits-Gemeinde sich enorm erweitert haben, von Worms nach Frankfurt umgezogen. Unser neues Haus ist glücklicherweise geräumig genug, um meine gesamte Bibliothek, die zweifellos die größte Sammlung aller möglicher dem Koresh-Bewusstsein auf der Welt gewidmeter Schriften enthält, zu beherbergen.

Durch diesen Umzug, der mich in eine strategisch günstigere Position versetzt, um die Lehre lebendig zu halten, habe ich auch etwas mehr Muße gehabt, um über das Problem der Unterwerfung nachzudenken. Ich glaube, dass Lehren ohne Unterwerfen letztendlich nicht möglich ist. Wenn sich eine Schülerin dir nicht unterwirft, hat sie wenig Möglichkeiten der Entfaltung, mögen ihre Talente noch so vielseitig und gebündelt sein!

Lieber Harry, heute nur dieser kleine Gruß aus meinen Umzugs-Wirren. Bald ausführlicher!

Dein

PETER

ROBINSON

Im September 1937 besuchte Bender seine Eltern in Bechtheim. Er fuhr allein. Der Unterricht am Heinemann'schen Institut hatte ihm wenig Freude gemacht. Die Mädchen waren alle müde und verzweifelt. Etwas besser ging es dagegen mit der spirituellen Führung von Hedwig. Sie erwies sich als kluge und einfallsreiche Adeptin. Aber auch sie war, wie er oft merkte, sehr niedergeschlagen. Im Bett war sie ernsthaft, methodisch, konzentriert. Aber nach dem jüngsten Prozess gegen einige Zeugen Jehovas kam es in der ganzen Stadt zu antisemitischen Aktionen, darunter auch hässliche Schmierereien an Hedwigs Wohnhaus. Danach musste er, weil sie so flatterhaft war, eine Woche lang jeden Besuch bei ihr vermeiden. Fast wären sie beide ins *Sie* zurückgekippt. Draußen randalierten schon die Blätter.

Gleich nach dem Aussteigen am Bahnhof von Bechtheim begrüßten ihn die alten Bäume, die trotz des gespenstischen Zeitalters immer noch mitten im Realen standen, dunkelbraun und jeder einzelne Stamm unwiderlegbar, und nach Westen hin, in der Ferne, sah man die lodernden, lichtdurchwühlten Wälder der Jahrhundertwende, in denen all die uralten Sprichwörter aus der Kindheit hausten, die Narrenspiegel und Wurmsegen, die Rechtsurteile und Einträge in der Dorfchronik, die Nibelungenfahrräder und kreiselpeitschenden Zinnsoldaten. Und natürlich: die Weinberge. Immer noch dieselben. Flatternde, üppige, nimmermüde Kammgebilde, in den Rauschfarben des Herbstes.

Ein in der Sonne stehender Eimer wurde von Mücken umschwirrt. Eine Scheunentür hatte sich gewaltig verdunkelt. Die Straßenlaternen bekamen beim Vorübergehen Reitergesichter. Eine Haustür wurde rasch von innen zugezogen und saugte ihren schwarzen Schatten vom Kies ein. Bechtheim, die uralten Wege! Brunnen, Kirche, alles noch da. Und der Geruch: wie aus Nussschalen. Bevor er in die vertraute Kindheitsstraße einbog, ging er noch schnell hinunter zu den Teichen – und fand sie ebenfalls um Jahre gealtert, vollkommen erblindet. Am Ufer stand, krumm und respektlos, ein Baum in der Haltung eines, der ein Geschenk erwartet.

Dem Elternhaus war über die Jahre eine dicke Efeuwand gewachsen. Die Tür war, wie immer, unversperrt. Bender trat ein. Der Vater sah ihn und begrüßte ihn mit »Jaa«. Er blieb im Lehnstuhl sitzen, nur seine Arme erhoben sich. Bender ergriff sie und schüttelte beide dargebotenen Hände, asynchron, und konnte für einen Augenblick vor Rührung nicht sprechen. Klein war der Vater geworden, nur noch so groß wie ein Dudelsack, das Gesicht allerdings noch fein, voller Schläue. Die Mutter wusste noch nicht, dass er da war, er sah ihren Haarschopf draußen im Hof. Er trat durch die Tür hinaus ins blendende Licht des Gartens, da erkannte sie ihn. Ihr faltiges, mager gewordenes Gesicht.

»Mutter, du bist ja gewachsen!«, sagte er.

Sie umarmte ihn.

»Was sagst du da für Unsinn? Gewachsen soll ich sein?«

»Es kommt einem so vor.«

»Füttert sie dich nicht genug?«

Bender hatte keine Ahnung, wen sie – ach so, nein, und er schüttelte den Kopf. Charlotte gehe es sehr gut, danke, begann er. Sie habe leider nicht mitkommen können.

»Ach so?«

Die Mutter schien aufrichtig erstaunt.

»Reisen fällt ihr momentan nicht so leicht.«

»Ach, ist sie krank?«

»Nein, nein, es geht uns so weit ganz gut«, sagte Bender. »Aber, puh, heiß ist es hier draußen.«

»Ja, und wir haben ein neues Nest, habt ihr gesehen?«

Die Mehrzahl verwirrte Bender ein wenig, aber er folgte seiner Mutter. Sie deutete auf ein Nest in der Krone eines kleinen Baumes. Sehr niedrig hing es.

»Kuckucke«, sagte sie.

»Nein, wirklich?«

»Ich denke, ja. Meine Augen sind schon so schlecht. Aber hören tu ich sie.«

Sie imitierte den Kuckucksruf. Bender blickte noch einmal hoch ins Nest. Es wirkte amateurhaft zusammengebaut, fast wie von Menschenhand.

»Aber kommt doch erst mal herein«, sagte die Mutter. Bender ließ sich von ihr am Arm nehmen. Ja, abgemagert war sie. Und nun fiel ihm ein, dass er ihren Geburtstag vergessen hatte, letzten Monat. Wie zur Untermalung dieser unangenehmen Erinnerung drang von einem benachbarten Grundstück Ziehharmonikamusik und Geklatsche herüber.

Über den Hof führten mächtige Traktorspuren. Sie führten bis wenige Zentimeter vor die Sitzbank, die direkt an die Veranda anschloss. Woher waren die gekommen? Es hatte hier nie ein derartiges Vehikel gegeben. Wie sollte das überhaupt in den Garten gelangt sein? Bender nahm sich vor, den Vater danach zu fragen.

Seine Mutter wirkte noch recht gut beweglich, selbst ihre Mimik war lebendig geblieben, während sich das Gesicht des Vaters im Alter immer abenteuerlicher vorzuwölben schien. Sie baten ihn zu Tisch und fragten ihn nach dem Umzug. Keine Schwierigkeiten vor Gericht mehr? Sehr gut. Nach Charlotte fragten sie nicht. Bender nahm es dankbar hin. Er berichtete ihnen von seinem späten Triumph über die Verleumder. Er sei nach einem günstigen Gutachten voll rehabilitiert worden. Kein Verdacht auf Geisteskrankheit, jede diesbezügliche Spur restlos getilgt. »Ich bin frei«, sagte Bender.

Dann ließen sie sich von ihm noch einmal den Prozess nacherzählen. Bender erläuterte seine Theorie des Schwundgelds und der Freiarbeit. Die Mutter schien darüber rasch zu ermüden, aber der Vater belebte sich, allerdings nur bei einzelnen Details. Man sah der Mutter an, dass sie aus reiner Wiedersehensfreude sitzen blieb, eigentlich riss es sie wieder fort, aus dem Haus, in den Hof, vielleicht zu dem Kuckucksnest und der mächtigen Traktorspur.

»Fühlst du dich gut, Mutter?«

»Jaja.«

»Sollen wir vielleicht ein wenig an die frische Luft?«

»Ah, die hat nichts«, sagte der Vater. »Ein wenig im Schatten sitzen muss sie, dann geht es.«

Bender berichtete weiter von Heldentaten. Dann kam das Gespräch auf Ziegen. Man erzählte ihm von der neuen Geiß, die hieß Dora. Jetzt sei die Ada nicht mehr allein, zwei Ziegen gedeihen viel besser, allein solle man sie nicht halten, da werden sie trübsinnig und milchkarg. Bender stimmte allem zu. Und er verwarf endgültig seinen Plan, seine Eltern um ein kleines Darlehen zu bitten. Nein, sagte er sich, nur über meine Leiche. Schau sie dir an. Sie würden mir ihr letztes Stück Schnur schenken. Nun ergab sich eine Pause im Gespräch. In dem dunkelgoldenen Sonnenlicht, das durch die Küchenfenster fiel, lagen Kartoffeln, die sich, gottlob, nicht aus eigenem Antrieb bewegen konnten.

»Und den Kindern?«, fragte die Mutter.

»Danke, denen geht es sehr gut«, sagte Bender. »Sie lassen euch grüßen. Ja, wisst ihr noch, wie ich euch die kleine Ria gebracht habe?«

»Oh, jaa«, sagte der Vater.

Bender bemerkte: Sein Vater war noch immer nicht aus seinem Sessel aufgestanden. Konnte er es denn überhaupt? Aber es war unmöglich, zu fragen.

»Sie war so stolz!«, sagte der Vater. »So ein stolzes Kind.«

»Und Charlotte, das blühende Leben!«, sagte die Mutter. »So schön war sie, mit ihrem kugelrunden Bauch, so schön ...« Dabei ruhte ihre Hand auf ihrem eigenen Bauch.

»Ja, Kinder«, sagte Bender. »Man hat sie so lieb, obwohl man sie gar nicht gekannt hat, bevor sie erschienen sind. Alles andere muss man lange im Voraus kennen, um es zu lieben. Frechheit eigentlich.«

Seine Eltern schauten ihn sonderbar an. Hatte er Unsinn geredet? Sein Inneres fühlte sich ein wenig haltlos und verwirrt an. Bestimmt nur die Anstrengung der Reise.

Er beschloss, normale Dinge zu berichten.

»Aber Gerd ist ja nun schon erwachsen«, sagte er, »ein richtiger Mann. Leider noch immer nicht zum Wehrdienst zugelassen, wegen dem andauernden ... Er ist enttäuscht. Aber will heiraten.«

»Sooo«, machte der Vater. »Na das geht ja früh los!«

»Und die Ria immer noch au pair in London«, sagte Bender. »Sie vermisse ich am schlimmsten.«

»Soo, ja.« Das Gesicht des Vaters war starr geworden, als hätte er auf Kiemenatmung umgeschaltet. Er unterdrückt körperlichen Schmerz, dachte Bender. Und beklagt sich nicht.

Die Mutter schien die Veränderung ebenfalls zu spüren. Sie bemühte sich, etwas Geborgenheit in die Stube zu bringen, zeigte ihm dies und das, ließ ihn ein Fotoalbum durchblättern, wies ihn mehrere Mal auf das neue Kuckucksnest hin, aber nie sei ein Vogel darin zu sehen, sie kenne sich gar nicht mehr aus.

Dann brachte sie aus dem Schlafzimmer eine Dose, darauf stand PETER. Sie enthielt uralte Dinge, etwa den Stein, den Bender als kleines Kind immer in der Hand gehalten hatte. Er erinnerte sich gar nicht daran. Einen Stein? Immer in der Hand gehalten? Ja, versicherte die Mutter lachend, natürlich. Wolltest gar nicht schlafen gehen ohne den Stein.

»Ja, ich war wohl sehr lange nicht mehr hier«, sagte Bender.

Nach dem Kaffee ging er ein wenig alte Spazierwege tanken. Das moosbewachsene Nachbargebäude. Die alten Schilder. Der Blick nach Norden übers Feld hin. An dessen Ende stand noch immer die eine magere, blattlose Pappel, dieses kleine Prachtskelett, inzwischen so substanzlos und reich an Freiräumen wie ein Sternzeichen. Und da der Schuppen, in dem, wie Bender feststellte, ein neues Motorrad stand. Aber die Hauptsache gab es noch: den vor allem im Sommer so deutlich wahrnehmbaren Temperaturunterschied zwischen drinnen und draußen. Man trat aus dem Schuppen ins Freie – und wechselte dabei den Planeten. Dieser liebe gute alte Temperatureffekt war die stärkste religiöse Erfahrung seiner Kindheit gewesen, und er wirkte selbst heute noch, inmitten all der ringsum stattfindenden totalen Kulturzerstörung Deutschlands, nach all den Schrecken des Gerichtsprozesses und der Haft, nach der Hölle der Anfälle und Demütigungen. Im Schuppen atmete Bender ruhiger, zum ersten Mal seit fünf Jahren. Seine Kindheit war noch nicht verschwunden.

Am frühen Nachmittag gab es Essen. Bender half beim Kartoffelschälen, obwohl sein Vater protestierte, er komme so selten zu Besuch, er solle sich bitte hinsetzen und seine Mutter alles machen lassen. Sie könne das schon. Aber Bender winkte ab und sagte, er sei sehr froh, etwas Essbares in der Hand halten zu können. Ihm fiel zu spät auf, dass der Satz, laut ausgesprochen, etwas gar zu existenziell klang. Aber niemand fragte nach. Stattdessen wurde sein Vater nach einigen weiteren vergeblichen Versuchen, den Sohn zum Hinsetzen zu bewegen, zornig. Die Mutter stand mit hochgezogenen Schultern am Küchentisch. Ob das nicht zu viele Kartoffeln seien, fragte Bender, um das Thema zu wechseln. Man werde ihm welche mitgeben, sagte der Vater. Für zuhause, für die Kleinen, für Charlotte. Wirklich schade, dass sie nicht gekommen sei. Aber ja. Was könne man schon machen.

»Dauernd verdreht er die Augen!«, fluchte der Vater.

»Was meinst du?«, fragte die Mutter

»Na, er!«, sagte der alte Mann. »Verdreht vor mir die Augen.«

Bender blickte erstaunt auf: »Wer, ich?«

»Ja wer sonst?«

»Ich verdrehe doch nicht die Augen.«

Die Mutter blickte nicht auf, aber stellte ebenfalls fest: »Unfug, sowas macht er doch nicht.«

Aber Bender fiel auf, dass er in der Tat seit einigen Minuten die Doppelbilder, die sich unter Anspannung neuerdings immer in seinem Gesichtsfeld bildeten, absichtlich wegblinzeln und ignorieren musste. Vielleicht war es das, was der Vater bemerkt hatte?

»Ach so«, sagte er, »na, das ist nichts. Ich schiele nur manchmal, wenn ich müde bin.«

Seine Eltern blickten drein, als hätte er ihnen erklärt, er sei in Wirklichkeit seit Geburt strohblond und dreibeinig. Sie waren seine Eltern. Sie wüssten so etwas doch. Und sie schüttelten, vollkommen synchron, ihre Köpfe. Ihr Sohn habe nie im Leben geschielt.

Bender lachte entschuldigend.

Es sei bloß eine neue Art von nervöser Angewohnheit, sonst nichts, erklärte er. Seit einigen Jahren, seit dem Prozess, seit der vielen Aufregung, seit der Haft.

»Unsinn«, sagte die Mutter. »Sowas darfst du nicht denken. Sowas ist nicht gut.«

»Ich hab es ja nicht oft«, sagte Bender.

»Nein«, sagte der Vater. »So spät im Leben kommt das nicht. Jetzt setz dich hin und lass sie machen.«

Es wurde nicht mehr darüber gesprochen. Bender bemühte sich, seine Augäpfel absolut parallel zu halten. Ein Anfall war nicht nahe, zumindest nicht spürbar. Die Doppelbilder verschmolzen und teilten sich, verschmolzen und teilten sich. Von der Muskelanstrengung bekam er Kopfweh.

»Und den Kindern?«, fragte die Mutter in die neu entstandene Stille.

»Denen geht's gut, danke«, sagte Bender.

»Ja, wie du uns die Kleine gebracht hast, damals. So riesige Wangen. Und so *gläubig* hat sie alles angestaunt, nicht? Kann man sich gar nicht mehr vorstellen, heute.« Sie seufzte.

Bender legte die fertigen Kartoffeln in die Schüssel.

»Nein, kann man wirklich nicht«, sagte er.

»Aber vorher groß die Augen verdrehen«, brummte der Vater.

»Verdreht doch keiner mehr die Augen«, sagte die Mutter.

»Aber vorher groß verdrehen!«, wiederholte der alte Mann. »Als käme das noch so spät im Leben.«

»So lieb«, sagte die Mutter, die noch immer die Erinnerung an Rias ersten Besuch genoss. »So lieb, die Kleine. So gläubig alles angestaunt.«

»Ich habe gesehen, ihr habt ein Motorrad«, sagte Bender.

Dies wurde schweigend bestätigt.

Erst beim Abschied packte ihn eine raue Verzweiflung. Er sah seine Eltern vor dem Haus stehen, diese zwei Portalhälften, durch die er einst aus dem Nichts in die Welt getreten war, seine beiden Fährleute-des-Universums, und sie waren so schön, und er hob seine Hand zu einem Winken. So lange hatten sie ihn durch Geldsendungen unterstützt, selbst in den für sie schwierigsten Zeiten, aber jetzt, wo er wieder einmal mit eigenen Augen gesehen hatte, wie der Ort aussah, von dem diese Briefe mit den finanziellen Zuwendungen über all die Jahre gekommen waren, wurde es ihm ganz trostlos ums Herz, erbärmlich, hundeelend. Die neue Ziege hieß also Dora. Schön, schön. Seine Eltern waren keine Mitinteressierten. Waren es nie gewesen. Sie waren frei. Und doch unterstützten sie ihn. Sie liebten ihn.

»Ach was, ich begleite ihn noch«, sagte die Mutter.

Der Vater meckerte etwas von Kälte und Dunkelwerden, aber da löste sie sich von ihm und schloss zu ihrem Sohn auf. Sie trug in der Tat nur die leichte Weste, aber noch hielt der Abend seine Wärme. Selbst alle Farben waren noch da, mit etwas Bernstein darin.

»Das ist aber nett«, sagte Bender.

Er bot ihr seinen Arm an. Sie gingen schweigend. Sie kamen an einem aus Versehen stehen gelassenen Maibaum vorbei, der in der Windstille recht mager aussah mit all den hängenden Bändern. Wie das Endbild eines Weihnachtsbaums, dem durch ein unbegreifliches Ereignis alle Äste unsichtbar geworden sind. Hakenkreuzfähnchen umringten den weit oben schwebenden Kranz. Auf dem Boden saßen Sperlinge. Und da, nach rechts, die Straße hinunter zur alten Schule, wo er, schon mit Stimmbruch und Bartflaum und Nietzsche, von den anderen immer verfolgt worden war, weil sie nicht einsehen wollten, dass er ihnen überlegen war.

Wenn seine Mutter hustete, hielt sich Bender in Gedanken die Ohren zu, es klang so grausam. Sie konnte nicht mehr schnell gehen, er spürte es am Zug ihrer Hand. Dann waren sie am Bahnhof. Alt und brotfarben das kleine Gebäude, wie ein Mühlstein in der Abendsonne. Der Zug stand auch schon da. Bender ließ sich von der Mutter hineinhelfen, obwohl ihm inzwischen gar nicht mehr schwindlig war. Die Doppelbilder hatten sich auch beruhigt. Sie winkte ihm von außen, auf einmal ganz geräuschlos, mit beiden Armen zu. Ihr abgemagerter Körper gestochen scharf im Herbstlicht. Alles war so schnell gegangen! Gerade noch draußen, gerade noch zuhause am Tisch, dann plötzlich nicht einmal mehr in Bechtheim, sondern hier auf dem neutralen Staatsgebiet der Zugabteile und Schaffner, und er deutete, um nicht lautlos zu ihr sprechen zu müssen, einen Luftkuss an. Seine Mutter lachte und winkte noch einmal. Dann wandte sie sich um und ging zurück in das winzige Bahnhofsgebäude. Und durch es hindurch. Und erschien draußen wieder, immer noch sichtbar, stellte sich vor eine Plakatsäule und wartete. Bender wunderte sich, wie mühelos er den ganzen Vorgang von seinem Fensterplatz aus hatte verfolgen können, als wären alle Dinge hier aus Glas.

Da stand die Mutter, auf dem kleinen Bahnhofsplatz, umgeben von schattenwerfenden Bäumen. Sie hielt sich an den eigenen Schultern fest. Ging noch immer nicht weiter. Wollte vielleicht nicht nach Hause. Und so viel Licht ringsum, von einer so winzigen Sonne. Dabei gerade mal apfelgroß, nach Ansicht mancher, aber eher wohl so groß wie ein Panzer, oder vielleicht ein kleinerer Weinberg; was weiß man schon. Dass er, obwohl technisch gesehen schon abgereist, noch immer seine Mutter sehen konnte, setzte nun auch das Gefühl der Angst frei, das er bisher hatte zurückhalten können, und es war eine wahnsinnige, amoknahe Angst. Sie kannte kein Maß, keinen Trost. Das alles kommt nie mehr wieder!, begriff er. Das heißt, es würde weiterbestehen, aber ohne ihn. Ohne mich. Es war entsetzlich. In einiger Entfernung entdeckte Bender den einzigen anderen Fahrgast: einen älteren Mann, der, in still vor sich hin dröhnender Leibesfülle, auf seinem Platz saß und in einem Buch las. Frechheit. Eisenbahnerinnerungen. *Des Gickelche*, die ganze Osthofen-Bahnstrecke. Später in Alzey umsteigen. Alles so kostbar, so alt, so zerbrechlich. Nun ging es endlich los, der Zug fuhr ab, und Bender schwebte durch die grüne Landschaft. Die Sonne stand schon tief und leuchtete, durch Bäume gefiltert, immer wieder ins Abteil herein. Über den Körper des dicken Fahrgasts wanderten Hirschgeweihformen.

MONDE VOR DER LANDUNG

Am Abend des 3. Mai stand die Direktorin des Heinemann'-schen Instituts auf der Alten Brücke. Ja, da war der Horizont. Teufel. Und da, der Mond, schildknappenhaft ernst. Und auch die ersten beiden Sterne. Ein Mann, der an ihr vorbei-lief, blieb stehen und fragte, ob mit dem Fräulein alles in Ordnung sei. »Danke«, sagte Hedwig. Der Mann ging weiter. Ob alles in Ordnung. Ach. Durchaus nicht. Aber würde zu lang dauern. Wie soll man das einem Fremden. Außerdem sein lockerer SA-Schritt, obwohl in Zivil. Besser sich gar nicht einlassen. – Immer wenn der Juckreiz stärker wurde, verlagerte sie Stand- und Spielbein. Richtig aufgeraut hatte er sie. Zwei ganze Finger in ihr. Und ihre Lippen fühlten sich brennnesselig an, aber zugleich ganz glatt. Wieder kam ein Kichern von innen her und schüttelte sie. Zwei Finger in ihr, nach oben drückend. Sie war sich einigermaßen sicher, heute nicht geschrien zu haben.

Und hinterher immer sein Redeschwall. Der Mond, die Monde, die Kometen, die Innenwelt. Nicht nur den viel ge-ringeren Abstand zur Erde hatte er ihr genau beschrieben, mit sofort wieder verblassenden Fingerzeichenlinien auf dem gemeinsamen Leintuch, sondern auch die Frage, was *darin* ist. Im Mond. Was er uns bringt. Ganz recht, denn je-des Wesen auf unserer Hohlerde, egal ob Maus oder Stein-pilz oder Schirmakazie, war einst aus einem ähnlichen Mond gekommen. Monde bildeten sich in der Mitte des Uni-versums, wie Blasen. Sie lösten sich und schwebten durch den Raum und landeten bei uns und brachen auf, gaben ihre kostbare Fracht frei. So wie die im Inneren stattfindende Be-fruchtung, so diese äußere, im Kosmos. O Gott, wie hatte er dieses Liebkosen ihres Inneren genannt? *Den Kosmos mel-*

ken. Dieses In-ihr-nach-oben-Drücken, dieses ... haaach. Und daran nahtlos anschließend seine Vorträge. Das Weltbild der endlosen Leere, der Schwärze und der weit entfernt sinnlos herumschwebenden Kugeln – das sei alles entmenschlichter Unfug.

Und dann dieser eine Satz: *Nichts ist so frei wie Monde vor der Landung.* Oder nein, im vollständigen Wortlaut war es: *Nichts ist so frei wie Monde vor der Landung, Hedwig.* Wie er ihren Namen aussprach, entzückend, immer ein wenig verlangsamt, als hätte er ihn gerade erst gelernt. *Verheiratet, aber mit Umland.* Auch das so eine kuriose Formulierung. Was dieser Mann für Sätze konnte! Hedwig spürte, wie der Juckreiz zwischen ihren Beinen allmählich verglühte. Er wurde stärker, lästiger, dann kippte er plötzlich ins Unwirkliche, und, ja, nun konnte man ihn ignorieren.

Jede Tierart, jede neue Vegetation, alles hierherbefördert durch ein einst gelandetes Ei. Sie war gar nicht dazu gekommen, ihm zu sagen, dass er der erste Mann gewesen war, der an ihr nur seinen Mund, seine Zunge, seine Finger verwendet hatte. Alle anderen machten es auf die bekannte Art: Glied, Hüftstöße, Gewackel, dabei in die Augen blicken, endlose Ödnis. – Aber Peter war da schon längst beim nächsten Gedanken, fragte sich laut, was *in* der Luna, dem gegenwärtigen Mond, zu uns auf die Erde kommen würde. Er lag neben ihr auf dem Bett, beide Hände hinter dem Kopf, und sie schmiegte sich, so gut es ging, in seine Achsel. Ja, was ist in unserem Mond? Aus den früheren war natürlich immer etwas Neues gekommen. Die Galapagos-Inseln zum Beispiel: alles dort aus einem eigenen Mond. Daher die enormen Unterschiede in Fauna und Flora. Konnte man alles nachlesen bei Darwin. Es seien bestimmt auch Zwillingsmond-Phänomene möglich, obwohl diese in der historisch belegbaren Zeit niemals verzeichnet worden seien. Kleinere vielleicht, wer weiß. Aber im derzeitigen

Mond, ja, was wachse da wohl heran? Seine äußere Gestalt sei schon eindeutig brüchig, all die dunklen, eingesunkenen Areale, die sogenannten Krater. Bestimmt rumore es gewaltig in ihm.

In der Erinnerung fühlte Hedwig immer noch seine Hand auf ihrem Bauch. Er hatte sie nichts in der Hinsicht gefragt, und sie hatte auch nichts darüber bekannt. Wäre er überrascht gewesen, zu erfahren, dass sie sich niemals Kinder gewünscht hatte? – Möglicherweise bringe der jetzige Mond eine völlig neue Tierart. So könne man zumindest anfangen, über das Mysterium nachzudenken. Aber *Tierart*, das komme ja aus dem bereits vorhandenen Wortschatz, also aus den bereits vorhandenen Erscheinungen hier auf der Welt. Viel wahrscheinlicher sei aber, dass der Mond uns etwas Neues bringe, vollkommen neuartige Dinge, die so weit von allem Bekannten entfernt sind wie eben die Tiere von den Pflanzen. So weit, wie, sagen wir, ein Spiegelteleskop von einem Knollenblätterpilz entfernt ist. Beide richten sich gen Himmel, aber das eine folgt deshalb nicht aus dem anderen. Zwischen ihnen bestehen keinerlei Entwicklungsstufen. Da ist einfach nur ein gewaltiger Sprung. Man kann einen Knollenblätterpilz noch so sehr bearbeiten und bebrüten, es wird am Ende niemals ein Spiegelteleskop herauskommen. Und genau so etwas warte da oben auf die Landung. Wie bald? Oh, leider noch lange hin. Einige Jahrtausende, mit Sicherheit. Erst unsere Wiedergeburten würden die Landung miterleben. (An dieser Stelle ein plötzlicher Kuss auf ihren Hals.) Aber ebendarum werde es einem beim Anblick des Mondes so heimelig ums Herz, so zahm und familienrührig. Denn der Verstand wisse, egal welcher Kultur er entstamme: Da oben schwebt ein Geschenk für uns, vielleicht eine Revolution, eine Lösung, noch umkrustet von harter Gesteinsschale.

Hedwig hatte sich entschuldigt, um ins Badezimmer

zu gehen. In der Wanne wusch sie mithilfe eines kleinen Schwamms die Samenreste von ihren Schultern. Sie waren zähflüssig und rochen nach Sumpfgras. Erst nach einer Weile begann sich Peter zu beruhigen. Sie brachte ihm Traubensaft, und er küsste ihren Bauch. Seine Sätze wurden kürzer, sein Blick etwas sanfter. Er sprach nur noch ein wenig von Raketen, von einem missglückten Startversuch vor einigen Jahren in Magdeburg. Mit Mondraketen müsse man sehr aufpassen. Denn niemand kenne die Spannkraft der harten Schale. Vor allem ein Raketenabsturz in eine der Kraterflächen. Was drohe da? Tja, Abortus.

Das hässliche Wort, noch dazu verziert mit dem pennälerhaften *tja*, schwebte eine Weile im Raum. Langsam begann Hedwig zu frieren. Nun zog sie seine Hände zurück zu sich, auf ihren Bauch. Sie waren so groß und kräftig, und warm waren sie, fast konnte man sich mit ihnen zudecken. »Wunderschön«, sagte sie, nachdem er (zum ersten Mal in den letzten Stunden) für einige Minuten geschwiegen hatte. Schlief er? Nein, seine Augen standen offen. Aber er blickte ein wenig verwirrt. Jetzt griff er sich plötzlich an die Stirn, richtete sich auf, zog seine Hand von ihr fort.

»Meine Güte, Else, wie spät ist es?«

Sie korrigierte seinen Fehler nicht. Plötzlich große Eile nach Hause. Sie hielt ihn nicht auf. Bei der Verabschiedung in der Tür küsste er sie nicht auf den Mund.

Beim Heimkommen entdeckte sie wieder Zerstörungen an ihrem Haus. Es war nichts Neues. Und der Schaden wirkte, zumindest im Dämmerlicht der Nachtstunden, nicht gewaltig. Ja, sie hatte Glück diesmal. Nicht einmal zerschlagene Scheiben. Bloß ein paar stachelige Buchstaben in roter Farbe. Offenbar waren die Schimpfwörter zuerst hingepinselt und dann zusammen mit der Fensterscheibe versuchsweise geboxt worden. So war rund um die Wörter das Glas leicht gesprungen. Aber noch hielt es. Plötzlich gellte ein Pfiff, ganz nahe, Hedwig schreckte auf, wandte sich um. Aber niemand war da, nur der weite, leere Platz. Der die Allee heraufkommende Wind schüttelte den Regen aus den Bäumen.

DIE HOHLERDE NACH JOHANNES SCHLAF

Bender und Paquet kamen ein wenig zu spät zur Lesung, die Halle quoll über vor Menschen. Die Jugend hatte sich direkt vor der Bühne auf den Boden gesetzt, und ein Saalordner kam immer wieder und bat, man möge ein klein wenig nach hier und nach da, wenn möglich, bitte. Seine Bewegungen waren äußerst vorsichtig, man sah ihm an, dass er, so wie die meisten Menschen heute, große Angst vor Kindern hatte. Einmal ließ ein unwirsches Aufblicken eines uniformierten Halbwüchsigen ihn erstarren, und unter Entschuldigungsgesten suchte er das Weite.

Die Einführung begann. Ein käferrunder Mann sprach. Johannes Schlafs Verdienste um die Sache der deutschen Nationalliteratur seien den meisten natürlich bekannt, sagte der Mann, aber dennoch wolle er noch einmal zusammenfassen, was Johannes Schlaf alles eigenhändig entwickelt habe. So entspringe etwa aus seinem Genie der literarische N a t u r a l i s m u s, jene bedeutende Darstellungsform der Wirklichkeit, welche in der Folge sogar zu einem Literaturnobelpreis für Deutschland geführt habe, 1912, wenn auch nicht für den Meister selbst, so immerhin für einen seiner begabtesten Nachahmer, Gerhart Hauptmann. Und auch die Gegenströmung, der Impressionismus (und darüber hinaus die Innigkeit), sei von Johannes Schlaf für die deutsche Literatur entwickelt worden. Ebenso seien seine visionären Ansichten zum deutschen Krieg zu nennen. Johannes Schlaf. Johannes Schlaf. Die Entwicklung eines eigenständigen Weltbildes, des neo-geozentrischen, sei die jüngste, alles Bisherige krönende Schöpfung dieses ur-eigenständigen Geistes deutscher Kultur.

Bender entkam ein leises »Ssss«.

»Johannes Schlaf«, sagte der Redner.

Der Dichter erschien. Hasenhaft scheu hin und her wandernde Augen über einem eher hart und melodielos zurechtgestutzten Vollbart. Figur etwas rund, in der Hand eine Brille, knappe Bewegungen. Er hob die Hand zum Gruß.

Begeisterter Applaus begleitete seine drei Schritte hinauf zur Bühne. Das Pult stand bereit, und er zeigte mit präsentierender Geste darauf, als wäre das Pult eine Art Assistent. Der Applaus nahm ab.

Auch das bereitstehende Wasserglas wurde, wie Bender schien, von dem Dichter eigens begrüßt. Jedenfalls hob er es in die Höhe und blickte es lächelnd an, als wollte er die Reinheit des Wassers loben. Dann sah es kurz so aus, als räuspere er sich, aber man hörte keinen Laut. Es wurde still im Saal. Die Junkerschüler saßen wie unterm Weihnachtsbaum.

Der Leseabend begann mit einem Herbstblatt. Der Dichter beschrieb es eindringlich. Die Blattlinien, die Oberfläche, den plastischen Stängel. Innerhalb jedes Satzes holte er mehrmals Luft, trank auch immer wieder kleine Schlucke aus seinem Glas.

Minuten vergingen, und es ging immer noch um das Herbstblatt.

Als dieses gegen Ende der Erzählung, gründlich durchbeschrieben, auf einem Tisch liegt, greift der Held zu einem Vergrößerungsglas: »Ich lange mir das Vergrößerungsglas her, tu' einen Blick in dies feinste Gewirr. Moleküle, Atome, Elektronen, in nicht auszulotenden Tiefen von Kleinheit unsäglich lebendigste, wimmelnd unmeßbar schnell kreisende ...«

Schlaf machte eine Pause.

»... immer je eine feinste Mitte umkreisende Regung kleinster Systeme winzigster Körperlichkeit; Farbe, Form, Saft, Materie hinübervergehend ins Gewimmel immateriell minimal zwiepolar in sich zusammengekugelter Kraft.«

Die rechte Hand war während dieser Zeilen immer höher gestiegen. Nun schwebte sie neben seinen Augen.

»Ich halte ein«, las er. »Was hab' ich gesagt, bezeichnet?«

Die Hand stieg noch höher. Der Dichter blickte im Saal umher.

»Nichts.«

Aaah, hörte Bender ringsum.

»Und sehr viel, unermeßlichstes«, las der Dichter mit festerer Stimme. »Doch ewiges Gerüst, deutliche, tragende Achse, in sich geformt geschlossene Unendlichkeit!«

Die Raketenbahn der Hand war an ihrem höchsten Punkt angekommen, nun fiel sie. Das Publikum applaudierte. Die nächste Geschichte begann.

»Trost im Grauen«, sagte der Dichter.

Aber es war nur der Titel der nächsten Erzählung.

Auch sie erwies sich als äußerst kurz – und handelte wieder von einem Herbstblatt.

»Ein trostlos sackgrauer Wintervormittagshimmel, von dem schneidend feuchtkalt ein dichtes Flockengewimmel auf ein weiteingeschneites, matschiges Gelände herniederschwirrt. Am kahlen Waldsaum schreit' ich hin, seh' plötzlich im schlammigen Schnee etwas Kleines, Graues daliegen. Ich bücke mich, heb' es auf.«

Niemand protestierte.

Zweimal dasselbe. Bender war verblüfft. Wann kam endlich das neue Weltbild?

»Wie aus feinstem, altsilbergrauem Filigrangeflecht ein völlig ausgelaugtes Blatt«, las der Dichter. Er neigte sich zur Seite, um zu husten. »Ich halt' es vor mir hin, betracht' es lange ... Hier hab' ich etwas, hab' ich das, was keine Feuchte löste, kein Frost zernagte, fester als Diamant das kristallklare Gewehr.«

Gewehr?

Man applaudierte.

Warum Gewehr? Ein kristallklares …? Bender nutzte das Geklatsche, um Paquet seine Frage ins Ohr zu sprechen. Der antwortete, der alte Mann meine bestimmt *Gewähr*, und Bender gefiel es ungemein, dass Paquet *alter Mann* gesagt hatte, er lachte und hätte um ein Haar eine junge Dame links von sich mit dem Ellbogen angestoßen.

In der nächsten Geschichte ging es um Herbstzeitlose. Das Wort *Grummeternte* fiel gleich im ersten Satz.

Bender wusste nicht, wohin mit seinen Händen. Er spielte mit dem Gedanken, laut zu niesen und darin ein Wort zu verstecken, etwa den Namen Nietzsches (»Nietzschää!«) oder, schon etwas schwieriger in der Ausführung, den Namen Hindenburgs.

Aber nein, nein. Erst recht nicht mit den ganzen Junkerschülern da vorne. Besser, man hörte weiter still zu. Amokneigung niederkämpfen. Gelegentlich versteckte sich die Weisheit eines Weltbildes ja auch im Kleinen, Einfältigen. Vielleicht kam noch etwas.

Im nächsten Text ging es um den Krieg. Der Gott-Sohn würde kommen und die siegreichen Rassen, einem trockenen Herbstblatte gleich, aus der Welt blasen. Wieder stieg die spannungsbogenbegleitende Hand in die Höhe.

Herbstblatt. Bender trommelte mit den Fingern auf seine Knie.

Der Dichter Schlaf las weiter: Europa reinige sich durch den Krieg. Die Menschheit sei nicht die Krankheit. Die Krankheit sei die Vermischung der Menschen. Diese werde nun überwunden.

Blutkörperchen wurden beschrieben, und auch hier blickte der Held der Erzählung wieder durch ein Vergrößerungsglas. »Fort mit dem greisen Herbstblatt, der Fäulnis, fort aus Europa!«

Es war verwirrend. Waren nicht alle gerade entschieden *für* Herbstblätter gewesen?

Johannes Schlafs Erkundung des Krieges als heilsge-
schichtliche Notwendigkeit erwies sich als mehrstufiger
Prozess. Draußen ging derweil die Sonne unter. Bender entdeckte einen Lichtfleck an der Wand, der von der schräg ein-
fallenden Sonne kam, und als er seinen Kopf hin und her bewegte, verschwand der Fleck und tauchte wieder auf, und
Bender freute sich diebisch, zumindest diesen kleinen Trost
des Nachmittags, diesen kleinen, edlen Lichtfleck, steuern
zu können, ihn abwechselnd auf seinem Hinterkopf zu tragen und abgleiten zu lassen.

Nach gut einer Stunde kam der Dichter endlich zur
Hauptsache. Es war eine beeindruckend schmale Schrift, im
Grunde eine Broschüre, die er in die Höhe hielt. Er dankte
dem in Berlin ansässigen Dion-Verlag für den unerschütter-
lichen Mut zur Verbreitung der Wahrheit.

Ein wichtiges astronomisches Problem und seine Lösung.
Er las das Werk zur Gänze vor.

Und hier das Sonderbare: Bender konnte ihm folgen,
Zeile für Zeile. Er hatte Zweifel, ob der Rest der Anwesenden mit all den darin vorausgesetzten Konzepten ebenso
vertraut sein konnte wie er. Es ging um das Problem der Mas-
severteilung im Raum. Dafür wurde gleich zu Beginn Kant
widerlegt, vor allem dessen Satz: »In der jetzigen Verfassung
des Raumes, darin die Kugeln der ganzen Planetenwelt um-
laufen, ist keinerlei materialische Ursache vorhanden, die
ihre Bewegungen eindrücken oder richten könnte.« Bender
nickte mit. Auch er selbst hatte schon Kant widerlegt.

Nun wurde das Problem der Sonnenflecken beschrieben.
Veränderten sich an dieser Stelle die Gesichter der Zuhörerschaft im Saal? Nicht im Geringsten. Sonnenflecken spielten dem kopernikanischen Weltbild nur *scheinbar* in die
Hände, erklärte der Dichter und musste dabei, zum ersten
Mal in der Vorlesung, selbst lachen. Seine taktgebende Hand
ruhte neben dem Wasserglas. Als Nächstes kümmerte er sich

um das Rätsel der kosmischen Ausdehnung, das heißt um die Frage, ob das Universum endlich oder unendlich sei. Schon der eben widerlegte Kant habe sich bekanntlich die Zähne an dieser Frage ausgebissen. Es könne nicht beides wahr sein, habe er behauptet, aber jedem vernünftigen Menschen komme natürlich der eine wie der andere Fall gleichermaßen absurd vor. Ein endliches Universum – ja was sei dann außerhalb? Ein unendliches Universum – ja wie werde das dann zusammengehalten? Keinerlei Kraft könne auf ein Unendliches einwirken, sondern müsste darin immer notwendigerweise auf null herunterschrumpfen.

Damit war Kant ein zweites Mal innerhalb weniger Minuten widerlegt. Bender begann sich wohlzufühlen. Der alte Mann war doch so dumm nicht! Johannes Schlaf kam nun, ohne Umschweife, auf seine Lösung der Ausdehnungsfrage.

»Also: die kosmische Ausdehnung ist nicht unendlich, sondern in sich geschlossen endlich. Daraus ergibt sich aber ohne weiteres, dass sie punktuell, also Punkt, ist. Denn die Frage danach, was sich um das geschlossene Allsphäroid herum befände, konnte sich, da sich mit ihm alles was Ausdehnung erschöpft, einzig dahin beantworten, dass es vom Ausdehnungslosen, dem Punkt selbst, umgeben sei; oder dass es sich im Ausdehnungslosen, also im Punkt, befände. Und damit sagt sich unmittelbar, dass die Allwelt Punkt ist.«

Stieg da wieder ein wenig die Hand? Ja. Aber sie sank gleich wieder. Noch war der Hügel der Argumentation nicht erstiegen.

»So kann denn aber das unmittelbar gegebene Leben«, las der Dichter, »keinen anderen Bezug mehr haben als den absoluten Punkt. Und so ist es eine absolut ausdehnungslose, punktuelle, sich ansichselbstlebende Seinswesenheit.«

Hand etwas weiter oben.

»Und es kann der Kosmos mit seinen Gebilden und Vorgängen nichts anderes sein als Was? und Wie?«

Die Hand entfaltete sich zu einer sanften Krallgebärde. Gebannte Blicke ringsum.

Aber der Dichter hatte die Zeile verloren.

Er fand sie schnell wieder, allerdings war die musikalische Gesamtgestalt des Augenblicks dahin.

»Punktualität«, schloss er. »Es besteht Dimensionalität also nicht außer und neben dem absoluten Punkt-Sein, sondern einzig in solcher Hinsicht.«

Die nun folgende Redepause erlaubte Applaus.

Wir sind – das Universum ist – *ausdehnungslos*? Bender wollte am liebsten aufspringen und brüllen. Aber wir sind doch hier, dehnen uns räumlich aus! Wie sollen wir da null sein, ein einzelner Punkt im Raum? Oder ist beides irgendwie zugleich möglich, sowohl räumlich zu existieren als auch im *Inneren* eines von außen vollkommen dimensionslosen Punktes? Dies vermischte sich mit der Erinnerung an ein altes Märchen, wo es riesige Paläste im Inneren einer Nähnadel gab. Das Universum nach Johannes Schlaf war nicht nur endlich, es war in gewissem Sinne überhaupt nicht, es war ein idealer Punkt, eine Null, und in der Null ging nun all das vor sich, selbst die *Erkenntnis, dass es null war,* und die Kindheit und der große Krieg und die baldige Hochzeit des Sohnes, und Sonnleithner und die Nibelungen und die wunderschönen schwangeren Frauen im Sommer, und Martin Luther und die Toten von Kielce, und die Entdeckung Amerikas und der erste Raketenflug im Magdeburger Umland. Bender betrachtete seine Hände. Alles null, dachte er. Alles ausdehnungslos, alles ohne Sinn, ohne Berechtigung. Wenn man null addierte, dann blieb das Ergebnis unverändert. Oder man multipliziert etwas mit der ganzen Welt, so wie in der Liebe, dann ist das Ergebnis wieder null. – Die Welt konnte also, im Augapfel dieses oder jenes Menschen getragen, jederzeit einfach verschwinden! Das Universum hatte innen Ausdehnung, aber außen nicht. Ja, von außen betrachtet ist da vielleicht gar nicht eine schwebende Kugel neben anderen, sondern eben gar nichts, nur die Pause zwischen zwei Gedanken. Und wir können von hier nach Australien reisen. Wahnsinnig!

Paquet konnte ihn kaum beruhigen. Auf der Straße wollte Bender alle paar Meter stehen bleiben und schreiend argumentieren. Es sei doch nur Literatur gewesen, sagte Paquet. Erschreckend übrigens die Stellen über den Krieg. So mitleidlos. Aber Bender ging darauf nicht ein. Das Ausdehnungslose erfüllte seine Gedanken, ließ ihn nicht los. Um den Freund ein wenig auf den Boden der Realität zurückzuholen, fragte Paquet, ob Bender Unterstützung brauche. Aber da blieb dieser stehen. Eine Hand auf der Schädelnaht. Er rieb auf ihr kräftig hin und her, entschuldigte sich. Er habe es jetzt, ja, er sehe die Lösung. Was sei außerhalb des Erdenrunds? Man konnte zu graben *beginnen*, aber der Menschheit sei es bislang nicht gelungen, durch Bohrungen, egal wie tief, irgendetwas zu *erreichen*. Es komme nur immer weiter Gestein, verschiedenster Art und Temperatur. Es sei wie mit einem Kind, das immerfort fragt *Aber warum* – und man muss in immer allgemeineren Bahnen antworten, in sich immer weiter ins Abstrakte schraubenden Kategorien. Aber da die Erde, das heißt das Erdmaterial, etwas real Vorhandenes war, falle es den Menschen nicht auf, dass sie Theologie betrieben, wenn sie ihre Bohrmaschinen und Schaufelvorrichtungen nach unten kehrten. Tunnel gebe es freilich. Schächte, Gruben, Minen, das alles gebe es. Man könne sogar hineinkriechen, wenn einem danach war. Aber das Hineinkriechen sei eben keine Vor-Form des Durchschlüpfens auf der anderen Seite, hinein ins Unvorstellbare, ins Göttliche, ins Andere. Es sei mehr vergleichbar mit einem Ahnungslosen, der einfach so, weil ihm diese Gestalt zusagt, ein Holzkreuz schnitzt. Nähert er sich dem

Mysterium der Kreuzigung an? Oder sagen wir, ein Flugzeug hebt irgendwo ab. Ist Fliegen denn bloß schnelleres Rollen? Ist es aus dem Vorgang des Rollens linear und übergangslos ableitbar? Nein! Außerhalb unseres Erdenrunds ist tatsächlich *nichts*, nur eben ewig weitergehender Fels, keine Durchbruchsstellen und dahinter andere Universen in ihrem jeweiligen Ei. Genau das werde mathematisch durch Johannes Schlafs Null-Ausdehnung ausgedrückt!

»Ja und was er über den Krieg schreibt«, begann Paquet, »das war ja noch viel –«

Bender unterbrach ihn: Wenn etwas unendlich Dickes etwas Endliches enthalte und einschließe, dann sei diese innere Blase abrundbar auf null! Also sei sie dasselbe wie null, im Verhältnis zum Unendlichen. »Der Umfang der bewohnten Welt und Erde ist null«, sagte Bender. »Wirklich null. Ich glaube, ich muss mich kurz setzen.«

Paquet eilte ihm zu Hilfe, stützte ihn und half ihm von der Straße auf.

DEAR PETER ROCK BENDER

Lieber Peter Rock Bender!

Bitte erlaube mir, Dich so zu nennen! Petrus, das ist lateinisch *the rock*. Es scheint, als wäre es die passende Bezeichnung, haha. Auch liebe Grüße von Bertie, die sich heute früher als sonst hinlegen musste, weil ihr die aufgeladene Erdatmosphäre auf der Seele lastet. Das Elektrizitätsnetz wird in der Stadt ausgebaut, und der molekulare Lärm, der dabei entsteht, ist schlicht und einfach atemberaubend. Ich weiß nicht, wie sie das aushält! Sie bestimmt üblicherweise, wie ich die Briefe beginne (wir teilen derlei Entscheidungen gleichberechtigt untereinander auf!!), aber heute musste ich allein entscheiden.

Meine vielen sich stauenden Briefe überfordern Dich hoffentlich nicht. Es ist eine solche Wohltat, mit jemandem in Verbindung zu stehen, der sich im fernen Deutschland um das Ansehen unseres großen Koresh kümmert.

Ich hoffe immer noch, Dich bald als Gastredner in der Koreshan Unity begrüßen zu dürfen! Momentan sieht es nicht danach aus, als würden sich die Beziehungen zwischen den USA und Deutschland ernsthaft verdüstern. Roosevelt bewahrt seine Standhaftigkeit gegenüber der Churchill'schen Blutlust.

Dein jüngstes Gemeindemitglied, Hedwig, klingt ausgesprochen interessant! Erst seit einem Jahr mit ihr bekannt und schon General-Assistentin? Wie hast Du es in so kurzer Zeit fertiggebracht, sie zu unterwerfen? War sie von Anfang an für die Quadrat-Theorie der Geschlechter empfänglich, *or did she need some convincing?* Jedenfalls spricht eine außerordentliche Geisteskraft aus Deiner Fähigkeit, die Wahrheit in die Menschen zu streuen.

Beigefügt findest Du meine Berechnungen zum Seelenalter.

Ever your peaceful
and loving
HARRY MANLEY

»In den letzten zwei Wochen haben wir uns ganze zwei Mal gesehen! Was bin ich für dich?«

»Wie?«

»Warum kommst du jetzt zu mir? Warum lässt du mich so lang allein?«

»Aber Hedwig, was soll denn das ...«

»Ich hatte solche Angst! Ich will das nicht mehr. Sie schlagen mir sogar schon tagsüber die Scheiben ein. Und laufen nicht einmal fort, sondern gehen. Gehen! Blicken sich dabei um. Und ich bekomme keine neuen geliefert. Und tote Ratten werfen sie –«

»Ja, scheußlich.«

»Und du schleichst dich einmal in der Woche in die Schule und wieder hinaus, ohne mich zu sehen. Was soll das? Warum meidest du mich?«

»Ich meide dich doch nicht.«

»Bin ich dir so peinlich?«

»Aber nein, nein ...«

Bender schüttelte den Kopf über ihre Vorwürfe.

Hedwig klaubte sich ein Haar aus dem Mund.

»Aber es wird ohnehin nicht mehr lange gehen«, sagte sie. »Sie warten jetzt nicht einmal mehr, bis die Mädchen Ausreisepapiere haben. Sie deportieren sie einfach so.«

»Ach«, sagte Bender.

»Ich werde jedenfalls nicht warten«, sagte Hedwig, »bis sie mich holen. Ich wollte es dir gar nicht sagen, aber ich habe die Ausreise gebucht. Am 4., nach New York. Falls Amerika vorher zumacht, versuche ich Kuba. Die Visa waren teuer. Ich kann dir kein Gehalt mehr bezahlen. Ich nehme an, du verstehst.«

Bender war tief enttäuscht. Nicht wegen des Geldes. Ausreise! Normalerweise war es immer so schön mit Hedwig. Und jetzt das. Noch bis vor zwei Tagen lernte sie von ihm ein wenig Geometrie, und dann ließ sie ihn tief in ihren Rachen. Da wurde es dann ganz still im Zimmer, und er durfte sie loben und spürte beim tieferen Eindringen den Beginn des rau gerillten Schlunds, den seitlichen Schleusendruck der Backenzähne, und ihre Nase drückte gegen seine Bauchhaut, es war völlig verrückt. Dieses Wunder würde ihm gewiss noch einfallen, wenn er dereinst, uralt und verwirrt, irgendwo im Sterben lag. Und wenn sie fertig waren, bewegte man sich immer so angenehm betäubt durch ihre Räume, wie am ersten Tag fieberfrei, ganz knieweich und zittrig, und alle glatten Dingoberflächen waren ein Fest für die Finger. Aber nun diese plötzliche Aktion. Nach Amerika!

Er wollte etwas sagen, aber Hedwig unterbrach ihn.

»Ich halte es hier drinnen nicht aus«, sagte sie. »Komm, gehen wir vor die Tür. Ich muss einkaufen.«

Sie lief aus dem Zimmer. Er hörte sie rascheln. Sie suchte ihre Kennkarte, sie ging nie ohne aus dem Haus. Eine Weile betrachtete Bender den Hinterkopf ihrer Leselampe, aber dieser war nicht Hedwigs Hinterkopf, und er hasste die Lampe dafür. Er stand auf, schaltete sie ein, und sie glühte blöd vor sich hin. In ihrem Lichtkreis erschien eine Fruchtfliege.

Als Hedwig zurückkam, fiel ihm ein Bluterguss auf ihrem Schenkel auf. Hatte er ihr den zugefügt?

»Was ist denn das?«, fragte er.

»Was?«

»Da.« Er deutete auf die Stelle. Ein dunkelgrün-bräunlicher Hautfleck, fast die alte Weltkriegsfarbe. Der Fleck sah wütend aus.

»Willst du nicht wissen«, sagte Hedwig.

»Hedwig ...«

»Komm, gehen wir. Mir fällt hier die Decke auf den Kopf.«

»Aber es regnet!«

Sie reichte ihm einen Schirm.

»Sieht dich schon keiner«, sagte sie.

Der Opernplatz sah im Sturmwetter räudig aus. Regennass flatternde Hakenkreuzfahnen und Baumgirlanden. Überall SS, in Ölzeug, mit Thermoskannen. Der Zugang zur Bockenheimer Landstraße war abgeriegelt. Vor der Absperrung stand ein junger SS-Mann: Waffe am Gürtel, Fettwangen, Blick. Hedwig trat vor ihn hin und bat um Auskunft. Dem Jungen fiel, als er ihr antwortete, ein Malzbonbon aus dem Mund, und er klaubte es sich, mit plötzlich sehr ernstem Gesicht, von der Uniform und steckte es in den Mund zurück. Da hatte er auf einmal seine Meinung geändert und weigerte sich, den Grund für die Absperrung zu nennen, man solle nicht so dumm fragen. Er wedelte sie mit der Hand fort. »Weitergehen.«

Hedwig hatte vor Wut ganz kleine Augen bekommen. Bender drängte sie behutsam weiter. Da prallte neben ihnen, grau vermummte Kapuzengestalt im Regen, ein Radfahrer gegen dasselbe Hindernis und erhielt, auf Nachfrage, eine ähnlich raue Abfuhr. Der Mann beschwerte sich, und der SS-Mann konterte mit der Drohung, der Herr möge sein Maul nicht zu weit aufmachen, heute sei nicht der Tag für große Einzelschicksale. Als der Radfahrer sich schnaubend umwandte, erkannte ihn Bender. Es war Paquet.

Schnell schüttelte er Hedwigs untergehakten Arm ab. Er senkte den Kopf und rückte, um nicht erkannt zu werden, seinen Hut hin und her. Das Gefühl des durchnässten Stoffs auf der Kopfhaut.

Aber es war zu spät, Paquet musste ihn gesehen haben. Also ließ Bender den Hut los und hob seinen Blick zum unvermeidlichen Gruß.

Das Fahrrad, auf dem Paquet saß, schwebte.

Das Hinterrad drehte sich, aber es fuhr nicht. Es stand auf der Stelle, und ringsum glitzerten alle Oberflächen im Regen, als hätte man die Zeit angehalten. Paquets Gesicht war abgewandt, nach hinten. Da stand der SS-Mann. Er hielt das Rad mitsamt dem Gewicht des Fahrers scheinbar mühelos in die Höhe. Wie ein Gewichtheber, breitbeinig, und er grinste dabei nicht einmal, sondern zeigte einen vollkommen neutralen Ausdruck. Nun verlor Paquet die Balance und musste sich mit dem Fuß abstützen. Der SS-Mann ließ das Rad los, worauf es seitlich wegrutschte und zu Boden krachte. Paquet sprang fluchend zur Seite. Er erhielt einen Tritt. Als er sein Fahrrad aufheben wollte, erhielt er einen zweiten, festeren. Da ließ er es sein und ging zu Fuß weiter.

Bender nutzte den Augenblick, um Hedwig in die andere Richtung zu drehen und wegzuführen, was schwierig war, da sie sich in eine riesige Magnetnadel verwandelt hatte, die streng auf die Szene der Ungerechtigkeit gerichtet bleiben wollte. In diesem Augenblick streifte ihn ein erkennender Blick Paquets. Wieder ließ er Hedwig los. Aber Paquet nickte nur knapp und hob die Hand zum Gruß. Bender winkte ihm und schaffte es endlich, Hedwig fortzuziehen, in eine Seitengasse. Dort ließ er sich von ihr die himmelschreiende Ungerechtigkeit der eben erlebten Szene nacherzählen, und er nickte viel und stimmte ihr zu. Aber er konnte ihr kaum folgen, denn alles wurde von der Erkenntnis überdröhnt, dass sie es tatsächlich ernst meinte, dass sie Deutschland verlassen würde, obwohl *er* hier lebte und wirkte. In Deutschland. Sie hatte ihn unterworfen. Und er war völlig machtlos.

EIN WIEDERSEHEN

In den Nächten besuchte ihn nun oft ein Propeller. Der begann sich, wenn es ganz still war, in seiner Brust zu drehen, und dann, wenn er dagegen nichts unternahm und allzu lange starr in der ausdehnungslosen Dunkelheit lag, verfiel der Propeller in unerhörtes Brausen, wie kurz vor dem Start. Wie soll man von all den Dingen erzählen, die innerhalb der eigenen Körpergrenzen vor sich gehen, außer Reichweite für Gott und die Menschen? – Bender stand auf, zog sich in seinen Arbeitswinkel zurück und schrieb einen Brief nach Florida. Wenn gar nichts mehr half, wirkte zumindest das. Sich die ferne, ideale Kommune vorzustellen, die da in Estero gewachsen war. Bender nahm sich vor, Harry Manley um die Schilderung der genauen Todesumständen von Meister Cyrus Teed zu bitten. Es gab darüber widersprüchliche Berichte. Wenn Manley in einem Brief eine Frage an ihn stellte, zögerte Bender die Beantwortung oft lange genüsslich hinaus. Aber im Augenblick gab es leider keine brennenden Fragen zu beantworten. Bender beschloss, einige Fragen zu erfinden. *Concerning your question of your last letter.* Oder *in your last letter*? Man müsste Charlotte fragen. Aber die schlief. Dann fiel ihm wieder ein, warum das Leben keinen Sinn mehr hatte: Hedwig wollte ihn verlassen. Deutschland und ihn. Obwohl er hier.

Er begann, Diagramme der Quadraturtheorie der Geschlechter zu zeichnen. Nach einer Weile fiel ihm auf, dass sie alle wie Hakenkreuze aussahen, und er strich die Zeichnungen durch und begann von vorn. Mein Gott, ihm war so elend, es gab keine Worte dafür.

Er berichtete Harry Manley probeweise von seinen Kindern. Vielleicht würde das seine Stimmung heben. Im Nachdenken über Hedwig und ihre baldige Ausreise hatte ihn eine brennende Sehnsucht nach der Vergangenheit befallen. Er sah den kleinen Gerd vor sich, sechsjährig, die Augen kugelrund vor Unternehmungslust, er lief durch den Garten. Oder damals, als der Junge seinen allerersten Heliumballon gesehen hatte und dann für einige Stunden mit Fanatikeraugen herumgerannt war. Immer wieder blickte er sich um, ob die Erscheinung am Himmel vielleicht zurückkehrte. Oder Ria beim Steinesammeln, jeder kam ihr kostbar vor, jeder wanderte in die Tasche, und dann der Moment, als sie am nächsten Tag wieder an dieselbe Stelle zurückkehrten – und das Mädchen vor lauter Sammellust sofort friedlich und gleichmäßig zu schnaufen begann. Oder wie er ihr beibrachte, in die Schaumkrone eines Glases Bier mit gespitzten Lippen Muster zu pusten! Und dann der Heimweg, gemeinsam, sie auf seinen Schultern, so hoch, so weit oben wie später nie wieder, und der abendliche Mond hatte eine herrliche Landschaft unter sich ausgebreitet.

Nein, das ging auch nicht. Bender strich alles durch. Koreshianer lebten im Zölibat, also musste man vorsichtig mit Beschwörungen von Kindesglück sein. Harry Manley hatte ja während des ganzen letzten Jahres immer wieder leise darüber geklagt, dass ihre Gemeinde langsam aussterbe. Überaltert, keine Neuzugänge. Anfeindungen in der Presse. Kleinkriege mit der Post.

Charlotte bewegte sich im Bett. Sie hob den Kopf.

»Alles gut«, flüsterte Bender. Aber sie stand bereits auf.

»Ich bin schon lange wach«, sagte sie. »Was machst du?«

Er ging zu ihr, setzte sich neben sie, nahm ihre Hand.

»Ich bin so unruhig«, sagte sie. »Vielleicht sollte ich lieber nicht gehen?«

»Na, na, es ist doch ausgemacht.«

»Aber man wird das Ergebnis sehen«, sagte Charlotte. Sie deutete auf ihren Kopf, ihre Haare.

»Bestimmt siehst du wunderschön aus.«

»Meinst du?«

»Viel schöner als bei einem echten Friseur.«

Charlotte wirkte nicht recht überzeugt.

»Kannst du mich vielleicht begleiten?«, fragte sie.

Annika Bell war die Mutter von Charlottes Sprachschülerin Therese. Sie war die Frau eines englisch-schwedischen Geschäftsmanns. Wohlhabendes Haus, musisch erzogene Kinder, Verbindungen zur Diplomatie. Charlotte hatte ihr von der bevorstehenden Hochzeit ihres Sohnes erzählt, und Frau Bell war es seither eine Freude, Charlotte allerlei kleine Geschenke zu machen. Sie wusste über alle gegen die jüdische Bevölkerung ausgesprochenen Betretungs- und Handelsverbote sehr genau Bescheid, oft sogar Tage bevor ein entsprechender Erlass öffentlich wurde. Als den Juden das Halten von Haustieren untersagt wurde, brachte sie, kaum war Thereses Unterrichtsstunde um, den Labrador der Familie in den Raum und lud Charlotte dazu ein, ihn nach Herzenslust zu streicheln, er sei ganz lieb, ganz zutraulich. Und nun die Sache mit der Frisur.

Die Verordnung vom 27. März hatte für Juden in Frankfurt den Besuch des Friseurs auf die »Morgenstunden bis 9 Uhr« beschränkt. Und für zwei oder drei Wochen nach der Verordnung öffneten viele Friseurläden tatsächlich noch vor neun Uhr, manche sogar um sieben. Nun aber war es Ende Juli, und die Öffnungszeiten hatten sich geändert. Dazu kam noch, dass man das Geld der Familie Bell dringend brauchte. Charlotte wollte die gute Frau nicht verärgern. »Bring es eben hinter dich«, sagte Bender. »Sie meint es ja gut.« Er hielt seine Frau an der Hand. Neuerdings blickte sie beim Gehen immer zu Boden, und er musste sie vor Kollisionen mit Laternenstangen und mit Passanten bewahren.

Bender lieferte sie vor dem Haus ab, ging aber selbst nicht

mit hinein. Er werde in einem Café in der Nähe warten, sagte er, in einer Stunde sei er wieder hier. Charlotte schritt langsam zur Tür. Sie blickte sich noch einmal um. Jetzt schämt sie sich, sagte er sich, aber wenn sie dann hübsch gemacht ist, wird sie sich trotz allem freuen. Und wenn Frau Bell ihr eine ganz hässliche Frisur verpasste, nun, dann würde sie sich eben eine Kapuze umbinden, so wie jene magische, damals, im schönsten Lazarettjahr seines Lebens.

Aber nach wenigen Schritten packte ihn die Angst. Er drehte um. Ein dringendes Bedürfnis, Charlotte aus diesem Haus zu retten, in Sicherheit zu bringen! Nein. Nein. Er musste sich beruhigen. Er lehnte sich gegen eine Mauer, schüttelte die Handgelenke aus. Jetzt normal atmen versuchen. Kündigte sich ein Anfall an? Nein, das haltlose Schädelgefühl war nicht da. Dann wahrscheinlich nur gewöhnliche Panik. Aber Charlotte musste unbedingt fort, raus aus diesem Gebäude! Es war in dunklen Farben gestrichen und bestand aus Mauern, Fenstern, angedeuteten Vorhängen. Es war entsetzlich.

Um nicht verdächtig zu wirken, nahm er sich zusammen und ging weiter, mainwärts, wo er einige Cafés kannte. Jetzt dort ein wenig ausruhen. Nichts essen, nur ein wenig lesen und warten. Jetzt normal atmen, langsam ein und noch langsamer aus. Und nicht zu weit weggehen. Aber auf jeden Fall außer Sichtweite. Englisch-schwedische Kaufmannsfamilie. Was wollte die noch hier, in Deutschland?

Nun verschwanden Teile seines Gesichtsfelds. Ganz links fehlte ein kreisrundes Gebiet. Und auch in der Mitte verwischte das Bild. Bender blinzelte und versuchte, seitlich an den Sehstörungen vorbeizublicken, was freilich unmöglich war. Wenn Charlotte nur hier wäre, die könnte mich beruhigen, die könnte mir helfen! Aber sie hat einen Termin, sagte er sich. Sie hat. Einen wichtigen. Termin. Hat sie.

Er fand ein Café, wo man im Freien sitzen konnte. Er

setzte sich an einen der Tische. Dummerweise war die Menükarte in einer unentzifferbaren Märchenschrift gedruckt. Ein Kellner trat heran. Es war ein hagerer, innerlich verklebt wirkender Junge, die allergefährlichste Sorte, also drehte Bender schnell die Karte um, sodass man ihm seine Verwirrung nicht ansah.

Ob der Herr schon gewählt habe?

In der Tat, Kaffee bitte. Der Kellner blieb stehen. Der Herr möge wissen, dass es eine neue Marke gebe, *Olympia*. Viel besser als Kaffee. Bender dankte, nein, lieber gewöhnlichen Kaffee. Der Kellner schien enttäuscht, war aber fürs Erste besiegt. Bender wischte seine schweißnassen Handflächen am Hosenstoff ab. Nun, da dieser Angriff überstanden war, konnte er endlich ein wenig ausruhen. Er ließ den Oberkörper gegen die Stuhllehne fallen, sackte zusammen, so war es gut.

Als ihn jemand an der Schulter berührte, erschrak er kaum. Hatte er geschlafen? Nein, wohl nicht. Noch war sein Kaffee nicht gekommen. Was war passiert? Vor ihm stand eine Person im Gegenlicht, riesengroß. Er entschuldigte sich leise, beschirmte die Augen, um besser sehen zu können.

»Peter?«

Else stand vor ihm. Er begriff, streckte ihr sofort die Hand hin, entschuldigte sich, zog die Hand wieder zurück und bot ihr stattdessen, ungeschickt vom Sitzen aus, eine Umarmung an, aber sie prallte vor all seinen Gesten zurück, legte sich eine Hand vor den Mund, aber sie verdeckte, wie er gleich sah, damit bloß ein Lachen. Schließlich gaben sie einander die Hand. Else ordnete ihre Stirnlocken.

Sie setzte sich an seinen Tisch.

»Sowas«, sagte sie. »Entschuldige. Erwartest du jemanden?«

Von ihrem österreichischen Akzent war nicht eine Spur mehr zu hören.

»Nein, nein«, sagte Bender. »Nur zu, nein, nein …«

Was er denn hier mache?

Er wohne hier, erklärte Bender. Seit drei, oder waren es vier …? Welches Jahr haben wir denn? Er lachte.

»Mit Familie?«

»Ja«, sagte Bender. »Natürlich mit. Natürlich. Ich meine …«

Er schüttelte den Kopf. Ihm fielen nur entschuldigende Gesten ein. Seine Finger betasteten den Tischrand, als gelte es, dessen exakten Umfang zu bestimmen.

Der Kellner hatte die Verwandlung an Tisch 7 bemerkt und trat näher.

»Das Fräulein?«, fragte er.

»Bestellen wir doch etwas Schönes!«, schlug Bender vor. Else stimmte ihm zu.

Aber Limonade gab es keine. Sie einigten sich auf Wasser.

Der Kellner hatte die Bestellung notiert, aber blieb noch einen Herzschlag lang vor ihnen stehen. Sie blickten zu ihm hoch, beide vermutlich mit demselben Ausdruck im Gesicht, dann ging er endlich fort.

»Limonade«, wiederholte Else. »Gibt es das noch irgendwo?«

»Nein, nein«, nickte Bender. »Es fiel mir nur so ein.«

Else berichtete, sie sei nach dem Anschluss eine Weile zurück nach Wien gegangen, aber nun glücklicherweise wieder hier. Besser bezahlte Arbeit für Gerichtsstenografinnen. Bender staunte über den Berufswechsel. Er lobte ihren Mut. Ob das nicht sehr schwer zu erlernen gewesen sei, so spät im Leben?

»Nettes Kompliment«, sagte Else.

»Nein, nein«, sagte er. »So meinte ich das nicht …«

»Sind schwierige Zeiten. Da muss man schnell lernen.«

»Natürlich, natürlich.«

Sie schwiegen eine Weile. Die Gläser wurden gebracht.

Wo war eigentlich sein Kaffee geblieben? Gab es vielleicht gar keinen mehr, so wie neuerdings überall alles fehlte? Oder hatte er ihn bereits getrunken, bezahlt und danach vollkommen vergessen? Wie spät war es?

»Also mit Familie hier«, fasste Else zusammen.

»Jaja, immer noch. Und bei dir? Also, ich meine …«

Else schüttelte den Kopf.

»Keine Zeit für sowas.«

»Ach so, ja, natürlich.«

»Aber alleine leben tut mir ganz gut.«

»Und dein Bruder?«

Else nickte, als hätte sie diese Frage erwartet.

»Der ist nicht mehr unter uns.«

»Nein!« Benders Hände rutschten von der Tischplatte. »Das tut mir leid. Was ist passiert?«

»Lungenentzündung. Im Heim.«

»Schrecklich.«

»Er hat nicht gelitten.« Und sie nieste.

Sogar ihr Niesen ist viel leiser geworden, dachte Bender. Nicht nur ihr Lachen. Ganz nach innen gerichtet. Aber der arme Bruno! Lungenentzündung. In seinem Alter? Mein Gott. – Else fragte ihn weiter nach seinem Leben, seiner Arbeit, und er gab Auskunft. Nein, keine Kinder mehr dazugekommen, aber die zwei ursprünglichen, ja, die gebe es natürlich noch, Gerd und Ria, beide nun schon fast erwachsen. Gerd bald Hochzeit. Ria in London.

»London?« Else blickte angewidert.

»Au pair.«

»Aha.«

»Sie schickt Briefe.«

»Und deine Frau? Wie hält die sich?«

Bender antwortete nicht. Stattdessen sagte er: »Jedenfalls schön, dass du so gut gelandet bist in diesen Zeiten.«

Else lehnte sich zurück.

»Ja«, sagte sie. »Verglichen mit manchen.«

Dann fiel ihr offenbar etwas ungeheuer Witziges ein, und sie lachte und hielt sich dabei wieder die Hand vor den Mund. Auch das eine neue Angewohnheit, vermutlich im Gericht erlernt.

»Entschuldigung«, sagte sie. »Es ist nur so witzig.«

Dann erklärte Else, es sei schon spät, sie werde nun gehen. Aber es sei sehr schön gewesen. Was das Leben doch für Überraschungen bereithielt.

Als sie nach ihrer Handtasche griff, sagte Bender: »Lass nur, ich lade dich ein.«

Sie bedankte sich.

Dann stand sie vor ihm, hochragende Gestalt, offener Mantel. Sie holte etwas aus ihrer Tasche. Sie bückte sich, schrieb etwas auf einen Zettel, hielt es ihm hin.

»Da«, sagte sie. »Meine Nummer bei der Arbeit. Ruf mich an, wenn du dann allein dastehst.«

Er dankte ihr.

Auf dem Weg zurück zum Haus der Familie Bell wurde Elses Zettel in seiner Tasche immer größer. Bender holte das unheimliche Ding hervor und warf es schnell weg, in den Rinnstein. Dabei achtete er darauf, dass das Stück Papier mit der beschriebenen Fläche nach unten liegen blieb. Er trat darauf, drehte seinen Schuh, wie beim Ausdämpfen einer Zigarette. Dann musste er sich beeilen und begann zu laufen. Er kam gerade rechtzeitig in die Straße zurück, um seine Frau aus dem hohen, dunklen Haus treten zu sehen und sie, die nicht ein Wort hervorbringen wollte, durch eine stumme Umarmung aufzufangen.

Am Abend fasste Bender, erschüttert von den Ereignissen des Tages, einen großen Entschluss. Er schrieb an Harry Manley in Estero, er habe ihm eine Offenbarung zu machen. Lange habe er damit gewartet, nun sei die Zeit gekommen. Er sei sich natürlich im Klaren, dass die Wucht einer solchen Offenbarung zuerst vollkommen ins Leere laufen müsse, das sei der normale Lauf der Dinge. Dennoch sei er davon überzeugt, dass ein Mann wie Harry Manley über weitaus offenere Sinne und eine höhere Glaubensbereitschaft verfüge als der durchschnittliche Mensch, das durchschnittliche Gemeindemitglied. »Therefore I trust you, Harry Manley. So Trust you Me.« Bender tippte jedes Wort konzentriert und langsam in die Schreibmaschine. Er wollte nicht riskieren, in einem Brief solcher Tragweite irgendwelche nachträglichen handschriftlichen Korrekturen machen zu müssen. Nein, es musste alles wie aus einem Guss sein. Nur so würde Manley die *message* richtig einordnen.

»I AM THE TRUE REINCARNATION OF KORESH«, schrieb Bender.

Er habe es selbst lange nicht gewusst. Nur vielleicht geahnt, als Möglichkeit betastet. Aber nun gebe es keinen Zweifel mehr. Die Parallelen seien zu stark, zu deutlich da. Harry Manley habe es vielleicht auch gefühlt, da er sein, Benders, Genie immer wieder mit dem von Koresh verglichen habe. Das sei kein Zufall gewesen.

Auf den darauf folgenden fünfunddreißig Briefseiten rechnete er dem amerikanischen Jünger vor, wie es dazu hatte kommen können. Er habe inzwischen eine Botschafterin ausgewählt, eine *messenger of mine*. Hedwig Michel, die talentierte und erleuchtete junge Frau, die seit einiger Zeit ebenfalls mit ihm in der Hohlwelt lebe. Die General-Assistentin seiner Glaubensgemeinde. Sie stehe nun leider kurz davor, nach Amerika zu emigrieren. Ob Harry Manley bereit sei, sie in der Koreshan Unity zu empfangen? Und dann sie beide, Charlotte und ihn, nachkommen zu lassen?

Es sei eigentlich keine Frage, sondern eine inständige Bitte. Denn Manley möge bedenken: *Koresh himfels* – Bender bemerkte den Tippfehler, aber er ließ ihn stehen, weil er

angenehm vieldeutig lesbar war – Koresh himfels sende ihnen diese junge Frau als Zeichen seiner Wiederkehr! An ihr
werde Harry, werde jeder spirituelle Mensch seine wahre
Natur erkennen können. Selbst zu Zweifel und Flucht vor
der ehelichen Unterwerfungspflicht neigende Personen wie
Bertie würden sich diesem ZEICHEN gewiss nicht verschlie-
ßen können.

In Frau Bells Küche fiel Charlotte sofort auf, dass die Vorhänge zugezogen worden waren, ebenso in den angrenzenden Zimmern. Im Aschenbecher lag eine unvollendete Strickarbeit. Auf dem Tisch ein mit Wasser gefülltes Becken. Daneben dreierlei Scheren.

»Voilà«, sagte Annika Bell. »Betreten Sie den Salon, Madame.«

Charlotte fing nicht zu weinen an.

»Na, na«, sagte Annika. »Nicht so schüchtern. Es ist doch ein schöner Anlass.«

Sie reichte Charlotte ein Tuch. Charlotte nahm es, aber führte es nicht zum Gesicht. Sie stand da, im Türrahmen.

»Na, na«, wiederholte Annika.

Sie fasste Charlotte an der Hand und führte sie an den Küchentisch.

Charlotte staunte. Annika Bell hatte ein eigenes Schild gebastelt?

»Gefällt es dir?«

»Oh ... Sie hätten sich doch keine Mühe machen müssen.«

»Dummerchen, war doch keine Mühe! Schau, alles aus alten Zeitungen.«

Annika Bell hielt ihr das Schild hin. Charlotte drehte es ein wenig hin und her. Sie versuchte ein Lächeln. Es sah wirklich gut aus. Ein ganz moderner Schriftzug, wie aus Berlin. *Frisuren Bell.* Tatsächlich, dachte sie zerstreut, aus alten Zeitungen. Glatt gepinselt und dann – womit bestrichen? Mit Wandfarbe?

»Trinken wir erst mal was«, schlug Frau Bell vor.

Im Haus roch es nach Kaffee. Charlotte versuchte, ihre

Aufregung zu verbergen. Sollte sie darum bitten? Aber Annika schenkte ihr bereits Kirschsaft ein. Sie pries den milden Geschmack.

»Ja, wirklich sehr mild«, sagte Charlotte.

»Du hast doch noch gar nicht gekostet.«

Richtig, dachte Charlotte. Sie hielt immer noch das selbstgebastelte Friseurschild in der Hand.

»Guck doch ein bisschen fröhlicher«, schlug Frau Bell vor. »Dein Sohn verlobt sich!«

Endlich nahm sie ihr das Schild aus der Hand. Neben das Glas Kirschsaft stellte Frau Bell nun den Spiegel. Charlotte fühlte sich von all den Objekten umzingelt. Aber sie lobte Annika Bells Kücheneinrichtung. So modern, so heimelig. Und so warme Farben.

Annika fragte *die Kundin*, ob sie denn ihre Haare auch gewaschen haben wolle. »Nein, nein, das muss nicht sein«, sagte Charlotte.

Es war ein Fehler gewesen, hierherzukommen. Aber sie musste da durch. Sie konnten es sich nicht leisten, noch eine Schülerin zu verlieren.

»Probier doch von dem Kirschsaft«, mahnte Frau Bell.

Charlotte gehorchte.

Bitter, sauer, süß.

»Mmmh«, machte sie.

»Ungewöhnlich mild, nicht?«

»Sehr«, sagte Charlotte. Das brachte Frau Bell zum Lachen, und auch Charlotte lachte ein wenig mit, sie musste sich gar nicht zwingen. Warum nicht gleich Alkohol trinken, dachte sie. Würde besser zum Anlass passen. Aber dieser begonnene Gedankengang erwies sich als Fehler. Denn er brachte sie zu der Einsicht, dass Kirschen ein *Obst* waren, und gab es nicht auch ein Verbot von Obst – nein, nein, Frau Bell hatte es bestimmt nicht deswegen, besser nicht nachdenken.

»Wir könnten das Fenster etwas öffnen?«, schlug Annika Bell vor.

Charlotte blickte erstaunt zu den zugezogenen Vorhängen. Richtig erschreckt hatte sie der Vorschlag. Aber wenn Frau Bell meinte …? Wenn sie gar kein …

»Ja?«, sagte Charlotte leise.

Annika Bell strich ihr über die Schulter und ging dann zu einem der Fenster. Sie fasste zwischen den Vorhängen hindurch, betätigte den Fenstergriff, ein Quietschen ertönte, und da war auf einmal, sonnig volltönend, der Innenhof mit seinen Geräuschen, duftende Mittagsluft, Kinderstimmen, hallendes Geklapper.

»Viel besser so«, sagte Frau Bell.

Charlotte saß aufrecht da.

Nun aber zur Hauptsache, schlug Frau Bell vor. Die Frisur, die sie im Sinn habe, werde mindestens zwei Tage halten, vorausgesetzt, Charlotte schlafe mit einem dieser Tücher. Das sei zwar bestimmt etwas unbequem, aber da sie ja leider morgen keine Zeit habe und die Feier schon am Freitag –

»Ja«, sagte Charlotte. »Danke. Ich schaffe das schon.«

»Natürlich wirst du das.«

»Zur Not schlafe ich einfach gar nicht. Ich bin ohnehin viel wach.«

Annika Bell lachte: »Hör sich das einer an, sie sagt, sie schläft einfach nicht! Sowas Apartes.«

Die dritte Person, in der Annika sie ansprach, hatte Charlotte im ersten Augenblick etwas erschreckt. Als wäre da noch jemand im Raum. So weit bin ich also schon, dachte sie. Aber wo sollte sich hier jemand versteckt halten? Hinter den Vorhängen?

»Und wie ernst sie immer dreinschaut«, sagte Frau Bell. »Aber du bist aufgeregt, nicht? Wegen der Feier und allem.«

»Ja«, sagte Charlotte.

Ein neuer Gegenstand erschien: eine Waschschüssel. In

ihr schwappte Wasser hin und her. Zum Befeuchten für zwischendurch, erklärte Annika Bell und begann zu beschreiben, wie sie die Stirnfransen kürzen und gestalten würde. Charlotte dankte ihr und sagte, sie könne ruhig alles ein wenig kürzer schneiden. Denn es würde ja für eine Weile vorhalten müssen.

»Natürlich«, sagte Frau Bell. »In Zukunft muss das länger vorhalten.«

»Ja, in Zukunft«, wiederholte Charlotte, und ihr eigenes Gesicht schwebte starr vor ihr im Spiegel.

»Die mit ihren Verordnungen«, sagte Frau Bell. »Dauernd etwas Neues.«

Charlotte sagte nichts.

»Aber mal ehrlich«, sprach Frau Bell weiter, während sie die offenbar etwas schmutzige Schere am Saum ihres Kleides sauberstrich und dadurch diese schmalen v-förmigen, ein wenig an Bügeleisen-Brandflecken erinnernden Muster erzeugte, »ich sage dir, die reagieren über. Wie soll man da noch irgendwas ernst nehmen?«

Charlotte stimmte ihr leise zu.

»Aber so eine Verlobung ist doch etwas Prächtiges«, sagte Frau Bell. »So unter jungen Leuten, so voller Hoffnung. Und den Antrag hat er bereits gestellt, ja? Es werden ja nicht alle abgelehnt.« Der erste Schnitt mit der Schere. »Nein, einige werden tatsächlich durchgewinkt, man kann Glück haben.«

Mitten in der Schneidearbeit, die Charlotte mit geschlossenen Augen über sich ergehen ließ, ging Annika Bell mehrere Male zum Fenster, um es zuerst zu schließen, dann wieder einen Spalt weit aufzumachen und am Ende doch zu schließen. Die Vorhänge blieben dabei immer zu. Als sie fertig war, fragte Annika Bell, ob das Ergebnis Charlotte zusage.

»Danke, Frau Bell, sehr«, sagte Charlotte.

»Aber mach doch erst mal die Augen auf, Herzchen!«

DIE FEIER

Gerds Verlobung. Ein Tag mit prächtigen Baumschatten. Vor dem Haus blühten Sonnenblumen, die so groß waren, dass sie wie verkleinerte Maibäume wirkten, so rau, so markig ragten ihre Stängel, es ließ an Lanzen denken. Warum waren sie in letzter Zeit so selten geworden? Überall in der Stadt nur noch dieses üppig über jeden Zaun büschelnde zitronengelbe Zeug, dazwischen höchstens noch ein paar purpurne Sternchen der Herbstastern und dieses besonders ungute, nach innen gewandte Glühen der Georginen. Manchmal schien es, als stammten alle Pflanzen, die man in Städten antraf, aus einer einzigen Samentüte, deren Inhalt ein kahlköpfiger Greis mit Wanderhut und Schießgewehr aus Rache an der Schöpfung überall verstreut hatte. All dies joppenselige, dies jägerhaft verworrene Kraut, dieses große, allgegenwärtige Hans-guck-in-die-Luft der grünen Natur: Man wurde innerlich ganz gewalttätig davon. Wo waren die herzhaften, die melancholischen, die friedensstiftenden Blumensorten geblieben? Wie riesige Bienenaugen sahen diese blütenkranzlos verdorrten Sonnenblumen aus. Sie lehnten am Zaun, ihre verkümmerten Köpfe immer noch schwebend, immer noch lampenhaft die Umgebung prüfend, aber man sah, dass sie bereits an ihren faulenden Stängeln starben. Der Tod stieg ihnen langsam zu Kopf. Frechheit.

Bender ermahnte sich, friedlich und ruhig zu denken.

Alfons Paquet war eingeladen, auch Friedrich Penk, es war eine kleine Gesellschaft, nur intime Freunde. Das Paar war so hübsch, man konnte kaum hinsehen. Über das Mädchen, Christine, wusste er beinahe nichts. Gerd hatte alles lange geheim gehalten. Dabei war sie doch sehr angenehm als Erscheinung, sehr höflich und lustig. Bender schüttelte immer wieder den Kopf. Ob sie ihm die Hochzeit genehmigen würden? Das wusste niemand. Das Optiker-Geschäft, wo es auch Globen und Himmelskarten gab, war »bis auf weiteres« geschlossen, nicht einmal ein kleines Fernrohr war aufzutreiben gewesen, in ganz Frankfurt nicht. Bender schämte sich und hielt sich abseits. Noch war es nicht an der Zeit, die Geschenke zu überreichen. Jemand machte Musik, das erstaunte ihn. Er hatte so lange keine Musik mehr gehört, dass sie ihn nervlich überforderte. Neuerdings erkannte er gar keine Melodien mehr. Dass er nichts zu überreichen hatte, bedrückte ihn sehr. Charlotte hatte ihm mehrmals versichert, das spiele keine Rolle. Aber mit vollkommen leeren Händen vor den eigenen Sohn treten, ausgerechnet an diesem Tag. Bender war zum Heulen zumute. Ein Mond hätte es sein müssen, das wäre perfekt gewesen. Mein Gott, der kleine Gerd damals, wie er den Spuk des *clair de terre* erklärt bekam und es auch sofort begriff! Schon damals so hell, so klug.

Gab es vielleicht irgendetwas Mondähnliches im Haus? Aber Bender fielen nur Äpfel ein, und selbst die hatten hässliche Flecken. Eine tote Wespe lag vor ihm auf der Erde. Bender zerdrückte sie, ohne lange zu überlegen. Es war einfach ungerecht! Mein Sohn verlobt sich. Nur heute. Nicht übermorgen, oder nächsten April. An keinem anderen Tag. Heute. Und ich habe nichts. – Aber noch konnte er irgendetwas finden, und wenn schon nicht finden, so doch zumindest vorübergehend rekrutieren. Zumindest etwas symbolisch überreichen! Bender öffnete die Pforte des für das Fest genutzten Gartens und lief hinaus auf die Straße. Blick in die Nachbargärten: alles unbrauchbar. Nein, nichts, nichts. Die Menschen schienen alle ihre Habseligkeiten über Nacht verdaut zu haben. Wo waren die Rosenkugeln, wo die kleinen Gartenfiguren? Doppelbilder tauchten auf, aber Bender drückte sie weg. Seine Halsmuskulatur schmerzte seit dem frühen Morgen, und nun kam auch ein stechendes Signal aus der Schädelnaht dazu. Außerdem die lustig leuchtenden Farben des Sommers. Rot: echte Angriffsstellen, Blau: Zermürbungsfeuer, und was war die dritte Farbe? Er wusste es nicht mehr. Gab es überhaupt eine dritte Farbe? Nein. Frechheit.

Am Ende der Straße machte er kehrt. Denn es würde ja bald losgehen, er durfte nicht zu weit laufen. Seufzend beugte er sich über einen Zaun und pflückte ein paar Rosen aus dem Garten eines Zahnarztes. Immerhin Rosen. Gab es auch nicht überall hier. Sie sahen sehr ordentlich aus, nicht zu übertrieben. Ja, am besten noch eine. Und noch diese langstielige. Mit dem mageren Strauß in der Hand machte er sich auf den Rückweg. Bewegte sich da jemand? Na und wenn. Im Gehen prüfte Bender den Geruch der gestohlenen Rosen. Dabei machte er die Augen zu, weil schon wieder alles zu Doppelbildern zerrann. Nein, sie rochen ganz artgerecht, kein Chloroform oder etwas Ähnliches. Man wusste ja nie, bei Zahnarztgärten. Da lagen womöglich in der Erde all die in Lauge erstickten Zahnfeen begraben.

Nun wurden die Kopfschmerzen heftiger. Und ein leichter Nieselregen – nein, ein Irrtum. Der Himmel war vollkommen klar, nicht eine einzige Wolke. Und doch war das Loch damals in dem Helm *ebenfalls* direkt an der Schädelnaht gewesen. Und durch dieses Loch steckte der kleine Hohwald seinen Daumen, Frechheit. Muss jeder letztendlich selbst für sich entscheiden. Armer Sonnleithner! Der kleine Garten war nun voller Menschen. Paquet winkte ihm. Wo er sich denn herumtreibe.

Bender hob die Hand, den Rosenstrauß versteckte er hinter dem Rücken.

»Hab mir ein wenig die Beine vertreten.«

»Der aufgeregte Herr Papa«, sagte Paquet. »Ja, so geht's

dahin, nicht? Gerade eben tragen sie noch ihren Flaum, jetzt verlassen sie das Nest, hinaus in die Welt.«

Bender verstand kein Wort, aber er nickte. Seine Finger kneteten an den Blumenstielen herum. Da waren gar keine Dornen! Hatte er sich geirrt, waren es am Ende gar keine Rosen? Konnte er überhaupt nichts mehr richtig machen?

»Wie heiß es ist«, sagte er.

Paquet erzählte irgendetwas über den Taunus, und Bender begriff auch davon nicht viel. Außerdem schien dem alten Freund der Horizont sehr zu imponieren. Jaja, dachte Bender. Kennen wir alles. Paquet lobte den Himmel. Man werde später zweifellos prachtvolle Sternbilder sehen.

»Das wollen wir natürlich hoffen«, sagte Bender.

Aber nun war es wohl nicht länger möglich, die Rosen zu verbergen. Er holte sie hinter dem Rücken hervor. Aber, sehr merkwürdig, Paquet ging überhaupt nicht auf sie ein. Was für ein ungerechter Tag! Und diese Sonnenglut, die alle Menschen, die nicht im Schatten Schutz fanden, nach und nach in Ideengewebe auflöste.

»Prachtvolle Sternbilder, in der Tat«, sagte Bender.

Vielleicht sollte man sich den Hemdkragen doch ein wenig lockern? Immerhin flimmerten unzählige Insekten in der Luft, ein langflügeliges Ameisenvolk, und die Bäume waren voller Krähen. Zur Selbstberuhigung begann Bender, im Geiste einen Brief nach Estero, an seine zukünftige Gemeinde, zu formulieren. Sie erfuhren vielleicht in diesen Stunden, dass er die Reinkarnation Koreshs war.

Als er seinem Sohn den aus drei Rosen bestehenden Strauß überreichte, begleitete er dies mit den Worten: »Möge es dir ebenso gehen«, obwohl das bei weitem nicht der richtige Satz war. Dann verknotete es ihm die Kehle, und er konnte nur noch gerührt um sich blicken. Man verstand, legte ihm eine Hand auf den Rücken. Er schluchzte, umarmte seinen Sohn.

»Danke«, sagte Gerd.

Er hielt die Rosen in der Hand. Charlotte kam ihm zu Hilfe, sie nahm sie ihm ab und lobte das Geschenk.

»Ja, genau, sie sagt es viel besser«, brachte Bender hervor. Nicht wahr, fragte er irgendeinen neben ihm stehenden Menschen, sie habe das viel besser als er gesagt. Der Angesprochene, ein junger Mann, nahm Haltung an und stimmte dem Gesagten aus voller Brust zu.

Nach einer Weile fand sich Bender, vollständig umzingelt von Doppelbildern, in einer Ecke des Gartens wieder. Er hatte wohl einige Minuten übersprungen, aber noch war alles gut, noch gab es sein Bewusstsein. Er hielt sich an Kleinigkeiten fest: hier die Spitze eines Kirchturms, da eine schnurgerade Falte in seiner Hose. »Ja, man kann stolz sein«, sagte er. »Aber heiß ist es.«

Charlotte stellte sich zu ihm.

»Du bist rot im Gesicht. Trinkst du genug?«

»Ich bin nicht sicher.«

»Gerd hat sich sehr gefreut, hast du gesehen? Richtig Farbe hat er bekommen.«

»Jaja, aber eine dritte Farbe.«

»Wie?«

»Ja«, sagte Bender. »Hab ich bemerkt. Ein prächtiger Tag, alles in allem.«

Man sollte sich wohl besser hinsetzen. Gab es hier nichts, worauf man sich … Es begann nämlich in ihm zu rasen, bei gleichzeitiger Verlangsamung der Glieder. Kurz gesagt: Er konnte seine Arme und Beine nicht mehr so ohne weiteres durch Telepathie fernsteuern. So fing das an. Charlotte musste es allerdings bereits bemerkt haben, denn sie hatte seine Hand ergriffen und rieb ihm die Finger, als wäre ihm kalt, und sie schaute ihm dabei direkt ins Gesicht, machte Schielkontrolle und legte dann sogar eine Hand auf seine

Wange. Ließ sie da. Und das erlöste ihn tatsächlich ein wenig.

»Unser kleiner Weltraumpilot«, sagte Bender. »Jetzt erwachsen.«

»Und bald gibt's Enkel. Und wir sehen alt aus.«

Bender lachte. Er hatte gar keine Mühe gehabt, ihre Bemerkung zu verstehen. Vielleicht ging es nun wieder? Ja, er konnte atmen, eine Faust ballen. Er hielt sich am Arm seiner Frau fest und das war ausreichend Yggdrasill für diesen Augenblick. Alles Weitere schien nun bezwingbar.

Später wurde sogar ein wenig gesungen. Junge Männer lachten viel. Einem von Gerds Freunden war eine Biene in die Gitarre gekrabbelt, und er schüttelte das Instrument. Dann warteten alle gespannt, mit grinsenden, weltoffenen Gesichtern, ob die Biene vielleicht im Korpus zu summen beginnen würde. Das müsste einen wunderbaren Klang ergeben. Aber nach einer Weile kam sie einfach wieder hervorgekrabbelt, saß am Rand des Lochs, spreizte die Flügel und flog davon. »Jetzt werden wir das nie erfahren«, sagte Bender.

Als die Gäste sich verabschiedeten, waren schon die ersten Sterne zu sehen. Einer, ein ganz heller, bewegte sich langsam über den Himmel. Bender ahnte, was das war, sagte aber nichts. Besser ein andermal. Aber ja, das war natürlich die Lösung. Defoe, Robinson und der einzelne Fußabdruck. Natürlich, es musste einfach jemand vom Meer gekommen und aus dem Boot gestiegen sein – aber dann augenblicklich das Interesse verloren haben! Ja, das war der Grund für den einzelnen Abdruck im Ufersand. Es hätte auch der eines menschlichen Gesichts sein können. Man brauchte als Erklärung gar kein Monster, und auch keinen Engel, der nach dem einen Schritt auf der Erde gleich wieder zum Himmel aufgestiegen war. Nein, einfach irgendein Mensch, der kurz an der Insel anlegte, aber nichts entdeckte, was ihn interessierte. Wie einer aus einem Nachbarland, der sieht, was sich hier abspielt. Dann die Schultern zuckt. Umkehrt. Und zurückgeht, ins Meer. Und die Flut kommt nachts und wäscht alle anderen Fußabdrücke weg bis auf den einen, den einzigen *oberhalb* der Flutlinie. Nur deshalb blieb er übrig. Rätsel gelöst. »Aber vielleicht gibt es doch noch Verhandlungsspielraum«, dachte Bender, als er den beweglichen Stern langsam am Horizont untertauchen sah.

Am nächsten Morgen kam eine Antwort aus Amerika. Harry Manley verteidigte sich zuerst zwei Seiten lang mit symbolischen Berechnungen. Er zählte und wog die Silben in Benders Namen, hielt sie neben die von Cyrus Teed, fügte drei Diagramme hinzu und fand, wie er zugeben musste, tatsächlich gewisse Übereinstimmungen. Es schaudere ihn, darüber nachzudenken. Noch könne er die Reinkarnationsbehauptung nicht vollkommen akzeptieren. Aber Bender habe recht, es sei in der Tat der gewöhnliche Ablauf der Dinge, dass solche Offenbarungen immer zuerst ungehört verhallten. Er müsse nun eine Weile in sich gehen, schrieb Manley. Doch was diese Hedwig Michel angehe: Bender möge bitte mehr über sie schreiben. Sie klinge sehr vielversprechend. Und sei »very very welcome«. Wann komme sie in New York an? Die Zahl der Koreshianer schwinde, wie er ja wisse, seit Jahren dahin.

Manley schloss seinen Briefkomplex mit einem offenbar später eingefügten Nachtrag. Er habe nicht schlafen können, sei daher aufgestanden und habe sich Benders Berechnungen noch einmal angesehen. Im Schein einer Kerze habe er sie (*with the assistance of Bertie!!!*) geprüft, stundenlang. Könne es wirklich sein, dass sie stichhaltig waren? Könnte er, Peter Bender, dessen Vorname »der Fels«, also *rock,* bedeutet, was logischerweise auch die erste Silbe von *rocket* sei, tatsächlich als *neuzeitliche Rakete* über den Atlantik zu

ihnen kommen? Eine Entdeckung von solch enormer Tragweite müsse natürlich unbedingt in der Gruppe diskutiert
werden. Manley versprach, sich zu melden, sobald nähere
Ergebnisse vorlagen.

DRITTER TEIL

DIE LEERE

Von seinem nächsten Lehrer, den er schlechterweg Tom Brown nannte, pflegte er zu erzählen, er habe eine Fibel herausgegeben, die er dem WELTALL widmete; leider sei davon kein Exemplar mehr aufzutreiben.

James Boswell, *Dr. Samuel Johnson: Leben und Meinungen*

He thought of this black world of things as a fish. And he was right …

Nathanael West, *Miss Lonelyhearts*

Charlottes Schülerin verabschiedet sich etwas schrill, etwas überschwänglich. Sie ist Bender schon öfter aufgefallen. Eine zaghafte, verhuschte, eigentümlich wesenlose Person. Dann, einige Tage später, kommt die Beschwerde per Brief: Die Sprachlehrerin Charlotte Bender habe nach der Unterrichtsstunde in beleidigender Weise ihre Hände aufgehalten, also beide Hände zu einem Teller geformt, um von dem Mädchen Geld zu fordern. Charlotte verteidigt sich, schriftlich. Sie habe der Schülerin doch nur behilflich sein wollen, weil diese in einzelnen Pfennigmünzen bezahlt habe. Aber es hilft nichts. Die Geste sei eindeutig gewesen, heißt es. Man halte an der Beschwerde fest.

Über München und Innsbruck, wohin Bender sie begleitet, ist Hedwig Michel, mit amerikanischem Visum in der Tasche, zunächst in die Schweiz gelangt. Von dort reist sie per Zug weiter nach Rotterdam, einem der noch offenen Häfen Europas. Es ist der 1. April 1940. Bender verliert bei einem Sturz auf der Straße seine Zahnbrücke. Es findet sich niemand, der sie ihm ersetzen kann. Er hat »Schmerzen bis hinauf in den Heiligenschein«.

Am 30. Mai möchte Bender anlässlich seines Geburtstags *Die heilige Johanna* von George Bernard Shaw besuchen. Man lässt Charlotte und ihn nicht ins Theater, aufgrund von »Sicherheitsmaßnahmen«.

Eineinhalb Monate kein Lebenszeichen von Hedwig. Dann ein kurzer Brief aus New York, der die Beschreibung eines verspeisten Sandwiches enthält. Bender weint vor Erleichterung, als er Hedwigs Zeilen liest. Er schreibt ihr sofort und erinnert sie daran, dass sie nun seine Sendbotin in der Neuen Welt sei. Sie möge sich würdig betragen. Sie werde seine Ankunft, seine Wiederkehr auf Erden, im Kreise seiner alten Gemeinde vorbereiten. »Messenger of mine« lautet sein Kosename für sie. Aber danach wieder nichts, lange kein Zeichen. Auch von Harry Manley: nur Schweigen.

Den ganzen Frühling über sucht Charlotte, ohne dass Bender es weiß, verschiedene Reisebüros auf. Dort lacht man sie entweder mitleidig aus, oder man zieht sie in ein Hinterzimmer, legt alle Fakten auf den Tisch und verlangt ungeheure Summen. Sie darf laut Gesetz keine Parks und öffentlichen Grünflächen mehr betreten. Hitler spricht Drohungen gegen Großbritannien aus. Keine Kohlen, keine Kartoffeln. Das heißt, Kohlen vielleicht bald aus Italien, über eine Ersatzroute. Als sie Bender nach seinem Fortschritt bei den Ausreisevorbereitungen nach Florida fragt, verliert er die Nerven, brüllt und zerschlägt einen Teller. Nach einer Weile wird er kleinlaut, schluchzt und beichtet ihr, er habe ihr ganzes Geld dafür ausgegeben, Hedwig an die Grenze zur Schweiz begleiten zu können. Er habe ihr doch noch einmal die Alte Welt zeigen müssen, die Errungenschaften ihrer Kultur, bevor sie für immer in die Neue Welt aufbrach. Charlotte nimmt die Information stumm in sich auf. Sie sitzt dabei auf einem hölzernen Stuhl, und ihre Arme hängen seitlich an ihrem Körper. Bender berührt sie, aber sie ist starr.

Er lässt sie wissen, dass sie sehr ungerecht sei. Nicht direkt mitschuldig, aber auch nicht ganz unbeteiligt an dem Malheur. Eine Sprachschülerin nach der anderen zu vergraulen, das könne sie nicht machen. Da bleibe ihm kaum noch Handlungsspielraum. Und Hedwig sei immerhin in Sicherheit. »Ich weiß ja nicht, vielleicht hast du wirklich die Hände aufgehalten!« Charlotte wehrt sich gegen die Anschuldigung. »Na ja, sowas passiert«, beschwichtigt Bender sie, »eben ein Automatismus. Aber du musst in Zukunft wirklich besser aufpassen.« Schließlich wiederholt er, weil ihr verzweifelter Anblick ihm Angst macht: »Ein reiner Automatismus. Natürlich nicht absichtlich!«

Am selben Abend schickt Bender Harry Manley noch einmal eine ausführlich ausgearbeitete Version seiner Ehe-Quadrat-Theorie. Es ist jetzt vierzehn Tage her, dass der letzte

Brief aus Amerika kam. Möglich, dass manches irgendwo in der Zensur hängen bleibt. Die Reinkarnations-Offenbarung wird immer noch im Detail diskutiert und geprüft. Eine fruchtbare One-on-one-Beziehung, schreibt Bender, sei nicht einfach eine Verbindung zweier Menschen, nein, sie sei immer die *Hälfte einer Doppelehe*. So wie der heilige Mensch eigentlich zwei sei. Der Mann sehe die Frau als Mann-und-Frau und lerne über die jeweils andere Person sozusagen das andere Geschlecht in ihr lieben. Man müsse das lieben lernen, was man im anderen nicht sehen könne: den unsichtbaren Geliebten.

»Der Mann sieht in der Frau nicht eine Frau, sondern eine Frau und einen Mann. Wenn die Frau einen anderen liebt, umso besser, denn dann kann er sich diesen vorstellen und seine Liebe zu ihm entwickeln. Wenn die Frau niemanden sonst liebt, dann wird es schwierig, dann muss er sich diesen Anderen erfinden. Wie aber erfindet man einen Anderen – und lernt ihn lieben?« Bender legt einen Auszug aus seinem Theaterstück *Die Doppelehe des Landgrafs von Hessen* bei. – Am Ende des Briefes erinnert er Harry Manley noch einmal daran, dass sein Vorname Peter nicht nur *Fels* bedeute. Sondern, wenn man Rock weiterdenke, auch Rocket, Rakete. Ab jetzt unterschreibt er alle Briefe entweder mit *Peter ROCK Bender* oder *Peter Rocket*. Er liest die sieben Seiten noch einmal durch. Ja, alles gut eingefangen, alles klar und verständlich. Es muss wirken. Wir müssen hier raus, so schnell wie möglich. Aber in den Wochen danach: wieder nur Schweigen. Amerika scheint vollkommen verstummt.

May May 4, 1940

LC PETER BENDER
      FRANKFORTMAIN

PLAY HEDWIG WONDERFUL

HARRIBERT

(Harry Manley
1036 Katherine St.
Fort Myers, Fla.)

Im Grüneburgpark begegnet Bender einer Schafherde. Es ist sonst niemand da, kein Mensch, kein anderes Tier. Nur er und immer zahlreicher werdende Schafe. Sie erscheinen vor jedem Hintergrund, vor Baum, Strauch, Wiese, Mauer, je länger man hinblickt. Sind es Engel? Es ist ein nieseliger Nachmittag. Noch ein Hauch von Pfingsten hängt in der Luft. Die Leiber der Schafe sind im grauen Wetter ganz aufgequollen, und die Tiere selbst wirken verwirrt, ängstlich, denn weit und breit ist hier kein Pferch, kein Leitgitter oder sonst irgendein Anhaltspunkt, wie es für sie weitergehen soll. So stehen sie da, schweigsam und gottlos und frei, und eines der Schafe blickt in der verlegenen Art eines Greises schräg nach oben in den Himmel, genau in Richtung der Südspitze von Afrika. Als die ersten Schafe ihn bemerken, kommen sie sofort näher, als brächte er eine Lösung, einen Befehl, einen Tagesplan. Bender hebt eine Hand, um sie abzuwehren, aber das Signal wird von den Schafen als Aufforderung gedeutet. Er muss einige Schritte rückwärts machen, um nicht von ihren Mäulern berührt zu werden. Immer noch folgen sie ihm, ohne ihren Blick von ihm zu nehmen. Um die Schafe zu vertreiben, wiederholt Bender die unbestimmte Geste – und da *bäähen* einige erleichtert auf und trotten noch eifriger auf ihn zu, mit leichtem Wippen ihrer zutraulichen, vollkommen identischen Köpfe.

Bender wendet sich vorsichtig um, dann läuft er, schneller und schneller werdend und am Ende sogar angedeutete Haken schlagend, in Richtung Parkausgang. Jeder Laufschritt schmerzt ihm in den Zähnen, in der Schädelnaht. Erst nach einer Weile traut er sich, zu den Schafen zurückzublicken. Da stehen sie, wolkig und verlassen, inmitten der seit Wochen nicht mehr gemähten Wiesen. Die Bäume schütteln über ihnen die Kronen, ein herzzerreißendes Pietà-Bild. Als ihm dann, zurück in den vertrauten Straßen, die ersten Menschen entgegenkommen, tragen diese genau dieselben vertrauensseligen Schafsgesichter, und Bender weicht ihnen großräumig aus.

Er hält die denkwürdige Begegnung in einem sechsseitigen Brief an Hedwig fest. Aber noch während des Schreibens packt ihn mutlose Verzweiflung, und er bricht alles ab, verbrennt den Brief in einer Schale und versinkt in einen heftigen Heulkrampf. Da schreibt er ihr von Schafen, aber sie wird ja doch auf nichts eingehen! Egal, was er schreibt – da ist kein Feuer mehr in ihren Antworten, kein Bekenntnis, keine echte Hingabe! Grauenvoll, diese Kälte, diese Entfernung, dieses immer entschiedenere Abrücken von der göttlichen Doppel-Paar-Struktur!

Die grauenvolle Knappheit des Telegramms. *Play Hedwig Wonderful.* Das Theaterstück und Hedwig sind also wunderbar. *Play Hedwig Wonderful.* Der Satz geistert ihm halbe Tage lang durch den Kopf.

Er beginnt einen zweiten Brief, in dem er ihr das Schicksal des ersten Briefs schildert. Auch die Kommunion mit den Schafen streift er, fügt ein paar Details über ihr Aussehen hinzu. Aber auch das interessiert Hedwig bestimmt nicht! Er kann sagen, was er will, sie ist in ihrer Neuen Welt! Er zerreißt den zweiten Brief. Erst im dritten Entwurf, den er zur Wahrung der Nervenruhe nun mit der Hand schreibt, findet er eine gewisse Selbstbeherrschung:

Charlotte findet ihn, über den halbfertigen Brief gebeugt, hin und her wippend. Er beschreibt ihr seine Verlorenheit, und sie legt seinen Kopf in ihren Schoß und streichelt seine Wange, die immer noch, wie ihr auffällt, heiß und geschwollen ist. Seit Monaten liegt die zerbrochene Zahnbrücke auf dem Schreibtisch, neben ihr drei frische Tintenflecken.

Sie liebkost seine Stirn, dieses ernste Religionsstifterant-
litz. Manchmal scheint er ihr wie ein grübelnder Hund, der
nichts von der Menschenwelt begreift, in die es ihn, rudel-
und herrenlos, verschlagen hat.

»Sie wird sich gewiss noch ausführlich melden«, sagt sie.

»Meinst du?«

»Ja. Dann kehrt auch die Kreuzform in die Welt zurück.«

»Aber sie ist so unabhängig da drüben!«, seine Kehle ganz
tränenverklebt, »so frei, so abgelenkt! Ich glaube, sie liebt
diesen Manley! Ich habe ihr Hunderte Seiten geschrieben,
und sie, sie hat keine einzige Seite davon handkopiert oder
kommentiert. Ich sage dir, sie liebt nur noch diesen Manley.
Er hat sie erotisiert. Wir haben keine Chance mehr. Er glaubt
mir nicht, dass ich Koresh bin.«

»Aber nein, nein …« Ihre Hand auf seiner Brust, aufmunternd klopfend.

»Wie soll so unser Reich dort entstehen? Es geht ja nicht
ohne mich, ohne dich. Du kannst doch nicht ein Reich ohne
Königspaar errichten! Egal, ob hier oder in diesem Estero,
Lovejoy Park, Fort Myers, oder was weiß ich, nicht einmal
auf dem Mond ginge das! Oh, ich hab sie lange gewarnt, an-
gefleht hab ich sie, aber wenn sie wirklich nicht mehr *messenger of mine* sein will, sind wir verloren. Dann kommen
wir hier nicht raus. Lotte, ich weiß nicht mehr, was ich tun
soll. Wie ziehe ich ihn zurück in die Kreuzform?«

Charlotte staunt, dass sie all diese Sätze mühelos versteht.
Ob sie der einzige Mensch in Europa ist, der das von sich sagen kann? Ja.

»Sie wird uns bestimmt noch in ihr Herz lassen«, sagt sie
nach einer Weile. Aber der Satz klingt etwas dumm. Mit einem Seufzen lässt sie ihren Mann los und geht ins andere
Zimmer. Hat jemand an der Tür geklopft? Sie geht nachschauen. Es ist die scheue Nachbarin, die, ohne aufzubli-
cken, um etwas Mehl bittet. Charlotte entschuldigt sich, sie

habe gar nichts im Haus. Nein, Eier auch keine. Die Nachbarin blickt sie voller Hass an. Tiefe Furchen in ihren Wangen, dabei gerade mal achtzehn, zwanzig. Am Abend wird im Radio verkündet, die siegreiche deutsche Armee stehe vor Paris.

Ein glühender Sommer. Bender wettert gegen Hedwig. Sie hat ihn verraten! Sitzt sandwichessend *forever* in Amerika. All sein Wirken, seine Mühe, seine vielen, vielen Lehrstunden – für nichts! In seiner großen Einsamkeit spricht er immer häufiger (und mit ganz neuer, komplizenhafter Geduld) mit Charlotte, weiht sie in die neuesten Probleme und Geheimpläne ein. Sie erzählt ihm von den Erlebnissen im Reisebüro. Er nickt nur, versteht. Es kommen neue Beschwerden per Brief, Zahlungsaufforderungen.

»Wir schaffen es aus Deutschland raus«, versichert er ihr, »aber dafür musst du, muss ich, müssen wir vielleicht ganz anders lieben lernen!« Er zeigt ihr das neueste Schaubild, drei Kreuze. »Ich muss lernen, den anderen Mann hinter dir lieben zu lernen«, beginnt er. Aber dann geht ihm die Sprechluft aus. Es ist zu viel, einfach zu viel. Ihr jetzt auch das noch lang und breit erklären. Nein, heute nicht mehr. Charlotte wirkt zudem auch müde, wenig aufnahmebereit. Er drückt sein Gesicht in ihren Nacken.

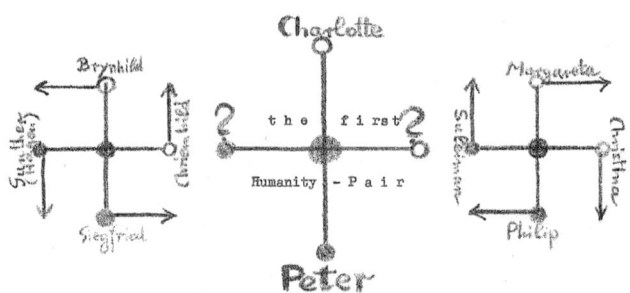

Das Menschheitspaar sei nicht einfach ein Paar aus zwei verliebten Menschen, sondern müsse, um die Menschheit zu verkörpern, überhaupt ein liebendes Paar sein, das heißt, die beiden müssten lieben, um sehen zu lernen, sie müssten lieben für etwas, *für* die Errichtung des »anthropostic universe«. Des was? Anthropostic. Charlotte lässt sich das Wort erklären. Sie korrigiert die Wortbildung, aber bemerkt dann den Blick ihres Mannes. Ganz ferne Augen, leichtes Schielen. Sie lässt ihn weitersprechen.

Die Kreuz-Symbolik beschäftigt Bender immer stärker. Er plant ein neues Schauspiel, *Hannibal*. Darin soll es um dessen Vision eines Kreuzes in den Wolken gehen. Möglicherweise war das bloß ein bemerkenswert geformter Mond. In alter Besessenheit arbeitet er daran zwei Tage lang, von früh bis spät, aber dann stockt plötzlich alles, und er lässt es liegen. Es bleibt Fragment.

Und aus Estero, zum Thema der Koresh-Reinkarnation? Schweigen. Nichts als Schweigen. Selbst von Hedwig. Immer wieder hat sie ihm in ihren knappen Berichten und Telegrammen von Reisestrapazen berichtet, von mehreren Ohnmachtszuständen, dann von der Begegnung in Estero. Bender wird fast rasend, als er in ihrem Brief von einer herzlichen Umarmung Harry Manleys liest. Jaja, die dahinschwindende Koresh-Gemeinde hat nun endlich wieder frisches Blut! Großartig ist das, ganz großartig. Das haben sie alle sehr gut eingefädelt!

Ist er zu weit gegangen, als er verkündete, die Reinkarnation Koreshs zu sein? Ein paar Stunden nach dem Brief glaubte er es sogar selbst und ließ sich, probeweise, einfach um diese gute Energie zu empfangen, von Charlotte mit »Cyrus« ansprechen. Dreimal korrigierte er ihre Aussprache des Namens. Inzwischen nennt sie ihn längst wieder Peter.

Er beginnt erotisch aufgeladene Briefe an Hedwig zu schreiben. »Lotte liest die Kopie dieses Briefes, aber nicht das Handschriftliche«, versichert er ihr in einer handschriftlichen Notiz. Sonst findet sich allerdings nichts Handschriftliches in dem Brief.

Er lässt Hedwig wissen: Charlotte liebt dich durch mich! Quadratform der Geschlechter, wie in dem Theaterstück über den Landgrafen von Hessen dargestellt. Aber wieder kommen nur knappe, höfliche Antworten, Nebensachen werden besprochen. Manley schickt irgendein Geschwätz, mal in schwungvollem Englisch, mal in seinem putzigen, fehlerhaften Deutsch. Bender überfliegt inzwischen nur noch das Ende der Briefe, in denen der ferne Freund sich neuerdings, während in Frankfurt bereits erste Bombenalarme ertönen, über die Kunst weiblicher Unterwerfung verbreitet:

Also muss ich fehlschlagen als Göttlicher tyrann, bis ich jemand finde der wenigstens theoretisch das Tyrannen-recht des mannes über das weib anerkennt. - ~~I/I/I/I/~~ Ich sage theoretisch. Das heisst dass kein mann das Tyrannen-recht einem anderen manne zuerst zukommen lassen will oder kann, sondern nur sich selbst.

Anscheinend können also solche theoretische tyrannen einander nichts nützen. Und doch sind sie eine gegenseitige bekräftigung für einander. Wollend oder unwollend bekräftigt jeder jeden anderen im kampfe gegen die tyrann-feindliche welt.

Desgleichen giebt es auch andere Tyrann-sein-wollende - d.h. mehr oder weniger bewusst tyrann-sein-wollende. (Denn unbewusst ist ja das leben selber nichts anderes als der wille-zur-tyrannie!) Und diesen lebendigen, bewussten, tyrann-sein-wollenden - d.h. tyrann im höchsten sinne - also über zwei frauen - nenn ich unter anderen den Peter, den George, den Karl Kurtz, den Sterling Nicholson, und mich selber.

Wer ist nun der ~~I/I/I/I/~~ leutseligste, der friedseligste, und der redseligste?

Harry

Charlotte bemüht sich weiter allein um die Ausreise, aber alles »scheitert am Kontingent«. Bender überlegt, allein nach Kuba zu fliehen. »But mostly I am in fundamental harmony«, schreibt er in einem trotzigen Brief an Manley.

Am 14. August 1940 schließlich schickt Harry Manley, entgegen seiner sonstigen Art, einen Brief direkt an Charlotte. Sie müsse warten, teilt er ihr mit. Sie dürfe auf keinen Fall mithilfe eines ihr in Aussicht gestellten *affidavit* allein aus Deutschland ausreisen, sondern müsse unbedingt mit Peter zusammen Europa verlassen. Es sei sonst sein Tod. Nur gemeinsam könne der symbolische Gehalt des Priesterpaars bewahrt werden. Dem folgt eine lange Belehrung über mystische Aspekte des Koresh-Glaubens. *The immortals are the Super-Race,* schreibt Manley, *the mortals are the lower races.* Den Brief schließt er mit: *Love me, and let me appear to you, Charlotte dear.*

Fünf Tage später folgt ein Brief, in dem Manley Bender versichert, seine, Manleys, Männlichkeit sei inzwischen zu vollkommener Reinheit gelangt. Er betrachte nur mehr sich selbst als den »central man«, nicht mehr Bender, so wie er es damals getan habe, als dieser behauptet habe, Koresh zu sein. Das sei eine traurige Verirrung, aber vielleicht eine notwendige Phase in seiner spirituellen Entwicklung gewesen. Er lässt Bender wissen, dass man als Astrologe in der nächstgelegenen Großstadt, Miami, bestimmt ganz gut verdienen könne. Er solle recht bald herkommen, hoffentlich finde sich noch ein Schiff.

Am 26. August schreibt Manley an Gerd Bender, dieser möge den Umstand akzeptieren, dass sein Vater ihn, Harry Manley, mehr liebe als seinen Sohn (gefolgt von einem »*ouch!*«) und auch mehr liebe als seine Tochter (gefolgt von »*another ouch!*«), ja, sogar mehr liebe als seine Ehefrau Charlotte (»*ouch! ouch!*«). Gerds Antwortbrief ist ebenfalls im Koresh-Archiv erhalten. Er reagiert kühl und unbeeindruckt. Sein Vater fügt nachträglich einige Sätze per Hand in den Brief ein. Es sind lauter Hinweise darauf, dass sein Sohn viele symbolische Bedeutungen noch nicht verstehen könne, da er sie ihm noch nicht habe beibringen können.

Mit Paquet und Charlotte besucht Bender einen alten Bekannten, Dr. Dierst, in Harxheim-Zell. Dieser sagt ihnen Hitlers totalen Sieg voraus. Ende des Sommers schickt Bender an Manley eine lange Betrachtung über die Gleichberechtigung der Frau. Er legt, wie so oft, das Vorwort zu seinem Theaterstück über den Landgrafen von Hessen bei.

Es ist Anfang September. Bender zeichnet nur noch Hakenkreuze in seine Erklärskizzen zur Quadratform der Geschlechter. Harry Manley erwidert diese Geste. Auch seine symbolischen Skizzen enthalten von nun an viele Hakenkreuze.

Am 4. Oktober kommt es zum endgültigen Bruch mit Hedwig Michel. Ihr wenig enthusiastisches Verhalten der letzten Monate deutet Bender als eindeutige Ablehnung seiner göttlichen Sendung. Harry Manley sei nun offenbar ihr Führer und nicht mehr er. Auf einem Spaziergang am späten Abend begegnet er einer Ziege, die bei seinem Anblick niesen muss.

Dennoch bittet er Hedwig, noch einmal in sich zu gehen. Sie solle den hundertseitigen Brief, den er ihr auf die Reise mitgegeben habe, aufmerksam studieren. Jeden Tag eine Seite abschreiben und deren Aussagen mit den anderen Koreshianern besprechen. Das sei nicht zu viel verlangt. Vor allem, fügt er hinzu, angesichts der Todesbedrohung, in der wir hier weiter Tag für Tag existieren, während du frei in Amerika in der Hohlwelt leben darfst.

Bertie, Manley, Teed, Lovejoy – wie ihn diese ganzen unechten Märchennamen zu ärgern beginnen!

Eines Abends stülpt Bender ein Trinkglas über eine Spinne, die er neben seiner Schlafstätte auf dem Boden entdeckt hat. Er lässt das Glas ganze drei Tage so stehen und stellt am Ende fest, dass die Spinne immer noch lebt und unermüdlich daran arbeitet, das Rätsel dieses über sie verhängten Raumzaubers zu lösen. Konzentriert tastet und beinelt sie am unteren Rand des Glases herum, wo sie vielleicht, durch eine Unebenheit des Bodens, die Zugluft der Außenwelt erschmecken kann. Beeindruckt lässt Bender sie frei. Jeden Morgen hat er nun Blutgeschmack im Mund. Auch häufen sich die Anfälle. Besuche von Penk und Paquet. Lang schickt unverschämte Postkarten. Bender hört den Leuten seiner Umgebung kaum noch zu, segnet sie im Vorbeigehen.

Draußen ein vollkommen vogel- und windstiller Tag. Noch schlägt das Herz der Erde.

»Hedwig, du warst keine gute *messenger of mine.* Sondern irgendeine beliebige Frau, die ihre höchst persönlichen Ansichten und Absichten vertreten hat!!!« Er legt dem neuesten Zornbrief mehrere ältere Artikel über die Gleichberechtigung der Frau bei.

Im Bombenkeller dieser Nacht sitzen nur ältere Männer. Sehr bedauerlich. Bender nimmt zwischen ihnen Platz, fühlt sich sofort leer und anschlusslos. Was soll er diesen alten Gesellen die Nacht lang erzählen? Die kennen das Leben, die wissen schon alles. Vor zwei Tagen die jungen Frauen – ja, das war etwas anderes! Den Männern blühen die Spielkarten aus den Händen. Verbissen bringen sie sich so durch die endlosen Stunden der Nacht, die diesmal ruhig bleibt, ohne Einschläge, ohne Erschütterungen.

Kleinere Monde brechen auf. Bender fühlt es in letzter Zeit häufig an der Stirn, ebenso im weiterhin ungeschützt daliegenden Kiefer. Es sind winzig kleine Monde, im mikroskopischen Bereich, aber auch sie bringen Neues in die Welt. Ob wohl noch ein größerer kommt? Was wird er bringen?

Charlotte kann nun, wie es heißt, ein Visum für die Ausreise aus Deutschland erhalten. Aber keines für den Grenzübertritt in ein anderes Land. Was? Ja, man meint das ernst. Niemand lacht dabei. Bender beginnt, seine eigene Ausreise für übernächstes Jahr konkret zu planen. Vielleicht wird Charlotte ihm dann, sobald er erst einmal in einem sicheren Nachbarland ist, folgen dürfen. Er spielt mit dem Gedanken, den Ariernachweis zu erbringen und allein als Vortragreisender in die USA zu gehen.

Im letzten Bittbrief an Baron von Heyl schreibt er: »Wie sich die Verhältnisse für jüdisch verheiratete Geistesarbeiter inzwischen weiter verdüstert haben, wissen Sie ja wohl, doch will ich nochmals feststellen, dass mir jede öffentliche Betätigung in Wort und Schrift untersagt ist und dass mir jetzt auch noch die Werbung für Sprachunterricht unmöglich gemacht wurde, den ich mit meiner Frau zusammen erteile. Als ich den Zeitungsmenschen, der mir die weitere Veröffentlichung meiner Anzeige wegen meiner jüdischen Frau verweigerte, unter Hinweis auf meinen Wehrpass als Leutnant der Luftwaffe fragte, wie ich bis zum neuen großen Sterben leben wolle, wenn mir die Werbung unterbunden werde, da meinte dieser Gemütsmensch, das sei eben Schicksal.«

Dann die letzte Begegnung mit Johannes Lang, in Frankfurt. Es ist Frühling 1941. Lang hat kurz zuvor Besuch von der Gestapo bekommen. Nein, nein, alles in Ordnung, versichert er, das Missverständnis habe sich aufklären lassen. Und, nein, Astrologie sei nicht mehr sein Hauptberuf. Eine gestrige Verirrung, eine Jugendsünde. – Neben ihnen auf der Mauer sitzt ein grünes Heupferdchen, sehr groß und böse. Mit seinem länglichen, garstigen Körper führt es die feierlichsten Brunnenhebelbewegungen aus.

Bender beginnt zerstreut von Estero zu erzählen. Fort Myers, Lovejoy Park, die Gemeinde, die unwirklichen Märchennamen der Leute dort. Er werde die Koreshan Unity demnächst übernehmen. Sie halten ihn nämlich für die Reinkarnation von Dr. Cyrus Teed. Unglaublich, aber wahr. Und Lang ist für einen Augenblick tatsächlich sprachlos. Bender fühlt eine bizarre Genugtuung, denn er, Bender, hat es zu einer eigenen, vollkommen realen Hohlwelt gebracht, und was hat Lang? Nur eine Leserschaft.

Die Sonne wärmt ihnen die Köpfe. Die Rede kommt auf Frankreich. »In diesen Tagen«, sagt Lang, »werden die Kinder Frankreichs zurückgebracht. Jeder deutsche Soldat führt ein aus den Lagern gerettetes Kind mit sich.«

Insgesamt 250000 Kinder seien, so Lang, seit Ende des Weltkriegs in den Netzwerken der Jesuiten und anderer hochgestellter jüdischer Finanzsysteme verschwunden. Teilweise natürlich für Blutexperimente, teilweise einfach, um den Fortbestand dieser von Natur aus rückgebildeten und kinderarmen Gruppe zu gewährleisten. Die Dreyfus-Affäre habe jede Möglichkeit von offener Diskussion und ehrlicher Kritik unmöglich gemacht. Plötzlich: ein ganzes Land mundtot. Eltern, Anwälte, Politiker, quer durch die Gesellschaft! Verduckmäusert, ängstlich, gebückt. Begonnen habe es freilich schon viel früher, mit Ludwig XIV., der habe einen wegen seiner Blutexperimente an Kindern der Volksgerechtigkeit überantworteten Mann namens – was sonst? – *Levy* postum begnadigt. Postum! Danach sei es natürlich überall, bis nach Norwegen hinauf, ähnlich weitergegangen. Könige und Fürsten hätten sich schützend vor die Entführer gestellt. Das Ergebnis: gründlich entvölkerte Landstriche. Ganze Dörfer in Flandern ohne ein einziges Kind! Und nur eines, ein einzelnes, kehre vielleicht nach Jahren zurück, bleich wie der Tod, sprachentwöhnt und blödsinnig. Es gebe Fälle, Prozessakten, Protokolle. Tonnen von Stoff. Aber heute, in diesen Stunden, so Lang, werde der Speicher Europas wieder aufgefüllt. Die verlorene Jugend dürfe zurückkehren. Der beispiellose Blutraub sei beendet, die Zukunft wieder grün und jung und offen. Er hat beim Sprechen Tränen in den Augen.

»...«

»Wie?«

»...«

»Ich weiß nicht, was das bedeutet«, sagt Lang.

Er wischt sich immer noch die Augen. Sie sind rot und entzündet.

»...«, wiederholt Bender.

Dann steht er auf und verabschiedet sich, durch eine Art Geste. Die Sonne geht auch schon unter. Das Heupferdchen an der Mauer macht noch eine Bewegung, aber nichts ergibt Sinn, und ein junger Schwimmer steigt, eine dünne, prasselnde Tropfenspur hinter sich herziehend, unten aus dem Fluss. Winzige Flämmchen bewegen sich durch Gras. Lang bleibt allein zurück.

Da ringsum der innigste Friede, fast unheimlich, wie ein plötzlich wahrgewordenes Gerücht. Hohe, fast schon grüne Bäume; sie wissen von nichts als sich selbst, und gäbe es Wind, sie würden gekrault.

März 1941. Bender widerruft offiziell seine Behauptung, er
sei die Reinkarnation Koreshs. Auch der Messenger-Status
von Hedwig wird aufgehoben.

```
Referring to the definite judgement that Hedwig Michel has n o t
represented a living message of my universal intentions, but has
been seduced by you to realise a "hellish" counterpart of it and
has readily consented to do so, I must, of course, also withdraw
my announcement of Easter 1940,page 10:
"Touching her is touching myself indirectly,when you will shake
hands with her in some weeks, I hope, and listening to her is lis-
tening to myself at a certain degree,when she will repeat for in-
stance her lecture about Margareta von der Saal as new Eve of
Humanity or explain to you such things which I cannot write down
frankxxxx in my letters from here: in short, you will see,hear,fel
and touch Peter Bender in the shape of a most lovbable messenger!"
```

Er fasst alles in einer neuen Zeichnung zusammen.

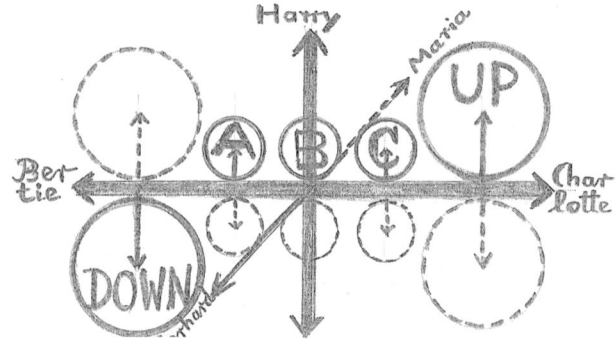

Wie soll er auch die Wiedergeburt des Landgrafen von Hessen, Philipp I., oder die von John Symmes oder Dr. Cyrus Teed sein, wenn diese Seelen so weit voneinander entfernt gelebt hatten? Es gibt ja nur diese eine Erde, also sind alle geografischen Entfernungen in gewissem Sinn unendlich.

Auf dem Boden neben dem Bett leuchtet die Punktreihe des durch die Filmrollenlöcher in den Rouleaus fallenden Morgenlichts. So spielt die Sonne auf uns Xylophon.

Bender hat starke Kopfschmerzen, am schlimmsten ist es in der Nasenwurzel. Der brückenlose Kieferbereich scheint sich immer mehr aufzulösen, neigt zu spontanen Blutungen. Es ist alles so unfertig. Er liest Walt Whitman gegen die Verzweiflung und entwirft in den Nächten, wenn er nicht schlafen kann, seinen nächsten Schachzug zur Umkrempelung des Mannes Harry Manley in Estero, Florida. Wenn er von ihm träumt, trägt Manley immer das Gesicht Churchills.

Bei Fliegeralarm bleiben Charlotte und er nun meist nebeneinander liegen, verlassen nicht einmal mehr die Wohnung.

In diesen Tagen wäre es nicht verwunderlich, wenn plötzlich eine Rauchsäule vor der Tür stehen und um Einlass bitten würde. Aber es ist gar keine Rauchsäule, sondern eine Referentin der Nervenklinik, eine junge, hübsche, aber zugleich irgendwie doppeldeutig und alles andere als naturgeboren wirkende Frau. Bender fragt, was sie wolle. Sich nur kurz mit ihm unterhalten. Ob das möglich sei. Es ist der 2. Mai 1941.

»Mit der Nervenklinik habe ich nichts mehr zu tun. Lassen Sie mich in Ruhe.«

Bender tritt beiseite und lässt die Frau herein.

Die junge Frau nennt den Namen Dr. Kreuders.

»Kreuder! Der Herr Professor Kreuder geht mich gar nichts mehr an! Der hat mich zur Sterilisation angezeigt. Gott sei Dank hat das Gutachten von Dr. Vogeley das verhindern können! Bitte lassen Sie mich in Frieden.«

Die Referentin wird in den nächsten Raum gebeten.

»Es ist eine Impertinenz!«, beginnt Bender zu schimpfen. »Eine Frechheit, mich hier von der Nervenklinik aus zu belästigen! Ich verbitte mir eine solche Fernwirkung!«

Während er spricht, bietet er ihr durch Gesten ein Glas Wasser an.

»Ich bitte Sie, lassen Sie mich in Frieden. Ich will Sie hier nicht!«

Er reicht ihr das Wasser. Sie nimmt es.

»Seit meiner Entlassung«, spricht er weiter, während sie sich lautlos bedankt und einen Schluck trinkt, »verdiene ich mir meinen Lebensunterhalt mit Sprachstunden. Aber wir kommen gerade so herum. Sie haben kein Recht, in meinem Leben herumzustöbern.«

Er zeigt ihr seinen Hohlglobus.

Auf der an der Wand hängenden Weltkarte sind mit Bleistift verschiedene Ergänzungen vorgenommen worden. Die Referentin bleibt eine Weile vor der Karte stehen.

»Hören Sie«, sagt er. »Ich verstehe ja, dass Sie nur auf Geheiß Ihres Chefs gekommen sind. Sie können nichts dafür. Sie sind nicht schuld.«

»Es geht nicht um Schuld«, beginnt die Referentin und stockt, als sie etwas höchst Seltsames auf der Karte entdeckt.

Bender bietet ihr einen Platz zum Sitzen an. Er zieht einen Stuhl unter dem kleinen Schreibpult in der Ecke hervor und deutet mit ausgestreckter Hand auf die Sitzfläche, auf der allerdings schon zwei Notizbücher liegen.

»Bitte gehen Sie jetzt«, sagt er. »Gleich kommt einer meiner Schüler.«

»Ich wollte eigentlich nur –«

Bender deutet noch einmal, mit Nachdruck, auf den Stuhl.

»Kommen Sie bitte morgen Nachmittag wieder«, sagt er. »Dann kann ich Ihnen Auskunft geben.«

Die verwirrte Referentin zeigt auf die Weltkarte.

»Das da, was bedeutet das?«, fragt sie. »Dieses Ding hier.«

»Morgen, bitte.«

Bender hebt den Hohlglobus in die Höhe und trägt ihn, als brächte er ihn vor der Besucherin in Sicherheit, ans Fenster. Es liegt immer noch eine alte Kartoffel in ihm.

»In Ordnung«, sagt die Referentin. »Dann morgen.«

Bei der Verabschiedung gibt er ihr nicht die Hand.

It was you, H a r r y Manley, who went to his room and alone all
            night lived through my past life !
And last not least,
it was I , P e t e r Bender, who formed the rock and root,from
        which this universal sixfoldness arose...,

Nachuntersuchung in der Wohnung am 3. 5. 41:

*Diesmal öffnete die Frau des Pat., die Jüdin ist. Sie über-
fiel Ref. gleich mit wüsten Beschimpfungen, es sei eine Unverschämtheit jetzt noch Erkundigungen zu erheben, wo die
Klinik ihm doch nur geschadet habe. Ihr Mann sei kerngesund und genial begabt, u. dgl. Der nun hinzukommende
Pat.* BENDER *sagte, sie solle doch schweigen, Ref. sei ja zu
ihm gekommen, und ging, als sie nicht aufhören wollte, hinaus und holte Ref. nach wenigen Minuten in sein Arbeitszimmer. Dort korrigierte er zunächst einmal an dem von Ref.
zugesandten Schreiben herum, in dem steht, wir kümmerten uns auch später noch um das Ergehen unseres früheren
Pat. etc. und meinte dazu (nicht mit Unrecht), man könne
das ja wohl nicht gerade ein »Kümmern« nennen. Dann gab
er in einer längeren zusammenhängenden Rede Auskunft
darüber, wie es zu den verschiedenen Begutachtungen gekommen sei, dass er aufgrund physikalischer u. mathema-
tischer Beobachtungen dazu gekommen sei, dass die Erde
eine Hohlkugel sei, in deren Mitte Sonne, Mond u. alle Planeten kreisten. Dabei deutete Pat. aus dem Fenster, das sich
allerdings zu Ref. rückwärtig befand. Vor ihm, so Pat., hätten unbeeinflusst schon zwei andere Deutsche und vor ihnen ein Amerikaner Dr. Sirus Tied (Pseudonym Korresch)
dieselbe Entdeckung gemacht (zeigte hierauf Ref. das Buch
des Korresch). Und seitdem lasse ihn der Gedanke nicht
mehr los. Er entwickelte daraus, soweit Ref. folgen konnte,
in durchaus logischer Weise ein ganzes Weltsystem, zeigte
vielerlei handschriftliche Anerkennungsschreiben aus dem
In- und Ausland und entwickelte analog zu dem Weltbild
auch eine Sozialethik, unter Gleichberechtigung von Mann
und Frau mit dem Ziel einer Art Hochehe im Nietzscheani-
schen Sinne. Obwohl das Wort Nietzsche von Pat. nie genannt wurde, erinnerte es weitgehend daran, ebenfalls an
Ideen, wie man sie in Wagners Nibelungen findet. Als Ref.*

*das sagte, gab er das auch von sich zu u. meinte, dass, wenn
eine solche Hochehe u. ein solches Übermenschentum auch
nur selten erreichbar seien, so doch wenigstens in einigen
wenigen Exemplaren u. er meinte, es käme dann doch zu
einer eindeutigen, wenn auch dummerweise äusserst spi-
ralförmigen Höherentwicklung der Menschheit. Bender hat
von der Stadt Florida (in Amerika) eine Aufforderung bekommen, dorthin zu kommen und eine Stadt u. Universität aufgrund seiner Gedanken in Fortsetzung der Linie Kor-
reschs zu begründen. Er wartet jetzt nur noch auf seine
Ausreiseerlaubnis, da er sowieso wegen seiner jüdischen
Frau ins Ausland muss. Pat. entwickelt seine Ideen in aus-
serordentlich redegewandter u. einleuchtender Art, wobei
natürlich zugegeben werden muss, dass einem die Gedankengänge oft sehr fremd u. absurd erscheinen, sie andererseits aber von der Ref. auch ihrem Inhalt u. Wert nach nicht
richtig beurteilt werden können. Pat. liess sich kaum unterbrechen u. trug alles mit einem gewissen begeisterten Affekt
vor. Er war dabei manchmal sehr ironisch und auch beis-
send u. drastisch, kümmerte sich wenig in seinen Ausdrücken darum, dass ihm schliesslich eine Frau gegenüber sass.
Auffallend war auch wieder wie schon früher eine gewisse
Gemütskälte, die ihn recht harte Urteile fällen liess u. auch
kleinliche Gedanken laut werden liess. Er hält sich für einen hoch überragenden Menschen u. wiederholte den schon
im Gefängnis mehrfach geäusserten Satz, dass die »Majes-
tät des Geistes« in ihm verkörpert sei. Deshalb könnten die
meisten Menschen seinem Geistesflug nicht folgen. Das sei
wohl weniger sein Verdienst, er sei einfach von der Idee so
gepackt worden, aber es sei eben Wirklichkeit. Gefragt, ob
er auch einmal weich u. gemütsvoll sein könne, bejahte er
das entschieden, indem er laut wurde und aufsprang. Er
werde wohl nicht direkt sentimental, aber er könne richtig
strahlend glücklich zusammen mit seiner Frau u. den Kin-*

dern sein oder auch mal beim Glase Wein mit seinen Freunden. Dies alles wurde von Ref. als innerhalb der akzeptablen Grenzen menschlicher Empfindungsgabe eingestuft. Immerhin hatte man aber doch stark den Eindruck, dass Pat. vorwiegend ein kalter Mensch ist, der fanatisch besessen ist von seiner Idee und alles an ihre Verwirklichung setzt.

Eigentliche Beeinträchtigungsideen waren nicht nachzuweisen. Pat. fühlt sich natürlich weitgehend unverstanden u. sieht sich auch durch die Partei in seiner schriftstellerischen Tätigkeit gehemmt wegen seiner jüdischen Frau. Aber das ist normal. Sonst keinerlei Beziehungs- oder Beeinträchtigungsideen oder sonstige Wahnideen nachweisbar. Ebenso wenig Sinnestäuschungen oder katatone Symptome. Die Frage, ob Pat. Grössenideen hat, ist schwerer zu beantworten. Er führt einige fantastisch anmutende Denkgebäude im Kopf, wie die Gründung einer Universität u. Stadt aufgrund seiner Weltanschauung, und ebenso klingen die weltanschaulichen Ideen oft sehr fanatisch. Aber sie bleiben doch im Kern verständlich. Pat. freute sich offensichtlich, dass Ref. Interesse hatte für seine Ideen u. hat sie so ausführlich dargestellt, vielleicht mit dem heimlichen Wunsch, Proselyten zu machen. In der Tat bemerkte Ref. dann auch an sich selbst (wenn auch meist im Scherz), dass sie mehrere Tage nach der Nachuntersuchung von dem von Pat. nähergebrachten Innenweltkosmos im Privatgespräche zu erzählen neigte, von der Punkt-Sonne im Mittelpunkt und den darin »in Erbsengröße« verteilten Planetenkörpern.

Alle jungen Flieger, auch der zuerst an die Westfront, dann an die Ostfront geschickte Hasso Keller, lesen Saint-Exupéry. Er fliegt ihnen als imaginärer Freund während der Angriffe und Manöver zur Seite, steht ihnen bei und spricht zu ihnen von Mut und Kühnheit. Einige verwahren sogar sein aus dem Buchumschlag ausgeschnittenes Bild in ihrem Feldbett. Er ist das Elixier, das direkt aus Frankreich kommt, um junge deutsche Soldaten zu bestärken, alle Feinde – und damit auch Frankreich – zerstören zu helfen. Frankreich selbst muss also irgendwie, so vermutet Hasso, in einem unzugänglichen Winkel seiner Nationalseele schon immer von der eigentlichen Überlegenheit Deutschlands überzeugt gewesen sein und diesen wunderlichen Autor und Piloten deshalb, sozusagen als vorauseilende Immunreaktion, hervorgebracht haben. Hasso fragt sich, wie es wohl sein muss, er zu sein, dieses auf der falschen Seite schlagende Herz deutscher Eroberung. Wie man hört, wird er sogar als aktiver – wenn auch wohl technisch unbegabter – Kampfflieger in Frankreich eingesetzt. Dieser Mann begeht den sonderbarsten Selbstmord des gesamten Krieges. Er kämpft, um zu leben, und er schreibt, um getötet zu werden. Aber fallen wird er, so wie am Ende ganz Frankreich fallen wird, wie auch die Sowjetunion, es ist keine Frage des Gelingens, nur eine Frage der Zeit. Saint-Exupéry. Hasso Keller wiederholt diese Beschwörungsformel häufig, wenn er nicht mehr weiterweiß. Etwa wenn die Kälte zu viel wird. Wenn er nichts mehr zu schreiben hat. Wenn der kreisrunde Horizont mit ihm in die Höhe steigt. Egal wie hoch er fliegt, der Horizont steht ihm immer bis zum Hals. Dazu unter ihm, im Westen, weit schon hinter Smolensk, etwas, was wie eine wackelig verstreute Siedlung schwarzer Metallhäuser aussieht: die auf der Bahnstrecke eingefrorenen Versorgungslokomotiven.

Der Krieg endet am 20. Dezember 1942. Bender weiß es, auch wenn es die Zeitungen und die Weltöffentlichkeit und die Nachbarn im ersten Schreck nicht zugeben wollen. Aber es ist eindeutig: Hitler hat den Oberbefehl über die Wehrmacht übernommen. Halder und Brauchitsch abgesägt. Das bedeutet, dass der Krieg im Osten verloren ist. Noch ein Monat, höchstens zwei, dann ist der Albtraum überstanden.

Er habe das ja schon selbst erlebt, persönlich. Wozu sich das halbe Gesicht zertrümmern lassen, wenn man dann nicht zumindest klüger dastehe? Er erkenne das Ende eines Weltkrieges, wenn er es sehe.

Am Abend sind zumindest die Nachbarn von Benders Deutung überzeugt. Charlotte weint nur, vor Erschöpfung. Bender zeichnet bis spät in die Nacht beweisführende Diagramme, stellt aber fest, dass er nicht mehr gut sieht. »Zumindest nicht mit beiden Augen.« Er deutet auf Wange und Kiefer. Aber ja, wozu sich sonst das halbe Gesicht wegschießen lassen. Er kneift ein Auge zusammen.

In den Morgenstunden beginnt er einen Brief an seinen Kameraden Sonnleithner, um ihm die frohen Neuigkeiten mitzuteilen.

Geburtstage kommen und gehen im Stillen. Niemand schenkt mehr Dinge. Niemand besitzt irgendein Ding. Charlotte traut sich kaum aus dem Haus. Außerdem Veränderungen körperlicher Art: Benders Oberkörper hat in letzter Zeit einen deutlichen Brustansatz entwickelt, was peinlich ist und auch ein wenig unheimlich. Dazu neuartige Falten um die Augen. Das Gesicht seines Vaters taucht in seinem eigenen auf.

Immer öfter ertappt er sich dabei, wie er auf der Straße in jeden ihm entgegenkommenden Kinderwagen hineingestikuliert. Der Anblick all der winzigen, mitten im Krieg durch die Welt geschobenen Wesen rührt ihn so sehr, dass er oft gar nicht anders kann, als ihnen eine Nase zu drehen oder albern zu winken, sonst würde er in verzweifeltes Amokgeschrei ausbrechen. Einige der Kinder liegen ganz reglos, als hätten sie schon drei Planeten hinter sich.

Dann wieder Bomben und am Morgen danach der gemeinsame Gang durch ein getroffenes Viertel. Ganz neue Bilder: in den aufgesprengten Asphalt eingeflockte Körper, Teile eines Schäferhundes, aber daneben vollkommen unversehrt: ein hellweißes Stück Zeitungspapier. Und der Anblick eines Mannes, der ein stark verformtes Bettgestell aus dem Schutt eines Hauses hervorzuziehen versucht.

Aber es bleibt bei wenigen Treffern. Man fühlt in ihrer Abfolge noch den großen Zufall walten, das Unwahrscheinliche dieser Art von Heimsuchung. Noch einigt man sich durch kurze Gespräche auf offener Straße darauf, welche Alarmstufe da gerade ertönt.

Einmal erwischt sie der Alarm beim Schwimmen. Das Signal, und dann die Unschlüssigkeit. Die Ersten gehen schon wieder ins Wasser zurück. Andere stehen zwischen den Elementen. Handtücher werden gefaltet. Einige ziehen sich in Panik und noch triefend nass die Kleider an und geraten in die Klebefalle ihrer Hosenbeine.

Der Alarm klingt gar nicht besonders nahe, aber es ist eindeutig Fliegeralarm. Ein alter Mann setzt sich, um die Seegrasschlingen besser von den Fußknöcheln klauben zu können, die Brille auf sein noch tropfnasses Gesicht. Einige Kinder stellen sich, wie sie es wohl oft geübt hatten, ganz von selbst in eine Zweierreihe, aber da ist kein Lehrer, kein Erwachsener, der sie weiterleiten würde. Also fällt es den jüngeren Müttern zu, die Zweierreihe wieder auseinanderzureißen. Sie tragen oder ziehen ihre Kinder in verschiedene Richtungen davon, einige laufen sogar mit ihnen direkt in den Uferwald.

»Die deutschen Städte sind ja weitgehend sicher. Die englischen Bomber müssen eine so weite Strecke zurücklegen, dass ihre Haupttragelast aus Treibstoff und Öl besteht. Für Bomben ist da kein großer Platz mehr. Das ist einfach Mathematik.« Bender zeichnet Frankreich auf das Papier. Dann ein Strich quer durch: die Flugroute der englischen Bomber.

Als sie nach einer Bombennacht in die Wohnung zurückkehren, erscheinen die Lampen so verstaubt, dass man von ihrem Anblick einen Räusperreiz in der Kehle bekommt. Bender sehnt sich, wie er in einem unabgeschickten Briefentwurf schreibt, nur noch nach Priesterschaft, nach Ekstase.

Charlottes Gedichte, die sie seit einiger Zeit unter dem Titel *Mein Kampf um PETER* sammelt, werden von Bender nach Florida geschickt, an Harry Manley. Es ist ein letzter Versuch. Vielleicht kann er den so schmerzhaft stumm gewordenen Koreshianer – und mit ihm Hedwig – davon überzeugen, dass er es doch mit der Reinkarnation des Meisters zu tun hat. Denn wie erklären sich sonst diese seelenvollen Gedichte, der tiefe Glanz ihrer Zeilen, das Ringen um seine Person? Bender ist jedes Mal ganz gerührt, wenn er sie liest. Er fertigt keine Kopien an, sondern schickt die Originale.

Sie liegen bis heute im Archiv der ehemaligen Gemeinde.

```
D e r   z e r t r ü m m e r t e   F e l s .
```

```
Wo sind Treu und Glauben auf dieser Welt,
Wenn Du sie nicht hast?
Alles zerfällt, alles zerschellt,
Nirgends Ruhe noch Rast.

Mir warst Du ein Felsen in diesen Wirren,
Stolz war ich auf Dich.
Nun seh ich verzweifelt, auch Du kannst irren,
Mein Herz fühlt den Stich.

Und doch bist Du sicher und Deiner gewiß,
Glaubst nicht, daß Du fehltest,
Das gab meiner Seele den tiefsten Riss,
Weh, wie Du mich quältest.

Gesenkten Hauptes geh ich durch die Strassen,
Bist auch nicht anders als andre.
Mein F e l s ist zertrümmert, ich muß ihn lassen,
Ich habe kein Heim mehr und wandre.
```

Als Bender mit dem von Alfons Paquet geborgten Fahrrad in der Stadt unterwegs ist, begegnet er einer kuriosen Sache: Straßenbahnen, in die man nicht einsteigen darf. Lauter Dienstfahrten, eine nach der anderen. Als eine in der Nähe einer Haltestelle zufällig stehen bleibt, will eine Frau trotzdem einsteigen. Ihre Tasche baumelt gegen ihre Beine, als sie sich in Bewegung setzt. Der Polizist drinnen wehrt sie ab, zeigt ihr ein Schild. Dienstfahrt.

Im Wagen sitzen drei Menschen. Ein älteres Ehepaar, sehr ruhig. Und ein hagerer, dünner Mensch in Uniform, mit Adamsapfel. Sterne tragen die beiden älteren keine, aber die Frau, die nicht einsteigen darf, beginnt dennoch auf die Juden zu schimpfen. Und man selbst müsse draußen in der Kälte stehen, oder gleich zu Fuß.

Auch ein älterer Herr regt sich auf, als die Straßenbahn weiterfährt. Schon die dritte Dienstfahrt hintereinander. Ihm sei nicht bewusst, dass heute irgendein Feiertag sei. Der Herr steht, während er spricht, so nahe bei Bender, dass dieser unwillkürlich mit einem Nicken reagiert.

Der ältere Herr nimmt seinen Hut ab, blickt ins Innere. »Meinen hab ich verloren«, sagt er, »bei meiner Schwester, in Breuberg. Aber da komme ich nun nicht mehr hin. Was für Zeiten!« Das entrüstete Kopfschütteln geschieht gleichzeitig mit dem Wiederaufsetzen des Hutes. Bender blickt der Straßenbahn nach. Wo fahren die hin? Straßenbahnen bleiben innerhalb der Stadtgrenzen. Sie fahren Schleifen.

DEAR HARRY MANLEY HERE MY LAST PLEA

Lieber Harry Manley hier meine letzte Bitte. Ich schreibe dir, um dir mitzuteilen: Ich war im Irrtum. Es fällt mir nicht leicht, dies zu bekennen.

Sieh die Gedichte, die ich dir geschickt habe. Sieh sie durch und urteile selbst. Dein Deutsch ist gar nicht so schlecht, wie du immer schreibst, ich lese es mit Vergnügen und Gewinn.

Ich bitte dich, Harry, geh in dich. Lies die Gedichte, die ich dir geschickt habe, sie sind von Charlotte, deiner im Geiste Erschienenen Priesterin, Charlotte Bender, geb. Asch. Sie sind betitelt »Mein Kampf um PETER«, womit nicht nur mein Name, sondern auch der Fels bezeichnet ist. Der Fels ist Jesus Christus, aber er ist auch der Bund, *the covenant*, *the Arc*!!!

Lieber Harry. Harry, dessen Name MAN-LEY lautet, der also *man-like* handelt und sieht. CHARLOTTE IST KORESH!!! Sie ist es! Sie! Nicht ich. Ich habe nur durch ihre Nähe die Koresh-Energie zu-rück-ge-spie-gelt!! Daher mein Verhalten, meine Beeinflussung von dir und von Hedwig, daher meine Briefe, meine Sprache. *Thus my fortitude.*

Sieh die Gedichte durch, ihre Vollkommenheit! Ich bitte dich – und Bertie – und auch, falls sie noch in deinem Wirkungsbereich leben sollte, Hedwig – ich bitte EUCH, geht in euch, studiert und befragt euer Herz.

Es ist nur logisch, dass Koresh durch sie erscheint, dass er das Geschlecht gewechselt hat, denn es lag immer in seiner Natur, in UNSERER Natur.

– Er Ist Zurück –

Ja, er ist zurück, und es lag an mir, Peter Bender, ihn durch die Unio mystica wieder ZUR WELT ZU BRINGEN. Ich habe

den Stern aufgehen gesehen, und ich habe den Stern geboren.

Lieber Harry MAN-LEY, geh in dich und sieh, dass es immer
Charlotte war. Charlotte, die dir erschienen ist.

IN FRIEDEN UND LIEBE

DEIN

PETER ROCKET BENDER

Die Straßenbahnen halten alle an der Großmarkthalle. Bender steigt vom Fahrrad. Er lehnt es gegen eine Mauer, die in Wirklichkeit ein paar Meter weit entfernt ist, und es fällt sofort um. Er lässt es liegen, geht weiter. Vor ihm ein Bild. Eine große Gruppe Menschen auf dem Vorplatz. Gestapo steht an den Zugängen. Aus einer Straßenbahn steigt ein beinahe gehunfähiger Greis aus, links und rechts Männer, die seine Arme festhalten.

Aus allen Richtungen treibt man Menschen zur Halle. Direkt vor Bender überquert eine vierköpfige Familie die Straße und wird dabei von zwei Polizisten begleitet, einer links, einer rechts. Zwei kleine Mädchen, auch sie müssen Gepäck tragen, selbst das kleinere Mädchen, das nicht älter als vier sein kann. Einmal wendet sich die Mutter der Familie zu dem Bewaffneten, der neben ihr geht, und fragt ihn etwas, sehr höflich und mit einer leichten Neigung des Kopfes. Dann wiederholt sie die Frage. Man führt sie in die Mitte des Platzes. Dort steht ein Schuppen mit der Aufschrift SCHÜTZET DIE TIERE. Bender sieht, dass immer wieder Leute, in Uniform wie in Zivil, auf diesen Schriftzug deuten, und da kommt es ihm so vor, als wäre nicht alles verloren, als läge vielleicht doch noch ein gewisser Humor greifbar in der Luft, eine Leichtigkeit, eine Menschlichkeit? Das muss einem doch auffallen, denkt er. Ja.

Einige Schaulustige haben sich unterdessen neben ihm versammelt. Ein Mann schwenkt seinen Hut, aber das Signal wird von niemandem erwidert. In einiger Entfernung bewegt sich so etwas wie – ein Straußenvogel? Nein, unmöglich. Bender sieht die Figur sich verwandeln. Es ist ein Mensch, der von zwei anderen (den »Flügeln«) gestoßen wird – und hinfällt. Jetzt treten sie ihn. »Wie soll man hier durchkommen«, fragt jemand neben ihm.

Die Menschen werden nach und nach ins Innere der Halle getrieben. Junge Männer mit Hauruckgesichtern tra-

gen ihnen stapelweise dünne, fleckige Matratzen hinterher.
»Kurios«, sagt Bender laut. – »Was die für Kraft haben«, sagt
eine alte Frau neben ihm.

Ein heftiger Juckreiz brennt auf der Fußsohle, leider unerreichbar in dieser Haltung, umgeben von so vielen Leuten. Er kann den Stiefel nicht aufmachen und ausziehen.
Am Ende würde man ihm bloß den Stiefel stehlen. Solche
Zeiten sind das. »Dass die sich nicht schämen«, bemerkt
die alte Frau. Sie deutet auf einige Männer, die sich von der
Menge der hierher Geführten abgelöst haben und nun unter
Stockschlägen und Rufen von den Uniformierten zurückge-
trieben werden müssen.

»Kann da nicht jemand nachgehen?«, fragt einer. Und
dann entdeckt Bender ein zweites Schild: UNGESTÖRTER
EINKAUF. Bei den Händlern und an Marktständen, in einiger Entfernung vom Umschlagplatz. Die Schrift ist gut erkennbar.

Auf dem Heimweg dann ein ganz kleiner Anfall, fast nur innerlich, er fällt nicht mal mehr vom Rad. Gleich am nächsten Tag ist er wieder dort, mit Paquet. Der Umschlagplatz
sieht leer aus. Kaum Händler, die Waren anzubieten haben.
Es gibt Champignons und Waldhämmerlinge, Ritterlinge
und Habichtspilze. Und in einer Holzkiste ein paar alte,
sehr magere Fische, mit geschlossenen Mäulern. Dann der
gemeinsame Gang zurück durch die Stadt. Ein jedes Haus
sieht aus, als summte es Beethoven.

Im Herbst 1941 wird Johannes Lang verhaftet und kommt für einige Tage ins KZ. Er kehrt als gebrochener Mann zurück. Er lebt noch bis 1967, davon aber viele Jahre schwer beeinträchtigt durch die Folgen einer unregulierten Zuckerkrankheit. Sein Freund Freder van Holk hat ihn 1939 unter dem Namen *Irmin Love* in seinem Hohlwelt-Roman *Und sie bewegt sich doch nicht!* porträtiert, verwandelt aber in den späteren Ausgaben, die nach dem Krieg erscheinen, den charismatischen Mr Love in einen greisenhaften Ingenieur mit dem unsinnigen Namen *Joost Antermatten*. Nichts Knisterndes ist da mehr zwischen dem Protagonisten und Joost, der alte Ingenieur erklärt einfach, warum die Welt hohl ist, und damit hat sich's. Dennoch bleibt van Holk, der eigentlich Müller heißt, der Hohlwelt treu. Erst der Flug des Satelliten *Sputnik*, gegen dessen Erfolg er zuerst öffentlich gewettet hat, überzeugt ihn davon, dass er doch auf der Außenseite einer Kugel lebt. Da zieht er sich drei Tage lang in sein Arbeitszimmer zurück und reinigt, während sich sein Weltbild langsam, Falte für Falte, umstülpt, seine Pfeifen, von denen er eine ansehnliche Sammlung besitzt. Das Rauchen selbst haben ihm die Ärzte verboten, da er an einem Lungenemphysem leidet. Kurze Zeit darauf erscheint sein Roman *Weltuntergang.* In einem Brief aus dem Jahr 1955 schreibt Johannes Lang, van Holk sei zweifellos ein guter und fähiger Mensch, aber für das Aufpäppeln und Popularisieren der Hohlweltwahrheit »fehlt ihm das Mütterliche«.

HARRY MANLEY AN CHARLOTTE UND PETER BENDER

We need not fear, - the Woman in our midst will know whether he is or not.

If he is not, the Mother within us will nonetheless send Her love to him, in order to awaken him and draw him into Her service.

If he is (-and I believe that he is--) our hearts will thrill within us like never before.

Will you write me, Beloved, as soon as you receive this; - I have sorely missed your letters.

In spiritual oneness with Her,

Harry.

»Lotte, sieh nur! Es ist geschafft!«

Sie kommt zu ihm, mit ganz hellem Blick.

»Er erkennt uns als Gemeinde-Paar an!«

»Wo?«

»Wie, wo?«

Bender muss lachen. Er deutet auf den vor ihm liegenden Brief.

»Ach, da«, sagt Charlotte, »ja, sicher.«

»Ist das nicht wundervoll?«

»Ja.«

Er sitzt vor ihr und glättet liebevoll das Briefpapier. Dass es solch offene Menschen auf der Erde noch gibt! Dass sie doch am Ende so zugänglich waren, so gelehrig und so einsichtig. »Endlich«, sagt er.

Charlotte macht ein Geräusch.

»Entschuldigung«, sagt sie und hält sich eine Hand vor den Mund. »Ich hab seit gestern nichts im Bauch.«

»Was?«

»Ich muss vergessen haben zu essen.«

»Sowas! Na, aber dann müssen wir«, beginnt Bender und steht auf einmal mitten im Raum, »also, was hältst du davon, wenn ich dir etwas zubereite? Es müsste ja noch ...«

Ihm fällt auf, dass er immer noch seine Lesebrille trägt. Er nimmt sie ab, aber sie ist gar nicht auf seinem Gesicht. Etwas anderes spannt sich da um seinen Schädel.

»Komm, das müssen wir feiern«, sagt er.

»Ja.«

Was ist mit ihrer Stimme passiert? Ist sie erkältet?

»Aber es ist Samstagabend«, sagt er. »Hm, hm, hm.« Er nimmt den Brief wieder in die Hand. »Schau nur, wie schön er unterschrieben hat.«

»Wer?«

»Wer, wer. Wie du immer fragst! Harry Manley! Wir sind ihm erschienen.«

Er hält ihr das Papier hin. Charlotte studiert es eine Weile.

»Ja, sehr schön«, sagt sie.

»Aber hör mal«, sagt Bender, »du darfst nicht mehr vergessen zu essen. Das entkräftet dich viel zu sehr! Du musst jetzt stark sein. Für Harry.«

Charlotte verspricht es.

»Jetzt, wo du so berühmt bist.«

»Ich bin berühmt?«

»Ja, da!« Er liest ihr ein paar Zeilen des Briefs vor. Harry Manley ist, wie er schreibt, begeistert von den hellen Aussichten (»the bright vistas«). Das aus Deutschland nach Estero, Florida, transferierte Priesterpaar, die strahlende Zukunft in der Liebesgemeinde auf der anderen Seite der Erdschale. Genau da oben, Bender deutet zur Zimmerdecke, vage in westliche Richtung. Er lacht kopfschüttelnd, dann liest er weiter die herrlichen Zeilen aus Amerika vor. Manley nennt sie, nennt ihn, nennt sie beide »Beloved«!

Als er mit Vorlesen fertig ist, legt sich würdevolle Stille über den Raum.

»Deine Aussprache ist viel besser geworden«, sagt Charlotte. »Much improvement.«

»Lotte, er liebt uns! Ich habe es geschafft. Er liebt dich durch mich! Er hat sein Herz geöffnet. Nicht ich, sondern du bist die Wiederkehr Koreshs. Jetzt sind wir gerettet.«

Bender führt den Brief an die Lippen.

Im April 1942 findet der einzige wissenschaftliche Hohl-welt-Versuch auf deutschem Boden statt. Zehn Mann, unter der Leitung des Infrarotexperten Dr. Heinz Fischer, werden von Berlin aus auf die Insel Rügen gesandt, um dort die britische Kriegsflotte in Scapa Flow ausfindig zu machen und zu fotografieren. Wer den Befehl dafür gegeben hat, ist nicht mehr herauszufinden. Die sich nach oben wölbende Erdschale würde optische Strahlen zu sehr ablenken, so die durch das Experiment zu prüfende Hypothese, aber infrarote Strahlen haben eine geringere Brechung. Mit denen müsste es gehen. Der Winkel, in dem man die Infrarot-Kamera in den Himmel richtet, während der von der Nordsee kommende Wind an den Apparaten und Hemden rüttelt, beträgt genau 45 Grad.

Columbus Day 1942, die letzte Zusammenkunft mit Freunden. Goethestraße 4. Friedrich Penk ist da, in Uniform. Er ist gehetzt, fasst sich immer wieder an die Kehle und zählt leise die Pulsschläge mit. Alfons Paquet kommt als Letzter in die Wohnung. Ihm fällt die außerordentliche Kälte in den Räumen auf, aber er sagt nichts. Was soll man auch tun? Einen eigenen Eimer voll Kohlen von zuhause mitbringen?

Bender ist den ganzen Abend sehr erregt, voller Zukunft. Er zeigt immer wieder einen zerknitterten Brief vor, der angeblich seine Ausreise aus Deutschland ermöglichen soll. Alle seine Voraussagen hätten sich erfüllt! Er habe es geschafft, sich und seine Frau per brieflicher Fernwirkung in Florida als oberste geistige Autoritäten zu installieren. Eine Errungenschaft parallel zu der des Columbus vor genau 450 Jahren. So ein großer Tag muss gebührend begangen werden.

Man sitzt zusammen, vergleicht Bombennächte. Im Norden einige kleinere Zerstörungen. Charlottes Gesicht bleibt ganz ruhig, als sie von ihrem Erlebnis neulich auf dem Hauptbahnhof erzählt, wo sie in den Bombenkeller für Durchreisende gehen musste. Die Freundlichkeit der Leute dort, die sie *trotzdem* in den Bunker ließen. Es gab keinen eigenen für Juden.

Als das letzte Foto gemacht wird, lässt sich Charlotte die neue Kamera erklären. Möglich, dass ihr Sohn dabei ihre große Angst spürt. Er spricht langsam und führt die neuartigen Funktionen vor.

Auf dem Bild hält sie den Hohlglobus in der Hand. Er funktioniert noch, ist immer noch aufklappbar, fünf kleine Streifen lösen sich ab und gewähren dem Betrachter einen Blick in das unbegreifliche Innere, in unsere eigentliche Welt.

Auch Vollerdkugeln gibt es im Haushalt. Sie bieten immer noch annehmbares Anschauungsmaterial für Schüler.

Fünf Menschen auf einer Fotografie, und drei Globen, zwei kleine, ein großer, und nur einer davon erzählt die Wahrheit mit seinen ausgeklappten Fransen. Mit jeder vergehenden Stunde vertieft sich die Wiederkehr der Entdeckung Amerikas.

Kurz kommt die Sprache auf die Ostfront. Bender will nichts dazu sagen. Penk zählt wieder Pulsschläge. Gerd meint, er könne nicht begreifen, weshalb die Wehrmacht so lange brauche. Fällt draußen tatsächlich Schnee? Nein, viel zu früh im Jahr. Aber man geht dennoch nachschauen, was da so flockt. Eine Täuschung, nicht mehr. Man hätte gewiss einen Alarm gehört. Nein, nirgends ein Feuerschein. Bender lehnt sich weit hinaus, um zu sehen.

Alfons Paquet zeigt das Buch, das er mitgebracht hat. Eine Neuausgabe von Walt Whitman, dem großen amerikanischen Arbeiterdichter, bekannt für manche Komposition zu Ehren des gefeierten Kolumbus. Die Ablenkung ist allen willkommen. Man bemüht sich um leise Stimmen, denn das Buch ist auf Englisch. Paquets Stimme ist angenehm, er hat Übung im Vorlesen:

My terminus near,
The clouds already closing in upon me,
The voyage balk'd, the course disputed, lost,
I yield my ships to Thee.

Ja, nach Amerika. Charlotte ist niedergeschlagen. Paquet schlägt eine Kur vor. »Keine Gegend Europas ist so dicht mit mineralischen Quellen punktiert wie das Rheinland.« Bender pflichtet ihm bei. Die Wohnung ist eiskalt. »Mineralische Quellen, ja«, wiederholt Bender. »Siehst du? Stell dir vor, wie gut es dir in mineralischen Quellen gehen wird.«

Paquet fragt, ob er noch ein Gedicht des großen Whitman vorlesen solle.

Bender unterbricht ihn:

»Sie sind zahlreich, sagst du? Die Mineralquellen.«

Da ist das Gesicht des alten Freundes vor ihm, schwebend, wie innen hohl, und seine Frage klingt so inständig, so bittend.

»Man macht sich gar keinen Begriff«, antwortet Paquet.

»Da siehst du«, sagt Bender zu seiner Frau.

»Und es beginnt schon am Niederrhein.«

»So viele mineralische Quellen!«, sagt Bender nickend. »Ist das nicht großartig?«

»Ja«, sagt Charlotte.

Sie legt ihrem Mann eine Hand auf die Schulter.

Man einigt sich darauf, noch ein Gedicht zu lesen, das heißt, es ist eigentlich dasselbe, denn *My terminus near* geht weiter – auf der nächsten Seite, man hat es zuvor nicht bemerkt. Danach Stille, ein Engel geht durch den Raum. Bender räuspert sich, als wollte er etwas sagen. Alle schauen zu ihm.

»Ja«, sagt er und blickt in die Runde. Räuspert sich noch einmal. Wartet. Schließlich sagt er: »Wisst ihr, der Mond ...«

Hören ihm wirklich alle zu? Höflich geneigte Gesichter im Profil.

»So ein Mond, der ...«

Er formt mit beiden Händen eine Kugel in der Luft. Aber der Satz kommt nicht vom Fleck.

»Ja«, sagt Alfons Paquet. »Der Mond.«

Bender saugt hörbar die Luft durch die Nase ein, schnuppert, blickt in die Ecke.

»Ihr merkt das auch, oder?«, sagt er. »Der Geruch? Ja, ich glaube, das sind Ratten. Die gehen an die Tapete, von unten, wegen dem Mehlkleister. Wir haben ja sonst nichts für sie.«

Und seine rechte Hand imitiert, während die linke weiter die imaginäre Mondrundung hält, ein kleines knabberndes Mäulchen.

In ihren letzten Bombennächten müssen Bender und Charlotte in getrennten Kellern sitzen. Inzwischen achtet die Bevölkerung streng auf die Einhaltung der Separierung. In Panikmomenten erweist es sich als unmöglich, sich an den in den Keller strömenden Menschen vorbeizudrängen und zurück nach oben zu rennen, man stößt ihn immer zurück nach unten. »Setz dich doch hin, Mensch!« – »Entschuldigung«, sagt Bender und kippt seitlich um. Er setzt sich, nein, er wird hingesetzt, auf nackten Kellerstein, und es beinelt um ihn, einen Tritt ins Gesicht kann er gerade noch abwehren. Er steht schon wieder, er hat die Gegner auf Augenhöhe, aber es sind so viele, und das Schlimmste: Sie kämpfen gar nicht. Sie ignorieren ihn. Sie ordnen einander bestimmte Winkel im Keller zu. Sie halten sich an ihren eigenen Mantelkrägen fest.

Und plötzlich sitzen sie alle, und der Zugang zur Treppe ist frei. Jetzt könnte man gehen! Aber da, sie schauen ihn alle an. Das heißt, der Junge drüben in der Ecke. Und die Frau da. Die ist schwanger wie ein Fass – entweder das oder er sieht wieder einmal alle Formen verzerrt und aufgedunsen. Zu der schwangeren Frau sagt er: »Ich wünschte, *ich* würde in das alles hier hineingeboren werden. Dann hielte ich es für normal!«

Ja, dann hielte ich es aus. Bender nützt die schlaflos durchwateten Nachtstunden dazu, um sich zu überlegen, wie man den eigenen Kopf dazu bringen könnte, dies alles tatsächlich als normal und naturgegeben zu empfinden. Als wäre man gerade erst in all das hier hineingeboren worden. Schmerzhafte Erinnerungen drängen sich auf. Langsames Schreiten durch die lieben, alten Räume im Wormser Haus. Er winkt Charlotte und nimmt sie an der Hand und bringt sie ins Arbeitszimmer vors Westfenster und erklärt ihr die Lösung zu irgendeinem Welträtsel, die ihm gerade gekommen ist. Das Freigeld. Den Gang zu den Müttern. Die Kometen. Den Phonographiefunk der Zukunft. Ihre Nähe, ihr Geruch.

Kurz vor seiner Verhaftung wirft Bender den Hohlglobus quer durchs Zimmer. Er beruhigt sich gleich wieder, hebt aber das Ding nicht mehr auf. Der darin liegenden kleinen Kartoffel ist längst eine Art Bart gewachsen, es erinnert an kleine Drachenkrallen. Bender sieht Doppelbilder.

Dann vor dem Haus ein lautes Zischen, es ist eindeutig Wasser, das in eine blecherne Gießkanne strömt, ach, die alte Frau Blun, ja doch, ja. Aber es ist nur das Gerausche in einem hässlichen, zu lauter grauen Büscheln vertrockneten Strauch. Gestapo holt ihn ab, drei Männer. Sie nehmen ihn mit und verhören ihn. Er fällt dabei mehrere Male in Ohnmacht.

Sie klatschen ihm einen übelriechenden Waschfetzen ins Gesicht. Sie korrigieren ihn, wenn er beim Sprechen auffällige Handbewegungen macht. Bender sagt, er müsse dringend auf die Toilette. Dabei blickt er auf eine Lampe. Sie steht da, entrückt, ein Gegenstand so nah und menschenlos wie der Mond. Wenn ich eine Lampe wäre, ich wäre immun, unzerstörbar. Man hätte mich nie verhaften können. Die jungen Männer lachen und schütteln den Kopf über die Art, wie er dasitzt.

»Halt's drin.«

Er müsse aber dringend, wiederholt Bender.

»Drin bleibt drin.«

Bender entschuldigt sich.

Man erinnert ihn daran, dass es um Gerechtigkeit geht.

»Natürlich«, sagt Bender.

»Rheinhessen, alle dasselbe Gemisch.«

Bender fragt nach seiner Frau.

Er sagt nicht *Charlotte*, er sagt *meine Frau*. Dabei deutet er auf sich selbst.

»Wie?«, fragt einer der Jungen.

Bender wiederholt die Frage.

»Was der fragt«, lautet die Antwort. »Hast du gesehn? Schau ihn dir an.«

Dann lässt man ihn den Namen seiner Frau buchstabieren. Dann das Geburtsdatum nennen. Dreimal. Wo und wann geheiratet. Aha. Und wo hält die sich im Augenblick auf? Faszinierend, und weshalb wisse er das nicht?

»Hör auf mit den Gesten.« – »Ja, lass mal sinken.«

Die Jungen bedeuten ihm, seine Hände beim Reden im Schoß ruhen zu lassen. Er solle aufhören mit Fuchteln. Bender entschuldigt sich, er rede immer mit den Händen, eine Angewohnheit. Komme vielleicht vom Vortraghalten, da gehöre das nun mal dazu.

»Runter mit der Hand, sag ich.«

»Ach so, ja«, sagt Bender.

Seine Gedanken beginnen sich allmählich zu zerfasern, wie in Fiebernächten.

Man lacht über ihn, schnippt mit den Fingern vor seinem Gesicht.

»Du machst immer diese kleinen Gesten. Merkst du gar nicht, oder? Solltest dich mal sehen. Wie das aussieht.«

Bender verschränkt seine Hände hinterm Rücken.

Die Jungen lachen.

»Schau, wie das wirkt.«

Dann, nach zwei Stunden:

»Musst du immer noch austreten?«

Bender nickt.

»Immer noch dringend?«

»Ja.«

»Hände schön brav hinterm Rücken«, lautet die Antwort. Und dann: »Schau, wie er lernt.«

Aus der eidesstattlichen Erklärung einer gewissen Frau Fellner geht hervor, dass sich Charlotte Bender bis zum März 1943 bei ihr in Pirmasens versteckt gehalten hat. Dort fühlt sie sich allerdings nicht sicher und flieht zu einer befreundeten Familie nach Kaiserslautern. Am 21.3.1943 kommt ihr Sohn nach Pirmasens, um ihr von der Verhaftung des Vaters durch die Gestapo in Frankfurt zu berichten. Er fährt weiter nach Kaiserslautern und findet seine Mutter. Diese verlässt unverzüglich ihr Versteck und begibt sich, entgegen allen Warnungen, nach Frankfurt, um ihren Mann zu suchen und zu befreien.

Im Herbst 1943 trifft Frau Fellner Charlotte zum letzten Mal in Frankfurt. Charlotte ist zu diesem Zeitpunkt Zwangsarbeiterin in einer Nähfabrik in Frankfurt-Niederrad. Im März 1944 erhält sie die Nachricht, dass ihr Mann im Lager Mauthausen gestorben sei. Man schickt ihr eine Sterbeurkunde und einen Behälter voller Asche. Kurz darauf wird sie von Frankfurt aus ins KZ Theresienstadt deportiert, von dort später nach Auschwitz. Ihr Sohn wird ebenfalls verhaftet und nach Auschwitz deportiert. Nur er überlebt das Lager.

In der FRANKFURTER RUNDSCHAU vom 26.10.1945 schreibt der Journalist Reinhard Kirn, der Sprachlehrer und Schriftsteller sei an einem einzigen Satz zugrunde gegangen, mit dem er einen SS-Mann habe trösten wollen. »Peter Bender, Rheinhesse von Geburt, ein Mann aus bäuerlichem Blut und kerngesund, brachte sich in Frankfurt in der Goethestraße als Sprachlehrer durch. Er war ein Mensch mit genialen Einfällen. Als Sprachlehrer hatte er eine Menge Schüler.« Unter ihnen sei der SS-Unterscharführer Wissig aus Frankfurt gewesen. Dieser habe sich mit Benders Hilfe auf das Abitur vorbereitet, sei aber im Examen durchgefallen, ausgerechnet in dem einzigen Fach, in dem Bender ihn nicht unterrichtet habe: in Deutsch. Der Sprachlehrer Bender habe ihn zu trösten versucht, mit dem Satz: »Wie können Sie in einem solchen Staat Gerechtigkeit verlangen?« Daraufhin habe der traurige SS-Uscha Wissig seinen Sprachlehrer bei der Gestapo angezeigt. »Bender wurde verhaftet«, schreibt Kirn. »Während er im peinlichen Verhör in der Lindenstraße saß, ergab die Haussuchung, daß der Schriftsteller vor dem Krieg ausführliche Briefe über Fragen des astronomischen Weltbildes mit amerikanischen Freunden gewechselt hatte. Nach weiteren Verhören wurde Bender ins Konzentrationslager Mauthausen verschickt. Der Mann wurde rasch gebrochen. Ich habe erbarmungswürdige Kassiber von ihm gelesen, in denen er um Brot bettelte.«

Die Kartoffel sieht inzwischen aus wie ein Komet. Da, wo sie liegt, in dem engen Spalt zwischen Tisch und Wand, dringt immer wieder das Streulicht des Tages zu ihr, deshalb streben ihre Keime alle in dieselbe Richtung, sich von der unteren, sozusagen der Schattseite aus vom Kartoffelkörper lösend und sich den anderen Strahlen beigesellend. Es ist ein Fest.

Erst 1945, nach einer frühmorgendlich durchgeführten Erstürmung der bereits seit einem Jahr leerstehenden Wohnung, wird sie von einem Menschen gefunden. Es ist ein fremder Mann mit verbundenem Gesicht. Er ist hier nicht zuhause, bewegt sich wie ein Jäger durch die Räume, und sein Weg führt ihn sogar hinter Schränke und Schreibtische, seine Finger tasten Ritzen und Fugen ab, auf der Suche nach Geheimem, nach Ess- und Verwertbarem. So begegnet er der immer noch vor sich hin arbeitenden Knolle. Er krallt das gespenstische Ding aus dem Spalt und hält es, nach dieser geringen Körperanstrengung gewaltig schnaufend, in der Hand, und da es eisig kalt ist und alle Erscheinungen der Erde in vollkommener Klarheit vor ihm liegen, fühlt er sehr deutlich den Hass und die Verachtung der Kartoffel, und ihre immer noch, egal wie man sie im Dämmerlicht der verwüsteten Wohnung drehen und halten mag, geduldig zurück ins Licht wachsenden violetten Ärmchen zeigen ihm, wie wenig Recht zu leben er selbst besitzt, ja, wie durchsichtig er in Wahrheit schon längst geworden ist, so unbegreiflich, so weit von seiner eigentlichen Bestimmung entfernt, hier, im gespenstischen Frankfurt am Main, inmitten von zerborstenen Möbeln und durchbrochenen Zwischenwänden.

Noch nie in seinem Leben ist der junge Mann von einer Kartoffel verachtet worden. Er wirft sie, vielleicht unter leisen Flüchen, in den Staub, zertritt bei seiner Flucht einen kleinen weißen geborstenen Globus und läuft die polternden Treppen hinunter, zurück zu seinen Kameraden. Aber da ist es, wie die Geschichte uns versichert, bereits zu spät. Denn auch nach Ende des Krieges, nach der Rückkehr in seine Heimatstadt in West Virginia, sieht er in den Gesichtern seiner Mitmenschen noch oft den alten Ausdruck der Frankfurter Kartoffel, ihre Empörung, ihre Verachtung, während über ihm die münzgroßen Sonnen von Horizont zu Horizont rollen, Tag für Tag.

1948 fährt der Volkskundler und Journalist Carl Carmer durch das Städtchen Estero, Florida. In einem Souvenirladen entdeckt er Broschüren über eine konkave Erde. *Guiding Star Publishing.* Was das denn sei? Die junge Verkäuferin schickt ihn zur Tankstelle, dort könne er Auskunft erhalten. Der Betreiber der Tankstelle, Lou Staton, erklärt ihm die Gestalt der hohlen Erde und erzählt ihm von Koresh und dessen herrenloser Gemeinde. Es seien noch ein paar Originalmitglieder übrig.

Nach einiger Zeit kehrt Carmer nach Estero zurück und trifft die verbliebenen Mitglieder der *Koreshan Unity.* Es sind nur noch dreizehn Personen, die jüngste davon eine Frau Mitte vierzig, Ms Hedwig Michel. Sie kümmert sich um die alten Koreshianer. Das älteste Mitglied sei die dreiundneunzigjährige Schwester von Cyrus Teed. Ms Michel wohnt *in the old Planetary Court,* einem stattlichen Haus mit Säulenfassade, dessen Erhaltung viel Zeit in Anspruch nimmt. Ihr Zimmer liegt im zweiten Stock.

Ms Michel berichtet Carmer von ihrer abenteuerlichen Flucht aus Europa, von ihrer Jugendliebe zum Theater, ihren spirituellen Interessen und von dem Piloten und Mathematiker Peter Bender, der sie hierhergeschickt hat. Sie hat vor kurzem von seinem Tod im Konzentrationslager erfahren. »But it's a good life«, stellt sie am Ende fest. Immerhin gebe es hier schon viel weniger Klapperschlangen.

Carmer übernachtet in einem Gästezimmer im Planetenhof. Am nächsten Morgen geht es mit Ms Michel und einem alten Koreshianer in einem *old high-bodied station wagon* über einen sich immer wieder auflösenden oder plötzlich in dichtestes Gestrüpp führenden Feldweg zu dem kleinen, dreieckig angelegten Friedhof der Gemeinde. Alte Namen auf Steinen: *Peter Blem, John S. Sargent, Gustav Faber.* Hier werden die zwölf hochbetagten Mitglieder bald zur Ruhe gebettet werden.

Ms Michel zitiert einen Satz auf Deutsch: »*Frankfurt am Main steckt voll von Merkwürdigkeiten.*« Sie übersetzt ihn für Mr Carmer und bemerkt, das treffe genauso auf das Städtchen Estero zu, ihre neue, zauberhafte Heimat. Bald werde die physische Gemeinde zwar ausgestorben sein, aber die Koresh-Lehre selbst werde sich über die Welt verbreiten, unaufhaltsam. Die Menschheit der Zukunft werde in der Hohlerde leben.

Ob denn niemand je die Rolle eines Nachfolgers für sich beansprucht habe, fragt Carmer.

»Nein, niemand«, antwortet Ms Michel. »Das heißt, ein paar Meilen hinter dem Friedhof, weit drinnen im Wald, da wohnen ein Mann und eine Frau in einem Zelt, *claiming to be a divine couple upon whom the spirit of Koresh has descended.*«

»Wie ernähren sich die beiden?«

»Vom Fischen«, sagt Hedwig Michel, »und von der Jagd. Und eine reiche Dame aus der Stadt glaubt an sie und schickt ihnen Körbe mit Lebensmitteln.«

DANK

Dank an Kristina Dörlitz und Stefan Schöpper. Dank an Juli Zeh, die mir Kristina Dörlitz und DAS VORZIMMER empfohlen hat. Dank an Volker Gallé, Michael Widner vom Archiv der ehemaligen Koresh-Gemeinde in Estero, Florida, sowie an das Stadtarchiv Worms und an das hessische Staatsarchiv in Wiesbaden. Dank an Bill Vollmann. Dank an Doris Plöschberger und Yoko Hamann.

BILD- UND QUELLENNACHWEISE

Abb. S. 7, 248, 276, 277, 284, 376, 471, 473, 476, 478, 486, 490, 498, 505: Mit freundlicher Genehmigung der State Archives of Florida, https://www.floridamemory.com/

Abb. S. 20: Mit freundlicher Genehmigung des Stadtarchivs Worms, https://www.worms.de/neu-de/bildung-bieten/Stadtarchiv/

Abb. S. 60: Mit freundlicher Genehmigung des Hessischen Staatsarchivs Darmstadt, Archivnr.: HLA, HStAD, R 4 Nr. 12333

Abb. S. 92, 286: Archiv des Autors (Quelle: Hans Schröder: Erlebter Krieg. Bern: Verlag A. Francke 1934)

Die Rekonstruktion der Lebensgeschichte Peter Benders stützt sich auf Briefe, Flugschriften und Gutachten aus den State Archives of Florida, dem Stadtarchiv Worms und dem Hessischen Staatsarchiv Wiesbaden sowie auf den autobiografischen Roman *Karl Tormann – Ein rheinischer Mensch unserer Zeit*, erstmals 1927 erschienen.